Kann man seiner Herkunft entkommen? Dies wünscht sich der Schriftsteller Eigil Tvibur, wohnhaft auf den Färöer-Inseln, sehnlichst. Einst war er ein angesehener Autor, nun muss er sich bei einer Lesung mit einem Regenschirm schlagen lassen. Konflikte lösten seine Vorfahren schon immer mit Gewalt, und nach einer brutalen Racheaktion fragt sich Eigil: Ist er genauso geworden wie sie? Er kehrt den Färöer-Inseln, wo sich sein Leben zwischen einem verhängnisvollen Kuhstall, dem abgebrannten Haus seines Urgroßvaters und seinen rachsüchtigen Verwandten abspielt, den Rücken, und segelt als Schiffskoch Richtung Grönland und Dänemark ...

Jóanes Nielsens große Familiensaga gibt einen einzigartigen Einblick in das Leben auf den Färöer-Inseln, vom 19. Jahrhundert bis heute. Ein persönliches Bekenntnis, ein tragikomisches Panorama von Familienkonflikten und Geschichten und eine poetisch-philosophische Reflexion der Fragen nach Schuld und Gerechtigkeit.

JÓANES NIELSEN wurde 1953 in Tórshavn, der Hauptstadt der Färöer, geboren. Nach der Schule arbeitete er zunächst als Seemann, erst danach entdeckte er das Schreiben. Er ist der Autor von sieben Romanen, einer Kurzgeschichtensammlung, zwölf Gedichtbänden und drei Theaterstücken. Seine Romane wurden ins Dänische, Norwegische, Isländische, Englische, Deutsche und Französische übersetzt. 2002 bekam Jóanes Nielsen den Nordischen Dramatikerpreis, er wurde außerdem sechsmal für den Literaturpreis des Nordischen Rates nominiert. 2011 wurde er mit dem Literaturpreis der Färöer ausgezeichnet. Jóanes Nielsen ist verheiratet und hat zwei Töchter.

Jóanes Nielsen

Fliegende Hunde auf schwimmenden Inseln

Roman

*Aus dem Dänischen
von Ulrich Sonnenberg*

btb

Die färöische Originalausgabe erschien 2016 unter dem Titel
»Bommhjarta« bei Mentunargrunnur Studentafelagsins, Tórshavn.

Übersetzt wurde aus dem Dänischen, die dänische Ausgabe erschien
2019 unter dem Titel »Bolsjehjerte« bei Torgard, Hedehusene.

Der Verlag behält sich die Verwertung der urheberrechtlich
geschützten Inhalte dieses Werkes für Zwecke des Text- und
Data-Minings nach § 44 UrhG ausdrücklich vor.
Jegliche unbefugte Nutzung ist hiermit ausgeschlossen.

Penguin Random House Verlagsgruppe FSC® N001967

1. Auflage
Deutsche Erstausgabe Mai 2024
Copyright der Originalausgabe
© Jóanes Nielsen, 2016
Published by agreement with Copenhagen Literary Agency ApS, Copenhagen
Copyright der deutschsprachigen Ausgabe
© 2024 by btb Verlag in der Penguin Random House Verlagsgruppe GmbH,
Neumarkter Straße 28, 81673 München
Umschlaggestaltung: semper smile, München
Umschlagmotiv: © Getty Images / Oleh_Slobodeniuk
Satz: GGP Media GmbH, Pößneck
Druck und Einband: GGP Media GmbH, Pößneck
AB · Herstellung: sc
Printed in Germany
ISBN 978-3-442-71868-9

www.btb-verlag.de
www.facebook.com/penguinbuecher

Übersicht über Familien und Personen, die für die Handlung von Bedeutung sind

Thorolf Thorolfsen, 1839–1919, für gewöhnlich Tóvó genannt.

Nils Tvibur, 1808–1876, genannt der Korporal. Verheiratet mit Jóhanna í Ergisstovu.
Aksal í Ergisstovu, auch der Kluge genannt, Jóhannas Bruder.
Gregor Tvibur 1858–1927, Sohn von Nils und Jóhanna.
Hjartvard Tvibur, 1895–1964, Sohn von Gregor, unverheiratet.
Heindrikur Tvibur, 1899–1952, Hjartvards Bruder, verheiratet mit Svanhild aus Kvíggjá, 1899–1983. Sie bekamen zwei Kinder: Nils, geb. 1929, und Kristensa, geb. 1935.
Kristensa Tvibur, 1935–2003, Mutter von Eigil Tvibur, geboren 1953. Heiratete 1960 Ingvald Sivertsen, geb. 1924. Sie bekamen zwei Töchter: Svanhild, geb. 1961, und Tórharda, geb. 1964.
Torri Mhuku Sivertsen, geb. 1994, Sohn von Tórharda.

Ólrún Brynjólfsdóttir, von Eigil Olrunoma genannt.
Leivur Restorff, Eigils Pate.
Frau Sivertsen, Schwiegermutter von Kristensa und Mutter von Ingvald, Sam, Torkil und Schiønning.
Hans Fríðrik Varberg, geb. 1953, Eigils Freund in der Kindheit, ein bekannter Geschäftsmann aus Klaksvík.

Symfor Thomsen, geb. 1951, in Sumba bekannt als der Schwarze Philosoph.
Rósa Hjelm, Chorleiterin in Sumba.
Randolf Hjelm, Rósas Bruder, Leiter der Glaubensgemeinschaft Jerusalems Hoffnung.
Dánjal Jóhann Thomsen, genannt Dallahann, Tórhardas Lebensgefährte.

Margit, Eigils Cousine, verheiratet mit Óli Hans Sørling.
Børge Gade, Turmuhrmacher, normalerweise genannt Beber, verheiratet mit Tilde und Freund von Tóvó.
Thorolf Gade, geb. 1941, Neffe von Tilde und Tóvó.

Agnar Moe, geb. 1960, Freund von Eigil und ein großer Verflucher.
Læin Gregers, der Mann hinter dem Bombenattentat auf das Parlamentsgebäude Lagtingshus 1945.
Andreas Ziska, protestierte gegen die britische Besetzung der Färöer 1940.
Volmar í Gjørðum, Nazi aus Porkeri.
Marianne Bøge, Eigils Traumfrau.

Weitere Personen werden gelegentlich erwähnt, zum Kern des vorliegenden Buches und zum Teil auch des Romans *Die Erinnerungen* gehören aber diese Protagonisten.

Inhalt

Übersicht über Familien und Personen, die für
die Handlung von Bedeutung sind   5

Tóvó und der Turmuhrmacher   9

Die *Moschee* brennt   50

Supplement   72

Die Reise nach Sumba   77

Der Junge in der Schublade   96

Der Krieg begann in Porkeri   113

Fräulein Olrun und die Paten   146

Ein wenig über Glück und Leid   161

Allein am Landevejen   174

Als Koch auf der *Øverland*   207

Ein Brief an Mutter   226

Das Begräbnis und fliegende Hunde	240
Freundliche Erinnerungen	257
Die Verflucher	274
Ein längerer Aufenthalt	286
Frau Sivertsen und ihre Söhne	299
Angst und schwimmende Inseln	321
Ankunft in Sumba	339
Ein wenig über Medikamente	352
Nachbarschaftsstreit und Liebe	362
Røstin und der Rabbiner	384
Die *Ezekiel* brennt	410
Der Geburtstagsbesuch	444
Anhang	455
Zitatnachweise	457
Endnoten	459

Tóvó und der Turmuhrmacher

Auf dem Weg aus der Metro-Station sah Eigil einen Zwerg, der Zeitungen verkaufte. Wie Rauch strömte der Atem aus seinem Mund, während er schreiend die jüngsten Verbrechen des Kapitalismus verkündete – in Dänemark und in der weiten Welt. Er war unrasiert und mit einer warmen Lederjacke und einer Mütze mit Ohrenklappen für seine Arbeit vernünftig gekleidet. Eigil kaufte eine Zeitung, gab ihm einen Hundertkronenschein und forderte ihn auf, sich vom Rest des Geldes Rasierklingen zu besorgen. »Danke, Genosse!«, rief der Zwerg ihm nach, und Eigil hob die Hand zum Gruß.

Er war auf dem Weg ins Archiv. Über den Kopenhagener Dächern war ein gelblicher Streifen Mittagslicht zu sehen, Schneeregenschauer trieben über die Stadt, hier und da verirrte sich ein Wirbel zwischen die Häuserschluchten und schüttelte die blattlosen Baumkronen. Trotz des tristen Wetters waren viele Menschen unterwegs und drängten sich auf den Bürgersteigen und an den Bushaltestellen; und wenn die Türen der Geschäfte sich öffneten, hörte man kurze Fetzen von populären Weihnachtsliedern.

In den letzten fünf, sechs Wochen, beziehungsweise seit dem Skandal auf der Buchmesse im Forum, hatte Eigil beinahe täglich an das Archiv gedacht. Er hatte die Adresse im Internet gefunden und schätzte, das Archiv zu Fuß in zehn, zwölf Minuten vom Bahnhof Nørreport aus erreichen zu können. Er hielt es für ein gutes Zeichen, dem vorwitzigen Zwerg begegnet zu sein.

Eigil blieb an einer Toreinfahrt stehen und betrat einen kleinen kopfsteingepflasterten Platz mit Fahrradständern und Mülleimern. Im Sommer war der Platz bestimmt ein gemütlicher Aufenthaltsort. An einer der Türen fand er den Namen des Archivs, außerdem führte der Treppenaufgang zu den Büros eines Architekten, eines Verlags und einer Gewerkschaft. Die Wände waren verputzt, aber etwas verblichen, sie erinnerten an eine gerade überstandene Hautkrankheit; auf jeder Etage gab es ein rundes Fenster, das auf den Platz starrte. Blasses Licht warf seine Strahlen in die obersten Stockwerke, das Geräusch seiner Schuhsohlen verfolgte ihn bis in die zweite Etage.

Archiv der Arbeiterklasse stand auf dem Messingschild an der breiten, soliden Tür. Die Buchstaben waren schwarz und das Messing so blank, dass Eigil sich darin spiegeln konnte. Zwischen den Buchstaben sah er sein fragendes, beinahe mürrisches Gesicht. Das glänzende Schild hatte eine Beule, und wenn er den Kopf ein wenig bewegte, wurden seine Wangen und Lippen ein bisschen länger, ja, geradezu verzerrt.

Als er in den Flur trat, blickte er direkt in den Lesesaal. In den Regalen lagen verschiedene Zeitschriften, und an den Wänden hingen Plakate, darunter eines von Stauning mit seinem langen Patriarchenbart und ein lebensgroßes von Lenin mit einer roten Rose am Revers. Die weiße Decke war mit Stuck verziert, die Bodendielen waren breit und versiegelt, die Tischplatten mit bräunlichem Linoleum bezogen. Sofort stieg Eigil der Geruch von Bohnerwachs in die Nase.

Die Archivarin erkundigte sich, womit sie ihm helfen könne, und Eigil antwortete, es handele sich um einige Briefe, die sich in der Obhut des Archivs befänden. Er wusste nicht, wann die Briefe dem Archiv übergeben worden waren, aber der Mann, der sie abgeliefert hätte, hieß Thorolf Gade, und vielleicht könnte der Ausdruck »Brahmadellen« als Suchbegriff helfen.

Der Archivarin schien der Begriff »Brahmadellen« bekannt zu sein. Sie bat Eigil, Platz zu nehmen, verließ den Lesesaal und kam schon bald mit einer gelben A4-Mappe zurück, die sie auf den Tisch legte. Dann forderte sie Eigil auf, seinen Mantel und den Hut an die Garderobe zu hängen, um es sich zur Durchsicht des Materials bequem zu machen.

Eigil bedankte sich. Die letzten vier, fünf Jahre, beziehungsweise seit er 2007 daheim auf den Färöern gewesen war, hatte er stets einen Hut getragen. Er saß etwas zurückgeschoben im Nacken, und die schmale Krempe verlieh ihm das Aussehen eines Skeptikers in den mittleren Jahren, der er letztendlich auch war. Mit Hut schien er noch ein wenig größer zu sein als in der Realität. Gehörte er schon vorher zu den großen Männern, musste man ihn mit Hut für einen Riesen halten. Er hängte sein Halstuch und den Hut an einen Haken, doch als er den Mantel ausziehen wollte, fiel ihm ein, dass er darunter nur sein wollenes Unterhemd trug. Bei schlechtem Wetter war dies seine übliche Kleidung, da er an einem öffentlichen Ort aber nicht nur mit einem Unterhemd bekleidet sitzen wollte, behielt er den Mantel an.

Er öffnete die Mappe, die vergilbten Bögen raschelten, als er darin blätterte. Das Archiv war ein angenehmer Ort, er fühlte sich willkommen. Nicht unbedingt aus politischen Gründen, nein, überhaupt nicht, eigentlich ertrug er den akademischen Überbau der Arbeiterbewegung nicht, zu dem auch das Archiv gehörte. Die gescheuerte und blankgeputzte Sprache der Akademiker hatte die Verbindung zu der Klasse verloren, die sie repräsentierte und ernährte. Die Geschichtsbücher und Biographien, die sie schrieben, waren wie zu lange gewässerter Stockfisch – die Worte waren kraftlos, sie sagten viel über ihre Autoren, aber viel zu wenig über die eigentliche Sache aus.

Der Grund, warum er sich dennoch willkommen fühlte, war der Geruch. Dieser altertümliche und akkurate Geruch nach Firnis und Bohnerwachs erwärmte sein Herz und führte die Erinnerungen zurück in die Jahre, in denen dem Teenager Eigil Tvibur klar wurde, dass die Landesbibliothek von Tórshavn mit ihrem labyrinthischen Regalsystem und ihren stillen Ecken der allerbeste Ort in der Stadt war, um sich zu verstecken. Ob andere ebenso dachten wie er, hatte er sich nie gefragt. Die Bibliothek gab ihm jedoch das besondere und kostbare Gefühl, ein Niemand zu sein. Weder die Angestellten noch die Besucher stellten indiskrete Fragen, und wenn sich dennoch jemand unterhielt, dann geschah es gedämpft. Die Bibliothek war wie ein großes menschliches Aquarium. Genauso empfand er das ehrwürdige Steingebäude, das der Architekt Tórgarð in den Zwanzigerjahren entworfen hatte. Statt zahlreicher Pflanzen, Steine und Muschelschalen war dieses Aquarium voller Bücher, und die Besucher waren Fische, die lautlos in all dieser gedruckten Schönheit umherschwammen.

Am 10. November 2012 hatte Eigil erfahren, dass das Archiv in Kopenhagen einige Briefe besaß, in denen es um Tóvós Gefängnisaufenthalt ging – oder besser gesagt um etwas, das ihm zwischen seiner Entlassung im Mai 1899 und dem Zeitpunkt drei Wochen später zustieß, als er mit dem Passagierschiff *Laura* zurück auf die Färöer fuhr. Von den Briefen hatte ihm Thorolf Gade erzählt, ein höflicher Herr, der etwas über siebzig Jahre alt sein mochte. Er sprach ein hübsches veraltetes Dänisch, und der archaischen Aussprache nach zu urteilen, handelte es sich bei ihm um einen gelehrten Färinger oder vielleicht einen isländischen Akademiker, der in der alten Hauptstadt des dänischen Reiches Wurzeln geschlagen hatte. Der Mann war mittelgroß, hatte ein schmales Gesicht mit klaren Augen, und wenn er sprach, zuckte es ein wenig in einem seiner Mundwinkel. Im Programm der Buchmesse hatte gestanden, der Schriftsteller Eigil Tvibur würde mit einem Literaten über seinen jüngsten Roman *Die Erinnerungen* diskutieren, in dem es um die Brahmadellen ging, deshalb war dieser Thorolf Gade gekommen. Eigil hatte das Gefühl, ihm schon einmal begegnet zu sein, aber er konnte sich nicht erinnern, in welchem Zusammenhang das gewesen sein könnte. Es war ihm nicht gelungen, ihn direkt danach zu fragen, denn nach der Diskussion war es zu derart verrückten Ereignissen gekommen, dass er mit dem Mann nicht mehr hatte sprechen können.

Als Eigil das Podium verließ, hatte sich eine Frau unter den Zuhörern erhoben und war, um es ganz direkt zu sagen, Amok gelaufen. Sie hatte Eigil beschimpft und erklärt, er würde seinen eigenen kranken Geist in seine widerlichen Bücher einfließen lassen. Gemeinsam mit einigen selbstgerechten Verfluchern hätte er das Leben ihrer Schwester zerstört, und es sei er und niemand sonst gewesen, der Jens Julian við Berbisá zum Krüppel geschlagen und dessen armen Sohn kriminalisiert hätte, als man ihn in eine Anstalt für gefährliche Schwachsinnige einwies. Die Frau hatte einen Regenschirm in der Hand gehabt und Eigil mehrmals damit geschlagen.

Und merkwürdigerweise hatte er es sich gefallen lassen, sowohl die verbalen wie die körperlichen Attacken. Es wäre ihm leichtgefallen, der Frau den Schirm zu entreißen oder sich einfach umzudrehen und zu gehen. Aber selbst, als sie ihm ins Gesicht spuckte, blieb er stehen.

Ganz offensichtlich überraschte und verwirrte das Geschehen die Zuschauer. Gleichzeitig aber war es unmöglich, Eigils Körpersprache misszuverstehen: Hier stand ein Mann, der sich nicht nur mit einer Reihe ernster Anschuldigungen abfand, sondern der Frau auch noch recht zu geben schien, ja, es sah beinahe so aus, als danke er ihr, dass sie ihn öffentlich beleidigte und abstrafte. Es gab auch niemanden, der sie zu trennen versuchte.

Die Leute betrachteten die aufgebrachte Frau und den großen schweigenden Mann einfach. Dass dies in aller Öffentlichkeit passierte, hatte für Eigil keine große Bedeutung. Nicht mehr. Er sah aus, als dächte er: Wenn du ein Schweinehund bist, kann dir die Trennung zwischen Privatleben und Öffentlichkeit egal sein. Die Frau sprach Dänisch, ihr Zorn war echt. Sie wagte es, aufzustehen und Eigil der Strafe zu unterziehen, zu der ein färingisches Gericht ihn nicht verurteilt hatte, als er im Januar 1995 freigesprochen worden war.

Eigil spürte durchaus die Hand, die vorsichtig seinen Arm berührte, und obwohl er nicht aufblickte, fühlte er, dass es der ältere Herr war, der sich mit diesem Zeichen von ihm verabschiedete.

Bereits im ersten Brief, der auf den 3. Juni 1952 datiert war, entdeckte Eigil das Wort *Brahmadellen*, und als er die wohlbekannten Konsonanten sah, die sich wie Masten über dem Wort erhoben, überkam ihn das innige Gefühl, sich wieder zu Hause auf den Färöern zu befinden. Ihm fielen Christian Matras' Gedichtzeilen über dessen Heimatort Viðoy ein: *Segel, Insel aus dem Nebel, nun bist du ein Schiff / mit Zinnen als Mastbäumen ...* Genau diese Masten ragten doch auch aus seinem Brahmadellen-Buch heraus. Eigil wurde fuchsteufelswild. Schließlich hatte er und niemand sonst die Brahmadellen vor dem Vergessen gerettet. Nicht Matras, Hoydal, Jensen oder wie diese färingischen Schriftsteller alle hießen, sondern er, der Lump, der buchstäblich im Dreck empfangen worden und in dem Rattennest von Portugalið aufgewachsen war. Ruhig, mein Freund, ruhig, sagte er sich und bekam seine Wut unter Kontrolle. Sicherlich gab es noch andere, von denen sie geschätzt wurden, aber tatsächlich hatte er ganz allein die Brahmadellen wiederauferstehen lassen. Und darauf war er stolz.

Die langen Briefe waren handgeschrieben, und ganz offensichtlich hatte der Briefschreiber eine besondere Verantwortung für seinen Text empfunden, denn jede Seite war beinahe kalligraphiert.

Es überraschte Eigil, dass er im Zusammenhang mit dem 8. Kongress der Zweiten Internationale, der 1910 in Kopenhagen stattgefunden hatte, auf den Begriff der Brahmadellen stieß. Tóvó war damals über siebzig gewesen und seine Kontakte zu anderen Menschen waren ausgesprochen begrenzt. Welches Interesse hatte eine große Organisation wie die Zweite Internationale an einem Sonderling, der in der Bringsnagøta in Tórshavn wohnte?

Der Kongress wurde im Odd Fellow Palais abgehalten, und unter den rund neunhundert Teilnehmern waren einige künftige Regierungschefs wie Stauning, Hjalmar Branting und der Brite Ramsay MacDonald. Andere Teilnehmer sollten eine entscheidende Rolle für die jüngere Weltgeschichte spielen, allen voran der Russe Lenin. Und zwei spätere Märtyrer sind ebenfalls auf dem großen Gemeinschaftsfoto zu sehen, das bei einem Ausflug der Teilnehmer auf der breiten Treppe vor dem Badehotel von Skodsborg aufgenommen wurde: Jean Jaurès und Rosa Luxemburg. Der populäre Jaurès, der vor einem bevorstehenden Krieg gewarnt hatte, wurde unmittelbar vor

Ausbruch des Ersten Weltkriegs am 31. Juli 1914 erschossen; einen Tag später, am 1. August, erklärte Deutschland Russland den Krieg. Rosa Luxemburg starb im Revolutionsjahr 1919 in Berlin durch einen Schuss in den Nacken, ehe diese weltoffene, intellektuelle Frau wie der Kadaver eines Hundes in die Spree geworfen wurde.

Man hatte umfangreiche Sicherheitsvorkehrungen getroffen, nicht nur in Verbindung mit der Großveranstaltung im Odd-Fellow-Palais, sondern auch in den Kopenhagener Hotels, in denen die Delegierten wohnten.

Dennoch hielten die Russen eine eigene Leibwache für Lenin für das Vernünftigste. Nicht nur in seinem Heimatland, auch im Ausland gehörte er zu den politischen Aktivisten, deren Leben sich in ständiger Gefahr befand. Dies belegen allein schon seine zahlreichen Decknamen. Einer lautete Vladislav Stavrogin, er unterschrieb aber auch mit Gregor Wollweber. Und obwohl Lenin kein Dänisch sprach, benutzte er immer wieder den dänischen Namen Maage, Angus Maage. Er selbst bevorzugte indes einen bestimmten Decknamen, den er mit der Zeit auch beibehielt: Lenin.

Andere russische Revolutionäre erhielten ebenfalls Tarnnamen. Lew Dawidowitsch Bronstein, der die Rote Armee gründete, nahm den Namen Trotzki an. Der Schriftsteller Alexei Maximowitsch Peschkow gab sich den Namen Gorki. Und der bekannteste von allen, Iosseb Wissarionowitsch Dschughaschwili, den viele als die Inkarnation des Bösen selbst sahen, wurde zu Stalin. Und bekanntlich bedeuten die Namen Gorki und Stalin ›der Bittere‹ beziehungsweise ›der Stählerne‹. Diese Männer bildeten zusammen mit vielen anderen unter wechselnden Namen das Mark der Revolution. Es heißt, der Name Lenin sei eine Umschreibung des Flussnamens Lena. Der Fluss entspringt im südsibirischen Baikalgebirge und ist nicht nur der wasserreichste Fluss der Erde, sondern gehört auch zu den längsten. Über die Hälfte des Jahres ist er von Eis bedeckt. In dieser Hinsicht unterscheidet er sich nicht von seinem Namensvetter Lenin: Kalt und stark kämpft er sich durch die Taiga- und Tundralandschaften, und an seiner Mündung im Eismeer teilt er sich in mehrere Arme, zwischen denen Inseln liegen.

Vielleicht war Lenin frei von spirituellen Gefühlen, möglicherweise hatte er aber einfach nur ein größeres Interesse daran, zu sagen, wer er nicht war und was ihm nicht gefiel, als zu erklären, wer er wirklich war und wonach er strebte. In diesem Fall war sein Charakter die Antithese der Dialektik, die er so oft lobte. Seine Gedanken schienen einer Logik zu folgen, die besagt: Man kennt mich aufgrund dessen, was ich nicht bin. Eigil störte darüber hinaus, dass eine Doktrin wie der Leninismus einem Decknamen entsprungen war. Es hatte den Anschein, als sei die Doktrin nicht dazu gedacht, die Geschichte ihres Urhebers widerzuspiegeln, sondern als wolle sie verleugnen, dass er mit dem nicht ungewöhnlichen Namen Wladimir Iljitsch Uljanow auf die Welt gekommen war und seine Person auch etwas mit seiner Erziehung und den Erbanlagen seiner Familie zu tun hatte.

Eigil war sich völlig im Klaren darüber, dass es ihm als eine Art skandinavischem Sozialdemokraten kaum möglich war, die Umstände nachzuvollziehen, mit denen sich die russischen Kommunisten zu Beginn des zwanzigsten Jahrhunderts konfrontiert sahen. Dennoch war er ganz sicher, dass die wechselnden Identitäten, die diese Menschen von Stadt zu Stadt und von Land zu Land getrieben hatten, an ihrer Menschlichkeit gezehrt haben mussten. Sie waren in erster Linie Kämpfer, Konspirateure und gefährliche Träumer. Sie entfachten Streiks, versuchten, Brücken über tiefe ideologische

Kluften zu bauen, begingen Banküberfälle, um ihre Ausgaben für Bücher und Zeitschriften zu finanzieren, und scheuten auch nicht davor zurück, Verräter zu liquidieren. Dass sie plötzlich für Recht und Ordnung verantwortlich sein sollten, war eine Veränderung, auf die sich nur die Wenigsten einstellen konnten.

Der berühmte südamerikanische Leninist Che Guevara äußerte in einem Gespräch mit dem Dichter Pablo Neruda einmal den Stoßseufzer: *Wenn wir erst einmal Krieg geführt haben, können wir ohne den Krieg nicht mehr leben. Jeden Augenblick wünschen wir uns, in den Krieg zurückzukehren.*

Bis zur Glasnost-Periode Mitte der Achtzigerjahre gab es niemanden, dem es wirklich gelang, den Leninismus zu reformieren. Allein die Tatsache, dass eine sogenannte moderne und säkularisierte Nation wie die UdSSR ihre toten Führer in einen Glassarg legte und sie anbetete wie die alten Ägypter ihre toten Könige, war an sich schon ein Warnsignal.

In Eigils Gedanken fühlte sich die UdSSR ebenso kalt an wie Lenins entleerter Körper. Im Januar 1924 hatten die Ärzte Formalin in seine entseelten Gebeine gespritzt; sein Leib wurde vom Hals bis zum Schambein aufgeschnitten, die Haut von der Brust gezogen und das Brustbein vom Solarplexus bis zum Schlüsselbein mit einer Säge durchtrennt. Sämtliche Eingeweide wurden herausgenommen, der Verdauungskanal vom Anus bis zum Hals entfernt. Auch der Kopf wurde geöffnet, um das Gehirn zu entnehmen.

Die internationale Akzeptanz, die die Sowjetunion trotz allem erfuhr, hing im Großen und Ganzen mit der Tatsache zusammen, dass die Rote Armee den Nationalsozialismus besiegt hatte. An der Ostfront zwischen dem Schwarzen Meer und der Ostsee stießen zwei fürchterliche Mächte aufeinander. Nie zuvor in der Weltgeschichte war eine größere Schlacht geschlagen worden, und in den ersten Monaten sah es so aus, als würde es dem ungefähr fünf Millionen Soldaten umfassenden Nazi-Heer mit Hilfe von vielen tausend Flugzeugen und Panzern gelingen, was Napoleon Bonapartes Legionen 1812 nicht geschafft hatten.

Doch es kam anders.

Natürlich war der Verlust an Menschenleben enorm. Gegen Ende des Krieges waren zwischen siebenundzwanzig und achtundzwanzig Millionen Sowjetbürger gefallen. Allein der Kampf um Leningrad hatte mehr Menschenleben gekostet, als die USA und Großbritannien im Zweiten Weltkrieg zusammen verloren. Das war der Preis für die Operation Barbarossa, und die UdSSR bezahlte den größten Teil dieser Rechnung. Die Empörung, die Kraft und die Kälte der Sowjetunion trieben die Wehrmacht zurück. Erst heraus aus der UdSSR, dann durch das nordeuropäische Flachland nach Westen bis hin zu *dieser Schlachtschüssel, diesem Schlaraffenland*, wie Hans Magnus Enzensberger sein deutsches Vaterland in einem Gedicht nannte.

Es heißt, das Hauptwerk des Leninismus sei das Buch *Was tun? Brennende Fragen unserer Bewegung*. Lenin schrieb es 1902, als die Polizei des Zaren ihre Gegner mit aufgekrempelten Ärmeln und Schlachterschürzen jagte. Doch auch nachdem der Kommunismus an die Macht gekommen war, und es keinen Grund mehr gab, die Polizei des Zaren zu fürchten, wurde an der Lehre Lenins festgehalten, ja, sie wurde zum Glaubensbekenntnis erhoben.

Wovon die Sowjetbürger auch immer träumten, was auch immer sie ins Werk setzen wollten, zunächst musste es die verschiedenen Abteilungen der Partei passieren, in denen das Material von großen marxistisch-leninistischen Röntgenapparaten durchleuchtet wurde. Man könnte sagen, die Parteidoktrin wurde standardisiert und in die Länder im Süden, Osten und Westen exportiert. Aber es ließ sich nur schwer nachweisen, dass das Haltbarkeitsdatum längst abgelaufen war. Auch in Ländern mit gewöhnlichen bürgerlichen Demokratien, in denen man wegen seiner Ansichten nicht gejagt und verklagt wurde, sollte die kommunistische Vorgehensweise exakt so gehandhabt werden wie in Russland in den Jahren vor dem Ersten Weltkrieg. Wer den Befehlen nicht gehorchte, wurde als Verräter und Opportunist abgestempelt, so erging es unter anderem Santiago Carillo und Alexander Dubček. Die Führung im Kreml schien von der Zeit zu verlangen, dass sie stehen blieb oder zumindest langsamer lief, doch bekanntlich hängen Zeit und Erdumdrehungen unlösbar miteinander zusammen. Jeden Tag dreht sich die Erde um ihre eigene Achse, und sie braucht ein Jahr, um die Sonne zu umrunden. Es wird angenommen, dass sie ungefähr 5,972 Tausend Trillionen Tonnen wiegt, doch dass diese enorme Masse ihre Bewegung verlangsamen sollte, nur um den wechselnden Generalsekretären im Kreml einen Gefallen zu tun, ergab nicht viel Sinn. Als der Reformer Gorbatschow Mitte der Achtzigerjahre das Parteifenster aufstieß und die Gegenwart in die kommunistischen Hallen strömen ließ, oh, da zerfiel das gesamte System. Der Leninismus zerbröselte und konnte schlichtweg aufgekehrt und in kleinen Plastiktüten hinausgetragen werden.

Der Mann, der als Leibwächter für Lenin abgestellt wurde, als er sich in Kopenhagen aufhielt, hieß Børge Gade und trug den Spitznamen Beber. Beber arbeitete nicht nur als Leibwächter, sondern übernahm auch eher zweifelhafte politische Aufgaben, darunter Sabotageakte. Aber davon wusste niemand, oder besser, diejenigen, die davon wussten, ließen sich an einer Hand abzählen. Beber war ein dänischer Sozialdemokrat und wie viele seiner Parteigenossen um die Jahrhundertwende Abstinenzler. Es ist nicht ganz einfach, etwas über sein Leben zu erzählen. Er war ein bescheidener Mann, der Ordnung in seinen begrenzten Geldangelegenheiten hielt. Die Familie besaß einen Kleingarten in Bispebjerg, wo sie Kartoffeln, Kohl und Wurzelgemüse anbaute. Beber stammte aus einer Uhrmacherfamilie und kümmerte sich um die Uhren in einigen hohen Kopenhagener Kirchtürmen. Abgesehen von den verschiedenen Reparaturen war es seine Aufgabe, die Uhren zu stellen.

Trotzdem hatte er für die Beschädigung eines Schiffes, auf dem sich 1891 schottische Streikbrecher befunden hatten, im Gefängnis gesessen. Von 1891 bis 1893 saß er im Zuchthaus von Horsens und lernte dort den Tórshavner Tóvó kennen.

Diese Informationen standen in den Briefen, die Eigil im Archiv ausgehändigt bekam.

Es ist wohl überflüssig zu bemerken, dass Beber diese Briefe nicht selbst geschrieben hatte und sie auch nicht zu seinen Lebzeiten geschrieben wurden. 1952 hatte sich der dänische Historiker Leif Øhrnberg mit Bebers ältester Tochter Mette Gade in Verbindung gesetzt. Øhrnberg hatte von der geheimen Tätigkeit des Turmuhrmachers erfahren, und ein Ergebnis seiner Zusammenarbeit mit Mette Gade waren ebenjene Briefe, die Eigil jetzt in seinem viel zu warmen Wintermantel studierte.

Bevor wir fortfahren, ist eine kleine Präzisierung notwendig. In *Die Erinnerungen*, dem ersten Buch über die Brahmadellen, das 2011 erschien, heißt es, dass Tóvó nach Vridsløselille geschickt wurde, um seine Strafe abzusitzen. Und es ist tatsächlich korrekt, dass der Name Vridsløselille auf dem Urteil stand, mit dem Tóvó im Frühjahr 1883 nach Kopenhagen geschickt wurde. Nur hatte der Richter in Tórshavn nicht die Kompetenz zu entscheiden, in welchem Gefängnis Tóvó seine Strafe verbüßen musste.

Warum im Urteil Vridsløselille erwähnt wurde, kann man nur mutmaßen. Vermutlich war es einfach die Absicht des Richters, Tóvó unter den härtesten Bedingungen einzusperren, die es damals in dänischen Gefängnissen gab. Solch ein Gefängnis war Vridsløselille. Alle Welt fürchtete das neugebaute und unheimliche panoptische Gebäude, das 1859 westlich der dänischen Hauptstadt eingeweiht worden war. Das Gefängnis wurde nach dem sogenannten Pennsylvania-System betrieben, dessen Strafgrundlage aus vollständiger Isolation bestand. Der Gefangene war nicht nur von seiner Umwelt isoliert, sondern auch von seinen Mithäftlingen. Die Idee basierte darauf, dem Insassen Zeit und Gelegenheit zu geben, seine Sünden zu bereuen und auf diese Weise seinen Frieden mit Gott zu finden. Oder wie es der norwegische Gefängnisgeistliche Ansger Hågensen ausdrückte: *Die Prinzipien des Pennsylvania-Systems der Strafverbüßung sind verwandt mit einer mystischen christlichen Spiritualität, die besagt, dass jeder Mensch auf dem Grunde seiner Seele einen göttlichen Lichtschein bewahrt, und diesen Lichtschein gilt es, durch die Isolation zu stärken und zu einem lebendigen Licht werden zu lassen.*

Am 3. Mai 1899 öffnete sich das Tor des Zuchthauses von Horsens.

Es war offensichtlich, dass Tóvó nicht gewohnt war, über eine Schwelle zu treten, seine magere Gestalt verschwand beinahe unter der hohen Wölbung des Tores, und als die Tür hinter ihm ins Schloss fiel, sah er aus, als wisse er nicht, was er nun tun solle. Er hatte einen kleinen Koffer in der Hand, und weil er kahlgeschoren war wie alle Häftlinge in Horsens, war seine alte Mütze viel zu groß und verlieh ihm ein beinahe groteskes Aussehen, als hätte er die erstbeste Mütze aufgesetzt, die er zu fassen bekommen hatte. Er war genauso angezogen wie vor sechzehn Jahren, als er durch dieses Tor gegangen war, neu waren lediglich die Lederstiefel, die ihm einer der anderen Insassen genäht hatte.

Er zog den Stock unter dem Kofferriemen heraus und wollte gerade aufbrechen, als er einen Mann auf sich zukommen sah, und dieser Mann schien tatsächlich auf ihn zuzugehen, denn es gab sonst nichts zu sehen, nur im Osten ein bisschen Wald und ansonsten Felder, so weit das Auge reichte. Tóvó stellte den Koffer neben seine Stiefel, blieb einen Moment stehen und versuchte sich zu erinnern, wer diesen Gang haben könnte. Sie waren ungefähr gleich groß, aber der Unbekannte hatte eine kompaktere Figur und war kaum älter als vierzig Jahre. Doch dann erkannte er seinen alten Mithäftling Beber, und nun lächelte auch Beber, und Tóvó hob vorsichtig eine Hand zum Gruß.

Eigentlich hatten die Aufseher Tóvó erklärt, wohin er zu gehen hatte. Es hieß, zu Fuß würde es zum Bahnhof eine gute halbe Stunde dauern. Daher wurde er ein wenig nervös, die neue Situation beunruhigte ihn und ließ ihn misstrauisch werden. Er hatte niemanden gebeten, ihn abzuholen. Als Erwachsener hatte er es nie gemocht, wenn ihm jemand zu nahekam, und die Jahre hinter Gittern hatten ihn in dieser Hinsicht nicht verändert. Beber hatte sich seine Jacke über den Arm gehängt, die Uhrkette führte vom Knopfloch zur Westentasche, sein blondes Haar stand ihm unbändig vom Kopf. O ja, es war der bescheidene Beber. In der Gefängniswerkstatt hatte er eine Uhr aus Pockholz gefertigt, und das Besondere an dieser Uhr war ein Vogel, der jedes Mal aus einer kleinen

Luke über dem Zifferblatt heraussprang, wenn es sechs oder zwölf Uhr war. Als Beber 1893 entlassen wurde, hatte er die Uhr einem Pyromanen aus Høng geschenkt, der sie jeden Tag aufzog. Ja, Beber war sein alter Mithäftling, und nun fiel Tóvó auch wieder ein, dass Beber erwähnt hatte, ihn in Empfang zu nehmen, wenn er entlassen würde.

Tóvó ergriff Bebers freundlich ausgestreckte Hand, und tatsächlich war der jüngere Mann gerührt. Und Tóvó nahm dessen Angebot an, seinen kleinen Koffer zu tragen.

So gingen sie gemeinsam auf Horsens zu.

Beber erkundigte sich, ob Tóvó die Gicht quälte, da er einen Stock benutzte.

Tóvó antwortete, den Stock hätte er nur zur Zierde. Alles, womit Menschen sich beschäftigten, war nur zur Zierde, denn alles wird uns genommen, bis auf die Haut wird uns alles geraubt, und wenn nichts mehr vorhanden ist, ergeht es uns so, wie es seinem Vater Martimann ergangen sei.

»Wie erging es ihm denn?«

»Er starb und wurde in einen schwarz geteerten Sarg gelegt.«

Beber stellte keine weiteren Fragen. Allerdings gefiel ihm Tóvós trockene Wortwahl, oder besser, er erkannte Tóvós Wesensart wieder und freute sich darüber.

Tóvó blinzelte. Am Himmel war nicht eine Wolke zu sehen, und er ließ die Bemerkung fallen, die Sonne wünsche ihm einen guten Morgen, mit allen Geräuschen und allen Gerüchen, die von der Erde aufstiegen. Beber nickte lächelnd. In einem Baum saßen Stare und sangen, ein Windstoß fuhr sanft durch das helle, bebende Laub. Hohlzahnpflanzen wiegten sich im Wind, um ihre Blätter schwirrten Fliegen. Doch vor allem der Duft des Thymians erfreute Tóvó. Das Kraut war unscheinbar anzusehen, einige wenige Blätter an einem Stängel, aber dennoch dominierte der frische und scharfe Duft an diesem herrlichen, freien Morgen. Der Weg führte durch Haferfelder. In einem Buch über die dänische Landwirtschaft hatte Tóvó gelesen, der Hafer würde überwiegend als Futter für die ungefähr fünfhunderttausend Arbeitspferde verwendet, die jedes Jahr die dänische Kornernte einfuhren.

Tóvó wurde nervös, als ein Schwarm Schwalben wie aus dem Nichts vorbeischoss, und er spuckte über die Schulter, denn die Schwalbe war ein Unglücksvogel, jedenfalls daheim auf den Färöern. Und nun ging ihm seine Heimat durch den Kopf, er erinnerte sich an Pflanzennamen wie *sýra* und *hvonn*, und plötzlich sah er die Tangmisthaufen vor sich, die er in Tvøroyri aufgehäuft hatte, oh, vor einem halben Jahrhundert! Natürlich waren es gute Jahre gewesen, als er zur See gefahren war, und glücklicherweise hatte er erleben dürfen, wie der Korporal ihm die *Moschee* vererbte. Doch dass der Baumeister Obram aus Oyndarfjørður ihn dermaßen hasste, verstand er nicht, und noch weniger wollte er sich damit abfinden. Er hatte lediglich um sein Leben gekämpft, dennoch hatte es ihn sechzehn Jahre Gefängnis gekostet.

Doch jetzt wollte er sich nicht von irgendwelchen Sorgen quälen lassen, nein, ganz bestimmt nicht! Und er kam auch nicht auf die Idee, sich umzudrehen, um einen letzten Blick auf das hohe und unheimliche Zuchthaus zu werfen, das sein Herz gebrochen hatte. Er zischte zwischen den Zähnen: Niemals, nein, nie im Leben!

Der Anfall von Trübsal verschwand, als sie von einem Hügel auf die weiten Flächen blickten, die sich vor ihnen erstreckten. Die gelben Ähren wogten im Wind, ja, es sah aus, als rolle das Feld nach Süden, und mittendrin stand ein kleiner Eichenhain. Die Eichen waren leicht an ihren gewaltigen Kronen zu erkennen, und dort, wo sie wuchsen, hatten weder

Büsche noch andere Bäume Platz. Sie waren gleichsam die Könige im Reich der Bäume, schroff und stark. Und ihre Wurzeln waren ebenso breit wie ihre Kronen. Einen Moment stützte sich Tóvó auf seinen Stock und genoss den Anblick. Dann sagte Beber, diese Bäume hätten Glück gehabt. Tóvó fragte, was er damit meine, glückliche Bäume? Und Beber antwortete, die meisten Eichen, jedenfalls diejenigen, die zum Schiffsbau verwendet werden konnten, seien in den Jahren gefällt worden, in denen das Königreich eine der größten Flotten der Welt gehabt hatte. Tóvó nickte und erwiderte, ganz sicher hätten einige mehr Glück gehabt als andere.

Nun konnten sie den ganzen Fjord und die kleinen Wellen mit den weißen Schaumkronen sehen, die sich am Strand brachen. Der Duft des Meeres legte sich geradezu auf die Brust, und wenn Tóvó die Augen schloss, nahm er den Geruch nach verfaultem Tang und Vögeln wahr. Bei dem Gedanken an Schiffe und Boote und dem kreischenden Geräusch einer Ankerkette, die Glied für Glied durch eine Klüse gezogen wurde, traten ihm Tränen in die Augen. Tóvó sah seinen Begleiter an und schüttelte den Kopf. Es bedeutete: Hier steht man nun als altes Wrack und heult vor sich hin. Beber nickte nur, und Tóvó verspürte das Bedürfnis, ihm zu danken, denn Beber gehörte zu den Menschen, die es verstanden, mit sanftem Schweigen zu antworten. In diesem Moment hatte er das Gefühl, sich zwischen dem festen Erdboden oder einem schwankenden Deck entscheiden zu müssen, das nach verschwundenen Mannesjahren roch. Vor dreißig Jahren wäre eine solche Wahl noch einfach gewesen, doch diese Tage waren vorbei, er würde nie wieder auf einem Schiff anmustern.

Sie näherten sich der Brücke, die den südlichen mit dem nördlichen Arm des Horsens Fjords verband, und Tóvó ging hinunter zum Fluss. Er nahm seine Mütze ab und ging in die

Knie. Mehrmals schöpfte er Wasser mit seinen Händen, trank und wusch sein Gesicht. Er spürte, wie das kühle Wasser ihm über das Kinn und die Brust lief. Das Wasser war glasklar, und er sah blanke, flache Steine am Grund glitzern. Grüne und rötliche Algengewächse wogten hin und her, und plötzlich bemerkte er einen kleinen Schwarm Forellen, die gegen den Strom schwammen. Es waren zehn, vielleicht zwölf Stück, und mit einem Mal standen sie ganz still, die Rückenflossen ragten aus dem Wasser, die starren Augen sahen sich hastig um, und ebenso plötzlich, wie sie innegehalten hatten, schossen sie wieder davon.

Als Tóvó zurück zur Straße kam, trocknete er sein Gesicht mit der Mütze. Wäre ich jünger gewesen, sagte er, hätte ich nicht lange nachgedacht, ich hätte mir eine Fahrkarte gekauft und wäre mit einem Amerikadampfer nach Westen aufgebrochen!

Sie hörten Pferde und traten zur Seite, um einem Wagen Platz zu machen, der mit einer großen Ladung Heu langsam hinter ihnen herfuhr. Vielleicht dachte der Kutscher, dort gehen zwei entlassene Zuchthaushäftlinge, denn weder grüßte er, noch bot er ihnen eine Mitfahrgelegenheit an.

Beber schlug vor, am Bahnhof mit dem Zug nach Juelsminde zu fahren. Er kannte einen Fischer, der sie über den Vejle Fjord bringen konnte, und wenn alles gut ging, war der Mann vielleicht auch so hilfsbereit, sie über den Kleinen Belt bis nach Strib zu befördern. Dort könnten sie übernachten und am nächsten Morgen mit dem Zug weiter nach Nyborg und in die Hauptstadt fahren.

An Bord der Fähre zwischen Nyborg und Korsør klagte Beber Tóvó seine Not. Seine Frau Tilde wurde von einer teuflischen Angst gequält, die Anfälle waren bisweilen so schlimm, dass sie eine ganze Woche das Bett hüten musste. Er erzählte, es hätte in den Jahren begonnen, als er in Horsens im Gefängnis saß; ob seine Haft jedoch die alleinige Ursache der Angst war, wusste er nicht so genau. Er sagte, Tilde hätte einige Erlebnisse gehabt, die überhaupt nicht zu ihrer atheistischen Lebenseinstellung passten: Sie hätte Satan gesehen. Es hatte begonnen, als ein Nachbar, der ein Stockwerk über ihnen wohnte, sich aus dem Küchenfenster zu Tode stürzte. Sie hatte nichts tun können, doch als sie nach oben zum Küchenfenster blickte, hatte sie zum ersten Mal Seine Schwarze Hoheit gesehen, wie sie den Teufel bezeichnete. Er hatte in der leeren Fensteröffnung gestanden und schallend gelacht. Sie hatte auch gesehen, wie er Fleisch und Eingeweide auf einem Markt in der Nähe verkaufte, und eines Sonntags, als die ganze Familie im Zirkus war, musste Tilde Hals über Kopf das Zelt verlassen, weil sie überzeugt war, bei dem feuerspuckenden Zwerg handele es sich um niemand anderen als Seine Hoheit persönlich. Das alles sei so furchtbar.

Tóvó dachte eine Weile nach. Dann sagte er, Menschen, die den Teufel erlebten, würden nicht darum bitten, daher müsse man sie ernst nehmen und ihren Worten vertrauen.

In der ersten Nacht in der Vesterbrogade 112 schlief Tóvó im Wohnzimmer von Beber und Tilde, zumindest hielt er den Raum für ein Wohnzimmer. Sie hatte ihm eine Ottomane bezogen, das Bettzeug duftete sauber und vor den Fenstern hingen schwere Gardinen. Die beiden Töchter Bebers kamen herein und wünschten ihm eine gute Nacht. Sie trugen lange helle Nachthemden, und Mette, die älteste Tochter, sah, wie gerührt Tóvó war, als sie ihm die Hand reichte und ihm wünschte, gut zu schlafen.

Diese Informationen fand Eigil in einem der Briefe, die Mette fünfzig Jahre später an den Historiker Øhrnberg geschrieben hatte. Sie schrieb, wie ergreifend es gewesen sei, den alten, kahlköpfigen Färinger zu sehen, der auf der Ottomane saß und leise weinte.

Wie gewöhnlich schlief Tóvó tief und fest und wachte genau um halb sieben Uhr morgens auf, so wie er es seit sechzehn Jahren gewohnt war. Die Zelle im Gefängnis von Horsens war nicht größer als drei Quadratmeter gewesen, und nur mit knapper Not hatte er die Gitterstäbe vor dem Fenster erreichen können – nun aber erstreckte sich eine ganze Straße vor seinem Blick. Vorsichtig öffnete er das Fenster, legte seine Ellenbogen auf das Fensterbrett und hörte die Geräusche der erwachenden Stadt ins Wohnzimmer strömen. Der Puls der Straße schlug unter den Hufen der Pferde und den kreischenden Wagenrädern. Einige Wagen waren mit Brettern und Balken beladen, andere gehörten zur Müllabfuhr, und aus den Hinterhöfen kamen Männer mit schweren Lokuseimern auf dem Rücken. Von irgendwoher dröhnten Hammerschläge, und elf-, zwölfjährige Jungen liefen mit Milchflaschen und Zeitungen die Treppen hinauf. Doch so früh am Morgen war die von Kohle und Gas betriebene Stadt noch nicht gänzlich erwacht, Tóvó nahm einen Rest vom Duft der Nacht wahr. Er meinte, Vieh brüllen zu hören, aber in dieser Gegend gab es wohl kaum einen Bauernhof, vielleicht kamen die Geräusche aus einer Schlachterei. Und nun ging über der Hauptstadt die Sonne auf, sie zog einen blauen Himmel hinter sich her, das morgendliche Licht spielte in den anmutigen Baumkronen, die Fensterscheiben glitzerten, und zwischen den Häusern hingen Windeln, Kleider und Arbeitskleidung an Wäscheleinen.

Das Merkwürdigste war jedoch ein Taubenpärchen, das auf der breiten Fensterbank des östlichen Wohnzimmerfensters saß. Sie hatten die Flügelfedern gespreizt und plierten hektisch mit ihren schmalen grünen Augen. Wenn Tóvó gewollt hätte, dann hätte er sie mit den Händen fangen können.

Plötzlich erinnerte er sich, wie gut sein Enkel Martin Vögel nachahmen konnte. Sämtliche Vogelarten. Sowohl die zahmen Hühnervögel, die in Reyn auf den Grasdächern saßen, wie auch diejenigen, die keine feste Adresse hatten und im März, April das Frühjahr ins eisige Tórshavn brachten. Er wusste, dass Martin die Färöer verlassen hatte, das hatte er von Henrietta Nolsøe erfahren. In all den sechzehn Jahren in Horsens war sie so aufmerksam gewesen, ihm jedes Frühjahr eine Postkarte und bisweilen einen Brief zu schicken. Er wusste auch, dass seine Schwester Ebba vor zwei Jahren gestorben war und sein Schwager Sámal á Kák nun allein in Geilin wohnte.

Dass er in einer kleinen Uhrmacherwerkstatt geschlafen hatte, beziehungsweise einer Kombination aus Werkstatt und Wohnzimmer, wurde ihm erst bewusst, als das Licht sich durch die Gardinen schlich. Die Schäfte von Schraubenziehern und Feilen ragten aus den Löchern des langen Arbeitstisches, auf dem mehrere kleine Hämmer und Eisensägen in unterschiedlichen Größen lagen. Außerdem waren am Tisch ein Schraubstock und eine kleine Drehbank befestigt. Taschenuhren hingen an Nägeln, und einige Uhren lagen offen auf dem Tisch, sodass man in ihre kleinen eisernen Eingeweide sehen konnte. Das Ticktack einer Wanduhr war zu hören, doch den meisten Uhren fehlten Ersatzteile, oder man hatte sie nicht aufgezogen, während Beber in Horsens war, um seinen alten Mitgefangenen abzuholen.

Während seines neuntägigen Aufenthalts in Kopenhagen war Tóvó oft im Hafen an den Kais zu finden. Er freute sich, dass die Dampfmaschine die Segelschiffe abgelöst hatte, diese alten Seelenverkäufer. Allein der Gedanke, in die Takelage zu klettern, um ein Großsegel zu reffen, wenn der Sturm in den Wanten heulte, ließ ihn schwindeln.

Und es war etwas ganz Besonderes, die Stadt von den verschiedenen Kirchtürmen aus zu erleben, die Beber täglich zu besteigen hatte. Mehrere Stunden konnte Tóvó die Aussicht genießen, und dabei stand er so weit oben, dass keine Fliege und kein Schmetterling es wagten, so hoch in die dünne Luft zu fliegen. Hier roch es weder nach Pferden noch nach Menschen, und die Straßen, auf die Tóvó blickte, lagen in tiefen Backsteinschluchten. Einige waren so schmal, dass sie die Sonne nur für einen kurzen Moment sahen, andere so breit wie der Weg durch ein freigiebiges Herz. Die meisten Häuser hatte man mit Dachziegeln oder Schieferplatten gedeckt, und die Dächer hatten hohe Schrägen. Doch es gab auch Gebäude mit Kupferdächern, wahre Kunstwerke. Einige glichen hohen spitzen Hüten, andere sahen eher aus wie die hübschen Deckel von Keksdosen, die Tóvó in den Schaufenstern der Städte gesehen hatte, als er noch zur See fuhr. Vor allem, wenn die Sonne schien, flammten die Kupferdächer auf, und es schien, als sei der ganze Himmel über der Stadtmitte von einem goldenen Schimmer überzogen.

Dort oben in der Höhe wohnte Gott. Der Abstand zur Welt der Menschen war unendlich, und egal, wie gute Ohren Gott hatte, er konnte unmöglich verfolgen, wovon eine halbe Million Kopenhagener sprach, was sie sangen oder worüber sie lachten. Hatte Gott überhaupt Ohren? War es nicht allzu menschlich, an das Kraftwerk der Welt, wie der Anstaltspastor Ansger Hågensen Gott nannte, Ohren und Nase zu hängen? Und wenn Gott einen Mund hätte, wäre dann nicht die natürliche Folge, dass er auch eine Kehle und Lungen haben müsste? Aber was wollte er denn damit bloß anfangen, wenn er doch nie das Wort ergriff? Sicher, im Traum konnte man Gott sprechen hören, aber das bewies nicht seine Existenz, denn im Traum konnte man auch Esel und Ziegen reden hören. Die Frage war eigentlich sehr einfach: Konnte man von Gott verlangen, eine bestimmte Meinung über die irdischen Verhältnisse der Menschen zu haben?

Es wohnte ungefähr die gleiche Anzahl Menschen in Kopenhagen, wie es Arbeitspferde im Land gab, und ob die Menschen oder die Pferde in besseren Verhältnissen lebten, war im Grunde egal. Aber durfte man es sich erlauben, Gott damit zu belästigen? Nein, das durfte man nicht. Das tägliche Treiben der Stadt und das Wohlergehen der Pferde waren die ureigenste Angelegenheit der Menschen, und man simplifizierte Gott und entmündigte sich selbst, wenn man forderte, der Allmächtige sollte eine bestimmte Meinung dazu haben, wie hoch die Miete sein durfte oder wie teuer ein Kilo Hackfleisch zu sein hatte. Das Sonnensystem bewies Verstand und Zuverlässigkeit, und wollte man Gott bestimmte Eigenschaften zuschreiben, dann doch wohl diejenigen, die die Erde und alle anderen Planeten um die Sonne kreisen ließen.

An einem der Tage in Kopenhagen nahm Beber Tóvó mit auf den Assistens Kirkegård, den Friedhof in Nørrebro. Dass Beber Guddas Grab besuchen wollte, ahnte Tóvó nicht, und er konnte sich auch nicht daran erinnern, Beber von seiner Großtante erzählt zu haben, die Anfang des Jahrhunderts als Haushaltshilfe des Arztes Manicus und seiner Familie nach Dänemark gekommen war. Doch er musste es wohl getan haben, denn Beber hatte nach ihrem Grab gesucht und es gefunden – offenbar aus eigenem Antrieb und um den Mann zu ehren, der ihm in den Jahren, die er in Horsens einsaß, Lebensmut gegeben hatte. Die Grabstelle war aufgrund mangelnder Pflege längst verfallen gewesen, und Beber hatte nicht nur das Unkraut gejätet, sondern auch die Inschrift des Steines gereinigt und die Buchstaben mit Farbe nachgezogen:

> *Gudrun Thorolfsdatter*
> *Tórshavnerin*
> *Geliebt und vermisst*

Tóvó sagte, die meisten aus seiner Familie seien tot, und Gott sei, genau wie er, ein kinderloser Mensch, der es nicht geschafft hatte, die nächste Generation zum Blühen zu bringen. Er erklärte, der Tod sei das große Laken, das man über die Gesichter breite. In Wahrheit sei es hochmütig, dass die Toten sich durch ihren Namen auf dem Grabstein zu erkennen geben müssten. Er wusste nicht, wer diesen Brauch eingeführt hatte, aber sicher war es jemand, der in jungen Jahren seine Mutter verloren und seither nie wieder das Licht in einem Gesicht gefunden hatte, das vergibt und bedingungslos liebt.

Eines Vormittags klopfte Tóvó vorsichtig an die Tür zur Kammer von Bebers Ehefrau Tilde. Er bekam keine Antwort, öffnete aber trotzdem die Tür und trat ein. Wie Beber gesagt hatte, stand ein Stuhl direkt am Bett; Tóvó setzte sich. Die Kammer lag neben der Küche, durch die matte Scheibe über der Tür fiel ein wenig Tageslicht herein.

Tóvó saß eine ganze Weile schweigend auf dem Stuhl. Er hörte Tildes Atemzüge, eine Zeit lang atmete sie auch durchaus regelmäßig, dann wurden ihre Atemzüge jedoch unregelmäßiger, und sie seufzte inbrünstig und bekümmert.

Plötzlich hörte er sie sagen, wenn er wolle, dürfe er gerne die Kerze anzünden.

Die Stimme war ganz unerwartet zart. Es klang, als kämen die Worte über eine dünne Luftbrücke, und diese Brücke war so zerbrechlich, dass sie jederzeit unter dem Gewicht einer einzigen Silbe einstürzen konnte. Tóvó zündete die Kerze an, und aus der Dunkelheit kam ein gequältes Gesicht mit blanken Augen zum Vorschein. Flüsternd wiederholte sie die Worte ihres Mannes, Tóvó habe Kontakt zu den Wurzeln kranker Herzen.

»Wissen Sie, dass es Herzwurzeln gibt, die nach Schweiß stinken? Ich habe solche Schmerzen in der Brust, und egal, ob ich wach bin oder träume, das Herz will mir schier zerspringen. Es ist ein Gefühl wie in den Schlachthäusern am Halmtorvet, es gibt Gitter und Luken vor den Fenstern, und die ganze blutende Haut ist mit Stricken eingeschnürt. Es gibt nur eine einzige Tür, und sicherlich lässt sie sich öffnen und schließen, aber davor sitzt ein Wächter mit Klauen, dessen Namen ich nicht auszusprechen wage. Ich soll Beber in den Kleingarten begleiten, er sagt, frische Luft sei gut für die Nerven. Glauben Sie an das Böse?«

Tóvó erwiderte, seiner Meinung nach sei das Böse im Grunde eine Art Flüssigkeit. Er sagte, es läge in der Natur der Flüssigkeit, an den niedrigsten Punkt zu fließen, daher sei es nicht so merkwürdig, dass die Herzwurzeln nach Schweiß riechen, denn unter der Flüssigkeit brenne Feuer. Doch die Flüssigkeit könne auch gefrieren. Das bedeutete, sie konnte verschiedene Formen annehmen, und im übertragenen Sinn in der Gestalt einer Frau wie eines Mannes erscheinen, ja, sogar in der Gestalt eines Tieres. Flüssigkeiten hätten zudem die Eigenschaft zu verdampfen, daher könne das Böse wie Rauch durch Gebäude treiben und durch die allerkleinsten Ritzen dringen. Allerdings seien es vor allem die Menschen, die in ihrem Leben bedeutende Aufgaben übernommen hätten, die derartige Transformationen erlebten.

»Transformationen?«

»*Yes, transformations.*«

Tilde lächelte, zum ersten Mal seit vielen Tagen lächelte sie. Sie spürte, wie sich ihre Wangen anspannten und die Lippen sich zu einem kleinen Bogen verzogen. Sie sagte, sie wisse durchaus, was *transformations* bedeute, aber es sei so komisch, wenn Tóvó dieses Wort ausspreche.

Er antwortete, Englisch sei die Sprache, in der er sich am ehesten zu Hause fühle und die er all die Jahre gesprochen habe, in denen er zur See fuhr.

Zwischen dem Doppelbett und dem Etagenbett der Töchter gab es einen schmalen Gang, doch obwohl in die Kammer nicht mehr als zwei Betten passten, sah es darin sehr aufgeräumt aus. Das Charakteristische an der Kammer oder besser dieses kleinen Moments, den Tóvó an der Bettkante saß, war indes der Duft nach Frau. Möglicherweise hatte Tilde eine Woche im Bett verbracht und es in diesen Tagen mit dem Bad nicht so genau genommen. Den weiblichen Duft transportierten winzige Insekten, dieses Gefühl hatte man zumindest, und wenn diese Insekten auf ein Nasenhaar oder den Rand einer Nebenhöhlenwand trafen, löste genau dieser Zusammenstoß kleine Wolken von verhextem Duft aus.

Tilde sagte, in ihrem momentanen Leben hätte sie keine besonderen Aufgaben übernommen, das sei früher einmal so gewesen, in den Jahren, als sie noch in der Lage gewesen sei, ihrer Arbeit als Lehrerin nachzugehen und sich um ihre Töchter zu kümmern. Nun aber sei sie mit einem Mann verheiratet, der auf dem Papier für einige Kirchenuhren verantwortlich war, dessen tatsächliche Tätigkeiten aber Konspiration, Einbruch und etwas, das sie nicht zu benennen wage, waren. Viele von Bebers Unterfangen seien so gefährlich, dass er im Gefängnis landen würde, wenn die Polizei ihn erwische. Und dann wäre es nicht das Zuchthaus von Horsens, sondern Vridsløselille! Wenn dieses Unglück geschähe, wäre ihr Leben vorbei, und ihre Töchter hätten dann weder eine Mutter noch einen Vater.

Tóvó erwiderte, er sei stolz darauf, einen Mann zu kennen, der sein Leben für eine Sache einsetze, aber es sei durchaus ein gefährliches Leben, mit Beber verheiratet zu sein. Allerdings müsse sie daran denken, dass die Armen nichts umsonst bekämen. Erfolgreich sei nur eine zielgerichtete Politik, die scharfen Widerstand leiste und keine Gnade zeige, weder Richtern noch Reichen gegenüber. Alles andere sei nutzlos und letztendlich leeres Gerede.

Etwas verstand Tóvó trotzdem nicht, und nun fragte er Tilde, wie ein unbekannter Mann aus der Gewerkschaftsbewegung die Aufsicht über Kirchenglocken haben könne und somit sein Brot im Dienst der dänischen Volkskirche verdiene.

Tilde brach in Gelächter aus. Und es war kein leises Lachen. Es klang buchstäblich so, als wolle sie sich totlachen. Und solange sie lachte, war sie eine lebenslustige Frau, die ebenso gut die Königin der ganzen Straße hätte sein können. Sie schlug mit den Händen auf die Bettdecke und setzte sich plötzlich auf, doch als ihr im nächsten Moment klar wurde, dass sie keine Kleider am Leib trug und ein fremder Mann ihre Brüste sah, kroch sie wieder unter die Decke, zog sie bis an den Kopf und lachte weiter.

Als das Lachen endlich verklungen war, erklärte sie, niemand in der Kirche wisse vom Doppelleben ihres Mannes, mit Ausnahme von Frau Graubøl, und selbst deren Wissen sei begrenzt. In dieser Frau hätten Kopenhagens Arme eine treue Freundin. Sie war die Witwe des ehemaligen Bischofs von Seeland, Victor Graubøl, und obwohl er bereits tot war, hatte das Wort der Witwe noch immer Gewicht. Nicht weil sie irgendein Orakel war, sondern weil sie eine Menge wusste und nicht zuletzt über Wissen kompromittierender Art verfügte. Wenn Frau Graubøl etwas verachtete, dann waren es diese engstirnigen Heiligen. Sie war eine der Initiatorinnen der Kopenhagener Armenhilfe, und als sie beschloss, am Verfassungstag, während die Obrigkeit sich selbst feierte, daheim zu bleiben und ihr Haus den Armen zu öffnen, hatten ihr das einige Leute sehr übel genommen.

»Und wissen Sie, wer sie ist? Nein, das können Sie nicht wissen. Niemand weiß das. Aber sie ist, oder war, eine Halbschwester von Harald Brix. Ich weiß nicht, wie gut Sie die neuere Geschichte Dänemarks kennen, aber Brix, Louis Pio und Paul Geleff haben die dänische Sozialdemokratie begründet, und obwohl Frau Graubøl ihrem Halbbruder nicht helfen konnte, als er in einer Zelle in Horsens verfaulte, ist sie doch eine von denen, die Beber Aufgaben vermitteln. Aufgaben ist vielleicht ein zu großes Wort, Beber war ihr Kurier, um es mal so zu sagen, und solange sie lebt, fühlen wir uns sicher.«

Tóvó wusste genau, wer Harald Brix war, und obwohl sie nicht gleichzeitig in Horsens gesessen hatten, wusste er, dass man Brix in die Zelle Nr. 17 gesperrt hatte, Tóvó war in Nr. 14 gewesen. Brix war dem Tode nahe, als die Behörden ihn 1880 entließen, er starb ein Jahr später und wurde in Aalborg begraben.

Tóvó hätte gern gewusst, warum Frau Graubøl ihrem Bruder nicht rechtzeitig geholfen hatte.

Tilde antwortete, die Witwe des Bischofs sei eine vielschichtige Frau, die auch etwas von einer Heuchlerin habe. Aber zu ihrer Verteidigung müsse auch gesagt werden, dass Victor Graubøl zu der Zeit, als ihr Bruder im Gefängnis saß, ein aufsteigender Stern gewesen sei, kurz davor, in einer Regierung unter Premierminister Estrup Kirchen- und Kulturminister zu werden. Und wenn herausgekommen wäre, dass die Frau einer geachteten Stütze der Gesellschaft die Halbschwester von Harald Brix war, ja, dann wäre die Kacke am Dampfen gewesen, wie Tilde sich ausdrückte.

Tóvó erwiderte nichts auf ihre Erklärung, sondern fragte nur, ob er ihr einen Schluck Wasser holen solle. In der Küche spritzte er sich kaltes Wasser ins Gesicht, und als er ihr das Glas reichte, berührten ihre warmen Fingerspitzen die Knöchel seiner Hand, aber vielleicht war es bloß Zufall.

Tóvó schaukelte mit dem Oberkörper hin und her. Wie sein Urgroßvater hatte er die Arme übergeschlagen und summte mit geschlossenen Augen.

> *Frühlingssonne bricht durch schwarze Herzen*
> *alle Wege sind versperrt*
> *Mauersteinzinnen und Uhrengewichte*
> *gestohlene Dokumente*
> *blanker Dolch*
> *sag mir, wer in dieser Stunde weint.*

> *Sag mir, wer in dieser Stunde weint*
> *genageltes Herz*
> *sanfte Hand.*
> *Der Morgen ruft den Tag*
> *der Tag ruft den Abend*
> *Liebes, hör mein Herz schlagen.*

Ununterbrochen wiederholte er die Verse. Das eine oder andere Wort entfiel, neue wurden eingefügt, und obwohl Tilde kein Färöisch verstand, hörte sie diesen sonderbaren, beruhigenden Lauten zu, die in den unbekannten Worten wohnten. Allerdings wagte sie nicht, Tóvó allzu offen anzustarren, sie warf ihm eher verstohlene Blicke zu und betrachtete den sich wiegenden Mann. Sechzehn Jahre hatte er im Gefängnis verbracht, dennoch wirkte er so imposant, ja, beinahe schon lächerlich.

Plötzlich begriff sie, dass ihr Besuch eine besondere Art Mensch war, wie sie seit dem frühen Mittelalter vor allem von Katholiken und Orthodoxen verehrt wurden. Ungefähr so hatte Beber Tóvó auch beschrieben. Er hatte erzählt, dass der Färinger, mit dem er in Horsens saß, den Heiligen ähnelte, die das einfache Volk in Europa und Russland schon immer geliebt hatte.

Wieder spürte Tilde das Lachen im Hals kitzeln, denn dieser merkwürdige Mann benutzte auch moderne Ausdrücke wie *transformation*. Allerdings war ihr nicht nur zum Lachen zumute, und genau das überraschte sie. Sie hätte es gern gesehen, wenn er sich auf die Bettkante gesetzt, sie umarmt und ihr über die Wange gestreichelt hätte. Tatsächlich hatte er einen hübschen kahlen Kopf, seine Augen strahlten eine solche Ruhe aus, und die Lippen, die all diese seltenen Worte aussprachen, hätte sie direkt küssen mögen.

Nur wagte sie es nicht, sich die Decke vom Leib zu ziehen und ihn in Versuchung zu führen. Und doch tat sie genau dies. Mit ihrer linken Hand zog sie die Decke von sich und lag ganz nackt auf dem Laken. Dabei sagte sie kein Wort, aber Worte waren auch nicht notwendig, sie zog Tóvó allein mit ihrem weiblichen Duft an sich.

Und er ließ sich ziehen. Hilflos war er der Kraft der winzigen Insekten preisgegeben, die sein schwaches Fleisch verhexten.

»Süßer Mann« und »hübscher Mann« flüsterte sie, während sie sein Hemd aufknöpfte und es ihm auszog. Als sie ihm den Hosenlatz öffnete, pochte seine Erektion so sehr, dass sie ihn nicht anfasste – aus Angst, es würde ihm in dem Moment kommen, in dem ihre Fingerspitzen die zarte Haut berührten. Sie lehnte sich zurück, stützte sich auf die Ellenbogen und bat Tóvó, sie unten zu küssen.

Und er entsprach ihrer Bitte, drückte das Gesicht gegen den glänzenden Busch und spürte glücklich, wie er sich in ihren Säften auflöste.

Tilde konnte nicht wissen, dass die Färinger generell geneigt waren, den Geschmack des weiblichen Geschlechtsteils zu lieben; vermutlich lag es unter anderem an der besonderen Zubereitung des färingischen Essens. Das stürmische Herbstwetter mit einigermaßen konstanten Temperaturen war für das Fermentieren und Trocknen von Fisch und Fleisch ideal. Der chemische Prozess in einem fermentierten Schafshals wiederholte sich im weiblichen Geschlecht, und nun hielt sie tatsächlich einen derart prädisponierten Mann in den Armen, der sechzehn Jahre lang nichts so Leckeres geschmeckt hatte.

Als sie ihn auch in sich spüren wollte, bat Tóvó die entzückende Frau, sich auf den Bauch zu legen. Tatsächlich war er nicht frei von einem Gefühl schlechten Gewissens, der Frau eines Freundes und Ehrenmanns beizuwohnen, aber ihr auch noch in die Augen zu sehen, wenn er Beber betrog, brachte er nicht über sich. Tildes Hinterteil war ebenso hübsch wie das Heck einer prächtigen Schute; sie segelten in gefährlichen Gewässern, die Wellen brachen sich zu beiden Seiten des Bettes, doch es war ein großartiger Orkan, und wenn er jetzt starb, dann mit einem seligen Gefühl im Herzen.

Hinterher bedankte Tóvó sich herzlich für diese Stunde und ihr Geschenk. Und sie küsste seine Hände und sagte, sie hätte zu danken.

Dann ließ sie eine Bemerkung fallen, die Tóvó überraschte. Später fragte er sich, ob Tilde wohl im Vollbesitz ihrer geistigen Kräfte gewesen war.

Sie meinte, Beber hätte ihre Vereinigung inszeniert, denn sie kannte ihren Mann und wusste, wie unglücklich er war. Sein innigster Wunsch war, dass ein Fremder, am liebsten eine Art Eremit wie Tóvó, vorbeikam, um die ausgetrockneten Quellen seiner Frau wieder zum Sprudeln zu bringen. Und genau das war passiert. Tilde lächelte und erklärte, die Quelle singt, und küsste noch einmal seine Hände.

Es war der Mantel, der Eigils Lesevergnügen am ersten Tag im Archiv störte. Er war viel zu warm, aber er brachte es nicht über sich, ihn auszuziehen und im bloßen Unterhemd dazusitzen. Halbnackt glich sein Oberkörper am ehesten der Tür eines großen amerikanischen Kühlschranks, und seine Kraft öffentlich zu präsentieren, war ihm zutiefst zuwider. Wie die meisten Hünen war er keineswegs stolz auf seinen Körper und seine angeborenen Fähigkeiten, und seit dem brutalen Überfall auf Julian við Berbisá hegte er tiefsten Abscheu vor seinen Berserkereigenschaften.

Daher verging dieser erste Tag im Archiv weitgehend damit, sich diese vergilbten Blätter anzuschauen, die eine so eigenartige Verbindung zu seinem letzten Roman hatten. Vermutlich hatten die Briefe in einem Raum gelegen, in dem geraucht wurde, denn von ihnen ging der Geruch nach Tabak aus.

An den beiden folgenden Tagen im Archiv zog er sich an wie früher, als er noch im Wirtschaftsprüfungsbüro P/F Rógv gearbeitet hatte. Er trug eine Weste über einem weißen Hemd, und außer seiner frisch erwachten Neugierde hatte er einen Notizblock in der Tasche.

Es handelte sich um vier Briefe, und alle begannen sie gleich: *Hochverehrter Professor Leif Øhrnberg*. Aber ein Gefühl sagte Eigil, dass die vier Briefe nicht gelesen oder nicht abgeschickt worden waren. Es gab keine Briefumschläge, und es sah auch nicht aus, als hätte jemand in den Seiten geblättert. Sie waren vollkommen glatt, es war nicht ein Fleck auf ihnen zu sehen.

Und doch waren die Briefe eine interessante Lektüre, vor allem für jemanden, der ein Gespür für eher lichtscheue Aktivitäten hatte, oder man könnte auch sagen, einen Sinn für die hasserfüllten und oft genug schmutzigen Machtkämpfe, die sich in der dänischen Gesellschaft um 1885 bis zum Ersten Weltkrieg abgespielt hatten.

Mette Gade schrieb über den Anschlag auf das Schiff, auf dem die schottischen Streikbrecher untergebracht waren. Der Anschlag hatte ihrem Vater drei Jahre in Horsens eingebracht. Dass einige der Streikbrecher Brandwunden erlitten, durch die sie arbeitsunfähig wurden, ließ die Briefschreiberin anscheinend unberührt. Eher im Gegenteil.

Sie zitierte einen Auszug aus *Der Streikbrecher*, einen Text, den Jack London 1915 geschrieben hatte:

Nachdem Gott die Klapperschlange, die Kröte und den Vampir geschaffen hatte, blieb ihm noch etwas abscheuliche Substanz übrig, und daraus machte er einen Streikbrecher. Ein Streikbrecher ist ein aufrecht gehender Zweibeiner mit einer Korkenzieherseele, einem Sumpfhirn und einer Rückgratkombination aus Kleister und Gallert. Wo andere das Herz haben, trägt er eine Geschwulst räudiger Prinzipien. Wenn ein Streikbrecher die Straße entlanggeht, wenden die Menschen ihm den Rücken zu, die Engel weinen im Himmel und selbst der Teufel schließt die Höllenpforte, um ihn nicht hineinzulassen. Kein

Mensch hat das Recht, Streikbrecher zu halten, solange es einen Wassertümpel gibt, der tief genug ist, daß er sich darin ertränken kann oder solange es einen Strick gibt, der lang genug ist, um ein Gerippe daran aufzuhängen. Im Vergleich zu einem Streikbrecher besaß Judas Ischariot, nachdem er seinen Herrn verraten hatte, genügend Charakter, sich zu erhängen. Den hat ein Streikbrecher nicht.

Mette Gade schrieb über die Zusammenarbeit zwischen ihrem Vater und Frau Graubøl und wunderte sich, dass die Witwe des Bischofs ihm ihre Heimorgel vererbt hatte. Sie hätte ihm ebenso gut ihre falschen Zähne vererben können, erklärte Mette Gade und beschrieb ihren Vater als jemanden, der nicht einen Ton im Leib trug.

Doch obwohl er selbst nicht spielte, fand er es sehr bedeutend, ein derartiges Musikinstrument in seinem Heim zu haben. Wie so viele Sozialdemokraten in diesen Jahren vertrat er die Ansicht, die Arbeiterklasse müsse kultiviert werden. Natürlich hatte der Kampf um das tägliche Brot oberste Priorität, doch das genügte nicht. Der Mensch hatte auch eine Seele und das Bedürfnis nach Schönheit, und was war besser geeignet, dieses Bedürfnis zu befriedigen, als der Ton einer Orgel, die der Ehrenmann Ingemand Jegerslev gebaut hatte?

Zusammen mit einigen Nachbarn bugsierten sie die Orgel in die Wohnstube, die so groß war … oder besser gesagt, die Wohnstube war so klein, dass er zwei Füße vom Arbeitstisch absägen musste, um das große Biest nebst Blasebalg und Tasten zwischen Arbeitstisch und Fensterbrett zu quetschen. Auch Mette spielte nicht, jedoch ihre jüngere Schwester und die Nachzüglerin Ditte. Immer herrschte eine feierliche Stimmung in der Stube, wenn Arbeiterlieder wie »Jens Vejmand« oder »Die Internationale« gesungen wurden, die ganze Familie sang mit, und tatsächlich musste sich der alte Beber die Tränen verkneifen.

Während des Weihnachtsfestes 1906 wurde der ehemalige Vollstreckungsrichter auf den Färöern, Hjøstrup, tot in seiner Wohnung in Frederiksberg aufgefunden. Damals arbeitete er als Bevollmächtigter des dänischen Justizministeriums, und er hatte sich erhängt. Der Grund für den Selbstmord war vermutlich seine kurz zuvor erfolgte Entlarvung als Päderast durch das Skandalblatt *Middagsposten*.

An dieser Stelle muss daran erinnert werden, dass die Zeitungen jener Zeit häufig mit Schreckensberichten über das verdorbene Geschlechtsleben der Menschen aufwarteten; eine Praxis, die zu erheblicher Aufregung führte, nicht zuletzt bei Persönlichkeiten des kulturellen Lebens.

So schlug der Schriftsteller Johannes V. Jensen vor, *ein Sanatorium mit erzwungenem Aufenthalt für geschlechtlich Unglückliche* einzurichten. Er schrieb auch, man habe das Recht, sich gegen diese besondere Gruppe der Bevölkerung zu wehren und wenn nötig *einem Sittlichkeitsverbrecher, der dir zu nahekommt, die Zähne in den Kopf zu treten.*

Überflüssig zu erwähnen, dass es sich bei der Quelle, die Informationen über Hjøstrups heimliches Leben weitergab, um Beber handelte. Die Weitergabe dieser Informationen war *…die bare Rückzahlung für die grausame Behandlung, die seinem färingischen Freund, dem Brahmadellen Thorolf Thorolfsen, zuteilwurde, als Hjøstrup Vollstreckungsrichter auf den Färöern war.*

Die Ereignisse, von denen Mette Gade in ihren Briefen berichtete, waren chronologisch geordnet, und die Begebenheit, die den größten Platz beanspruchte, waren die drei Tage, an denen ihr Vater als Leibwächter Lenins arbeitete. Der Grund war natürlich die große Bedeutung, die Lenin für die internationale Sache hatte. Aber auch innerhalb der Familie Gade bekam die sowjetische Revolution eine entscheidende und zum Teil fatale Bedeutung. Erst in den 1920er Jahren wurde Mette Gade Mitglied der Kommunistischen Partei Dänemarks; ihr Sohn Preben, den sie 1915 geboren hatte, wurde später ebenfalls Parteimitglied. Er gehörte zu den rund zweihundert Kommunisten, die 1941 von der dänischen Polizei verhaftet und der nationalsozialistischen Besatzungsmacht übergeben wurden. Preben Gade starb 1944 im KZ Stutthof.

Am meisten interessierte Eigil jedoch – vor allem aus einem literarischen Blickwinkel – die Verbindung zwischen Beber und Tóvó und natürlich auch zwischen Tóvó und Tilde.

Es waren zwei lose Fäden, die Eigil nicht zu verbinden vermochte. Gern hätte er gewusst, welche Fragen Øhrnberg Mette Gade gestellt hatte, und vielleicht auch, welche Haltung der Historiker zu der Tätigkeit hatte, die von einem radikalen Sozialisten um die Jahrhundertwende ausgeübt wurde. In einem Punkt war Eigil allerdings sicher: Hätte er Kenntnis von den Briefen gehabt, als er *Die Erinnerungen* schrieb, seinen ersten Roman über die Brahmadellen, wäre das Buch bestimmt länger geworden und sähe an einigen Stellen auch anders aus.

Als Eigil am letzten Tag die Briefe ablieferte, fragte er die Archivarin, ob sie ihm sagen könne, wie lange sie die Briefe bereits in ihrer Obhut hätte. Die Archivarin antwortete, sie hätten die Briefe am 3. November dieses Jahres erhalten, das hieß, vor etwa anderthalb Monaten.

Zwischen Weihnachten und Neujahr bekam Eigil einen Brief von Thorolf Gade. Er schrieb, er hätte Eigils Adresse von seinem Verleger bekommen und würde ihn gern treffen, um mit ihm zu sprechen. Die kurze Unterhaltung, die sie am 10. November auf der Buchmesse im Forum geführt hatten, hatte ja leider so unglücklich geendet, aber der Vorfall mit der wütenden Frau hätte nur die Achtung erhöht, die er dem Autor der *Erinnerungen* gegenüber empfand. Allein, einen Wutanfall mit solch stoischer Fassung zu ertragen, zeuge schon von einem großmütigen Charakter. Thorolf Gade schlug vor, sich am Neujahrstag in einem Wirtshaus am Blågårds Plads zu treffen, der Blågårds Apotek. Es war eine der Kneipen, die von linken Kopenhagenern besucht wurden und die für einen alten Nikotinsklaven wie Thorolf Gade ein Segen waren, da man rauchen durfte, während man trank und sich unterhielt.

Ganz unten auf die Seite hatte er seine Mailadresse und seine Telefonnummer geschrieben, außerdem die Adresse seiner Wohnung: Vesterbrogade 112. Bei dieser Adresse begann Eigil zu grübeln, sie kam ihm bekannt vor, er konnte sich nur nicht erinnern, weshalb. Dann fiel der Groschen. In der Vesterbrogade 112 hatte doch Lenin gewohnt, als er am Kongress der Zweiten Internationale teilnahm!

Am Neujahrstag öffnete Eigil genau um drei Uhr die Tür der Blågårds Apotek. Thorolf Gade saß an einem runden Tisch. Er erhob sich, hieß Eigil willkommen und fragte, wozu er ihn einladen dürfe.

Eigil antwortete, ein schwarzer Kaffee und ein Glas Whisky wären das Richtige für ihn. Und fügte sofort hinzu, die Briefe, die er in der ersten Dezemberwoche im Arbeiterarchiv hatte einsehen dürfen, seien eine Offenbarung gewesen, nichts weniger!

Thorolf erwiderte, seine Tante hätte mit Øhrnberg nur ein einziges Gespräch in einem Wirtshaus irgendwo in der Stadt geführt, während Øhrnberg ihr mehrere Briefe geschrieben hatte, die sie aber offenbar weggeworfen hätte. Es war zu Beginn des Kalten Krieges gewesen, als Linke von einer wohlbegründeten Paranoia gepackt wurden. Es war der Tante nämlich zu Ohren gekommen, dass Øhrnberg dem Kreis um die Zeitschrift *Demokratische Briefe* angehörte, und das bedeutete in der damals herrschenden Logik, dass der Mann ein bürgerlicher Mitläufer war, der vor allem beabsichtigte, die dänische Linke in den Dreck zu ziehen, daher hatte sie ihm nie geantwortet. Dennoch sollte man die Wissbegierde und Initiative des Historikers nicht geringschätzen, denn ohne seinen Kontakt zu Mette Gade hätte sie die Briefe kaum geschrieben, und damit wäre ihr Wissen über Bebers Aktivitäten bestimmt verloren gegangen.

»Vielleicht hast du ja erraten, dass ich zu einem Achtel Färinger bin?«

»Ich hab mir so etwas gedacht.«

»Und vermutlich hast du dir auch gedacht, dass meine Wohnung in der Vesterbrogade 112 die alte Wohnung meiner Großeltern ist?«

Eigil nickte.

Thorolf Gade erzählte von seiner Großmutter Tilde, die im Mai 1899 schwanger wurde und am 3. Februar 1900 ihre Tochter Ditte zur Welt brachte, seine Mutter. Beber war sich vollkommen im Klaren darüber gewesen, nicht der Vater zu sein, aber es war ihm egal, er akzeptierte die Vaterschaft. Interessant und erfreulich war auch, dass Tilde sich erholte. Nicht genug, um ihr Lehramt wieder aufnehmen zu können, das tat sie nie, aber es gelang ihr, mit der Angst, die sie so viele Jahre gequält hatte, ein Friedensabkommen zu unterzeichnen.

Thorolf Gade holte eine alte Fotografie heraus, legte sie vor Eigil auf den Tisch und sagte, er würde ihm das Foto gern schenken. Das Bild zeigte Beber und seine Frau, die beiden Töchter und einen kahlen Mann, der aussah, als sei Thorolf Gade ihm wie aus dem Gesicht geschnitten.

»Das ist Tóvó, der Held deines Romans und mein biologischer Großvater.«

Mit seinen dünnen nikotingelben Fingern berührte er den kahlen Mann, der direkt in die Kameralinse starrte. Er streichelte das Gesicht und erklärte, eines Tages wolle er auf die Färöer reisen, er wolle die Stadt erleben, die die Brahmadellen hervorgebracht hatte.

Eigil brachte kein Wort heraus, er blickte auf das Foto, sah zwischendrin nur Thorolf Gade an, und tat nichts, um die Tränen zu verbergen, die ihm über die Wangen liefen. Niemals hätte er sich träumen lassen, die Fotografie des Menschen zu sehen, den er vermutlich am meisten geliebt hatte, ja, inniger als seine Mutter und seine kleine Schwester Tórharda. Nur war Tóvó eigentlich eine Romanfigur, und dass er einen Menschen liebte, den er nicht gekannt und mit dem er auch nie geredet hatte, zeigte, wie problematisch es um seine Gefühle stand.

Ganz offensichtlich hatte die Blågårds Apotek ihre festen Stammgäste, die einander kannten. Häufig blieb jemand an Eigils und Thorolfs Tisch stehen und wünschte Thorolf lächelnd ein gutes neues Jahr, einige gaben auch Eigil die Hand. Und es wurde durchaus nicht ungemütlicher, als ein Pianist und ein Bassist zu spielen anfingen.

Je länger sich der Nachmittag jedoch hinzog, überkam Eigil ein Gefühl der Unruhe. Er fühlte sich eingesperrt und sagte wahrheitsgemäß, er säße das erste Mal seit langer Zeit wieder mit jemandem in einer Kneipe, daher müsse Thorolf Gade entschuldigen, dass er an diesem Festtag nun nach Hause ginge.

Thorolf versuchte, ihn zu einem letzten Glas zu verführen, er könne doch nicht auf einem Bein stehen und am ersten Tag des neuen Jahres nach Hause hinken. Aber Eigil war bereits aufgestanden und bedankte sich für einen erinnerungswürdigen Nachmittag und nicht zuletzt für die Fotografie.

Thorolf begleitete ihn zur Tür, konnte sich allerdings nicht überwinden, Eigil zu fragen, ob er eine Gemeinschaft kannte, die sich die Verflucher nannte. Eigentlich hatte er fragen wollen. Aber Eigil verhielt sich plötzlich so abweisend, und es wäre unerfreulich gewesen, wenn es bei ihrem allerersten Gespräch zu einem Streit oder einem Missverständnis gekommen wäre.

Sie verabschiedeten sich vor der Tür, und Thorolf sagte, Eigil wisse ja nun, wo er wohne, außerdem habe er seine Mailadresse, er sei stets willkommen.

Die *Moschee* brennt

Etwas vom Becken, die vorderen Enden der Rippen und ein Stück des Schädels, beziehungsweise des Körperteils, der direkt auf dem Boden des Felsens gelegen hatte, war alles, was von Kristensa Sivertsen geblieben war. Die Haarspange, vom Feuer zu einem tropfenförmigen Stück Metall verformt, lag auf dem Stirnbein, und auch ihre Schuhschnallen hatten die Flammen nicht verbrannt. Mehr fand sich nicht von der Frau, die 1935 auf dem Hof Ergisstova in Sumba auf die Welt gekommen war und siebenundsechzig Jahre später in dem Haus starb, das ihr Urgroßvater, der Korporal Nils Tvibur, an der Bringsnagøta in Tórshavn gebaut hatte.

Sie hatte das Feuer selbst gelegt. Eigil erfuhr es an dem Abend, als Tórharda aus Sumba anrief. Die Frage blieb, ob es sich um Selbstmord handelte oder ob ein Anfall von Wahnsinn ihre Mutter zu Fall gebracht hatte, sodass sie eine Rauchvergiftung erlitt und verbrannte. Man wusste es nicht. Der Polizist, mit dem Tórharda gesprochen hatte, erklärte, vermutlich hätte sie ihre Arme zur Haustür hin ausgestreckt und versucht, dorthin zu kriechen. Obwohl sie wusste, wie brutal es in seinen Ohren klingen würde, zumal er sich ja in einem anderen Land aufhielt, sagte Tórharda dennoch, es sähe danach aus, als hätte ihre Mutter das Feuer selbst gelegt.

Ein Mann, der an der Shell-Tankstelle in Frælsið arbeitete, hatte die Polizei angerufen, nachdem er im Fernsehen einige

Bilder des Brandes gesehen hatte. Er kannte Kristensa Sivertsen und erinnerte sich, dass sie vor ungefähr zwei Wochen ein paar Liter Benzin gekauft hatte. Er hatte ihr geholfen, das Benzin in einen, wie er es nannte, Valpro-Benzinkanister zu füllen, da sie mit der Zapfpistole nicht zurechtkam. Und an der Brandstätte hatte man einen Kanister dieser Firma gefunden.

Die Feuerwehr war rasch zur Stelle, und glücklicherweise war es ein windstiller Tag gewesen, an dem es schneite, sonst hätte das Feuer sich vermutlich ausgebreitet und wäre vielleicht auf einige der anderen Häuser in der Nachbarschaft übergesprungen. Das gesamte Inventar aus dem Reihenhaus der Jóannes Paturssonar gøta, das Eigil in die *Moschee* gebracht hatte, darunter seine Gemälde und Bücher, hatte sich in Rauch aufgelöst. Nur die Toilettenschüssel, der alte Kohleofen und der Kamin waren noch vorhanden – und der leere Valpro-Kanister.

Diese Informationen erhielt Eigil sozusagen als Breitseite von seiner Schwester.

Am nächsten Morgen fuhr Tórharda mit ihrem Sohn Torri mit der *Smyril Line* nach Tórshavn. Torri war das einzige Schwarze Kind in Sumba, Tórharda hatte den Jungen in der zweiten Hälfte ihres Kurses auf der Landwirtschaftsschule von Skjetlein in Norwegen bekommen. Der Vater des Jungen kam aus Namibia und hieß Mikali Mhuku, Torris Mittelname war daher Mhuku.

Der Sohn war das Resultat reiner Begierde, hatte Tórharda ihrem Bruder einmal erzählt, und ihrer Meinung nach war das auch gut so, denn Torri war lebenslustig und ein braver Junge. Sie hatte ihn am 9. Dezember 1994 in Tórshavn zur Welt gebracht, und da sie wusste, wie leicht ihre Mutter beleidigt reagieren konnte, hatte sie ihr erzählt, dass der Vater des Kindes Schwarz war.

Kristensa hatte Tórhardas Wangen getätschelt und erwidert, welche Farbe das Kind auch immer hätte, es wäre willkommen, und sie würde es lieben wie ihr eigenes.

Da fehlte Tórharda noch ein gutes halbes Jahr bis zum Schulende, aber die Schulleitung zeigte Verständnis, und sie durfte die versäumte Zeit ein Jahr später nachholen.

In dieser Zeit lebte Torri bei ihren Eltern in Tórshavn, und für die beiden Alten war es eine glückliche Zeit, sie durften in aller Ruhe Großeltern sein.

Tórharda übernahm die Pacht von Ergisstova im Frühjahr 2001, und weil sie und Torri aufgrund des Todes ihrer Mutter nach Tórshavn reisen mussten, hatte sie Stovar i Heimarahørg gebeten, sich um die Schafe und Hühner zu kümmern.

Als sie nach Tórshavn kam, rief sie erneut ihren Bruder an. Sie entschuldigte sich, ihm die traurige Nachricht so brutal mitgeteilt zu haben, sie wusste einfach nicht, wie sie es sonst hätte tun sollen. Aber sie forderte ihn auf, sofort nach Tórshavn zu kommen, er solle nicht lange überlegen, sondern sich einfach ein Flugticket kaufen und in ein Flugzeug steigen.

Eigil erwiderte, hätte er diese verdammte *Moschee* nicht gekauft, wäre ihre Mutter auch nicht tot. Sie hatte das Haus gehasst, sagte er, ja, mehr als den Leibhaftigen, in gewisser Weise könnte die *Moschee* der Raum sein, in dem sich der Leibhaftige aufhielt, wenn er in Tórshavn war. Und deshalb sei es eine Dummheit gewesen und nichts anderes, dieses Haus zu kaufen, ein sentimentaler Anfall, der unmittelbar zu dem Blutgerinnsel führte, das ihre Mutter im Februar 1992 ereilt hatte.

Eigil fragte seine Schwester, ob sie sich einen Hund angeschafft hätte.

»Ja, ich habe einen Hund, er heißt Tass, wieso fragst du?«

Eigil erzählte ihr, wie oft er von Träumen gequält wurde, in denen Hunde vorkamen, letzte Nacht wären sie wieder hinter ihm her gewesen. In seinem Traum wimmelte es auch von Statuen, die allesamt Hundeköpfe hatten.

Er erzählte, wie er einmal in einem Traum einen Hund geschlachtet hätte. Er hatte ihn in Stücke geschnitten, und als er mit dem Kopf in der Hand dastand, fing der Kopf an zu sprechen. Die Stimme war jung und freundlich und sagte, er solle nicht traurig sein, denn die Schlachter gehörten zu den alten Sippen.

In der Traumdeutung war der Hund das Sinnbild für Wachsamkeit und Treue, aber in den alten Sagen konnte er auch für den Teufel persönlich stehen. Der Hund paarte sich, wo sich die Gelegenheit ergab, selbst mit seiner eigenen Mutter, und was die Hündin hervorbrachte, war ein genetischer Mix, der nichts mit den monogamen Vorbildern der Menschen zu tun hatte.

Früher hatte ich meine Mutter für mich, sagte Eigil. Ólrún Brynjólfsdóttir und Kristensa Tvíbur waren die Komponenten, die meine Kinderwelt zusammenhielten. Großmutter Olrun nannte mich den Ahornbaum von Portugalið. Später kam Ingvald dazu, dann Svanhild und du.

Tórharda erzählte ihrem Bruder, wie ihre Mutter das letzte Mal ins staatliche Krankenhaus gebracht werden musste. Das war am Neujahrstag 2000. Zwischen Weihnachten und Neujahr war Tórharda in Sumba gewesen und hatte die Übernahme der Pacht mit ihrem Onkel besprochen, und als sie zurück nach Tórshavn kam, erzählte sie ihren Eltern, dass sie Ergisstova übernehmen würde. Das war zu viel für ihre Mutter. Sie forderte Tórharda auf, die Pachturkunde für die fünf verdorbenen Acker[1] Land zu verbrennen, und erklärte, alles, was mit dem Hof Ergisstova zu tun hätte, sei direkt gefährlich. Als moderne Frau konnte Tórharda diesem mittelalterlichen Gerede über immerwährendes Teufelswerk allerdings nicht folgen. Und nun war die *Moschee* plötzlich niedergebrannt, und sie watete bis zu den Knien im totalen Mittelalter!

»Das hast du mir nie erzählt«, sagte Eigil.

»Es handelte sich um eine kürzere Einweisung«, antwortete Tórharda, »fünf Tage, dann wurde sie wieder entlassen. Aber trotzdem musst du nach Hause kommen. Es ist so wichtig, sich mit dem Unversöhnlichen auszusöhnen.«

Eigil erwiderte spöttisch, er hätte allen Respekt vor ihrer Bauernweisheit, aber er fühlte sich eher als Teil einer städtischen Kultur, und in der Stadt nannte man das, was mit ihrer Mutter passiert war, eine Tragödie, und der Urheber dieser Tragödie sei er selbst, von dieser Überzeugung ließ er sich nicht abbringen.

Er fragte, ob er später zurückrufen könne, aber Tórharda lehnte es ab. Sie hatte das Bedürfnis, jetzt mit ihrem Bruder zu sprechen, denn er war derjenige, der ihr am nächsten stand. So war es schon immer gewesen. Sie redete noch ein bisschen weiter, bis sie plötzlich bemerkte, dass er die Verbindung unterbrochen hatte. Kurz darauf bekam sie eine SMS, in der er mitteilte, er würde später noch einmal anrufen.

Kurz vor Mitternacht rief Eigil zurück. Seine Stimme war heller und klarer. Tórharda fragte, ob er etwas zur Stärkung des Herzens zu sich genommen hatte, und er antwortete, bei ihm hätte der Leichenschmaus bereits begonnen, er wisse aber nicht, wie lange es dauern würde. Und er stellte Tórharda gegenüber sofort klar, dass er zum Begräbnis nicht nach Hause kommen werde. Er erinnerte sie daran, dass ihre Mutter an der Beerdigung ihres Vaters auch nicht teilgenommen hatte, nachdem der auf See ertrunken war. Allerdings hatte es damals auch nichts zu beerdigen gegeben: Männer aus Sumba und auch einige aus Fámjin waren hinausgefahren, um nach ihrem Vater zu suchen, aber sie fanden weder das Boot noch den Mann. Am zweiten Sonntag nach dem Unglück wurde in der Kirche von Sumba ein Gedenkgottesdienst abgehalten, doch ihrer Mutter fehlte die Kraft, nach Sumba zu fahren. Schließlich hatten der Tod ihres Großvaters und die Vergewaltigung ihrer Mutter damals beinahe gleichzeitig stattgefunden, rief Eigil seiner Schwester Tórharda ins Gedächtnis – eine gute Woche, bevor ihr Vater ertrank, war Kristensa von ihrem Onkel Hjartvard vergewaltigt worden.

Tórharda wollte wissen, ob es seiner Ansicht nach einen Zusammenhang zwischen den beiden Unglücksfällen gab. Eigil wusste es nicht, allerdings war alles möglich, wenn Hjartvard seine Hände im Spiel hatte.

Eigil erkundigte sich, wie Torri den Tod seiner Großmutter aufnahm. Tórharda antwortete, er hätte gefragt, ob Großmutter nun richtig tot sei, als gäbe es unterschiedliche Stufen des Todes. Sie waren direkt nach ihrer Ankunft in Tórshavn zur Brandstätte gegangen, und sie hatte Torri erklärt, seine Großmutter wäre nun ein Teil der Asche, ihre Seele aber bei Gott. An der Áarvegurin hatten sie einen Blumenstrauß gekauft, und Torri hatte den Strauß auf die Türschwelle der ehemaligen Haustür legen dürfen.

Sie unterhielten sich etwa eine halbe Stunde, dann wünschte Eigil ihr eine gute Nacht. Er wiederholte, dass er nicht nach Hause kommen würde und sie die Überreste ihrer Mutter ohne seine Anwesenheit begraben müssten.

Tórharda, die auch Svanhild über den Todesfall informiert hatte, rief noch einmal ihre Schwester an und bat sie, einen weiteren Versuch zu unternehmen, Eigil zu überreden. Sie solle ihm klarmachen, dass der Tod ihrer Mutter nicht seine Schuld war.

Svanhild erwiderte, sie sei da nicht so sicher. Das Haus, das der Teufel aus Hordaland gebaut hatte, habe das Seine getan, um das Leben von Eigil und Kristensa Sivertsen zu zerstören – und nun sei das Haus zu ihrem Grab geworden.

»Jetzt klingst du wie Mutter. Ihr werdet euch immer ähnlicher.«

»Sie hat sich nichts aus mir gemacht.«

»Das stimmt nicht! Mutter mochte Eigil am liebsten, aber du warst immer ihr kleines Mädchen, und obwohl ich die Jüngste bin, war ich die Altkluge. Mutter konnte sich nur nicht damit abfinden, dass ihre älteste Tochter mit einer Frau zusammenlebt, und in dieser Hinsicht ist sie, oder war sie, nicht anders als der größte Teil aller Menschen auf dieser Erde.«

»Meine Lebensgefährtin hat einen Namen.«

»Scheiße, Svanhild! Ich weiß genau, dass meine Schwägerin Nora heißt, mach mich nicht zu einem *Sarrak*[2]. Wir müssen jetzt versuchen, unserem dummen Bruder zu helfen, das ist alles.«

Svanhild erklärte, sie hätte nicht die Kraft, mit Eigil zu reden, außerdem habe sie Angst vor ihm. Sie erzählte, er flirte mit einer Sekte, die sich die Verflucher nannten. Er war in Grönland in Kontakt zu ihnen gekommen, als er auf diesem norwegischen Sandsauger arbeitete. Sicher, sie wohnten beide in Kopenhagen, aber es gab nichts, was sie verband.

Und dann regte sie sich darüber auf, wie arrogant Eigil gegenüber ihrem Vater aufgetreten war. Sie erinnerte die Schwester an einen Vorfall, bei dem Eigil ihm Schwäche im Glauben vorgeworfen hatte. Ingvald hätte angeblich das adventistische Glaubensbekenntnis aufgekündigt und eine Möse aus Sumba vorgezogen.

»Erinnerst du dich, wie Vater über diese Beschreibung gelacht hat? Er konnte sich nicht halten vor Lachen und sagte,

Eigil könne sich ja aus Vielem herausreden, aber es gäbe eine Sache, die er nicht leugnen könne, und das sei die Verwandtschaft mit seiner Mutter.«

»Das liegt daran, dass Vater ein großer Mensch war, während Eigil eine Laus ist. Außerdem hat er seine Klamotten nie selbst gewaschen, als er sich zum Wirtschaftsprüfer ausbilden ließ. Stell dir vor, er ging jedes Mal ins Bad, wenn er einen Furz lassen musste, und dann schickte er seine Sachen auf die Färöer, damit Kristensa Sivertsen sich der Klamotten annahm. Und auf das Paket schrieb er, Gebühr zahlt der Empfänger! So vornehm war unser Bruder, und jetzt treibt er sich in Skandinavien mit diesen unheimlichen Verfluchern herum!«

Tórharda war hartnäckig, die derbe Wortwahl ihrer Schwester belegte, dass es um etwas Persönliches ging, und schließlich verriet Svanhild ihr den Grund.

Sie und Nora hatten Eigil zum Abendessen eingeladen. Alles war sorgfältig vorbereitet, es gab sowohl eine Vorspeise als auch ein Dessert. Der Abend war genau so verlaufen, wie sie es sich vorgestellt hatte, und Eigil hatte ihnen einen Text vorgelesen, den er *Die Kulturgeschichte des hohen Absatzes* nannte. Er sagte, er widme ihn seiner Schwester, der Punkerin. Und dann passierte etwas, was nicht hätte passieren dürfen, vielleicht weil sie alle zu viel getrunken hatten.

»Was ist passiert?«

»Nora hat Eigil angebaggert.«

»Und, ist was passiert?«

»Hörst du mir nicht zu?«

»Doch, ich höre dir zu.«

»In mir ist an diesem Abend etwas zerbrochen.«

»Das habe ich begriffen. Ich frage ja nur, ob etwas vorgefallen ist? Hat er Nora gefickt? Das würde ich gern wissen.«

Svanhild kamen die Tränen, gleichzeitig aber lachte sie über die derbe Frage, und plötzlich sagte sie, sie vermisse ihre Schwester sehr. Niemand auf der Welt hätte ein solches Mundwerk.

»Aber nein, sie sind nicht zusammen ins Bett gegangen, Nora war einen Moment nur so vollkommen gestört.«

»Gut, dass du es mir erzählt hast.«

»Hat er noch immer diese Bonbondose?«

»Die Tastatur und die Bonbondose, das ist seine Ausrüstung. Eigil kann ein Schuft sein, aber er ist kein Schwein.«

»Das weiß ich. Aber seitdem bin ich in psychologischer Behandlung. Lach mich nicht aus, aber ich habe eine solche Angst, Nora zu verlieren.«

Tórharda erinnerte ihre Schwester an die wunderbare Woche, als Svanhild und Nora sie in Sumba besucht hatten. Die Sumbinger fanden es sehr originell, sich die Lesbe vom Ergisstova-Hof und die norwegische Ärztin anzusehen, wenn sie einen Spaziergang zur Anlegestelle des Ortes unternahmen.

Und Tórharda durfte durchaus den Ausdruck »Lesbe« benutzen. Als sie in Tórshavn wohnten, waren sie alle indiskret gewesen, alle außer Ingvald, doch selbst er hörte gern die Ausdrücke und Zoten, die Eigil, die Schwester, aber auch Kristensa von sich gaben, ja, er genoss es geradezu, sie zu hören. O nein, konnte Kristensa sagen, wenn sie sah, dass ihr Mann wegen eines Ausdrucks empört war, mit den Augen zwinkerte und den Heiligen mimte.

Svanhild war immer so burschikos gewesen, und Ende der Siebzigerjahre, als die Punkgruppen Clash und Ramones ihre große Zeit hatten, lief sie schwarz gekleidet und mit Ringen in den Ohren herum und hatte kurze Haare, fast einen Bürstenschnitt. Diese Frisur trug sie noch immer, obwohl ihre Kleidung inzwischen eher dem Geschmack einer Frau um die vierzig entsprach.

Als sie in Sumba zu Besuch waren, wurde eines Nachts fest an die Haustür geklopft, und als Tórharda öffnete, stand Niclas i Billhuset auf der Treppe. Der Mann war ganz offensichtlich gerannt und erklärte außer Atem, seine Tochter Martina würde schon bald niederkommen, nein, die Geburt hätte bereits begonnen, und die norwegische Frau Doktor möge um Gottes willen kommen und helfen. Sie hätten die Hebamme in Tvøroyri angerufen, aber die könne frühestens in einer Stunde hier sein, daher müsse die Frau Doktor sofort mitkommen, es gehe um Leben und Tod!

Niclas hatte sein Anliegen kaum vorgetragen, da war Nora bereits angezogen und stand mit ihrer kleinen Erste-Hilfe-Tasche bereit, die sie immer mitnahm, wenn sie verreiste.

Als sie im Billhuset ankamen, empfing sie Niclas' Frau, die genau wusste, was zu tun war, wenn ein Baby seine Ankunft ankündigte. Sie hatte eine Schüssel Wasser aufgesetzt, und als das Fruchtwasser der Tochter abgegangen war, hatte sie das Laken gewechselt und Puder unter die Hüfte und den Rücken gestreut.

Nora wusch sich die Hände und ihr Gesicht und sah, dass die Situation unter Kontrolle war. Sie sagte der jungen Frau, sie solle sich keine Sorgen machen, sie hätte bereits vielen Kindern auf die Welt geholfen. Martina hatte auch keine Angst, weder sie noch ihre Mutter sahen aus, als litten sie unter Angst, nur Niclas stellte sich dämlich an, bis ihm der Aufenthalt im Schlafzimmer verboten wurde. Nora sagte, das Kind läge vollkommen richtig, und wies Martina an, mehr auf die Atmung zu achten, denn es war bereits ein kleiner, lockiger Teil des Kopfes zu sehen.

Martina, die Mutter und Nora, alle drei Frauen pressten. Nora stand links vom Bett, die Mutter rechts, und zwischen ihnen lag Martina und schwitzte. Mit der einen Hand umklammerte sie die Bettkante, mit der anderen hatte sie das Handgelenk ihrer Mutter gepackt. So wie sie lärmten und stöhnten, erinnerten sie an ein intensiv gespieltes Druckwindharmonium. Die Mischung aus norwegischen und färingischen Stimmen hatte eine tiefe Lage, die manchmal wie eine Anrufung, dann wieder wie reiner Schmerz klang. Nun fehlte nur noch das zarte Stimmchen, das die Oberhand über alle undichten Orgelbälge gewann und sämtliche Musikliebhaber verzauberte.

Eine halbe Stunde, nachdem Nora ins Billhuset gekommen war, wurde endlich der Klang dieser zarten Stimme vernommen, und sie kam aus einem kleinen Mädchenmund. Der Ton war hoch und variierte an der Grenze zwischen Kummer und purem Glück. Das Haus atmete bei diesem neugeborenen Weinen beinahe auf, und vielleicht schwebte es auch einen Moment, das ließ sich nicht sagen, doch dann sank es wieder hinunter auf den sicheren Billhusgrund, und alles war gut, ja, besser als gut. Ein gesundes Mädchen war auf die Welt gekommen, und es duftete wie ein neugeborenes Kind duften sollte. Seine blauen Fäuste waren geballt, die Zehen wie kleine Vogelklauen gekrümmt.

Nora durchtrennte die Nabelschnur, band einen Knoten und legte das kleine Mädchen der Mutter an die Brust.

Wie immer, wenn sie ein Kind auf die Welt geholt hatte, empfand sie ein gewisses Unbehagen. Sie selbst hatte nie ein Kind geboren, und wie so oft, wenn sie mit einem Neugeborenen in der Hand dastand, litt sie unter dem Gefühl, am Glück der anderen zu schmarotzen.

Fünf Wochen später wurde das Kind getauft, und an dem Sonntag der Taufe rief Martina Nora in Kopenhagen an. Sie erzählte, dass es nun eine neue Nora in Sumba gäbe, Nora i Billhuset.

Zwei Tage nach dem Brand versuchte sein Stiefvater Ingvald, Eigil zu bewegen, zur Beerdigung nach Hause zu kommen. Er war nicht so zudringlich wie Tórharda, sondern sagte bloß, dem Begräbnis würde das Feierliche fehlen, wenn der Erstgeborene nicht anwesend sei.

Eigil fragte, ob die Mutter eine Andeutung gemacht hätte, was ihr am liebsten gewesen wäre.

Ingvald verneinte es, überhaupt nicht, eher im Gegenteil. Das letzte halbe Jahr sei es ihr gut gegangen, sie sei eine fröhliche Frau gewesen. Das hatte er jedenfalls geglaubt, aber jetzt wüsste er plötzlich gar nichts mehr. Zweimal in der Woche, manchmal sogar dreimal, waren sie spazieren gegangen, den Landevejen entlang bis zur Kreuzung, auf dem Heimweg hätten sie dann normalerweise den Velbastaðvejen und den Heygsvejen genommen. Und im Herbst ging Kristensa zur Abendschule und lernte, Bücher zu binden. Sie hatte Eigils Bücher in Leder gebunden, auf dem Rücken standen sein Name und der Buchtitel in Goldbuchstaben. Aber vorgestern Abend hatte sie gesagt, sie hätte im Haus an der Bringsnagøta noch etwas zu erledigen. Er hatte nicht gefragt, worum es ging; sie sagte lediglich, sie würde bald zurück sein, und hatte ihn gebeten, die Kartoffeln aufzusetzen.

Am 24. Januar fand Kristensas Beerdigung in der Kapelle des Neuen Friedhofs statt.

Neben Ingvald saßen ihr Enkelkind Torri, beide Töchter und die Schwiegertochter Nora. Auch Kristensas Bruder

Nils war aus Sumba gekommen. Es war nicht mehr viel übrig von dem einstmals so starken und kräftigen Mann, und noch weniger war von seiner Frau Ingibjørg geblieben. Abgemagert und mit schmalen Wangenknochen, die kaum noch das Gewicht ihrer wenigen Zähne tragen konnten, saß sie da und starrte vor sich hin. Die Tochter Margit und ihr Mann, Óla Hans Sørling, waren ebenfalls aus Sumba angereist, außerdem einige wenige Verwandte und Bekannte. Besonders freute sich Tórharda über Karin aus Fuglafjørður, die zur Beerdigung ihrer ehemaligen Schwiegermutter erschienen war, und als sie nach Eigil fragte, antwortete Tórharda, dass der Kerl lieber in Kopenhagen beim Leichenschmaus saß, als seine Mutter zu Grabe zu tragen. Eigils Patin Jónfrid Poulsen, mit der Kristensa in den Fünfzigerjahren und Anfang der Sechziger in der Konditorei zusammengearbeitet hatte, war ebenfalls gekommen. Ebenso wie der Geschäftsmann Hans Fríðrik Varberg aus Klaksvík. Er hatte nicht vergessen, wie gut Kristensa sich um ihn gekümmert hatte, als er Mitte der Sechzigerjahre die Schule von Tórshavn besucht und bei ihnen am Landevejen gewohnt hatte. Auch einige Nachbarn wurden gesehen. Dennoch war das Trauergefolge nicht groß. Vielleicht könnte man sagen: Es spiegelte die begrenzte Schar von Menschen wider, die Kristensa und Ingvald kannten und mit denen sie verbunden gewesen waren.

Dass sie als letzte Tat ihres Lebens ein Haus niedergebrannt hatte, war möglicherweise auch ein Grund für den einen oder anderen, nicht an der Beerdigung teilzunehmen.

Gemeinsam mit Tórharda trugen Ingvalds drei unverheiratete Brüder den Sarg.

Torkil hatte den Sarg getischlert, er war nicht höher als eine Handbreit, während Länge und Breite einem normalen Sarg entsprachen. Er hatte ihn weiß gestrichen, und das Kreuz auf dem Deckel war mit Goldbronze verziert.

Tórharda war in der Werkstatt gewesen und hatte sich mit ihrem Onkel unterhalten, als er letzte Hand an das Werk legte. Während des Krieges sei ein britischer Offizier in die Werkstatt des Sargtischlers Klæmint Dalsgaard gekommen, hatte er ihr erzählt. Es ging um ein norwegisches Schiff, das gerade in Tórshavn eingelaufen war und acht tote Männer an Bord hatte. Der Offizier wollte Särge für die Leichen haben. Klæmint zeigte ihm sein Lager und sagte wahrheitsgemäß, er hätte nur sieben Särge, und noch zwei, drei Kindersärge. Der Offizier erwiderte, einem der Männer wären die Beine weggeschossen worden und das, was von ihm übrig war, würde gut in einen Kindersarg passen. Torkil meinte, mit Kristensa verhielt es sich ungefähr ebenso. Alles, was von ihr geblieben war, der Schädel, ein paar Rippen und das Becken, würden sie in den dunkelbraunen Schal wickeln, den sie normalerweise getragen hatte – so bekleidet hielten ihre Überreste Einzug in die Ewigkeit.

Ingvald hatte seinen ehemaligen Kollegen Martin in der Druckerei der alten Buchhandlung gebeten, die Lieder, die gesungen werden sollten, zu setzen und zu drucken. Auf die Vorderseite des gefalzten Liederblattes wurde ein Kreuz gedruckt, unter dem Kreuz stand der Name der Verstorbenen in einer halbfetten Tertia. Der Geburtstag und der Todestag waren in einer etwas kleineren Type gesetzt.

Ingvald hatte entschieden, Símun av Skarðis schönes Lied »Nun leuchtet die helle Sonne« in der Kapelle zu singen. Es war eines von Kristensas Lieblingsliedern gewesen, und wenn sie von Gottes herrlichem Licht sang, ging es immer auch um die guten Zeiten, in denen sie am Landevejen gewohnt hatten.

Sie sangen auch Adam Oehlenschlägers »Lehr mich, oh Wald, freudig zu welken«. Das Lied gehörte zu der Erzählung »Der Eremit«, die Oehlenschläger 1813 veröffentlicht hatte. Ingvald war der Meinung, der Psalm sei das Klügste und Schönste, was er kannte.

»Du hübsche Blume« des Dichters Poul F. Joensen aus Sumba war das erste Lied, das am Grab gesungen wurde. Ganz bestimmt mochte Kristensa den Trunkenbold aus Hørg nicht, wie sie Poul F. nannte, aber wenn sie im Radio den tüchtigen Sänger Hanus G. Johansen aus Klaksvík hörte, wie er von der holden Blume sang, wurde ihr stets warm ums Herz, und sie versprach, nie wieder etwas Schlimmes über Poul F. zu sagen.

Das letzte Lied war »Geh nur geborgen und getrost voran« von Hans Andrias Djurhuus.

Hans Andrias war Ingvalds Lehrer gewesen, als er in die Alte Gemeindeschule ging, und eines Tages hatte er den Schülern die Geschichte dieses Liedes erzählt. Er hatte es Weihnachten 1915 geschrieben. Damals arbeitete er als Lehrer in Sandavágur und war nach Tórshavn gefahren, um Weihnachten zu feiern. Sein jüngster Bruder Christian, der gemeinsam mit seiner Frau ein Wirtshaus in ihrem Elternhaus Áarstova betrieb, war nicht ganz gesund, und es stand offen, ob er sich überhaupt wieder erholen würde.

An einem der Weihnachtsabende klopfte es an die Tür von Áarstova, und draußen stand der junge Bäcker Jóan Petur Davidsen. Er war bester Laune und möglicherweise ein bisschen zu laut. Er teilte mit, das Proletariat der Stadt, die Handwerker wie die Arbeiter, wollte eine Gewerkschaft gründen, man würde sie die Tórshavner Proletarier-Vereinigung nennen. Und nun wollte er fragen, ob der Dichter nicht zum Gründungstag ein Lied schreiben könne, und wenn er selbst einen

Vorschlag machen dürfe, sollte darin auch ein wenig Klassenkampf vorkommen.

»Klassenkampf?«

»Über die Klassen, die um die Macht auf der Welt kämpfen.«

»Denkst du an die ganze Welt?«

»Ich denke an das ganze Universum, den Himmel ebenso wie die Hölle!«

Hans Andrias sah seinen kränkelnden Bruder vor sich und fragte flüsternd: »Klassenkampf im Himmelreich?«

»Ich habe versucht, komisch zu sein«, erwiderte der Bäcker.

Der Áarstova-Dichter zog die Augenbrauen hoch und sah zum dunklen Himmel hinauf. Er zog die Pfeife aus der Westentasche, zündete sie an und stieß einen schmalen Rauchstreifen zwischen den Lippen aus. Er paffte noch einmal, und nun strömte der Rauch in zwei noch schmaleren Säulen aus seinen Nasenlöchern.

Zum Teufel, jetzt hält er mich zum Narren, dachte der Bäcker, während er darauf wartete, aus welcher Öffnung der Rauch beim dritten Zug kommen würde.

Hans Andrias fragte, ob der Name Tórshavner Proletarier-Vereinigung nicht ein wenig buntschillernd klinge: ein färingischer Ortsname gefolgt von einem Substantiv, bei dem die eine Hälfte Lateinisch und die andere Dänisch war – das könnte das Rezept für ein Unglück sein. Er paffte ein bisschen weiter und fragte dann, ob Havnar Arbeiðsmannafelag (Tórshavns Arbeitervereinigung) nicht eine bessere Idee sei. *Feli* sei ein gutes altes Wort, Männer hätten Schafe im *fællig*, also als Gemeinschaft, besessen, aber David wollte unbedingt den Begriff Proletarier verwenden, nun gut. Im alten Rom, hielt Hans Andrias dagegen, war ein Proletarier das Gegenteil von einem Patrizier, aber in den geteerten Hütten der Hauptstadt der Färöer wäre es noch nie eine Schande gewesen, ein Arbeiter zu sein.

Der Bäcker nickte nur. Er war froh und munter mit einer Flasche in der Jackentasche zur Tür des Dichters gekommen, und nun wurde er grammatikalisch belehrt. Seine gute Laune war verflogen, jedenfalls hatte ihm der Dichter den Mut genommen. Jóan Petur Davidsen warf sein langes Stirnhaar zur Seite, wünschte dem Dichter eine gute Nacht und erklärte, er könne ihn am Arsch lecken!

Und in dem Moment, als Hans Andrias dem tapferen Gewerkschaftsmann hinterherblickte, fiel ihm das Lied »Geh nur geborgen und getrost voran« ein, sozusagen das komplette Lied auf einmal. Vor allem die dritte Strophe und teilweise auch der Anfang der vierten hatten einen politischen Anstrich, den man kaum missverstehen konnte:

Viel Böses gibt's auf Erden hier zu sehen,
mit all dem Wahren, Guten treibt man Spott;
doch denk dran, auch wenn die Bösen lachen werden,
behalt dein reines Herz bei Gott.

Und auch die beiden nächsten Zeilen der vierten Strophe:

Wer deine Hilfe braucht, dem sollst du helfen,
und trösten den, der arm und schwach.

Hans Andrias hatte den Schülern erklärt, manchmal sei es schwer, zwischen einem Lied und einem Psalm zu unterscheiden, er selbst würde »Geh nur geborgen und getrost voran« ein christliches Arbeiterlied nennen. Und dann hatte er sich entschuldigt und gesagt, er sei kein Dichter wie Per Sivle oder Jeppe Aakjær und der Klassenkampf auch nicht unbedingt sein Metier. Vielleicht sei das Lied »Ihr, die ihr Tang am Strand schneidet« eine Ausnahme, und ein paar von seinen

Kinderliedern, ja, wenn er es genau bedachte, war eigentlich gar nicht so wenig Klassenkampf in seiner Dichtung, aber er zwang sich nicht dazu, es floss ihm ganz von allein aus der Feder.

In einem Album steckte ein Farbfoto von Kristensa, das an einem der Tage gemacht worden war, als ihr Haus am Landevejen gebaut wurde. Sie trug ein Sommerkleid mit kurzen Ärmeln, und ihr Gesichtsausdruck war ebenso anmutig wie hoffnungsvoll. An dem Tag wurden viele Bilder gemacht. Zwischen seiner Mutter und Ingvald stand der neunjährige Eigil. Ein Foto zeigte die beiden Flaggen, die man auf den östlichsten und westlichsten Dachsparren gesetzt hatte. Und es gab ein Bild vom Mittelgeschoss, auf dem die Schatten zu erkennen waren, die die Stützbalken auf den Betonboden des Kellers warfen. Ingvald hatte den Fotografen Bambus gebeten, sich der Aufgabe anzunehmen, er war der Ansicht, diesen Luxus könnte man sich an einem Tag, an dem das zukünftige Heim der Familie errichtet wurde, leisten. Ingvald und seine Brüder hatten die Kellergrube ausgehoben, das Fundament ausgegossen und das Haus gebaut. Die Zwillinge Torkil und Sam waren Tischler, während Schiønning, der jüngste Bruder, bei der färingischen Finanzverwaltung angestellt war. Auf einem Foto standen alle Brüder nebeneinander, vier ernste Männer, die Zwillinge in gelblichen Kansas-Overalls, Ingvald und Schiønning in normaler Arbeitskleidung. Vielleicht trugen die Zwillinge eine färingische Mütze, weil die Brüder bereits als junge Männer kahlköpfig waren. Ingvald hatte eine Schirmmütze auf dem Kopf und Schiønning seine merkwürdige, hässliche Perücke. Alle Brüder waren Mitglieder der Adventistengemeinde. Nachdem Ingvald geheiratet hatte, ließ sein intensives Verhältnis zur Gemeinde jedoch nach. Dennoch wurden Svanhild und Tórharda dort getauft, und auch an den Feiertagen besuchte die Familie weiterhin die Kirche der Adventisten.

An dieser Stelle ist zu bemerken, dass die Zwillinge Torkil und Sam auch in Sumba das alte Haupthaus renovierten, als Tórharda Ergisstova übernahm. Das Haus war fünf Meter breit und gut sechzehn Meter lang, früher hatte es am östlichen Ende einen Stall gegeben. Die Giebelwand bestand bis zum First aus Naturstein, und jede Wand war ungefähr einen Meter dick. Sie nahmen das Grasdach herunter und wechselten einige Sparren und Dachlatten aus, aber in Anbetracht des Alters des Hauses war die Holzkonstruktion in einem verblüffend guten Zustand. Wie so viele andere alte färingische Häuser war Treibholz verbaut worden und es hieß, es stamme von einem holländischen Schoner, der 1816 oder 1817 bei Móanes angetrieben worden war. Torkil meinte, bei dem Holz handele es sich um pommersche Kiefer. Sie wechselten im unteren Bereich des Fachwerks die Schwellen aus, während die Balken und Schwellen oben noch vollkommen in Ordnung waren. Die Fenster und Türen wurden erneuert, ebenso der Putz. Das Haus wurde vorschriftsmäßig isoliert und innen mit gehobelten und gefalzten Brettern verkleidet. Ein neues Grasdach wurde aufgebracht, und als erstes Haus in Sumba wurde Ergisstova mit Sonnenenergie betrieben. Die Sonnenkollektoren waren acht Quadratmeter groß und reichten aus, um das Haus zu heizen und heißes Wasser aus den Hähnen fließen zu lassen. An Handwerkerlöhnen musste Tórharda die Elektriker und Installateure bezahlen, es kostete insgesamt ungefähr hundertzwanzigtausend Kronen. Einschließlich des gesamten Materials lagen die Renovierungskosten aber unter vierhunderttausend Kronen, billiger konnte man als Bauer kaum beginnen.

Ingvald hatte sich auf dem gefalzten Liederblatt ein Farbfoto von Kristensa gewünscht. Aber Martin druckte nur mit Blei, er war der letzte Bleidrucker in der Stadt, ja, vielleicht im ganzen Königreich, und die Zeit war zu knapp, um ein Klischee des Fotos zu erstellen. Diese Arbeit hätte in Kopenhagen oder einem Nachbarland erledigt werden müssen und mindestens eine Woche gedauert.

Aber wie sagte Martin so weise: Getrauert wird in Schwarz, Farben gehören zu Kindstaufen und Hochzeiten. Er hatte noch hundertfünfzig Gramm schweres, geglättetes Papier in Reserve, und mit einem schwarzen Trauerrand auf der Vorderseite und einer kleinen Rose ganz unten auf der Rückseite war dieses gefalzte Liederblatt ebenso hübsch wie würdig.

In der Kapelle hielt der Adventistenprediger Danielsen eine ausgezeichnete Rede.

Er bat Gott, sich seiner Tochter Kristensa anzunehmen, die in ihrem Leben hier auf Erden geliebt und gekämpft hätte. Sie sei in der Gemeinde aufgewachsen, die der Dichter und Pastor Viderø den Ort der Häuptlinge auf den Färöern genannt hatte, und wenn man an die Persönlichkeiten denke, die dort als Häuptlinge hervorgegangen waren, so waren es Leute wie Tróndur í Gøtu und Guttormur í Múla, aber auch die Tochter des Laðangarðs-Bauern, die Starke Marjun, und aus der jüngeren Zeit ließ sich sicher Poul F. Joensen aus Kvídni als Dichterhäuptling anführen. Ehrliebende und treue Menschen, ja, die unumgängliche Voraussetzung dafür, dass die Färinger vierzig Generationen lang auf ihrem Felsen hatten überleben können. Gerade das Ehrliebende und das oft genug Harte und Heidnische ihres Gemüts waren ihre Stärken, doch ebenso auch ihre Schwäche – der kleine Spalt, durch den der geistige Hochmut sickerte. Denn häufig fehlte den

Häuptlingsgestalten die Demut, die notwendig ist, um den Kummer des Herzens und der Seele zu lindern. In einigen Texten, die Viderø über Sumba schrieb, könne man sich als Leser fragen, ob das Christentum überhaupt der herrschende Glaube in der Gemeinde sei oder ob das Heidnische und das Christliche nicht eher als ebenbürtige Mächte angesehen würden?

Danielsen sagte, Kristensa sei eine junge, entehrte Frau gewesen, die es aber dennoch geschafft hatte, diese Schande hinter sich zu lassen; nicht zuletzt dank der pensionierten Krankenschwester Fräulein Olrun, die ihr und ihrem Sohn Obdach gab – und auch nicht zu vergessen die Kolleginnen der Konditorei, die das junge Mädchen aufnahmen, als sie 1952 dort als Küchenhilfe anfing.

Weiter sprach Danielsen über das Zusammenleben von Kristensa und Ingvald und erinnerte daran, dass sie draußen am Landevejen ein gutes Heim für ihre Kinder gebaut hätten. Eigil sei einer der tüchtigen Schriftsteller hierzulande, und Svanhild, die Zweitgeborene, arbeite als Anästhesieschwester in Kopenhagen. Und die jüngste Tochter, Tórharda, sei als Bäuerin in ihre alte Gemeinde zurückgekehrt.

Der Prediger nannte Kristensa eine moderne Heldin und nannte als wichtigstes Kennzeichen einer Heldin, dass sie versuchte, auf die Füße zu kommen, nachdem sie von einer Übermacht geknechtet und in den Staub geworfen worden war. Aber bevor man zum Helden wurde, ja, bevor man zu Frau oder Mann wurde, zu einem König oder bloß zum Straßenfeger in Tórshavn, egal, was man wurde und womit man sich beschäftigte, so war man doch zuallererst ein Wesen, dem Gott seinen Atem eingeblasen hatte.

Die furchtbarsten Minuten in Kristensas Leben, so der Prediger, waren die letzten gewesen, die Minuten, in denen sie in

Feuer und Rauch lebte, es war ihre Zeit in der Hölle. Doch nun war sie daheim bei unserem Vater Jesus Christus, der sich aller ehrlichen und gutherzigen Menschen annahm.

»Mit diesen Worten lasse ich Frieden über die Erinnerung an Kristensa Sivertsen leuchten.«

Supplement

Als literarischer Text war *Die Kulturgeschichte des hohen Absatzes* nicht von nennenswerter Bedeutung. In Wahrheit ging es um einen dieser herz- und hirnlosen Texte, die Autoren gern in Zeitschriften und manchmal auch in Büchern abdrucken lassen, um Akademikern zu schmeicheln und als Belohnung zu Erneuerern oder mächtigen Modernisten ausgerufen zu werden.

1992 oder irgendwann zu dem Zeitpunkt, als die Liebe zwischen Eigil und Karin an einem sehr dünnen Faden hing, hatte er Marianne Bøge kennengelernt. Auf eigene Initiative begann sie, seinen Roman *Zwischen Tórshavn und San Francisco* ins Dänische zu übersetzen. Eigil schaffte es nie, die Übersetzung zu lesen, und er war auch nicht sicher, ob das Manuskript überhaupt druckreif war oder die Übersetzerin Kontakt zu irgendeinem Verlag hatte. Er wusste kurz gesagt nichts über die Übersetzung, abgesehen davon, dass er total in die Übersetzerin verknallt war! Endlich hatte er eine Frau kennengelernt, die ihm ebenbürtig war, ja, intellektuell war sie ihm zweifellos überlegen. Abgesehen von ihren Lateinkenntnissen konnte sie die meisten literarischen Strömungen bis zurück in die Renaissance verfolgen, außerdem wusste sie recht genau Bescheid über den Streit, der im sechzehnten Jahrhundert zwischen dem Vatikan und Wittenberg ausgebrochen war.

Darüber hinaus begehrte Eigil sie, er war hinter ihr her wie ein Widder in der Brunft. Nicht weil sie ungewöhnlich hübsch oder anmutig gewesen wäre. Als Mutter von zwei Kindern hatte sie einen reifen Körper und breite Hüften. Ihr Gang war solide und entschieden, ihre Waden strafften sich, wenn ihre Hacken auf den Boden knallten, aber allein die bebende Haut unter dem Rock zu ahnen, genügte, um Eigil das Wasser im Mund zusammenlaufen zu lassen. Außerdem geschah noch etwas Besonderes mit ihren Nasenlöchern und der Oberlippe, wenn sie sprach. Die Nasenlöcher weiteten sich ein wenig, als untersuche sie mit ihrem Geruchssinn den Körpergeruch ihres Gesprächspartners. Natürlich konnte Eigil ihr dies nicht sagen, aber er war überzeugt, dass die Bewegungen ihrer Nasenlöcher mit denen unserer Vormütter identisch waren, wenn sie bei ihren Paarungsspielen versuchten, die besten Gene zu erschnüffeln.

Die Kulturgeschichte des hohen Absatzes war abgeschlossen, als er Marianne kennenlernte, und zu diesem Zeitpunkt war er überzeugt, dass es sich um einen gewichtigen Text handelte, ja, er hielt es für ein Stück relevanter Gegenwartsliteratur, das sich von anderen Texten abhob. Und das erklärte er ziemlich überzeugend. Er gab ihr *Die Kulturgeschichte des hohen Absatzes* einzig und allein deshalb zu lesen, um mit ihr ins Bett zu kommen! Und dann kam es zu dem großen Tag, an dem er ihr das Höschen von den Lenden zog, und wahrlich, es offenbarte sich eine große Herrlichkeit. Nie im Leben hatte er eine schönere Vulva gesehen. Sie vollführte einen hübschen Bogen, war weich wie ein Grasbüschel, und dort, wo sich die Schamlippen trafen, ließ sich ein feiner Strich in dem üppigen Busch sehen. Sie war etwa eine Handbreit groß, und es war ebenso ernst wie empfindsam, sie zu betrachten. Und erst der Duft, oh, es war unmöglich, eine nüchterne Beschreibung von der Zauberkraft dieses Duftes zu geben. Weiter unten an den Schenkeln, wo die Schamhaare dünner wurden, war die Haut dunkler und ein wenig ledrig, als wäre sie kräftigem Sonnenlicht ausgesetzt gewesen. Aber das war kaum möglich. Die Haut war hell, beinahe weiß, als würde sie es vorziehen, statt in der Sonne im Mondschein zu liegen. Schließlich steuert ja auch der Mond Ebbe und Flut, und Marianne war eine der blassen Repräsentantinnen des Mondes, wenn es um feuchte Flussmündungen ging.

Sie war die einzige Frau, mit der Eigil je anal verkehrt hatte, sie hatte ihn dazu ermuntert und ihm gezeigt, wie es geht. Er musste es sagen, wie es war: Marianne war seine sexuelle Universität, nichts weniger als das! Sicher hatte er auch vor ihr schon Erfahrung auf diesem Gebiet, aber das waren überwiegend Bagatellen, eine Art Vorspiel. Natürlich gab es verschiedene Erklärungen dafür, warum das Arschloch im Laufe der Geschichte so verhöhnt und niedergemacht wurde, aber dank Marianne lernte er, dieses kleine, dunkle Wesen zu ehren und zu lieben.

Mit ihrer angenehmen Stimme bat sie ihn, die Öffnung ihres Enddarms mit den Lippen und der Zunge zu massieren, und als säße dort eine elektrische Ladung, durchfuhr ein Zittern ihre Muskeln, sie stöhnte und wackelte mit dem Hinterteil, und um ihre wilden Hüften nicht loslassen zu müssen, bohrte er sein Gesicht in die fleischigen Backen und klammerte sich beinahe fest.

Doch die wahre Pracht ihrer Vulva offenbarte sich, wenn das Blut in ihre Schamlippen strömte. Dann schwollen sie an, und es sah aus, als würden sie sich strecken, und dieser Anblick war dem verhexten Gesicht einer faschistischen Frau nicht unähnlich, ja, als wäre die Vulva kurz davor, ein *Viva la Muerte* oder *Sieg Heil* auszustoßen.

Oh, Eigil liebte ihre weibliche Pracht, aber was nützte das alles, wenn Marianne Angst vor ihm hatte?

Wie im vorherigen Kapitel erwähnt, schrieb er den Text, um seiner Punkerschwester eine Freude zu machen. In den Achtzigerjahren war es allgemein bekannt, dass Svanhild mit Männern nichts anfangen konnte, sondern ihr eigenes Geschlecht liebte, und so begann die Kulturgeschichte: *Endlich erreichte die hochhackige Frauenschar den Platz. Die Geräusche der Absätze klackten und knallten, der Anblick war so heftig, dass es plötzlich anfing zu regnen. Der Himmel öffnete sich zu einem erbarmungslosen Wolkenbruch. Der Regen strömte über die Schuhspitzen, floss die Schuhe entlang, und hinter jedem Hacken schäumte weißes Kielwasser auf.*

Aber der Rest? Ach, Herrgott! Glücklicherweise war der Text so gut wie unbekannt. Zusammen mit anderem mehr oder weniger fertigem Material lagen die hohen Hacken in einer Mappe, auf der *Kulturgeschichte* stand, und sammelten Staub. In dem Roman *Die Erinnerungen* lag die *Kulturgeschichte des Scheißköters* gedruckt vor, aber das war die einzige erschienene Kulturgeschichte. Hätte Eigil im Sommer 94 nicht die unglückselige Fahrt nach Kolbeinagjógv unternommen, wären die Kulturgeschichten sicher beendet und als Buch veröffentlicht worden.

Obwohl Eigil Ende der Achtzigerjahre in seinem Reihenhaus in der Jóannes Paturssonar gøta lebte und sich in seiner Heimatstadt einigermaßen gut zurechtfand, war er literarisch gesehen doch von den Jahren in Kopenhagen beeinflusst. In dieser Zeit hatten die magischen Realisten aus Südamerika ihre große Zeit gehabt, einige der Hauptwerke hatten Eigil sehr angesprochen. Vor allem Werke von Asturias und Borges und zum Teil auch Márquez. Aber die europäischen Epigonen waren schauderhaft, oder so, wie Epigonen immer sind: geschichtslos und falsch. Zu ihnen zählte Eigil sich selbst mit seinen idiotischen und lächerlichen hohen Absätzen.

Das Ergebnis der Lesung an dem Abend bei Svanhild und Nora war entsprechend ausgefallen. Svanhild weinte, aber das lag vor allem daran, weil Eigil sich die Mühe gemacht hatte, seiner Schwester ein wenig brüderliche Zuneigung zu zeigen, indem er ihr den Text widmete. Sie weinte sozusagen aus rein sentimentalen Gründen. Nora hingegen nannte den Text »sehr interessant«, und gerade dieses Votum bekam Eigil in den falschen Hals!

Er hasste nämlich so smarte Worte wie »interessant«. Dieses Wort sollte in jedwedem künstlerischen Zusammenhang verboten werden. Eine korrumpierende Sprechweise, in etwa so, als würde man ein Erdbeerfeld mit Chemikalien düngen oder seinen Schwanz mit Natronlauge waschen. »Interessant« war ein beliebtes Füllwort im Vokabular der Beamten des Bildungs- und Kulturministeriums, deren tägliches Brot es war, Messen zu besuchen, Gutachten zu schreiben oder an Diskussionsrunden teilzunehmen. Kurz gesagt hatten sie keinerlei Herzensanliegen, weil es nicht ihre Aufgabe war, irgendein Herzensanliegen zu haben, und sollte es doch einmal in der obersten Etage blinken, dann hielten sie den Mund, weil ihre Meinung niemanden interessierte.

Auch Pastoren benutzten den Ausdruck »interessant«, wenn ihnen überraschend ein modernes Altarbild präsentiert wurde, bei dem der Künstler sich erlaubt hatte, eine Vereinigung von beispielsweise Christentum und Asatro[3] darzustellen. Vielleicht war das Werk sogar noch mit einem grün-ökologischen Einschlag gewürzt. Dann rangen sie ihre bleichen Hände und sagten: *Nein, wie interessant!*

Die Reise nach Sumba

Als Tórharda zwischen Weihnachten und Neujahr 1999 die Tür des alten Ergisstova öffnete, trat sie in Wahrheit einhundert Jahre zurück in der Zeit, und über diesen Schritt freute sie sich. Sie spürte, dass sie heimgekehrt war, und eine ruhige Zufriedenheit erfüllte sie. Endlich verfügte sie über dieses Haus, dessen ältester Teil vermutlich vierhundert Jahre alt war.

Der Luftzug der geöffneten Haustür erfasste die grauen Spinnweben, die an mehreren Stellen von der Decke hingen. An der Wand der Kaminstube hingen über der langen Bank ein Porträt von König Christian VIII. und einige Zeitungsausschnitte. Es waren Nachrufe auf einen Mann aus Porkeri, der Volmar í Gjørðum hieß, und Tórharda spürte einen kleinen Stich in der Brust, als sie auf einem vergilbten Ausschnitt den Namen ihres Bruders unter den Kindern entdeckte, die im August 1953 in der Kirche von Tórshavn getauft worden waren. Ein Samen hatte sich in die Asche des alten Kohlenherds verirrt und dort Wurzeln geschlagen; von allen Dingen, die sie sah, war dies sicher das Sonderbarste. In den Ringen und Klappen des Herdes, ja, selbst unter der eigentlichen Herdplatte hingen mehrere Jahre alte Bündel von verwelktem Unkraut. Der Herd selbst glich einer schlecht gepflegten Grabstelle, es schien, als hätte sich die Feuerstelle, das eigentliche Zentrum des Hauses, in ein Grab verwandelt.

1927 war der Ergisstova-Hof geteilt worden, die Brüder Heindrikur und Hjartvard erbten jeweils eine Hälfte von ihrem Vater, betrieben den Hof aber gemeinsam. Damals nutzten die Bauern Hunde nicht so wie heute; ein Hund hatte vorwiegend wilde Schafe einzufangen. Die Schafe hatten Angst vor diesen schnellen, bellenden, vierbeinigen Tieren, die nach ihnen schnappten und sie mit ihren Bissen auch verletzten. Hunde wurden außerdem benutzt, um die Schafherden aus den Feuchtgebieten zu treiben, wo Saugwürmer und Parasiten lebten. Ein guter Hund konnte Menschen zudem in Notsituationen verteidigen, und hin und wieder ließen sich Melkerinnen von einem Hund begleiten, wenn sie zum Melken auf die Gemeindewiesen gingen, denn es gab durchaus tückische Stiere, die auf Menschen losgingen. Nicht umsonst wurden solche Stiere auch als Wolfsrüden bezeichnet. 1929, vielleicht war es aber auch erst 1930, bekam Heindrikur seinen ersten Hund und gab ihm den norwegischen Hundenamen Tass.

Schäfer waren für den Schafabtrieb verantwortlich, und der Lohn, den sie von den Bauern erhielten, bestand üblicherweise aus zwei Lämmern, eines für den Frühjahrsabtrieb und eines für den Herbstabtrieb. Rechnete man diesen Lohn in einen Geldbetrag pro Stunde um, dann lohnte es sich kaum. Denn selten ging ein Treiben kürzer als eine Woche, und wenn das Wetter schlecht war, konnte es sogar bis zu zwei Wochen dauern, ehe man die Herde beieinanderhatte. Ungefähr die Hälfte der Schafe wurde medizinisch versorgt und dann wieder freigelassen, der Rest wurde geschlachtet und das Fleisch zum Fermentieren und Trocknen aufgehängt. Allerdings waren für diejenigen, die kein Land besaßen, ein oder zwei Lämmer ein willkommener Beitrag zu ihrem Haushalt, und dazu kam, dass der Schafabtrieb den Männern das

Gefühl gab, einer uralten Gemeinschaft anzugehören, und das hatte eine große Bedeutung.

Warum Nils, der Sohn von Heindrikur Tvibur in der zweiten Hälfte der Siebzigerjahre mit dem Brauch des gemeinsamen Schafabtriebs aufhörte, wusste niemand so recht zu sagen. Allerdings konnte er seinen Nachbarn Stovar i Heimarahørg und seine Nächsten um Hilfe bitten, vor allem dessen Tochter und dessen Schwiegersohn Óla Hans, und in den Jahren, als der Sohn Jenis noch zu Hause wohnte, übernahm der auch einen Teil der täglichen Arbeiten auf dem Hof.

1974 zog Jenis jedoch plötzlich nach Island. Eigentlich hätte er die eine Hälfte des Ergisstova-Hofs erben sollen, doch nun ließ er sich in Reykjavík nieder und begann mit einer ganz anderen Ausbildung – er wurde Friseur und bekam eine Stelle als Maskenbildner am Nationaltheater.

Es kam völlig überraschend. Jenis hatte niemandem etwas gesagt, als er sich eines Morgens in Dánjal Jacob við Kvíggjás Bus setzte, nach Vágur fuhr und mit der *Smyril* die Insel verließ.

Seine Schwester Margit vermisste ihren Bruder. Plötzlich war seine Munterkeit gleichsam verdampft, und seine Geschichten über die Sahnetortenvögel sozusagen von einem Augenblick auf den nächsten verflogen. Laut Jenis lebten die Sahnetortenvögel von den Sendungen der färingischen und norwegischen Radiosender. Zum Frühstück bekamen sie eine färingische Andacht, zum Mittagessen den norwegischen Wetterbericht, und wenn die atmosphärischen Verhältnisse gut waren, konnten sie ein bisschen Popmusik von Radio Luxemburg aufpicken, bevor sie die Köpfe unter die Flügel steckten. Ebenso verschwanden die Haschhasen, die normalerweise auf den Gemeindewiesen umhersprangen. Nur wenn

Menschen kamen, liefen sie allesamt davon oder wurden in die Luft gesprengt und zerfielen zu dunkelrotem Staub.

In Wahrheit hatte der Vater sich seinem Sohn gegenüber nie sonderlich freundlich gezeigt. Nicht dass ihr Verhältnis gewalttätig war, nein, nein, aber er hatte das Gefühl, sein Erbe geriete nach dem Bruder seiner Urgroßmutter, Aksal dem Sodomiten, der Vieh wie auch junge Männer begehrte. Nils hatte regelrecht Angst vor seinem eigenen Nachkommen, diesem langen braunäugigen Lulatsch, der zwischen den Häusern umherstreifte und eine messerscharfe Nase hatte. Ein falsches Wort, und er schrie wie von Sinnen. Er nannte seinen Vater einen schlappen Köter und einen verdammten Scheißkorporal; er bezeichnete ihn als diese Art Bakterien, die an der Enddarmöffnung von Leichen leben – woher all diese unappetitlichen und erschütternden Ausdrücke stammten, war Nils ein großes Rätsel.

Den Vater hatte Jenis' Fortgang überrascht, so erzählte es Margit. Ob vielleicht auch ein bisschen Reue mit im Spiel war, wusste sie nicht. Aber im Laufe der ersten drei, vier Jahre nach dem Aufbruch des Sohnes wurde der Alte immer verschlossener, um nicht zu sagen abweisend.

Anfang 1978 bekam Nils einen Hund und schlachtete seine beiden letzten Kühe, Stjerna und Litagod. Noch im gleichen Jahr lieh er sich Geld vom Landwirtschaftsfonds und kaufte einen Ferguson-Traktor nebst Baggerschaufel und Anhänger und begann nun, Fundamente für Häuser zu graben, Felder zu drainieren und neue Felder anzulegen. Am meisten beschäftigten ihn jedoch die Schafe. Zusammen mit Tass kümmerte er sich um seine Schafe in den Bergen, und über einen guten Hütehund heißt es ja, er arbeite für zehn Männer.

An dieser Stelle muss angemerkt werden, dass der Hundename Tass und die Namen der Kühe – Staslin, Litagod, Stjerna und Dagros – Namen waren, die Nils Tvibur aus Hordaland in Norwegen mitgebracht hatte. So eigenartig können die Dinge sich entwickeln. Dank einiger Tiernamen und der wohlbekannten Rücksichtslosigkeit des Mannes war die Erinnerung an den Korporal nicht ganz vergessen.

Der erste Tass wurde neun Jahre alt und war sozusagen das Gesellenstück des Bauern als Hundetrainer – und Nils bestand die Prüfung. Im Schneewinter 1979, als der Hund ungefähr zwei Jahre alt war, gingen sie auf die Allmende, um nach den Schafen zu sehen. Mehrere Tage lang war es lebensgefährlich gewesen, sich im Freien aufzuhalten, aber in der Nacht zuvor hatte das Wetter aufgeklart, der Wind hatte nachgelassen, und als es hell wurde, ging der Bauer mit seinem Hund hinaus. Vor lauter Schnee konnte man weder Gatter noch Zaunpfähle sehen, das Einzige, was aus dem Schnee ragte, waren einige Felsspitzen. Der feste Schnee knirschte unter Nils' Stiefeln, über die er Wollsocken gezogen hatte, das Fernglas hing um seinen Hals, und auf dem Rücken trug er ein bisschen Futter für die Schafe. Die Kälte war trocken, der Himmel grau, und obwohl die Sonne versuchte, durch eine Öffnung zu dringen, gelang es nur zum Teil, doch gerade in diesen Augenblicken funkelten die schneeweißen Flächen, als wären sie mit Edelsteinen besetzt. Auch Tass sah aus, als sei er fasziniert von den goldenen Schneewehen und der großen Stille.

Sie waren einen Abhang hinuntergestiegen, als der Hund plötzlich anfing, eifrig zu graben und zu schnuppern. Mit schräggelegtem Kopf fiepte er und bellte leise, und das bedeutete: Hier ist etwas. Die Stelle, an der er schnüffelte, war vielleicht drei oder vier Quadratmeter groß, und dann begann er, mit seinen Vorderpfoten so heftig zu graben, dass der Schnee ihm zwischen die Hinterbeine flog. Nils befahl ihm, zur Seite zu gehen, er nahm seinen Bergstock und drückte ihn in voller Länge in den Schnee, er tat es vorsichtig, damit die Spitze nicht zu sehr zustach. Überall dort unten war es weich, und nachdem er zehn-, elfmal in den Schnee gestochen hatte, bemerkte er plötzlich ein graues Wollbüschel zwischen den Eisenbügeln des Stocks. Mit dem Dolch schnitt er sich durch den Schnee. Die Länge des Messers betrug lediglich eine kleine Handspanne, und die Blöcke, die er aus dem Schnee schnitt, warf er sofort beiseite. Er lag auf den Knien, schnitt und grub, und plötzlich stieg eine schmale weiße Atemsäule durch einen Spalt im Schnee auf. Es roch nach Wolle und Schafatem, und Tass, der es ebenfalls bemerkte, konnte sich kaum beherrschen, er hüpfte um die Stelle herum und bellte. Mit raschen Bewegungen vergrößerte Nils die Öffnung, und als der Kopf eines Schafs zu sehen war, erkannte er im Ohr sofort die Markierung seines Hofs. Das Schaf gab ein leises, verzagtes Geräusch von sich, und Nils trat nach dem Hund und befahl ihm, die Schnauze zu halten. Er glitt in die Öffnung, griff nach den Vorderbeinen und zog das arme verfrorene Tier ganz vorsichtig an die frische Luft. Das Fell war gefroren und hart, aber er sah noch Leben in den Augen, und nachdem Nils ihm eine Weile über den Hals und das Brustbein gestreichelt hatte, kam es wieder zu Kräften. Es hatte den Anschein, als würde das Schaf den Menschen plötzlich wiedererkennen, und vor einem solchen Geschöpf musste sich ein Schaf hüten. Es warf den Kopf in den Nacken, trat mit den Hufen auf Nils' Schenkel und schien sich vor seinem fürsorglichen Hirten regelrecht zu ekeln. Als Nils es losließ, rutschte es Hals über Kopf den Abhang hinunter.

Der Bauer und der Hund hatten eine ganze Herde gefunden, langsam regte sich Leben in der weißen Höhle. Die Schafe drängten zu der neuen Öffnung, und Nils zog eines nach dem anderen heraus. Die Herde, die sie gefunden hatten, bestand aus siebzehn Schafen, und obwohl sie ein wenig abgemagert waren, gab es nur ein totes Schaf. Wie viele Tage die Schafe unter dem Schnee verbracht hatten, wusste Nils nicht, vielleicht fünf, aber als sie nun ein wenig Futter bekamen, auf dem sie herumkauen konnten, schienen sie sich rasch wieder zu erholen. Das Ereignis war geradezu biblisch, nur war es eben diesmal ein Hund gewesen, der die Tiere erlöst hatte.

Seit uralten Zeiten wurden die Schafe in Mittan auf drei Herden verteilt, aber Nils hatte die Gemeindewiesen gut eingezäunt, sodass es verhältnismäßig leicht war, die Schafe zu finden. In den ersten Jahren hatte er großen Wert darauf gelegt, die Zäune instand zu halten, er wechselte verrottete Pfähle aus und stellte an vielen Stellen Zauntritte auf, damit der Zaun nicht beschädigt wurde, wenn Menschen darüberkletterten.

Um Michaelis[4] begannen Nils und Stovar normalerweise mit dem Schafabtrieb, beide hatten einen Hund, und wenn die Herden im Gehege waren, wählten sie die Tiere aus, die geschlachtet werden sollten. Es gab einen Weg zwischen dem Dorf und dem Pferch, und normalerweise brachte Margit die Widder mit dem Trecker auf die Weide am Hof. Das frische, nachwachsende Gras hatte ihnen gutgetan, wenn sie Ende November wieder auf den Gemeindewiesen freigelassen wurden, um ihre Pflicht zu erfüllen, die ihnen die Natur auferlegt hatte.

In früheren Zeiten hatte der Schafsberater in Tórshavn den Bauern den Rat gegeben, die Feuchtgebiete auszutrocknen, und er forderte sie auch auf, sich zu überlegen, Gänse zu halten, denn Gänse fraßen gern in den Feuchtgebieten, in denen die großen Saugwurm- und Parasitenplagen ihren Ursprung hatten. Die Saugwürmer setzten sich in der Leber der Schafe fest, und obwohl die Krankheit nicht tödlich war, litten die Schafe, wenn sie befallen waren. Es sammelte sich Wasser im Hals, und auch der Magen füllte sich mit überflüssigem Wasser. Mit den übrigen Würmern war es noch schlimmer. Sie setzten sich in den Eingeweiden fest, töteten die Schafe und konnten die Bauern mit ihren geringen Einkommen wirtschaftlich ruinieren. Doch nachdem man begonnen hatte, den Schafen Medikamente zu geben, hatte man die meisten Krankheiten und Leiden erfolgreich bekämpft.

Den nächsten Tass hatte eine Hündin in Hvalba geworfen, aber 1993, oder genauer gesagt, am frühen Morgen des 3. Juni 1993 fand Nils den Hund tot im Stall. Es war die Rede von Mord, das arme Tier war mit Natronlauge getötet worden. Der Hund lag im Mistgang, als sollte damit gesagt werden, dort sollten alle Hunde von Ergisstova liegen. Die Augen waren verätzt, ebenso das Zahnfleisch und die Zunge. Am Hals war das Fell geradezu versengt, und der Hund, der nur wenige Stunden zuvor die feinste Hundeschnauze des Dorfes gewesen war, lag nun kalt und räudig auf dem Beton. Der Mörder hatte die Natronlauge nicht mitgebracht, und gerade dieser Umstand gab der Tat einen seltsamen und geradezu merkwürdigen Anstrich. Der Täter hatte benutzt, was er auf dem Hof vorfand – einen Zweiliterkanister mit Natronlauge.

Warum Nils nicht zur Polizei ging, wird später berichtet.

Aber er besorgte sich schnell einen neuen Hund, einen Border Collie, den er einem Schäfer in Leynar abkaufte.

Über Hunde heißt es oft, sie seien ihrem Herrchen treu, aber im Fall von Tass aus Leynar war Nils dem Hund mindestens ebenso treu wie der Hund ihm. Es sah wirklich so aus, als wären sie miteinander verwandt; sie hatten denselben Gang, ließen den Kopf auf dieselbe Weise hängen, und wenn Nils sein Wasser ließ, dann tat es der Hund ganz sicher auch. Wollte

Nils sich ein Schaf mit zwei Lämmern genauer ansehen, die er mit dem Fernglas entdeckt hatte, schickte er den Hund, den er mit der Hundepfeife lenkte, und es dauerte nicht lange, bis Tass ihm die beiden Lämmer und das Mutterschaf brachte. Bei solchen Gelegenheiten sparte Nils nicht mit Lob, er nannte den Hund seinen Erben und seinen Prinzen und sagte, sehr viel Glück sei mit dem Namen Tass verbunden.

In milden Sommernächten übernachteten sie manchmal auf den Gemeindewiesen, und dann lauschte der Hund stets den Monologen seines Herrchens, und wenn er auch nicht die Worte verstand, so begriff er doch die Gemütslage, von der sie getragen wurden. Meist drehten sich diese Monologe ums Fischen, um das Zusammenleben mit Ingibjørg oder um Nils' Verhältnis zu Gott. Die Jahre, in denen er zum Fischen hinausfuhr und gleichzeitig Fischer und Bauer war, waren die besten seines Lebens gewesen. Damals lieferte er den Fisch an den Kramladen in Ólamarken, und die Leute in Sumba nahmen ihn aus, salzten und verkauften den Fang an den Hofladen in Vágur. In den Fünfziger- und Sechzigerjahren führten Nils und Ingibjørg noch eine gute Ehe, sie gehörte zu den Frauen, die ihrem Mann ein warmes Getränk oder etwas zu essen an die Anlegestelle brachten. Während er aß, flüsterte sie ihm ins Ohr, sie freue sich darauf, seine Füße zu waschen und ihm die Lumpen auszuziehen. All das war vorbei, man konnte es Geschichte nennen, der Sternenhimmel und Gott jedoch waren nicht Geschichte.

Nils erzählte dem Hund, das Göttliche würde sich darin zu erkennen geben, dass die Sterne wie die schönsten Edelsteine funkelten. Er sagte, die Sternbilder Kleiner Hund und Großer Hund leuchteten zu Ehren aller Hunde auf Erden, und er erzählte Tass, dass der Wolf ihr Stammvater war. Es heißt, ein Mädchen namens Anima hätte einst eine Wölfin und ihre

Welpen vor dem Ertrinken gerettet. Seither war die Wölfin bei Animas kleiner Familie geblieben, wurde zahm und fraß, was ihr hingeworfen wurde. Dass das Mädchen ihr eigenes Leben aufs Spiel gesetzt hatte, um die kleine Wolfsfamilie zu retten, festigte ihre Verbindung umso mehr. Ein oder zwei Welpen wurden von Animas Familie aufgenommen, sie wurden die Stammväter der Hunde.

Der am hellsten leuchtende Stern im Großen Hund war Sirius, er leuchtete ungefähr an der Hüfte des Hundes, und das sage ich dir, Tass: Wenn einen die Hüfte im Stich lässt, ist man alsbald ein Opfer des Todes.

Das Gebiet zwischen dem Felsen Spáfelli, den Ortsteilen Hørg und Flesjarnar und den Schären südlich von Akraberg ist etwas Besonderes für Sumba, und das war schon immer so, erklärte Nils seinem Hund, es ging zurück bis in die heidnische Zeit, als der Bauer von Akraberg in Hørg Widder opferte. Dieser Brauch wurde in der ersten Steinkirche fortgeführt, die Jenis í Laðangarði irgendwann im sechzehnten Jahrhundert unten am Strand hatte bauen lassen. Nils zeigte nach Norden auf den Spáfelli, nach Westen auf Hørg und nach Süden auf Flesjarnar, und Tass folgte ihm mit den Augen und schien sein Herrchen zu verstehen. Nils fügte hinzu, dieses Dreieck bilde die Grenzen der Gemeinde Sumba. Was außerhalb davon liege, sei eine Gegend, in der gefährliche Menschen lebten, vor denen man sich in Acht nehmen musste: Vágbinger, Porkeninger und Fámjininger. Er selbst hatte daheim eine Frau aus Fámjin, und er hatte Gott gebeten, ihr galliges Gemüt zu besänftigen.

Der Hund lag an Nils' Brust, er spürte den warmen Atem des Tieres an seinem Hals. Bei dem Geräusch einer Schnepfe zu erwachen und Tass' Schnauze an seiner Wange zu spüren, war eine Art des Gewecktwerdens, die ihm gefiel.

Die Nächte unter freiem Himmel waren selten geplant, und doch hatte Nils in seinem Rucksack immer etwas zu essen: Ein paar Scheiben Brot und vielleicht etwas getrocknetes Schaffleisch, und das verzehrten Mann und Hund dann morgens gemeinsam, wenn der rote Himmel sich über den Horizont schob.

Ansonsten gab es durchaus willige Hände, die Nils halfen, wenn es nötig war. Manchmal kamen einige von Ingibjørgs Verwandten aus Fámjin, und bevor Eigil mit zwanzig Jahren nach Dänemark aufbrach, um dort zu studieren, beteiligte auch er sich am Schafabtrieb seines Onkels. Und Nils vergaß nicht, ihn dafür zu entlohnen. In den Studienjahren war es mehr als einmal vorgekommen, dass Eigil ein Paket aus Sumba erhielt; und zu Weihnachten, wenn die meisten Studenten des Grønjordskollegiums, die in Dänemark studierten, zu Hause bei ihren Familien und Freunden waren, konnte er Rippchen braten oder sich etwas kochen, das die langen Gänge des Gebäudes mit dem intensiven Geruch nach fermentiertem Fleisch erfüllte. In diesem Duft wohnte die Heimat, und wenn es möglich war, glücklich und wehmütig zugleich zu sein, so waren dies die beiden Gefühle, die Eigil empfand, wenn er Weihnachten im Kollegium still und mit Tränen in den Augen fermentiertes Fleisch aus dem heiligen Dreieck Sumbas aß.

1980 und '81, als Tórharda in Tórshavn in die neunte und zehnte Klasse ging, verbrachte sie die Herbstferien in Sumba und fasste mit an. Allerdings kehrte sie ohne Lohn zurück nach Tórshavn, das hatte ihre Mutter so verfügt: Ihr kam nicht ein einziger Bissen Fleisch aus Ergisstovas Vorratshaus unters Dach! Das erzählte Tórharda auch ihrem Onkel. Damals war bereits bekannt, dass Hjartvard seine Nichte 1952 vergewaltigt hatte, und die ihr Nahestehenden wussten auch, dass nicht viel dazugehörte, um Kristensa seelisch aus dem Gleichgewicht zu bringen. Nils nickte nur und sagte, jeder habe seinen Sack Scheiße zu tragen, und in dieser Hinsicht bilde seine Schwester keine Ausnahme. Tórharda half auch beim Schlachten, sie lernte, den geschlachteten Tieren das Fell abzuziehen, die Eingeweide zu waschen und *sperðil*[5] zu machen, und Nils lobte ihren Fleiß. Sie merkte sich seine Worte, vor allem weil sie Zweifel hatte, ob ihr Onkel es wirklich ernst meinte. Denn jemanden zu loben, war nicht gerade eine Tugend, für die Ergisstova bekannt war; man tat, was einem aufgetragen wurde, mehr gab es dazu nicht zu sagen.

Als Nils im Herbst 1993 auf Streymoy einen neuen Hund abholte, wohnte er einige Nächte bei seiner Schwester. Er hatte sie vorher angerufen und gesagt, er bringe ein Schaf mit und sie solle sich unterstehen, ihm das gute Fleisch an den Kopf zu werfen. Sein übermütiger und direkter Humor schien seine Wirkung nicht zu verfehlen, denn Kristensa erwiderte, Ingvald wisse Fleisch aus Sumba bestimmt zu schätzen, ihr Bruder und sein Schaffleisch seien herzlich willkommen.

Die drei Tage in der Hauptstadt verbrachte Nils in einem kleinen Rausch, er trank wie daheim, wo er die starken Sachen in kleinere Flaschen umschüttete, die er in einem Stiefel, in dem Zählerkasten hinter den Glühbirnen oder zwischen den Shampooflaschen im Badezimmer deponierte. So hatte man es damals gemacht, als der Alkohol noch rationiert war und erwachsene Färinger Schnaps mit der Post aus Kopenhagen bestellen mussten. Niemand sollte etwas wissen oder sehen, und wenn doch herauskam, dass jemand auf dem Postamt gewesen war, um einen weißen Styroporkarton abzuholen, konnte der Betreffende sicher sein, Besuch von einigen sehr durstigen Männern zu bekommen.

Kristensa lächelte nur über ihn. Es waren einige Jahre vergangen, seit sie ihren Bruder das letzte Mal gesehen hatte, bestimmt sechs, und in dieser Zeit war Nils deutlich gealtert. Tatsächlich überraschte es sie, einen Bruder zu haben, der aussah wie ein älterer Mann, sie musste dabei an ihre eigenen Gebrechen denken. Seit dem verdammten Blutgerinnsel im letzten Jahr zog sie ein Bein nach, und da ihr der linke Mundwinkel herabhing, schien ihr Gesicht irgendwie verzerrt. Allerdings war es charakteristisch für die Ergisstova-Familie, nicht über diese Gebrechen zu sprechen, weder über das Blutgerinnsel noch darüber, dass ihr Bruder ein alternder Trunkenbold geworden war. Und Nils hatte seinerseits keine Lust, ihr von dem Mord an Tass zu erzählen, der genau dort passiert war, wo Hjartvard sie seinerzeit vergewaltigt hatte.

Mit den Händen auf dem Rücken ging er im Wohnzimmer auf und ab und redete über Schafe, über die Leute im Dorf und Ereignisse, die Kristensa verwunderten und manchmal auch zum Lachen brachten. Er erzählte von seinem alten Bootskameraden Edmund i Kæret, der versucht hatte, sich mit der Schafsbüchse das Leben zu nehmen. Es war missglückt, denn als er sich die Spitze des Laufs an die Stirn setzte, war er abgerutscht und der Lauf hatte sich unter der Augenbraue ins Auge gebohrt. Seither trug er wie der große jüdische General Moshe Dayan eine Klappe vor dem ausgestochenen Auge.

»Um Gottes willen«, sagte Kristensa. »Ich wusste nicht, dass Edmund versucht hat, sich umzubringen. Warum hat er es denn getan?«

Nils antwortete, König Alkohol hätte eine Menge treuer Untertanen in Sumba. Und dann erzählte er, wie man Óla-Pól aus Lokkagarður bei den Weihern gefunden hatte. Es hatte gefroren und in dem Mann war so gut wie keine Lebenskraft mehr; das Schlimmste aber war, dass seine Haare und der Bart an dem Felsen festgefroren waren, auf dem er lag. Man konnte ihn nicht richtig losschneiden, aber irgendjemand kam auf den genialen Einfall, ihn freizupinkeln. Die Männer hockten sich auf die Knie und versuchten, so genau zu zielen, dass der Strahl sein Ziel traf, und als fünf, sechs Männer ihre Blase geleert hatten, war Óla-Póls Wange so weit aufgetaut, dass sich sein Kopf vorsichtig vom Felsen lösen ließ.

Am meisten redete Nils jedoch über das Fischen, er trank einen Schluck aus der Flasche, die er hinter den Wohnzimmergardinen versteckt hatte, und erinnerte sich, wie schön es war, am frühen Morgen auf den Stórasund hinauszufahren und das gesegnete Geräusch eines Marna-Motors zu hören.

Bevor die Fischer zu Dieselmotoren übergingen und sich Volvo-Penta- und Saab-Motoren anschafften, war Marna das populärste Fabrikat im Lande, nicht nur bei den Fischern rund um die Färöer, sondern auch bei denjenigen, die vor Grönland fischten. Der Motor wurde in Mandal in Südnorwegen produziert, und abgesehen von seinem geringen Verbrauch hatte er einen besonderen Klang, der die Fische nicht verscheuchte. Zumindest behaupteten das die Fischer. Jóhannus Fonsdal in Vestmanna vertrat Marna auf den Färöern, und Ende der Fünfzigerjahre verschickte er auf Norwegisch eine gereimte Werbung an die meisten Häuser im Land. Eine Frau in Hvalba, die diese Reklame auch bekommen hatte, stand damals im Kirchengemeindehaus auf und erklärte, sie würde nun vom Rednerpult aus eine große Neuigkeit verkünden. Man habe ihr eine Bibelstelle ins Haus geschickt, von der ihre Seele zutiefst ergriffen wäre. Und dann las sie:

In Wogen und Wellen,
und auf stillen Quellen,
der Marna läuft rund,
für Ärger gibt es keinen Grund.

An einem der Tage in Tórshavn erzählte Tórharda ihrem Onkel, dass sie gern auf die Landwirtschaftsschule gehen würde, und obwohl sie wusste, dass es etwas aufdringlich wirken könnte, fragte sie, was denn mit dem Ergisstova-Hof passieren würde, wenn er nicht mehr in der Lage wäre, sich darum zu kümmern.

Nils antwortete, niemand auf der Insel habe Interesse an dem Land. Jenis hatte sein Heimatdorf vergessen, und Margit und Sørling, der kinderlos war, machten sich ebenfalls nicht sonderlich viel aus Landwirtschaft, sie halfen mit, weil sie mussten, mehr nicht. Dachte man in Kronen und Øre, war das Dümmste, was er getan hatte, die Kühe abzuschaffen, denn mit Milch ließ sich noch Geld verdienen. Ihm hatte das norwegische Rotvieh nur so leidgetan. Die Tiere waren schwer und unförmig, man konnte sie kaum auf die unwegsamen Gemeindewiesen treiben, und auf den Weiden am Hof konnten sie auch nicht bleiben, ohne alles in einen einzigen Morast zu verwandeln. Ein norwegisches Rotvieh wog eine halbe Tonne, und wenn solch eine Kuh einen Huf auf die Erde setzte, lag ein kolossaler Druck auf der kleinen Hufflache, das vertrugen die Weiden nicht. Die alte färingische Kuh hingegen wog lediglich um die zweihundert Kilo oder vielleicht sogar noch weniger, die konnte überall laufen. Ja, sicher gab sie bedeutend weniger Milch, aber ihre Tage waren jedenfalls weit glücklicher als die eines norwegischen Rotviehs. Tierquälerei ist die Quelle der Milch, die die Färinger trinken, sagte Nils, anders könnte er das Dasein nicht bezeichnen, das die Bauern ihrem norwegischen Rotvieh boten. Jeden einzigen Tag ihres Lebens standen sie in ihren Boxen, wurden gefüttert und gemolken, bis sie als vier, fünf Jahre alte Kühe fünfunddreißig- oder vierzigtausend Liter Milch produziert hätten, dann bekamen sie einen Bolzenschuss vor die Stirn und wurden verspeist. Die alten färingischen Kühe wurden vierzehn, fünfzehn Jahre alt, manchmal sogar noch älter, das war nicht ungewöhnlich, daran sollte Tórharda denken.

Tórharda erwiderte, sie hätte dem Bauer in Sund beim Schafabtrieb geholfen, und da hätte einer der Schaftreiber gesagt, die Kuh sei ein ungewöhnlich ängstliches Geschöpf.

Das konnte Nils nicht bestätigen, aber er erklärte ihr, dass die Kuh ein heiliges Geschöpf ist. Die alten Färinger verehrten sie ebenso wie die Inder am Ganges, sie wussten, dass der Mensch ohne seine treue Begleiterin, die Kuh, nicht leben konnte.

Tórharda wusste nicht recht, ob ihr Onkel hören wollte, was dieser Schaftreiber tatsächlich gesagt hatte. Er hatte gesagt, Kühe könnten aus reinem Schrecken auf Abwege geraten; so etwas war passiert, als der Tunnel zwischen Kaldbaksbotnur und Kollafjørður in Betrieb genommen wurde. Ein fürchterliches Unwetter mit Hagel und Donner ging auf ein paar Kühe und Stierkälber nieder, die dem Bauern von Vatnaskarðar gehörten, und die zu Tode erschrockenen Tiere flüchteten vor dem Gewitter und standen plötzlich am Rand einer Felswand oberhalb von Kaldbaksbotnur. Bei dem Unwetter fuhr ein kleinerer Personenwagen vorsichtig auf dem Kaldbaksvejen in östlicher Richtung, und bevor die Fahrerin auch nur das Geringste ahnte, stürzte ein großes Stierkalb direkt vor dem Wagen auf die Straße. Das Tier wurde zerschmettert, Blut und andere Flüssigkeiten spritzten an die Scheibe. Kaum hatte sie den Scheibenwischer eingeschaltet, als bereits die nächste Kreatur vom Himmel fiel und auf der

Motorhaube landete. Auch dieses Tier wurde zerschmettert, der verzweifelte Kopf knallte gegen die Frontscheibe, die Zunge blieb an der Scheibe kleben. Das dritte Tier, das über die Felswand trat – vielleicht wurde es aber auch vom Wind mitgerissen – endete im Fjord. Vier wogende Hufe ragten aus den Wellen, und später sagte die Frau, es hätte ausgesehen, als würden sie sich im Takt von Jim Reeves' altem Hit »Send Me the Pillow« wiegen. Trotz alledem gelang es der Frau, sich zu beruhigen und die Polizei anzurufen. Drei Kühe sind vom Himmel gefallen, erklärte sie und bat die Polizei, um Gottes willen zu kommen und ihr zu helfen.

Ingibjørg bedrängte ihren Mann, den Schafabtrieb wieder nach altem Brauch zu bestreiten. Dies tat sie ungefähr um Michaelis 1996. Zu dieser Zeit lag Stovar im Krankenhaus von Tvøroyri, und das Unglück wollte es, dass ihr Schwiegersohn Sørling sich in diesem Herbst in der Barentssee befand; er hatte als Vorarbeiter auf einem Trawler angemustert und überhaupt keine Lust, zu Hause mit seinem Schwiegervater Schafe zusammenzutreiben.

Ingibjørg sagte zu ihrem Mann, er sei kein Jüngling mehr, sondern ein alter, vom Zahn der Zeit angefressener Esel. Sie versuchte, freundlich und ein wenig keck zu klingen, und Nils schmunzelte mit seinem unrasierten Kinn. Früher war Ingibjørg eine hübsche Frau gewesen, nach der sich die Männer umgedreht hatten, und ihr beinahe schamloser Gesichtsausdruck war mit den Jahren nicht verwelkt. Ja, tatsächlich war er das Einzige, was geblieben war: Die Schönheit war aus ihrem mageren Gesicht verschwunden, nur die Schamlosigkeit steckte noch in den Lachgrübchen. Dennoch ignorierte Nils ihre Bedenken und fragte, ob sie ihm zu sagen versuche, dass sie ihn liebe und Angst hätte, Witwe zu werden.

Als sie eine derartige Antwort bekam, wusste sie, dass ohnehin alles egal war. Trotzdem erwiderte sie, ihre Sorgen hätten mit Liebe nicht sonderlich viel zu tun. Sie wollte ihn lediglich daran erinnern, wie viele Jahre es her war, seit er den Berserker Hjartvard i Ergisstova zur Strecke gebracht hatte; diese Kraft hätte er nicht mehr.

»Noch bin ich nicht in Rente«, erwiderte Nils.

Sie zuckte die Achseln. Mochte durchaus sein, dass er noch nicht in Rente war, aber er redete, als sei er noch immer jung.

»Wir alle haben unsere zugemessenen Tage«, antwortete Nils. »Und eines Tages in Mittan ein Blutgerinnsel oder einen Herzschlag zu bekommen, wäre nicht der schlimmste Tod.«

»Jetzt redest du genauso dumm wie dein Großvater Gregor, und was ist der Preis, den man für Schwachsinn bezahlt? Dass man jeden Morgen eine Trollfratze im Spiegel sieht, das ist der Preis!«

Nils sagte, es stünde geschrieben, die Dummen auf den Färöern wären die Leute aus dem inzwischen verlassenen Dorf Skarð und die Leute aus Fámjin. Niemand sonst wäre mit dem Schleppnetz auf den Mond losgegangen, und man könne ja viel über seinen Großvater Gregor sagen, aber er hatte jedenfalls nie ein Netz geknüpft, um damit den Mond zu fangen.

»Das sagst du«, antwortete seine Frau, »aber ich würde viel lieber dem Mond nachlaufen, als es so zu machen, wie dein Herr Neffe Eigil Tvibur, der den Vorsitzenden der Selbstverwaltungspartei verstümmelt hat und für sein Verbrechen freigesprochen wurde.«

So stritten sie miteinander, und das taten sie seit vielen Jahren. Bisweilen wurde der Streit komisch, allerdings kam das eher selten vor. Sie hatte das Gefühl, als wolle Nils gar nicht hören, was sie sagte, er ignorierte es einfach. Er hatte es auch schlichtweg ignoriert, als sie ihn bat, Jenis nicht mehr zu schikanieren, doch auch damals hatte er nicht auf sie gehört. Dieses Leben war wahnsinnig. Sie stritten beim geringsten Anlass und schliefen auch nicht mehr zusammen. Vor mehreren Jahren schon hatte er das Doppelbett durchgesägt, je eine Hälfte stand in den Ecken des Schlafzimmers. Sie hatten sich so sehr auseinandergelebt, dass es direkt lächerlich, um nicht zu sagen jämmerlich war. Manchmal legte sich Nils abends mit einer Flasche ins Bett, und je betrunkener er wurde, desto übler wurden die Ausdrücke, die zwischen den Betten hin und her flogen. Das Demütigendste oder der Abgrund an Respektlosigkeit war allerdings erreicht, wenn er im Bett lag und furzte, einzig und allein, um sie zu beleidigen und zu erniedrigen. Im Grunde störte sie weniger der Gestank, damit konnte sie leben, denn wenn man Tiere zu versorgen hatte, waren Gerüche, die mit Gülle und Eingeweiden zu tun hatten, völlig normal. Nein, es war furchtbar, weil er sie für so gering achtete und sie mit seinen Darmgerüchen nicht mehr als Mensch wahrnahm. Wenn das geschah, blieb ihr nichts anderes übrig, als zu weinen, und wenn sie so jämmerlich weinte, wusste Nils, dass er zu weit gegangen war. Dann wurde es totenstill im Schlafzimmer. Nur ein schwaches Pfeifen war in den trockenen Nebenhöhlen zu hören, und doch war Nils nicht der Mann, der es über sich brachte, um Entschuldigung zu bitten. Einige Jahre schliefen sie jeder in ihrer Ecke des Schlafzimmers, dann tat Nils das Gleiche wie der kranke Mann im Matthäus-Evangelium: Er nahm seine Hälfte des Bettes auf den Rücken und trug sie in die Kammer, in der sein Onkel Hjartvard 1964 gestorben war.

Der Junge in der Schublade

Drei Wochen, bevor Kristensa Eigil zur Welt brachte, kam ihre Mutter nach Tórshavn, um ihr mit dem Neugeborenen zu helfen.

Damals wohnte Kristensa in einem Zimmer im Portugalið im Stadtteil Reyn. Das Zimmer war ein Teil der Wohnung im obersten Stockwerk, sie hatte es dank einer Frau aus Sumba bekommen, die ebenfalls mit ihrer Familie in Reyn wohnte. Die Vermieterin war eine pensionierte isländische Krankenpflegerin, die Ólrún Brynjólfsdóttir hieß, aber nur Fräulein Olrun genannt wurde. Sie war eine sehr umgängliche Frau, die Kristensa die Küche benutzen ließ, wann immer sie wollte, und auch nichts dagegen hatte, wenn sie dort die Windeln ihres Sohnes auskochte. Die Wände des Zimmers waren mit großen bunten Blumen tapeziert, der Nachttopf stand unter dem Bett. Kristensa hatte eine Kommode mit fünf Schubladen; in den vier oberen lagen ihre Sachen, die unterste Schublade hatte sie für den Kleinen vorbereitet.

Ihr Nachbar ein Stockwerk tiefer hieß Adler. Wie Kristensas Onkel Hjartvard hatte er ein Glasauge, und als Kristensa eines Morgens im Sommer mit dem Kleinen in der Sonne saß, erzählte er, dass Portugalið ein sehr altes Haus sei. Die Grundmauern waren bereits 1693 gebaut worden, diese Jahreszahl hatte man zusammen mit dem Namen F. V. Gabel in einen Stein an der Ostseite der Mauer gemeißelt.

Aber das Mädchen vom Ergisstova-Hof war misstrauisch, sie glaubte normalerweise nicht, was sie hörte, und höchstens an die Hälfte dessen, was sie sah. Für sie konnte die Inschrift ebenso gut eine Unwahrheit sein, die ein Fälscher in den Stein gehauen hatte. Außerdem beunruhigte sie das Glasauge. Allerdings gab es keinen Verein von Männern mit Glasaugen, die das Ziel verfolgten, Mädchen wie sie zu erschrecken, natürlich nicht, aber wenn Adler sein starres, totes Auge auf sie richtete, erschrak Kristensa zu Tode. Dann erinnerte sie sich an das Stöhnen ihres Onkels und seinen strammen Mundgeruch, und wie eng es ihr unter seinem großen Körper um die Brust geworden war.

Aber dass das Haus alt war, ebenso alt wie die Jahreszahl, sah man an seinem miserablen Zustand. Anfang der Fünfzigerjahre wohnten vier Familien im Portugalið, insgesamt neun Kinder und sieben Erwachsene, und mit Kristensa und Eigil kamen noch zwei Bewohner dazu. Eine schmale Stiege verband die drei Etagen, und man durfte nicht im zweiten oder dritten Stockwerk sterben, denn es war absolut unmöglich, einen Sarg die schmale, gewundene Treppe hinunterzutransportieren. Im Keller wohnte ein altes Ehepaar, und direkt neben der Kellertür befand sich der Abtritt, den alle Bewohner des Hauses benutzten. Skála-Jógvan, der auch der Flötenspieler genannt wurde, wohnte unter Adler, und er verbrachte immer viel Zeit auf dem Lokus. Es war nicht ungewöhnlich, dass die Leute mit gekreuzten Beinen vor der Tür standen und über ihn fluchten. Dass er in Wahrheit auf dem Klo saß und onanierte, war den anderen vermutlich klar, denn wenn sie zu der verschlossenen Tür kamen, hieß es oft: Oh, Herrgott, schon wieder ein Flötenkonzert.

Vielleicht schien das Haus aber auch nur aufgrund seines hässlichen Äußeren so erbärmlich zu sein. Adler behauptete, es sei aus den Resten eines Schoners gebaut, der bei einem Südoststurm um 1650 in Bursatangi, dem Hafen von Tórshavn, zertrümmert wurde, und gut abgelagerte Schiffsbalken seien das beste Baumaterial. Er fügte hinzu, tatsächlich wären die meisten der älteren Häuser in Reyn aus Schiffswracks gebaut worden. Die Landzunge war sozusagen ein Schiffsfriedhof, den die Einwohner von Tórshavn zu Wohnungen umgewidmet hätten.

Jedenfalls war das gestrandete Schiff, das auf Gabelsgrunden stand, mit Wellblech verkleidet, und wenn es anhaltend stürmte, knirschte es im Gebälk und man hatte den Eindruck, dass jedes Nagelloch heulte und nachgab.

Der erste Mann in Tórshavn, den Kristensa um Arbeit fragte, war ein Konditor namens Egil Restorff. Sie war gerade ins Portugalið eingezogen, und der Konditor schrieb ihren Namen und die Adresse auf einen Zettel und sagte, er würde im Laufe der Woche von sich hören lassen. Und der Mann hielt Wort. Einige Tage später schickte er einen Konditorlehrling ins Portugalið. Der Lehrling, ein richtig arroganter Zaunpisser mit Pomade in den schwarzen Haaren, erklärte, Egil erwarte sie am Montagmorgen um neun Uhr zur Arbeit in der Konditorei. Die Sahnetortenstücke der Konditorei sind unglaublich lecker, fügte er hinzu, pfiff ein Dideldummdei und weg war er.

Kristensas Arbeit in den nächsten neun Jahren bestand darin, im Keller der Konditorei Tassen und Teller, Kuchengabeln und Gläser, Aschenbecher und Löffel abzuwaschen. Eine gewundene Eisentreppe führte hinauf in die Konditorei, aber sie musste das Besteck nicht rauf und runter tragen, denn es gab einen kleinen Warenaufzug, der die beiden Etagen verband; das benutzte und schmutzige Geschirr wurde in den Keller geschickt und kam glänzend sauber wieder zurück in die Kaffeestube. Gearbeitet wurde in zwei Schichten, in der Abendschicht gehörte es zu ihren Aufgaben, die Fußböden zu wischen. Und sie war eine ehrpusselige junge Frau, die sich nicht schonte.

Ihr Vater, Heindrikur Tvibur, hatte oft gesagt, man müsse sich den Arsch aus der Hose arbeiten und zwar mit Freude, das sei keine Schande, so machten das auch die Leute aus Sumba, die bei der Walstation in Lopra angestellt waren. Sie fingen morgens um sechs an und arbeiteten bis sechs Uhr abends, und bevor 1927 die Straße zwischen Sumba und Lopra gebaut wurde, liefen sie nach Feierabend zu Fuß über den Berg nach Hause. Sie gingen früh zu Bett, und zur Zeit der Heuernte hatten die Männer auf den noch halbdunklen Hängen bereits die Sensen fliegen lassen, bevor sie auf dem Pfad über den Berg zur Arbeit aufbrachen.

Ihr Vater liebte es, alte Weisen zu zitieren. Er behauptete, König Olav und sein Gefolge hätten sich in der Seeschlacht bei Svold auch nicht geschont, und als Ejnar Tambeskælvers Bogensehne riss und die Niederlage drohte, sprang der König lieber ins Meer, als durch ein feindliches Schwert zu fallen. Es hieß, er sank wie ein Lot auf den Grund, denn er trug eine schwere Brünne, die ein samischer Zwerg ihm geschmiedet hatte.

Und auch Albert und Gilbert aus Fámjin hatten nicht gerade wenig auf sich genommen, als sie seinerzeit nach Hvalba gingen, um gegen die Türken zu kämpfen. Trotzdem wurde einer der Seeräuber ihr Freund, Murat Serdar. In Suðuroy wurde der Name in unterschiedlichen Varianten noch einige Generationen, nachdem die türkischen Seeräuber die Inseln verwüstet hatten, häufig vergeben. Eigentlich war Murat Kurde, doch es gefiel ihm in Hvalba so gut, dass er vom Schiff floh und im Dorf blieb. Es heißt, die dunklen Menschen in Hvalba würden von diesem Mann abstammen. Der Name veränderte sich in Murfinn und auch in den Kosenamen Murrimann. Morid und Morianna haben die gleiche Wurzel. Murfinn aus der Serdar-Familie war ein bekannter Arbeiter im Kohlebergbau, und ihm wurde die Ehre zuteil, das sonderbare Lied »Die heiligen Könige im schwarzen Berg« gedichtet zu haben.

Der Schöpfer war großzügig, als er den Menschen schuf, das durften die Kinder niemals vergessen. Natürlich konnte ein Mund dreckiger sein als ein Abwasserkanal, aber es wohnten auch Gesang und Gold im Mund, und das Rückgrat war ein Kiel, der dem Menschen Stärke gab. Jeder von uns hat zehn Finger und zehn Zehen, allerdings wurden einige von uns mit Häuten zwischen den Zehen und bis zum ersten Fingerglied geboren; sie stammten von den Robben ab und waren als tüchtige Fischer bekannt, die vor heranziehenden Unwettern warnen konnten.

Hier muss erwähnt werden, dass Heindrikur selbst mit Häuten bis zum ersten Fingerglied geboren worden war. Und auch zwischen den Zehen hatte er Häute, sodass seine Füße eher aussahen wie die Hinterbeine eines Seehunds. Er war einer von denen, die man in Sumba um Rat fragte, wenn man über das Wetter im Zweifel war. Dass ausgerechnet er auf See verunglückte, oder ob er überhaupt verunglückte oder sich nicht doch das Leben genommen hatte, war ein Thema, über das man in Sumba häufig diskutierte.

Wenn er, Svanhild und die Kinder zu Hause waren, saßen sie gern gemütlich in der Küche des neuen Ergisstova. Dann summte es im Morsø-Herd und das Licht der Petroleumlampen warf warme, heimelige Schatten.

Die Gefahren lauerten draußen.

Kristensa fand die Dunkelheit in Sumba so unheimlich, sie war viel dichter und sehr viel bedrohlicher als die Dunkelheit in Vágur. Bereits 1921 lieferte das erste Elektrizitätswerk der Inseln, das man in einem Tal etwas weiter nördlich gebaut hatte, den Menschen dort Strom. An verschiedenen Stellen im Ort standen Pfähle mit leuchtenden Laternen an der Spitze. Sie hatte es mit eigenen Augen gesehen. Die Laternen saßen hoch oben in der Luft, und das Licht legte sich wie eine dünne Schneeschicht in einem Kreis um den Laternenpfahl. Die Menschen in Vágur sammelten auch keine Friedhofserde mehr, um sie jemandem unter das Kopfkissen zu legen, gegen den sie Groll hegten. Die Toten auf dem Friedhof bekamen ihren Frieden, kein Skelett drang lärmend in die Träume der Menschen und verlangte, dass die Erde zurück zum Grab gebracht wurde. Und in Vágseiði lag der schönste See der Insel, in dessen Mitte man einen Werder aufgeschüttet hatte, auf dem ein Schwanenpärchen lebte. Nur der Nöck interessierte sich nicht für die Schönheit. Er wollte Sumbas Dunkelheit an seinem knotigen Rücken spüren und hatte sich für eine Wohnung in einem erbärmlichen Weiher oberhalb des Ufers entschieden. Wenn Kristensa mit ihren Freundinnen im Moor spazieren ging oder auf dem Weg zur Landungsstelle war, segneten sie sich immer gegenseitig, wenn sie am Weiher vorbeiliefen: *Jesus, lieber Jesus, bitte lass nichts Böses mir begegnen*, wiederholten sie mehrfach. Kristensa hatte beschlossen, nach Vágur zu ziehen, sobald sie konfirmiert war. Sie wollte »beim Fisch« arbeiten und in einer Kammer wohnen, in der eine elektrische Glühbirne unter der Decke leuchtete. Und wenn ihre Eltern und Nils zu Besuch kämen, dann sollten sie eine Tasse Tee und diese Art Kuchen bekommen, die Poul á Gaddi Biskuit nannte.

Es gab indes jemanden, den Kristensa noch mehr fürchtete als den Nöck, zumindest wenn sie an ihre Kindheit und Jugend zurückdachte, und das war ihr Onkel Hjartvard. Er konnte durchaus nett sein, sehr nett sogar, und er hatte sicherlich auch keine Hintergedanken, wenn er die Kinder seines Bruders aufforderte, ihn Onkelchen zu nennen. Nils nannte ihn immer so, und Nils' Kinder, Margit und Jenis, taten es auch. Kristensa aber war zurückhaltender, denn direkt hinter seinem Lächeln und seinen freundlichen Worten hauste eine Wildheit, die nicht menschlich war.

Kristensa hatte jemanden sagen hören, ihr Onkel wäre ebenso stark wie der Nöck, und das hing vermutlich mit dem Vorfall zusammen, als der Stier damals durch das Stalltor brach. Er hatte das Tor und den Rahmen eingerissen, ein Stück der Mauer war in die Toröffnung gefallen, doch die stabile Bodenschwelle hatte die Seitenmauer vor dem Einsturz gerettet. Vor dem Stall stampfte dieser Wolfsrüde auf und ab und war eine Gefahr für Mensch und Tier. Möglicherweise war ihm der Nasenring aus Nachlässigkeit oder irgendeinem anderen Grund aus der Nase gefallen. Jedenfalls wollte Hjartvard das Tier nur ungern töten, denn einen neuen Stier zu kaufen, wäre eine große Investition für einen finanziell klammen Stierzüchter gewesen. Er traf eine rasche Entscheidung, bewaffnete sich mit einem Stück Eisendraht, der auf dem Tisch des Schuppens lag, und beseelt von einer seltenen, beinahe übermütigen Todesverachtung ging er auf den Stier zu.

All dies hatte Kristensa mit eigenen Augen gesehen, denn sie stand neben ihrem Vater. Im Handumdrehen hatte Heindrikur sie auf das Dach des Schuppens gesetzt und war ins Haus gelaufen, um seine Flinte zu holen. Aber noch bevor er zurückkam, war es Hjartvard gelungen, dem Stier den Eisendraht durch das Nasenloch zu ziehen, und das genügte, um das Tier zu zähmen. Hinterher zog er seinen Bruder auf. Das tat er immer, wenn sich die Gelegenheit ergab. Er nannte ihn einen Nichtskönner, der erst seine Tochter aufs Dach setzte, um dann die Schusswaffe zu holen. Er sei so lange fort gewesen, dass der Stier auch ebenso gut die Hälfe des Dorfes hätte einreißen können.

Es waren wohl diese beleidigenden Äußerungen über ihren Vater, die Kristensa erschreckten, und sie verstand nicht, warum Heindrikur sich damit begnügte, seinem Bruder den Rücken zuzukehren und zu gehen. Er hätte dasselbe tun sollen wie Sigurd: Der hatte den frechen Drachen in zwei oder sogar drei Stücke geschlagen und hinterher dessen Herz gebraten, verspeist und plötzlich die Sprache der Vögel verstanden. Das war die richtige Vorgehensweise. Ihr Vater hätte den Onkelchen-Nöck in die Hand oder ins Bein schießen und hinterher sagen sollen, es sei ein Unfall gewesen. Das hatte er verdient. Dann hätte Hjartvard für den Rest seines Lebens mit einem Holzbein umhergehen müssen, und wenn er trotzdem nicht aufgehört hätte, so hässliche Dinge zu sagen, hätte man ihm das Bein abnehmen und damit den Ofen anfeuern sollen. Dann hätte er in seinem alten Haus auf der Bank sitzen und seine verdammten Illustrierten sortieren können. Er hatte zu Hause nämlich stapelweise Illustrierte herumliegen und schnitt die Artikel aus, die es seiner Ansicht nach wert waren, aufgehoben zu werden. Manchmal holte er die Blechdose mit der konzentrierten englischen Kaffeesahne und klebte einen Nachruf oder etwas anderes Aufbewahrungswürdiges an die Wand. All dies konnte sie ihrem Vater jedoch nicht sagen. Vielleicht würde er dann wütend oder traurig, eher Letzteres, denn ihr Vater wurde niemals wütend, er war immer so nett, auch seinem dummen Bruder gegenüber.

Nicht nur, dass Hjartvard Heindrikur Seehund nannte, er bezeichnete ihn auch als eine ungenügende Person, die keine Ahnung hatte von der umfassenden gedanklichen Welt, die

Aksal ausgezeichnet hatte, den Bruder ihrer Großmutter – und noch weniger besaß er den Mut des Korporals.

Dass der Korporal Aksal seinerzeit mit dem Bergstock züchtigte, weil der Geschlechtsverkehr mit einer der Färsen gehabt hatte, schien Hjartvard vergessen zu haben. Und es gab Menschen in Sumba, die meinten, Aksal hätte sich sexuell gleich an beiden Brüdern vergriffen. Es war so viel Unheimliches auf Ergisstova passiert, bevor und nachdem man Gregor nach Oringe in Dänemark geschickt hatte. Hjartvard erinnerte sich nur an für ihn nützliche Dinge, und wenn es halbe Wahrheiten, ja, bisweilen sogar Lügen waren, so brachte ihn das nicht um seinen nächtlichen Schlaf.

Außerdem unterstützte Heindrikur die neue sozialistische Partei in Tvøroyri, und damit war der Bruder für Hjartvard ein ideologischer Schlappschwanz. Diesen Trumpf spielte er mit ausgestrecktem Zeigefinger aus. Hjartvard zeigte direkt auf die Augen seines Bruders und erklärte, die Sozialisten seien eine Nervenentzündung schwacher Menschen, und ihre Ideale hätten auf den Felsen der Färöer weder Existenz- noch Geburtsrecht.

Persönlich war Hjartvard königstreu, und bei den Folketingswahlen setzte er sein Kreuz beim Kandidaten der Unionspartei. Allerdings nicht, weil er die Partei liebte. O nein, so gut beherrschten die Unionspolitiker den politischen Tanz nun auch wieder nicht. Gab man dem Parteivorsitzenden Oliver Effersøe die Hand, hatte man das Gefühl, Fleisch ohne Knochen zu drücken, es gab überhaupt keine Kraft in dieser Hand, und außerdem sah Effersøe seinen Gesprächspartnern auch nicht in die Augen. Er versteckte sich hinter einem hübschen Schnurrbart, der nach Scheiße roch, und dieser Geruch stammte von den Arschlöchern der Mächtigen, die dieser lange Lulatsch leckte. Glücklicherweise war er aber längst tot und begraben. Hjartvard stimmte für die Unionspartei, weil die Färinger König Christian V. die Treue geschworen hatten, und einem Eid konnte man nicht davonlaufen, sonst brach die ganze Welt zusammen und hinterließ die Menschen blind und verstört.

Auch gegen die Gemeinderatswahl hatte er grundsätzlich nichts, nur hielt er Nachbarschaftstreffen für wichtiger. Auf den Nachbarschaftstreffen wurden die Beschlüsse gefasst, die Bedeutung für das Dorf und das dörfliche Leben hatten. Gab es in einem Jahr nur wenig Trottellummen, oder vielleicht sogar ein paar Jahre hintereinander, einigte man sich bei den Nachbarschaftstreffen darauf, wie viele gefangen werden durften. Gab es Grenzstreitigkeiten, wurden sie dort geschlichtet, und überhaupt versuchte man, die unterschiedlichsten Angelegenheiten vernünftig zu klären. In den Dreißigerjahren wurde das Inselland in kleine Stücke aufgeteilt, und das gefiel den größeren Bauern nicht. Auf einem Nachbarschaftstreffen, das in dem neuen Tanzsaal von Bug abgehalten wurde, forderte Hjartvard die Leute auf, zu den guten alten Bräuchen zurückzukehren, wie es sich für färingische Bauern gehörte. Daraufhin erhob sich Sakin in seiner ganzen Größe. Er fragte, wie Hjartvard Tvibur, der von einem norwegischen Korporal abstamme, sich erdreisten könne, über alte Bräuche zu sprechen. Darüber lachten die Männer, und Hjartvard war so klug mitzulachen, hä, hä, hä. Denn Sakin war nicht irgendwer. Wenn er mit dem Schiff nach Island fuhr und anlegte, um Wasser aufzunehmen oder an Land Besorgungen zu machen, dann kamen die Isländer an Bord, um diesen Hünen zu sehen, von dem es hieß, er habe dieselben Fähigkeiten wie Grettir der Starke.

Aber wozu das Lagting gut sein sollte, sah Hjartvard nicht ein. Die Färöer wurden ordentlich verwaltet, und noch immer zählte der ehemalige Amtmann Pløyen auf den Inseln zu den

Helden. Aber wenn die Leute unbedingt die Isländer nachäffen wollten, die 1918 das Band mit Dänemark zerschnitten hatten, dann sollte es wohl so sein. Allerdings räumte Hjartvard ein, sich 1936 an der Lagtingswahl beteiligt zu haben. Er hatte Volmar i Gjørðum gewählt, der abgesehen von seiner Zugehörigkeit zur Unionspartei auch ein Sympathisant der Nazis war.

Volmar i Gjørðum war einige Jahre Kapitän der *Henrietta* gewesen, war nun aber von Bord gegangen und beschäftigte sich überwiegend mit Schafzucht und Fischerei. Auf einer Volksversammlung in Ørðavík behauptete er, die Briten wären der größte Feind des Volkes, die Deutschen aber Freunde der Südländer wie auch der Skandinavier. Wem gehörten denn die Schiffe, die bis an die färingischen Felsen fischten und den Fischbestand ruinierten? Jedenfalls nicht Hindenburgs und Hitlers Söhnen, sondern der alkoholisierten Brut der britischen Aristokratie.

Hjartvard, der an dieser Volksversammlung teilgenommen hatte, gab diese Worte mit großer Zufriedenheit wieder, sowohl im Kramladen in Ólamarken als auch in der Küche des neuen Ergisstova. Aber wie so oft, wenn er starke Trümpfe auf den Tisch warf, wich sein Bruder aus. Nicht weil er die Antwort schuldig bleiben wollte oder sonderlich mit den Briten sympathisierte, er wollte sich einfach nicht streiten. Er antwortete: Na und? Oder: Das sagst du! Und manchmal murmelte er Ausdrücke wie klingende Schelle oder tönendes Erz. Die sprachliche Finesse, der Verweis mit der Schelle und dem Erz auf den Ersten Korintherbrief, entging seinem älteren Bruder. Und doch kam es vor, dass Heindrikur etwas erwiderte, wenn er angesprochen wurde. Es erregte Heiterkeit, wenn er mit einem Rätsel antwortete, das sozusagen aus dem Nichts entstand:

Ein hochgewachsener Kerl
ein unbeschriebenes Blatt
man kann den größten Trottel sehen,
wer ist das?

Heindrikurs Frau Svanhild hingegen war durchaus in der Lage, ihrem Schwager eine klare Antwort zu geben. Sie war eine derjenigen in Sumba, der aus der Färingischen Landesbibliothek leihweise Bücher zugeschickt wurden, und die Bücher, die sie am meisten schätzte, hatten der Däne Martin Andersen Nexø und der junge Isländer Halldór Laxness geschrieben. Außerdem hatte sie die Zeitung der färingischen Sozialdemokraten abonniert. Sie war stolz darauf, dass die Sozialisten es in der schlimmsten Krisenzeit gewagt hatten, die Insolvenzmasse der Handelsgesellschaft A/S Mortensens Nachf. in Tvøroyri zu kaufen, und das schleuderte sie auch ihrem Schwager an den Kopf. Die Partei sah nicht einfach nur zu wie die Unionspartei oder die Selbstverwaltungspartei, sie tat das Gegenteil. Durch ihre Repräsentanz im Stadtrat von Tvøroyri und mit Hilfe der Gewerkschaft »Einigkeit« und der Gewerkschaft der Fischereiarbeiterinnen hatte die Partei die Insolvenzmasse aufgekauft und auf diese Weise die Gemeinde gestärkt und der Bevölkerung neuen Mut gegeben.

An dieser Stelle ist anzumerken, dass der Ergisstova-Hof aufgeteilt wurde, als Heindrikur und Svanhild heirateten. Hjartvard behielt drei Acker, während sein Bruder zwei Acker und fünf Gulden bekam. Hjartvard hätte die Initiative zu dieser Teilung nicht übernehmen müssen, es war einigermaßen ritterlich, und die Leute in Sumba waren überrascht und fragten sich, was in Jesu Namen dort vor sich ging. War der Hundskopf vom Ergisstova-Hof etwa verrückt geworden?

Aber nein, die zwei Acker und fünf Gulden waren sein Geschenk an das Brautpaar.

Die Teilung änderte nichts Wesentliches an der Arbeit auf den Höfen. Die Brüder ernteten gemeinsam und sie schlachteten gemeinsam, und obwohl Heindrikur derjenige war, der am liebsten fischen ging, kam es doch vor, dass die Brüder auch gemeinsam mit dem Ergisstova-Boot hinausfuhren. Auf die gleiche Weise kümmerte sich Svanhild um die vier Kühe und melkte Stjerna, Staslin, Dagros und Litagod. Die Kühe waren in ihrer Nähe ruhig, Svanhild redete mit ihnen und sie antworteten mit den sanftesten Geräuschen. Svanhild reinigte die Boxen und leerte den Mistgang, und wenn am Hinterteil einer Kuh getrockneter Dung hing, nahm sie eine weiche Bürste und wusch es ab, bis alle wieder sauber und ordentlich aussahen. In der Regel bekamen die Kühe ein Bündel Heu und dazu eventuelle Reste des Abendessens. Aber hin und wieder verwöhnte sie die Kühe auch. Gab es viel Seelachs, kochte sie ihnen einen Topf voll, den Kühen schmeckten sowohl der Fisch wie das Kochwasser.

Es war der Königsbauer und Politiker Jóannes Patursson, der auf einer Wahlkampfreise durch Suðuroy behauptet hatte, die Frauen südlich des Fjords seien die hübschesten im Land, größer gewachsen und vollbusiger als die im Norden; er sagte, sie seien mit Hallgerð verwandt, der Frau des legendären isländischen Häuptlings Gunnar á Hlíðarendi. Solch einen Körper hatte Svanhild, und wie ihre übrigen Familienmitglieder hatte sie auch dieses breite, harmonische Gesicht, die Nase war klein und sah ein bisschen aus wie ein Schnabel, und ihre dunkle Stimme konnte Fremde durchaus überraschen.

Als Hjartvard eines Abends über all die Verrückten in der Gemeinde fluchte und erklärte, sie gehörten kastriert, genau wie die Deutschen es mit den Idioten und Zwergen machten, forderte Svanhild ihn auf, seine Zunge zu zähmen. Sie erinnerte ihren Schwager daran, dass Ergisstova nicht zurückstand, wenn es um Idioten ging und die Familie als Lieferant der Psychiatrischen Klinik von Oringe registriert war. Sie sagte, mit dem Wahnsinn verhalte es sich so, dass er sich immer wieder einen neuen Körper suche, und daher war der Mensch, ja, auch der allerhellste Mensch, nicht dagegen gefeit.

Diese Rede erschreckte Heindrikur, er wurde wachsam. Nicht weil er befürchtete, dass Hjartvard Hand an seine Frau legen könnte, o nein, es war weit schlimmer. Wenn Svanhild es ihrem Schwager mit gleicher Münze heimzahlte, sah Heindrikur deutlich, wie geil sein Bruder wurde; es sah danach aus, als würde er seine Frau begehren, und gleichzeitig hatte er das Gefühl, als zanke Svanhild sich gern mit ihrem Schwager. Und das erschreckte Heindrikur.

Kristensa war drei Jahre alt, als ihr Vater anfing, das neue Ergisstova zu bauen, doch an die eigentlichen Bauarbeiten erinnerte sie sich kaum. Schon seit Längerem hatten die Eltern in aller Heimlichkeit über diesen Plan geflüstert, weil sie ganz sicher waren, dass Hjartvard einen Neubau nicht gutheißen würde.

Und damit behielten sie recht. Als Heindrikur im Frühjahr 1937 begann, das Fundament zu dem neuen Gebäude zu graben, war Hjartvard vollkommen überrascht und wollte wissen, was hier vor sich ging und warum das alte Ergisstova nicht mehr gut genug war. Der Bruder antwortete, es sei alles in Ordnung mit dem Hof, aber er wollte einfach ein eigenes Heim für seine Familie bauen. Und genau dieser Ausdruck – seine Familie – verletzte den Bruder, das wusste er, aber es ließ sich nicht ändern. Hjartvard erwiderte, er hätte den Hof vor zwei Jahren aufgeteilt, um seinem Bruder eine Freude zu machen, nicht um ihn, Svanhild und die Kinder aus dem Haus zu werfen. In ihren Adern würde das gleiche Blut fließen, und man dürfe seine eigene Familie nicht verstoßen. Hatte Heindrikur etwa vergessen, wer sich seiner angenommen hatte, als ihre Mutter damals nach Dänemark verschwunden war?

Heindrikur hielt sich an seinem Spaten fest. Er erinnerte sich ausgezeichnet, wie sein Bruder sich ihm gegenüber verhalten hatte, als er noch ein Kind war. Mehr als einmal hatten die Nachbarn Hjartvards Brutalität beklagt, das wollte er ihm jetzt aber nicht vorwerfen. Er antwortete nur, bisher hätte noch niemand behauptet, es sei ein Verbrechen wider die Familie, sein eigenes Haus zu bauen, im Gegenteil, so etwas bezeichnete man als Stärkung der Sippe.

Niemals, auch nicht, wenn er mit seiner Frau sprach, erwähnte Heindrikur die Angst, sein Bruder könnte sich in ihre Ehe drängen. Das war das große Problem.

Heindrikur hob die Grube selbst aus, beim Gießen des Fundaments ließ er sich jedoch von anderen helfen. Für die Verschalungen nahm er die Bretter eines Schuppens, den er der Walstation in Lopra für wenig Geld abgekauft hatte; und als hinterher das Haus gebaut wurde, wurden die Schalbretter abgenommen und als Dachlatten verwendet.

Kurz nachdem 1927 die Straße zwischen Sumba und Lopra gebaut war, kaufte die Gemeinde einen alten Ford mit Ladepritsche, den sie in Sumba die Gelbe Greta tauften, genannt nach der Frau des Gemeinderatsvorsitzenden. Das Auto konnte mit anderthalb Tonnen beladen werden und verfügte über mehrere Vorwärtsgänge und einen Rückwärtsgang. Mit diesem Wagen transportierte Heindrikur Sand von der Anlegestelle zum Bauplatz. Schotter und Kiesel wurden ebenfalls vom Ufer geholt und mit der Gelben Greta nach Ergisstova gebracht.

Sakins älterer Bruder, Poul á Gaddi, betrieb den Kramladen in Ólafløttur. Normalerweise hatte er viel Bauholz und Zement am Lager, aber da es um Material für ein ganzes Haus ging, bestellte er es in Vágur. Abgesehen von sechzig Säcken Zement und Backsteinen für den Kamin kamen auch große Mengen an Holz: Bodendielen, Dreiviertelzollbretter für die Paneele und einige Bretter, aus denen die Fenster gehobelt und gezimmert werden sollten.

Die Männer waren nicht ganz sicher im Umgang mit dem neuen Zementpulver, und so waren die Mischungsverhältnisse durchaus unterschiedlich. Normalerweise kamen auf eine Schaufel Zement drei Schaufeln Sand und vier Schaufeln Kies, aber zum Teil wurde weit mehr Kies beigegeben. Alles wurde von Hand auf einem sauberen Felsstück vermischt und der fertige Zement mit einem Eimer in die Verschalungen geschüttet. Wenn vier, manchmal sogar fünf Männer beim Mischen zusammenarbeiteten, ging es ziemlich schnell. Bei jeder Schicht wurden acht bis zehn Säcke verbraucht, diese Menge konnten sie in drei Stunden mischen. Das unterste Stockwerk war drei Ellen und einen Fuß hoch und neun Zoll dick, während das Stockwerk darüber eine Handspanne höher, aber nur sechs Zoll dick war. Die drei Zoll, die die senkrechte Wand schmaler war, wurden durch Schalbretter ausgeglichen.

Ende Mai war der Rohbau fertiggestellt und die Zimmerarbeiten standen bevor. Sie wurden von einem Zimmermann namens Viðingen übernommen, der Heindrikur angewiesen hatte, dafür zu sorgen, dass einige Moniereisen aus der letzten Zementschicht herausragten. Die Eisen sollten durch Löcher in die tragenden Dachbalken gesteckt und dann umgebogen werden, um das Dach an seinem Patz zu halten, wenn der Wind aus Süden wütete. Viðingen hatte eine kleine Schreinerwerkstatt, in der er auch die Fenster und Türen fertigte und Nut und Feder in die Paneelenbretter hobelte.

Hjartvard half beim Gießen des neuen Ergisstova, es sollte nicht heißen, er würde seinem Bruder nicht helfen, wenn es nötig war. Aber es quälte ihn bis auf den Grund seiner Seele, dass der Bruder samt Familie aus dem alten Ergisstova auszog. Obwohl sie nahezu nichts mitnahmen, wurde ihm das Haus unheimlich, er fühlte sich nicht wohl als Einsiedler.

Der Krieg begann in Porkeri

Ende der Zwanzigerjahre fuhr Hjartvard bei einigen Frühjahrs- und Sommerreisen nach Island mit, um Kabeljau zu fischen. Er fuhr auf der *Henrietta*, deren Kapitän der gleichaltrige Volmar í Gjørðum war. Nun, da er allein auf seinem Hof lebte, fuhr er wieder zur See, und typisch für ihn, bat er seinen jüngeren Bruder nicht um den Gefallen, sich um das Vieh zu kümmern und das Heu einzufahren, während er fort war – er befahl es ihm einfach. Und Heindrikur stimmte zu. Obwohl es eine zusätzliche Belastung für ihn bedeutete, tat er es mit Freude, denn die Tage waren sehr viel heller, wenn der ältere Bruder fort war.

Weihnachten 1939 wollte Hjartvard nach Porkeri fahren, um seinen Kameraden Volmar í Gjørðum zu besuchen. Er teilte Heindrikur mit, dass er sich nach einem Kalb oder einer Färse umsehen wolle, die Dagros ersetzen sollte, aber wann er zurückkäme, wüsste er nicht.

Volmars Haus sah man sofort, wenn man die Berge nördlich von Lopra hinter sich gelassen hatte. Das Haus hatte einen Kniestock und ein hohes Dach, und am westlichen Ende der aus Stein gebauten Wand gab es einen Anbau für seine Hühner. Im ersten Stock schliefen das Ehepaar und die beiden jüngsten Kinder, die noch zu Hause wohnten, während die Eltern von Volmars Frau ein großes Zimmer hinter dem Wohnzimmer bewohnten. Lísbita, Volmars geistig behinderte

Schwester, schlief bei ihnen. »Volli, Volli, Volli«, rief sie immer, wenn der Bruder nach Hause kam.

Volmar erklärte wahrheitsgemäß, für Gäste habe er nichts anderes als eine kleine Kammer, aber wenn Hjartvard damit vorliebnehmen wolle, wäre er willkommen. Die Kammer lag zwischen dem trockenen Heu und den Boxen, in denen die Kühe standen, also würde er nicht vor Kälte umkommen. Und wenn er seine Notdurft verrichten wollte, war rechter Hand der Mistgang. Hjartvard dankte und ging Volmar in den Monaten, in denen er sich in Porkeri aufhielt, zur Hand. Oft fuhren sie gemeinsam zum Fischen hinaus. Normalerweise aß Hjartvard mit der Familie zu Abend, aber es kam auch vor, dass er sich einfach einen trockenen Seelachs weichklopfte, sich ein bisschen Speck aus der Salzlake nahm und allein aß. Ansonsten ging er täglich ins Dorf, genoss die Gastfreundschaft der Menschen und unterhielt sich mit den Männern über alte Arbeitsverhältnisse und frühere Taten. Und wenn das Wetter schlecht war, lag er häufig auf seiner Heumatratze in der Kammer und las in dem guten Heidenbuch; so nannte er die Gedichtsammlung *Spaß und Ernst* seines Dorfgenossen Poul F. Joensen.

Als die beiden Kameraden eines Tages südlich von Baglholmen fischten, fragte Hjartvard Volmar, ob es für Lísbita nicht besser sei, wenn sie daheim bei ihren Vätern wäre. Er saß an den Rudern, während Volmar die Angelleine einzog. Einen Moment hielt Volmar inne, sah den Kameraden überrascht an und spuckte dann in hohem Bogen ins Wasser, antwortete aber nicht auf die Frage. Erst als er das Ende der Leine erreicht hatte, äußerte er sich. Tja, sagte er, möglicherweise habe Hjartvard recht. Es wäre besser für Lísbita, die Schwiegereltern und alle anderen, wenn sie bei ihren Vätern wäre. Das Recht des Menschen zu leben und dessen Ehrgefühl hingen eng zusammen, nur gehörte die arme Lísbita nicht zu denen, die dieses Ehrgefühl empfinden konnten.

Dann redeten sie nicht weiter darüber.

Am Ostersonntag 1940, als Volmars Familie in der Kirche war, starb Lísbita. Sie wurde im Hühnerhaus gefunden, lag auf dem Bauch und sah aus, als würde sie schlafen. Sie hatte gern auf einer Kiste direkt neben der Tür gesessen und dort ihre verzweifelten und törichten Monologe für die Hühnerschar gehalten. *Mutter pustet auf Mädchenfinger*, sagte sie, und *Lange-schiefe-Zehe wohnt in Vágur*, und wenn die Mädchen in der Fischerei bei der Arbeit sangen, bekämen sie und Volli Kuchen von Mutter. Sie erzählte den Hühnern auch, Danbjørg wäre der blaue Hühnerkönig, der ganz oben auf dem Felsen Kambur nördlich des Ortes Porkeri krähte, aber was sie damit andeuten wollte, wusste niemand so genau. Danbjørg war Lehrer in Porkeri und saß für die Sozialdemokraten im Lagting, er war einer von denen, gegen die Volmar í Gjørðum den größten Widerwillen hegte.

Normalerweise war Lísbita ein glückliches Mädchen, oder besser gesagt, eine glückliche Frau gewesen, aber niemand dachte bei ihr an eine Frau, ausgenommen vielleicht die jungen Bengel, die sie dazu brachten, ihren Rock hochzuheben, um sie zu befummeln. Sie gaben ihr dafür ein Stück Würfelzucker oder ein paar Scherben, mit denen sie spielen konnte. Es kam auch vor, dass sie Reime aufsagte, aber es waren bei Weitem keine Bauernregeln oder Abzählreime, soweit Hjartvard es beurteilen konnte. Er lag auf seinem Lager in der Kammer und horchte, aber häufig sprach Lísbita so undeutlich, dass es den Anschein hatte, als könnten die Zunge und die Zähne ihre Luft nicht auf die passenden Wortlängen verteilen, daher gingen die Worte häufig in längeren merkwürdigen Lauten unter. Die Frage war, ob ihre Worte überhaupt etwas mit den Hühnern zu tun hatten oder ob es sich nicht eher um den Gruß einer Verrückten handelte, ja, wen sie grüßte, wusste er auch nicht, sicherlich handelte es sich aber um irgendetwas ziemlich Sinnloses und Leeres. Manches konnte jedoch auch komisch sein oder den Anflug einer unschuldigen Unschicklichkeit haben, bei der Hjartvard die Hand vor den Mund halten musste, um nicht in Gelächter auszubrechen. Zum Beispiel sagte sie:

Hühnchen Pühnchen auf der Stange
bist du da zugange
Hähnchenbruder böse
will ihr an die Möse.

Diese Verse sangen auch die Kinder in Porkeri. Sie kannten Lísbita, und obwohl sie ihre Mutter hätte sein können, bei den Jüngsten sogar die Großmutter, wurde sie oft von den Kindern gefragt, ob sie mitspielen wolle. Und nur ganz selten lehnte sie es ab. Tat sich eines der Kinder weh, war sie mit tröstenden Worten zur Stelle oder streichelte und pustete auf die Wunde. In den Dreißigerjahren tauchte der erste Fußball in Porkeri auf. Er war aus Leder und hatte innen eine Blase, die aufgepumpt werden musste. Und wenn die Kinder Fußball spielten, sah man Lísbita häufig im Tor. Torpfosten gab es nicht. Zwei Steine markierten das Tor, und in mit weißen Schnürsenkeln gebundenen Schuhen aus Gummi, kariertem Rock und einem Strickpullover mit Knöpfen stand Lísbita bebend da, bereit, den feinen Lederball zu fangen.

Am Ostersonntag ging Hjartvard ihr ins Hühnerhaus nach. Sie saß auf der Kiste, als er hereinkam, und der Sumbinger handelte rasch. Er hielt ihren Oberkörper mit seinen Knien fest, drückte ihren Rücken gegen seine Hüfte und packte mit dem linken Arm über ihrer Stirn den Kopf in einem festen Griff. Dann drückte er ihr seine färingische Mütze auf Nase und Mund, und obwohl sie versuchte, den Kopf zu schütteln und die Füße unter sich hochzuziehen, saß sie fest wie in einem Schraubstock. Eine Zeit lang zappelte sie, die Hühner fingen an zu kakeln, doch dann erschlafften ihre Bewegungen und sie starb in den Armen ihres Mörders.

Plötzlich wurde Hjartvard übel, und im ersten Moment wusste er nicht warum. Doch dann wurde ihm klar, dass es an Lísbitas Geruch lag. Der Mensch war wie ein Tier, wenn er starb, das hatte er nicht bedacht. Alles erschlaffte, die Mundwinkel, die Finger, die Blase und der Enddarm. Der Tod roch nach Ausscheidungen, und die Reste des guten Sandkuchens, den die Närrin zum Frühstück gegessen hatte, liefen ihr die Schenkel hinunter in ihre weißen Socken, mit denen sie sich am Ostermorgen hübsch gemacht hatte.

Insgesamt dauerte der Mord nicht länger als vier, vielleicht fünf Minuten. Vorsichtig legte er Lísbita auf den Bauch und lief nach draußen. Niemand hatte ihn ins Hühnerhaus gehen sehen, und niemand sah, wie er herauskam. Unbeobachtet ging er in den Keller und legte sich auf das Lager in seiner Kammer.

Volmar war ganz sicher, dass Hjartvard Lísbita ins Reich der Toten hinübergeführt hatte, er erinnerte sich gut an ihren Wortwechsel beim Fischen. Aber keiner der beiden erwähnte den Vorfall auch nur mit einem Wort, und doch verschwand etwas von der Herzlichkeit, die vorher ihr Miteinander geprägt hatte. Volmar spürte, dass man ihm die Entscheidungshoheit genommen hatte, und dieses Gefühl mochte er nicht. Auch bei der Lagtingswahl im Januar hatte er dieses Gefühl gehabt. Der Gemeindevorsteher in Tvøroyri, Kristian Djurhuus, hatte sich mit dem Reeder und Kaufmann Richard Thomsen verbündet, und obwohl diese verdammte Person deutscher Konsul war und insgeheim für ein großgermanisches Reich schwärmte, wollten sie keinen so ungeschliffenen Burschen wie Volmar unter den obersten Kandidaten auf der Wahlliste haben. Aber Volmar gefiel es nicht, unterschätzt zu werden, und schon gar nicht, seine Entscheidungshoheit zu verlieren – egal, ob es sich um Hjartvard Tvibur oder den Gemeindevorsteher von Tvøroyri handelte.

Volmar musste sich eingestehen, dass er die Volli-Volli-Volli-Rufe seiner Schwester vermisste. So wurde er von niemandem sonst begrüßt, am wenigsten von seinen Schwiegereltern. Sie waren ausgesprochen zufrieden über Lísbitas Tod, denn nun hatten sie ihr Zimmer für sich, ja, sie stanken geradezu vor Schadenfreude. Dieses Vieh vom Ergisstova-Hof hätte besser sie in die Ewigkeit expediert als seine Schwester.

Der Arzt aus Vágur untersuchte Lísbita. Es war der Abend des Ostersonntags, er trug einen dunklen Anzug mit Fliege, vielleicht kam er gerade von einem guten Abendessen. Der Mann sah freundlich aus und hatte möglicherweise einen Kleinen sitzen – es war kein Zustand, der sich für diesen hohen Feiertag des Christentums schickte. Die Leiche lag unter einem Bettlaken auf dem Küchentisch, und nachdem er das Laken herabgezogen hatte, untersuchte er Gesicht und Hals.

Er sagte, Menschen, die an mongoloider Idiotie leiden, leben nicht so lange wie normale Menschen. Dann fügte er hinzu, er könne sich natürlich nur schwer über ihre Lebensqualität äußern, aber ein halbes Jahrhundert mit dieser Diagnose gelebt zu haben, sei schon beinahe eine Leistung.

Der Arzt wusste, dass Volmar mit den Nazis sympathisierte, und er selbst hatte auch nichts gegen die Politik der Eugenik der deutschen Behörden. Die meisten entwickelten

Nationen vertraten diesen medizinisch-wissenschaftlichen Kurs, erst vor vier, fünf Jahren hatte der dänische Minister Karl Kristian Steincke das Gesetz über die Kastration von Verbrechern und Idioten durchgesetzt.

Der Arzt sagte, eine Folge der mongoloiden Idiotie sei eine abnorme Vergrößerung der Schilddrüse. Er fragte, ob Lísbita häufig gehustet hätte, und Vollis Schwiegermutter, die auf der Bank saß, war sehr rasch mit der Antwort zur Stelle: Die arme Lísbita hätte so schlimm gehustet, dass es manchmal schwierig gewesen wäre, mit ihr in einem Zimmer zu schlafen.

Volmar blickte seine Schwiegermutter grimmig an, und obwohl er nichts sagte, dachte er, warum benutzt dieses magere Höllenweib diese Gelegenheit, um ihre innere Unzufriedenheit zu zeigen.

Hmm, lachte der Arzt. Er wies auf den Hals und sagte, sie habe einen Kropf, und bei Rhinopharyngitis könne der Kehlkopf schrumpfen, in einigen Fällen führe dies zum Tod durch Ersticken.

Der Dannebrog war an dem Tag auf halbmast geflaggt, als Lísbita í Gjørðum zu ihren Vorvätern getragen wurde, und in dem schönen Wetter am Morgen nach der Beerdigung erklärte Hjartvard seinem Kameraden, nun sei die Zeit gekommen, über die Berge zurück nach Hause zu gehen.

Sie standen an dem Ahornbaum, den Volmars Mutter kurz vor der Jahrhundertwende gepflanzt hatte, an den Zweigen leuchteten die ersten Knospen des Frühjahrs. Hjartvard sagte, er hätte nur noch eine einzige Sache zu erledigen, er müsste sich mit dem Bootsbauer Erling á Klova über den Preis für ein kleines rotbuntes Färsenkalb einig werden. Er hatte sich das Kalb angesehen und gedacht, den Brauch seines Großvaters nicht weiterzuführen, den Kühen norwegische Namen zu geben, er wollte das Kalb lieber Rotbunte nennen. Dann fügte er hinzu, während seines Aufenthalts hier in Porkeri hätte er Volmar so viele Dienste erwiesen, dass es doch nicht unangemessen wäre, wenn Volmar ihm das Geld für das Färsenkalb gäbe.

Einen Moment blieb Volmar stehen und starrte mit einem unergründlichen Gesichtsausdruck vor sich hin. Er war nicht so groß wie Hjartvard, aber bestimmt ebenso kräftig, und die aufgeblähten Augenlider hingen ihm halb über den Augen. Dann öffneten sich seine Lippen, er sah den Kameraden an und erwiderte, wenn Lísbita nicht gestorben wäre, hätte er ihm das Geld für das Kalb geben können, denn der Preis für ein Kalb und der für einen Sarg nähmen sich nichts.

Das brachte Hjartvard aus der Fassung, auf eine solch merkwürdige Äußerung wagte er nicht zu antworten. Er wusste nicht recht, was er sagen sollte, und einigermaßen verwirrt tätschelte er den Ahornbaum und verabschiedete sich. Er drehte sich ein einziges Mal um und hoffte auf einen Gruß, vielleicht nur ein kleines Nicken, aber Volmar beachtete ihn nicht, er schien ihn nicht einmal zu sehen. Der Teufel hole Porkeri, dachte Hjartvard, zog die Mütze aus der Tasche, und bevor er sie aufsetzte, schlug er sie gegen seinen Oberschenkel, als wolle er Lísbitas letzte Lebenszeichen daraus entfernen.

Hjartvard überredete den Bootsbauer, ihn und das Kalb über den Fjord zu rudern, von dort gingen sie zu Fuß nach Sumba. Doch als sie zum Tal der Lopra kamen, hatte das Kalb kaum noch Kraft. Hjartvard hatte sich gedacht, den alten Pfad am Fluss Lopra entlangzugehen, aber der war zu steil für ein vierbeiniges Tier, das solche Wege nicht gewohnt war. Daher gingen sie auf der Straße nach Sumba, oder versuchten es zumindest; aber entweder war das Kalb vollkommen erschöpft oder das Biest wollte einfach nicht mehr laufen. Hjartvard schubste es ein paarmal und fluchte über dessen rotes Fell, aber es nützte nichts; wenn sie nicht die Nacht im Freien verbringen wollten, blieb ihm nichts anderes übrig, als das Kalb auf dem Rücken zu tragen. Das arme Tier war fügsam und ließ sich hochheben. Hjartvard nahm es auf seine Schultern, die Vorderbeine über der rechten, die Hinterbeine über der linken Schulter, und mit dieser Last auf dem Rücken ging er weiter. O ja, ja, ja, sagte er, wenn das Kalb hin und wieder den Hals reckte und mit den Beinen zuckte, seine Stimme schien das Tier zu beruhigen. Hjartvard dachte auch an seinen Kameraden in Porkeri, der ihm nicht einmal ein Lebwohl gegönnt hatte, und er spürte, wie er bei diesem Gedanken bebte. Er trug das Kalb den ganzen Weg bis Keldurnar. Dort setzte er es ab und legte sich ins Gras. Hjartvard betrachtete das Kalb aus den Augenwinkeln. Die Ohren waren ebenso rot wie der Rücken, das Maul war weiß, und er sah einen großen Frieden in den gutmütigen Augen. Ein großer Brachvogel flog über sie hinweg, der neugierige Kopf des Kalbes folgte dessen munterem Schrei, und als ein Schmetterling sich auf einen der Hufe setzte, versuchte es, dieses kleine flatternde Wesen mit der Zunge zu berühren.

Hjartvard war einen Moment eingenickt, als er aufwachte, sprang er auf, aber das Kalb war nicht weit gelaufen. Er sah dessen Hinterteil, wie es auf seinen dünnen Beinen über einen Bach gebeugt stand und trank. In diesem Augenblick verliebte sich Hjartvard in das Rotbunte, und diese Liebe dauerte so lange, bis das Tier als junge Färse Milchfieber bekam und starb.

In seinem Ärmel steckte ein Brot, das er nun herauszog und in mehrere Stücke brach, er zerkrümelte das größte Stück in seiner Hand, und als das Kalb alle Krümel gefressen hatte, gingen sie zufrieden weiter.

Hjartvard war nicht länger als drei Wochen wieder zu Hause, als die Färöer besetzt wurden. Er war am 13. April 1940 auf die Gemeindewiese hinausgegangen, um nach den Schafen zu sehen, als er zwei Kriegsschiffe bemerkte, die nach Norden fuhren, offensichtlich mit Kurs auf Tórshavn. Er setzte das Fernglas an die Augen und betete, es möge sich um deutsche Schiffe handeln. Seit Längerem war die Rede davon, dass die Wehrmacht die Färöer besetzen wollte, und erst vor wenigen Tagen hatten die Deutschen Norwegen und Dänemark unterworfen.

1937 lagen die deutschen Schulschiffe *Gorch Fock* und *Horst Wessel* im Trongisvágsfjord vor Anker, beide Schiffe hatten die Hakenkreuzflagge gehisst. Es waren große weiße Segelschiffe, ungefähr neunzig Meter lang, und beide Schiffe hatten einhundertfünfzig Mann Besatzung. Dabei handelte sich nicht um irgendeine zufällige Besatzung, nein, die majestätischen Segler waren mit der Blüte der Hitlerjugend bemannt.

Die Schiffe hatten die Färöer ungefähr zu der Zeit besucht, als die Fundamente für Heindrikurs Haus gegossen wurden, daher hatte Hjartvard damals schlecht nach Norden gehen können, um diesen stolzen Anblick zu erleben. Aber Volmar war nach Tvøroyri gekommen und hatte seinem Kameraden erzählt, was er gesehen und gehört hatte. Im Club riefen die Leute *Sieg Heil*, dass die Gläser klirrten, und es war so heimelig gewesen, dem Blasorchester zuzuhören, das am Kai Nazilieder spielte. Die Väter befahlen ihren Töchtern, *keine Bollen*[6] zu sagen, wenn ein flotter Deutscher Annäherungsversuche wagte, und Volmar hatte mit dem Bootsmann der *Horst Wessel*

Fingerhakeln gespielt. Hjartvard war neugierig und wollte wissen, wer gewonnen hatte. Volmar sagte, er hätte die Ehre gehabt, gegen einen Vollblutnazi aus Hamburg zu verlieren.

Als er nun mit seinem Fernglas aufs Meer hinausschaute, musste Hjartvard sich eingestehen, dass er die Stunden vermisste, die er mit seinem Kameraden verbracht hatte. Glücklicherweise war er allein, sodass niemand seine Tränen sah, aber vielleicht wäre es besser gewesen, wenn er Lísbita nicht aus dieser Welt geholfen hätte. Es hatte ihn eine wertvolle Freundschaft gekostet, denn die Gesellschaft von Volmar war ebenso angenehm wie lehrreich. Sicher, Volmar konnte ziemlich umständlich sein, um nicht zu sagen, schulmeisterlich, wenn es um eine seiner Herzensangelegenheiten ging, aber das war für Hjartvard nicht entscheidend, denn Volmars Äußerungen waren vernünftig, vor allem, wenn er über Fische und die Fischerei sprach.

Eines Tages, als sie zum Fischen hinausgefahren waren, hob Volmar den Daumen und sagte: Punkt eins, erst bist du ein lebendiger Kabeljau. Punkt zwei, dann ein toter Kabeljau. Punkt drei, ein ausgenommener Kabeljau. Punkt vier, ein gesalzener Kabeljau, und schließlich Punkt fünf, ein Klippfisch.

Er hielt inne, als wollte er sich versichern, ob Hjartvard auch alles verstanden hatte, und erklärte dann, laut den Katholiken offenbare sich ein Stück des Himmels im Geschmack des Klippfischs. Ob es sich tatsächlich so verhielt, wusste man natürlich nicht. Der gewöhnliche Katholik war von femininem Gemüt, und er bräuchte Hjartvard ja wohl nicht erzählen, dass feminine Männer von Natur aus ein unglaubwürdiger Menschenschlag sind.

Die Ausführung der Punkte zwei, drei und vier übernahmen die Fischer, während Punkt fünf, die Klippfischproduktion, das Arbeitsgebiet der Frauen war.

Hjartvard wandte ein, zwischen den Punkten zwei und drei befände sich noch fermentierter Fisch und getrockneter Fisch.

Daran hatte Volmar auch schon gedacht, aber er sagte, er spreche vom Export, und soweit er wusste, aßen nur die Färinger fermentierten und getrockneten Fisch.

Hjartvard wusste zu berichten, dass auch die Isländer getrockneten Fisch mochten, und kam man in die Westfjorde oder nach Nordland, konnte man seinen getrockneten Fisch ebenfalls nicht in Ruhe essen, wenn jemand aus der Bevölkerung an Bord kam. Außerdem hatte er gehört, auch in Nordnorwegen würde Fisch getrocknet. Vielleicht konnte man sagen, dass getrocknete Speisen der nordische Beitrag zur echten germanischen Esskultur waren.

Volmar meinte, in Nordnorwegen lebten viele dunkelhäutige Menschen, aber ob die Lappen getrockneten Fisch aßen, wusste er nicht.

Hjartvard hingegen glaubte, die Schwarzen hätten nicht die Zähne für solche Speisen. Schlechte Zähne wären ein gemeinsames Kennzeichen der Lappen, Juden, Neger und Araber; sie mochten am liebsten Essen, das sie schlürfen konnten, und ihre Ausscheidungen seien auch flüssiger. Harte Exkremente waren ein germanisches Kennzeichen.[7]

Als Hjartvard eine Weile mit seinem Fernglas dagestanden und an seinen lieben Freund in Porkeri gedacht hatte, wurde ihm klar, dass er ganz hinten am Heck den Union Jack wehen sah, und er fluchte, dass die Brut der britischen Aristokratie nun auf die Färöer gekommen war.

Nur ein einziger Mann protestierte offen gegen die englische Besetzung, der Tórshavner Andrias Ziska. Bekleidet mit der traditionellen, wie ein Schiffsbug geformten Kopfbedeckung und einem Wams aus Fries stand er auf der Mole und überreichte dem gerade angekommenen britischen Repräsentanten Frederick Mason ein Protestschreiben. Mason war erst sechsundzwanzig Jahre alt und glich eher einem Konfirmanden als einem erwachsenen Mann. Er hatte keinen Bartwuchs, und es dauerte nicht lange, bis er von giftigen Zungen in Tórshavn Babyface genannt wurde. Doch als Repräsentant des größten Imperiums der Welt trug er eine Uniform mit Degen, als er von Bord ging. Und dann passierte, was passieren musste: Als er den Kai erreichte, stolperte er über seinen Degen, und wenn ein Offizier ihn nicht aufgefangen hätte, wäre er mit der Stirn auf der Mole aufgeschlagen.

Der Wortwechsel zwischen Ziska und Mason dauerte nur einen Augenblick, und welche Worte fielen, erfuhr man nicht. Irgendjemand behauptete allerdings, Mason hätte Ziska aufgefordert, sich in Acht zu nehmen; die Welt stünde in Flammen, und gegen die britische Anwesenheit auf den Färöern zu protestieren, könnte als Sympathieäußerung für den Feind interpretiert werden.

Als alter Mann kam Mason zurück auf die Färöer und erzählte von seiner etwas unglücklichen Ankunft. Damals war er in Begleitung von zwei Offizieren vom Kai direkt zum Landratssitz gegangen. Es dauerte eine Weile, bis der Landrat Carl Aage Hilbert auf der Treppe erschien, dann erklärte der junge Herr mit dem Degen, Großbritannien habe die Färöer besetzt, und er, Frederick Mason, sei jetzt der höchste Repräsentant des Königreichs auf der Insel. Dann hatte er die Hacken seiner Stiefel zusammengeschlagen und mit gestreckter Hand an der Schläfe militärisch gegrüßt. Als Hilbert schließlich seinen Adamsapfel wieder in der Gewalt hatte, bat er die Okkupanten ins Wohnzimmer und goss jedem von ihnen ein Glas ein. Sie dankten, und später bemerkte Mason, man hätte wohl von kaum einem anderen Ort auf der Welt von einer so unkomplizierten Besetzung gehört.

Hjartvard kannte diesen Ziska nicht, aber er wusste, dass der Mann einer der Gründer der Reederei Skipafelagió Føroya und Vorsitzender des Aufsichtsrats war. Die Briten beschlagnahmten die Gebäude, die sie ihrer Meinung nach benötigten, und an einem der ersten Tage verlangten sie das große Gebäude der Reederei an der Kaianlage. Die Reederei weigerte sich, die Weigerung wurde jedoch nicht akzeptiert, und die Briten gaben der Reedereileitung eine Frist von zwei Tagen, das Gebäude zu räumen.

Auf einer Versammlung, an der sowohl Ziska wie auch Landrat Hilbert teilnahmen, soll Ziska gesagt haben, die Reedereileitung habe es trotz allem geschafft, ein Imperium zwei Tage aufzuhalten – das konnte nicht einmal das dänische Heer von sich sagen, als die Wehrmacht am 9. April 1940 über die Grenze marschierte.

Ziskas Protest hatte jedoch ein Nachspiel. So hieß es jedenfalls, als sein Sohn Peter Ziska viereinhalb Jahre später von der Polizei verhaftet und beschuldigt wurde, für das Bombenattentat auf das Lagtinghus verantwortlich zu sein. Doch davon später mehr.

Ansonsten war das vergangene Jahr gezeichnet von erhöhten Kriegsaktivitäten. Die Deutschen hatten Polen eingenommen, standen nun an der Grenze der großen Sowjetunion und wollten mehr *Lebensraum*. Die Russen schienen zu bereuen, nach der Oktoberrevolution ein selbstständiges Finnland anerkannt zu haben und holten sich Teile von Karelien zurück. Der Krieg näherte sich den Färöern, und in der Scapa-Flow-Bucht an den Orkney-Inseln versenkte der U-Boot-

Held Günther Prien eines der großen britischen Schlachtschiffe, die *HMS Royal Oak*.

Der Krieg und die damit verbundene Unsicherheit trafen den färingischen Export besonders hart. Die Arbeitslosigkeit erreichte eine Rekordhöhe, und weder das politische System noch die Wirtschaft hatten eine Idee, welche Lösung es für diese Bredouille gab. Der spanische Bürgerkrieg hatte bereits verhindert, dass färingische Schiffe Klippfisch in die Mittelmeerländer verschiffen konnten, und als Frankreich im Juni 1940 kapitulierte, brach auch der französische Markt für Klippfisch weg. Außer den Frachtschiffen umfasste die färingische Schiffsflotte ungefähr zehn Trawler und zirka hundert Kutter, mit ihren fünfzehntausend angemusterten Fischern waren die Kutter das Herz der Flotte.

Am härtesten traf es die Frauen. So hatte die Gewerkschaft der Fischereiarbeiterinnen in Tvøroyri viel Geld in die neue Kooperative, das Trawler-Unternehmen der Arbeiter, gesteckt, aber die Frauen, die dort Arbeit gefunden hatten, wurden ausnahmslos wieder nach Hause geschickt.

Eigentlich hatte gerade der Klippfisch Geld ins Land gebracht. In früheren Zeiten war der Schafwolle diese Rolle zugekommen. Laut den Annalen des Königlichen Monopolhandels unterhielt die Handelsgesellschaft 1717 ein Lager von 100 584 halbfeinen und 22 909 groben Hosen, und *obwohl Wermut und Tabakstaub dazwischengestreut wurde, waren sie so von Motten und Würmern zerfressen, dass man kein Geld mehr dafür verlangen konnte.*

Dieses Schicksal traf nun den eingesalzenen Kabeljau und den Klippfisch, der überall im Land gelagert wurde. Und die Färöer hatten nichts anderes als Fisch zu verkaufen. Sie konnten weder den Wind exportieren, der in den Bergen heulte, noch das Regenwasser sammeln, das zwischen die Täler spülte, und noch weniger konnten sie die hübschen Sumpfdotterblumen verkaufen, die sich im April und Mai erdreisteten, in den Gräben zu erblühen – trotz des großen Krieges auf der Welt.

Unter diesen Umständen begannen die Färinger, Fisch auf den britischen Markt zu bringen. Er wurde in Eisschichten verpackt auf den Booten frisch gehalten. Die Kutter hatten keine große Motorkraft und waren nahezu schutzlos, wenn der graue Turm eines U-Bootes an der Wasseroberfläche auftauchte oder Flugzeuge die Bombenluken öffneten und ihre Maschinengewehre einsetzten. In Wahrheit waren die Kutter schwimmende Särge, die bei einem eventuellen Zusammenstoß nichts oder so gut wie nichts ausrichten konnten; dann hieß es Stahl gegen Holz, und in diesem Kampf war Holz der Verlierer. Es gab keine Kanonen an Bord der Kutter, und die Seeleute verfügten auch über kein militärisches Spezialwissen. Jedes Schiff erhielt zwei Maschinengewehre, möglicherweise brachten sie vereinzelt Piloten dazu, Vorsichtsmaßnahmen zu treffen, aber gegen U-Boote und Minen halfen auch keine Maschinengewehrkugeln.

Und ebenso wenig nützte es den Fischern, sich zu beschweren, denn es gab keine Instanz, die eine solche Beschwerde angenommen hätte. Waren die Leute mit den Verhältnissen an Bord unzufrieden, konnten sie einfach an Land bleiben, und musterte jemand ab, standen sofort drei, vier arbeitslose Fischer bereit, den Platz zu übernehmen.

Die Kutter brachen gegen Ende des Tages auf und steuerten in die Dämmerung und die Nacht, niemand wusste, wie lange diese Nacht dauern würde. Alle Lichter waren gelöscht. Die Laternen, die Topp-Laternen und auch sämtliche Lichter an Land, ja, jedes Dorf und jede Stadt auf den nördlichen Breitengraden war verdunkelt. Doch obwohl die Dunkelheit der beste Schutz der Fischer war, standen sie dennoch am Bug und hielten Ausschau; bemerkten sie auf der Wasseroberfläche nur die geringste Abweichung vom gewohnten Anblick, warnten sie sofort den Rudergänger, damit das Schiff der Mine ausweichen konnte.

Und niemand sagte etwas zu der umfassenden Sauferei an Bord, weder die Familie noch die Reederei oder die Abstinenzvereinigungen. Sie wussten, dass die Männer etwas Betäubendes brauchten, wenn sie hinausfuhren. Die meisten schliefen in ihren Klamotten, damit sie rasch in die Stiefel und ins Rettungsboot springen konnten, sollte es ihr Schiff erwischen.

Ein Teil des Fisches, den die Fischer in Schottland verkauften, wurde bei den Färöern gefangen, doch den weit größten Teil hatten sie in Island gekauft. Am 9. März 1941 wurde der größte und neueste Trawler der Isländer, die *Reykjaborg*, torpediert und versenkt, und als eine direkte Folge dieses Unglücks versammelten sich alle isländischen Repräsentanten der Seeleutevereinigungen zu einem Treffen in Reykjavík. Auf dem Treffen wurde beschlossen, die Regierung aufzufordern, das Auslaufen der Schiffe ins Ausland zu verbieten. Und die isländische Regierung kam dieser Aufforderung nach.

Auf den Färöern waren es vor allem die Skipper- und Navigatorenvereinigung, die versuchte, die Behörden zu einem ähnlichen Beschluss zu bewegen, aber vergeblich. Der Transport von gekühltem Fisch war eine feste Größe, er war zu einer heiligen Seekuh geworden, die reines Gold einbrachte.

Ostern 1941 schrieb Babyface in einem Brief, die Färinger verhandelten zwar ziemlich primitiv, aber man könne ihnen nicht ihren sehr großen Mut absprechen, wenn sie mit gelöschten Lampen durch die Kriegszone fuhren. Nach wie vor fingen die Isländer den Fisch, aber wenn es darum ging, den Fang auf den Markt zu bringen oder den potenziell tödlichen Teil der Arbeit zu verrichten, dann waren es die Färinger, die mit zusammengebissenen Zähnen in See stachen.

Der Wahrheitsgehalt von Masons Worten hatte einige Monate Bestand, dann wurde das isländische Verbot der Auslandsfahrten aufgehoben. Insgesamt exportierten die Isländer in den Kriegsjahren rund fünfhunderttausend Tonnen Fisch nach Schottland. Ein Teil dieser Menge wurde von Färingern transportiert; die Briten hatten ebenso Schiffe, die zwischen Island und Schottland verkehrten, aber den größten Teil des Fangs führten die Isländer selbst aus. Die Fahrten kosteten die junge Republik ungefähr zweihundertdreißig Fischerleben.

Aber es gab viel Geld zu verdienen, richtig viel Geld, mehr als die Fischer und Reeder sich jemals erträumt hatten. Während eine Kutterfahrt, um Kabeljau zu fangen, über zwanzig Männer erforderte, brauchte man nicht mehr als sieben, acht Männer für den Transport von in Eis gelagertem Fisch. Insgesamt unternahmen die Färinger 2354 Reisen mit frischem Fisch nach Schottland, und in Pfund Sterling verdienten sie so viel, dass nationalistische Träumer behaupteten, mit diesem Geld ließe sich die Gründung einer färingischen Republik finanzieren. Doch die Fahrten zeigten auch, dass die Kehrseite des Geldtraumes der Tod war.

Das große Schlachten begann am Olaj-Fest[8] 1940, als die *Aldan* aus Vágur unterging. Die Mannschaft bestand aus sechs Männern, die allesamt den Tod fanden. Zurück blieben fünf Witwen und vierzehn vaterlose Kinder.

Am 17. Oktober desselben Jahres fuhr der Kutter *Cheerful* mitten im Skopunfjord auf eine Mine. Er war auf dem Weg nach Miðvágur, um Fisch zu kaufen, sechs Mann waren an Bord, alle starben. Drei Witwen und elf vaterlose Kinder.

Männer aus Kirkjubøur ließen rasch ein Boot zu Wasser, als sie die Explosion hörten, doch die einzigen Spuren der *Cheerful* waren ein paar hübsche Ölflecken auf der Wasseroberfläche und der Geruch nach Petroleum. Die Minen zwischen den Inseln hatten die Briten ausgelegt.

Am 20. März 1941 verschwand erneut ein Kutter aus Vágur. Die *Milly* hatte in Aberdeen Fisch verkauft und war auf dem Rückweg zu den Färöern, kam aber nie an. Sieben Männer starben. Eine Witwe und drei vaterlose Kinder blieben zurück.

Am gleichen Tag wie die Milly brach auch der Kutter *Ekliptika* aus Aberdeen nach Klaksvík auf. Auch er erreichte sein Ziel nicht. Acht Männer starben, zurück blieben sechs Witwen und neunzehn vaterlose Kinder. Auf dieser Reise war der Reeder und Lagtingabgeordnete der Nordinseln, Jákup Heinesen, mit an Bord. Er war der erste färingische Reeder, der wirklich etwas riskierte, und er bezahlte mit seinem Leben.

Am 23. April 1941 sank die *Guiding Star*, gern die Ziege, aber auch die Möse genannt, weil das Schiff so feucht war. Sie hatte von Vestmanna aus Kurs auf die Vestmanna-Inseln genommen. Man sah nie wieder etwas von dem Schiff mit den drei Namen, alle sieben Mann an Bord verloren ihr Leben, und fünf Witwen und dreiundzwanzig vaterlose Kinder blieben zurück.

Am 6. Mai 1941 fehlten der *Emanuel* noch zwanzig Seemeilen bis zum Land. Da sahen sie den grauen Turm eines U-Bootes; es war Stahl gegen Holz und Feuer gegen Holz, die *Emanuel* sank. Auf Hebräisch bedeutet der Name »Gott ist mit uns«. Nicht an diesem Tag. Das Schiff war voll beladen: dreißig Tonnen Kabeljau, vierundvierzig Tonnen Schellfisch und zwanzig Tonnen Plattfisch. Drei Männer starben. Zwei von ihnen ertranken, der dritte wurde von einigen Schüssen getroffen, als er von der Ladeluke springen wollte. Die letzte Kugel traf sein Jochbein, er wurde ohne Unterkiefer ins Reich der Toten geschickt. Zwei Witwen und fünf vaterlose Kinder blieben zurück.

Die *Kristianna* nahm in Siglufjørður Fisch auf und legte am frühen Abend des 8. August 1941 ab. Niemand sah sie je wieder. Sieben Männer starben. Zurück blieben zwei Witwen und sechs vaterlose Kinder.

Die *Sjóborgin* sank am 12. August 1941. Drei Männer starben, eine Witwe und ein vaterloses Kind blieben zurück. Fünf Männer der Mannschaft überlebten im Rettungsboot.

Am 19. August ging die *Sólarris* unter. Die Mannschaft bestand aus acht Männern, drei wurden gerettet, nachdem das Schiff auf eine Mine gelaufen war. Drei Witwen und elf vaterlose Kinder.

Die *Morning Star* lief am Morgen des 9. September 1941 um acht Uhr aus Tórshavn aus und wollte nach Seyðisfjørður, um Fisch zu kaufen. Niemand hat seither etwas von dem Schiff oder der siebenköpfigen Besatzung gehört. Vier Witwen und vierzehn vaterlose Kinder.

Am internationalen Frauentag 1942 traf ein Torpedo den Trawler *Nýggjaberg* aus Miðvágur. Das Boot war auf Fischfang, zur Mannschaft gehörten einundzwanzig Männer. Alle starben. Elf Witwen und dreiundvierzig vaterlose Kinder. Vor allem den Ort Miðvágur traf es hart, in kurzer Zeit verlor er sechzehn seiner Männer. Einige Tage nach dem Unglück begegnete eine der Witwen dem Pastor. Sie meinte, Gott müsse Mitglied der Nazi-Partei sein, sonst würde er dieses Schlachten nicht zulassen. Vorsichtig versuchte der Pastor ihr zu erklären, dass Gott die Liebe sei. Das stimmt nicht, antwortete die Frau. Sie weinte, als sie plötzlich flüsterte, ihr Mann sei ein sehr rücksichtsloser Mensch gewesen, und sie sei froh, dass Gott Mitglied der Nazis war, denn endlich wären sie und die Kinder frei von der Tyrannei ihres Mannes.

Ende März 1942 sank die *Vesturfarið*. Acht Mann ertranken. Sechs Witwen und zehn vaterlose Kinder.

Drei Männer wurden gerettet und achtzehn ertranken, als der Trawler *Tór II* am 7. September 1942 von einem Torpedo versenkt wurde. Neun Witwen, dreiundzwanzig vaterlose Kinder. Unter den Witwen war auch Tórharda Sivertsen, die später Kristensa Tviburs Schwiegermutter wurde, und zu den vaterlosen Kindern gehörten ihr späterer Mann Ingvald sowie seine Brüder Sam, Torkil und Schiønning.

Die *Henrietta*, auf der Hjartvard bis kurz vor dem Krieg gefahren war, wurde im Dezember 1942 torpediert. Sieben Männer starben. Zwei Witwen und fünf vaterlose Kinder. Der Teufel hole sie!, war der Abschiedsgruß des Bauern vom Ergisstova-Hof.

Es ist nicht bekannt, ob es eine Mine oder eine Sturzsee war, die Mitte Februar 1943 den Kutter *Gracie* aus Vágur versenkte, der normalerweise Gras genannt wurde. Sieben Männer kamen ums Leben. Vier Witwen, neun vaterlose Kinder.

Zwei Männer starben durch Schüsse, als die *Mistletoe* am 8. Juli 1943 von einem Flugzeug angegriffen wurde. Der eine war unverheiratet, der andere verheiratet und Vater von dreizehn Kindern. Die *Mistletoe* war 1884 gebaut worden und hatte einen kleinen Motor mit sechsunddreißig Pferdestärken.

Die *Verdandi* sank im September 1944 bei Vestlandet, wahrscheinlich war sie auf eine Mine gelaufen. Fünfzehn Männer starben. Neun Witwen, siebenunddreißig vaterlose Kinder.

Insgesamt waren es ungefähr eintausenddreihundert Färinger, die in den Kriegsjahren mit Fisch nach Schottland fuhren, und die Menge, die sie transportierten, betrug ungefähr zwanzig Prozent des Kabeljaus, Schellfischs und der Plattfische, die von den Briten im Laufe des Krieges verzehrt wurden.

Einhundertdreiunddreißig Männer kamen nicht wieder nach Hause, und zusammen mit den anderen Männern, die bei Konvoifahrten umkamen, liegen sie wie ein weißer Pfad aus Skeletten auf dem Meeresgrund. So wie die chinesische Mauer als schmaler Streifen aus einem Raumschiff zu erkennen ist, erscheint der Skelettpfad auf den Bildschirmen der Echolote. Einige der Toten liegen quer zum Pfad, andere längs, die Löcher des Pfads sind durch Schädel, Stiefel mit langen Schäften und nachhaltige Flüche geebnet, die niemals verschwinden. Einigen fehlt ein Fuß, an anderen Stellen liegen geballte Fäuste ohne Haut und Fleisch, die im letzten Moment versucht hatten, einen Faden des vergänglichen Lebens festzuhalten. Skelette von Hünen und Skelette von untersetzten Männern. Manche umarmen sich, als hätten sie Angst, allein in der Ewigkeit zu liegen. Aber sie sind nicht ganz allein. Die Gewächse des Meeres winden sich vorsichtig zwischen den bleichen Knochen. Neugierige Fische scheinen ihnen relevante Tiefseefragen zu stellen, doch die Knochen antworten nicht. Manchmal wirbeln ganze Schwärme von übermütiger Brut vorbei, während die Seesterne daliegen und ihr unregelmäßiges Kreuz auf einer Stirn oder einer Hüfte ausruhen. An Stellen, an denen das Sonnenlicht nur schwach leuchtet, wachsen Grasnelken zwischen den Rippen und aus den leeren Mündern. Folgt man dem Pfad, kommt man zu den isländischen Häfen im Osten und Süden, wo sie einst Fisch kauften, und in den Hafen von Tórshavn, wo ihre Heuerpapiere unterschrieben wurden, bevor sie ihre letzte Reise antraten.

Kann man die Fischer als Widerstandskämpfer gegen die Nazis bezeichnen? Die meisten von ihnen waren sich ihrer Rolle bewusst, sie wussten, dass ihre Fahrten dem Guten dienten. Aber das Wort Widerstandskämpfer benutzten sie kaum, wenn sie über sich selbst sprachen, obwohl sie in all diesen Jahren, in denen sie zur See fuhren, jede Stunde und jeden Tag ihr Leben aufs Spiel setzten. Und dieser Todesmut ist das wichtigste Kennzeichen eines wahren Widerstandskämpfers. Sie transportierten Lebensmittel zur britischen Insel und waren damit ein Glied in der großen Kette, die sich 1945 schließlich um die Wehrmacht zusammenzog. Natürlich verdienten die Überlebenden viel Geld, sehr viel mehr als Seeleute, die Lebensmittel, Waffen oder andere notwendige Dinge an die verschiedenen Fronten brachten. Aber der größere Anteil landete in den Taschen der Reeder. Und das gefiel vielen Briten gar nicht. Die Beamten im Ministry of Food fanden es schamlos, dass so viele färingische Reeder an den Überfahrten verdienten, und der britische Minister für Lebensmittel, Lord Woolton, der im Laufe der Kriegsjahre eine vorbildliche Rationierungsregelung aufgebaut hatte, nannte die unverschämten Preise einen Skandal.

Einer derjenigen, die sich während des Krieges bereicherten, war Sakeus Dahl in Vágur. Er war gelernter Uhrmacher und hatte ein Geschäft für Brillen und Uhren. Der Mann konnte mit Geld umgehen und hatte einen respektablen Betrag auf seinem Konto bei der Føroya Banki, allerdings war es begrenzt, wie viel sich mit dem Verkauf von Weckern und Ferngläsern und der Reparatur von Uhren verdienen ließ. Wie viele andere träumte er davon, durch die Schottlandfahrten viel Geld zu verdienen, und im August 1941 gelang es ihm schließlich, den Reeder der *Henrietta* davon zu überzeugen, dass es sich lohnen würde, das Schiff für die Reisen einzusetzen. Sie gingen einen Mietvertrag ein; alle Aufgaben, die mit dem Betrieb zu tun hatten, darunter auch das Anheuern der Mannschaft, fielen Sakeus zu. Der Reeder musste eigentlich nichts weiter tun, als achtzehn Prozent der Bruttoeinnahmen entgegenzunehmen.

Unter den Männern, die auf der *Henrietta* anheuern wollten, war Hjartvard Tvibur. Die Aussicht, mit nur einer einzigen Reise einen ganzen Jahreslohn zu verdienen, war großartig, gar nicht zu reden vom Verdienst, der winkte, wenn er ein ganzes Jahr zur See fuhr. Volmar í Gjørðums Kamerad war es egal, ob der Fisch britische Mägen sättigte, ihn interessierten nur die Pfund Sterling. Die Lords und ihre Sippschaft aus Beamten konnten seinetwegen gern zum Teufel gehen.

Hjartvard besuchte den Uhrmacher in seinem Geschäft. Er stellte sich vor und sagte, er hätte einen kleinen Hof in Sumba. In den Zwanzigerjahren wäre er auf der *Henrietta* gefahren, unter Volmar í Gjørðum als Skipper, und auch später, als Niclas Ørg ihn abgelöst hatte. Er kannte das Schiff gut.

Sakeus nickte. Er war unverheiratet und näherte sich dem sechzigsten Lebensjahr. Einige haarige Beulen, die er hin und wieder rasierte, hatten sich unter dem Kinn versammelt. Auch an den Ohrläppchen und auf den Knöcheln wuchsen ihm Haare, und Hjartvard hatte keinen Zweifel, dass der Uhrmacher zu den Onanisten Tvøroyris gehörte, sonst hätte er nicht diese behaarten Hände gehabt. Die Brille hing an einer dünnen Halskette, und der winzige Mund verlieh dem Gesicht einen nachdenklichen Ausdruck. Außerdem war er bemerkenswert bleich, die Haut hatte die Farbe von Knochenmark. Überhaupt sah er aus, als bestünde er aus einem elastischen, markähnlichen Stoff. Seine Schwester hatte in all den Jahren in dem Geschäft mitgearbeitet, im

März 1940 war sie jedoch nach Dänemark gereist, da sie dort etwas zu erledigen hatte, und wegen des Krieges konnte sie nicht wieder zurück. Und das hatte deutliche Spuren hinterlassen. Das schmale Schaufenster und die Glasplatte auf dem Tresen mussten dringend geputzt und poliert werden, eigentlich brauchte aber der ganze Laden eine fürsorgliche Hand; selbst das Schild »Brillen und Uhren« über der Eingangstür hatte ein wenig Farbe nötig.

Ein anhaltender Husten kam von seinen Lippen, als er Hjartvard erklärte, auf den Fahrten zwischen Island und Aberdeen ginge es nicht um das Fischen von Kabeljau, außerdem brauche er nicht mehr als sieben Männer, und die seien bereits angeheuert. Aber, fügte er in einem Versuch, freundlich zu klingen, hinzu, wenn ein Mann in diesen schicksalsschweren Zeiten Vieh besaß, solle er sich keine Sorgen machen, sondern könne durchaus zufrieden sein.

Der Uhrmacher suchte unter dem Tresen nach einem Zettel, er würde sich gern den Namen notieren, und als er sich erkundigte, ob der Name »Tvibur« ein »ð« nach »Tvi« habe, war es eine Weile still.

»Ich habe Ihnen eine kleine Frage gestellt«, hustete der Uhrmacher.

Hjartvard beugte sich über den Tresen, und der Uhrmacher bekam seinen Atem direkt ins Gesicht. Hjartvards Mundgeruch war wie bei den meisten Färingern eine Mischung aus Getreide, Speck und Tabak, nur war die Intensität dieses Geruchs ungewöhnlich heftig.

Hjartvard antwortete, dort, wohin Sakeus Dahl gehöre, hätte man keinen Bedarf mehr an einem »ð«. Dann ging er.

Die *Henrietta* fuhr fünfzehn-, sechzehnmal nach Schottland, und auf einer dieser Reisen hatte sie Fisch aus Tvøroyri geladen. Man vermutete, dass das Schiff mehr als eine Million einbrachte, für Sakeus Dahl und den Reeder war die Ausbeute gut. Als sie in Tvøroyri frischen Fisch kauften, wurde die Mannschaft ausgewechselt, Hjartvard gehörte allerdings nicht zu denen, die ein Angebot bekamen anzumustern. Der Ergisstova-Bauer verfluchte das Schiff und die Mannschaft, und als die *Henrietta* zur Weihnachtszeit 1942 auf dem Weg nach Island verschwand, zweifelte er nicht daran, dass die Kraft seiner Flüche den Ausschlag gegeben hatte.

Im September 1947 nahmen die Ergisstova-Brüder Hjartvard und Heindrikur an der berühmten Grindwalschlachtung in Tvøroyri teil, bei der elfhundert Wale getötet wurden. Bei ihnen war der achtzehn Jahre alte Nils. Sie hatten ihren Anteil ins Ergisstova-Boot verladen und waren bereit heimzufahren, als Hjartvard meinte, sie sollten lieber warten, bis es hell wurde.

Im Tanzsaal fand ein Kettentanz statt, die Männer waren laut und betrunken, der Blutgeruch des Tötens hing noch in den feuchten, aber warmen Kleidern. Die Walmänner der ganzen Insel tanzten, aber auch die Frauen aus Tvøroyri; man sagte über diesen jungen Arbeiterort und Handelsplatz, die Moral sei zwar gut, aber auch entsprechend locker.

Hjartvard hatte abseits gestanden und den wogenden Ring der Tänzer betrachtet, als er sich plötzlich den Weg zur Tür bahnte. Die Nacht war grau und ruhig, und eine Reihe von Lichtern am Kai prickten weiße Löcher ins Dunkel. Von weit her war das Geräusch eines Krans zu hören, am Haken hingen die blutigen Reste eines Wals. Das Klopfen eines Motorbootes ertönte, aber ansonsten hatte sich Frieden über die Stadt gelegt. Die wenigen Männer, die Hjartvard sah, waren so besoffen, dass sie sich kaum noch selbst erkannten. Und schon gar nicht jemand anderen.

Hjartvard ging zum Haus des Uhrmachers Sakeus Dahl, und obwohl das Schaufenster dunkel war, sah er Licht in der Werkstatt. Die Hintertür war nicht abgeschlossen. Vorsichtig schlich er hinein und stand in einem dunklen Flur. Er fuhr mit der Hand unter sein Wams, packte den Schaft seines Grindwalmessers und zog es langsam aus der Scheide. Die Tür der Werkstatt knirschte ein wenig, am Arbeitstisch saß der Uhrmacher mit einer geöffneten Uhr vor sich. Er trug einen langen grünen Kittel, und ohne sich umzudrehen, sagte er leise: Wir haben dich erwartet.

Jedenfalls waren dies die Worte, die Hjartvard hörte.

Ein großer Herr in einem langen Mantel und einem Hut auf dem Kopf stand neben dem Uhrmacher, und als Hjartvard ihm mit dem Blick begegnete, war ihm sofort klar, dass der Betreffende niemand anderer als Ihre Hoheit Satan war.

Hjartvard wollte die Werkstatt verlassen, aber seine Füße gehorchten ihm nicht, er konnte weder die Arme noch die Hände bewegen, und es hatte ihm die Sprache verschlagen, jedenfalls brachte er kein Wort über die Lippen.

Dieses Problem hatte Satan nicht. Er grüßte den Neuankömmling höflich, seine Stimme war kühl, aber bestimmt nicht unangenehm, als er sagte, in dieser Nacht hätten sie dasselbe Anliegen.

»Wie das?«, flüsterte Hjartvard.

»Nun glaube ich, der Sumbinger macht Scherze«, lächelte Satan. »So wie ich die Angelegenheit einschätze, lautet die Frage doch, wer von uns die Exekution vornehmen soll.«

»Ich habe gehört, der Fürst der Nacht habe schwarzes Blut, und dieses Blut sei so heiß, dass es in den Adern kocht«, stammelte Hjartvard.

»Bestimmt hat dieser Narr Aksal vom Ergisstova dieses Märchen erzählt«, antwortete Satan sanft. »Um die Wahrheit zu sagen, ist in meinem Körper nicht ein Tropfen Blut, und ich habe auch kein Herz.«

»Nun glaube ich, Sie scherzen jetzt«, wagte Hjartvard zu bemerken.

»Sag ruhig du zu mir«, erwiderte Satan.

Mit einer raschen Bewegung öffnete er den Mantel, und darunter war nichts. Er führte seine rechte Hand unter den Hut, die mit Handschuhen bekleideten Finger fassten an einen Zipfel Haut, und mit einem Ruck riss er sich das Gesicht herunter, und auch darunter war nichts.

Jetzt fühlte Hjartvard sich ein wenig wohler. Konnte man das nicht als eine Art Anerkennung werten, wenn Satan persönlich mit ihm plaudern wollte und ihm sogar das Gefühl gab, auf einer Stufe mit ihm zu stehen? Zumindest erwies er ihm eine gewisse Ehre.

»Ist es nicht die Aufgabe des Todes, die zu holen, die ihren letzten Atemzug getan haben?«, erdreistete sich Hjartvard zu fragen.

»Da hast du recht«, gab Satan zur Antwort. »Und wenn ich mir erlauben darf, einen bürokratischen Ausdruck zu verwenden, so scheint es, als sei die Buchhaltung des Todes nicht immer hundertprozentig in Ordnung. Vor allem an Tagen mit vielen Morden, wenn das Wasser sich blutrot färbt und der Himmel voll von überwältigend vielen Vögeln ist, dann scheint die Fähigkeit, die Dinge einzuschätzen, gestört zu sein. Vielleicht wurde ja so etwas wie ein Blutrausch geweckt, was weiß ich. Aber wie du weißt, haben sowohl die Wale wie die Menschen warmes Blut in ihren Adern. Und dies könnte der Grund dafür sein, dass der Tod fälschlicherweise Gott etwas zukommen lässt, das eigentlich mir gehört. Deshalb bin ich heute Nacht hier. Ein so elendes menschliches Exemplar wie Sakeus Dahl gehört in die Hölle.«

Der Uhrmacher enthielt keine ungewöhnlich große Menge an Blut, nur einen einzigen Spritzer brachte die Messerklinge hervor. Vermutlich war er jemand mit schwerem Blut, bei dem die durchgeschnittenen Adern sich gleichsam entspannten und ins Fleisch entleerten; das Blut stand still wie das Wasser in einer Pfütze. Hjartvard betrachtete die Haarwülste, die aus den behaarten Fettbeulen unter dem Kinn wuchsen. Sie waren blutrot und glichen den Eiern eines großen Insekts. Er verspürte den Drang, eine der Beulen auszuquetschen, um zu sehen, ob Talg oder vielleicht dickflüssiger Eiter herauskäme, doch stattdessen drückte er mit der Fingerspitze vorsichtig auf eine der Borsten, die ebenso hart war wie das Ende einer Kordel. Entlang des Schnitts durch die Kehle zeigte sich ein Rand von kleinen Blutblasen, und während er das Blatt seines Messers an dem grünen Kittel abwischte, wandte er sich zu Satan um. Er wollte ihn fragen, warum er einen so schlechten Ruf hatte, und er hätte ihm gern von dem amüsanten Gedicht erzählt, das der Sumbinger Poul F. Joensen über ihn geschrieben hatte, aber Satan war fort. Rasch ließ Hjartvard seinen Blick durch die Werkstatt schweifen, es war jedoch niemand zu sehen, und auch die Tür stand nicht offen: Satan war in dem kurzen Augenblick der Tat verschwunden.

Hastig legte Hjartvard Sakeus Dahls Ellenbogen auf den Tisch. Die Arme in den Ärmeln des Kittels waren leicht wie Flügel, grüne blutbefleckte Flügel, die aus eigener Kraft bis in die Hölle fliegen konnten. Zwischen den Werkzeugen auf dem Tisch lag ein Dolch, dessen Klinge ziemlich scharf war, Hjartvard steckte das Blatt in die Wunde. Sakeus Dahls Finger waren bereits kalt, doch er bog sie einen nach dem anderen gerade, und nachdem er ihm den Schaft des Dolchs in die Hand gelegt und die Finger darum gekrümmt hatte, verließ er eilig die Werkstatt.

Am nächsten Morgen fuhr die Flotte der Grindwalboote bei schönem Wetter die Küste entlang nach Süden. Es waren gut beladene Boote mit einer Besatzung von acht oder zehn Männern, die meisten hatten einen Motor, das eine oder andere der größeren Boote wurde aber auch gerudert. Auf dem ersten Stück nach Tvøroyri hörte man die Männer singen, einige waren direkt aus dem Tanzsaal gekommen, und sie sangen so herzergreifend, dass an Bord der Nachbarboote in die munteren Verse und den Refrain des Liedes eingestimmt wurde.

Die Berge erhoben sich rot über die schwarze Steilküste, und obwohl die schwedischen Solo- und Göta-Motoren hämmerten, hörte man auch die gerade erwachten Vögel. Es war schwer zu sagen, ob sie sich wegen der Nahrungssuche Sorgen machten oder ob man ihr Gezwitscher als Vorwitzigkeit zu interpretieren hatte. Vielleicht waren es aber auch einfach nur Töne von Vögeln, die aus lauter Lebenslust gafften und prahlten wie fliegende Fürsten.

Heindrikur und Nils, Vater und Sohn, waren das erste Mal gemeinsam bei der Grindwaljagd in Tvøroyri gewesen. Sie hatten sich am Tanz beteiligt, und obwohl der Vater keinen Alkohol trank, war Nils ein paarmal ein Schnaps aus der Flasche angeboten worden, und nun war er müde. Während Heindrikur steuerte, saß Nils auf dem Boden des Bootes und lehnte den Kopf an das Knie des Vaters.

Hjartvard lag vorn im Steven. Er versuchte zu schlafen, doch es gelang ihm nicht, in regelmäßigen Abständen schleppte er sich an die Reling, um sich zu übergeben. Sein Bruder wollte wissen, was mit ihm los war, aber Hjartvard antwortete nicht, sondern schüttelte bloß den Kopf.

Sein Erlebnis in der Werkstatt des Uhrmachers war so sonderbar, dass er bezweifelte, überhaupt dort gewesen zu sein. Vielleicht war es vielmehr ein Albtraum, der ihn in seinem halb schlafenden, halb wachenden Zustand quälte. Den Namen Satan benutzte er häufig, das war ihm durchaus bewusst, und er wusste ebenso, dass viele seiner Handlungen als Huldigung der Raserei interpretiert werden konnten. Svanhild drückte es bisweilen so aus: Wenn er Wut säe, werde er Teufelswerk ernten, also solle er damit aufhören. Aber dieses Luder aus Kvíggjá sollte einfach das Maul halten. Sie stammte doch von dem bekannten Hexenweib Barbara við Kvíggjá ab, und die schwarze Kunst war ihr selbst nicht ganz unbekannt. Und sie musste auch nicht unbedingt ihren Rock bis zur Hüfte hochziehen und sich zum Pissen in den Graben hocken, wenn sie wusste, dass er oben auf dem Heuboden stand. Das tat sie doch nur, um ihn in Versuchung zu führen. Er hörte das Geräusch des Strahls und stellte sich ihren feuchten Unterleib vor – wie groß war eigentlich der Unterschied zwischen einer Hexe und einer Verführerin? War es nicht überhaupt Hexerei, den schwachen Geist eines Menschen in Versuchung zu führen? Er jedenfalls hatte seine Adern nicht geöffnet und das Blut auf Satans Altar fließen lassen, bestimmt nicht, und er konnte sich auch nicht daran erinnern, dass man es ihm befohlen hatte. Ja, er mochte seinen Bruder, aber nicht immer war es an der Zeit, Bruderliebe zu zeigen. Wenn Svanhild auf den Knien lag, in starkem Uringeruch Wolle wusch und ihr schwerer Busen unter dem wollenen Unterhemd wogte, dann begehrte er sie. Und außerdem hatte sie so eine süße Nase, und sah er dann eine Schweißperle auf ihrer Nasenspitze, konnte er nicht anders, sie gefiel ihm einfach. Mehrfach hatte er mit ihr im Stall oder auf dem Küchentisch im neuen Ergisstova geschlafen, und deshalb quälten ihn durchaus Gewissensbisse.

Hjartvard lag schlecht, er drehte sich auf die andere Seite und dachte daran, sein Messer zu ziehen und an der Klinge zu riechen, doch als er das Gesicht seines Bruders ganz hinten im

Boot sah, ließ er den Griff des Messers los. Wahrscheinlich hätte Heindrikur es eigenartig gefunden, ja, direkt verdächtig, wenn er vorn im Boot lag und sich die Klinge unter die Nase hielt. War es überhaupt möglich, zwischen menschlichem Blut und Walblut zu unterscheiden? Welches war das feinere? Adlerblut war das allerfeinste, nichts konnte sich damit messen. Es war heiliges Blut, wert, sich daran zu erquicken, es entstand zwischen den hohen Gipfeln, unter der strahlenden Sonne. Aber auf diesen verfluchten Felsen gab es keine Adler.

Der Geruch des Walfleischs und Specks war durchdringend. Zwischen den Ruderbänken lagen fünfhundert Pfund Grindwalfleisch und zweihundertfünfzig Pfund Speck, außerdem ein paar Walköpfe, die Hjartvard unbedingt mit nach Hause nehmen wollte, um Tran daraus zu kochen. Aus einem der Köpfe sah ihn ein Auge an, und das störte ihn dermaßen, dass er aufstand und den Kopf umdrehte. Er konnte starrende Augen nicht ausstehen, weder bei Tieren noch bei Menschen, und schon gar nicht die starrenden Augen eines toten Wals. Tote Tiere und der tote Uhrmacher konnten zur Hölle fahren, und als er das Wort Hölle dachte, biss er reuevoll die Zähne zusammen. Da war Onkel Aksal würdevoller, er sagte selten Teufel oder Satan, sondern nannte den Bösen *Ihre Hoheit Grande Diabolus* und behauptete oft, das Himmelreich sei nur etwas für halbdumme Sumbinger, die Hölle aber eine großartige babylonische Metropole. Oh, er vermisste Aksal. Zu dessen Lebzeiten stand der Himmel so hoch über Sumba.

Die Sonne schien in eine Blutpfütze auf der Ruderbank, und als das Boot in den Schären südlich der Landspitze bei Porkeri ein wenig stampfte, lief plötzlich ein hastiger Blutstropfen aus der Pfütze, und mehr war nicht nötig, damit ihm übel wurde. Hjartvard hielt den Kopf über die Reling und entleerte die Reste seiner verfluchten Gedärme. Genau dieses

Wort ging ihm durch den Kopf, *Gedärme*, die Mehrzahl. Aber er hatte nur einen Darm. Selbst die gefräßigsten Sozialdemokraten aus Tvøroyri hatten nicht mehr als einen Darm. Er wusste nicht, wie viele Meter der menschliche Darm maß, aber von der Dunkelheit seines Enddarmes her spürte er, wie der Geruch nach Scheiße in seinen Mund strömte, und dieses Unappetitliche leerte er aus.

Er sah, wie sein Neffe ruhig mit dem Kopf am Knie seines Vaters schlief. Nils hatte die Beine angezogen und saß mit übergeschlagenen Armen da, und ganz unerwartet und aus unverständlichen Gründen kamen Hjartvard die Tränen. Es war ein stilles, qualvolles Weinen, und es gelang ihm, es vor seinem Bruder zu verbergen. Dann schlief er ein.

Als er erwachte, hatten sie bei Akraberg die Vogelberge erreicht. Die Sonne schien, und der Lärm der übermütigen Flieger war ohrenbetäubend. Dort saßen Trottellummen, Papageientaucher, Tordalken und Eissturmvögel, und der Vogelfelsen schimmerte in schwarzen, grauen, weißen und grünen Farben. Hier erklang Vogelgesang aus dreißigtausend Schnäbeln, und auch die weniger Lauten hatten ihre Geschichte zu erzählen. Die Papageientaucher kamen mit fünfzehn, zwanzig Heringen im Schnabel vom Meer, und die Kormorane steckten mit raschen Bewegungen ihre Köpfe unter Wasser und tauchten mehrere Meter in die kühle Tiefe hinab. Als das Boot sich den Korallenfelsen näherte, sahen sie, dass sie voller Seehunde waren. Große Seehundmännchen lagen ausgestreckt in der Sonne, einige kämpften, aber ob es um einen Platz auf dem Felsen ging oder ob es aus Paarungstrieb geschah, war schwer zu sagen. Hjartvard rief Nils, zeigte auf den Felsen und sagte, dort ist dein Großvater gestorben. Allerdings konnte man kaum sein eigenes Wort verstehen, Nils lächelte nur wie so oft, und eine Weile vergaß Hjartvard seine schweren Qualen.

Fräulein Olrun und die Paten

Kristensa kam 1952 nach Tórshavn und arbeitete in der Küche der Konditorei, bis sie elf Jahre später ihre erste Tochter bekam. Es war kein Zufall, dass der Adventistenpastor in seiner Grabrede die große Bedeutung erwähnte, die ihre Arbeitskollegen für sie gehabt hatten. Die Bedeutung war sozusagen im Kirchenbuch des Pfarrbezirkes von Sydstrømø dokumentiert. Denn dort waren die Paten von Eigil verzeichnet: Die Patinnen waren Jónfrid á Bakkahellu, später verheiratete Poulsen, und Augusta Hammer, die beide in der Konditorei arbeiteten, und die Paten der Konditorlehrling Luddi á Kamarinum und der Bonbonkocher Leivur.

In der Grabrede erwähnte der Adventistenpastor auch Fräulein Olrun, allerdings ging er nicht näher auf die Bedeutung ein, die diese ungewöhnliche und großzügige Frau für Kristensa und ihren Erstgeborenen gehabt hatte, und das war schon ein wenig merkwürdig. Nun hatte Ingvald dem Pastor die Informationen zu seiner Rede gegeben, und er hatte die isländische Frau nicht sonderlich gut gekannt. Und die wenigen Male, die sie sich unterhalten hatten, waren nicht gerade von Herzlichkeit geprägt gewesen. Fräulein Olrun hatte damals zu Kristensa gesagt, Ingvald sei der Ausschuss, den die Frauen von Tórshavn aussortiert hätten, und das sollte sich ein stolzes Mädchen aus Sumba zu Herzen nehmen.

Über Fräulein Olrun hieß es, sie sei in Glaubensfragen

recht großzügig. Sie feierte den Johannistag und nahm viele Jahre an der jährlichen Wanderung auf den Berg Skælingur teil, um die Sonne am längsten Tag des Jahres zu begrüßen. Und um den Johannistag herum pflückte sie die Pflanze, die die Färinger *Jesuspapablume* nennen, Fettkraut, das auf Lateinisch *pinguicula vulgaris* heißt. Sie trocknete die Blätter, pulverisierte sie und gab einen Teelöffel davon in kochendes Wasser. Diesen Gesundheitstrank nahm sie in der dunklen Jahreszeit zu sich. Sie konnte mehrere Gesänge der *Edda* auswendig, und manchmal rezitierte sie einen davon für Kristensa. Das Mädchen kam schließlich aus Sumba, und Fräulein Olrun hatte lange genug auf den Färöern gelebt, um zu wissen, dass die Menschen dort Lieder liebten, vor allem Lieder und Gesänge mit einem übernatürlichen Einschlag. Und Fräulein Olrun hatte recht. Vor allem das »Wölundlied«, das sie eher deklamierte als sang, beeindruckte das Mädchen aus Sumba so sehr, dass sie von dem großen Schmied Wieland mit den durchgeschnittenen Kniekehlen träumte, der für König Nidung Waffen und Kostbarkeiten schmieden musste. Aber Wieland nahm Rache, und seine Rache war gewaltig. Er tötete die beiden kleinen Söhne des Königs und formte aus ihren Schädeln zwei Schalen, die er mit Gold überzog. Und der König wusste nicht, dass es sich bei den Schalen, aus denen er schlürfte, um die Hirnschalen seiner Söhne handelte.

Fräulein Olrun war sehr vom Asatro beeinflusst, aber einige Dinge, die sie der jungen Kristensa erzählte, verstand das Mädchen aus Sumba nicht ganz. Zum Beispiel akzeptierte Fräulein Olrun die Behauptung nicht, der Monotheismus stehe auf einer höheren kulturellen Stufe als der Polytheismus. Sie meinte, bei den großen Religionen wie dem Islam und dem Christentum handele es sich um eine Art geiziger Götteraustreibung, die eher mit gesellschaftlichen Entwicklungen als mit reinen Glaubensfragen zu tun habe. Und dann lächelte sie und sagte: »Meine liebe färingische Freundin, eigentlich gab es die Götter gar nicht, weder Odin noch Jahve oder Allah, sie waren lediglich Symbole für die Kraft, die das Universum im Fluss hält und die Jesuspapablume jedes Jahr zu Johannis blühen lässt.«

Selbst fühlte sich Olrun eher mit den mystischen Personen in den altisländischen Schriften verwandt als mit deren Kollegen aus dem Alten Testament. Kein Zweifel, Mose war ein ordentlicher und rechtschaffener Mann und Goliath stärker als Glámur und Grettir Ásmundarson. Aber die glühenden und staubigen Wüsten des Alten Testaments waren ihr fremd, sie hatten nicht die Kraft, die zwischen den norwegischen und isländischen Wintergebirgen wohnte. Der Asatro mit seinem Wust an Göttern war zudem poetischer als das Christentum. Hatte man allerdings eine etwas ethischere Haltung zum Dasein, war es auf der anderen Seite nicht schlecht, wenn man auch beim Zimmermann aus Nazareth Zuflucht suchen konnte.

Fräulein Olrun ging in ihr siebenundsiebzigstes Jahr, als Kristensa ins Portugalið zog, und am Johannistag 1953 war sie so schlecht zu Fuß, dass sie ihre junge Mitbewohnerin bat, ihr beim Pflücken der Jesuspapablumen zu helfen. Nach dem Abendessen gingen sie über die Kongebroen, Fräulein Olrun hatte einen Stock in der rechten Hand, die linke steckte unter Kristensas Arm, so gingen sie die steile Skansabrekka hinauf. In der weichen Erde bei dem Haus á Krákusteini wuchsen viele Jesuspapablumen. Fräulein Olrun setzte sich auf einen Stein und zeigte mit dem Stock auf einige Blumen mit breiten gelbgrünen Blattrosetten, aus deren Mitte zwei Stängel wuchsen, jeder mit einer einzigen blauen Blüte an der Spitze. Sie erzählte Kristensa, das Kraut sei eine fleischfressende Pflanze, die kleine Insekten liebte. Ohne Unrat zu ahnen, setzten sich die Insekten auf das schleimige Blatt, und nach einigen Tagen waren nur noch die Beine und Flügel übrig. So ist die Natur, lachte Fräulein Olrun, was für einige von uns gesundheitsfördernd ist, bedeutet für andere die vollkommene Vernichtung, und dann kommt der Regen und wäscht die Beine und Flügel vom Blatt.

Da es um ihre Gesundheit zunehmend schlechter stand, hatte Fräulein Olrun ein Telefon bekommen. Dieser moderne Apparat mit einer Wählscheibe stand in der obersten Schublade ihres Nachttisches, und man könnte sagen, die Schublade war eine Art Tür zu allen Telefonzentralen, ja, zumindest zu denen in Reykjavík, Klaksvík und Tórshavn, denn dort hatte sie Bekannte. Auf dem Nachttisch standen der Aschenbecher und die Bonbondose, die niemals leer war. Dort lagen auch die Bücher, die sie gerade las. In der unteren Schublade hatte sie ihr Strickgarn, die Stricknadeln, das Häkelgarn und die Häkelnadeln untergebracht. Das Schlafzimmer wurde allmählich mehr und mehr zu ihrem Zuhause, und es gab Tage, an denen sie das Zimmer überhaupt nicht mehr verließ. Dann war sie dankbar für den Tee und die Butterbrote, die Kristensa ihr brachte.

Kristensa feuerte morgens nicht nur den Ofen an und trug die Asche hinaus, sie leerte auch den Nachttopf und goss den Urin in den Abfluss im Keller. War etwas anderes als Urin im Topf, kam es in den Lokuseimer, der einmal in der Woche in den gelben Austin des Scheißepropheten geleert wurde – diesen Spitznamen hatten die Tórshavner dem Mann gegeben, der für den Abtransport der Exkremente zuständig war. Am Abend und in der Nacht, manchmal so früh am Morgen, dass die meisten Tórshavner noch nicht aus dem Bett gekommen waren, fuhr der Wagen an, und Männer mit ledernen Nackenschurzen leerten den Inhalt der Lokuseimer in den Laderaum. Auf beiden Seiten des Wagens stand mit schwarzen Buchstaben: Tórshavner Abfallbeseitigung. Vor allem an Sommermorgen hing der Gestank wie ein heiterer Dunst um den gelben Lastwagen. Kleine Vögel und Insekten folgten der interessanten Ladung, und auch die Katzen hielten sich nicht zurück; die Eckzähne in einen Star zu schlagen, der sich an der Kacke gütlich tat, war ein Frühstück, das sich lohnte. Anfang der Fünfzigerjahre hatten die wenigsten Häuser eine Klärgrube, sodass die Lokusmänner reichlich zu tun hatten – die ganze Stadt, vom äußersten Tinganes bis Marknagil im Westen, war ihr Arbeitsplatz. Das Unternehmen hatte zwei Fahrzeuge zum Abtransport der Exkremente und eines für die Asche von Herden und Öfen, und draußen am Müllabladeplatz Bukkvald[9] wurde der gesamte Abfall der Tórshavner Bürger ins Meer gekippt.

Eines Morgens, als Kristensa getan hatte, was sie jeden Morgen tat – sie war mit dem Urin im Keller gewesen, hatte den Nachttopf ausgespült und wieder unter Fräulein Olruns Bett gestellt –, blieb sie an der Tür stehen.

»Was ist denn?«, erkundigte sich Fräulein Olrun.

Kristensa sagte, sie würde in einem Monat niederkommen, und ihre Mutter hätte ihr angeboten, nach Tórshavn zu kommen, um ihr zu helfen, und nun wollte sie fragen, ob die Mutter eventuell im Portugalið wohnen könnte.

Fräulein Olrun bat sie, zu ihr zu kommen und sich auf die Bettkante zu setzen. Sie sagte, sie hätte niemals daran gezweifelt, dass Frau Tvibur eine ordentliche Mutter war, und da sie nun anbot, nach Tórshavn zu kommen, um ihrer Tochter zu helfen, sei sie herzlich willkommen, hier zu wohnen. Sie fügte hinzu, Kristensa sei selbst ein kluges und tüchtiges junges Mädchen, und diese Eigenschaften könne man nicht bei

Daells Varehus bestellen, die hatte man nur, wenn man aus einem guten Haus kam. Dann nahm sie Kristensas Hände und sagte, wenn das Kind gekommen sei und anfinge, herumzukrabbeln und die ersten Worte zu sagen, würde sie vielleicht noch das Glück erleben, dass ein kleines Kind sie Oma, vielleicht sogar Olrunoma nannte.

Sie ertappte sich selbst dabei, wie sie dieser Gedanke begeisterte, und beinahe hätte sie Kristensa an die drei lebenslustigen Walküren aus dem »Wölundlied«, erinnert, aber sie hielt sich zurück. Das Mädchen aus Sumba könnte eine derartige Andeutung durchaus als ein böses Omen verstehen; Wieland war der große Schmied, gleichzeitig war er aber auch der große Unglücksschmied, und Kristensa wollte um alles in der Welt kein Unglückskind gebären.

Um ihrem Eifer gleichsam die Spitze zu nehmen, sagte Fräulein Olrun, nun müsse Kristensa aufhören, sie *Fräulein* zu nennen. Natürlich sei sie unverheiratet, aber bei diesem *Fräulein* hätte sie immer das Gefühl, ein junges Ding zu sein, und diese Zeit sei ja nun einmal vorbei.

Kristensa hatte nicht länger als eine Woche im Portugalið gewohnt, als sie die Arbeit in der Konditorei bekam. Es war im Oktober 1952, und zu Weihnachten stand fest, dass sie schwanger war. Sie erbrach sich morgens und hatte keinen Appetit, und als Fräulein Olrun sie fragte, wann sie zuletzt geblutet hätte, sagte sie wahrheitsgemäß, in den letzten drei Monaten wäre ihre Regel nicht mehr gekommen. Die Alte sagte, dann sei sie sicher schwanger, und als sie Kristensa erbleichen sah, fügte sie freundlich hinzu, es sei keine Krankheit, neues Leben zu gebären. Gleichzeitig nutzte sie die Gelegenheit, das Mädchen zu fragen, ob es verlobt sei. Kristensa schüttelte den Kopf, und als Fräulein Olrun den Namen des Vaters wissen wollte, schüttelte sie erneut den Kopf. Kristensa weigerte sich, einen Namen zu sagen, und erklärte, das könne sie nicht, und sie könne gut verstehen, wenn Fräulein Olrun sie nun hinauswerfen würde, aber den Namen des Vaters könne sie nicht sagen.

»Ich werfe dich bestimmt nicht hinaus«, erwiderte die Alte. »Du bist mir eine gute Hilfe, keine Tochter könnte ihrer Mutter eine bessere Stütze sein, und wenn das Kind kommt, soll es ebenfalls willkommen sein.«

Sicherlich war Kristensa für ein siebzehnjähriges Mädchen recht schwermütig, aber sie hatte Verstand und war fleißig, und Fräulein Olrun gehörte zu der Generation, die die Menschen nach den Eigenschaften beurteilte, die mit Arbeit und Selbstständigkeit zu tun hatten. Und sie schätzte das Mädchen richtig ein, denn Kristensa bot an, ihre Wohnung zu putzen. Und das war keine kleine Wäsche. O nein. Jedes Fußpaneel und jede Deckenleiste wurde abgewischt, und sämtliche Schränke, alle Ecken und Winkel dufteten frisch nach Scheuerpulver und Schmierseife. Auch die Betten und Lattenroste wurden abgewischt, und natürlich wurden die Böden geschrubbt.

Und Fräulein Olrun sparte nicht mit Lob.

Kristensa antwortete, und dabei zitierte sie wörtlich ihren Vater, man solle sich mit Freude den Arsch aus der Hose arbeiten, dafür müsse man sich nicht schämen. Als sie ihren Vater erwähnte, fing sie an zu weinen, und es kamen nicht nur ein paar Tränen. Sie sagte, sie vermisse ihren Vater sehr, aber er sei damals, als sie ihn am allermeisten brauchte, ertrunken.

Fräulein Olrun freute sich, an Kristensas Herzenskummer teilhaben zu dürfen; sie war überzeugt, hinter ihren Worten verbarg sich keinerlei Falschheit. Fräulein Olrun war nämlich der Gedanke gekommen, dass der Vater sich möglicherweise an seiner Tochter vergangen hatte, aber so liebenswürdig, wie

Kristensa über ihren Vater sprach, konnte er es nicht gewesen sein. Glücklicherweise. Denn unter einer so schweren Bürde hätten die jungen Schultern eines Mädchens leicht zerbrechen können.

An dieser Stelle könnte nun der Platz sein, um von einem Ereignis zu erzählen, bei dem Nils, Kristensas Bruder, die Hauptrolle spielte. Ein Ereignis, das eine große Bedeutung für das Ehr- und Rachegefühl der jungen Kristensa bekam. Nils war sechs Jahre älter als seine Schwester, und zu der Zeit, als der Vorfall sich ereignete, arbeitete er als Schreiner und Zimmermann. Er war in der Lehre bei Ernst í Lokkagarði, und als der Meister starb, kaufte Nils die Werkstatt und sämtliche Werkzeuge. Zuvor aber war er 1949 auf einem Winterkurs der färingischen Volkshochschule in Tórshavn gewesen und hatte dort Ingibjørg Lisberg aus Fámjin kennengelernt. Sie heirateten, und 1951 wurde die Tochter Margit geboren.

An einem Sonntag bei allerschönstem Wetter kamen Ingibjørgs Eltern aus Fámjin nach Sumba, und als sie in der neuen Ergisstova Mittag gegessen hatten, kam Hjartvard zu Besuch. Er hatte eine Klappe vor seiner leeren Augenhöhle, war bester Laune und redselig. Er kam auf die Idee, mit Nils Fingerhakeln zu spielen, riss einen Lappen in Streifen, knotete die Enden zusammen und forderte den Neffen auf, den Mittelfinger in die Schlaufe zu stecken.

Aber Nils wollte nicht, er sagte, es sei nicht die richtige Zeit zum Fingerhakeln. Er versuchte es mit einem Scherz und erklärte, es sei Sonntag, und da hielten die Recken in Sumba Frieden.

Aber sein Onkel gab nicht nach und provozierte ihn. Schon immer sei er der Meinung gewesen, dass Nils ein Zweig des richtigen Ergisstova-Stamms war, und dann erwähnte er seinen Bruder Heindrikur, der das Fingerhakeln ebenfalls immer abgelehnt hätte. Bestimmt hatte er an dem Tag, an dem er umkam, auch die Sturzsee abgelehnt, und deshalb lag er nun als Schande auf dem Meeresgrund.

Darauf antwortete Nils nicht, ihm ging nur durch den Kopf, dass Hjartvard diese Worte besser nicht hätte sagen sollen.

Heindrikur war am 19. September 1952, zehn Monate und vier Tage, bevor Eigil geboren wurde, zum Fischen hinausgefahren und nicht wieder zurückgekehrt. Wie so oft hatte er seinen Hund Tass dabeigehabt, und obwohl die Umstände nicht die allerbesten waren, hatte es nicht so ausgesehen, als könnte das Wetter lebensgefährlich werden. Die Steinhús-Brüder und das Hørg-Boot waren an diesem Tag ebenfalls auf See, sie fischten etwas östlich von Munken im Süden Sumbas, aber niemand hatte das Ergisstova-Boot gesehen.

Später spekulierten die Sumbinger darüber, ob Heindrikur sich vielleicht das Leben genommen hatte. Der Grund hätte die unschickliche Beziehung zwischen seiner Frau Svanhild und seinem Bruder Hjartvard sein können. Diese Geschichte wurde Eigil von seinem Freund Symfor Thomsen erzählt, beide hielten sie aber für ziemlich unwahrscheinlich. Heindrikur war einer der Vertrauensmänner des Ortes gewesen und hatte immer Ordnung in seinen Angelegenheiten gehabt, es war nicht normal, dass solche Männer sich das Leben nahmen. Er litt auch nicht an einer verheimlichten Krankheit wie Krebs oder Schwindsucht, und noch weniger war er so unberechenbar wie sein Vater Gregor. Symfor meinte, Selbstmord sei überwiegend ein Phänomen der Oberklasse. Kränkelnde Menschen aus guter Familie, schwächliche Frauen, die nur an ihrem Schmuck und ihren Seelenqualen interessiert waren, oder japanische Aristokraten, die an der Front versagt hatten, solche Menschen nahmen sich das Leben. Aber ein Mann, der Schafe und Kühe hatte, rauchte und sich um eine Familie kümmern musste, tat so etwas nicht.

Nils legte den rechten Unterarm auf den Tisch, steckte den Mittelfinger in den verknoteten Lappen, dann begannen sie. Ein spöttischer Ausdruck blitzte in Hjartvards Augen auf, und lange Zeit waren sie ebenbürtig. Doch dann schien es, als welke der selbstsichere Ausdruck im Gesicht des Ergisstova-Bauern; sein Kopf, der normalerweise ganz oben auf den Halswirbeln saß, sank zwischen die Schlüsselbeine, man hatte den Eindruck, als ließe ihn die Kraft seiner rechten Schulter im Stich. Nils war wie die meisten Männer kleiner als sein Onkel, aber er war von kompaktem Körperbau, und nun saß er beinahe gelassen da und hielt dem Zug gleichmäßig stand. Und mit einem Mal wunderte er sich. Er war sich seiner Stärke vollkommen bewusst, aber dass er Hjartvard ebenbürtig war, ja, vielleicht sogar überlegen, war ihm nicht klar gewesen.

Ingibjørg, Nils Frau, stand daneben und rang ihre Hände vor Spannung, in ihrem hübschen Gesicht leuchtete der blanke Hass. Seit gut einem Jahr wohnte sie in Sumba und kannte die Verhältnisse auf Ergisstova, und in ihrem Eifer rief sie plötzlich: »Los jetzt, Nils, zieh den Teufel in den Staub!«

Und genau das tat Nils. Er strengte sich an, und gleichzeitig kochte die Wut in ihm hoch. Der Mann ihm gegenüber war nicht nur sein Onkel, er war auch dieser unbändige Mensch, der sich in Nils Kindheit in die Ehe seiner Eltern gedrängt und so viel zerstört hatte.

Nils zog stärker, er betrachtete seine weißen, angespannten Knöchel und sah genau, wie Hjartvards Arm sich langsam streckte. Und er wurde noch mehr gestreckt, denn Nils zog weiter. Er zog ohne Gnade, sein Gesicht war zu einem zornigen Knoten verzerrt, er zog seinen Onkel quer über den Tisch und hinunter auf den Boden, dort blieb der Alte auf dem Rücken liegen.

Natürlich war Nils stolz auf seinen Sieg, und wenn er gewollt hätte, hätte er den Schuft, der ihm zu Füßen lag, schlagen oder zumindest verhöhnen können. Aber er hielt an sich. Allerdings befahl er seinem Onkel zu verschwinden, und zwar sofort, sonst würde er ihm jeden Knochen seines verfluchten Körpers brechen. Und Hjartvard tat, was ihm gesagt wurde. Brutalität war die einzige Sprache, die er verstand, oder zumindest die einzige Sprache, der er sich fügte. Schließlich hatte ihn ein verdammt starker und seiner Ansicht nach unberechenbarer junger Mann besiegt. Er riss sich zusammen, um aufzustehen, und kroch mehr als dass er ging zur Tür, ohne sich zu verabschieden.

Diese Geschichte erzählte Svanhild ihrer Tochter, als sie ins Portugalið kam, und Kristensa klatschte in die Hände und konnte überhaupt nicht wieder aufhören zu lachen. Sie sah alles ganz genau vor sich: Wie das Ergisstova-Ungeheuer mit der Klappe vor dem Auge quer über den Tisch gezogen wurde und jämmerlich gedemütigt zur Tür hinauskriechen musste. Endlich fühlte sie sich gerächt, endlich war die Ehre des neuen Ergisstova wiederhergestellt, endlich konnte ihr Vater in seinen süßen Schlaf auf dem Meeresgrund fallen.

Aber dennoch verriet sie nicht, dass Hjartvard sie vergewaltigt hatte, weder ihrer Mutter noch Fräulein Olrun oder irgendjemandem sonst. Nicht bevor sie 1992 mit einem Schlaganfall im Landeskrankenhaus lag und ihrem Sohn die wahre Geschichte erzählte. Und doch ahnte Svanhild sofort, dass es eine Verbindung zwischen der Geburt und ihrem Schwager Hjartvard gab. Nicht mehr als eine Woche, nachdem ihre Tochter nach Tórshavn gezogen war, war Svanhild

Hjartvard begegnet. Das Gesicht ihres Schwagers war lädiert und zerkratzt, über der braunen Wange leuchtete sein linkes Auge wie ein Stück glühende Kohle. Sie rief »Jesus!« und erkundigte sich, was passiert war. Hjartvard gab ihr eine abwegige und sinnlose Antwort, die sofort ihren Verdacht erregte. Er erklärte, das Auge sei sein persönliches Eigentum, und wenn damit etwas nicht in Ordnung sei, ginge das niemanden etwas an, und schon gar nicht eine Hure, die von der Hexe Barbara við Kvíggjá abstamme.

Svanhild kam drei Wochen vor der Niederkunft ihrer Tochter nach Tórshavn und blieb anderthalb Jahre in der Stadt. Sie unternahm einige kurze Reisen nach Süden, kam aber schon bald wieder zurück ins Portugalið. Die Zeit in Tórshavn war eine der besten Phasen ihres Lebens. Sie fing sogar an, sich wie die Tórshavner zu kleiden. Die Holzschuhe und die Gummischuhe, die sie normalerweise trug, wenn sie die Hühner fütterte, melkte oder der Familie oder den Nachbarn einen Besuch abstattete, wurden ausgewechselt gegen Schnürschuhe mit niedrigen Absätzen. Natürlich hatte sie auch in Sumba richtige Schuhe getragen. Wenn sie in die Kirche oder hin und wieder zu einer Hochzeit ging, war sie stets passend angezogen, dann trug sie sogar einen Büstenhalter. Sie kaufte sich einen Hut, und zog wie die Frauen der Hauptstadt Seidenstrümpfe an und benutzte Strapse, um sie am Hüfthalter zu befestigen.

Svanhild hatte von daheim ein wenig fettes Strickgarn mitgebracht und strickte jeden Tag irgendetwas für ihren Enkel. Unterwäsche, Mützen, Handschuhe, Skisocken, Pullover, Hosen und alles, was der kleine Eigil sonst noch brauchen konnte. Sie kaufte Windeln und Windelhöschen in Halldors Laden in der Bringsnagøta, und die Freude war groß im obersten Stockwerk des Portugalið, als der Bonbonkocher Leivur seinem Patenkind einen gebrauchten, aber gut erhaltenen Kinderwagen schenkte.

Leivur war eine Geschichte für sich. Er war in Kopenhagen in die Bäckerlehre gegangen, da es in Dänemark aber keine Berufsschule für Bonbonkocher gab, mussten Dänen, die diesen Beruf erlernen wollten, eine Fachschule in ihrem südlichen Nachbarland besuchen, und dort begeisterte sich Leivur für die Nationalsozialisten. All diese Informationen über seinen Patenonkel trug Eigil später zusammen.

1943 war Leivur an der Ostfront gewesen. Er gehörte zu einer Krad-Einheit von ungefähr sechzig Männern, deren Motorradbeiwagen mit Maschinengewehren ausgerüstet waren. In dem Buch *War and Technology* nannte der Militärtheoretiker Duncan Frazer solche Abteilungen motorisierte Hyänen. Sie wurden meist für rasche Angriffe eingesetzt, um kleinere Züge zu zerschlagen und für so große Verwirrung wie möglich zu sorgen. Dann verschwanden die Hyänen ebenso schnell, wie sie gekommen waren.

Als der Krieg vorbei war, wurde Leivur als Kriegsgefangener irgendwo in den Niederlanden festgehalten. Seine Familie auf den Färöern ließ ihn suchen, und mit Hilfe der Heilsarmee gelang es, ihn zu finden. Er wurde nach Dänemark gebracht und saß neun Monate mit anderen Kriegsverbrechern im Faarhuslager in Südjütland. Ungefähr dreitausend freiwilligen dänischen Soldaten erging es ebenso. Nur bezweifelte Eigil, ob Leivur seine Vergangenheit jemals bereut hatte. Natürlich war der Nationalsozialismus zerschlagen, und natürlich war Leivurs Leben von dieser Niederlage geprägt. Hatte er aber ein paar Gläser getrunken, stimmte er noch immer die alten deutschen Soldatenlieder an und sang mit Inbrunst und Tränen in den Augen.

Als ein Kuriosum ist zu erwähnen, dass Leivur an der Ostfront eine Zündapp fuhr und Mitte der Sechzigerjahre begann, Motorräder der Marke Zündapp zu verkaufen. Es war jedoch kein lukratives Geschäft. Wenn jemand an einer Zündapp Interesse hatte, dann bestellte Leivur eine Maschine für den Betreffenden; außerdem hatte er eine Absprache mit einem Mann aus Vágur, der eine kleine Kellerwerkstatt betrieb und Inspektionen und eventuelle Reparaturen erledigte.

Einer von denen, die eine Zündapp 120 Kubik kauften, war Leivurs Patenkind. Es war im Jahr 1971, als Eigil aufs Gymnasium ging, das damals am Rande von Tórshavn lag. Im Sommer 1970 hatte er die Realschule beendet und war danach ein Jahr zur See gefahren, daher hatte er genügend Geld, um die Maschine bar zu bezahlen. Leivur hatte einige Bekannte, mit denen er sonntags gern umherfuhr. Sie fuhren nach Kirkjubøur, Velbastaður und Syðradalur und auf der Landstraße über Streymoy. Leivur war angeblich homosexuell, und die gemeinsamen Ausflüge mit diesem alleinstehenden, schon etwas älteren Nazi fachte die Fantasie der Leute an – möglicherweise verband diese Männer ja noch etwas anderes als nur Motorradfahren?

Als er und Eigil einmal gemeinsam unterwegs waren, gerieten sie im Tal Hundsarabotnur nördlich von Tórshavn in einen Hagelschauer. Eigil bremste seine Zündapp, holte die Motorbrille heraus und zog sie über die Augen. Leivur schien das Wetter nicht zu stören. Er fuhr weiter und verschwand beinahe in dem blassen Schneegestöber. Der Bonbonkocher wirkte wie ausgewechselt, als würde er wieder zu der alten motorisierten Hyäne. Mit verbissenem Gesicht kämpfte er sich durch das Unwetter, und als sie zurück in Tórshavn waren, lief ihm Blut aus einem Auge. Eigil mochte nicht fragen, warum er Wind und Wetter trotzte, aber er war überzeugt, dass Leivur in diesem Augenblick wieder das Gefühl der Jahre an der Ostfront erlebte, in denen er jung, stark und voller Hass gewesen war.

Der Ursprung des Namens Eigil beziehungsweise der Grund für seinen Namen hatte etwas mit Egil Restorff zu tun. Egil und Leivur waren Vettern, ihre Väter Brüder, aber Leivurs Vater war jung gestorben und der Onkel hatte dessen Anteil an der Restorff'schen Bäckerei aufgekauft. Zu seinen besten Zeiten hatte dieses Unternehmen über hundert Beschäftigte gehabt: Bäcker, Konditoren, Bonbonkocher, Verkäuferinnen, Fahrer und die Angestellten der Konditorei.

Kristensa vergaß nie, dass Egil Restorff sich ihrer erbarmt hatte, als sie ohne Arbeit dastand und weder aus noch ein wusste. Daher nannte sie Eigil nach ihrem Wohltäter und wechselte nur das E gegen ein Ei aus. Egil Restorff wusste davon nichts, und zwar aus gutem Grund. Denn Kristensa war der Ansicht, es sei allzu aufdringlich und an der Grenze zum Lächerlichen, seinen Chef mit einer derartigen Dankbarkeit zu verfolgen.

Ein wenig über Glück und Leid

Hätte irgendjemand Eigil gefragt, wo er herkäme, als er damals 1961 zusammen mit seiner Mutter und Ingvald in das neue Haus am Landevejen zog, hätte er geantwortet, aus Sumba. Jedenfalls hätte er es gedacht. Allerdings war er als Junge so verlegen, dass man beinahe schon misstrauisch werden musste; er wagte es kaum, zu den Menschen aufzuschauen, mit denen er redete. Und wenn er antwortete, dann häufig sehr leise, als hätte er Angst, die Worte könnten etwas enthüllen, das nicht ans Tageslicht sollte.

So verhielt er sich allerdings nicht allen gegenüber, keineswegs. Gegenüber dem alten Fräulein Olrun, die er Olrunoma nannte, war er offen und herzlich. Er erledigte kleinere Besorgungen für sie und kaufte Stick- und Häkelgarn und Knöpfe in dem Handarbeitsladen an der Bryggjubakki.

Jedenfalls hätte er nie gesagt, er stamme aus Tórshavn, und noch weniger aus Reyn, obwohl er im Portugalið geboren worden war und seine ersten acht Jahre in einem Schiffswrack verbracht hatte. Denn er fühlte sich vor allem als Sumbinger. Das war sein Kern. Alles Wünschenswerte und Großartige, ja, alles, was einen halbwegs überirdischen Anstrich hatte, war mit dem Ort Sumba verbunden.

Dabei war es nicht so. Und genau das war so schmerzhaft und geradezu lächerlich. Sicher waren die vier Wochen, die er im Sommer 1964 dort zubrachte, ungewöhnlich, ja, geradezu glückselig. Mit seinen eigenen Augen hatte er das lange Gebäude Laðangarður gesehen, und mit seinen eigenen Händen den Steinwall berührt, auf den der Häuptling Jenis í Laðangarði fünfhundert Jahre zuvor seine Hand gelegt hatte. Das Haus war geteert, und wenn die Sonne schien, erwärmte sich der Teer, und er roch den durchdringenden Geruch des schwarzen Pechprodukts, das von weit her gekommen war, aus Finnland. Er war in Hørg gewesen, wo die Hørg-Brüder aufgewachsen waren, und neben einem Stall lag der schwere Stein, von dem seine Mutter erzählte, der Korporal und Hjartvard hätten ihn angehoben. Einige Jahre später hob Eigil den Stein selbst hoch und wunderte sich über diesen Stein, der das Selbstbewusstsein so vieler Sumbinger zerstört hatte. In seinen Armen kam er ihm ziemlich leicht vor.

Woran er sich jedoch am besten erinnerte, war dieses Glücksgefühl an den Nachmittagen, die er mit Margit bei den Wasserpfützen am Strand verbrachte. Noch immer bewahrte er es als herzliche Erinnerung in seiner Seele. Der Himmel hatte kein Ende, die Sonne schien von allen Seiten, und die schwarzen Steine unter den Füßen waren angenehm warm. Soweit er sich erinnerte, schien jeden Tag die Sonne, und so war es wohl auch; und die Pfützen, die ein großzügiges Meer mit Wasser gefüllt hatte, waren ebenfalls warm, es schien geradezu segensreich zu sein, sich hineinzulegen. Bestimmt hatte es dort Möwen gegeben, ihre Welt waren ja die Steine und die Brandung, aber Eigil erinnerte sich nicht an Vögel, die schreiend über den salzigen Schaumspritzern hingen, und das war eigenartig. Er konnte sich auch nicht daran erinnern, ob es dort Fliegen gab, obwohl sie den verfaulten Tang lieben, der auf den Steinen liegt und stinkt. Denn wo es Tang gibt, sammeln sich alle möglichen Insekten, kleine Wesen, die von

Stein zu Stein fliegen. Und so waren auch Margit und er in jenem Sommer gewesen, ein Herz und eine Seele.

Margit war eine wahre Überlebenskünstlerin. Selbst wenn sie allein auf dem Holm vor Sumba gewesen wäre, wäre sie nicht vor Hunger gestorben. Eines Tages zündete sie ein Feuer an, goss etwas Meerwasser in eine leere Dose und brach mit ihrem Klappmesser ein paar Napfschnecken los. Sie brachte Eigil bei, wie man den Magen wegschabte, der direkt unter der Schale lag, dann kamen die essbaren Teile ins heiße Wasser. Nach drei, vier Minuten Kochzeit kippte sie die Dose auf einem Stein aus, und dann saßen die beiden frohen Herzens im Sonnenschein und aßen die kleinen Weichtiere.

Vor allem aber hatte sich in seinem Gemüt Margits Wunsch festgesetzt, sie zu untersuchen, und das bedeutete, er sollte ihre kleinen Brüste und den schwarzen Busch anfassen, der an ihrem Unterleib wuchs. Eigil hatte noch nie ein Mädchen nackt gesehen, und sie wollte auch, dass er an dem Busch roch und seine Zunge hineinsteckte. Und obwohl Eigil es versuchte, machte er sich nichts aus diesem merkwürdigen Geschmack, der ihn ein wenig an Napfschnecken erinnerte. Aber bei Margit halfen keine Einwände, sie befahl ihm, mit ihrem Busch genauso zu verfahren wie mit einer Lutschstange. Bei den Geräuschen, die sie ausstieß, bekam er es mit der Angst zu tun und wollte wissen, ob sie diese Töne von sich geben müsste, aber sie erwiderte nur, er solle den Mund halten und tun, was sie ihm gesagt hatte, basta!

Er, Margit und ihr kleiner Bruder Jenis schliefen im neuen Ergisstova in einem Zimmer. Drei Jahre zuvor hatte die Elektrizität in Sumba Einzug gehalten, aber bei Weitem nicht alle Häuser hatten Leitungen und Schalter bekommen, mit denen sich das Licht an- und abschalten ließ. Doch auch in Häusern mit Elektrizität benutzten die Leute weiterhin Petroleumlampen und nahmen eine Taschenlampe mit, wenn sie auf die Toilette gingen. Mit Strom ließ sich eine Kochplatte betreiben, und war man ganz modern, nutzte man den Strom auch für den Staubsauger oder die elektrischen Rasierapparate, die einige Fischer in Neufundland gekauft hatten.

Margit hatte eine Taschenlampe an ihrem Bett, und eines Abends erzählte sie, sie sei hier zu Besuch gewesen, als Hjartvard im Sterben lag; er starb in dem Bett, in dem Eigil jetzt lag. Und sie sagte beinahe die Wahrheit. Hjartvard war kurz nach Neujahr 1964 gestorben; er starb zwar im neuen Ergisstova, tat seinen letzten Atemzug aber im Kellerraum.

Während sie erzählte, blinkte sie hin und wieder mit der Taschenlampe; Eigil bekam Angst und bat sie, es zu lassen. Margit antwortete, nicht sie würde den Lichtstrahl stören, sondern ein Toter, das wäre in Sumba ganz normal. Die Toten standen abends manchmal auf einem Stein und morsten, und das war immer ein schlechtes Zeichen, denn dann stürzte vielleicht ein Mann einen Abhang hinab, möglicherweise kam es aber auch zu einem Brand im Hühnerhaus. Sie sagte, drei Wochen hätte der Onkel vollkommen ruhig dagelegen, und obwohl sie bisweilen in den Raum gegangen sei, in dem er lag, hätte er nichts gesagt. Er hatte nur den Kopf gedreht, wenn er die Tür hörte, es schien, als wartete er darauf, dass jemand käme und ihn holte, jemand, der nicht dieselbe Sprache sprach wie die Menschen. Margit behauptete, er sei stückweise gestorben. An einem Tag starb sein linker Fuß, und ihr Vater nahm den Fuß aus dem Bett, steckte ihn in einen Kissenbezug und legte ihn in die Gefriertruhe. An einem anderen Tag starben zwei Finger, die ebenfalls in die Truhe gelegt wurden. Später starb ein Augenlid. Es ging hin und her zwischen Kellerraum und Gefriertruhe, und der Onkel hatte eine solche Angst, dass sein Herz so laut schlug, als würde ihr Vater Nägel einschlagen.

Eigil fragte, ob sie die Gefriertruhe nach der Beerdigung ausgewaschen hätten. Margit verneinte es. Der Onkel wurde in der Gefriertruhe begraben, es gäbe noch immer eine Stromleitung für die Truhe. Morgen würden sie auf den Friedhof gehen, dann könnte er sich selbst die Leitung ansehen, die aus der Erde kam und mit dem Laternenpfahl vor dem Friedhof verbunden war.

Als sie dies gesagt hatte, legte sie sich die Taschenlampe ans Kinn, sodass nur die Lippen, die Nasenlöcher und die braunen Augen zu sehen waren, der Rest der Kammer lag im Dunkeln, und dann sagte sie: »Böh!«

Symfor spielte manchmal mit ihnen, er hatte immer eine Mundharmonika in der Hosentasche. Der Junge war ein Zwerg, und im Rigshospitalet in Kopenhagen hatten die Ärzte ihm eine reichliche Portion des Wachstumshormons Somatropin gegeben. Das einzig konkrete Ergebnis dieser Behandlung war ein plötzlicher Bartwuchs, der Junge hatte bereits mit zwölf Jahren einen rabenschwarzen Vollbart. Seine Fingernägel würden so kräftig wachsen, dass er manchmal von dem Geräusch erwache, behauptete Symfor. Margit meinte, er wäre nur wegen seines furchtbaren Namens, Symfor, ein Zwerg. Wenn man einen Jungen Symfor taufte, konnte man nicht sicher sein, dann konnte alles passieren.

Eines Tages, nachdem die drei in einem See unter einem Wasserfall geschwommen waren – beziehungsweise Eigil und Margit waren geschwommen, Symfor hatte zugesehen –, besuchten sie den Ort, an dem Barbara við Kvíggjá begraben lag, jedenfalls wurde behauptet, sie läge dort. Die Grabstelle war umgeben von drei mannshohen Felsen, die Knochen der berühmten Hexe sollten gut einen Meter unter der Oberfläche liegen. Um alles in der Welt durfte man nicht zwischen den Felsen umhergehen, dann würde einem ganz sicher ein Unglück zustoßen; das heißt, man konnte davon ausgehen, dass man starb, bevor das letzte Sandkorn des Jahres durch das Stundenglas gelaufen war.

Und dann passierte, was nicht hätte passieren dürfen. Symfor setzte sich zwischen die Felsen, zog die Mundharmonika aus der Tasche und fing an, bekannte Seemannslieder zu spielen. »Sie segeln so weit über die Meere«, das Nicolina av Kamarinum gedichtet hatte, war eines der Lieder, andere waren »Weiße Möwe« von Gustav Winckler und »Auf dem Bootsdeck« von Birni Dam.

Mit allen diplomatischen Fähigkeiten, die Margit zur Verfügung standen, versuchte sie, Symfor dazu zu bringen, dieses Wartezimmer des Todes zu verlassen. Sie bat ihn, auf allen vieren herauszukriechen, dann entkam er vielleicht den Strahlen des Fluches. Sie versprach ihm sogar, ihm ihre sprießende Weiblichkeit zu zeigen. Aber Symfor nahm ihr Angebot nicht an und ließ sich auch sonst in keiner Weise stören. Er spielte, als hätte man ihn aufgezogen, und gerade dieses merkwürdige Bild eines dreizehnjährigen Jungen mit Vollbart, der mit der Mundharmonika gegen den Tod anspielte, setzte sich in Eigils Kopf fest. Später überlegte er, ob dieses Bild nicht einer der Gründe war, warum er überhaupt zu schreiben begonnen hatte. Der Kern echter Dichtung ist es ja, gegen den Tod anzuschreiben, und Symfor war nicht dumm; zum Jahresende würde er vielleicht als *Leiche darniederliegen,* wie es in dem alten Lied über Ólavur Riddararós heißt.

Nach den Sommerferien oder in den zwei, drei folgenden Jahren sah Eigil allmählich ein, dass ein richtiger Sumbinger in Sumba lebte oder man zumindest in dem Ort aufgewachsen und sich unbewusst die sumbischen Tugenden und Untugenden angeeignet haben musste. Als Erwachsener genügte es ihm, ein ordentlicher Mittelfäringer zu sein, allerdings mit einer sumbischen Tendenz.

Eine der frühesten Kindheitserinnerungen Eigils ging zurück in das Jahr 1957, es war das Jahr, in dem das Sumba-Boot beim Olaj-Fest zum ersten Mal das Wettrudern für Zehnmannboote gewann. Die meisten Ruderer waren in der Gewichtsklasse um einhundert Kilo. Ganz vorn saßen Fritjov Nielsen und Dollin i Gamlastova, dahinter Hargin Gaard und Pidda í Steinhúsi. Auf der mittleren Ruderbank saßen Hildibrand, der Sohn des Walfängers aus Lopra, und Jimen í Díki. Dahinter kamen Nils i Ergisstova und Óla-Pól í Lokkagarði und ganz hinten Gospin mit seinem sonnenrot gefärbten Haarschopf und der Küster Geirmund á Dunga. Das einzige Leichtgewicht war der Rudergänger Hans Andrias Thomsen, dessen schrille, aufdringliche Stimme diese Hünen ansporne, die größte sportliche Tat zu vollbringen, die je von Sumbingern erbracht worden war, ja, seit damals, als der Billhúsmann sich mit Flügeln aus rotem Segeltuch von dem Krossjarðarhamarfelsen gestürzt hatte.

Die ersten fünfhundert Meter lagen sie ein Stück hinter den übrigen Booten zurück, doch dann nutzte der Rudergänger seine Stimmbänder. Das Zäpfchen stand ihm wie ein Bugspriet aus dem Mund, und die Stimme war so schrill, dass jedes einzelne Fenster pulverisiert worden wäre, hätte man sie in einer Kirche gehört! Sie zogen das Boot regelrecht aus dem Wasser, nur der Kiel durchstach gerade noch die Wasseroberfläche, und in einzelnen Momenten hatte es sich so gut wie vollkommen von den schäumenden Wellen befreit. Ein Boot nach dem anderen wurde überholt. Bei jedem Zug hämmerte Hans Andrias die Faust auf die Reling, bis Blut an der Seitenwand herabfloss. Nach dem Sieg hoben die Ruderer das mit Blut getaufte Sumba-Boot über die Köpfe, und das stolze, unbemannte Boot steuerte unter Klatschsalven und Jubelrufen durch ein Meer glücklicher Olaj-Gäste.

Daran erinnerte sich Eigil natürlich nicht, und ebenso wenig an die Namen der Ruderer; er hatte sie später erfahren, oder seine Mutter hatte sie ihm beigebracht, denn jeder dieser Namen war mit einer Geschichte verbunden. Sie saßen allein am Küchentisch im Portugalið, auf dem Tisch lag die gerahmte Fotografie des Sumba-Bootes, und geheimnisvoll leise erzählte die Mutter die Geschichten dieser Männer, die in Eigils kindlicher Fantasie zu Helden von homerischen Dimensionen heranwuchsen. Und auch zu Schurken und Gauklern von homerischen Dimensionen.

Sie erzählte von dem Jahr, in dem die Sumbinger damit drohten, das Boot zu verspeisen, wenn sie das Wettrudern am Olaj-Fest nicht gewannen. Ob sie es allerdings erst kochen oder roh fressen wollten, wusste sie nicht mehr; Eigil schüttete sich aus vor Lachen.

Sie erzählte auch von Gospin, der auf der hintersten Ruderbank gesessen hatte. Einmal war der Teufel hinter ihm her gewesen, und Gospin hatte die Beine in die Hand genommen und war aus dem Küchenfenster gesprungen. Unglücklicherweise blieb er mit dem Hemdkragen an einem Nagel in der Fassade hängen, und dort hing der arme Mann nun im leeren Raum zwischen Himmel und Erde.

»Da hängst du gut«, meinte der Teufel.

Gospin hatte das Gefühl, sein baldiges Ende sei gekommen, er konnte nicht anders, als ihm zuzustimmen. Doch dann drehte er dem Teufel den Kopf zu und fragte in einem schmeichlerischen Tonfall, ob der Teufel tatsächlich alles wisse?

So dumm klang die Frage, dass der Graue in Gelächter ausbrach und purer Schwefel auf den Kopf des Hängenden tropfte. »Was ich nicht weiß, ist es nicht wert, gewusst zu werden«, lachte er spöttisch. »Aber ich vermute, du willst mir eine Frage stellen, und sollte ich die Antwort nicht kennen, gehst du davon aus, dass du mir diesmal entkommst. Einverstanden. Frag nur, du armer Hund!«

Und dann stellte Gospin die dümmste Frage, die man überhaupt stellen konnte, nämlich welches Mittel er zum Färben seiner Haare benutzte.

Wie zu erwarten war, kannte sich der Teufel beim Haarefärben nicht sonderlich gut aus, er stöhnte und schlug sich vor die Stirn. »Oh, du Schelm!«, sagte er. »Was soll ich, ein gefallener Engel, schon vom Haarefärben wissen?« Dann hob er Gospin von dem Nagel, aber bevor er verschwand, fragte er, natürlich aus reiner Neugierde, ob Gospin ihm sagen könne, aus welchem Material das Haarfärbemittel gemacht war, das er benutzte, beziehungsweise um welche Marke es sich handelte.

Gospin antwortete, er benutze das rote Saftpulver aus Oetkers Puddingtütchen.

Seine bitterlich weinende Mutter fiel Eigil als eine der ersten Erinnerungen an das Olaj-Fest ein, die ihm klar vor Augen standen.

Und eigentlich hätte doch alles gut sein sollen. Fräulein Olrun hatte Eigil ein großes Geschenk spendiert: einen halblangen Mantel mit zwei richtigen Taschen vorn. Der Schneider Sejerskjold hatte den Mantel genäht, und der Junge strahlte geradezu vor Glück. Kristensa hatte am Olaj-Fest einen freien Tag, und Fräulein Olrun sagte, sie könne gern jemanden nach Hause einladen.

Als das Wettrudern vorbei war, schlenderten Mutter und Sohn hinüber zur kleinen Mole bei Bursatangi, und als sie näher kamen, sahen sie eine große Menge Sumbinger, die sich um das Boot und die Ruderer versammelt hatten. Kristensa wollte die Mannschaft gern beglückwünschen und war sehr gespannt, ob sie alte Nachbarn treffen würde. Seit sie nach Tórshavn gezogen war, hatte sie keinerlei Verbindung mehr zu ihrem Heimatdorf, nun freute sie sich besonders, ihren Bruder zu treffen und ihn zu umarmen.

Sie nahm Eigil auf den Arm und wollte zum Boot laufen, als sie plötzlich den einzigen Menschen auf der Welt sah, den sie hasste und vor dem sie Angst hatte: ihren Onkel! Sie wusste nicht, dass er zum Olaj-Fest kommen wollte; als sie mit ihrem Bruder telefonierte, hatte er kein Wort davon gesagt. Vielleicht war es ein plötzlicher Einfall des Onkels gewesen, und nun stand dieser Teufel einfach da und wartete.

Obwohl er bereits über sechzig Jahre alt und ein wenig zusammengesunken war, gehörte er noch immer zu den größten Männern. Er trug einen Anzug und ein weißes Hemd, das bis zum Hals zugeknöpft war. Er hatte nur noch ein paar Haare auf der Glatze, seine Schläfen jedoch waren grau und dicht behaart. Der Kopf schien länger zu sein als früher, er erinnerte an den Schädel eines Pferdes, der sich vorsichtig auf dem obersten Halswirbel drehte. Es sah aus, als würde er jemanden Bestimmten suchen, und natürlich tat er genau das. Er suchte nach seinem Abkömmling.

Kristensa war entsetzt und vergaß, sich darüber zu freuen, dass ihre Finger der Grund für sein Glasauge waren. Er war nach Tórshavn gekommen, um seinen Nachkommen zu suchen, das war sein Anliegen, und als er plötzlich mit den Schultern zuckte, lief es Kristensa kalt den Rücken hinunter. Jesus, bitte hilf mir, betete sie und zog sich mit Eigil vorsichtig zurück. Sie machte sich so klein wie möglich, und als sie bis zur Mitte der Kongebroen gekommen war und in der Menschenmenge stand, sank sie mit einem Mal zusammen. Ein heftiges Schluchzen schüttelte ihren Körper, während sie kniend ihren Sohn umarmte.

Wie sie nach Hause gekommen war, wusste sie hinterher nicht mehr. Irgendjemand hatte wohl Mitleid gehabt und sie und den Jungen zum Portugalið gebracht. Fräulein Olrun nahm sie in Empfang, als Kristensa, mehr oder weniger von Sinnen, die Treppe hinaufstolperte. Die Alte erkundigte sich, was denn los sei, doch sie bekam keine klare Antwort, und aus gutem Grund war auch aus dem kleinen Eigil nicht viel herauszubekommen. Fräulein Olrun half Kristensa ins Bett und verbrachte den Rest des Olaj-Festes damit, sich um den Jungen zu kümmern.

Ein paar Stunden nach dem Wettrudern kam Nils zu Besuch. Er wollte im Portugalið übernachten und war gekommen, um sich etwas Feineres anzuziehen. Er erzählte Fräulein Olrun, er und seine Schwester hätten verabredet, sich nach dem Wettrudern am Boot zu treffen, aber es müsse wohl irgendetwas dazwischengekommen sein. Er wollte Fräulein Olrun nichts von ihrem Onkel erzählen, so etwas tat man in Ergisstova nicht; gab es Probleme in der Familie, breitete man sie nicht in aller Öffentlichkeit aus, sondern behielt sie innerhalb der eigenen vier Wände.

Aber tatsächlich war auch er überrascht, als er seinen Onkel auf dem Weg nach Tórshavn auf der Brücke in Vágur getroffen hatte. Normalerweise ging Hjartvard nicht aufs Olaj-Fest, überhaupt war die Olaj-Zeit eine Zeit, in der die Menschen, die Heu zu machen hatten, auf ihrem eigenen Grund und Boden bleiben sollten. So hatte sich Hjartvard immer geäußert und normalerweise fügte er hinzu, seit Ende des Ersten Weltkriegs wäre er nicht mehr auf dem Olaj-Fest gewesen, und das war nun neununddreißig Jahre her. Doch nun erklärte er Nils, die Familienbande seien geschwächt, seit die arme Kristensa aus Sumba fortgezogen sei; außerdem hatte er noch keine Gelegenheit gehabt, den Sohn seiner Nichte zu begrüßen.

Nils wusste nicht recht, was er antworten sollte. Im alltäglichen Umgang herrschte Frieden zwischen den beiden Ergisstova-Höfen. Hjartvard kümmerte sich um seine drei Acker, Nils um seine, wenn er nicht zum Fischen hinausfuhr. Manchmal wurde er von ihm gebeten, etwas zu reparieren, aber das passierte immer seltener. Dass er seinen Onkel beerben würde, lag nahe. Bereits jetzt kümmerte er sich um die Zäune und organisierte den Schafabtrieb im Frühjahr und Herbst. Aber unter dem Frieden lag viel Unausgesprochenes, und es gab Grenzen, was er sich von seinem Onkel gefallen ließ.

Nils sah dem Onkel direkt ins Gesicht und sagte, er wäre nicht ganz sicher, warum seine Schwester seinerzeit aus Sumba fortgezogen sei, aber ein Gefühl sage ihm, dass der Onkel seine Finger im Spiel gehabt hätte. Er trat ganz nah an Hjartvard heran, packte ihn am Arm, drückte fest zu und flüsterte, er würde bei seiner Schwester wohnen, und wenn der Onkel es wagte, sich dem Haus zu nähern, ja, wenn er auch nur einen Fuß auf die Schwelle setzte, dann würde er erleben, was einem Hund mit scharfen Zähnen so alles einfällt.

Hjartvard erwiderte, er solle sich nicht aufregen, er sei ein alter Mann, und alte Männer suchten keinen Streit.

Kristensa schlief fest, als Nils klopfte, aber Fräulein Olrun war sehr freundlich und gastlich. »Meine Krista ist eine gute und tüchtige Frau«, sagte sie, »und für mich als alleinstehende

Frau ist es ein großes Glück, auf meine alten Tage noch Großmutter geworden zu sein.« Dann stellte sie eine Flasche Gordon's Gin und eine Flasche Vermouth auf den Tisch und schenkte ihnen ein Glas ein.

Eigil saß auf einem Schemel am Küchentisch, aber er sagte kein Wort und blickte auch nicht auf. Für ihn war der Onkel ein fremder Mann, aber als Nils Hemd und Unterhemd auszog, um sich das Gesicht und unter den Armen zu waschen, musste er doch zusehen, denn zum ersten Mal sah er einen halbnackten Mann. Und Nils durfte seinem Neffen einen Kuss geben, als er in die Stadt ging und Fräulein Olrun ihm einen Schlüssel für die Haustür gab.

Allein am Landevejen

Die Kombination aus einem Jungen aus Reyn und einem Jungen vom Landevejen war eine schlechte. Eigil kannte niemanden in seiner neuen Umgebung, und es kam auch niemand, um nach ihm zu fragen. Und seiner Mutter konnte er seine Not nicht klagen, denn sie war zu sehr beschäftigt. Sie zogen in das Haus, sobald die Trennwände im oberen Stockwerk eingezogen waren. Die Glühbirnen hingen noch ohne Lampenschirme unter der Decke, sie hatten zwei Stühle, auf denen sie an dem runden Küchentisch sitzen konnten, einen für die Mutter und einen für Eigil; und der ewig dankbare Ingvald aß, während er auf einem Bierkasten von Restorffs Brauerei saß. Die Mutter strich und tapezierte, sie war fleißig, es ging gut voran. Außerdem war sie schwanger.

In Reyn hatte man gut ein schüchterner Junge sein können, nicht zuletzt, wenn man den drei Jahre älteren Tausendsassa Hartmann Olsen zum Freund hatte. Die Grundlage für Eigils Freundschaft mit ihm wurde an einem Sonntagmorgen gelegt, als Hartmann sich im Wasser an einer Vertäuungsboje festhielt. Er war bei Tinganes ins Wasser gefallen und rief um Hilfe. Oder besser gesagt, er heulte um Hilfe. Es herrschte eine leichte Brandung, und jedes Mal, wenn er den Mund öffnete, schwappte ihm Hafenwasser zwischen die Lippen und drohte, ihn zu ersticken. Das Wasser war nicht tiefer als ein Faden, aber wenn man nicht schwimmen konnte, half diese Erkenntnis auch nichts. Als er der Länge nach ins Wasser fiel und auf den Grund sank, war Hartmann jedoch bei so klarem Verstand geblieben, dass er die Vertäuungstrosse in der Bucht bemerkte. Er warf sich nach vorn, lief und kroch über den Grund, seine Hände griffen nach der Trosse, und mit knapper Not konnte er sich schließlich an die Wasseroberfläche ziehen.

Eigil wusste nicht sofort, woher die Notrufe kamen, doch als er den Kopf entdeckte, dessen Wange sich an die hellrote Boje schmiegte, handelte er rasch. Er wusste, dass in einem nahegelegenen Bootshaus einige Gerätschaften lagen. Mit einem Stein schlug er den Riegel vom Schloss und sah als Erstes eine sorgfältig aufgerollte Angelleine in einem Bottich. Mit einiger Mühe schleppte er den Bottich über die Schwelle zur Betonkante der Mole. Als Hartmann hörte, dass Hilfe nahte, bat er Eigil, er möge sich das eine Ende der Leine um Gottes willen selbst um den Leib binden oder sich zumindest darauf stellen. Und das tat Eigil. An einem Ende der Leine war eine Schlinge geknotet, Eigil steckte seinen Fuß hinein und warf die Leine in die Bucht. Aber der Wurf war zu kurz, es fehlten ein, zwei Meter. Beim zweiten Versuch gelang es. Mit der freien Hand erwischte Hartmann das Ende und forderte Eigil auf, so schnell er konnte zu ziehen, andernfalls würde er auf dem Weg zur Mole ertrinken.

»Bereit?«, rief Eigil.

Hartmann nickte, füllte seine Lungen mit Luft und legte sein Leben in die Hände eines neunjährigen Jungen. Und der ließ ihn nicht im Stich. Eigil zog, als hätte er in seinem jungen Leben nie etwas anderes getan, und als Hartmann halb ertrunken den Ellenbogen auf die Betonkante schob, bedankte er sich als Erstes bei seinem tüchtigen Retter. Dann bat er Eigil, sich nach seinen Beinen zu bücken, und Eigil erwischte erst Hartmanns Hosentasche, danach seinen Oberschenkel. Während Hartmann mit Fingern und Ellenbogen auf der Mole kratzte und seinen Oberkörper langsam ins Trockene brachte, zog Eigil dessen Unterleib auf die Mole und sagte dann: »Uppsassa!« Und dieses kindliche *Uppsassa* brachte Hartmann zum Lachen. Er lachte und erbrach Meerwasser, und als er plötzlich anfing zu weinen, sah man die Tränen in all dem Meerwasser nicht, das ihm aus den Haaren tropfte.

Aufgrund von Polio oder Kinderlähmung, wie die Krankheit damals genannt wurde, hinkte Hartmann, aber das hinderte ihn nicht, einige der wunderbarsten Tonnenflöße zu bauen, die in den Sechzigerjahren in der Bucht von Tórshavn schwammen. Die meisten von ihnen bestanden aus zwei oder drei Tonnen, auf die er zur Zierde eine Reling oder manchmal auch eine kleine Brücke geschmiedet hatte.

Das Tonnenfloß, mit dem Eigil gewöhnlich hinausfuhr, war nach dem amerikanischen Präsidenten Franklin Delano Roosevelt benannt, der Name stand mit schwarzer Farbe an der Reling. Ein Arzt hatte Hartmann nämlich erzählt, der ehemalige Präsident würde an der gleichen Krankheit leiden, aber obwohl man sein ganzes Leben ein wenig hinkte, gäbe es keinen Grund, den Mut zu verlieren. Tatsächlich könne man alles werden, was man wollte: Skipper, Fernfahrer, Kassierer in einer Bank oder wie Roosevelt Präsident.

Diese Worte hatte sich Hartmann gemerkt.

Wie alle anderen Tonnenflöße wurde auch die *Roosevelt* gerudert. Die beiden Jungen plantschten die Küste entlang, und Hartmann sagte, alles, was sie sahen, sowohl auf der rechten wie auf der linken Seite der Bucht, hätten die Räuber und Helden, die in alten Zeiten die Stadt besucht hatten, ebenfalls gesehen. Als der Brillenmann 1807 nach Tórshavn kam, ging er bei dem Stein da drüben an Land, erklärte Hartmann und zeigte auf eine große Eisenkrampe, die an einem Felsen festgeschraubt war.

Eigil wollte wissen, ob der Brillenmann eine richtige Brille getragen hatte oder vielleicht nur eine Sonnenbrille?

Hartmann antwortete, der Brillenmann sei wahrscheinlich erst spät abends oder in der Nacht an Land gegangen, so etwas taten Räuber oft, und da hatte man normalerweise keine Sonnenbrille mehr auf.

Hartmann wusste viel, und in Eigil hatte er einen gutgläubigen Zuhörer. Als Rasmus Effersøe begann, die Brücke zwischen Skinnarasker und Tinganes zu bauen, wurde ein Teil des alten Friedhofs als Material genutzt, behauptete er. Anders könnte es gar nicht gewesen sein, denn der Friedhof lag ganz in der Nähe und war so groß. Das meiste Füllmaterial stammte jedoch von Felsen und Steinen, die die Männer angebohrt und gesprengt hatten, aber einige der flachen Steine, die ganz oben lagen und auf denen man ging, wären Grabsteine.

»Richtige Grabsteine?«, fragte Eigil.

Hartmann nickte, es sei aber nicht gefährlich, darüber zu gehen, denn man lief auf den Rückseiten, die Vorderseiten mit den Namen der Toten lägen unten. Dann fügte er hinzu, er selbst hätte es nicht gesehen, aber seine Mutter sagte, man könnte die Toten manchmal sehen, wie sie auf ihren Grabsteinen säßen und Däumchen drehten, und vor allem ein Mädchen, das so hieß wie das Mädchen in Ricky Nelsons Song, säße dort weinend mit ihrer kleinen Puppe im Arm.

Eigil wollte wissen, wie das Mädchen hieß.

»Mary Lou.«

»Ist sie ein Skelett?«

»Ja«, antwortete Hartmann, »sie und die Puppe.«

Von den beiden Buchten Tórshavns war es am interessantesten, zwischen den Schiffen zu rudern, die im Westen von

Tinganes vor Anker lagen. Östlich von Tinganes, in der Ostbucht, ankerten die kleinen Boote für vier, sechs oder vielleicht acht Ruderer. Dort lag Bursatangi. Auf den großen Felsen und Steinen wuchs ein roter Bart aus Tang, und auf den struppigen Tauen hingen die Bakterien aus der Tórshavner Kanalisation. Dort waren auch die besorgten Stimmen zu hören, die sagten, die Jungen sollten aufpassen, oder wütende Männer, die ihnen boshaft etwas hinterherriefen und sie aufforderten, zur Hölle zu fahren, der Teich sei nichts für Dummheiten und Spielereien.

Aber die Westbucht, oh! Die Bucht war so groß wie ein ganzes Meer! Dort lagen die *Silverspray* und die *Hekla*, zwei alte Milchboote, mit denen früher die Milchkannen von den Inseln geholt wurden, die Galeasse *Vestfart* und weitere kleinere und größere Schiffe. Einige von ihnen hatten so lange dort gelegen, dass sie vom Kiel bis zur Wasseroberfläche von Seepocken und Tang überwuchert waren. Dort lag auch Tórshavns Schiffswerft, und mit der *Roosevelt* unter Müllers Lagerhaus zu liegen, wenn der Werfttraktor einen großen, dreckigen Sandsauger auf die Helling zog, gehörte zu den Ereignissen, die Hartmann mit dem sonderbaren Ausdruck *gemächtige Stunden* bezeichnete. Ganze Nachmittage verbrachten sie auf dem leise schaukelnden Wasser, und wenn man bis unters Heck oder direkt neben ein größeres Schiff ruderte, und möglicherweise Nebel über der Stadt hing, schienen die Masten sich im Grau des Himmels zu verlieren.

Einmal sahen sie drüben bei Skálatrøð einen alten Mann mit heruntergelassener Hose, und Hartmann wusste, dass genau dort auch der Nationalheld Nólsoyar-Páll gesessen und seinen Haufen hinterlassen hatte.

Hartmann war ein mutiger und nachdenklicher Junge. Als sie eines Tages rund um das Walfangboot *Skarpheðinn* ruderten, forderte er seinen jüngeren Freund auf, die straffe Ankerkette anzufassen. Ebenso wie der Rumpf des Schiffes war sie mit Seepocken und pelzigem Tang überwuchert, und Eigil fasste mit beiden Händen nach einem Kettenglied. Hartmann meinte, solch eine Kette würde auch die Erde an ihrem Platz halten, sonst würde sie zwischen die Sterne schießen. Eigil fragte, ob er diese Kette schon mal gesehen hätte, aber Hartmann schüttelte den Kopf und sagte, vermutlich wäre sie in einem Berg in Amerika oder vielleicht China befestigt, denn dort gäbe es große graue Berge aus reinem Eisenerz.

Hartmann war der Einzige unter den Kindern von Reyn, dem Eigil erzählte, dass er, seine Mutter und ein Mann namens Ingvald bald in ein neues Haus draußen am Landevejen ziehen würden.

»Oh«, sagte Hartmann. »Landevejen ist so weit weg, dort leben Indianer.«

Daran dachte Eigil oft, wenn er in seiner Einsamkeit am Küchenfenster saß und auf den leeren Landevejen starrte. Er stellte sich vor, an der Kreuzung würde sich eine hübsche Staubwolke zeigen, und aus dem Staub käme eine Schar mit Federn geschmückter, stolzer Indianer. Vielleicht wurde ihre Ankunft durch einige scharfäugige Raubvögel angekündigt, oder benutzte das Volk der Delawaren eventuell Raben? In der Schule hatte er von den beiden weisen Raben gehört, Hugin und Munin, die auf Odins Schultern saßen und ihm die jüngsten Neuigkeiten aus der Menschenwelt und Jötunheim zuflüsterten. Einer der Spieler des Fußballvereins B36 hieß Hugin, und obwohl Eigil sich nicht sonderlich für Fußball interessierte, wusste er, dass Hugin einer der guten Spieler war. Und was noch wichtiger war, Hugin war wie Eigil ein Sumbinger. Er war der Sohn von Jóhan Samuelsen, dem Lehrer an der Navigationsschule, und der Urenkel des blinden Hargar-Jóhan i Sumba, das hatte ihm seine Mutter einmal erzählt. Nein, er wusste nicht, welche Vögel die Indianer bevorzugten. Aber am Anfang war der Staub, und der Staub wurde durch die Hufe aufgewirbelt, eine unruhige, hübsche Wolke, in die der Sonnenuntergang Löcher stach, in jedem einzelnen winzigen Loch glomm ein wenig Sonnenlicht. Dann schwebten die Falken oder Raben in großen Kreisen ein, und schließlich sah man das weiße Pferd, das den Häuptling Chingachgook trug. Hinter ihm ritten seine Frau Wah-ta-Wah und ihr tapferer Sohn Uncas mit den anderen Brüdern und Schwestern, Cousinen und Vettern. Und dann kamen natürlich die Ziegen, die ihnen Milch gaben, mehrere hundert meckernde Ziegen, und vielleicht war Chingachgooks Sohn so alt wie Eigil? Ahigo, Hiawatha, Kaya, Winnebego, Kimi und Sinopa, alle gingen oder ritten zu Trommelschlägen und munterem Gesang, und sie trugen Bögen, Pfeilköcher und beeindruckende Tomahawks, deren Griffe mit Schnitzereien geschmückt waren.

Doch der einzige Federschmuck, den Eigil am Landevejen sah, waren die roten Federn von Nelis Hahn. Der Neli-Hahn war groß und breitbrüstig, er schritt würdevoll einher, und wenn er den Hals reckte und aus vollem Herzen krähte, schien er jedem Grashalm, allen Regenwürmern, ja, jedem lebenden Wesen über und unter der Erde wichtige Botschaften zu verkünden. Kvilling, Nelis jüngerer Bruder, der auf demselben Grundstück gebaut hatte wie sein Bruder, war ebenfalls kein Indianer. Sollten sie es tatsächlich doch sein, waren sie sehr tüchtig, diese Wahrheit zu verbergen.

Neli war Werkmeister in einer Schmiede nahe Østbryggen, und wenn er Eigil bei schlechtem Wetter begegnete, lud er den Jungen ein, in seinen Bedford mit der kleinen Ladepritsche zu steigen und mitzufahren. Der Mann war lang und dünn, aber sehr freundlich und zuvorkommend, und meist nannte er seinen jungen Nachbarn *meinen Freund*. Neli und seine Frau waren ein ungleiches Paar. Sie stammte aus Leynar und in ihrem Wohnzimmer sah Eigil die Fotografie des Zwerges Skegginpól. Wie sich herausstellte, war Skegginpól der Bruder des Großvaters von Nelis Frau, und ihre Körpergröße unterschied sich nicht sehr von der ihres Großonkels. Gut vierzig Jahre später hatte Eigil versucht, Skegginpól in seinem Roman *Die Erinnerungen* zu beschreiben.

Der Bedford verfügte über ein Blaupunkt-Radio, und zu dieser Zeit forderten die Schwarzen Amerikaner unter der Führung von Martin Luther King Bürgerrechte und Gleichberechtigung mit den übrigen Amerikanern. Täglich war im Radio etwas über Morde zu hören, die der Ku-Klux-Klan an Schwarzen verübte. Sie wurden gehängt, verbrannt und erschossen, und Neli seufzte und meinte, diese Behandlung sei nicht sehr christlich. Aber, fügte er mit einem verschmitzten Lächeln hinzu, über einen Schwarzen Schwiegersohn wäre er auch nicht begeistert.

Kvilling war Totengräber auf dem Neuen Friedhof, und seine Art und Weise, sich der Toten anzunehmen und sie zu begraben, deutete auf eine gewisse Verbindung zur indianischen Geisterwelt hin. Trotzdem standen bei den Brüdern keine Totempfähle in den Gärten, in denen sie Kartoffeln und Büsche mit Beeren pflanzten. Allerdings hatte Neli ein Trockenstativ, das er aus einem alten Laternenpfahl gebaut hatte und aus dem oben eine Radioantenne ragte. Vielleicht empfing die Antenne ja Nachrichten von Wakan Tanka? Unterschiedliche Klampen waren an den Pfahl genagelt, und irgendjemand hatte auch in das geteerte Material geschnitten oder gesägt. Der Pfahl hatte bestimmt eine verborgene Bedeutung, die Eigil nicht recht durchschaute. Trotzdem sah er nie, wie Neli und seine Frau, und schon gar nicht Kvilling oder sonst irgendjemand aus der Familie den großen Powwow-Tanz um das Trockenstativ aufführten.

Der ausgezeichnete Schlagzeuger der Band Cream Crackers wohnte am Kinabakken, er hieß Djóni Andreasen und bestand aus reinem Rhythmus. Natürlich war es vor allem zu hören, wenn er am Schlagzeug saß, aber man konnte es auch an seiner Körperhaltung und seinem Gang sehen. Seine Hacken berührten kaum den Asphalt, er schwebte regelrecht über der Straße. Nicht selten blieb Eigil vor seinem Haus stehen und hörte fasziniert den Trommelwirbeln zu, die aus dem Kellerfenster drangen. Vielleicht ließen sich Nachfolger wie Jan hjá Simma und Rógvi á Rógvu mit Djóni vergleichen, ja, sie waren vielleicht sogar besser, jedenfalls hatten sie ein größeres Repertoire. Aber es gibt so etwas wie einen Erstgeborenen, und wenn es hierzulande um Schlagzeuger geht, dann war dies Djóni Andreasen. Vielleicht sollte diese Ehre richtigerweise eher Haldane i Hornabø oder Trúgvi Restorff zukommen, oder eventuell dem schlaksigen Addaba, der bei der Heilsarmee trommelte, aber innerhalb der Pop- und Rockmusik war Djóni der König der Trommler. Daher hätte es sich bei ihm durchaus um einen Indianer handeln können, zumindest um einen Halbindianer. Aber eines Tages entdeckte Djóni plötzlich seinen persönlichen Glauben, er begann zu predigen und in Zungen zu reden, und in der Folge schwiegen die Trommelstöcke. Aber wie sagt der Prediger so weise, alles hat seine Zeit. Eine Zeit für den Frieden und eine Zeit für den Krieg. Eine Zeit, um zu schlafen, und eine Zeit, nicht zu schlafen. Eine Zeit, um zu sitzen, und eine Zeit, um zu stehen. Eine Zeit, um zu beten, und eine Zeit, um zu fordern. Eine Zeit, um in Zungen zu reden, und eine Zeit, um

Schlagzeug zu spielen, und plötzlich begann eine neue Trommelphase bei Djóni. Sie begann 1978 in der Sporthalle von Nabb. Die Jugendorganisation Skansastova hatte ein riesiges Rockkonzert organisiert. Es nahmen zehn, vielleicht auch zwölf Gruppen teil. Darunter die Cream Crackers. Und Djóni spielte nicht weniger als Brian Bennetts Schlagzeugsolo in »Little ›B‹«. In acht, neun Minuten hatte er die ganze Halle in der Hand, und hinterher wollte der Beifall kein Ende nehmen. Es heißt, eine einzige gute Tat reicht aus, um ins Paradies zu kommen. An diesem Abend in Nabb sicherte sich Djóni einen ewigen Platz an den himmlischen Trommeln.

Der Dichter Rói Patursson wuchs draußen bei Sandåen auf, und er kam einem Indianer der Weststadt vielleicht am nächsten. Doch als Eigil vierzehn, fünfzehn Jahre alt war, hatte sein Interesse für die Indianerwelt bereits einigermaßen nachgelassen.

Róis Vater stammte aus Kirkjubøur, seine Mutter kam aus Reyn, und aus seiner Zeit im Portugalið wusste Eigil, dass er Rói mit dessen Großeltern gesehen hatte, aber da der Altersunterschied doch fünf, sechs Jahre betrug, kannten sie sich nicht. In den politisierten Siebzigerjahren gab Rói sich den Mittelnamen Reynagarð. Mit diesem zusätzlichen Namen wollte er zeigen, dass er sich ebenso als Reyn-Pöbel wie als Kirkjubøur-Adel fühlte. Er war großgewachsen und attraktiv, trug eine Lederjacke und hatte wie die meisten Jugendlichen lange Haare.

Einmal begegneten sie sich auf Kinabakken, und als sie aneinander vorbeigingen, bemerkte Eigil diesen besonderen Blick. Eigil war überzeugt, dass ein ausgeprägtes Gefühl für den Tod in den schmalen blauen Dichteraugen wohnte.

Zu diesem kleinen Ereignis kam es, als Eigil auf die Realschule ging, und bereits damals gehörte er zu den festen

Gästen der Landesbibliothek und hatte mehrere hundert Bücher gelesen, überwiegend Romane.

Zu Weihnachten 1969 schenkte Ingvald ihm Róis kürzlich erschienenen titellosen Gedichtband. Eigil gefiel es, dass der Dichter sich entschieden hatte, den Band nicht in das traditionelle Taufbecken zu tauchen und ihn zum Abtropfen zwischen all die anderen uninteressanten Gedichtbände zu hängen. Einige meinten, der fehlende Titel hätte mit künstlerischer Demut zu tun, aber diese Interpretation überzeugte Eigil nicht. Im Gegenteil, der Dichter war ausgesprochen selbstbewusst, und hatte der Band denn wirklich keinen Titel? Der Name *rói patursson* stand kleingeschrieben auf der Vorderseite des Einbands, und war dies nicht ein Hinweis, dass der Autor ganz einfach seinen eigenen Namen als Titel des Buches gewählt hatte?

... *immer war er auf der Seite des Grases*, schrieb der Dichter in dem Gedicht »Das Gras und der letzte Mohikaner«, und Eigil hielt das Gedicht für das Allerbeste, was jemals auf Färingisch geschrieben worden war. Er konnte es auswendig, und bei seinen vielen Wanderungen auf den Kirkjubøreyn deklamierte er dieses prachtvolle Gedicht, während er über Tórshavn blickte.

Eine ganz andere Frage war, ob das beste färingische Gedicht sich mit den besten Gedichten messen konnte, die in anderen Ländern geschrieben wurden. Eigil hatte Zweifel. Die färingische Dichtung war normalerweise schwach und nicht sonderlich interessant, aber glücklicherweise reimte sie sich und war daher sehr gut geeignet, gesungen zu werden, sonst hätte sie wenig oder gar kein Interesse bei den färingischen Lesern gefunden. Und schon gar nicht bei Ausländern.

Für einen Romanliebhaber wie Eigil waren Róis Gedichte dennoch eine willkommene literarische Ausnahme, und es muss betont werden, dass die Schüler der Realschule eine ausgezeichnete Lehrerin in Färingisch hatten, als Eigil dort in die zweite und dritte Klasse ging. Die Lehrerin hieß Sigga Debess und kam aus Funningur. Ihrer Ansicht nach hatte Rói sich für die Ewigkeit statt für die historisch gesehen junge Industriegesellschaft entschieden, die Pfade in der Natur waren ihm ebenso lieb wie die Straßen der Stadt, und am wichtigsten war vielleicht, dass der Dichter der Liebe eine größere Bedeutung zumaß als dem sozialen Status. Dennoch waren dies keine Gegensätze, und das war das Interessante an dem Dichter Rói Patursson. Der Mann war kein Antagonist. Sicherlich liebte er das von Menschen Geschaffene, aber er wusste, dass die Kultur in Anbetracht des hohen Alters der Erde noch immer ein junges, flatterhaftes Fräulein war, wie Sigga Debess sich ausdrückte.

Für Eigil war der Landevejen nie etwas anderes als eine lange, schmale Straße. In seinen Kinderjahren wurde die Straße mit einer rotbraunen Schottermischung planiert, in den Jahren seiner Jugend verbreiterte die Gemeinde die Straße und asphaltierte sie, aber nur selten erlebte er, dass die Häuser an dieser langen, rotbraunen oder asphaltierten Straße sich ihm öffneten.

Leivur Restorff wohnte in seinem Elternhaus am Landevejen, und in den drei Jahren, in denen Eigil aufs Gymnasium ging, besuchte er manchmal seinen Paten. Der 20. April 1972 war einer dieser Tage. Er zog die Zündapp auf den Ständer und roch den Duft der Rosenbüsche direkt hinter der Pforte, aber er dachte nicht daran, dass es ein Donnerstag oder der 20. April war. Und obwohl er sicher einmal gelesen hatte, dass Hitler am 20. April Geburtstag hatte, war es kein Datum, an das er sich erinnerte.

Niemand antwortete, als er an die Haustür klopfte, und es war auch aus der Wohnung kein Laut zu hören, doch die Tür war nicht verschlossen, also war der Pate zu Hause. Aufrecht und ernst stand er an der Tür zur Küche, und zum ersten und einzigen Mal in seinem Leben sah Eigil einen Mann in voller Naziuniform. Es war eine Uniform, die Leivur sich erst kürzlich angeschafft hatte, denn es gab keinerlei Spuren von Abnutzung an den hohen Lederstiefeln. Jacke und Hose waren frisch gebügelt, nur die Mütze hing ein wenig schief nach rechts. Die Uniform war schwarz, mit Ausnahme des braunen Hemdes, der roten Hakenkreuzbinde am linken Arm, dem blanken Metall an Koppel und Schulterriemen und dem Dolch an der linken Seite. Leivur trug zwei Orden: das Eiserne Kreuz 1. Klasse und die Medaille Winterschlacht im Osten 1941/42 oder Ostmedaille, wie sie üblicherweise genannt wurde.

Als Eigil seine Überraschung überwunden hatte, fragte er, was hier los sei.

Heute vor dreiundachtzig Jahren sei die Majestät aus Braunau am Inn zur Welt gekommen, antwortete Leivur. Er fügte hinzu, genauso wie jetzt sei er in seinen besten Zeiten gekleidet gewesen, und so bekleidet wolle er diese Welt verlassen.

»Kein Mensch zieht einem Leichnam eine Naziuniform an«, entgegnete Eigil.

»Auch nicht mein Patensohn?«

Eigil dachte einen Moment nach. Dann entwich seinem Mund eine Frage, die ihn selbst überraschte, aber ganz offensichtlich auch Leivur. Sozusagen ins Blaue hinein fragte er, ob Leivur tatsächlich ein schwuler Nazi sei?

Es wurde still im Flur, viel zu still. Die Sekunden der Standuhr klangen wie Explosionen, und Eigil wagte kaum zu atmen. Sobald er sich gefasst hatte und wieder etwas sagen konnte, wollte er um Entschuldigung bitten und versuchen, die Frage zu erklären. Er sei neugierig, ja, bestimmt, und ganz unerwartet fühlte er sich auch von seinem schweigenden Paten angezogen, es erschütterte ihn. Hätte dieser majestätische, als Nazi verkleidete Mann ihn in diesem Augenblick gebeten, die Haustür abzuschließen und sich auszuziehen, weil er seinen nackten Körper sehen wollte, sowohl von vorn als auch von hinten, weil er an ihm riechen und ihn vielleicht unter den Armen und zwischen den Beinen anfassen wollte, hätte Eigil getan, worum er gebeten wurde.

Aber Leivur blieb eiskalt und las seine Gedanken nicht.

Er erwiderte nur, es ginge niemanden etwas an, wie er mental zusammengeschraubt sei. Eines könne er Eigil jedoch sagen, und dies sagte Leivur, während er an den Schaft des Dolches fasste, »obwohl ich nicht mehr ganz jung bin, könnte ich dich doch mit größter Leichtigkeit aus dieser Welt schaffen«. Eigil bliebe nicht einmal mehr die Zeit zu blinzeln, bevor er mit aufgeschnittenem Bauchfell auf dem Boden läge und sich seine mit Scheiße gefüllte Wampe hielte.

Eigil schwindelte, als Leivur seine Frage wiederholte, ja, mit einer beinahe milden Stimme fragte, ob der Patensohn seinen letzten Wunsch erfüllen und ihm die Uniform anziehen würde, wenn er begraben werden sollte.

Eigil schwankte, als er nach der Klinke der Haustür tastete, er öffnete die Tür und trat auf die Treppe, doch bevor er das Geländer zu fassen bekam, übergab er sich. Was er seit dem Frühstück gegessen hatte, hing in einem Bogen in der Luft, und dieser Bogen, der aus Weißbrot, gekochtem Fisch und einigen Riegeln KitKat bestand, endete im Rosenbusch.

Leivur kam ihm jedoch nicht hinterher, Eigil hörte, wie die Haustür zugeworfen und der Schlüssel umgedreht wurde. Noch während er am Geländer hing, dachte er, nicht sein

Magen rebelliere, sondern er erbrach sich, weil es ein Loch in seinem Gehirn oder einen Riss in der Zeit gab. Er wusste nicht, ob es den Begriff der telepathischen Kotze gab, und noch weniger konnte er sich vorstellen, wer ihm im Totenreich befohlen hatte, auf Rosen zu kotzen, die einem Nazi gehörten, aber so fühlte es sich an. Und er wurde diesen Gedanken nicht wieder los. Das Erbrochene kam aus einem Riss, der sich bis zurück in das Dritte Reich zog, ja, in Wahrheit war er an die Darmsysteme all dieser nazistischen Psychotiker gekoppelt, die hassten, mordeten und brandschatzten, bis die Majestät aus Braunau am Inn sich erschoss. Und erst vor einem kurzen Augenblick hatte er sich von einem Nazi geschlechtlich angezogen gefühlt, der mit ihm hätte tun können, was er wollte.

Eigil nahm eine kleine Bewegung an der Gardine des Nachbarhauses wahr, kam auf die Beine, ging die Treppe hinunter, startete die Zündapp und fuhr auf der langen, verdammten Straße davon.

In den Sechziger- und Siebzigerjahren bestand der Landevejen aus zwei Teilen, dem oberen und dem unteren Landevejen. Es gab jedoch keine deutliche Grenze, die anzeigte, wer wohin gehörte. Zum unteren Landevejen gehörten die Kinder, die an der Fríðrik Petersensgøta wohnten, und auch die Kinder aus den Reihenhäusern unten an der Jóannes Paturssonargøta.

Sonny wuchs in einem der ersten Häuser des Landevejen auf, und ihm gegenüber wohnte sein Freund Jóannes.

Warum die beiden die Wachhunde an der Grenze des Landevejen spielten, hatte Eigil nie verstanden; und im Grunde war es auch egal, wer von den beiden unangenehmer war. Jeder für sich waren sie so wie die meisten Jungen, aber waren sie zusammen, dann hatte man den Eindruck, als träfe Feuer auf Petroleum. Sie waren brutal und schrien anderen ständig hinterher, vor allem, wenn sie schwächer waren. Sie stahlen Geld, Feuerzeuge und andere Kleinigkeiten aus den Mänteln, die im Eingangsbereich von Gebäuden wie der Telefongesellschaft oder der Fischfabrik Bacalao hingen; sie klauten auch schicke Messer aus dem Werkzeugladen. Ein Messer eignete sich zum Tauschhandel, zum Beispiel gegen eine Taschenlampe, die ein anderer Bengel irgendwo gestohlen hatte. Sonny war bekannt dafür, dass er anderen zwischen die Beine trat, und Jóannes war einer von denen, die Mädchentricks anwandten: Er biss. Eigil hatte Angst vor ihnen und nahm große Umwege auf sich, nur um ihnen nicht zu begegnen.

Im Alter von vierzehn Jahren fuhr Jóannes zur See, und die Gerüchte besagten, es sei auf Geheiß des Jugendamts geschehen. Er blieb zwei, drei Jahre auf See, und diese Zeit brachte den Jungen zur Räson.

Sonny war vermutlich der Klügere der beiden, vielleicht war er aber auch nur verrückter. Mitte der Siebzigerjahre begegnete Eigil Sonny in Kopenhagen und lernte ihn besser kennen. Eigil wohnte damals im Grønjordskollegium; wo Sonny wohnte, wusste er nicht, und er wurde von ihm auch nie nach Hause eingeladen. Wenn sie sich trafen, dann eher zufällig, und es geschah auch niemals auf Sonnys Initiative; seine Zeit als Schreihals an der Grenze des Landevejen war vorbei.

Er hatte die gleiche wachsam lauschende Haltung wie große Katzentiere. Eigil sagte es ihm einmal. Er sei eine Art nächtlicher Kontrolleur, der Tore, Türen und Hinterhöfe überprüfte, erwiderte Sonny zur Erklärung, und das erfordere, mehr als alles andere, einen lautlosen Gang. Worauf Sonny genau hinauswollte, ahnte Eigil nicht, andererseits wollte er nicht aufdringlich erscheinen und nachfragen. Allerdings überlegte er, ob Sonny sich möglicherweise durch nächtliche Diebstähle ernährte? Vielleicht war es in Wahrheit auch nur eine Allegorie. Denn Sonny war ziemlich bewandert, wenn es um Räusche ging, egal, ob sie von Alkohol oder Drogen herrührten, und bekanntlich stehen die Häuser des Rausches ja im Halbdunkel. Auch die Bücher, die ihm gefielen, waren von dieser nächtlichen Art: *Der Steppenwolf* von Hesse, *The Outsider* von Richard Wright und einige Bücher des rumänischen Wanderers Panait Istrati. Ein Kunstwerk, das ihn wirklich begeisterte und über das er mehrfach sprach, war Stanley Kubricks dystopisches Meisterwerk *A Clockwork Orange*.

Außerdem war Sonny von den Aktivitäten der Roten Armee Fraktion fasziniert. Dies wiederum überraschte Eigil nicht, überhaupt nicht. Er wunderte sich nur, wie klar und wohlformuliert Sonny sich auszudrücken wusste. 1976 und '77 bekam er ein paar auf Dänisch geschriebene Briefe von Sonny. Wenn er sie mit den Texten verglich, die er selbst zu der Zeit schrieb, dann war Sonny ein drohender Savonarola und Eigil ein kleiner poetischer Piepmatz. Sonny hatte seine Worte nicht nur im Griff, sie waren auch gefährlich, denn er versuchte, Gewalt als Mittel der Politik zu legitimieren.

In einem Brief vom November 1976 schrieb er: *... ich habe die Befugnis, von den Reichen zu stehlen und das Diebesgut in den Kaffeedosen der Armen zu deponieren oder das Geld zu verwenden, um eine Kanone für die PFLP zu finanzieren, deren Granaten die primäre Aufgabe haben, die gemütlichen Momente in den besetzten palästinensischen Gebieten zu unterbinden. Hunger und Analphabetismus sind Verbrechen, und wenn die Demokratien keine Abhilfe schaffen können, dann kommt die Zeit der Meuchelmörder und Pistolen. Ich rede über die Po-*

litik der kleinen Buchstaben, über die Politik der Doppelmoral oder die Politik der furchtbaren Attacken durch Zufälligkeiten. Ich ehre den alten Vorsitzenden der Heizer, Rikard Jensen, der 1938 zwei spanische Trawler sprengte, die in der Werft von Frederikshavn gebaut wurden. Ich repräsentiere die inoffizielle Politik der Linken: die Süße der Rache und die bewusste Teufelei, um Entsetzen in die Stuben der Diebe und Schwindler zu bringen.

Zwei Jahre später im Herbst schockierte Sonny ganz Tórshavn. Er war auf die Färöer zurückgekommen, um sich in der Stadt, in der er aufgewachsen war, das Leben zu nehmen. Einige Monate arbeitete er als Bohrer und Helfer einer Sprenggruppe und verfügte daher über den Schlüssel für den Schuppen, in dem das Dynamit aufbewahrt wurde.

Eigil versuchte sich den Augenblick vorzustellen, in dem Sonny den Schlüssel in das Vorhängeschloss des Schuppens steckte, die Tür öffnete und wieder schloss, wohl wissend, dass er nicht wieder lebend herauskommen würde. Oder wenn er herauskäme, dann nur in blutigen Stücken. Psychisch musste er vollkommen klar gewesen sein, sonst hätte er die Patronen nicht ins Dynamit stecken oder die Leitungen mit dem Zünder verbinden können.

Die heftige Explosion ereignete sich an einem Sonntag zur Zeit des Kirchganges und war in der ganzen Stadt zu hören. Abgesehen davon, dass sie den Schuppen, den Mann und einige Tonnen Lehm mehrere Meter in die Höhe schleuderte, zersplitterten die meisten Fensterscheiben in der Nachbarschaft.

Der obere Landevejen umfasste das Gebiet von Restorffs Brauerei bis zum Kinabakken; die Brauerei war zu dieser Zeit einer der großen Arbeitsplätze der Stadt, ja des ganzen Landes.

Wenn es um Talente und Fähigkeiten ging, waren die Restorffs etwas ganz Besonderes, denn sie zeichneten sich auf sehr vielen Gebieten aus, sowohl kaufmännisch wie künstlerisch. Vielleicht lag es aber auch nur daran, dass sie als Ausländer auf die Insel gekommen waren. Als solche waren sie antriebsstärker, während man die Färinger gewissermaßen als mentale Schwachköpfe charakterisieren könnte. Aufgrund der begrenzten Bevölkerungszahl, den Ehen zwischen Vettern und Cousinen und durchaus auch Fällen von Inzest war die färingische Erbmasse im Laufe der Jahrhunderte immer homogener geworden und in einigen Fällen sogar lebensbedrohlich homogen – wofür die verbreitete Krankheit Glykogenose ein beredtes Beispiel ist. Dasselbe Muster ist auch in vielen Monarchien bekannt, nicht zuletzt im dänischen Königshaus, das jahrhundertelang ein Großlieferant von Halb- und Vollidioten war. Die Restorffs waren Brauer, Komiker, Bonbonkocher, Konditoren, Schriftsteller, gewöhnliche Schwindler, Musiker, Hotelbesitzer, Transporteure, und auch aus dem Fischfang gelang es ihnen, Profit zu schlagen.

Den Brüdern Niels und Andrias Restorff gehörte die Brauerei. In den Siebzigerjahren wurde bei Andrias Darmkrebs diagnostiziert, und die Ärzte beschlossen, ihm einen künstlichen Darmausgang zu legen. Die meisten hätten vermutlich gern auf ein solches Ärgernis verzichtet, zweifelsohne auch Andrias, aber der brave Bursche ertrug die Krankheit mit stoischer Ruhe. Einige Tage nach der Operation besuchte ihn sein berühmter Vetter, der Dichter William Heinesen, der von der mütterlichen Seite her ein Restorff war. Da sprach Andrias die weisen Worte, er habe immer schon davon geträumt, rechtwinklig zu scheißen, und endlich würde es gelingen.

Eigil fragte sich oft, warum eine verhältnismäßig große Zahl der Jungen vom Landevejen eine Lehre als Schmied oder Automechaniker begonnen hatte. Aber die Frage war eher, ob sie selbst auf diese Idee kamen oder sich nicht eher gegenseitig kopierten. Ihnen fehlte der süße Zahn, den zum Beispiel seinen Patenonkel Leivur den Weg des Bonbonkochens hatte einschlagen lassen. Dass er dann in den großen Krieg gelockt wurde, und der Nationalsozialismus die Schattenseite seines Bonbonherzens enthüllte, konnte man möglicherweise in die Rubrik tragischer Zufall einordnen.

Die jungen Burschen vom Landevejen – Sonny ausgenommen – waren jedenfalls keine Kinder von Traurigkeit. Im Gegenteil. Es waren fröhliche junge Menschen, und Eigils Meinung nach waren sie ekelhaft fröhlich. Er ertrug fröhliche Menschen nicht, und schon gar nicht Anfang der Siebzigerjahre. Der Mangel an individueller Persönlichkeit war der Nährboden für alle möglichen Bakterienkulturen, und vor allem diese Klüngelfreundschaften am Landevejen hatten eine direkte bakterielle Schlagseite. Der Kern dieser Freundschaften bestand aus Moped- oder Automotoren, die repariert und zum Laufen gebracht wurden, außerdem all das Selbstgebraute, das in Kanistern und Kannen hinter der Ölheizung und in Schuppen stand und blubberte.

Sich selbst gegenüber wollte Eigil allerdings nicht eingestehen, dass er vor allem unglücklich war, weil sie ihn nicht mitmachen ließen. Den Unwillen, den er ihnen gegenüber empfand, hätte man auch als eine Art von Selbsthass bezeichnen können. Er war ein verdammter Trottel, dem es nicht gelang, Kontakte zu Gleichaltrigen zu knüpfen, so sah es letztlich aus.

An manchen Samstagen sah er die fröhliche Truppe den Landevejen hinunterfahren, zehn, zwölf Mopeds mit Jungen und Mädchen auf den Sitzen. Sie hatten Zelte, Gasflaschen und Proviant in den Gepäckträgern, einer hatte eine Gitarre dabei, in den Rucksäcken klirrten Flaschen. An einigen Osterfesten in den frühen Siebzigern fuhren sie zum Dachboden eines Bootshauses in Sørvágur und feierten dort nicht gerade das christliche Osterfest; wenn sie vor irgendeinem Gott auf die Knie fielen, dann vor Bacchus und Eros.

Der Abstinenzler und ehemalige Bürgermeister Petur C. Christensen, der unmittelbarer Nachbar der Brauerei war, soll gesagt haben, sehr viel würde darauf hindeuten, dass der Begriff Quartalstrinker in Wahrheit am Landevejen erfunden worden sei. Ganz falsch war die Aussage sicherlich nicht. In den Sechziger- und Siebzigerjahren war der Landevejen eine einzige lange Bar. Und auch der religiöse Fanatismus fehlte nicht. Sowohl die Pfingstgemeinde wie die Innere Mission hatten Gemeindehäuser am Landevejen, und bevor die Zeugen Jehovas einen neuen Königreichssaal am anderen Ende der Stadt bauten, stand ihr Gemeindehaus einen Steinwurf von dem Haus entfernt, in dem Eigils Familie wohnte. Und 1976 wurde die Westkirche, das vermutlich antigeistlichste Bauwerk im ganzen Norden, an der Kreuzung gebaut. Es sah so aus, als hätte Gott sich die Stimmbänder zwischen den Häusern am Landevejen aus dem Hals gehustet, und diese Bänder schienen die Klugen an die Gegend zu fesseln, während sie den Dummen das Gefühl gaben, frei und fröhlich zu sein.

Gerechterweise muss aber gesagt werden, dass die Besucher dieser Gotteshäuser nicht nur Anwohner des Landevejen waren, sondern aus ganz Tórshavn kamen.

In diesen Jahren begriff Eigil nicht recht, warum das Sexuelle im Alltag so dominant war, oder besser gesagt, er verstand nicht, warum die meisten Menschen sich jedes Wochenende oder zumindest ein paarmal im Monat paaren mussten. All dieses Theater, das es bedeutete, in der Stadt auszugehen: Ein neues Hemd kaufen, vielleicht zum Friseur gehen, Geld für Schnaps und Taxi zum Fenster hinauswerfen, und darüber hinaus mit irgendjemandem Streit anfangen; ja die allermeisten Schlägereien nach einer Tanzveranstaltung hatten mit verschmähten sexuellen Gefühlen zu tun. Nichts war lächerlicher, als zwei Hähne zu sehen, die sich in einem rituellen Paarungskampf vor dem Tanzsaal boshaft anstarrten. Das Blut lief aus den Nasen, die Kleidung war in Stücke gerissen, und unter den ausgelassenen Zuschauern, die die Hähne anfeuerten, stand häufig genug der Anlass der Prügelei: eine halbverrückte Frau, der Mascara über die Wangen lief.

Und gleichzeitig verhöhnte man ein gewöhnliches sexuelles Verhalten wie die Onanie, und das war Eigil vollkommen unverständlich. Er hielt sich selbst für einen geschickten Onanisten, und er hielt es dabei so wie Henrietta Løbner: Er begegnete Eros draußen in der Natur. Es gab keinen Berg rund um Tórshavn, auf dem er nicht schon onaniert hatte, und in seinen Gedanken war vor allem der Kirkjubøreyn ein ausgesprochen erotischer Berg. Im ersten Moment mochte das unverständlich erscheinen, denn der Berg ist ungewöhnlich öde und gleicht eher einem Lavafeld, das von Frost und Sturm verschlissen ist. Am südlichen Berghang liegen den ganzen Weg hinunter Seite an Seite breite Basaltplatten, die beinahe so aussehen, als seien es die Knorpelplatten, von denen die ältesten Tiere der Erde geschützt wurden. Trat man zu hart auf, erhob sich möglicherweise ein Genick aus der Erde, und man konnte sich nur schwer vorstellen, welche Frage ein gerade erwachter paläanthropologischer Riese einem Bergonanisten stellen könnte. Viele Platten waren rissig, aber einige auch so zierlich, dass sie am allermeisten hübsch verlegten Fliesen in einem Garten ähnelten. An den Stellen, die im Windschatten lagen, versuchten ein paar grüne Triebe und etwas Moos zu überleben. An solchen Stellen setzte Eigil sich gern hin, um zu träumen, und wenn die Sonne schien, kam es vor, dass er sein Hemd und die Hose auszog.

Einmal hatte er erlebt, wie eine Fliege ununterbrochen um seine harte Erektion kreiste. Als wollte sie sich hinsetzen und untersuchen, welcher Pfahl sich da zwischen den Steinen erhob. Eigil saß ganz still, er wagte kaum zu atmen, und dann passierte das Unglaubliche – die Fliege setzte sich. Das Summen des kleinen Körpers lief wie elektrischer Strom durch sein Glied und die Lenden, und als die dünnen Beinchen sich vorsichtig über diese kleine rote Landebahn bewegten, spürte Eigil, dass er bald kommen würde. Er saß wie versteinert da, und einen winzigen Moment dachte er, die Fliege könnte die Reinkarnation einer Frau sein, etwas anderes war kaum vorstellbar, wusste sie doch genau, wo sie ihre fadendünnen, zitternden Beine hinzusetzen hatte. Sie? So gesehen hätte die Fliege auch die Reinkarnation eines homosexuellen Mannes sein können. Denn Eigil stellte sich manchmal vor, wie es wohl wäre, mit einem Mann zusammen zu sein, aber diese Fantasien waren nicht so verfeinert wie der Traum von einer Frau. Seine homosexuellen Träume waren freudlos und aggressiv, als wollte er sie sich nicht eingestehen; hinterher schämte er sich ein wenig, als hätte er sich selbst betrogen, um zum Orgasmus zu kommen.

Wenn Eigil zurückblickte, kam er zu der Erkenntnis, dass der Landevejen eine einzige lange und alkoholisierte sexuelle Versuchsstrecke gewesen war. Diejenigen, die nicht onanierten, penetrierten jede Öffnung, in deren Nähe sie kamen, selbst die Kinderschänder hielten sich nicht zurück. So wie die Leute sich benahmen, bebten die Häuser, denn auch in den Wohnungen hatte die eifrige Lust, sich zu paaren, Einzug gehalten.

Es war ein geradezu erschütterndes Erlebnis, als Eigil von dem Verhältnis seiner Mutter mit Schiønning erfuhr, ihrem jüngsten Schwager. Er hatte keine Ahnung, wie lange das schon so ging, und er wusste auch nicht, ob sie ihr Verhältnis fortsetzten, nachdem er sie ganz zufällig entdeckt hatte. Er sah sie unten im Waschkeller, und obwohl er seine Mutter schon nackt gesehen hatte, war es allzu intim, sie über die Waschmaschine gebeugt zu erblicken, während Schiønning sie von hinten nahm. Eigil versuchte, so zu tun, als hätte er nichts bemerkt, und zog sich so leise wie möglich zurück. Und er erzählte auch niemandem davon. Seine Mutter war bisweilen recht depressiv, und ihre Krankheit bestimmte die Abläufe des alltäglichen Lebens daheim, daran ließ sich nichts ändern, und schon gar nicht in den Sechzigern, als eine geistige Krankheit und Scham so eng miteinander verbunden waren. Aber dass sie auf den Spuren ihrer Mutter wandelte, die die Konkubine des Oberpsychopathen von Ergisstova gewesen war, gefiel Eigil überhaupt nicht, es war direkt unappetitlich.

Eigil füllte seine Einsamkeit mit Büchern, oder besser, die Bücher eröffneten ihm eine Welt, die anspornend und lehrreich war, und ein Buch bekam in seinen Jugendjahren für ihn einen geradezu biblischen Status: *Der Mythos des Sisyphos* von Albert Camus. Obwohl er später über seine jugendliche Idee lachte, die ersten beiden Zeilen des *Mythos* als Inschrift auf einem Grabstein zu verwenden, verloren die Worte dennoch nichts von ihrer Weisheit: *Es gibt nur ein wirklich ernstes philosophisches Problem: den Selbstmord. Sich entscheiden, ob das Leben es wert ist, gelebt zu werden oder nicht, heißt, auf die Grundfrage der Philosophie zu antworten.* Und das Leben war es wert, gelebt zu werden, am Landevejen ebenso wie an jeder anderen Stelle der Welt. Jedenfalls war Eigil noch nicht tot.

Einen soziologischen Hinweis darauf, weshalb Motoren auf seine Gleichaltrigen am Landevejen so anziehend wirkten, das heißt, zumindest einen Pfeil in die richtige Richtung fand er, als er sich die Statistiken des TÜVs ansah. 1960 waren auf den Färöern 1023 Motorfahrzeuge registriert: Busse, Taxis, Privatautos, Transport- und Lastwagen und Motorräder, außerdem ein Feuerwehr- und zwei Krankenwagen. Zehn Jahre später, ungefähr zu der Zeit, als einige der Jungs vom Landevejen auf dem Arbeitsmarkt untergekommen waren, hatte sich die Zahl der verschiedenen Motorfahrzeuge verdreifacht, in absoluten Zahlen war sie auf 3270 angewachsen, und in demselben Zeitraum war es zu einem wahren Mopedboom gekommen – nicht weniger als 2309 Mopeds waren 1970 angemeldet. Springen wir zehn Jahre weiter, ins Jahr 1980, wird die Zahl der registrierten Motorfahrzeuge mit 11 440 angegeben, abgesehen von 2474 Mopeds. Und das lag nicht an einem entsprechenden Anstieg der Bevölkerungszahl von 1960 bis 1980. 1960 gab es ungefähr vierunddreißigtausend Einwohner, zwanzig Jahre später war die Zahl auf lediglich zweiundvierzigtausend gestiegen. Fügen wir noch die großen Veränderungen in den maritimen Berufen hinzu, wird klar, die stetig wachsende Motorenwelt erforderte ihre Handwerker und Mechaniker, und dazu lieferte der Landevejen einen bedeutenden Beitrag.

An dieser Stelle muss erwähnt werden, dass in den Achtzigerjahren einige junge Männer das Unternehmen Nomatek gründeten. Ihr Ziel war es, Gerätschaften für die Fischindustrie zu produzieren: Wagen, Behälter, Aufzüge, Transportbänder, Filetiertische und so weiter. Sie übernahmen auch Aufträge aus den Nachbarländern und an Bord der Schiffe.

Der größte Teil der Unternehmensgründer hatte früher am Landevejen gewohnt.

Zu dieser Zeit arbeitete Eigil im Wirtschaftsprüfungsbüro P/F Rógv, und die Bilanz von Nomatek gehörte zu seinen Aufgaben. Auf diese Weise bekam er etwas verspätet Kontakt zu einigen seiner gleichaltrigen und ehemaligen Nachbarn. Doch da war die Kraft seiner alten Sehnsucht nach Freundschaft längst verschwunden. Für Freundschaften hatte er ohnehin keine Zeit. Die Arbeit bei P/F Rógv und seine Tätigkeit als Schriftsteller nahmen den größten Teil seiner Zeit in Anspruch. Etwas resigniert musste er sich den Wahrheitsgehalt des alten Satzes eingestehen, dass Freundschaften, die länger als ein Jahrzehnt halten, in den meisten Fällen in den Kindes- und Jugendjahren entstanden sind. Was später kommt, ist unbeständig, denn erwachsene Menschen sind berechnend, auch wenn es um Freundschaften geht: Man ist zur Freundschaft bereit und erwartet, mit gleicher Münze belohnt zu werden.

Nur eine einzige Freundschaft hatte Eigil aus seinen Kindertagen behalten, doch das war niemand vom Landevejen, sondern ein Junge aus Klaksvík, Hans Fríðrik Varberg. Rakul Varberg, Hans Fríðriks Mutter, war Ingvalds Cousine. Sie war ausgebildete Lehrerin und hatte mehrere Jahre an einer Schule in Ziskatrøð unterrichtet. Geheiratet hatte sie den Norweger Reidar Varberg, der 1941 als Flüchtling nach Klaksvík gekommen, aber bereits 1954 gestorben war, sodass Hans Fríðrik keine Erinnerungen an seinen Vater hatte. 1995 reiste Rakul nach Dänemark, um sich dort wegen einer Krankheit behandeln zu lassen, und in dieser Zeit wohnte ihr Sohn bei Eigil und seiner Familie. Die Jungen schliefen in einem Zimmer, gingen in dieselbe Klasse der Gemeindeschule und waren sozusagen ein Jahr lang rund um die Uhr zusammen.

Rakul Varberg litt an Psoriasis, wie Eigil wusste. An einer sehr schlimmen Schuppenflechte. Man sah es an den Händen und um die Fingernägel, die sich an mehreren Stellen lösten und aussahen wie kleine zerfressene Klauen. In den Augenbrauen und am Haaransatz hing weißer Schorf, aber Eigil hatte den Verdacht, dass noch irgendetwas anderes nicht in Ordnung war. Allerdings wagte er nicht zu fragen, nicht bei ihnen zu Hause. Rakul Varbergs Auftreten war ausgesprochen ungewöhnlich, aber auf eine sehr angenehme Art und Weise; Eigil war fasziniert, wenn sie sprach. Natürlich konnte sie auch ihre Meinung sagen, wenn ihr etwas nicht gefiel, aber sie war nicht so gehässig wie seine Mutter, und auch nicht so schweigsam wie Ingvald.

Rakul Varberg blieb zwei Tage in Tórshavn, bevor sie mit dem Passagierschiff Tjaldur nach Kopenhagen fuhr. Sie saß gern an Ingvalds Regal und blätterte in seinen Büchern. Er hatte eine ziemlich große Bibliothek, vor allem färingische Bücher, von denen er einige selbst gesetzt und gedruckt hatte. Die Autoren hatten sie ihm dann mit einer handschriftlichen Widmung geschenkt.

Rakul sagte, Klaksvík sei eine arme Stadt, wenn es um die Dichtung ginge. Dort hatte noch nicht ein einziger Roman das Licht des Tages erblickt, und es wohnten doch immerhin viertausend Einwohner in der Stadt. Als Vergleich nannte sie Tvøroyri mit zweitausend Einwohnern, wo gute Romanautoren wie Martin Joensen, Richard B. Thomsen und Eilif Mortansson herkamen. Die poetischen Triebe, die sich dennoch in Klaksvík zeigten, waren sozusagen unbeschriebene Blätter. Warum die Stadt in künstlerischer Hinsicht so begrenzt war, wusste sie nicht. Aber bekanntlich konnte die Religion den schöpferischen Drang der Menschen so lähmen, dass sie vor Heiligkeit nicht wagten, selbstständig und mutig zu denken. So drückte sie es aus.

Möglicherweise stellte eine uralte Angst vor dem Hunger eine weitere Ursache dar. Die Klaksvíker besaßen die großartigsten Häuser zum Trocknen von Schaffleisch im ganzen Land, und an keinem anderen Ort gab es so viele Electrolux-Gefriertruhen wie dort. Rakul wusste von Familien zu berichten, die mit dem Linienschiff *Pride* nach Tórshavn fuhren, einzig und allein, um zu *electroluxen*, wie man sagte, und es gab tatsächlich Leute, bei denen die Gefriertruhe in der guten Stube stand, mit einem gestickten Deckchen darauf. Und es gab keine Grenzen der Anstrengungen, die sie unternahmen, um die Truhen zu füllen. Eines musste man den Klaksvíkern jedoch lassen: Sie waren wahrlich nicht geizig und gaben denjenigen, die weniger besaßen, durchaus etwas ab. An dem Tag aber, an dem Rakuls Nachbarn aufhören würden, sich Sorgen zu machen, und anfingen, weniger an ihren Reichtum und das Perlentor zu denken, käme vielleicht etwas mehr Leben in sie.

Doch, die Klaksvíker hatten einen einzigen Dichter, der es wert war, beachtet zu werden, und zwar Eli, der Sohn von Franklin av Kirkjus. Rakul erzählte, Eli arbeite bei der Genossenschaft, einer Unterabteilung der Färingischen Fischervereinigung. Die Genossenschaft verkaufte Fischereiausrüstung zu einem angemessenen Preis und hatte auch den Verkauf des Fisches übernommen, der bei Rave Storø, im Grædefjord, bei Tovqussaq und wie die verschiedenen Orte an der grönländischen Westküste alle hießen, gefangen wurde.

Einmal hatte Eli im Herbst vermutet, dass der Marktpreis für eingesalzenen Fisch kaum noch steigen würde, und er verkaufte einige Tausend Tonnen, die die Männer gefischt, ausgenommen und gesalzen hatten. Doch was passierte dann? Ja, der Preis stieg noch weiter. Wie hoch, wusste Rakul nicht mehr, aber Elis Entscheidung hatte zu heftigen Wutausbrüchen geführt. Den ganzen Sommer über hatten die Fischer geschuftet, und nun verloren sie einen erheblichen Betrag, weil ein leichtsinniger Buchhalter den Fisch übereilt verkauft hatte, bevor der Preis seinen Höchststand erreichte. Die Fischer waren so erzürnt, dass sie ihm Übles versprachen, und der arme Eli wusste sich nicht anders zu helfen, als seinen Namen zu ändern. Er hieß nun Líggjas í Bø.[10]

Zwar fehlte es Klaksvík an belletristischen Autoren, doch dafür hatte die Stadt die beiden Ethnographen Robert Joensen und Símun Hansen. Über Robert Joensen sagte Rakul, er fürchte, und über seinen Kollegen Símun Hansen, er hasse die Menschen. Allerdings war es ihrer Ansicht nach nicht die schlechteste Voraussetzung für einen Schriftsteller, die Menschen zu fürchten und zu hassen. Betrachte man die Fehler des Volkes lange genug, führe dies früher oder später zu einem soliden Kern von Güte. Diese These, sagte sie, könnte zumindest als ein dialektisches Phänomen aufgestellt werden.

Und genau dieses Fremdwort, das Rakul Varberg benutzte, fand Eigil so interessant, dass er es sich merkte. Er erinnerte sich außerdem, wie gerührt er war, als sie die Bibel in der Übersetzung Victor Danielsens[11] aus dem Regal zog. Victor war ihrer Meinung nach Gottes getreues Werkzeug, und der Herr habe einen Traum in sein Kopfkissen gepflanzt. In diesem Traum wurde er aufgefordert, die Blätter am größten Baum zu zählen. Und das ließ sich nur auf eine Weise interpretieren: Victor sollte das größte Werk der Welt übersetzen, die Bibel. So konnte sich der Allmächtige in dem im Übrigen sonderbaren Wirrwarr zu erkennen geben, der das Leben kennzeichnet.

Eines Nachts erwachte Eigil. Hans Fríðrik lag in seinem Bett und weinte. Eigil wollte wissen, was denn los sei.

Hans Fríðrik antwortete, er käme in der Schule so schlecht zurecht und Eigil wäre so viel klüger als er.

Eigil wusste nicht, was er dazu sagen sollte, aber er hatte das Gefühl, dass das Weinen noch eine andere Ursache hatte. Und er lag mit seiner Vermutung richtig.

Seine Mutter sei geisteskrank, erklärte Hans Fríðrik, deshalb hätte sie Schuppenflechte bekommen. Man wurde nämlich im Herzen, im Bauch oder an der Haut krank, wenn man Seelenqualen litt und nicht schlafen konnte. Und nun lebte seine Mutter in Dänemark und hatte ihn allein auf den Färöern zurückgelassen.

»Deine Mutter ist sehr klug«, widersprach Eigil.

Vielleicht habe er recht, vielleicht war sie klug, aber sie könne kaum Wasser kochen, erwiderte Hans Fríðrik.

Eigil legte die Wange auf die Bettkante und blickte hinüber zu Hans Fríðriks Bett. Der Freund hatte die Hände auf der Brust gefaltet und starrte untröstlich an die Decke.

Die schlimmste Krankheit auf der Welt sei die Papageienkrankheit, behauptete Eigil, und danach kämen die Tuberkel. Masern seien auch gefährlich, aber daran starb man heutzutage nicht mehr. Die einzige Krankheit, an der man starb, war Krebs. Geisteskrankheit war schon merkwürdig. Manche weinten bei Geisteskrankheit, andere verloren ihre ganze Kraft und konnten nicht einmal mehr eine Rolle Klopapier heben, wieder andere wurden hingegen regelrecht boshaft. Dann flüsterte Eigil, seine Mutter sei auch ein bisschen geisteskrank, und wenn es sie überkäme, wäre sie oft ekelhaft.

»Aber sie kocht nicht die Schlüssel zu euren Türschlössern ab«, sagte Hans Fríðrik.

»Das stimmt«, antwortete Eigil. »Aber voriges Jahr, als das Unwetter die Dächer von den Häusern wehte, kam der Bruder meines Opas hierher nach Tórshavn und wollte meiner Mutter dreizehntausend Kronen schenken, um damit das Dach und den Dachboden zu reparieren. Mutter wollte das Geld nicht und schmiss es ihm hinterher. Es waren Zehnkronenscheine, Fünfzigkronenscheine und Hundertkronenscheine. Ein ganzes Bündel roter, blauer und grüner Scheine. Das Geld flog nur so herum, und die Kinder vom Landevejen pflückten das Geld in den folgenden Tagen, ja noch in den folgenden Wochen wie Beeren von den Büschen.«

»Okay, das ist ziemlich eigenartig«, gab Hans Fríðrik zu. »Aber deine Mutter geht jedenfalls nicht rückwärts die Treppe hinunter, und sie geht auch nicht jedes Mal einen Schritt hoch, wenn sie zwei hinuntergegangen ist.«

»Richtig«, erwiderte Eigil. »Aber meine Mutter will, dass wir uns beim Pinkeln hinsetzen. Sie sagt, rund um die Kloschüssel herrsche eine schreckliche Sauerei. Ingvald und ich sollen uns beim Pinkeln hinsetzen. Tja, was sagst du nun?«

Hans Fríðrik lachte herzlich und nannte Eigil seinen besten Freund, dann sagte er gute Nacht und fiel in einen tiefen Schlaf.

Viele Jahre später, als Hans Fríðrik Varberg einer der bekanntesten Unternehmer des Landes war, ja, einige nannten ihn den Baptistenmafioso[12] von Klaksvík, erinnerte er Eigil an die traurige, aber beste Unterhaltung, die er in seinem Leben gehabt hatte.

Hans Fríðrik war auf dem Weg zu einer Sitzung in Amsterdam und hatte vom Kopenhagener Flughafen ein Taxi nach Valby genommen, wo Eigil wohnte.

Hans Fríðrik hatte seinen Jugendfreund gebeten, eine Festschrift zum fünfundzwanzigjährigen Jubiläum seiner Firma zu verfassen, in seiner Aktentasche hatte er verschiedene Unterlagen, die er für so relevant hielt, dass Eigil sie lesen sollte. Eigil zu bitten, sich der Aufgabe einer Festschrift anzunehmen, hielt Hans Fríðrik für eine gute Idee, denn abgesehen davon, dass er schreiben konnte, kannte Eigil die Firma aus seiner Zeit bei P/F Rógv. In der Aktentasche steckten Fotokopien von verschiedenen Dokumenten, darunter Auszüge aus einem Tagebuch, das 1996 und 97 geschrieben worden war. Und es gab Fotografien der Schiffe, die Hans Fríðrik gehörten beziehungsweise ihm einmal gehört hatten. Ein Foto zeigte den Zwanzigtonner *Rakul*. An Bord war ein Brand ausgebrochen, aber dass sein erstes Schiff mit Feuer getauft wurde, hatte Hans Fríðrik als gutes Zeichen gewertet. Mitgebracht hatte er auch Fotos der neuen Reederei in Miðvágur und der Fischfiletierfabrik in Klaksvík.

Auf einem Bild sah man ihn zusammen mit drei ehemaligen Premierministern: Anfinnur Kallsberg aus Viðareiði, Edmund Joensen aus Oyri und Jóannes Eidesgaard aus Tvøroyri.

Ein anderes Foto war an dem Tag aufgenommen worden, als ihm Königin Margarethe das Ritterkreuz verliehen hatte. Die Feierlichkeit fand an Bord der königlichen Yacht *Dannebrog* statt, das Foto aber war im Hotel Hafnia aufgenommen worden. Dort stand er umgeben von seiner Frau, seinen beiden Töchtern und seiner Mutter.

Einige Bilder stammten von dem alljährlichen Mittagessen im Weißen Haus in Washington. Anfinnur Kallsberg, der damalige Regierungschef, hatte ihn nach Washington eingeladen, und auf einem Foto war Hans Fríðrik mit dem amerikanischen Präsidenten George W. Bush zu sehen.

Da das Taxi vor der Tür wartete, musste alles, was gesagt wurde, rasch gesagt werden.

Trotzdem zog Hans Fríðrik Eigil auf und fragte ihn, ob sein Staubsaugerbeutel etwa voll sei; er forderte ihn auf, seinen Schreibtisch leerzuräumen, seine Bonbondose zu füllen und endlich mit dem Schreiben anzufangen.

Er versuchte, freundlich zu klingen, aber Eigil gefiel es nicht, so auf den Arm genommen zu werden. Und dennoch wollte er es ihm nicht mit gleicher Münze heimzahlen, sondern fragte nur, ob es so glücklich sei, wenn niederländisches Kapital sich in den Haupterwerbszweig der Färöer einkaufte.

Hans Fríðrik erwiderte, Geld hätte kein Vaterland.

Eigil meinte, dieser Satz könnte die Festschrift als Motto einleiten, Unterschrift: Hans Fríðrik Varberg.

Hans Fríðrik lachte. Nein, eine derart blasphemische Aussage wäre den nationalistischen Klaksvíkern kaum zuzumuten.

Als Koch auf der *Øverland*

Am 21. Mai 1997 musterte Eigil an Bord des norwegischen Sandsaugers *Øverland* als Koch an. Der Heimathafen des Schiffs war Oslo, und dass er überhaupt anheuerte und das Schiff in den folgenden Jahren seine Heimat wurde, war reiner Zufall.

Eigil wollte sich in Oslo die Feiern zum Nationalfeiertag ansehen und kam am Kai mit einem Mann namens Even Haugskerd ins Gespräch. Gespräch ist vielleicht ein wenig übertrieben. Denn Even Haugskerd war sturzbesoffen, die Frage war nur, wann er hinfallen und sich verletzen würde. Er hatte sich passend zum Anlass fein gemacht und trug einen Anzug mit Schlips und einer 17. Mai-Rosette am Revers, aber im Übrigen sah er nicht sonderlich nach Nationalfeiertag aus und war offensichtlich nicht unbedingt der populärste Mann am Kai. Eigil erkundigte sich, wo er wohne, und bekam als Antwort, der Skipper Even Haugskerd wohne an Bord der *Øverland*, und seit Noahs Tagen sichere dieses Schiff das Überleben der Menschheit.

Die *Øverland* lag ganz hinten an einer langen Mole, aber kurz vor der Gangway hatte der Mann keine Kraft mehr. Er schlingerte am Rand der Mole entlang, ging bisweilen in die Knie und kam nur mit Eigils Hilfe wieder auf die Füße. Eigil blieb nichts anderes übrig, als ihn auf die Schulter zu nehmen und das letzte Stück zum Schiff zu tragen.

Als sie die Gangway erreichten, wollte er seine Last absetzen, aber Even Haugskerd war eingeschlafen. Ein untersetzter, vollbärtiger Mann stand lächelnd an der Reling und erkundigte sich, ob Eigil so freundlich sein könnte, den Skipper an Bord zu tragen. In der Messe legte er ihn vorsichtig auf eine Bank, und als die *Øverland* drei Tage später in Richtung Schären fuhr, war Eigil als Koch mit an Bord.

Das Schiff war ziemlich neu, 1981 gebaut, und konnte ungefähr dreihundert Kubikmeter Sand bunkern. Die letzten Monate hatte die *Øverland* Kies, Sand, Zement und andere Baumaterialien für den Bau einer Brücke zwischen dem Festland und der kleinen Insel Hermøy transportiert. Konstruiert war das Schiff allerdings als Sandsauger, und da es nun einen Auslandsvertrag gab, wurde die Sandsaugmaschinerie wieder aufgebaut. Ein vierundzwanzig Zoll dickes Eisenrohr, das mehr als halb so lang wie das Schiff war, führte von der Saugpumpe, die direkt vor der Brücke stand, zu einer Art Galgen an Steuerbord. Entlang der Laderäume stand ein Hyundai-Bagger auf Schienen, mit dem das Schiff geleert und die Patentluken geöffnet und geschlossen wurden. Die Luken waren zweigeteilt, die eine Hälfte wurde zur Brücke gezogen, die andere zum Mast.

Die grönländische Gemeindegemeinschaft Kalaallit Nunaani Kommunit Kattuffiat, abgekürzt Kanukoka, hatte das Schiff angefordert. Es sollte in West- und Ostgrönland eingesetzt werden, aus Norwegen brachte es eine volle Ladung Kies mit.

Mit der Chance als Koch bekam Eigil die Gelegenheit, all den Problemen zu entgehen, die seine Gewalttat gegen den Vorsitzenden der Selbstverwaltungspartei mit sich gebracht hatte. Abgesehen davon war es auch kein Leben gewesen, ziellos durch Oslo zu laufen. In den beiden Jahren, in denen er in einer kleinen Wohnung in der Arups Gate in der Altstadt gewohnt hatte, war es vorgekommen, dass er monatelang gar nichts getan hatte. Sicher, er hatte viel gelesen, aber er selbst brachte kaum etwas zu Papier.

Auf einem A4-Blatt, das er mit zwei Reißnägeln an der Küchenwand befestigte, hatte er den bekannten ersten Satz aus Hamsuns Roman *Hunger* notiert: *Es war zu jener Zeit, als ich in Kristiania umherging und hungerte, in dieser seltsamen Stadt, die keiner verläßt, ehe er von ihr gezeichnet worden ist.*

Nun war Eigil der einundzwanzig Jahre alte Hamsun, aber seine Zeit in Oslo war weniger von Hunger geprägt als vielmehr von Hoffnungslosigkeit und bisweilen auch schlimmen Anfällen der Reue.

Vor allem, wenn er an die Schmerzen dachte, die Jens Julian við Berbisá erleiden musste, schmerzte es in den Herzwurzeln. Aufgrund des Rückenschadens war die Motorik des Mannes so begrenzt, dass er sich kaum zwischen den Häusern in Kolbeinagjógv bewegen konnte. Die Ärzte hatten ihm das Zahnfleisch aufgeschnitten und Stahl unter die Zahnwurzeln sowie einen Stahlbogen um die Wangenknochen gelegt; ob der Bogen außen am Kopf oder an der Zahnreihe bis zu den Lippen angebracht war, wusste Eigil allerdings nicht. Und als Krönung des Schmerzes hatte sich wohl Wahnsinn wie eine dunkle Wolke um seinen stahlverstärkten Kopf gelegt.

Und nichts von alledem hätte passieren müssen, das war das Allerschlimmste. Der Parteivorsitzende Jens Julian við Berbisá hatte sich bedroht gefühlt und in dem Schriftsteller und Wirtschaftsprüfer mit dem geschliffenen Mundwerk einen politischen Konkurrenten gesehen. Nur der Ortsverein Eysturoy der Selbstverwaltungspartei hatte hinter ihrem Vorsitzenden gestanden, in Süd-Streymoy und auf den nördlichen Inseln war das Interesse an ihm ziemlich begrenzt.

Aber vermutlich hatte ihm irgendein Speichellecker ins Ohr geflüstert, es gäbe da jemanden, der sich für Eigil Tvibur als Vorsitzenden der Partei ausspräche.

Wäre Eigil vor der Stadtratswahl im Dezember 1992 in der Zeitung *Sosialurin* nicht angegriffen worden, hätte er sich möglicherweise überreden lassen, sich der Wahl zum Vorsitzenden zu stellen, aber das war alles hypothetisches Gerede. Kein hypothetisches Gerede hingegen war, dass der Angriff bei *Sosialurin* Eigil das politische Leben kostete, und dieser Angriff war auch die direkte Ursache für seinen Rausschmiss als Wirtschaftsprüfer bei P/F Rógv. Sicherlich hatte Jens Julian nicht gewollt, dass Eigil sein tägliches Brot verlor, und eigentlich hatte Eigil nicht Rache nehmen und schon gar nicht den Mann zum Krüppel schlagen wollen. Um die Wahrheit zu sagen, hatte er gar nicht gewusst, was er wollte, oder ob er überhaupt etwas wollte. Er war wütend gewesen, so viel stand fest, und er hatte Jens Julian angerufen und ihn wegen der einen oder anderen Angelegenheit beschimpft. Aber er hatte nicht geplant, nach Kolbeinagjógv zu fahren und in dessen eigenem Heim Hand an den Mann zu legen. Und doch war genau das passiert.

Am meisten quälte Eigil, was er Jens Julians Sohn angetan hatte; es degradierte ihn moralisch. Er hatte sein Mütchen an einem Menschen gekühlt, der nicht imstande war, sich zu verteidigen. Er versuchte sich damit zu trösten, dass der Junge keine andere Aufgabe im Leben hatte, als nur zu existieren. Und ob er seine Milchprodukte nun in Kolbeinagjógv verzehrte oder in einer Institution in Dänemark, war eher unwesentlich. Aber Eigil konnte die verblüfften Augen des Jungen nicht vergessen, als er ihm eine Ohrfeige gab und sah, wie der schlaksige Körper zu Boden fiel. Zweifelsohne besaß der Junge ein Skelett wie die meisten Menschen, aber Eigil hatte das Gefühl, einen riesigen Kartoffelstängel in der Hand zu halten, als er ihn gegen die Wand schleudern wollte.

Danach hatte Eigil eigenartigerweise Schuppenflechte bekommen. Die Haut an den Ellenbogen und Knien war wie gestockt und wurde knorpelig, und wenn er Feierabend hatte, lag er manchmal da und pulte schmale Placken von seiner toten Haut. So hatte er als Kind auch an seinen Warzen gekratzt. Sie saßen meist auf dem Handrücken, ein ganzer Garten voll von diesen hässlichen Gewächsen. Eine Warze sah aus wie eine Pflanze mit einer kleinen Wurzel am Ende, daran erinnerte er sich noch. Vielleicht war eine von ihnen die Hauptwarze, sodass die anderen von allein eingingen, wenn man die Hauptwarze fand und herausriss. Der Trick seiner Mutter bestand darin, die Warze mit besonders starkem Zwirn abzubinden; sie sagte, der Zwirn verhindere die Durchblutung, die Warze bekam sozusagen feuchten Brand und hatte sich am nächsten Morgen abgelöst, dann verbrannte Mutter den Zwirn und die Warze. Manchmal vergrub sie auch beides; das hatte ihre Mutter getan, als sie klein war; rund um ihr Elternhaus in Sumba gab es viele Warzengräber. Eigil konnte sich nicht entsinnen, ob er versucht hatte, auf den Warzen herumzukauen, vermutlich hatte er es aber getan. Als er klein war, wurde alles in den Mund gesteckt, auf allem wurde herumgekaut, auf Schrauben, getrocknetem Rotz, Finger- und Fußnägeln. Und nun war diese infantile Angewohnheit mit der Schuppenflechte zurückgekommen. Nicht dass diese kleinen, dünnen Schuppen besonders schmeckten, überhaupt nicht, aber das Material war hart und gab ihm eine kannibalische Befriedigung, tote Haut zwischen den Vorderzähnen zu spüren.

Auch jetzt stand er mit aufgekrempelten Hemdsärmeln an der Reling und strich über seine vertrocknete Ellenbogenhaut. Wohin er auch blickte, er sah nur das Meer, und dieser Anblick erleichterte seine Brust. Die frische Meeresluft strömte in seine Nasenlöcher, und die salzigen Partikel schienen sich in jede einzelne Nebenhöhle zu schleichen und die Kruste aus Stadt und Büro zu zersetzen, die sich im Laufe der letzten vielleicht dreißig Jahre in seinem Kopf abgesetzt hatte.

Sie hatten einige Tage Unwetter gehabt, aber nun hatte sich der Wind gelegt, und nur die lange Dünung war geblieben. Träge liefen die Wellen unter der *Øverland* entlang, und das Schiff lehnte sich wie ein großer Wal zur Seite, bis es sich ganz oben auf dem Wellenkamm wieder aufrichtete, ein wenig stampfte und sich dann die Welle hinunterwarf. Stunde um Stunde setzte sich dieser monotone Rhythmus fort, und ohne es wahrzunehmen, wurde man nach und nach zu einem Teil dieser Atemzüge des Meeres. Möwen hingen über dem Kielwasser, und Eigil überlegte, ob sie auf ein wenig Futter hofften oder nur neugierig waren und spielen wollten. In ihren Augen war das Schiff eine Insel, allerdings eine sonderbare Insel, denn abgesehen davon, dass sie sich bewegte, gab es keine Ecken, wo Vögel sich aufhalten konnten. Es war auch kein Guano zu riechen, und vielleicht war es gerade dieser Umstand, warum die Vögel dieser motorisierten Insel so beharrlich folgten. Als er an der Reling stand und eigentlich an nichts dachte, hatte er das Gefühl, als würden die achtzig Prozent seines Körpers, die aus Wasser bestanden, direkt mit den Wellen kommunizieren. Die Körperflüssigkeit erkannte das Urmeer wieder, und nicht umsonst hatte das Meer schon im Alten Testament den höchsten Rang inne. Denn als Gott die Menschheit, die Tiere und die Vögel ausrottete, verschonte er das Meer mit all seinen Geschöpfen. Der Mythos der Sintflut ließ sich auch so interpretieren, dass Gott über ein sehr inkonsequentes und launisches Gemüt zu verfügen schien, denn warum mussten der Wolf und die Taube sterben, während der Seehund und der Schellfisch verschont blieben? Soweit Eigil sich erinnerte, hatten die jüdischen Thora-Schreiber den Mythos der Sintflut von anderen, älteren Religionen übernommen, die ausführlicher darüber berichteten, wie das Leben auf der Erde ursprünglich aus dem Meer gekommen war. Jedenfalls hatte das Christentum den Fisch als heiliges Symbol angenommen, und Gottes Macht zeigte sich am stärksten in den ewig rollenden Wogen.

Eigil war vorher nie auf Grönland gewesen, er war gespannt, diese gewaltige Insel kennenzulernen, die im Bewusstsein der Färinger so bedeutend war. Als er im Herbst und Winter 1970 und im Frühjahr 1971 auf dem Trawler *Sundaberg* fuhr, gab es so gut wie keine Kabeljaufischerei mehr in den grönländischen Gewässern. Sie hatten zwei Reisen nach Neufundland unternommen und eine in die Barentssee. Als er in den Siebzigern an der Schwelle seines Lebens als Erwachsener stand, hatte er entdeckt, dass es außerhalb des Landevejen eine große Welt gab, und wenn man so wollte, auch außerhalb der Weiden von Sumba, und nun, ein Vierteljahrhundert später, war er ein Mann in den besten Jahren, der, um es direkt zu sagen, weder aus noch ein wusste.

Sein Verbrechen an dem Vorsitzenden der Selbstverwaltungspartei würde ihn zweifellos sein Leben lang verfolgen, aber sollte es ihm gelingen, mit dem Gespenst von Kolbeinagjógv einigermaßen Frieden zu schließen, entkam er möglicherweise dem Wahnsinn.

Der Gedanke, sich das Leben zu nehmen, war ihm ebenfalls nicht fremd. Tatsächlich war Selbstmord der erste Gedanke gewesen, als Even Haugskerd ihm die Arbeit als Koch anbot. Sich in einer dunklen Nacht an der Küste von Grönland ins Meer zu stürzen, wäre ein sanfter und eiskalter Tod, nun ja, so sanft die Auslöschung nun einmal sein kann.

Aber hier an der Reling blies die kühle, nachmittägliche Brise sämtliche düsteren Gedanken fort, und als er plötzlich etwas auf der Wasseroberfläche spritzen sah, wusste er sofort, um was es sich handelte. Ein weiterer Strahl war zu sehen, dann noch einer. Nur einen Steinwurf vom Schiff entfernt war eine ganze Herde Blauwale zu sehen, und ganz bestimmt wussten die Wale um das große Geschöpf, das sie begleitete. Der Skipper hatte Nachmittagswache und rief aus dem Fenster der Brücke: »Wale an Steuerbord.« Die Fontänen stiegen von der Wasseroberfläche zwei, drei Meter hoch in die Luft, gute zehn Minuten folgten die Wale dem Schiff. Mit großer Würde schwammen diese stolzen Körper, und wenn sie hin und wieder tauchten, sah die Fluke aus wie eine gewaltige schwarze Hand, die zum Abschied winkte, ehe sie in der rabenschwarzen Tiefe verschwand. Mit einem Mal ging Eigil durch den Kopf, dass man das Stück vom After bis zur Schwanzflosse auf Färingisch *hamarstjølur* nannte. Oh, er hätte die Person küssen mögen, die diesen großartigen Begriff geprägt hatte, allerdings hatte er keine Ahnung, was das Wort eigentlich bedeutete.

Vielleicht lag es an der frischen Brise, dass ihm Tränen in die Augen traten, aber der Anblick der Blauwale war wirklich herzergreifend, und wäre er nicht so ein Heide gewesen, hätte er Gott für diese Schar majestätischer Riesen gedankt.

Seine Mutter hatte gesagt, Gott möge mit ihm sein, als Eigil sie anrief und erzählte, er hätte Arbeit auf einem norwegischen Sandsauger gefunden. Sie war ausgesprochen mitteilsam, an der Grenze zum Verdächtigen. Sie erzählte, Jens Julians Sohn wäre es nie besser gegangen als jetzt. Er lebte in einem Heim für psychotische Verbrecher in Roskilde, und einige seiner Mitinsassen würden den Jungen geradezu anbeten, als sei er ein Heiliger. So wie sie es verstanden hatte, wuchs der Junge noch immer, er näherte sich einer Größe von zweieinhalb Metern, und allein der Anblick, wie dieser lange Lulatsch sich bückte, um durch eine Tür zu gehen, musste fantastisch sein. Jedenfalls war es in der Abteilung still, wenn er sang, und noch immer roch der Junge so kindlich nach verschiedenen Milchprodukten. Eigil wollte seine Mutter nicht fragen, woher sie all das wusste, aber er lebte bei dem Gespräch auf und versprach, ihr aus Grönland einen Brief zu schreiben.

Gern hätte er ein hochheiliges Gelübde abgelegt. Zum Beispiel Bettlern, denen er begegnete, einen Hundertkronenschein zu geben. Immer zu antworten, wenn ihn jemand nach dem Weg fragte, und wenn er den Weg nicht kannte, zu sagen, er sei fremd und kenne sich hier nicht aus. Nie wieder etwas zu schreiben, das nicht der Wahrheit entsprach, nie wieder einen Finger nach dem anderen knacken zu lassen, und nie wieder Hand an einen Menschen zu legen. Aber er wusste, wie leicht es war, Gelübde abzulegen, vor allem wenn es keine Zeugen gab, die sich die Worte merken konnten. Und selbst, wenn es einen Zeugen gäbe, hätte der Betreffende bestimmt über ihn geschmunzelt oder gelacht. Manch einer hätte vermutlich gesagt, man ist auch nur ein Mensch, und Mensch zu sein, heißt auch, Fehler zu begehen. Oder ein fehlerfreier Mensch sei ein Nicht-Mensch. So etwas in der Art.

Eigil war der fünfte Mann an Bord. Die anderen waren der Skipper Even Haugskerd und der Steuermann Agnar Moe. Der Maschinenmeister stammte aus Litauen und hieß Jevgeni Milaknis – weshalb er Bob genannt wurde, wusste Eigil nicht. Bob war der Älteste an Bord, drei Jahre älter als Eigil. Der Bootsmann hieß Arne Nilsen. Er war ungewöhnlich hässlich, und vermutlich, um sein Gesicht zu verbergen, hatte er sich einen Vollbart stehen lassen, den man nur als alttestamentarisch bezeichnet konnte. Der Bart war blond und grob, wie Stroh in alten Matratzen. Er besaß keine Papiere und hatte mit einer Ausnahmegenehmigung angemustert, aber wie der Skipper bei seiner Beerdigung anderthalb Monate später in Upernavik sagte, war Arne Nilsen die Seele an Bord der *Øverland*. Ebenso wie sein Vater an Bord der alten *Øverland*. Arne stammte aus einer Mechanikerfamilie, nur hatte er dieses eitle Problem seines fürchterlichen Aussehens.

Ungefähr auf der Hälfte zwischen Norwegen und Grönland fragte Eigil den Skipper, ob es nicht eine gute Idee wäre, vielleicht einmal die Kombüse und die Messe zu putzen. Der Skipper hatte nichts dagegen, allerdings bemerkte er bei dieser Gelegenheit, ein Schiff sei ein Arbeitsplatz und kein Hurenhaus.

Eigil putzte die Decke und die Schotten in der Kombüse und der Messe, ebenso wie den größten Teil des Achterschiffs. Alle Läufer wurden geschrubbt, abgespült und zum Trocknen in den Schornsteinraum gehängt, und wenn sich der Skipper selbst als Puffmutter bezeichnete, auch gut. Zwei Tage machte Eigil sauber, mehrere Jahre hatte er nicht mehr so geschuftet. Der Schweiß lief und nachts konnte er gut schlafen.

Die ersten schimmernd weißen Eisberge verkündeten ihr Einlaufen in grönländisches Fahrwasser, und am Nachmittag des fünften Tages kamen auch die grauen Berge von Kap Farvel in Sicht. Sie fuhren dicht an der Küste entlang bis Sisimiut, vorbei an nackten, von Brandung und Eis abgeschliffenen und abgenagten Inseln, die öde wirkten. Es gab dort weder Büsche noch Halme zu sehen, nicht einmal Seepocken, so gesehen hätte die Route ein großartiger Kurs in das arktische

Totenreich sein können. Allerdings gab es sehr viele Seehunde, die ihre schwarzen Schnauzen neugierig aus dem Wasser streckten, und auf einigen größeren Klippen lagen Seehunde und Walrosse auf den von der Sonne erwärmten Felsen.

Hin und wieder gerieten sie in Eisplatten, aber deshalb änderte Even Haugskerd nicht seinen Kurs. Hannemann, geh du voran, murmelte er bloß und steuerte das voll beladene Schiff direkt in die eisige Welt. Diese beinahe übermütige Todesverachtung gefiel Eigil. Überhaupt entsprach der Skipper genau dem ersten Eindruck, den Eigil am Kai von Oslo von ihm gehabt hatte: Ungestüm, bis an die Grenze zum Groben, und obwohl er bisweilen versuchte, komisch zu sein, gelang es ihm nicht wirklich. Als sie am Dienstagabend in Sisimiut am Baukai anlegten, fragte er, wo denn das verdammte Blasorchester sei, das sei doch wohl das Geringste, was man verlangen dürfe. Die schwächlichen Eingeborenen von Brattahlíð hätten für Erik den Roten zumindest gesungen, als er vor tausend Jahren an Land ging, und abgesehen von der Singerei hätten sie ihm gebratenen Eisbären serviert, und mit Ausnahme von Priester Ormur hätten alle Nordmänner eine Möse bekommen. Das Niveau war doch erheblich gesunken, anders konnte man es nicht ausdrücken.

Die meisten Arbeiter waren bereits nach Hause gegangen, nur ein Kipplader war noch in Betrieb, und ein älterer Grönländer fing die Trosse auf, die ihm zugeworfen wurde. Bei den Felsen stand eine ordentliche Zementmischmaschine, und die Sand- und Schotterhaufen waren schon beträchtlich geschrumpft. Kurz nachdem das Schiff vertäut war, hielt ein Jeep am Rand des Kais, und ein dänischer Ingenieur aus der Gemeinde ging direkt auf die Brücke, um mit dem Skipper zu reden.

Währenddessen begannen sie, den Bagger zu installieren. Er hatte während der Überfahrt unter einer Persenning gestanden und war gut mit Drahtseilen und Gurten vertäut gewesen. Alles wurde gelöst. Die Schaufel war festgeschweißt, und Arne Nilsen schnitt die Verschweißung mit einem Winkelschleifer durch. Der Öltank wurde aufgefüllt und beide Akkumulatoren vom Maschinenraum heraufgebracht und eingesetzt.

Der Steuermann setzte sich auf dem Hyundai zurecht. Agnar war achtunddreißig Jahre alt und der zweitjüngste Mann an Bord. Er war ein freundlicher, aber wortkarger Mann; der Einzige aus der Mannschaft, der sich immer für das Essen bedankte, allerdings ohne hinzuzufügen, ob ihm das Essen gut oder weniger gut geschmeckt hatte.

Nachdem sie die Luken geöffnet hatten, erklärte er Eigil, nun müssten sie das Schiff entladen, und dieser Abend sei bestens geeignet, um ihm zu erklären, wie der Bagger funktionierte. Agnar zeigte Eigil, wie man die Schaufel bediente, den Baggerkran senkte und die Ladung auf dem Kai ablegte. Er zeigte ihm auch, wie sich die Maschine auf den Schienen vor- und zurückfahren ließ, und geduldig wie ein Grundschullehrer beantwortete er sämtliche Fragen Eigils und lernte ihn an. Die erste Schaufel voll Schotter flog zwischen die Reling und den Kai, aber Eigil musste sich darüber keine Gedanken machen. Er sollte lediglich ruhig arbeiten, dann würde es schon gehen. Normalerweise brauchten sie zwei Stunden, um die komplette Ladung zu löschen, an diesem Abend dauerte es jedoch fünf Stunden.

Es war ungefähr zwei Uhr, als Eigil den Off-Knopf an dem kleinen Instrumentenbrett drückte. Der Hauptmotor der *Øverland* war ebenfalls abgeschaltet, nur der Lichtmotor lief noch, ein Geräusch, das sich in der großen nördlichen Stille einigermaßen verzagt anhörte. Es war Flut und die Reling befand sich auf der Höhe der Kaimauerkante. Der gelöschte Schotterhaufen nahm ziemlich viel Raum ein, und als Agnar zwei Flaschen Bier brachte, meinte er, der Schotter würde so heimatlich nach Norwegen riechen. Der Geruch war streng wie die Bruchfläche einer frisch gesprengten Bergseite, und die grüne Farbe, die in der Schottermenge zu sehen war, bewies, dass es sich um Granit handelte. Es ist ein Teil des sveconorwegischen Grundfelsens, behauptete Arne. Eigil nickte und dachte, hier haben wir ja mal einen echten norwegischen Nationalisten.

Im Mai war die Sonne am siebzigsten Breitengrad nur ganz kurze Zeit unter dem Horizont, und als sie nun wieder aufging, spiegelte sie sich in den Fenstern unterhalb des Nasaasaaq-Berges. Eigil wusste nicht, wie hoch der Berg war, aber nie zuvor hatte er einen Berg so feuerrot schimmern sehen.

Dies hier war eindeutig ein anderes Leben, als von Hoffnungslosigkeit gequält in Oslo herumzulaufen. Jeden Morgen um sechs stieg Eigil aus seiner Koje. In den ersten sechs Wochen ging er regelmäßig unter die Dusche, bevor er sich anzog. Manchmal war er über einem Buch, in dem er gelesen hatte, eingeschlafen, und wenn er aufstand, fielen das Buch und der Bleistift auf den Boden. Er hatte Elias Canettis *Erinnerungen* mitgenommen, außerdem eine dreibändige Ausgabe der *Essays* von Montaigne, die Briefe, die Nehru aus dem Gefängnis an seine damals jugendliche Tochter Indira schrieb, und das *Kommunistische Manifest*. Nicht weit vom Kai in Oslo hatte Eigil nämlich eine Buchhandlung namens Tronsmo entdeckt, deren Auswahl an radikaler Literatur sehr breit und interessant war. Gern hätte er noch mehr Bücher gekauft, aber womöglich hätte es eigenartig gewirkt, um nicht zu sagen, unpassend arrogant, eine kleinere Bibliothek mit an Bord zu nehmen. Auf der Plastikdecke des kleinen Tisches lag sein Tagebuch, daneben stand die Bonbondose.

Als er damals auf das Niels Brock Business College ging, redete jeder zweite Student über das *Manifest* und die marxistische Tradition, allein schon aus diesem Grund hatte er einen großen Bogen um die meisten Bücher gemacht, die nach sozialistischer Literatur rochen. Die Studenten des Niels Brock College waren ohnehin nicht sonderlich angesehen unter den färingischen Studenten in Kopenhagen, vielleicht etwas mehr als die jungen Frauen, die Arzthelferinnen werden wollten und davon träumten, als Arztfrau kleine Arztkinder zu gebären, oder die intellektuellen Nullen, die auf die Polizeischule gingen. Aber vom Niels Brock zu den Höhen der humanistischen Fakultäten brauchte man eine ziemlich lange Leiter. Viele Humanisten schrieben für die linksgerichtete Zeitschrift *Framin*. Sie trugen Pullover, Jeans und Clogs, hatten lange Haare und Bärte, ja, einige behaupteten, bei *Framin* trügen sogar die jungen Frauen Bärte. Der intellektuelle Habitus war entsprechend. Es waren die Protestjahre, die politische Renaissance der Puritaner, mit einer Schützengrabenrhetorik nach den Instruktionen aus Moskau, Peking oder Washington. Ungefähr jedem Zweiten der Pullover tragenden Humanisten gelang es, sein Studium zu beenden, und mit dem Examenszeugnis in den Händen vergaßen sie plötzlich all ihr Gerede über marxistische Tradition und die färingische Republik.

In diesen Jahren las Eigil zentraleuropäische Schriftsteller wie Kafka, Joyce und den Polen Gombrowicz, und natürlich auch die südamerikanischen magischen Realisten. Die Auswahl an färingischen Prosaautoren war mager, einige Romane von William Heinesen und *Die Fischer* von Martin Joensen, vielleicht noch *Meine Reise nach Jerusalem* von Pastor Viderø. Jens Pauli Heinesen wollte Eigil nicht lesen, obwohl er in sprachlicher Hinsicht interessant war. Und Heðin Brú konnte er überhaupt nicht ausstehen, am ehesten noch *Die Ehre des Armen*, der Rest war uninteressant und irrelevant. Er hatte keine Lust, weniger gute Bücher zu lesen, egal, ob es sich bei dem Autor um einen Färinger oder einen Ausländer handelte.

Dass er sich erst jetzt das *Manifest* kaufte, war wie so vieles andere bei Eigil reiner Zufall. Zumindest glaubte er es selbst, und doch war es nicht nur ein Zufall. Als gestrauchelter Stadtratspolitiker und berüchtigter Gewalttäter hatte man ihn plötzlich vom Mittelstand zum Abschaum degradiert, was hätte er denn tun sollen? Nicht viel anderes, als mit dem *Manifest* im Koffer nach Grönland zu flüchten.

Zwischen seiner Kajüte und der Kombüse gab es eine Verbindungstür, und als Erstes kochte er jeden Morgen Grütze und einen starken Kaffee. Gegen halb zehn briet er Eier und Speck für die Mannschaft, und der Skipper wies ihn an, ordentliche Speckscheiben zu braten, nicht diese verdammten Rasierklingen, wie sie die Banditen in den Osloer Restaurants servierten. Eigil servierte P-Sauce und Ketchup dazu, außerdem stellte er Brot und Aufschnitt auf den Tisch. Manchmal backte er amerikanische Pfannkuchen angemessen angebrannt, die sie in Sirup ersäuften. Alle außer Eigil rauchten, und bei den Mahlzeiten pafften sie genussvoll, während Nuuk Radiomusik dazu spielte.

Eines Tages hörte Eigil im Radio die bekannte Melodie von Dusty Springfields »Son of a Preacher Man«, und als sie danach »You Don't Have To Say You Love Me« spielten, verließ er die Messe, weil seine Schiffskameraden seine Tränen nicht sehen sollten. Dustys Musik war mit der Zeit verbunden, als er in Kopenhagen studierte und die Sache mit der Liebe nicht in den Griff bekam, aber nun musste er bei »You Don't Have To Say You Love Me« immer an die Woche um Neujahr 1988 auf 1989 denken, die er mit Karin verbracht hatte. Rückblickend betrachtet, war diese Woche die glücklichste seines Lebens gewesen, aber auch die entlarvendste. Karin hatte recht gehabt. Er konnte nicht gleichzeitig für die Liebe und seine Literatur da sein, und das Allerschlimmste: Er hatte niemals daran gezweifelt, die Literatur zu wählen. Und dann hatte Karin ein totes Kind zur Welt gebracht. Ihr totes Kind.

Der Rost stiebt unter den Folterkammertüren der europäischen Familie hervor. Er erinnerte sich deutlich, wie ihm diese Zeile einfiel, doch in dem Moment, als er den Geschmack der Worte geradezu auf der Zunge spürte, wagte er nicht, sie aufzuschreiben. Es war im Oktober 1991 in Karins Zimmer gewesen, ganz genau am Vormittag des 17. Oktober 1991. Ihr kleines Kind lag nackt im Bett. Es kam mit geschlossenen Augen zur Welt und verließ sie mit geschlossenen Augen. Die feinen Adern an den Augenlidern waren wie ein kleines Blumenbeet kurz vor dem Aufblühen. Karin hockte auf dem Bett und wusch den Jungen mit lauwarmem Seifenwasser. Vorsichtig strich sie mit dem Waschlappen über seine hohe Stirn. Der größte Teil des Körpers war verborgen unter der Lanugobehaarung, wie sie es nannte; deren Aufgabe war es, den Körper im Mutterleib zu wärmen. Das Kind war beinahe ausgetragen. Sie wusch ihn zwischen allen Zehen und Fingern, wo die Nägel zu wachsen begonnen hatten. Die Nasenlöcher waren geschlossen, und während sie den Jungen wusch, nannte sie ihn ihren süßen Osterinselbewohner oder Mamas kleinen Schatz. Sie weinte, während sie ihn wusch, ein stilles, verzweifeltes Weinen, und obwohl Eigil gern ihre Tränen getrocknet hätte, wagte er es nicht. Karin war gleichsam eingegossen in eine ganz dünne Brünne aus Glas, und wenn sein Atem sie erreicht oder er sie nur ganz vorsichtig berührt hätte, wäre die Brünne zersprungen und ein Schauer aus Glas über dem Jungen niedergegangen. Das blutrote Laken und den Bettbezug hatte ihre Mutter entfernt, ebenso die Unterwäsche. Ihr Unterleib war so empfindlich, und in die großen Unterhosen, die sie von ihrer Mutter geliehen hatte, legte sie eine Baumwollwindel, die für den Kleinen gedacht war. Es war plötzlich passiert. Sie war mit starken Schmerzen aufgewacht, Blut war ihr aus der Gebärmutter gelaufen, und das war eigenartig. Denn sie hatte sich nirgends gestoßen oder war gefallen, sie war sozusagen mitten in der Geburt erwacht. Die Mutter rief den Arzt, doch als er kam, hatte sie bereits ihren stummen Gast zur Welt gebracht.

Karin trocknete ihn ab und zog ihm eine Unterhose und ein Unterhemd an, das sie selbst gestrickt hatte. Der Kleine war nicht größer als sechsundzwanzig Zentimeter, sodass der Strampelanzug, der den armen Körper vor neugierigen Erdenwesen beschützen sollte, reichlich groß war. Die Mütze mit den zwei kleinen Kaninchenohren passte besser. Karin bat ihre Mutter, die kleine, missglückte Familie zu fotografieren, wie sie es nannte. Später bat Eigil sie um einen Abzug des Fotos, sie hatte es versprochen, aber er hatte nie irgendein Bild bekommen. Dennoch erinnerte er sich deutlich, wie sie dort auf der Bettkante saß. In ihrem Schoß hatte sie den Kleinen mit der süßen Mütze auf dem Kopf, er selbst hatte ihr die Hand auf die Schulter gelegt.

Als Eigil zurück nach Tórshavn fuhr, hielt er an und schrieb diese Zeile auf: *Der Rost stiebt unter den Folterkammertüren der europäischen Familie hervor.* Aber ergab diese Zeile irgendeinen Sinn? Lag in den Worten nicht nur der übliche Aufguss von europäischem Selbsthass? Oder war er in diesem

Augenblick einfach nur ehrlicher als gewöhnlich? Er hatte ihre gemeinsame Reise nach New York nicht vergessen, der einzige Urlaub, den sie zusammen verbracht hatten, und ausgerechnet da hatte er Hand an sie gelegt. Der anständigste Mensch, den er kannte, war von ihm in dem vornehmen Hotelzimmer in Manhattan verprügelt worden. Er hatte sie über den Couchtisch an die Kante des Kleiderschranks gestoßen und ihr zwei Rippen und das Handgelenk gebrochen. Natürlich war das Folter. Und trotzdem hatte sie ihm verziehen. Oder vielleicht hatte sie gerade das nicht getan. Vielleicht hatte sie nur auf eine Gelegenheit gewartet, die Rache effektiver zu gestalten, und diese Gelegenheit hatte sich ergeben, als sich ihre Gebärmutter von allem entledigte, das sie mit dem Schriftsteller Eigil Tvibur verband. Auch deshalb hatte sie ihm das Foto der kleinen, missglückten Familie nie geschickt.

»Bist du okay?« Die Stimme gehörte Agnar Moe. Eigil wandte ihm sein verheultes Gesicht zu und schüttelte den Kopf.

Normalerweise aß die Mannschaft um zwei, manchmal ein bisschen später. Das Menü variierte nicht sonderlich: Hackfleisch aus der Gefriertruhe, gekochter oder gebratener Fisch, Lakefleisch mit Erbsen und am Sonntag Lamm- oder Rinderbraten. Eigil backte auch Sandkuchen zum Kaffee, und die Männer wussten es zu schätzen, dass dieses große Vieh von einem Koch so mütterlich sein konnte.

An den ersten Tagen, an denen das Schiff Sand saugte, hatten sie einen Ortskundigen an Bord. Der Mann war ein alter grönländischer Lotse und erklärte ihnen die Fahrtrouten außerhalb von Sisimiut. Es dauerte lediglich eine knappe Stunde, um in eine Bucht einzufahren, die von den Grönländern Siorak Plik genannt wurde. Am häufigsten saugten sie in sieben, acht Metern Tiefe, und bei guten Bedingungen nahm die Pumpe um die drei Kubikmeter Sand in der Minute auf. Sie machten kaum Fahrt, und die Kunst bestand darin, das Rohr so stabil wie möglich in der Sandbank zu halten, denn dann saugte die Pumpe am effektivsten. Der Skipper kontrollierte sowohl das Absaugen wie auch das Ruder, er stand auf der Brücke und hatte den Ellenbogen am offenen Fenster aufgestützt. Vor sich hatte er das Steuerrad und daneben den Handgriff, mit dem sich das Rohr heben und senken ließ. Nachdem sie die Bucht kannten, dauerte es selten länger als zwei, drei Stunden, um das Schiff zu füllen. Dann fuhren sie zurück zum Baukai, und Eigil oder Agnar setzten sich in den Hyundai und löschten die Last. Normal waren zwei Fahrten am Tag, und in den drei Wochen, die sie in Sisimiut arbeiteten, saugten und transportierten sie ungefähr fünfundzwanzigtausend Tonnen Sand.

Nach ihrem Aufenthalt in Sisimiut schickte Kanukoka sie weiter nördlich nach Upernavik. Auf der Insel, auf der die Gemeinde lag, sollte ein Flugplatz gebaut werden, und ihre Aufgabe war es, den nötigen Sand für das Projekt zu fördern. Es dauerte drei Tage, um nach Upernavik zu kommen, als Ladung beförderten sie außer Paletten mit ungefähr tausend Zementsäcken auch einen demontierten Backenbrecher.

Ein Brief an Mutter

Upernavik, 3. Juli 1997

Liebe Mutter,

es ist so ruhig hier auf der Øverland. Viel zu ruhig. Das einzige Geräusch, das zu hören ist, sind die Hunde in Upernavik, die bellen, solange die Sonne am Himmel steht. In der letzten Nacht starb unser Bootsmann, und seither ist nichts mehr so, wie es war. Aber dennoch ist die Welt schön, windstill und hell an allen vierundzwanzig Stunden des Tages, und dieses überwältigende Licht ist das wirklich Besondere nördlich des siebzigsten und achtzigsten Breitengrades. Aber ich habe das Gefühl, als hätte ich das nicht verdient, oder als hätte ich aufgrund eines Fehlers ein Geschenk entgegengenommen, das für jemand anderen bestimmt war. Frei übersetzt bedeutet Upernavik Frühlingsplatz, daher dürfte ich gar nicht hier sein, denn mein Frühling ist vorbei, und tatsächlich wird die Øverland nicht mehr allzu lange hier liegen bleiben. Morgen oder übermorgen, wenn die Beerdigung überstanden ist, nehmen wir Kurs auf Kap Farvel, und danach fahren wir in Richtung Norden, die grönländische Küste entlang nach Tasiilaq.

Manchmal wünschte ich mir, tot zu sein, aber meine

Seele sollte dennoch Ohren haben und hören können. Ich würde gern erleben, wie der eine oder andere kluge Journalist mit Leuten spricht, die mich gekannt haben, und sie fragt, wie dieser Eigil Tvibur tatsächlich gewesen ist. Wenn sich mit anderen Worten eine gewisse Eitelkeit in meinem Todeswunsch zeigt, so musst du das nicht allzu wörtlich nehmen.

Ich glaube, ich weiß, was du dem Journalisten antworten würdest. Du würdest sagen, meine Versuche, festen Boden unter den Füßen zu bekommen, waren aller Ehren wert, doch ein Kind, das im Dreck gezeugt wurde, wird den Geruch seiner Herkunft niemals ganz los. Nein, das würdest du nicht antworten, entschuldige, Mutter, entschuldige, Kristensa Tvibur, verheiratete Sivertsen, ich weiß, dass du diese Antwort nicht geben würdest. Du würdest antworten, ich sei deine schmerzliche Liebe, das Licht deiner Jugend, der Stolz deiner reifen Jahre, und du wärst vor Freude beinahe gestorben, als ich Wirtschaftsprüfer wurde. Das würdest du sagen. Und die Freude sei mindestens ebenso groß gewesen, als meine ersten Bücher erschienen, vor allem als *Zwischen Tórshavn und San Francisco* herauskam. Vermutlich würdest du auch sagen, du hättest dich nie ganz sicher gefühlt, denn in deinem Sohn würde auch der Wahnsinn wohnen. Vielleicht würdest du das Bild benutzen, ich sei eine schlecht isolierte elektrische Leitung gewesen, die jemandem jederzeit einen Schlag versetzen konnte.

So starb meine süße Olrunoma, an einem Stromschlag im Portugaliõ. Ich habe immer gedacht, es sei ein Unfall gewesen, aber inzwischen habe ich Zweifel. Die Olrunoma hat es selbst so gewollt, vor allem, als ihr klar wurde, dass du und ich in den Landevejen umziehen würden. Vielleicht hat sie ihre Stricknadeln in die Steckdose gesteckt, um ihr altes Herz zu grillen. Das ist nicht bloß eine literarische Fantasie. Neulich habe ich den Bootsmann gefragt, ob es möglich ist, sich so das Leben zu nehmen. Er hatte Zweifel, aber bei einer Person mit einem schwachen Herz braucht es nicht sonderlich viel, um den Hautkontakt herzustellen, sagte er. Du und Olrunoma, ihr seid die beiden Heldinnen meines Lebens. Niemand von all denen, die ich in meinem späteren Leben kennengelernt habe, hatte euer Format!

Aber was würde Ingvald dem Journalisten antworten? Er würde sein unergründliches Lächeln aufsetzen und sagen, Eigil sei seiner Mutter nicht unähnlich gewesen, vielleicht ein bisschen intelligenter. Er würde darüber hinaus sagen, sensible und labile Menschen zerbrächen früher oder später, und wenn es passiere, gelte es, zur Stelle zu sein und eine helfende Hand auszustrecken. Vielleicht würde er hinzufügen, Eigil sei leider so gestrickt gewesen, dass er nicht imstande war, eine offene Hand zu ergreifen, und schon gar nicht die seines Stiefvaters.

Du kannst Ingvald diesen Brief gern zeigen. Vielleicht reiße ich mich zusammen und schreibe ihm ein paar Zeilen, wenn wir nach Tasiilaq kommen.

Das Verhältnis zwischen mir und Tórharda war immer gut, und ich ärgere mich so, dass ich den kleinen Torri nicht begrüßt habe, aber das werde ich eines Tages nachholen. Tórharda hätte dem Journalisten geantwortet, ohne so gewalttätige Typen wie ihren Bruder wären die Färöer ebenso leer und glanzlos wie das verdammte Glasauge, das Hjartvard Tvibur in seinen letzten Jahren trug.

Was meine gestörte Schwester Svanhild dem Journalisten antworten würde, weiß ich nicht. Jedes Mal, wenn ich an sie denke, sehe ich ihre geschwärzten Wimpern und Lider vor mir. Und die ganzen klirrenden Ringe, die sie als Jugendliche in ihren Ohren trug. Ihre schenkelkurzen Röcke und Strümpfe waren ebenfalls schwarz. Aber wie formulierte es der Vorsitzende der Tórshavner Arbeitergewerkschaft Karl Johansen immer, faktische Tatsache ist ..., und dann zählte er die verschiedenen Artikel auf, die für den Lebenshaltungsindex entscheidend sind: Margarine, Graubrot, Öl, Strom, Tabak, Schuhe und Kleider, Waschpulver, Zucker und andere lebensnotwendige Dinge, um den Haushalt der Lohnabhängigen zu finanzieren. Und in das ganze Gerede über den Lebenshaltungsindex konnte er auch noch unterbringen, wie wichtig es ist, die leeren Milchkartons aufzubewahren, denn sie seien perfekt, um Eissturmvogeljunge einzufrieren. Man legte die gerupften oder abgezogenen Eissturmvogeljungen in den Karton, füllte sie bis zum Rand mit Wasser und stellte den Karton vorsichtig in die Gefriertruhe. Genau das brauchten wir hier auf den Färöern, Gefäße, in denen der Inhalt nicht zu schnell ranzig wurde, denn das war das Schlimmste, was passieren konnte. Karl sprach auch über Menschen, die bereits in der Blüte ihrer Jugend ranzig geworden waren, und er erwähnte ganze Ortschaften, die von Lebensmitteln umgeben waren – am Strand, auf den Gemeindewiesen, in den Bergen –, aber dennoch untätig blieben, weil die Lebenslust der Einwohner ranzig geworden war. Die Einzigen, die aus den ranzigen 1. Mai-Verhandlungen Nutzen zögen, wären die aggressiven Kommunisten in der Arbeitergewerkschaft, sagte er, denn da konnten sie sich wirklich wichtigmachen. Und eine andere Bevölkerungsgruppe, die in der ranzigen Welt ebenfalls aufblühte, waren die rechten Welpen aus der Bande von Óli Breckmann.[13] Money is power, erklärte Karl, und das sei so gewesen, seit die Restorffer in den 1850er Jahren angefangen hätten, in Tórshavn Handel zu treiben. Ja, eigentlich seit der Wikingerhäuptling Sigmundur Brestisson die Färöer christianisiert hatte, und bis die Zungenredner tausend Jahre später das Christentum bis zur Unkenntlichkeit zerfaselt hatten. Karl dachte so, wie die alten Tórshavner dachten: Während das Huhn die Eier bebrütet, passt der Hahn auf es auf. Er selbst kümmerte sich ebenfalls um seine Familie, doch als Gewerkschafter brach man bei ihm nicht gerade in Hurrarufe aus. Er hatte Angst vor der kommunistischen Opposition in der Tórshavner Arbeitergewerkschaft, ja, als Sozialdemokrat hasste er alles, was links war. Er sah es als seine große Aufgabe an, die Kommunisten von jeglichem Einfluss fernzuhalten. Ich habe allerdings meine Zweifel, ob die Roten wirklich gefährlich waren. Hätte Karl seine Perspektive ein wenig erweitert, hätte er dem alten römischen Leitsatz *divide et impera* folgen können, der Kunst zu teilen und zu herrschen. Hätte er den Kommunisten ein paar Knochen zum Abnagen gegeben und ein paar von ihnen mit ins Boot geholt, hätte es unter den Übrigen Streit gegeben. Sie hätten sich schon bald gegenseitig die Augen ausgekratzt, und dann wäre die rote Gefahr überstanden gewesen, jedenfalls zunächst einmal.

Egal, seine improvisierten Vorträge über das ranzige Dasein weckten einen Niels-Brock-Schüler wie mich auf, ich vergaß alle Abschreibungen, Kontierungen, Ausgaben für Investitionen, jegliche Degression, ich schiss auf die Haufen von vorgezogenen Darlehen, Unternehmerlöhnen, Steuerabschreibungen, Freibeträgen, auf sämtliche ökonomische Steuerungsinstrumente, wie auch immer die unterschiedlichen Begriffe der Wirtschaftsprüfung hießen.

Natürlich habe ich mit einzelnen anständigen Wirtschaftsprüfern zusammengearbeitet, die die Rationalität als Kern der doppelten Buchführung respektierten. Es ist nur so, dass die Tätigkeit eines Wirtschaftsprüfers ein gefühlloses und amoralisches Fach ist; hast du je von Leuten gehört, die von einer perfekt revidierten Buchführung zu Tränen gerührt wurden? Nein, hast du nicht, und du wirst es auch nicht erleben, denn dieses Phänomen existiert nicht. Andere Berufsgruppen haben einen fachbezogenen Stolz, zum Beispiel Steinmetze, Graphiker und Designer, gar nicht zu reden von Schriftstellern. Aber bei uns Wirtschaftsprüfern, uns Ratten im Keller des Liberalismus, gibt es keinen beruflichen Stolz. Wir lassen uns gut und reichlich bezahlen, und in den Augen der Welt ist das großartig, aber geehrt werden wir deshalb nicht. Zusammen mit den Juristen waren wir immer ein Ergebnis der gegebenen Umstände, aber nie die Ursache für irgendetwas. Und sollte es doch einmal passieren, dass wir die Ursache sind, dann geht es um Krisen und Vorgänge, die das Licht des Tages nur schwer vertragen.

Liebe Mutter, jetzt bin ich aus der Bahn geraten, Karls faktische Tatsachen haben mich abgelenkt. Eins muss ich jedoch zugeben, dieser Brief an dich ist auch ein Versuch zu prüfen, ob mir noch ein wenig literarische Kraft geblieben ist. Ich habe so gut wie nichts beendet, seit ich die Färöer verlassen habe, und wenn ich nur eine A4-Seite an dich zum Vibrieren bringen kann, besteht vielleicht noch Hoffnung.

Aber Svanhild hatte wahrlich ihre Gründe, sich in ihren Punk-Tagen schwarz zu kleiden, das ist eine faktische Tatsache.

Ich muss dir von einem traurigen Ereignis erzählen, das ihr widerfuhr, als sie dreizehn Jahre alt war; ich bin sicher, es hat das Seine dazu beigetragen, ihre färingische Identität zu zerstören.

In diesem Alter war sie sich vollkommen bewusst, wie ihre sexuelle Orientierung aussah, und dann tat sie etwas, das sie besser nicht hätte tun sollen. Sie flirtete mit einer Klassenkameradin, in die sie verliebt zu sein glaubte. Zwei Tage später wurde Svanhild von ihr und zwei anderen Mädchen angehalten, sie zerrten sie in den Heizungskeller der Schule. Dort haben sie ihr befohlen, sich in die Hose zu kacken, andernfalls würden sie der ganzen Schule erzählen, was für ein Mädchen sie ist.

Ich bezweifle, dass du von dieser Geschichte weißt, ich habe es von Tórharda erfahren, und sie erzählte, die Mädchen hätten zu Svanhild gesagt, du wärst verrückt und Ingvald so dumm wie die Fahrradklemmen an seinen Hosenbeinen. Unsere ganze Familie wäre merkwürdig.

Sie zwangen sie zu drücken, es gab keine Gnade. Sie musste sich anhören, sie würde nach Lesbe stinken, ständig jemanden umarmen wollen und am liebsten nach dem Turnunterricht mit den anderen nackten Mädchen unter der Dusche stehen. Die arme Svanhild trug einen kurzen Rock, aber eine saubere Unterhose oder einen Slip, und nun saß sie auf einer Holzkiste und drückte. Sie fing an zu pupsen, dann kam ein wenig Stuhl, und am Ende bekam sie vor lauter Nervosität Durchfall. Es lief unter den Rändern ihres Slips heraus auf die Holzkiste. Deine Tochter, meine Schwester, brach unter der Demütigung zusammen. Vielleicht lachten ihre Klassenkameradinnen, aber das war kaum ein anhaltendes Gelächter. Es war ein Gelächter von ein paar Gören, die merkten, dass sie zu weit gegangen waren, und ich vermute, sie waren plötzlich von ihrer eigenen Gnadenlosigkeit betroffen. Erst kommt das Schamgefühl und danach die verdammte Reue, die zu nichts zu gebrauchen ist.

Dieses Ereignis im Keller hat Svanhild gebrochen, und ich bin sicher, es ist der Hauptgrund, warum sie heute in Dänemark lebt. Sie hasste die Mädchen, die Schule und so gut wie alles, was mit den Färöern zu tun hatte. Auch dich und mich. Denk mal gründlich nach? Was ist Svanhild gelungen? Sie ging aufs Gymnasium, brach es aber ab, das Abitur holte sie später in Kopenhagen nach. Sie fing an, Medizin zu studieren, aber auch daraus wurde nichts, und nur mit Müh und Not hat sie die Ausbildung zur Krankenschwester absolviert.

Also, was würde sie dem Journalisten antworten, wenn er sie nach ihrem Bruder gefragt hätte? Ich glaube, sie hätte geantwortet, Eigil Tvibur in Wahrheit gar nicht wirklich gekannt zu haben, und über die wenigen Dinge, die sie über ihn, seine Person und seine Eigenschaften wusste, könne sie nicht in Jubelschreie ausbrechen.

Und ich verstehe sie gut, denn nur die Wenigsten mögen mich, und das schreibe ich nicht, damit du mir widersprichst; ich beweise dir lächelnd, dass die Leute mich maximal elf, zwölf Minuten ertragen, danach ist ihr Unwille kurz vorm Platzen, wie bei einer Blase.

Ich bin auf die falsche Art und Weise arrogant. In einem Interview erklärte Poul F., er sei fünfunddreißig Jahre alt gewesen, als er den Jüngsten der Brüder in

Áarstova, Hans Andrias Djurhuus, überholte, und zehn Jahre später hätte er auch den Hauptskalden, J. H. O. Djurhuus,[14] hinter sich gelassen. Ich bin nicht im Besitz des Charmes, der nötig ist, um solchen humoristischen Nonsens zu verkünden. Auch in meiner Zeit als Politiker rissen sich die Journalisten nicht um meine Kommentare. Sie hielten mich für einen Besserwisser der unangenehmen Art; und außerdem saß mir meine Kleidung ein wenig zu stramm um die Schultern – vielleicht hatten sie Angst vor dem Stiernacken, den ich von Hjartvard í Ergisstova geerbt habe.

Möglicherweise liegt es an meinem Gesicht. Ich weiß nicht, wie viele Stunden ich insgesamt vor dem Spiegel verbracht habe, seit ich als dreizehn-, vierzehnjähriger Junge diese verdammte Akne bekam. Du wirst dich vermutlich an meine Komplexe erinnern. Meine Gesichtsform gibt es auf den Färöern nicht, einer meiner norwegischen Vorfahren war Same, und ich habe tatsächlich eine samische Kopfform, mein Kopf ist flach und breit, als wäre er auf einem Amboss geschmiedet worden. Kleine, strenge Augen, eine niedrige Stirn, und dann dieser herzförmige Bogen von den Jochbeinen hinunter zu meinem kleinen Kinn. Mein Kinn sollte aussehen wie eine Steinmole, dann würde es zur Größe meines Körpers passen. Ein samischer Kopf auf einem Gladiatorenkörper, das funktioniert nicht. Jetzt sind mir die Narben, die ich täglich im Spiegel sehe, eher egal, ja, ich würde sogar sagen, sie stehen mir und geben mir ein regelrechtes Verbrecheraussehen, das zu meiner Gemütsverfassung passt.

Der Einzige, der mir in meiner Zeit als Politiker ein wenig Aufmerksamkeit schenkte, war Karl Johansen. Ich glaube, ich darf sagen, er entwickelte mir gegenüber väterliche Gefühle, allerdings weiß ich nicht, warum. Vielleicht weißt du es, denn Hand aufs Herz, Mutter, ein Gefühl sagt mir, ihr habt euch seit dem Frühling eurer Jugend gekannt. Jedenfalls kannte er meine Familienverhältnisse und wusste, dass ich unter den Proletariern in Reyn aufgewachsen bin. Einmal hat er mir erzählt, er würde sich freuen, wenn etwas Gutes aus Männern wird, die nicht mit einem silbernen Löffel im Mund geboren werden. Und in der Tat war ich durchaus bereit, die Interessen der Gewerkschaften zu unterstützen, zumal mir als Wirtschaftsprüfer die ordentlich gefüllten Konten der meisten Arbeitgeber ja nicht unbekannt waren. Aus irgendeinem seltsamen Grund wusste Karl auch, dass ich als Neunjähriger Hartmann Olsens Leben gerettet hatte, und mit seinem derben Tórshavner Humor meinte er, es wäre das Dümmste gewesen, was ich je getan hätte.

Oh, Hartmann, Hartmann! Er war wie der Antiheld Herluf in Kári P.'s Song, er wurde weder Skipper noch Lastwagenfahrer oder Kassierer einer Bank. Er bekam mit einer Frau aus Skopun ein Kind, und wenn ich mich recht erinnere, zog er ebenso nach Skopun. Ich ging zu der Zeit aufs Gymnasium, als er sein Seelenheil fand. Eines Tages begegneten wir uns, und er erzählte mir von der großen Freude, die in sein Leben eingezogen wäre. Er hätte den Korken in die Flasche gestopft und seine letzte Zigarette ausgedrückt, und er hätte auch aufgehört, das Mädchen aus Skopun in den Arsch zu ficken. Das Skopun-Mädchen in den Arsch zu ficken? Ich wusste nicht, was ich antworten sollte, nickte nur und lächelte. Dennoch dachte ich bei mir, das ist wirklich der Gipfel an christlicher Originalität.

Karl hatte ein paar Winter die Abendschule besucht und lernte Englisch, und ich glaube, er absolvierte auch ein Examen in Geschichte. Ansonsten war er aber niemand, der Bücher las. Er versuchte, seinen philosophischen oder intellektuellen Habitus ein wenig hervorzukehren, aber das hatte sicher damit zu tun, dass die Presse zu dieser Zeit anfing, Gewerkschaftern Fragen zu aktuellen Themen der Zeit zu stellen. Außerdem war es durchaus nützlich, ein wenig über die neuere europäische Geschichte zu wissen, wenn er hin und wieder an skandinavischen Gewerkschaftskonferenzen teilnahm. Aber soweit ich ihn verstanden habe, weigerte er sich, Informationsveranstaltungen in der Gewerkschaft abzuhalten, der er selbst vorstand, obwohl das früher eigentlich üblich gewesen war. Dasselbe galt für eine Mitgliederzeitschrift. Er hatte einfach keine Lust, mit den streitlustigen Kommunisten zu diskutieren; hätte die Gewerkschaft eine Zeitschrift herausgegeben, hätten die Roten plötzlich ein Organ gehabt, in dem sie schreiben konnten, und das galt es zu verhindern. Auf all das, was man aufklärerische Tätigkeit nennen konnte, wurde ein Deckel gelegt, und auf diesem Deckel saß die wohlgenährte Führungsriege – vermutlich eine halbe Tonne gewerkschaftlicher Ballast.

In diesen Jahren hatte ich kein sonderlich großes Interesse an den Linken. Genauer gesagt empfand ich einen tiefen Unwillen gegenüber den meisten Gedanken, für die die Linken eintraten. Dennoch verstand ich nicht, warum Menschen, deren Urteilskraft ich eigentlich sehr schätzte, ständig von der roten Gefahr redeten. Weder im Gemeinderat noch im Stadtrat oder im Lagting saß ein einziger Kommunist, und wenn jemand in der öffentlichen Verwaltung linksgerichtet war, dann war das nichts, womit man prahlte.

Wie so oft war die Aufregung über das kommunistische Schreckgespenst irrational und stimmte absolut nicht mit der Wirklichkeit überein, und bereits damals war mir klar, dass die Menschen keineswegs in erster Linie vor dem Kommunismus Angst hatten. Das schrieb ich auch in meinem Buch *Zwischen Tórshavn und San Francisco*. In den Sechziger- und Siebzigerjahren waren die Färöer ein erloschenes Land, man hatte den Stecker aus der großen Steckdose gezogen, die uns mit den herrschenden Strömungen der Welt verband, das war die faktische Tatsache, aber diese Wahrheit wollte niemand wahrhaben. Politisch wie menschlich lagen die Inseln im Halbdunkel. Es durfte nichts Neues passieren, alles sollte so bleiben, wie es schon immer gewesen war, darüber herrschte großes, stummes Einverständnis. Während ein wachsender Konservatismus wissbegierigen Färingern ihr Heimatland verleidete, krähten Leute wie Hartmann Olsen ihre Antiarschfickerbotschaft über sämtliche Plätze.

Bevor ich dir jetzt eine gute Nacht wünsche, Mutter, muss ich noch etwas zu Karl sagen, denn ich glaube, ich schätze ihn, und es tut mir leid, mich nie richtig von ihm verabschiedet zu haben.

Eines Abends, kurz nach dem Ende der 1. Mai-Verhandlungen, es muss Mitte der Achtzigerjahre gewesen sein, traf ich ihn auf der Kongabrúgvin, und nachdem wir uns ein bisschen unterhalten hatten, lud er mich auf einen Happen zu sich nach Hause ein. Und ich muss sagen, das nenne ich Gastfreundschaft. Er goss Bier und Schnaps ein, servierte getrockneten Fisch, Walfleisch mit Speck und Kartoffeln und forderte mich auf, doch um Gottes willen zu essen. Ich ließ es mir nicht zweimal sagen. Ich glaube, seine Frau stammt aus Hestur, sie war jedenfalls ebenso gastfreundlich wie er. Karls Familie hatte ein Boot, das wusste ich bereits, als wir und die Olrunoma im Portugalið wohnten; ich meine, das Boot hieß Sonnenboot. Karl versorgte seine Familie gut, und das war bei vier Kindern nicht ganz einfach – außerdem trug er noch die Verantwortung für seine alten Eltern. Er wüsste genau, dass die Leute schmunzelten, wenn er in der Dämmerung am Kai leere Flaschen sammelte, erklärte er mir, aber das Flaschenpfand finanzierte das Futter für sein Kalb. Er sagte, er lebe so, wie die Tórshavner es schon immer getan hätten, und er erzählte mir auch, dass der Dichter Janus Djurhuus die alten Tórshavner als arme Edle bezeichnet hatte.

Um die Wahrheit zu sagen, wurden wir ein wenig betrunken und erzählten uns viele gute und dumme Geschichten. Karl fuhr am Wochenende manchmal Torkil á Reynis Taxi, du erinnerst dich doch an Torkil, in den alten Zeiten waren wir beinahe Nachbarn. Eines Sonntags wurde Karl gebeten, die erste Frauenmannschaft des Handballclubs Neistin nach Vestmanna zu fahren. Torkil hatte einen Rambler mit Lenkradschaltung und einem Sofa als Vordersitz. Vier, fünf Frauen mussten sich auf die Rückbank zwängen, ebenso viele auf den Vordersitz. Er selbst musste seinen Arsch buchstäblich ins Auto quetschen, um hinters Steuer zu kommen, so wenig Platz gab es. Und was geschah? Der arme Mann setzte sich auf die Eier – und das war keine Kleinigkeit für einen Herrn, der zweihundert Pfund wog. Er konnte schließlich nicht aua oder etwas Derartiges schreien, er wollte sich ja nicht lächerlich machen, immerhin war das Auto randvoll mit Frauen. Die ganzen zweiundvierzig Kilometer bis Vestmanna saß er auf seiner Ausrüstung. Hin und wieder fuhr der Wagen durch ein Schlagloch und einmal musste er scharf bremsen, weil ein paar verdammte Schafe die Straße überquerten. Nachdem er diese Geschichte erzählt hatte, zwinkerte Karl seiner Frau zu und fügte hinzu, als er zurück nach Tórshavn gekommen war, musste sie seine geschundenen Juwelen mit Eis kühlen. Sie bat ihn, nicht solchen Unsinn zu erzählen, und dann prosteten wir uns zu. Wir drei hatten einen munteren Abend.

Vielleicht lacht jemand über diese Geschichte, immerhin ist sie lächerlich, aber trotz allem Gelächter enthält sie einen Kern von Kummer und Schmerz. Das Sexuelle hat immer auch etwas Schmerzhaftes an sich. Ich erwähne nur meinen Ursprung im Ergisstova-Stall in Sumba. Und wenn ich an mein totes Kind denke, das ich mit Karin hatte, spüre ich sofort Schmerzen in der Leiste. Hätte der Kleine gelebt, wäre mein Leben anders und besser verlaufen, da bin ich sicher. Und nun starb unser Bootsmann, weil eine Grönländerin plötzlich in sein Leben getreten war.

Niemand hat behauptet, es sei leicht, ein Leben zu leben, aber bisweilen zweifle ich, ob es der Mühe wert ist, sich durch achtzig Jahre zu kratzen, zu kriechen und zu weinen, nur um am Ende eine Schaufel voll Erde in die Fresse zu bekommen, wie du immer sagst. Aber denkt man an die ordentlichen Menschen, die man gekannt hat, Menschen wie Karl, die Olrunoma und Karin, und ist man dein Sohn, dann lädt sich mein ansonsten recht leerer Akku doch wieder auf.

Jetzt schließe ich die Bonbondose, gehe in die Koje und wünsche dir eine gute Nacht.

Das Begräbnis und fliegende Hunde

Auf dem kleinen, ordentlichen Friedhof von Upernavik liegen die Gräber dicht nebeneinander. Wie große Schachteln ragen Beton- und Steinwälle aus der Erde empor, aber es ist durchaus möglich, vom Fußende zum Kopfende eines Grabes zu gehen, wo ein weißes Holzkreuz oder vielleicht ein kleiner Grabstein steht. Es gibt eine Kirche im Ort und auch eine Gemeinde, die sich vorgenommen hat, den gnadenlosen grönländischen Schnapsteufel zu bekämpfen. Einige von denen, die hier liegen, waren besoffen, als sie starben, oder sie wurden von Besoffenen ermordet. Es gibt auch Selbstmörder unter den Schachtelbewohnern, sodass man sagen könnte, der Friedhof ist eigentlich wesentlich friedlicher als das Leben außerhalb der Grabplatten.

Vor viertausend Jahren kam eine Gruppe Inuit aus Kanada quer über das Eis, und was kann man tun, wenn man allein ist und absolut keine Hilfe zu erwarten ist?

Ein gescheiterter färingischer Wirtschaftsprüfer kann an Bord eines norwegischen Sandsaugers anheuern, das konnten die Inuit nicht. Vor viertausend Jahren lebten die Samen als einziges Volk auf dem Gebiet, das heute Norwegen ist, die Färinger existierten noch nicht, weder als Traum einer möglichen Zukunft und noch weniger als Brahmadellen mit Tórshavn als Heimat. Die abgehärteten Inuit, die die Sonne priesen, versuchten zu überleben und begrüßten jeden neuen

Tag mit offenen Armen. Sie bauten keine Türme, für die mathematische Kenntnisse notwendig waren, sie hinterließen auch keine Statuen oder irgendein Mausoleum, in dem sie die edlen Knochen ihrer Vorväter aufbewahrten. Ihre Toten wurden auch nicht begraben. Wenn es mit jemandem zu Ende ging, schlich er sich still davon oder wurde ausgesetzt, und so mancher wurde von den Tieren getötet und gefressen, von denen er selbst gelebt hatte.

Die Kunst zu überleben ist nicht dasselbe wie zu leben; leben können die meisten, während das Überleben besonderes Geschick und eine gute Witterung erfordert.

Heutzutage ist kein besonderes Geschick mehr notwendig, um in Upernavik zu leben, es verschwand allmählich, als dickwandige, kupferglänzende Schiffe sich ihren Weg durch das Eis nach Norden bahnten und es einige Jahre später Flugzeuge gab und das Telefon eingeführt wurde. Da entfiel jeder rationale Grund, sich überhaupt diesem Ort zu nähern, der Arne Nilsen das Leben kostete.

Eigil stand an dem aufgeworfenen, trockenen Erdhaufen und dachte an den Grabstein für Gudda, die Tochter des alten Tóvó in Kopenhagen: *Geliebt und vermisst*. Ob der Skipper einen Stein für Arnes Grab bestellt hatte, wusste Eigil nicht, aber bestimmt würde er in den Stein nicht einmeißeln lassen, dass der Bootsmann der *Øverland* geliebt und vermisst wurde. Arnes Vater war tot, und soweit Eigil wusste, hatte er seine Mutter nie kennengelernt. Bis dieser Sonderling in der Nacht auf den 2. Juli von fünf Hunden getötet wurde, war das Schiff sein Lebensinhalt gewesen. Natürlich hatte der Skipper Bob als Chief angeheuert, aber der eigentliche Chef an Bord der *Øverland* war Arne gewesen, und zwar seit die Reederei das neue Schiff 1981 einsetzte. Er schmierte jeden Nippel an den Türen, Wellen, Pumpen und den verschiedenen Winden an

Bord ab. Er schabte Rost, strich den Rumpf mit Mennige und reparierte die teuren Instrumente. War das Topplicht kaputt, kletterte Arne in den Mast und wechselte die Birne aus. Er hatte besonders gute Ohren, um Fehler zu hören, und er zitierte seinen Vater, der gesagt hatte, ein tüchtiger Maschinenmeister ist wie ein Musiker, er hört sofort einen falschen Ton oder ein Geräusch, das dort nicht hingehört. Arne hatte lediglich kein Diplom als Maschinenmeister, allerdings auch keinen Gesellenbrief als Schmied oder Mechaniker. Im Alter von elf Jahren hatte sein Vater ihn auf die alte *Øverland* mitgenommen und ihm alles beigebracht, was er über Maschinen wissen musste. Die beiden besaßen ein Haus in der Gemeinde Hurum am Oslofjord, etwas nördlich des Ortes Sætre. Es war ein kleines Aussiedlerdorf mit einem Dutzend Häuser, dessen Name auf keiner Karte stand. Die Bewohner nannten den Ort Hry. Als sein Vater sich zur Ruhe setzte und in ihr Haus zog, fuhr Arne weiter mit der *Øverland* zur See.

Eigil und der Totengräber hatten sich ein wenig unterhalten. Der Mann hieß Josias, und Eigil schätzte sein Alter auf ungefähr fünfzig. Er war nicht sehr groß und ziemlich feist, und Eigil fragte ihn, ob das Grab nicht etwas tiefer sein sollte.

Der Mann antwortete, es gäbe so wenig Erde auf der Insel, und nur an wenigen Stellen könne man tiefer als einen Meter graben. Im Übrigen sollte es seiner Meinung nach doch für einen norwegischen Christen von Vorteil sein, direkt unter der Erdoberfläche zu liegen, so hätte es sein zu Staub zerfallener Körper am Jüngsten Tag leichter aufzuerstehen. Dann erkundigte sich der Totengräber, wie tief die Gräber in Norwegen seien.

Eigil erwiderte, das wisse er nicht, da er kein Norweger sei. Aber auf den Färöern, wo er aufgewachsen sei, reiche ein normales Grab ungefähr zwei Meter tief.

Bolette Smith ist eine gefährliche Frau, erklärte Josias. Sie hätte sämtliche Männer, die sie gekannt hatten, unglücklich gemacht. Auch der Maschinist hätte nur knapp drei Wochen den Geschmack ihres Fleisches genießen können, dann sei er in seinem aufgehenden Glück gestorben. Bolettes Kontakt zur Welt war der Rausch, sie wisse einfach nicht, dass Pausen den Charme des Schnapses ausmachen.

Eigil bemerkte die Veränderung nicht sofort, die mit Josias vor sich ging. Bolette Smith hatte zwei Kinder, erzählte der Totengräber, beide hatte man ihr weggenommen, und sie lebten jetzt im Kinderheim von Uummannaq. Er sagte, der Weg zur Hölle führe durch ihre beliebte Pussy, und jeder Mann sei verloren, wenn er auch nur den Duft ihres Geschlechts ahne. An ihrer Matratze führe ein breiter Weg vorbei, und an jeder Kurve stehe ein Fass Immiaq-Bier. Geister in Tupilak-Gestalt streckten ihre hässlichen Fratzen aus den Wänden ihrer Scheide, und auf ihren verdorbenen Wassern schwammen kleine Särge mit Kiel. Ganz bestimmt war sie glühend heiß, aber er würde seinen Namen Josias verpfänden, dass das Öl, mit dem sie feuerte, aus Lügen und gebrochenen Versprechen gewonnen wurde. Der Totengräber zeigte auf ein Grab in der Nähe und sagte, dort läge sein Neffe, den der Vater von Bolette Smiths jüngstem Kind vor vier Jahren erschossen hatte. Sie könne zwar einen liebenswürdigen Eindruck hinterlassen, aber das sei nur Tarnung. Sie wäre allen gegenüber treulos – mit Ausnahme ihres Sachbearbeiters im Sozialamt. Vielleicht waren die letzten drei Wochen die glücklichsten im Leben des Norwegers gewesen, aber der Preis, den er für sein kurzes Glück bezahlen musste, war der Tod.

Die starken Worte überraschten Eigil, aber mit einem Mal wurde ihm klar, dass dieser Augenblick ein selten glücklicher Moment war. Schon lange hatte er sich nicht mehr so ausgeglichen und harmonisch gefühlt, obwohl er im Hof der Toten stand, eine merkwürdige, ja, geradezu lächerliche Situation.

Der Totengräber war vollkommen überrascht, als Eigil ihm plötzlich die Hände auf die Schultern legte und ihn auf die Stirn küsste. Eigil dankte ihm für seine harten und scharf urteilenden Worte und erklärte, der Totengräber hätte ihm Staub vom Felsen der Weisheit geschenkt. Er würde diesen Augenblick niemals vergessen.

Dass die Mannschaft der *Øverland* am letzten Sonntag, vor genau fünf Tagen, als Ehrengäste in Bolettes Küche gesessen und den besten Eindruck von der Frau gehabt hatten, wollte Eigil dem Totengräber nicht erzählen. Sie hatte gekochte Trottellummen und eine Suppe aus der Brühe serviert, in der sie die Vögel gekocht hatte. Bolette war ungefähr vierzig Jahre alt und hatte ein ungewöhnlich hübsches Gesicht. Und Eigils Eindruck nach herrschte zwischen Arne und ihr, diesem einigermaßen ungleichen Paar, ein ausgesprochen harmonisches Verhältnis. Wenn sie an Arne vorbeiging, legte sie ihm die Hand auf die Schulter oder streichelte ihn – so etwas war er nicht gewohnt. Die weibliche Wärme, die er kannte, war eher von der Art, wie man sie im Viertel an der Skippergata und der Rådhusgata in Oslo kaufen konnte, wo die Huren auf den Strich gingen.

Und am Tisch hatte es an Frotzeleien nicht gefehlt. Bob meinte, bei einer Mahlzeit auf so hohem Niveau sollte der Skipper doch überlegen, einen neuen Koch an Bord der *Øverland* anzuheuern.

Ein Ex-Russe, der von dem Abfall gelebt hatte, den die sowjetischen Parteibosse aus den Fenstern des Kremls warfen, wäre ganz sicher der Richtige, um gastronomische Standards festzusetzen, hatte Eigil dagegengehalten.

Der Skipper erklärte, er hätte noch nie eine Suppe aus Vogelsaft gegessen und überhaupt säße er zum ersten Mal an einem Tisch in einem grönländischen Heim. Dafür wolle er sich gern bedanken. Er zog ein kleines Geschenk aus der Tasche, und überreichte es der Gastgeberin als Gruß der Mannschaft.

Vielleicht kamen Bolette schnell die Tränen, jedenfalls erwiderte sie, sie sei es nicht gewohnt, Geschenke zu bekommen, dabei wischte sie sich mit einer Ecke ihrer Schürze eine Träne aus dem Auge. In dem Päckchen lag ein Buch des norwegischen Dichters Arnulf Øverland. Das Schiff war nach ihm benannt, und soweit Eigil wusste, war der Skipper mit dem Dichter verwandt.

Das Merkwürdigste an diesem Abend bei Bolette Smith – so empfand es jedenfalls Eigil, als er später daran zurückdachte – war das Geräusch des Suppenlöffels, der an den Suppenteller geklopft wurde. Arne Nilsen wollte ein paar Worte sagen.

Wenn er am Tisch saß, schien Arne nur aus Rücken zu bestehen, es sah aus, als sei er ein ziemlich großer Mann, doch wenn er sich erhob, wurde er plötzlich deutlich kleiner, denn seine Beine waren eher kurz. Seine Diktion war eigenartig, es schien, als kämen die Worte eher aus der Nase als dem Mund, und man wusste auch nicht immer, ob er es ernst meinte oder sich einen Spaß erlaubte. Rentierpimmel, Berghomo und bombardierter Parkplatz waren die Ausdrücke, die er normalerweise benutzte, wenn er einen Menschen charakterisierte. Dieser Ton hatte in Bolettes Küche jedoch nichts verloren; in seiner Stimme lag eine ganz neue Zärtlichkeit, vermutlich hielt er zum ersten Mal eine Rede für eine Frau.

Er erzählte von dem Haus in Hry, in dem sein Vater in seinen letzten Jahren gelebt hatte und an das er sich selbst gern erinnerte. Er war stolzer Besitzer einer großen Sammlung ausgestopfter Vögel, und gerade jetzt hätte das selbstgebraute Bier, das er Weihnachten angesetzt hatte, die richtige Farbe. Ein Bach floss durch ihr Grundstück, und irgendwann im Sommer hatten er und sein Vater das Wasser des Baches in eine selbstgebaute Turbine umgeleitet, die so viel Strom produzierte, dass sie auch die Nachbarn mit Elektrizität versorgte. Aber die Wärme und das Licht, die von der Turbine erzeugt wurden, genügten nicht, um die Seele zu wärmen. Auch dem Maschinenraum der *Øverland* gelang dies nicht. Er war Herr über zwölfhundert starke Eisenpferde, die Öl tranken und dafür sorgten, dass sich die Schraube drehte, damit das Schiff dorthin fahren konnte, wohin der Skipper wollte. Doch nun, nachdem er eine Leine an Bolettes Kai geworfen hatte, war er überzeugt, die Turbine daheim in Hry und der Leyland-Motor an Bord der *Øverland* waren nichts gegen die Kraft, die in der schönsten Frau von Upernavik steckte. Sie war die Maschine im Universum, dies sei ihm in den Wochen, in denen er sie kannte, klar geworden. Und wenn sein seliger Vater dies noch erlebt hätte, ein Mann, der die Motoren liebte, dann hätte er gesagt: Bolette, nimm dich meines Sohnes an, sei sein Ölfilter, folge ihm zu den glücklichen Stränden, an denen die *Øverland* sich an Millionen von Sandkörnern schwersaugt.

Die Männer waren ausgesprochen verblüfft über seine Rede, denn so kannten sie Arne überhaupt nicht, und als er sich setzte und plötzlich wieder groß wurde, schien er ein wenig verlegen zu sein, als hätte er mehr gesagt, als nötig gewesen wäre. Bolette bedankte sich für die Rede und erwiderte, sie hätte all diese süßen Worte nicht verdient, wollte aber gern sein Ölfilter sein.

Es war nach acht, als der Skipper und die Mannschaft sich

für die genossene Gastfreundschaft bedankten; außer Arne gingen alle zurück an Bord. Auf dem Weg zum Kai erzählte der Skipper, dass Arne mit dem Gedanken spiele, in Upernavik zu bleiben. Wenn es mit den Plänen des Schiffes nicht anders zu vereinbaren wäre, würde er sie bis Tasiilaq begleiten, doch sobald die *Øverland* wieder Kurs auf Norwegen nähme, wollte er nach Upernavik zurückfliegen.

Eigil stand vor dem Friedhof, als sich der Pick-up der Pforte näherte. Er hatte den Leichnam nicht gesehen, allerdings hatte er auch keine Lust, sich die Überreste von Arne anzusehen. Soweit er wusste, hatten die Hunde alles aufgefressen, was sich in seinem Körper befand; außerdem hatten sie bereits mit den fleischigeren Gliedern begonnen. Warum Arne über das Gelände gegangen war, in dem die Hunde angeleint waren, war rätselhaft. Laut seiner Freundin war er um sechs Uhr morgens aufgebrochen, und da war noch alles so, wie es sein sollte. Sie hatten verabredet, sich nach Feierabend zu treffen, genau wie in den letzten drei Wochen.

Die Mannschaft und der Pastor gingen direkt hinter dem Wagen, ihnen folgte Bolette Smith. Sie trug einen bis zum Kinn zugeknöpften Mantel, ein schwarzes Kopftuch und eine Sonnenbrille, die ihre Augen verbarg. Einige der Männer, die am Kai arbeiteten, hatten sich dem Trauergefolge angeschlossen, außerdem der Bauingenieur und ein paar neugierige Kinder.

Der Skipper, Bob, Eigil und Agnar Moe zogen den Sarg aus dem Pick-up und trugen ihn in diese stille und wohlgeordnete Welt. Sträuße von Plastikblumen hingen an einigen Kreuzen, auf einem Grab stand das Foto einer freundlich aussehenden Frau gerahmt und unter Glas. Agnar Moe weinte lautstark, es hinderte ihn jedoch nicht daran, den Sarg zu tragen. Der Totengräber hatte zwei Stangen quer über das Grab gelegt, auf denen sie den Sarg abstellten. Dann brachte er zwei kurze Seile, die er unter das Fuß- und das Kopfende legte. Danach wurden die sterblichen Reste von Arne in die Grube gesenkt.

Der Pastor hielt eine kurze Rede. Er sagte, ein Fremder sei in die Stadt gekommen. Der Mann war von fünf Hunden getötet worden, nun nahm die Erde seinen durch die Bisse schrecklich zugerichteten Körper entgegen, und Gott seine Seele. Dann betete er das Vaterunser, und las zum Schluss das Gedicht »Fischers Abendlied« von Arnulf Øverland:

> *Wie hungrige Möwen das öde Riff umkreisen,*
> *unersättliches Herz, so kreisest auch du!*
> *Wie Welle um Welle*
> *Sich am Strande bricht,*
> *soll Geschlecht auf Geschlecht folgen*
> *und blutigen Frieden finden.*
>
> *Und wie ein Seemann im Sturm den Hafen sucht,*
> *so hält Mutter Erde auch für dich eine Umarmung bereit,*
> *einen Weg, den du gehen musst,*
> *ein Haus, das du bewohnen sollst.*
> *Denn hat nicht der Vogel ein Nest*
> *und kommt das Meer nicht zur Ruh'?*

Während der Pastor sprach und das Gedicht vorlas, war Eigil auf der Hut, denn irgendetwas war zwischen diesem merkwürdigen Totengräber und Bolette vorgefallen, er wusste nur nicht, was es sein konnte. Vielleicht waren sie nahe Verwandte, und die Familie hatte sich von ihr abgewandt? Natürlich könnte Josias auch zu denjenigen gehören, die Bolette in Versuchung gebracht und dann abgewiesen hatte – es gab ja kaum eine Grenze für das, was ein verschmähter Liebhaber sagen oder tun konnte, um sich zu rächen. Seine Vorwürfe konnten ja durchaus berechtigt sein, vielleicht war Bolette Smith ganz einfach ein egoistischer und gerissener Mensch? Es passierte jedoch nichts weiter, Bolette spielte nicht die Rolle der trauernden Witwe, aber es fanden sich auch keinerlei Anzeichen dafür, dass sie noch irgendeine Rechnung mit dem Totengräber offen hatte. Als die Beerdigung vorbei war, verließ sie still und leise den Friedhof.

Die Mannschaft der *Øverland* ging ebenso still zurück zum Hafen. Agnar hatte viele Tränen vergossen und sagte, es wird ein merkwürdiges Gefühl sein, jeden Tag an Arnes leerer Kajüte vorbeizugehen.

Plötzlich fiel ihm ein, dass er Arne gebeten hatte, seinen Rasierapparat zu reparieren, der nun zerlegt auf dessen Tisch lag. O ja, wir haben jetzt ein Mausoleum an Bord, dachte Agnar, und ausgerechnet jemand, der Vögel ausstopfte, ist gestorben, dadurch wird dieses Mausoleumsgefühl nur noch verstärkt.

Während ihres Aufenthalts auf Grönland hatte Arne sich damit beschäftigt, eine Schneeammer auszustopfen, und in der kleinen Gefriertruhe, die er sich besorgt hatte, lag ein tiefgefrorener Wanderfalke. Der stand in Grönland unter Naturschutz, aber wenn einem Vogelliebhaber eine derartige Beute für achthundert Kronen angeboten wurde, musste er einfach ja sagen. Drei Vögel, denen die Augen fehlten, waren in einem Regal festgebunden, und der Skipper, der Arne ein paar Mal in Hry besucht hatte, erzählte, Arnes Sammlung hätte mindestens hundert verschiedene Vögel umfasst.

Solange sie in Upernavik waren, oder besser, solange sie Sand saugten und ihn an die grönländische Westküste verschifften, hatten sie sich zum Teil an den Lärm der vielen Hunde gewöhnt. Insgesamt zwanzigtausend Schlittenhunde lebten zwischen Sisimiut und Upernavik, und die Behörden hatten das Halten anderer Hunderassen verboten, um das genetische Erbe der ursprünglichen Art zu schützen.

Nun hörte Eigil, wie das Bellen immer lauter und lauter wurde, und er spürte, wie seine Brust sich zusammenzog. Und dann überkam ihn dieses Gefühl, vor dem er Angst hatte und das ihm Abscheu einflößte: seine Lust, diesen Hunden nachzulaufen, sie zu treten und in Stücke zu reißen, als seien sie aus Papier und Hölzchen. Er wusste nicht, wie viele Hunde in Upernavik lebten, aber in den Sommermonaten schienen sie nichts anderes zu tun, als zu schlafen oder zu bellen. Erst wenn im November das Eis die Insel mit dem Festland verband, wurden sie vor die Schlitten gespannt und nahmen ihre uralte Arbeit als Zugtiere wieder auf. Die besten Hunde, so hieß es, waren die mageren, nie ganz satten; sie hatten das rechte Feuer, das dieses harte Leben erforderte. Ebensolche hungrigen Hunde hatten Arne getötet.

Den Leichenschmaus begingen sie im Wirtshaus Ræven, und der Skipper berichtete von dem Gespräch, das er mit dem jungen Polizisten Abel Anthonsen geführt hatte. Gespräch war vielleicht ein bisschen viel gesagt. Der Skipper hatte sich barsch erkundigt, wann die verdammten Hunde endlich fortgeschafft würden. Anthonsen hatte geantwortet, der Polizeimeister sei bei einer Besprechung in Nuuk und käme am Montag zurück, dann würde man sich mit dem Fall befassen und entscheiden. Anthonsen hatte jedoch hinzugefügt, der Skipper möge bedenken, dass der Grönlandhund eine Ressource darstelle; ein Hund war Teil einer kleinen wirtschaftlichen Einheit, eines Arbeitsteams, und unter Grönländern genieße ein derartiges Team den allergrößten Respekt. So sei es seit Alters her gewesen. Der Fall werde sorgfältig untersucht, aber für einen Ausländer wäre dies sicherlich schwer verständlich. Draußen in der Welt, und vor allem in den Städten, sei der Hund längst zu einem Kinderersatz für nervenschwache und unfruchtbare Frauen degradiert worden, und mit diesen Hunden hätte er wirklich Mitleid.

Abel Anthonsen hatte sich selbst unterbrochen, vielleicht hatte er gemerkt, dass er anfing, über Dinge zu philosophieren, die mit dem Fall nichts zu tun hatten. Er brach das Gespräch abrupt ab und erklärte, dies sei eine polizeiliche Angelegenheit und im Prinzip hätte nur die Polizei dazu Stellung zu nehmen.

Die Unruhe, die Eigil in sich gespürt hatte, seit sie ins Wirtshaus gegangen waren, ließ ihn plötzlich aufstehen. Er sagte, er müsse sich etwas vom Hals schaffen und käme bald zurück. Draußen knöpfte er die obersten Knöpfe seines Hemdes auf; tatsächlich riss er sie ab, doch das bemerkte er nicht.

Er ging in östliche Richtung, sein Schritt war fest und zielgerichtet, und als er am Rande des Hügels stand, sah er den kleinen Schuppen und den Platz, auf dem die Hunde Arne getötet hatten. Der Platz war abgesperrt, zwischen den markierten Stangen hing ein rot-weißes Band, um ein Betreten des Platzes zu verhindern. Weiter östlich, nur einen kleinen Steinwurf entfernt, lag das Ende der Insel, der Hügel erhob sich ungefähr fünfunddreißig bis vierzig Meter über den Strand.

Die Hunde waren an einen in die Erde geschlagenen Eisenpfahl gekettet. Eigil ging darauf zu. Unablässig öffnete und schloss er seine Fäuste, und als er rasch über die Absperrung stieg, spürten die Hunde, dass er nicht gekommen war, um ihre Wassernäpfe aufzufüllen. Drei Hunde standen auf, machten einen Buckel und knurrten drohend mit halb geöffneten Schnauzen. Vielleicht hatten sie bei Jagdausflügen Bären erlebt, die mit angriffsbereiten Tatzen aufrecht vor ihnen standen – oder etwas Ähnliches, an das sie sich möglicherweise erinnerten. Einer der Hunde, vermutlich der Leithund, hielt die Situation für so bedrohlich, dass er angriff. Er schnappte nach Eigils Kniekehlen, aber der packte den Hund am Hals, hob das Tier an und riss ihm mit einem Ruck das Fell herunter. Dies war sozusagen der Anfang. Der Hund brach in jämmerliches Geheul aus, Blut spritzte aus den feinen Adern des Körpers. Im selben Augenblick zog Eigil den Eisenpfahl aus dem Boden, schloss die Fäuste um die Glieder der Ketten und ging auf den Rand des Hügels zu. Er beugte sich vor, wickelte die Ketten um seinen rechten Ellenbogen und streckte die linke Hand aus, als wolle er sich einen Weg durch die Luft bahnen.

Dieser unerwartete und viel zu gezielte Angriff stiftete Schrecken und Verwirrung unter den Hunden, sie jaulten und bellten, während Eigil sie hinter sich herzog. Er kam an einen Felsen, stemmte den Fuß gegen einen Erdklumpen und versuchte, die Ketten über dem Kopf zu schwingen. Die Hunde strauchelten, einige wurden von dem Felsen geschleudert und streckten sich wie allzu satte Vögel, aber dennoch misslang Eigils erster Versuch. Drei der zu Tode erschrockenen Hunde, darunter der Leithund mit dem abgerissenen Fell, lagen in den Ketten auf einem Haufen, und die beiden anderen, die noch immer auf ihren Beinen standen, konnten weder entkommen noch angreifen. Als Eigil zum zweiten Mal zupackte und sich auf dem Felsen schnell um die eigene Achse drehte, gelang sein Plan. Die Ketten gerieten in Schwung, sie rasselten und strafften sich. Ein Hund erbrach sich, aber es kam Bewegung in die Gruppe, sie bluteten und sprangen zur

Seite, doch dann hoben alle fünf Hunde vom Boden ab und wurden höher und höher gezogen. Die armen Tiere jaulten, und ihr Jaulen ging allmählich in Röcheln über, als Eigil auf die Felskante zuging.

Ein paar Erwachsene und auch einige Kinder sahen diesen sonderbaren Zirkus mit den fliegenden Hunden, und es dauerte nicht lange, bis jemand lachte, ein paar von den Kleineren klatschten sogar, aber die meisten hielten vor Spannung einfach den Atem an.

Seit Arnes Tod hatten die Einwohner des Ortes über den Vorfall gesprochen, und viele fragten sich, warum der Polizist die Hunde nicht sofort getötet hatte. Das Schlittenfahren im Winter hatte nicht mehr die gleiche wirtschaftliche Bedeutung wie früher, doch das hinderte die Menschen nicht daran, Hunde zu halten; es gab Leute, die bis zu fünfzehn oder zwanzig Hunde besaßen. Einige Männer gingen im Sommer fischen, und wenn sie von zu Hause fort waren, manchmal mehrere Tage hintereinander, gab es niemanden, der sich um die Vierbeiner kümmerte. Manch einer bat den einen oder anderen Halbwüchsigen, den Hunden ein-, zweimal am Tag Wasser zu geben, aber nur wenige der Jüngeren interessierten sich für die alte Lebensweise. Wenn die Definition eines richtigen Grönländers darin bestand, mit dem Schlitten auf die Jagd zu gehen, dann war es ihnen egal, Grönländer zu sein. Und währenddessen hungerten und verkümmerten die Hunde und wurden zur Gefahr für die Menschen und sich selbst. Kannibalismus unter Hunden war nicht unbekannt. Manchmal schossen wütende Männer aus lauter Hoffnungslosigkeit ein paar Hunde ab, aber Hunde zum Fliegen zu bringen, so wie es Eigil Tvibur nun tat, war bisher nicht vorgekommen, weder in der grönländischen noch in der übrigen Geschichte der Arktis. Die Ketten waren sechs, sieben Meter lang, und aus den beiden halb erstickten Hunden, die ganz außen an den Ketten hingen, spritzte Durchfall. Eigil setzte zur letzten und entscheidenden Drehung an, die Adern pochten blau auf dem Handrücken, der Schweiß lief. Er war nicht mehr länger der sanfte, wortkarge Koch an Bord der *Øverland*, sondern ein Dompteur aus einem Albtraum, ja, diese Vorstellung auf der Ostseite der Upernavik-Insel glich am ehesten einem in Szene gesetzten Zirkusalbtraum. Eine gute Mannshöhe über der nackten Gras- und Felsumgebung kreisten fünf Hunde; sie waren inzwischen still, es schien, als schwände ihre Hundeidentität mit jedem Meter, den sie weiter umherschwangen. Und es wartete auch keine Wiederauferstehung auf sie oder irgendeine kosmische Hündin, die sie sanft an ihre Zitzen legte und ihre Wunden leckte. Es erwartete sie die große Stille, als Eigil den Eisenpfosten losließ.

Einige Kinder liefen zur Felskante, die meisten blieben aber stehen und wagten nicht, es sich anzusehen. In dem kurzen Moment, in dem die Hunde über diesem nackten Richtplatz schwebten, wurde kein Wort gesagt, und nun hörte man das Geräusch der Hunde, die auf den Strand trafen: erst das Aufschlagen von Fell und Kopf, dann den Klang der Ketten, die gegen den Felsen klatschten.

Eigil ging langsam zum Kai hinunter, und in gebührendem Abstand hüpften und tanzten ein paar kleinere Kinder hinter ihm her. Einmal drehte er sich um, und als sie sahen, dass der große Hundetöter lächelte und sein Zorn verflogen war, riefen sie *ajungilaq, ajungilaq*[15] und klatschten in ihre kleinen Hände.

Eigils Tat war inzwischen in der Polizeistation gemeldet worden, und als Eigil sich dem Wirtshaus näherte, hörte er hinter sich Motorengeräusche. Er drehte sich um und sah den Polizeijeep. Er fuhr um Eigil herum, bremste, und heraus sprang der junge Polizeibeamte Abel Anthonsen. Während er erklärte, Eigil sei wegen der Tötung von Hunden angezeigt worden, betrachtete er den Hundemörder und bat ihn schließlich, ruhig die Hände auszustrecken. Mit einer raschen Bewegung legte er ihm Handschellen an.

Das eigentliche Verhör dauerte nicht länger als eine Viertelstunde. Anthonsen spannte ein A4-Blatt in eine alte Schreibmaschine, bat um Namen und Adresse, Geburtsdatum und Beruf, und tippte die Antworten rasch in die Maschine. Er fragte Eigil, weshalb er die Hunde getötet hatte, und Eigil antwortete, zahme Tiere, die Menschen töten, hätten ihr Recht auf Leben verwirkt. Anthonsen wollte wissen, wer ihm die Befugnis gegeben hätte, die Hunde zu töten. Niemand, erwiderte Eigil, er habe sich die Befugnis selbst erteilt. Anthonsen konnte seine Verärgerung nicht verhehlen, als er Eigil fragte, wer er zu sein glaube, dass er als Fremder das Gesetz in die eigenen Hände nahm. Ich bin ein Mensch, gab Eigil zur Antwort. Die Hunde hätten einen Schiffskameraden ermordet, und die Erinnerung an Arne Nilsen wäre verhöhnt worden, hätte er sie nicht getötet.

Abel Anthonsen erhob sich vom Schreibtisch und öffnete eine Zellentür. Ganz offensichtlich fühlte er sich in Eigils Gegenwart nicht sicher. Er zeigte auf die Pritsche und erklärte, Eigil könne sich darauf ausruhen, während er sich um einige formale Dinge kümmere.

Eigil nahm ihn beim Wort. Seine Tat auf der Ostseite der Insel hatte gleichsam seinen Kopf geleert; kaum hatte er sich hingelegt, erlosch er wie eine Kerze.

Nach einer Stunde rüttelte ihn Anthonsen wach und forderte ihn auf, die Hände auszustrecken, um ihm die Handschellen abzunehmen. Der Mann hatte offensichtlich gute Laune, jedenfalls versuchte er, freundlich zu sein. Er entschuldigte sich, weil er Eigil nicht sofort die Handschellen abgenommen hatte, fügte aber gleich hinzu, in seiner Branche müsse man vorsichtig sein. Die Menschen seien so sonderbar und irrational, hinter einem ansprechenden Gesicht verberge sich oft genug nichts anderes als Falschheit. Anthonsen teilte ihm mit, er hätte eine Telefonkonferenz mit dem Polizeimeister gehabt, und aufgrund der besonderen Umstände, die zum Tod von Arne Nilsen geführt hatten, hätten sie beschlossen, keinen Schadenersatz für das Töten der Hunde zu fordern.

»Aha«, sagte Eigil.

Dann fragte Anthonsen, wann das Schiff seine Aufgabe hier vor Ort beenden würde.

Eigil erwiderte, soweit er wisse, fehlten nur noch drei, vier Fahrten.

Anthonsen versuchte, komisch zu sein, als er meinte, er und der Polizeimeister seien sich einig gewesen, dass es für die Sicherheit in Upernavik gut wäre, wenn die *Øverland* ihren Auftrag erledigte und die Insel so schnell wie möglich verließe.

Als Eigil zum Schiff ging, bedauerte er die Bemerkung, die er an der Tür der Polizeistation hatte fallen lassen. Eigentlich hatte er nichts sagen wollen, aber die Worte waren ihm einfach so herausgerutscht. Er hatte sich auf der Schwelle umgedreht und Abel Anthonsen angesehen: »Ich muss es sagen, wie es ist: Sie sind einer der größten Idioten, die mir in meinem Leben begegnet sind!«

Freundliche Erinnerungen

Im November 1997 reihte sich die *Øverland* in die große und vielfältige Flotte von Schiffen ein, die am Bau der Øresundbrücke beteiligt waren. Es gab Schlepper, kleine Mannschaftsfähren, einige Sandsauger sowie größere und kleinere Arbeitsflöße – auf einem der Flöße waren die Taucher stationiert, auf einem anderen stand ein ganzes Zementmischwerk. Auch Prähme auf hydraulischen Beinen versuchten, festen Boden in den Moränen und dem Kalk zu finden, die die letzte Eiszeit vom sveconorwegischen Urgestein mitgeschleppt hatte. Das größte Schiff hieß *Svanen*, der Schwan, es war der Kran und das Muskelpaket der Flotte. Die *Svanen* hatte vier Schrauben und konnte gut achttausend Tonnen heben. Zwei andere seltene Schiffe waren der Bohrprahm *Castor*, der über eine Saugausrüstung und einen großen Bohrkopf verfügte, der den sogenannten Kopenhagener Kalk vom Grund lösen konnte, und das besonders ausgerüstete Grabungsschiff *Chicago*. Die *Chicago* war ebenso flott wie ihr Name; hätte sie sprechen können, wäre sie bestimmt in einer agitatorischen Sonderklasse gewesen. Es galt, Abstand zu halten, wenn die Steine in den Laderaum eines großen Lastkahns polterten.

In seinem Tagebuch schrieb Eigil begeistert über diesen besonderen Arbeitsplatz, ganz offensichtlich fühlte er sich mit der avancierten Technik wohl. Er hielt fest, dass all diese mächtigen Geräte ihren Ursprung in einem dünnen Bleistift auf einem Zeichenbrett hatten, und es erfüllte ihn mit Zufriedenheit, ein Teil dieses großartigen Werks zu sein.

Doch seine Faszination galt nicht allein der Technik. Er bereute oft, nicht den Lebensweg eines Handwerkers eingeschlagen zu haben, und er erinnerte sich gut daran, wie die Zwillinge Sam und Torkil ihm eine Lehrstelle als Schreiner angeboten hatten. Er hatte abgelehnt. Stattdessen hatte er in seinen besten Jahren mit seinem gewaltigen Körper dagesessen und Bilanzen geprüft. Natürlich hatte er Kontakt mit vielen Menschen gehabt, als er auf die Niels Brock ging und auch später, als er für P/F Rógv arbeitete, aber eines wusste er jetzt: In seinen Augen war ein Büro eine eingeschlossene Welt, eine Welt *contra naturam*. An kalten Tagen hatten die Angestellten den Heizkörpern vertraut, während sie an sonnigen Tagen mit schönem Wetter effektiven Ventilatoren ihr Vertrauen schenkten – eine direkte Folge dieser gezielten Arbeitsfolter waren schwächliche, gebrechliche Körper. Und ohne die Trainingseinheiten in den Fitnesscentern wäre es ihnen noch schlechter gegangen. Es gefiel Eigil tausendmal besser, im Steuerhaus des Hyundai zu sitzen und eine Ladung Kies und Sand zu löschen oder im Vordersteven zu stehen und eine Trosse um einen Poller zu winden. Und wurde einem beim Arbeiten nicht warm, musste man sich eben dick anziehen und hoffen, dass die Sonne herauskam und man ein bisschen von ihrer Wärme abbekam.

Doch es gab nicht nur die Arbeit. An Fasching 1999 wurde die Mannschaft der *Øverland* zum traditionellen Tonnenschlagen der Bauarbeiter in den Nordhafen von Malmö eingeladen. Bei der Tonne, die zerschlagen werden sollte, handelte es sich um ein solides Eichenfass, dessen Boden und innere Streben man entfernt hatte. Dennoch benötigten die Schläger drei Runden und gut anderthalb Stunden, um das

Fass vom Haken zu schlagen. Und unglaublicherweise errang Eigil Tvibur den Titel des Katzenkönigs.[16] Ein Stück vom oberen Rand und ein paar beschädigte Dauben hingen noch, als Eigil die Keule bekam und mit einem präzisen und harten Schlag dem Leiden des schwer geprüften Fasses ein Ende setzte. Abgesehen von der Ehre des Sieges bestand die Pflicht des Katzenkönigs darin, ein Lied zu singen, und Eigil, der ein wenig betrunken war, fing an, die blutige *Sinklars Visa* über den missglückten Feldzug des schottischen Söldners George Sinclair 1612 zu singen. Eigil sang die ersten sechs Strophen, und ganz unbewusst, aber wie es nun einmal alter Brauch auf den Färöer ist, begleitete er das Lied mit angehobenen Ellenbogen und einigen Tanzschritten. Seine Arbeitskollegen amüsierten sich lautstark, als sie den hünenhaften Mann mit der kräftigen Stimme sahen, der mit den Füßen auf den Betonboden stampfte.

Für Eigil war es am wichtigsten, für eine Weile ein ganz gewöhnlicher Katzenkönig zu sein. Die Ehre war eine Art Eintrittskarte in einen Alltag, zu dem er die Verbindung verloren hatte – oder besser gesagt, dieser Alltag war ihm immer fremd gewesen. Diese Art Alltag hatten andere, und *die anderen* waren vor allem diejenigen, die keine Bücher schrieben, sondern ein normales Leben führten, eine Familie gründeten, Sport trieben, zu Geburtstagen gingen, im Chor sangen und all das taten, wovon er sich verabschiedet hatte. Doch dann öffnete ihm dieser Faschingsmontag die verschlossenen Türen; er sang herzerweichend über den schottischen Schurken, der *über das salzige Meer zog*, und die Tonnenschläger nahmen ihn mit Klatschsalven auf, als sei er einer von ihnen. Und genau das rührte ihn bis in die Tiefe seines Herzens.

Aus Sicht eines Ingenieurs ist nicht die eigentliche Brücke quer über den Øresund die große Leistung, sondern der Bau des Tunnels von Kastrup bis zur künstlichen Insel Peberholm – da wurden die Grenzen der Ingenieurskunst verschoben! Die Tunnelelemente wurden auf der dänischen Seite an Land gegossen und dann in einer ungefähr vierzig Meter breiten und zehn Meter tiefen Rinne versenkt, die von der *Castor* und der *Chicago* gegraben worden waren. Der drei Kilometer lange Tunnel wurde aus zwanzig Betonelementen zusammengesetzt, die eine Länge von je einhundertsechsundsiebzig Metern hatten. Jedes Element wurde unter zwei Pontons befestigt, herausgeschleppt und in die Rinne herabgelassen. Der Genauigkeit halber benutzte man GPS-Geräte, denn Genauigkeit war notwendig, immerhin wog ein einziges Element ganze fünfundfünfzigtausend Tonnen.

Der Verkehr kam aus dem Tunnel auf Peberholm an. Die Insel ist drei Kilometer lang, und an ihrem östlichen Ende beginnt die acht Kilometer lange Brücke, die in Lernacken südlich von Malmö wieder auf Land trifft. Auch die Brücke wurde mehr oder weniger an Land gebaut, aber während man die Tunnelelemente auf der dänischen Seite produzierte, wurden die Sinkkästen und Pylonen auf der schwedischen Seite gegossen. Diese Pylonen stehen auf den einundfünfzig Sinkkästen und sind mit langen Eisenkonstruktionen verbunden, die im spanischen Cadiz hergestellt wurden.

Eine Weile beteiligte sich die *Øverland* am Bau von Peberholm und saugte auch in der Bucht von Køge Sand. Agnar Moe war der Skipper an Bord, er war ein zuverlässiger Mann. Das war nicht nur Eigil aufgefallen, sondern auch den Ingenieuren in Norra Hamnen, dem Nordhafen von Malmö. Als der Vertrag auslief, den die *Øverland* mit dem Baukonsortium Sundlink Contractors eingegangen war, wurde Agnar angeboten, Steuermann auf der *Svanen* zu werden. Er nahm das Angebot an und besorgte auch Eigil eine Heuer an Bord der *Svanen*.

Die vier Monate in Grönland waren ganz anders gewesen als die Zeit im Øresund. Im Øresund herrschte der Mensch, und alles hatte seine Ordnung. Im Grunde entstand eine besondere, auf Technik basierende Kosmogonie. Die Unterschiede zwischen Tag und Nacht waren beinahe aufgehoben, am Tag schien die Sonne, während nachts das Licht von großen Generatoren produziert wurde, die entweder mit Öl und Windkraft oder Strom aus dem umstrittenen schwedischen Atomkraftwerk Barsebäck betrieben wurden. Vom Flugzeug aus konnte man in der Øresund-Nacht die leuchtenden Öl-, Wind- und Atomkraft-Rosen blühen sehen. Malmö lag im Osten, Kopenhagen im Westen, auf dem Sund herrschte ständiger Schiffsverkehr. Es war ein angenehmes Leben, ob man nun in einem Bauwagen im Norra Hamnen wohnte oder in der Wechselschicht der Gießerei von Kastrup arbeitete; um drei Uhr nachts warteten Brot und Kaffee auf dem Tisch, so wie es in den Verträgen mit den Gewerkschaften vereinbart war.

In Grönland war alles anders gewesen. Kalaallit Nunaat sieht aus wie der Erdball in seiner wilden Jugend, und wenn jemand fragt, wie die Erde möglicherweise im Alter aussehen wird, kann man ebenso auf diese gewaltige eisüberzogene Insel verweisen. Die Bewohner sind Kinder von Dunkelheit und Licht, und in Grönland ist alles möglich, allerdings auf eine andere Art und Weise als im Øresund. In Grönland bedankt man sich für jede Ladung Sand und jeden Fisch. Man ist pessimistisch und nimmt sich das Recht heraus, den Tag wie auch die Nacht zu verfluchen. Aber wenn das bunte Nordlicht plötzlich den Himmel entflammt, hat es den Anschein, als würde Gott persönlich seine Geschöpfe begrüßen und erklären, dass alles in bester Ordnung ist. Und sollte doch nicht alles in bester Ordnung sein, dann müssen die Menschen eben versuchen, sich aus der selbst verursachten Bredouille zu befreien. Dieser Gedanke gefiel Eigil ausgesprochen gut.

Es war nicht ungewöhnlich, dass die *Øverland* auf Grund lief, wenn sie Sand saugte, meist konnten sie sich aber selbst aus dem Schlick ziehen. Als sie einmal wirklich festsaßen, hatte Agnar rasch den Hyundai gestartet, und nachdem er hundertfünfzig Tonnen Sand aus dem Laderaum gebaggert hatte, war die *Øverland* wieder leicht genug, um in tiefere Gewässer zurückzufinden. Da das Schiff einen flachen Boden hatte, musste also eine ziemlich große Fläche bewegt werden, wenn sie auf Grund liefen. Die *Øverland* war achtundfünfzig Meter lang und elf Meter breit, und es erforderte ziemlich viel Schubkraft, die gut sechshundert Quadratmeter Stahl zu bewegen, die laut Registrierungspapieren ungefähr dreizehnhundert Tonnen wogen.

Die letzten Tage im September 1997 arbeiteten sie in einigen Buchten am Sermilikfjord in Ostgrönland. Dabei protokollierten sie die Mengen an gesaugtem Sand und hielten die Arbeitsbedingungen in den verschiedenen Buchten fest. Das geschah auf Wunsch der Gemeindeverwaltung, denn die großen Unterschiede zwischen Ebbe und Flut konnten in Grönland durchaus gefährlich sein. Der Skipper stellte einige simple Berechnungen mit Hilfe der Strömungskarte und des Barometers an. Das Wasser fiel oder stieg ungefähr zwei Zentimeter pro Minute, und wenn der Wald aus Tang auftauchte, konnte man an den Uferfelsen mit bloßem Auge erkennen, wie das Wasser sank. Und plötzlich war der Meeresgrund zu sehen.

Als sie eines Tages eine der Buchten am Sermilikfjord verlassen wollten, steckte die *Øverland* fest, und zwar richtig. Es war nicht sonderlich viel Sand im Laderaum, höchstens einhundert oder zweihundert Tonnen, und obwohl Agnar hastig das Schiff leerte, blieb ihnen nichts anderes übrig, als auf die Flut zu warten. Die Strömung drehte alle sechs Stunden, und das bedeutete, dass es um zehn Uhr abends wieder möglich sein sollte, das Schiff zu manövrieren.

Eigil und Agnar standen an der Reling und blickten auf den schwarzen Sandboden. Irgendwann am Anbeginn der Zeiten war dieser Sand ein Teil der ostgrönländischen Berge gewesen, die von den heftigen und wechselnden Jahreszeiten abgenagt und zu winzigen Sandkörnern zermahlen wurden. Bob hatte den Hauptmotor abgestellt, und in der großartigen Stille wagten sie kaum ein Wort zu sagen. Sie hörten das Rauschen des Flusses, der in die Bucht mündete; das Wasser ergoss sich über einen niedrigen Felsvorsprung, und vor dem Wasserfall breitete sich eine Ebene aus, auf der Heidekraut und ein wenig Gras wuchsen. Agnar erzählte, die Grönländer würden um diese Jahreszeit Blaubeeren pflücken.

Die nächste Siedlung, Tinit, lag drei Schiffsstunden entfernt an einer weniger bewachsenen Fjordmündung, sie waren dort gewesen, um eine kleinere Ladung Sand zu liefern. Eigentlich waren sie in sämtlichen Siedlungen gewesen, die zur Gemeinde Ammassalik gehörten, aber Tinit oder Tiniteqilaaq, wie der Ort auch genannt wurde – auf Grönländisch bedeutete es Ebbe oder Gegend mit Niedrigwasser –, war das allererste Dorf in Ostgrönland gewesen, in das die *Øverland* Material gebracht hatte. Sie hatten einen JCB-Löffelbagger geliefert, ungefähr hundert Tonnen Öl und Benzin sowie einige Paletten mit Zementsäcken.

Eigil mochte die Gegend nicht, er konnte sich überhaupt nicht vorstellen, dass sich jemand in dieser öden Umgebung zurechtfand. In regelmäßigen Abständen blies ein Sturm vom Land her, den die Grönländer *piteraq* nannten, und hätte der Sturm diese Siedlung fortgeblasen, hätte Eigil dieses Unglück nicht einmal eine halbe Sekunde bedauert. Was konnten die Menschen hier anderes tun, als auf den Tod zu warten? Dennoch verfügte das Dorf über alles, was überlebensnotwendig war. Ein Dieselmotor mit siebzig PS lieferte den Hütten von Tinit Strom, und die Männer hielten freilaufende Hunde. An einem hohen Stativ hingen Kabeljau und Heilbutt zum Trocknen, und ihrem Aussehen nach ging es den Hunden besser als den verwahrlosten Biestern in Upernavik. Zur Siedlung gehörten einige offene Boote mit Außenbordmotoren, an einen Pfosten waren außerdem drei Hundeschlitten gebunden. Tinit lag an der Grenze zum Niemandsland, an der Milchkartons, Blechplatten und leere Gasflaschen herumflogen. Trotzdem sahen die Bewohner aus, als seien sie zufrieden, vor allem die Kinder waren fröhlich. Sie hatten keine Angst vor den Fremden und versteckten sich nicht. Am Ende der Welt lebten fröhliche Kinder, deren Eltern Fänger waren, die außer Fisch auch Seehunde, Füchse und Eisbären jagten. Das Fell eines einzigen Eisbären war mehrere Monatslöhne wert.

Auf dem hinteren Schiffsdeck war eine Aluminiumleiter an den Davit gebunden, sie fierten die Leiter über die Reling und stiegen hinab auf den Meeresboden. Sie hörten das Geräusch des sinkenden Wassers, ein nasses Flüstern, das durch den Sand lief, und mit dem Sinken des Wassers breitete sich dieses Flüstern über die ganze Bucht aus. Dunkle Seesterne bewegten sich vorsichtig auf der trockenen Fläche, vielleicht war das Wasser zu schnell verschwunden, jedenfalls suchten diese sonderbaren Geschöpfe nach Unebenheiten im Sand, wo sie sich abkühlen und verstecken konnten. Am Fuß des Felsens lagen Haufen von bläulichen Schalen, und plötzlich sahen die Männer, wie einige der Schalen sich bewegten. Es waren Einsiedlerkrebse, die mit ihrem kleinen Haus auf dem Rücken davonkrochen. Der Anblick war geradezu biblisch, wie bei

Jesus, der den kranken Mann heilte und ihn bat, sein Bett auf den Rücken zu nehmen und nach Hause zu gehen. Und inmitten dieser großartigen Stille stand die *Øverland*.

Erst jetzt bemerkte Agnar, dass er vergessen hatte, das Tau zu lockern, mit dem die Jolle am Schiff befestigt war. Das kleine Beiboot mit dem Außenbordmotor baumelte in der Luft. Agnar rief den Skipper und bat ihn, das Beiboot herunterzulassen. Als sie es entgegengenommen hatten, erzählte Eigil Agnar eine kleine Geschichte, die Hans Fríðrik Varberg ihm einmal erzählt hatte. Ein alter Mann in Svínoy hatte bei André Andresen in Tórshavn einen Außenbordmotor bestellt. Er lag krank im Bett, als der Motor mit dem Postschiff kam, und der Alte bat seine Söhne, den Motor und eine Tonne in sein Zimmer zu tragen. Kein Problem, schließlich war es ein großer Moment, denn selbstverständlich sollte der Motor ausprobiert werden. Die Söhne gossen Wasser in die Tonne, schraubten den Motor am Rand der Tonne fest und füllten ihn mit Benzin. Die gesamte Familie war zur Stelle, die Frau, die Enkelkinder und der Geistliche der Gegend. Beim zweiten Ziehen sprang der Motor an und die Schraube drehte sich, wie der Prospekt es prophezeit hatte, und obwohl die Spritzer aus der Tonne sämtliche Anwesenden in der Kammer durchnässten, war die Freude groß.

Die Stunden, in denen die *Øverland* trockengefallen war, nutzten sie, um den Rumpf zu untersuchen. Nachdem sie festgestellt hatten, dass von den Zinkanoden kaum noch etwas übrig war, stellten sie das Schweißgerät in den Sand und schweißten gut dreißig neue Klötze auf den Rumpf. Normalerweise hatte Arne diese Arbeiten übernommen, doch der lag in seinem Grab in Upernavik. Andererseits waren es gewöhnliche Instandhaltungsarbeiten, die von den meisten Seeleuten ausgeführt werden konnten. Die Farbe am Vordersteven und dem Bug war durch das Eis abgeschabt, aber ansonsten sah der Rumpf gut aus.

Als gegen zehn die Flut kam, waren sie bereit. Sie hatten keine größeren Probleme erwartet, und als der Skipper auf volle Kraft zurückschaltete, schien die *Øverland* freizukommen, aber sie nahm keine Fahrt auf. Sie bewegte sich ein wenig zur Seite, als würde sie sich tiefer eingraben, sehr viel mehr geschah nicht. Der Skipper fragte Bob, ob es vielleicht hilfreich sein könnte, die Öl- und Wassertanks zu leeren. Doch Bob erwiderte, die Tanks seien fast leer, es würde kaum etwas nützen. Außerdem bekämen sie die Behörden auf den Hals, wenn sie die Bucht mit Öl verunreinigten. Ungefähr eine halbe Stunde ließen sie die Schraube mal vorwärts, mal rückwärts laufen. Sie wollten mit dem Rumpf eine Mulde graben, um sich den nötigen Freiraum zu verschaffen. Aber alle Anstrengungen waren vergebens.

Even Haugskerd bekam heiße Ohren, so etwas hatte er nicht erwartet, und im Übrigen auch keiner der anderen Männer. Eine Weile standen sie stumm auf der Brücke. Nur das Kompass- und Radarlicht leuchtete – und der Mond, der auf die Bucht schien.

Agnar brach das Schweigen und schlug vor, um halb zwölf einen neuen Versuch zu wagen. Er hatte die Idee, beide Anker fallen zu lassen, das Stahlseil des Heckspills um die Ankerspitzen zu wickeln und die Anker zu beiden Seiten des Schiffes so weit wie möglich zum Heck zu ziehen. Bei Hochwasser sollte der Skipper dann volle Kraft rückwärtsfahren und gleichzeitig beide Ankerspills einschalten. Auf diese Weise würde die Kombination aus Schrauben- und Ankerkraft dem Schiff genügend Schub verschaffen, um freizukommen. Agnar fügte hinzu, vielleicht sollten sie auch versuchen, unter dem Schiff eine Rinne zu graben. Ein Meter auf beiden Seiten oder so weit der Spaten reichte, würde helfen, die Friktionsfläche zu verringern.

Die Decksleuchten und sämtliche Scheinwerfer waren eingeschaltet, als sie in der nächtlichen Dunkelheit um halb drei beide Anker fallen ließen. Sie zogen die Stahlseile der Spills durch die Klüsen am Heck des Bootsdecks, legten sie um die Ankerspitzen und zogen die beiden Anker ungefähr fünfzig Meter zurück zum Heck, fast bis zur Schraube. Dann gruben sie ziemlich tiefe Löcher vor die Anker an Steuerbord und Backbord und schoben die Anker hinein. Die Stahlseile wurden von den Spitzen gelöst und die fast eine Tonne schweren Anker mit Sand bedeckt.

Sie arbeiteten rasch und hart, und als sie das Schiff, soweit sie mit den Spaten kamen, ausgegraben hatten, sagte der Skipper zu Eigil, nun wäre es Zeit für eine ordentliche Mahlzeit.

Eigil legte den Spaten beiseite und kletterte die Leiter hoch. Es war wirklich ein besonderer Augenblick, denn es ging um die Frage, ob sie das Schiff überhaupt freibekamen. Und wenn diese Mahlzeit eine der letzten werden sollte, die er an Bord der *Øverland* zubereitete, dann wollte er das Beste servieren, was das Schiff zu bieten hatte.

Er backte einen ordentlichen Haufen dicker amerikanischer Pfannkuchen und stellte den Siruptopf auf den Tisch. Drei Spiegeleier pro Mann und einige gute Scheiben Speck, außerdem wärmte er Bohnen in Tomatenpüree auf. Dazu Butter, Schinken und Käse, auch geröstetes Brot fehlte nicht. Dann setzte er eine gute Kaffeemischung auf, wobei ihm der Spruch des Zwerges Symfor einfiel, der einmal gesagt hatte, richtiger Kaffee sollte so stark sein, dass er die Fliegen vom Arschloch fernhielt.

Während des Essens berichtete der Skipper von einem Gespräch mit dem dänischen Polizeimeister in Tasiilaq. Der hatte ihm erzählt, dass Abel Anthonsen einen Verweis für seinen Umgang mit der Hundegeschichte bekommen habe. Das hatte der Polizeimeister von seinem Kollegen aus Upernavik gehört. Als dieser bei der Besprechung in Nuuk war, hatte Anthonsen ihn angerufen und mitgeteilt, ein Besatzungsmitglied der *Øverland* hätte die Hunde getötet und er den Hundemörder in den Bau gesteckt. Der Polizeimeister hatte angeordnet, den Mann umgehend freizulassen, denn es sei ausgesprochen ärgerlich, dass ein Ausländer die eigentlichen Aufgaben der Polizei übernehmen müsse.

Bob hatte sich während der großartigen Mahlzeit seine Pfeife angesteckt und erkundigte sich bei Eigil, ob sie nicht einen etwas ausführlicheren Bericht über die Ereignisse in Upernavik bekommen könnten. Weder er noch jemand von den anderen Besatzungsmitgliedern hätten bisher gewagt, nach den Details zu fragen, da der Fall so ungewöhnlich und so kompliziert sei.

Eigil erklärte, er bereue den Hundemord schon ein wenig, denn er hätte sich tatsächlich so benommen, wie die westlichen Halunken sich überall auf der Welt aufführten. Sie verhöhnten die lokalen Bräuche in den Gastländern und nahmen das Gesetz in die eigenen Hände. Die Hunde hätten Arne ja nicht aus Boshaftigkeit getötet, sondern aus Hunger, und in welcher Verpackung das Essen daherkam, und ob es Geräusche von sich gab oder nicht, war den Vierbeinern egal. Eigil sagte, soweit er die Sache beurteilen könne, hätte Anthonsen sich verhalten, wie es sich für einen Beamten gehörte, nicht mehr und nicht weniger. Wenn der weiße Polizeimeister in Tasiilaq dann mit seinem weißen Kollegen aus Upernavik gesprochen hatte und sich die beiden über den eifrigen Inuit in

Polizeiuniform lustig gemacht hätten, sage das mehr über sie als über den jungen Anthonsen aus.

Bob lächelte, er erkannte diesen Gedankengang aus der alten Sowjetunion wieder. Eigils Worte waren seiner Ansicht nach purer Kulturmarxismus. »Aber was ist denn eigentlich passiert?«, fragte er. Er wollte wissen, wie ein Mann fünf große grönländische Hunde fliegen lassen konnte.

Von Natur aus sei er physisch gut ausgestattet, erwiderte Eigil, er habe seine Kraft von einem Berserker geerbt, der ursprünglich aus Westnorwegen stammte, von seinem Urgroßvater.

An der Decke der Messe hing ein Haken. Eigil stand auf, steckte die Finger seiner rechten Hand in den Haken und zog mit einer Hand seine zweihundertzwanzig Pfund dreimal unter die Decke.

Seine Schiffskameraden staunten. Bob fasste sich mit beiden Händen an den Kopf, und beinahe hätten sie diese kleine Vorstellung beklatscht.

Eigentlich hatte Eigil nichts dagegen, über Dinge zu reden, die an der Grenze zum Schamhaften lagen, jedenfalls wollte er nichts verschweigen, was ohnehin allgemein bekannt war; im Übrigen war auch in der Zeitung *Sermitsiaq* eine Notiz über den Vorfall erschienen. Dennoch ärgerte er sich über seine Tat und wollte Abel Anthonsen eine Entschuldigung für die unfreundliche Bezeichnung schicken, mit der er ihn bedacht hatte, als er die Polizeistation verließ.

Diese Stunde in der Messe war gemütlich und eigenartig. Sie waren in einer ostgrönländischen Bucht gestrandet und wurden möglicherweise von einem Fuchs oder einigen Rentieren beobachtet, die verwundert auf das Licht der *Øverland* starrten. Ansonsten waren sie ganz allein. Und noch immer war es eine offene Frage, ob es ihnen gelingen würde, das

Schiff wieder freizubekommen. Gelang es nicht, waren die Tage der *Øverland* gezählt. Jedenfalls vorläufig. Möglicherweise konnten sie einen Schlepper herbeiordern, vielleicht aus Island; oder falls ein größerer Trawler in der Kleinen Bank fischte, könnten sie dessen Skipper bitten, einen Abstecher in den Sermilikfjord zu unternehmen und ein paar Trossen hinüberzuwerfen. Wenn das aber nicht möglich war, tja, dann gäbe es ein Schiff weniger im norwegischen Schiffsregister. Dann würde die *Øverland* zu einem Teil der grönländischen Landkarte – in der kalten Jahreszeit eingesperrt in Eis und Stille, und im Sommer würden Vögel ihre Nester auf dieser neuen Eiseninsel bauen.

Eigil setzte sich wieder auf die Bank und sagte lächelnd, es hinge unmittelbar mit seiner norwegischen DNA zusammen, dass er sich nicht mehr auf den Färöern aufhalte. Er erzählte aus seiner Vergangenheit und erklärte seinen Schiffskameraden, wie er am Neujahrstag 1980 ein Grab geschändet hatte, das Grab eines Mannes, für den er tiefsten Abscheu empfand. Der Mann hieß Napoleon Nolsøe und war der Neffe des berühmtesten färingischen Nationalhelden Poul Nolsøe oder Nólsoyar Páll. Er hatte auf Napoleon Nolsøes Grab gepisst. Damals arbeitete er als Wirtschaftsprüfer in Kopenhagen und war im Weihnachtsurlaub zurück auf die Färöer gefahren.

»Bist du ausgebildeter Wirtschaftsprüfer?«, wollte der Skipper wissen.

Eigil bestätigte es und fügte hinzu, er habe fünfzehn Jahre als Wirtschaftsprüfer gearbeitet. Außerdem sei er auch Schriftsteller und hatte einige Bücher veröffentlicht. Er lächelte und meinte, offensichtlich bringe der Schiffbruch ihn dazu, sein Herz zu öffnen. 1992 war er dann völlig unerwartet öffentlich als Grabpisser bloßgestellt worden.

Zu dieser Zeit war er Mitglied des Stadtrats und Vorsitzender des Finanzausschusses der größten Gemeinde auf den Färöern gewesen, und seine Tat wurde unmittelbar vor den Stadtratswahlen publik gemacht. Plötzlich als Grabschänder vorgeführt zu werden, war derart rufschädigend, dass sein bürgerliches Leben schlichtweg ruiniert gewesen war. Er wurde als Stadtrat nicht wiedergewählt und verlor seine Anstellung als Wirtschaftsprüfer; von einem Tag auf den anderen wurden ihm sämtliche Titel entzogen. Vielleicht hätte es eine Art Ehrenrettung geben können, wenn er gewollt hätte, aber damals hatte er nicht die Kraft dazu, und es gab niemanden, der ihm eine helfende Hand reichte, weder die Mitglieder des färingischen Schriftstellerverbands und noch weniger seine Parteigenossen. Plötzlich war er in seiner eigenen Heimat zu einer Persona non grata geworden, und das war ein sehr unangenehmes Gefühl. Eher durch einen Zufall hatte er erfahren, wer ihn bei der Presse verpetzt hatte – es war kein Geringerer als der Vorsitzende der Partei, die ihn für den Stadtrat aufgestellt hatte. Dafür hatte er sich gerächt, und heute war der ehemalige Parteivorsitzende ein Krüppel.

»Was meinst du mit Krüppel?«, fragte Bob nach.

»Ich habe dasselbe mit ihm gemacht wie mit den Hunden in Upernavik.«

Es wurde still in der Messe. Die Unterhaltung hatte eine unerwartete Wendung genommen, die Männer wussten nicht recht, was sie sagen sollten.

Nur der stets höfliche Agnar Moe fragte vorsichtig, ob Eigil seine Handlungsweise möglicherweise bereue?

Eigil reagierte mit einer Gegenfrage: Warum war es so interessant, ausgerechnet auf diese Frage eine Antwort zu bekommen?

Die Antwort, die er bekam, war sehr präzise: Agnar wollte gern wissen, aus welchem Holz Eigil Tvibur geschnitzt war, deshalb fragte er.

»Es quält mich, dass ich eine ganze Familie zerstört habe«, antwortete Eigil.

»Das kann ich gut verstehen«, entgegnete Agnar. »Aber bereust du deine Handlung?«

Eigil erwiderte, früher, ja noch bis 1881, habe jeder Mann im Alter zwischen fünfzehn und fünfzig Jahren auf den Färöern die Pflicht gehabt, zwei Schädlingsvögel im Jahr zu töten, um die kleinen Lämmer vor Raben, großen Raubmöwen, Mantelmöwen und Krähen zu schützen. Er sagte, sein Parteivorsitzender sei ein solcher Schädlingsvogel gewesen, und obwohl der Mann noch lebe, sei seine Zeit als Politiker vorbei.

Gegen zehn Uhr vormittags hatte die Flut ihren Höchststand erreicht. Wenn es ihnen gelang, die *Øverland* fünfunddreißig, vielleicht vierzig Meter zurückzusetzen, würde sie wohl freikommen. Der Skipper stand auf der Brücke, und als er den Maschinentelegraf auf volle Kraft setzte, gab er Agnar das verabredete Zeichen. Rabenschwarzer Rauch quoll aus dem Schornstein, gleichzeitig klapperte das erste Ankerkettenglied durch die Klüse. Das Geräusch des Hauptmotors dröhnte durch die Berge, die Schraube peitschte einen Schwall aus Sand aufs Achterdeck. Und dann passierte das, worauf sie gehofft hatten. Die *Øverland* kam frei. Agnar beschleunigte die Drehungen des Ankerspills, ein Glied nach dem anderen kam durch die Klüse, und als er mit bloßem Auge sehen konnte, wie das Schiff sich bewegte, ließ er das Ankerspill mit voller Kraft arbeiten. Plötzlich schwamm die *Øverland*, und obwohl sie noch einmal den Grund berührte, war das Schiff frei. Auf dem Echolot sahen sie, wie es sich aus der ausgegrabenen

Rinne befreite. Aus reinem Übermut bediente der Skipper die Signalpfeife, und während sie langsam den Sermilikfjord verließen, ging er in seine Kajüte, um eine Flasche Whisky zu holen. Er stellte vier Gläser auf den Kompasstisch, schenkte ein und bevor sie tranken, dankte er den Männern für ihre große Leistung.

Die Verflucher

Auf der Heimreise von Grönland nach Norwegen erzählte Agnar Moe Eigil von den Verfluchern. Die beiden hielten die Morgen- und Abendwache, während der Skipper und Bob die Tag- und die Nachtwache übernahmen. Die *Øverland* fuhr über die Bank von Reykjanes bei Island, ein Fahrwasser, das besonders im Herbst und im Winter unangenehm sein konnte. An diesem Abend aber war es windstill, sie sahen mehrere Lampen leuchten, und auf dem Radarschirm zeichnete sich das Südende der Halbinsel Reykjanes ab.

Er hätte ein wenig über die Begebenheiten nachgedacht, von denen Eigil in der Nacht erzählt hatte, als sie gestrandet waren, sagte Agnar, und er meinte, eine gewisse Verwandtschaft zwischen Eigils eigenhändiger Rache und der Vorgehensweise der Verflucher zu erkennen.

Eigil fragte, ob er irgendetwas über die Verflucher wisse, und Agnar antwortete, er hätte einige Jahre zu ihrer Gemeinschaft gehört.

Die Gemeinschaft ist alt, sagte er, und die Mitglieder bezahlen einige hundert Kronen als Jahreskontingent, aber es ist nicht üblich, sich öffentlich über die Gemeinschaft zu äußern. Sie hatte zwei Meister, der eine war ein älterer schwedischer Gewerkschafter namens Albin Nyström, der andere ein dänischer Historiker, der Thorolf Gade hieß. Die Verbindung zwischen den Mitgliedern basierte hauptsächlich auf persönlicher

Freundschaft und Bekanntschaft, und einige dieser Freundschaften waren schon sehr alt. Soweit Agnar wusste, gingen die historischen Wurzeln auf die Satanische Kirche in Göteborg zurück; die Holländer, die zu Beginn des siebzehnten Jahrhunderts das Kanalsystem von Göteborg bauten, hatten diesen ungewöhnlichen Brauch von zu Hause mitgebracht. Trotz der vermutlich ziemlich unterschiedlichen ideologischen Positionen der Mitglieder waren die Verflucher politisch gesehen ein eher linkes Phänomen. »Ich bin Agnostiker«, sagte Agnar, »ich glaube nicht, dass Gott sich in weltliche Angelegenheiten mischt.« Daher bat er beim Vaterunser auch nicht um das tägliche Brot, wie es im Matthäus- und im Lukasevangelium stand. Stattdessen dankte er Gott für sein Schöpfungswerk, das es den Menschen ermöglichte, sich das tägliche Brot selbst zu beschaffen. Er zitierte Hans Christian Andersen, der gesagt hatte, Gott hätte uns die Nüsse geschenkt, aber knacken müssten wir sie selbst. Agnar meinte, Jesus hätte der geistige Funke gefehlt, er ähnelte am ehesten einem freundlichen Sozialratgeber, und so gesehen könnte der christliche Himmel dieselbe Adresse haben wie das Königliche Gesundheits- und Fürsorgeamt in Oslo. Der Mensch sollte nicht beten, sondern sich nötigenfalls *nehmen*, was er brauchte. Es war schlichtweg ein Verbrechen, seinen Nächsten hungern zu lassen, wenn die Warenlager und Bankkonten der Patrizier gleichzeitig randvoll waren. In Wahrheit legitimierte das Vaterunser den sozialdemokratischen Überwachungsstaat, in dem die Menschen geduldig auf Barmherzigkeit warteten. Dieses Gebet ließ den Menschen zu etwas Fremdem auf der Erde werden und gaukelte ihm vor, das wahre Leben beginne erst, wenn die Totenstarre sich der Glieder bemächtigt hatte.

Während Agnar redete, starrte er durch die Scheibe der Brücke. Im Grunde hätte er Selbstgespräche führen oder mit einem Fremden draußen in der nächtlichen Dunkelheit reden können. Auf seiner linken Seite hing der Radarschirm am Dach der Brücke, und jedes Mal, wenn die Scannerwelle auf Reykjanes traf, wurde ein Lichtschimmer auf seine linke Wange geworfen. Dann sah man diesen fragenden Gesichtsausdruck, der oft genug Umsicht und Klarheit bei denjenigen ausdrückte, die versuchten, einen festen Halt in den dunklen Ecken des Daseins zu finden.

Er erzählte von seiner ersten Teilnahme an einem Treffen der Verflucher. Es hatte im Jahr 1980 stattgefunden, kurz nachdem die Bohrplattform Alexander L. Kielland gekentert und hundertdreiundzwanzig Männer ertrunken waren. Agnar war gerade zwanzig geworden, und er und sein Vater standen zusammen mit fünfzig anderen Verfluchern auf dem Platz vor dem Hauptgebäude von Statoil in Stavanger. Sie trugen die für die Gemeinschaft so charakteristischen Mäntel und Hüte, und alle blickten hinauf zur dritten Etage, wo der Sicherheitschef Eugene Stierne seine Büros hatte. Agnars Vater kam die Ehre zu, ihn zu verfluchen, und die Kraft zu hören und zu spüren, mit der die Flüche des Vaters aufgeladen waren, war einer der größten Augenblicke in Agnars Leben gewesen.

Eigil erwiderte, die verschiedenen Formen, mit denen auf der Welt protestiert wurde, kenne er kaum, aber die Methode des Verfluchens schien ihm nicht nur originell zu sein, sondern käme auch seiner eigenen, harten Gemütsverfassung entgegen.

Agnar gab zu bedenken, dass Verflucher mit einer allzu harten Gemütsverfassung durchaus gefährlich sein konnten.

»Dann bin ich einer der gefährlichen Verflucher«, entgegnete Eigil und brach plötzlich in Gelächter aus. Er lachte und lachte und konnte nicht wieder aufhören.

Agnar lächelte und hielt den Koch der *Øverland* für leicht durchgeknallt.

»Jedes Wort ist wahr«, antwortete Eigil. »Und woher habe ich mein durchgeknalltes Wesen? Ja, von diesem verfluchten norwegischen Urgestein!«

Eine Voraussetzung für die Wirkung eines Fluches sei, so Agnar, dass der Fluchempfänger ungefähr denselben mentalen Ballast mit sich herumschleppe wie der Verflucher. Vielleicht gab es auch in Japan oder auf Borneo Verflucher, aber es hatte keinen Sinn, jemandem Flüche zu schicken, der einer fremden Religion angehörte oder eine andere Auffassung von Recht und Gerechtigkeit oder dem Kern des Dämonischen hatte. Das gesamte Konzept des Verfluchens basierte auf gegenseitigem Verständnis und Furcht vor den gleichen Dingen. Einen Fluch über eine Gruppe oder einen Stand auszusprechen, nützte nichts, es war absolut entscheidend, sich an ein Individuum zu wenden, das die Verantwortung für eine Untat trug oder sie personifizierte, erst dann entfaltete sich die Kraft des Fluches. Der Fluch zielte auf das Schuldgefühl, tiefer konnte man kaum in die alltägliche Psyche eindringen. War der Fluch über den Schuldigen ausgesprochen, und lag das Schuldgefühl so entblößt da wie eine Zahnwurzel während der Wurzelbehandlung, war es heftiger als irgendeine andere psychische Kraft. Wer die Kontrolle über das Schuldgefühl eines Menschen hatte, war in Wahrheit der Meister dieses Menschen – das war der eigentliche Kern der Verflucheridee.

Agnar blickte auf den Radarschirm. Das Licht warf einen gelblichen Schein auf seine hohe Stirn, die Nase und die kleine Oberlippe, der Rest des Gesichts lag im Dunkeln. Dann öffnete er den Mund, und zum ersten Mal in seinem Leben hörte Eigil ein Verfluchergebet:

*Verflucht seist du, mächtiger Magnat, Eugene Stierne.
Verflucht sei jeder Schritt, den du tust, mögen deine
Fußgelenke sich verstauchen und du dich verirren.
Verflucht sei dein unbarmherziges Herz, möge jeder
deiner Herzschläge registriert und verflucht werden.
Mögen die Flammen der Hölle deinen Körper erfassen,
möge jeder Zoll deiner Haut versengt und geröstet
werden von dem Feuer, das Statoil in der ganzen Welt
entfacht.
Verflucht sei dein boshafter Mund, der in den Massen-
medien jeden Mord als ein technisches Unglück
bezeichnet.
Mögen die Notschreie der einhundertdreiundzwanzig
Menschen,
die eingeschlossen in der Dunkelheit des Kinos, in der
Messe und in ihren Unterkünften starben,
die nicht entkommen konnten, weil die Türen
verschlossen waren,
die die Fensterscheiben einschlagen mussten und sich zu
Tode verletzten, als sie sich zwischen den Scherben
hinausdrängten,
die keine Schwimmwesten fanden, die sie anziehen
konnten, und sich in die acht Meter hohen Wellen
stürzen mussten,
mögen ihre Hilferufe deine Trommelfelle sprengen und
deinen Schädel mit Entsetzen erfüllen. Verflucht sollst
du die Treppen steigen, verhasst sollst du dieselben
Treppen hinabgehen.
Verflucht sollst du deinen Whisky trinken, und verflucht
sollst du auf ewig jeden einzelnen Morgen dein
Alkoholgift ausspeien.
Verflucht sollst du den Motor deines Saab 900 starten,*

und der Sicherheitsgurt, den du anlegst, möge dir kein Gefühl der Sicherheit geben. Verflucht sollst du bei deiner Frau liegen, und obwohl sie dich streichelt und fragt, was denn los sei, wirst du ihr nicht antworten können, denn es gibt keine Antwort, wenn einhundertdreiundzwanzig Männer tot unter deiner Hirnschale liegen.
Verflucht sollst du fröhliche Weihnachten singen und dir das Fett aus den Mundwinkeln wischen.
Möge jedes einzelne vaterlose Kind dich mit der Sehnsucht verfolgen, die in der schmalen Brust der Kinder brennt. Mögest du ihnen begegnen, und wenn sie nach ihren Vätern fragen, wird dir deine Zunge nicht gehorchen, die Zunge wird belegt sein, sie wird glühend heiß vor Fieber sein und anschwellen und dich ersticken, du geldgieriger Zyniker!

Dann verlasen die Verflucher die Namen der einhundertdreiundzwanzig Toten, sie nannten auch ihr Alter und ihre Herkunft, und ihre Stimmen waren klar und deutlich:

Knut Amundsen, 42 Jahre, Sogndalstrand.
Tommy Andersson, 32 Jahre, Schweden.
Lothar Apostel, 37 Jahre, Deutschland.
Kåre Augland, 35 Jahre, Kristiansand.
Tor Avid Austbø, 21 Jahre, Vanse.
Alan Beggs, 27 Jahre, England.
Karsten Berland, 27 Jahre, Bergen.
Magne Birkelad, 36 Jahre, Treungen.
Jan Bringsvor, 30 Jahre, Grindafjord.
George Collins, 37 Jahre, England.
Brian Owen Dawson, 36 Jahre, England.

Arild Didriksen, 30 Jahre, Stokke.
Joan Dyrstad, 36 Jahre, Kleppestø.
Terje Egeland, 20 Jahre, Spangereid.
Arne Jørgen Eggen, 35 Jahre, Sandefjord.
Ivar Ellingsen, 30 Jahre, Risør.
David Lawrence Elliot, 35 Jahre, England.
Eivind Falkum, 31 Jahre, Marnardal.
Michael Fleming, 37 Jahre, England.
Einar Gaulen, 52 Jahre, Førdesfjord.
Wilhelm Gjerde, 39 Jahre, Førdesfjord.
Ingebrekt Glærum, 22 Jahre, Surnadal.
Brian Graham, 31 Jahre, England.
Ivar Hageland, 47 Jahre, Vågsbygd.
Kjell Hagen, 40 Jahre, Lillesand.
Laszlo Haijek, 27 Jahre, Klæbu.
Hans Herbert Hansen, 33 Jahre, Island.
Ivar Hansen, 35 Jahre, Vennesla.
Jan Geir Hansen, 28 Jahre, Horten.
Lars Hansen, 43 Jahre, Lyngdal.
Odd Hansen, 36 Jahre, Årvik.
Steinar S. Hansen, 29 Jahre, Karmøy.
Terje Hansen, 30 Jahre, Karmøy.
John Michael Harris, 29 Jahre, England.
Fredrik Haslund, 40 Jahre, Pusnes.
Ernst Hedmand, 34 Jahre, Sveio.
Jan Heintz, 45 Jahre, Kristiansand.
Knut Magnor Helgeland, 38 Jahre, Torvastad.
Per Bjarne Hofstad, 26 Jahre, Trondheim.
Gunvald Holgersen, 26 Jahre, Grindafjord.
Keith Hunter, 34 Jahre, England.
Per Harald Ihme, 23 Jahre, Mandal.
Lars Johan Iversen, 42 Jahre, Førdesfjord.

Kåre Marton Jess, 47 Jahre, Flekkefjord.
Otto Johannessen, 45 Jahre, Sveio.
Arvid Johansen, 26 Jahre, Haugesund.
Leif Bjarne Johansen, 48 Jahre, Birkeland.
Oyvind Johansen, 32 Jahre, Grimstad.
Steinar Johansen, 27 Jahre, Brennåsen.
Arne Jørgensen, 47 Jahre, Sandefjord.
Tor Age Kolbeinsen, 28 Jahre, Haugesund.
Arne Egil Korsnes, 26 Jahre, Kristiansund.
Odd S. Kråkø, 32 Jahre, Mjølkeråen.
Knut Kulia, 51 Jahre, Kristiansand.
Aimo Rikard Kumala, 38 Jahre, Grimstad.
Colin Lamb, 44 Jahre, England.
Louis Larsen, 55 Jahre, Tromsøy.
Edward Laxon, 52 Jahre, England.
Erik Leknes, 19 Jahre, Haugesund.
Rolf Laurits Lervik, 30 Jahre, Førdesfjord.
Markku Lethinen, 34 Jahre, Grimstad.
Olav Lia, 42 Jahre, Søgne.
Arne Lie, 28 Jahre, Smørsund.
Rolf Martinssen, 57 Jahre, Kristiansand.
Johnny Mauland, 29 Jahre, Jørpeland.
John McGrady, 43 Jahre, England.
Bjarne Melkevik, 31 Jahre, Slåttevik.
Richard Milne, 40 Jahre, Schottland.
Robbie Morrison, 25 Jahre, Schottland.
Svein Harald Moseid, 30 Jahre, Farsund.
John Murray, 33 Jahre, England.
Egil Mørch, 37 Jahre, Mandal.
Odd Kjell Nilsen, 33 Jahre, Rykene.
Arne Olsen, 36 Jahre, Ågotnes.
Ivar Olsen, 29 Jahre, Arendal.

Svein Ove Olsen, 33 Jahre, Førdesfjord.
Paul Paulsen, 51 Jahre, Haugesund.
Erling Pedersen, 35 Jahre, Mandal.
Paul Torbjørn Pedersen, 31 Jahre, Vågsbygd.
Tore Pedersen, 31 Jahre, Mandal.
Åge Normann Pedersen, 29 Jahre, Haugesund.
Patrick Josef Pender, 42 Jahre, England.
John Phillips, 30 Jahre, England.
Barry Pickup, 36 Jahre, England.
James Edward Poulter, 39 Jahre, England.
Thomas Prior, 36 Jahre, England.
George Charles Purcell, 31 Jahre, England.
Svein Ramsdal, 34 Jahre, Bergen.
Rolf Arthur Reme, 28 Jahre, Sandnes.
Leif Ø. Reve, 33 Jahre, Kleppe.
John Richardson, 40 Jahre, England.
Øyvind Salhus, 24 Jahre, Haugesund.
Vidar Sandbakken, 24 Jahre, Konsmo.
Kjell Arne Schønning, 30 Jahre, Haugesund.
Bjorn Skaanes, 38 Jahre, Iveland.
Kjell Skagestad, 29 Jahre, Mandal.
Vidar Skjervøy, 26 Jahre, Trondheim.
John Skogøy, 26 Jahre, Haugesund.
Tom Arne Skomedal, 24 Jahre, Nodeland.
Olav Sonderland, 28 Jahre, Drangedal.
Michael Stuart, 30 Jahre, Sola.
Odd Stumo, 33 Jahre, Førdesfjord.
Magnar Sæbø, 30 Jahre, Sæbøvik.
Torstein Sæd, 49 Jahre, Stavanger.
John Tegowski, 29 Jahre, England.
Paul Ian Thomas, 30 Jahre, Wales.
Arne Thomassen, 31 Jahre, Lillesand.

Åge Thoresen, 43 Jahre, Sandnes.
Gunnar Torsteinbu, 28 Jahre, Stavanger.
Ivar Traa, 42 Jahre, Førdesfjord.
Svein Arild Tversland, 30 Jahre, Kristiansand.
Jostein Vaagsbø, 26 Jahre, Os.
Torvid Valle, 30 Jahre, Åmli.
Alfred Vassnes, 49 Jahre, Kolbeinsvik.
Svein Vikan, 30 Jahre, Trondheim.
Kåre Viken, 41 Jahre, Bergen.
Bjorn Vinge, 33 Jahre, Skien.
Jon Ivar Waale, 24 Jahre, Notodden.
Odd Bjørn Wiberg, 46 Jahre, Kristiansand.
Karl Erik Østvedt, 27 Jahre, Skien.
Harald Gotfred Øyerhamn, 35 Jahre, Sveio.
Tor Øysand, 33 Jahre, Skien.
Arne Årstad, 44 Jahre, Gyland.

Die Gespräche über die Flüche und das Verfluchermilieu nahmen allmählich viel Raum in der Freundschaft der beiden Schiffskameraden ein, und Eigil schrieb auf, was er erfuhr.

Er fragte, wie es Eugene Stierne ergangen war, hatten sie es überhaupt verfolgt oder waren ihre Aktionen eher eine Art Theater?

Agnars Antwort war ziemlich trocken und typisch für ihn. Er erwiderte, Theater setze Schauspieler voraus, und die Verflucher sähen sich nicht als ein Teil dieser Branche. Aber in ihrem Kielwasser schwammen einige mentale Unglücke, und sie hatten auch ein paar Selbstmorde auf dem Gewissen.

Als Beispiel erwähnte er ein Grubenunglück in Nordschweden. Das Unglück passierte in achthundert Metern Tiefe und kostete neun Arbeiter das Leben. Es geschah im Jahr 1968, im gleichen Jahr, in dem sogenannte wilde Streiks große Teile von Schweden lähmten. Die Streiks erschreckten die sozialdemokratische Regierung unter der Führung von Tage Erlander, der in seiner Machtvollkommenheit meinte, er hätte die schwedische Arbeiterseele gut im Griff. Aber plötzlich erwachten die Massen, und die auslösende Kraft war sicher das Grubenunglück.

Einige Wochen nach dem Unglück erschien eine Gruppe Verflucher in einem Scania-Vabis-Bus am Unglücksort. Von Kameraden hatten sie erfahren, wo der Bergwerksdirektor wohnte. Sie fanden ihn in einer Villa am Rande der Stadt.

Das Zusammentreffen soll ungewöhnlich unangenehm gewesen sein, weil der Direktor zunächst zu flüchten versuchte. Allerdings war er ein ausgesprochen korpulenter Herr, der nicht sonderlich schnell laufen konnte, sodass sie ihn rasch eingeholt hatten. Sie banden ihn wie ein Schlachtvieh an einen Baum im Garten. Er bettelte um sein Leben, heulte und versprach, seinen Einfluss geltend zu machen, wenn es um die Sicherheit im Bergwerk ginge, aber sie sollten ihn nicht umbringen.

Er begriff nicht, dass er in ihren Augen bereits ein toter Mann und die Aktion quasi eine schwarze Messe war, die für eine ehrlose Leiche abgehalten wurde.

Albin Nyström übernahm die Verwünschungen, und als erfahrener 1. Mai-Redner hatte er eine scharfe, halb triumphierende Stimme. Er war einer von denen, die ohne Manuskript verfluchen konnten, und als er fertig war, schnitt er das Seil durch, mit dem sie den Direktor gefesselt hatten.

Die Verflucher waren bereits wieder auf dem Weg zu ihrem Bus, als der Direktor begriff, worum es eigentlich ging. Er lief ihnen nach, rief, so etwas könnten sie doch nicht mit ihm machen, und flehte darum, ihn von dem Fluch zu befreien. Der Motor des Busses war aber bereits angelassen, sie stiegen ein, schlossen die Türen und fuhren ab.

Ob es am zweiten oder dritten Tag nach der Verfluchung geschah, wusste Agnar nicht mehr, aber an einem dieser Tage erschoss sich der Direktor. Er tötete sich mit dem Gewehr, mit dem er bisher Hirsche geschossen hatte. Er steckte sich den Lauf in den Mund und verabschiedete sich so aus dieser Welt.

Was Eugene Stierne betraf, so meldete er sich im Herbst 1980 krank, kurz darauf verließ ihn seine Frau. Jetzt war er in der Pfingstbewegung in Oslo aktiv und kannte seinen Platz auf einer der hintersten Bänke im Saal.

Ein längerer Aufenthalt

Zum ersten Mal seit dreizehn Jahren kehrte Eigil wieder nach Hause auf die Färöer zurück.

Geologisch gesehen sind dreizehn Jahre nicht der Rede wert. Vielleicht wird ein Kieselstein in diesem Zeitraum rund geschliffen, möglicherweise rollt auch ein Stein von einem Felsvorsprung, viel mehr passiert aber nicht. Denkt man hingegen an die Lebenszeit eines Schmetterlings, sind dreizehn Jahre ein kleiner Bissen der Ewigkeit, vor allem für die Schmetterlinge, die nur einen einzigen Tag leben und ihren Ursprung in einem Kartoffelstängel mit ein paar Blüten haben. War man ein fünfundsiebzigjähriger Mann, bedeuteten dreizehn Jahre einen Sprung bis achtundachtzig, und in den meisten Fällen lag in dieser Spanne die niedrige Schwelle zwischen Leben und Tod. Aber im Alter von einundvierzig bis vierundfünfzig Jahren, da bist du einigermaßen derselbe Mensch, physisch ebenso wie mental.

Die einzig entscheidende Änderung, die in dieser Phase von Eigils Leben stattgefunden hatte, war der Verlust seiner Mutter. Er hatte es oft vermisst, sie nicht anrufen zu können, aber dass sie nicht mehr da war, verstand er erst richtig, als er in dem leeren Haus am Landevejen stand.

»Bist du es, mein Junge?«, hatte sie in den letzten Jahren gerufen, als er noch in Tórshavn wohnte, und die Stimme klang immer ein wenig fragend oder angespannt, als wäre sie nicht ganz sicher, ob er sich die Schuhe auszog und auf die Küchentür zukam. Früher war sie anders gewesen, da konnte sie schimpfen: »Hör auf, mit deinen Quanten so über den Fußboden zu schleifen, ich bin es schließlich, die deine Socken stopft!« Und hatte sie richtig gute Laune, erklärte sie, nur das großspurige Höllenpack auf dieser Erde trampele rücksichtslos über den Fußboden. Aber alles änderte sich nach ihrem Blutgerinnsel 1992, und Eigil wusste nicht recht, ob er eher die aggressive Kristensa Sivertsen oder die sanftere Ausgabe seiner Mutter vermisste.

Alles in allem empfand er diese dreizehn Jahre dauernde Zeit einfach als einen längeren Auslandsaufenthalt. Sicherlich musste er sich an gewisse Veränderungen gewöhnen, aber im Großen und Ganzen war alles wie früher.

Oder etwa nicht?

War die Zeit auf der *Øverland* und die Arbeit an der Øresundbrücke genau wie die Jahre, in denen er als Wirtschaftsprüfer gearbeitet hatte? In den letzten zehn Jahren hatte er endlich mit seiner Erzählung über die Brahmadellen begonnen, waren die inspirierenden Stunden am Schreibtisch denn nur ein Hobby?

Dazu kam seine Bekanntschaft mit dem eigenartigen und vielschichtigen Agnar Moe. Eigil hatte ihn in Bergen besucht, gemeinsam hatten sie an verschiedenen Orten in Skandinavien an Verflucheraktionen teilgenommen. Agnar hatte Eigil auch aufgefordert, einen Fluch zu übernehmen, bisher hatte er es aber abgelehnt.

Im September 2006 bekam Eigil einen Brief von Agnar, und als er das wohlbekannte Verflucher-Logo auf dem Umschlag sah, wusste er, dass er gerufen wurde. Die Gemeinschaft war ihrem satanischen Ursprung treu geblieben. Das Logo zeigte zwei schmale Hände, die eine kleine Flamme formten, und zwischen den langen, schmalen Fingern sah man Satans intelligenten und gnadenlosen Gesichtsausdruck.

Er bekam den Brief kurz nach dem großen Feuer im Altersheim von Lundeborg südlich von Vejle in Dänemark. Fünf der Bewohner, eine Krankenschwester und zwei thailändische Frauen, die in der Wäscherei arbeiteten, waren ums Leben gekommen. Das Feuer war in der Wäscherei ausgebrochen, die Ursache war eine veraltete Elektroinstallation.

Die Öffentlichkeit war erschüttert über einige Fotos des Unglücks, die die Zeitung *Vejle Amts Avis* gedruckt hatte. Der Krankenschwester war es gelungen, drei alte Insassen im Rollstuhl in den Aufzug zu fahren, doch sie blieben in der Mitte des Schachtes stecken. Der Schacht bestand aus Backsteinen und funktionierte wie ein Ofen. Nur die Eisenkonstruktion um den eigentlichen Aufzug und die Reste der drei Rollstühle blieben übrig. Was gerade noch drei alte Menschen und eine Krankenschwester gewesen waren, lag nun bis zur Unkenntlichkeit verbrannt auf dem Boden des Schachtes.

Weder die Presse noch die Öffentlichkeit erfuhren – zumal es eigentlich auch keine große Neuigkeit war –, dass es einen Monat zuvor bereits einen kleineren Brand im Waschkeller gegeben hatte; damals war es einem Hausmeister gelungen, das Feuer zu löschen. Die Firma, die den Schaden reparieren sollte, wies auf den schlechten Zustand der Elektroinstallation hin. Die Leitungen, die durch alte Eisenrohre liefen, waren brüchig, und im schlimmsten Fall brauchte es nur ein paar Funken, um sie in Brand zu setzen. Und genau das war passiert. Die Leitung des Altersheims hatte die Firma beauftragt, eine generelle Reparatur vorzunehmen, und einen Kostenvoranschlag von 280 000 Kronen akzeptiert.

Bei der Frage nach der Verantwortung wurde verschwiegen, dass die Gemeinde zur gleichen Zeit umfassende Einsparungen von der Einrichtung verlangte. Die Heimleitung hatte daher drei der zwölf Angestellten in der Küche gekündigt. In der Wäscherei arbeiteten sieben Frauen, zwei wurden entlassen, und von den dreiundzwanzig Krankenschwestern wurden fünf gekündigt.

Das *Vejle Amts Avis* schrieb in seinem Leitartikel, der Sparwahnsinn im dänischen Reich würde den Heimleitungen die Hände binden – mit den entsprechenden Folgen.

Der Autor des Leitartikels hatte nur zum Teil recht. Denn wie sich herausstellte, war zweckgebundenes Geld für Reparaturen und Renovierungen durchaus bewilligt worden. Dies teilte der Gemeindekämmerer der Zeitung in einer Korrektur mit. Er erklärte, es sei durchaus möglich gewesen, zu sparen und gleichzeitig die notwendigen Renovierungsarbeiten zu beauftragen, nur obliege es der Institutionsleitung, dies auch zu tun.

Elenor Bøge wohnte an einem kleinen Wald namens Kongeskov oder Königswald, und als ungefähr dreißig uniformierte Verflucher ihren Garten betraten, saß sie gerade mit ihrem Lebensgefährten auf der Terrasse und nippte an ihrem Glas. Sie hatte eine Decke umgelegt und sah aus, als sei sie gesund und stark.

Im Rotary Club hatte sie einmal einen Juristen gehört, der einen Vortrag über die Verflucher gehalten hatte, und in kleineren linken Zeitschriften standen manchmal Beschreibungen ihrer besonderen Aktionsform. Irgendjemand hatte die Gemeinschaft als eine Guerilla-Ausgabe des Russell-Tribunals bezeichnet. Das Bild war nicht ganz falsch. Im November 1966 hatten die Philosophen Bertrand Russell und Jean-Paul Sartre das Tribunal initiiert und es International War Crimes Tribunal genannt. Ein Jahr später hatte das Tribunal in Stockholm und Roskilde solide Beweise für die Kriegsverbrechen der USA in Vietnam, Laos und Kambodscha vorgelegt. Auch in den folgenden Jahren ließ das Tribunal von sich hören. Zum Beispiel wurde das Apartheidsystem in Südafrika als ein Verbrechen gegen die Menschlichkeit bezeichnet, ebenso wie die sowjetische Invasion in Afghanistan und Israels Umgang mit den Palästinensern.

Elenor Bøge erhob sich, als sie diese merkwürdigen Menschen in ihren Garten eindringen sah. Sie war eine energische Frau und erklärte, sie sollten von ihrem Grundstück verschwinden, ja, sie fügte noch hinzu, Karneval sei vorbei, sie sollten nächstes Jahr wiederkommen. Doch dann brachte sie keinen Satz mehr heraus. Als wären ihr in ihrer Apologie die Worte ausgegangen, als wäre die Kraft verbraucht. Der Angriff schien gut vorbereitet zu sein. Während sich einige Verflucher vor der Terrasse versammelten, stellte sich eine größere Gruppe auf dieselbe, sodass weder Elenor Bøge noch ihr Lebensgefährte fliehen konnten. Sie setzte sich dorthin, wo sie stand, blieb sitzen und hielt sich den Kopf, während diese erschreckenden Gestalten in langen Mänteln ihre Flüche über sie sprachen.

Auf der Zugfahrt zurück nach Kopenhagen schwieg Eigil, und als Agnar sich erkundigte, ob irgendetwas nicht in Ordnung sei, erwiderte er wahrheitsgemäß, er kenne Elenor Bøge, oder besser gesagt, er habe ihre Schwester Marianne Bøge ziemlich gut gekannt. Vor ungefähr fünfzehn Jahren unterrichtete Marianne Literatur an der Färingischen Universität von Tórshavn, und eines Abends hatte er sie besucht. Sie hatte einen Gast aus Dänemark, ihre Schwester Elenor Bøge. Erst als er ihr Gesicht auf der Terrasse sah, hatte er sie wiedererkannt.

»Die Welt ist klein«, murmelte Agnar.

»Vielleicht zu klein«, entgegnete Eigil.

Im *Philosophischen Wörterbuch* des Verlags Høst & Søn aus dem Jahr 1971 fand Eigil diese Definition des Begriffs »zufällig«: *1. Nicht notwendig, kann auch anders sein. 2. Nichtwesentlich, -akzidentiell, -kontingent. 3. Nicht vorausgesetzt und nicht gewollt. 4. Nicht zielgerichtet, absichtslos. 5. Unberechenbar, es kann nicht mit Sicherheit vorhergesagt werden. 6. Ein Ergebnis des Zusammentreffens von Ereignissen, die zu mehreren, nicht miteinander verbundenen Ursachen- oder Absichtszusammenhängen gehören. 7. Etwas wird nicht in einem normalen oder bekannten Ursachen- oder Absichtszusammenhang verstanden.*

Ganz bestimmt war es möglich, alle sieben Bedeutungen des Wörterbuchs mit dem abscheulichen Besuch in Vejle zu verbinden. Aber das war nicht einmal das Schlimmste; tatsächlich ließen sich diese Definitionen auf sein ganzes Leben anwenden, das war das Furchtbare. Die Essenz von allem, womit er sich beschäftigt, was er angefasst und worüber er sich geäußert hatte, lag implizit in diesen verdammten Bedeutungen. Er hatte zufällig auf Napoleon Nolsøes Grab gepisst, er hatte es nicht geplant, und er war ebenso zufällig aufgeflogen. Auch der Anlass des Zufalls war zufällig. Er war über ein eher schlechtes, aber wütendes Gedicht in der ersten Gedichtsammlung von Jóanes Nielsen gestolpert, das so endete: *Ohne Zögern / werde ich pissen / auf eure Gräber / pissen*. Es wäre ihm auch nie eingefallen, Jens Julian við Berbisá zum Krüppel zu schlagen, nicht einmal in seinen wildesten Fantasien hatte er auch nur mit dem Gedanken gespielt, aber genau das war passiert. Und die Hunde, die er in Upernavik hatte fliegen lassen, waren einzig und allein dank eines hoffnungslosen Zufalls geflogen! Selbst seine Zeugung im Stall in Sumba war ein vollkommener Zufall, orchestriert von dem verdammten Psychopathen Hjartvard í Ergisstova. Eine Samenzelle vereinte sich mit einem Ei in der Gebärmutter seiner liebenswerten Mutter, und mehr brauchte es nicht, damit seine zufällige Reise durch das Leben beginnen konnte.

Nach den Ereignissen in Vejle dachte Eigil darüber nach, mit seiner Tätigkeit als Verflucher aufzuhören. Deshalb stellte er die eigentliche Idee allerdings nicht in Frage. Eher im Gegenteil. Im Wesentlichen beherrschte die Arbeit den Alltag der Menschen, und allzu viele wurden durch ihre Arbeit mit schwerem Werkzeug versehrt oder verloren am Arbeitsplatz ihr Leben. Eigil hatte gelesen, dass von den ungefähr fünfzigtausend Unfällen, die jedes Jahr an dänischen Arbeitsplätzen verzeichnet wurden, fünfzehntausend zu dauerhaften Schädigungen führten. Die Anzahl der Todesfälle lag bei sechzig bis siebzig Personen pro Jahr. Dazu kamen die Unglücke, die auf einen Schlag sämtliche Statistiken aushebelten. Die Bohrplattform Alexander Kielland war so ein Beispiel, und ein noch schlimmerer Fall war der Untergang der *Estonia* 1994. Zur Mannschaft gehörten einhundertneunundsechzig Personen, insgesamt ertranken achthundertzweiundfünfzig Menschen. An dem Tag, an dem es keine falsche Guerilla mehr gab, die Rache nahm und verfluchte und die Führungskräfte in Industrie und Wirtschaft daran erinnerte, dass sie die Verantwortung für lebendige Menschen trugen, würde eine bedeutende Komponente im politisch-gewerkschaftlichen Universum fehlen. Nein, er vergoss keine Tränen über Elenor Bøge, sie hatte sich ihr Schicksal selbst zuzuschreiben. Sie trug die Verantwortung für fünf alte Menschen, eine Krankenschwester und zwei Frauen aus der Wäscherei, die verbrannt waren; dieses Vermächtnis würde der Vorsteherin des Altersheims von Lundeborg für alle Zeiten anhängen!

Aber während über Elenor Bøge der Fluch gesprochen wurde, war in Eigils Kopf eine Tür aufgesprungen – so kam es ihm jedenfalls vor, als er hinterher über das Geschehen nachdachte –, und in der Öffnung hatte er Mariannes verführerische Gestalt gesehen. Fluch und Begierde waren aufeinandergeprallt. Elenor Bøge saß zusammengekrümmt auf der Terrasse und hielt sich den Kopf, und er begehrte ihre Schwester. Er versuchte, jede ihm zugängliche Rationalität gegen diesen Drang zu mobilisieren, aber vergeblich. Es war, als würde er den verhexten Duft von Vaginalsekret und Samen direkt ins Gesicht bekommen. Er sah ihre Brustwarzen vor sich, zwei dunkle Rosen, direkt zum Pflücken. Er sah ihren Unterleib, wie sich die geschwollenen Lippen öffneten und ihr rosafarbener Inhalt gleichsam herausquoll.

Obwohl er manchmal an Marianne dachte, hatte er seit dem Frühjahr 1993 keinen Kontakt mehr zu ihr gehabt, weder telefonisch noch brieflich. Warum sie überhaupt seinem Charme erlegen war und Interesse an ihm gehabt hatte, wusste er ohnehin nicht. Ein Frauenheld war er nie gewesen, und wenn er las, was andere Autoren über die Liebe schrieben, fühlte er sich oft unbeholfen und primitiv. Ihm standen keine raffinierten, verführerischen Worte zur Verfügung, und die wenigen Male, die er sich dennoch auf diesem Gebiet versucht hatte, waren nicht gerade von Erfolg gekrönt gewesen. Aber vielleicht hatte Marianne gerade dieser Zug an ihm gefallen? Sie gehörte nicht zu den Frauen, die unter holden Worten aufblühten.

Er erinnerte sich an eine Wanderung auf den Stiðjafjall nördlich von Tórshavn. Auf dem Weg hinunter war sie gestolpert und hatte sich den Fuß verstaucht. Es blieb ihm nichts anderes übrig, als sie auf dem Rücken zu tragen. Sie legte ihre Arme um seinen Hals, ihre Schenkel ruhten auf seinen Hüften, er hielt sie an den Kniekehlen fest. Der Weg war ziemlich lang, er hatte sein Auto weit entfernt geparkt. Hin und wieder musste er sich im Heidekraut ausruhen und an den Quellen einen Schluck trinken, bevor er mit ihr weitergehen konnte. Dennoch war Marianne auf seinem Rücken die glücklichste Last gewesen, die er je getragen hatte. Sie flüsterte ihm alles Mögliche ins Ohr, nannte ihn ihr Pferd und ihren Stier, und versprach ihm, wenn sie heimkämen, bekäme er das beste Gras zu fressen.

Obwohl seit Eigils letztem Besuch zu Hause dreizehn Jahre vergangen waren, fühlte er sich wie ein Verbrecher, als er aus dem Flugzeug stieg. Es beunruhigte ihn. Er wollte das Gelände des Flughafens so schnell wie möglich verlassen. Allein die färingische Sprache in der Schlange am Kopenhagener Flughafen Kastrup zu hören, hatte ihn wachsam werden lassen. Er hatte Angst, auf hasserfüllte Augen zu treffen, zumal die Passagiere im Flugzeug oft reichlich tranken – und im Rausch waren sie fähig, unangenehme Fragen zu stellen. Er war sich bewusst, dass dieses Gefühl reine Paranoia war; Menschen, die wirklich etwas gegen andere haben, zeigen ihre Gefühle normalerweise, indem sie so tun, als existiere man nicht. Trotzdem bildete er sich ein, dass die Leute ihn anstarrten, als er am Gepäckband stand und auf seinen Koffer wartete. Vielleicht war es auch so, aber es war nicht sicher, ob sie es taten, weil er seinerzeit Jens Julian við Berbisá zum Krüppel geschlagen hatte. Vielleicht schauten sie ihn nur an, weil er einen wirklich gewaltigen Körper hatte, außerdem trug er einen Hut auf dem Kopf.

Nachdem er den Motor seines Mietwagens angelassen hatte, legte er als Erstes die CD mit Dusty Springfield in den CD-Player, und während sie »You don't have to say you love me« sang, fuhr er in Richtung Tórshavn.

In den folgenden Wochen plante er, im Land umherzufahren, und abgesehen von einem Besuch am Grab seiner Mutter wollte er auch Blumen auf das Grab legen, in dem sein zu früh geborenes Kind lag, das er mit Karin gezeugt hatte. Er hatte ein wenig Angst vor Karin, denn sie kannte ihn nur allzu gut, und wenn sie wollte, konnte sie seinen Tag mit einem einzigen Augenaufschlag ruinieren. Seit ihrer Trennung hatte er ihr nie irgendeinen Gruß geschickt, allerdings hatte auch sie kein Lebenszeichen von sich gegeben. Doch, beim Begräbnis seiner Mutter hatte sich Karin bei Tórharda erkundigt, wie es Eigil ginge, aber sie hatte die Frage wohl eher aus Höflichkeit gestellt. Er gönnte ihr nur das Beste, laut Tórharda lebte sie mit einem Witwer zusammen.

Außerdem wollte er Hans Fríðrik Varberg treffen. Wo genau wusste er nicht. Das Manuskript, um das ihn Hans Fríðrik gebeten hatte, weil seine Firma im nächsten Sommer ihr fünfundzwanzigjähriges Jubiläum feierte, war mehr oder weniger fertig. Der Text füllte gut vierzig A4-Seiten, und mit sämtlichen Bildern würde das Buch gut und gern einhundertzehn Buchseiten umfassen.

Die Mieter, die Eigils Haus an der Jóannes Paturssonar gøta bewohnt hatten, waren zum Jahreswechsel ausgezogen, nun hatte er zu entscheiden, was mit dem Haus passieren sollte – sollte er es verkaufen oder die notwendigen Reparaturen veranlassen und vielleicht neu vermieten? Mit solchen Fragen musste er sich befassen.

Das Grundstück, auf dem die *Moschee* gestanden hatte, wollte er abgeben, aber im Grunde konnte er für das unheilvolle Gelände, das seine Mutter das Leben gekostet hatte, kein Geld verlangen. Die psychischen Bakterien, die noch aus den Tagen Nils Tviburs stammten, hatten sich in den Lehm und den Felsen gebohrt, er jedenfalls würde niemandem raten, dort zu bauen. Das zweiunddreißig Quadratmeter umfassende Gelände konnte höchstens als Parkplatz oder Klärgrube genutzt werden. Er könnte es der Gemeinde umsonst oder für einen symbolischen Betrag überlassen, dann hätte er wenigstens sein Gewissen erleichtert. Ihm ging durch den Kopf, ob er wirklich das letzte Drittel seines Lebens damit verschwenden sollte, die Fehler auszubügeln und die Teufeleien hübsch zu reden, die er selbst angerichtet hatte?

Bevor die Mieter in das Haus in der Jóannes Paturssonar gøta eingezogen waren, hatte er all seine Bücher verpackt und die Kisten in der *Moschee* eingelagert. Sein allererster Schreibtisch hatte eine abschließbare Schublade, auch ihn hatte er dort abgestellt, ebenso wie seine Langspielplatten und Gemälde. Ihm gefiel vor allem ein Bild von Arnold Vegghamar, das er damals gekauft hatte, als der Maler aus Viðareiði zu den aufgehenden Sternen gehörte. Er besaß auch ein Bild von Sámal Joensen-Mikines, das neunzigtausend Kronen gekostet hatte. Eigentlich hatte er es sich eher aus Snobismus angeschafft, als er die Nummer zwei bei P/F Rógv war. Mikines war in den Dreißigerjahren interessant gewesen, als man ihn für einen färingischen Goya oder Munch hielt. Seine tiefe Seelensuche förderte etwas zutage, das heute ein Teil des zerbrechlichen färingischen Selbstgefühls war. Seine späteren Gemälde, darunter das Landschaftsbild, das Eigil erworben hatte, waren lediglich Imitationen der einstigen Größe. Aber das versnobte Mikines-Bild war ebenso wie sein übriges Hab und Gut am 23. Januar 2003, diesem unglücklichen Tag, in Rauch aufgegangen. Rückblickend musste er zugeben, dass es innerhalb des mentalen Rahmens seiner Mutter lag, einen so drastischen Schritt zu wagen und die *Moschee* in Brand zu setzen. Tatsächlich hatte sie damit bereits 1992 gedroht, als er das Haus kaufte. Sie nannte es ein Schlangennest, ein Unglückshaus, und bat ihn, es zu verkaufen, zu verschenken oder ganz einfach bis auf die Grundmauern niederzubrennen. Aber mit ihrer Brandstiftung hatte sie auch die Bücher und alles andere, was ihm lieb war, vernichtet, und so herzlos und unbesonnen war sie eigentlich nicht gewesen. Ihr konnte es längst nicht so gut gegangen sein, wie es Ingvalds Ansicht nach aussah; vermutlich war inzwischen auch seine Urteilskraft geschwächt. Es war ja nicht ungewöhnlich, dass in Familien mit psychisch Kranken der Kranke den Tagesablauf bestimmte und die Krankheit auch die übrigen Familienmitglieder beeinflusste. Immerhin waren das Haus und der Hausrat versichert gewesen, und die Versicherungsgesellschaft hatte ihm 730 000 Kronen ausbezahlt.

Eigil hatte sich vorgenommen – und er hoffte, Tórharda war damit einverstanden –, einen Teil der Versicherungssumme auf das Betriebskonto von Ergisstova zu überweisen.

Hin und wieder ging Eigil der eitle Gedanke durch den Kopf, juristisch gesehen der eigentliche Pächter des Hofes zu sein, immerhin war er Hjartvards biologischer Sohn und Heindrikurs Enkel. Nils hatte dasselbe gesagt, als Eigil ihm Anfang der Neunzigerjahre erzählte, dass Tórharda auf die Landwirtschaftsschule gehen wollte und insgeheim davon träumte, die Ergisstova-Pacht zu übernehmen. Tatsächlich hatte er immer etwas für den Hof empfunden, ja, Ergisstova war im Grunde sein eigentlicher Hintergrund.

Seines Wissens nach war der alte Traktor in einem weniger guten Zustand, Tórharda wollte gern einen neuen Trecker mit Anhänger anschaffen; das ließ sich mit dem Versicherungsgeld wahrscheinlich finanzieren. Obwohl der Landwirtschaftsfonds Geld zu niedrigen Zinsen verlieh, würde es den Betrieb des Hofes unnötigerweise belasten, ohne das Geld der Versicherung einen neuen Traktor zu kaufen. Er wollte seiner Schwester sagen, dass das Geld der Versicherung eigentlich nicht wirklich ihm gehörte, zum einen, weil er die *Moschee* sehr billig gekauft hatte, zum anderen, weil der verdammte Hauskauf ihre Mutter das Leben gekostet hatte.

Trotzdem hatte er Angst vor Tórhardas Weigerung, das Geld anzunehmen. Vor allem weil sie es als ihre Ehre ansah, allein zurechtzukommen, aber auch weil sie fürchtete, der Wahnsinn ihrer Mutter und die Schuldgefühle ihres Bruders würden dem Geld sozusagen folgen.

Außerdem hatte er seinem Neffen einen Computer mit Drucker gekauft, weil er wusste, dass der Junge sich einen Computer wünschte. Sie hatten sich vor einigen Jahren in Kopenhagen kennengelernt, inzwischen war Torri dreizehn Jahre alt und laut Tórharda ein intelligenter Bursche.

Frau Sivertsen und ihre Söhne

Nachdem Ingvald Witwer geworden war, zog er schon bald nach Sumba zu Tórharda und Torri. Er sollte seine Ruhe haben und der Tochter vielleicht bei Kleinigkeiten zur Hand gehen, doch dieser Plan funktionierte nicht. Ingvald begann zu kränkeln, nachdem er Kristensa verloren hatte, womöglich wurde ihm aber auch erst jetzt sein Alter von bald neunzig Jahren bewusst. An manchen Tagen konnte er morgens nicht einmal mehr aufstehen, so schlecht ging es ihm. Dann lag er mit vorgezogenen Gardinen im Bett, und obwohl er es nicht ausdrücklich sagte, verstanden seine Tochter und sein Enkel, dass er an solchen Tagen am liebsten allein sein wollte.

Er sang viel in der Zeit, in der er in Sumba lebte, sowohl in seinem Zimmer als auch auf der Bank am Küchenfenster. Seine alten Druckerhände hatte er auf dem Tisch übereinandergelegt, sie waren blass und braunfleckig, und entlang der Sehnen zogen sich feine blaue Äderchen. Die Stimme war etwas schwächlich, aber noch immer klar und schön. Er sang nicht für die anderen im Haus, er sang für sich. In seinem reduzierten Leben war nun nur noch das Beste geblieben, nämlich die Lieder und die Erinnerungen an Menschen, mit denen er zusammengelebt und die zu kennen er die Ehre gehabt hatte. Er kannte sehr viele skandinavische Psalmen und Lieder. Von den färingischen Psalmendichtern bevorzugte er Símun av Skarði und Mikkjal á Ryggi, aber er schätzte auch den traurigen Klang sehr, den er in der Stimme der Sängerin Fríðbjørg Jensen gehört hatte. In einem Refrain sang sie: *Wenn Gott vergeben kann, dann sag mir: Warum kannst du es nicht?* Sein Favorit war jedoch die große schwedische Psalm-Dichterin Lina Sandell. »Niemand kann sicherer sein als das kleine Kind Gottes« und »Bloß ein Tag« waren herzergreifende Lieder, und nicht selten traten ihm Tränen in die Augen, wenn er sie sang.

Als Torri ihn einmal fragte, warum er denn weine, antwortete Ingvald, alte Männer sehnten sich nach ihrer Mutter, aber da seine Mutter schon lange tot sei, blieb ihm nichts anderes, als um sie zu weinen.

Torri fragte, ob er auch weinen solle, weil er seinen Vater nicht kannte.

Ingvald dachte einen Moment nach, dann antwortete er, vielleicht sei es eine gute Idee, um seinen Vater zu weinen, denn wenn man weine, schicke man in Wahrheit eine Nachricht von besonderer Art, als würde man jemanden rufen oder mit jemandem telefonieren – allerdings sei es eine Nachricht, die direkt von einem Herz zum anderen ginge.

Eines Tages erzählte Torri, ein Mädchen hätte gesagt, Menschen mit dunkler Haut kämen nicht in den Himmel, sie dürften höchstens die Perlen am Perlentor waschen und putzen.

Da lachte Ingvald laut auf und sagte, dann ist Jesus auch nicht in den Himmel gekommen, denn er hatte dunkle Haut.

Er bat seinen Enkel, seine Brille und die Bibel zu holen, die auf seinem Nachttisch lagen, dann schlug er das erste Kapitel in der Offenbarung des Johannes auf.

»Jetzt lesen wir beide«, sagte er, und mit dem Zeigefinger unter Vers zwölf, dreizehn, vierzehn und fünfzehn lasen sie langsam Wort für Wort: *Und ich wandte mich um, zu sehen nach der Stimme, die mit mir redete. Und als ich mich umwandte, sah ich sieben goldene Leuchter und mitten unter den Leuchtern einen, der war einem Menschensohn gleich, angetan mit einem langen Gewand und gegürtet um die Brust mit einem goldenen Gürtel. Sein Haupt aber und sein Haar war weiß wie weiße Wolle, wie der Schnee, und seine Augen wie eine Feuerflamme, und seine Füße wie Golderz, das im Ofen glüht, und seine Stimme wie großes Wasserrauschen.*

Torri las mit einer dünnen, fragenden Stimme, während die Stimme seines Großvaters aus tiefer Kehle kam, aber der Großvater las so verhalten, als stünde die Kinderstimme im Vordergrund.

»So beschreibt Johannes den Menschensohn, und er wusste, wie er aussah, denn sie kannten sich.«

»Kannten sie sich gut?«

»Sie nahmen das Abendmahl gemeinsam ein«, antwortete der Großvater. »Daher wusste er, dass das Haar von Jesus weiß wie Wolle war, und diese Haarfarbe kennzeichnet die Dunklen, aber nicht den weißen Mann. Und was meinst du, warum seine Füße Golderz glichen, das im Ofen glüht? Das Erz, über das er schreibt, ist Kupfer, denn damals hat im Nahen Osten niemand Eisen benutzt, und Kupfer ist braun. Das kannst du dem Mädchen erzählen, das so dumm daherredet, und du kannst hinzufügen, man soll niemals lügen, und schon gar nicht, wenn es um die Bibel geht.«

Eine Strophe, die Torri so schön und so merkwürdig fand, stammte aus einem Psalm von Grundtvig:

> *Siebzig ist des Staubes Jahr,*
> *Der Stolzesten Streit und Mühe,*
> *Erreicht die achtzig aber ein Hüne,*
> *Hat er noch mehr zu erdulden sogar.*

Wenn Ingvald diesen Psalm sang, schien der Großvater in Torris Augen zu wachsen, denn er wusste, dass der Großvater ein alter Mann war und es nur wenige Dinge gab, die er nicht konnte oder nicht gekonnt hatte. Torri hatte in den Jahren bei seinen Großeltern gelebt, als Tórharda die Landwirtschaftsschule beendete, und obwohl er sich nicht mehr daran erinnern konnte, erinnerte sich sein Großvater noch gut daran. Alles, was mit Torri zu tun hatte, fand sein größtes Interesse. Wenn er *Erreicht die achtzig aber ein Hüne* sang, schien es, als würde er auf eine Höhe mit dem Vogelsberg Beinisvørð gehoben, und der Junge dachte an einen anderen Hünen, der einmal vor langer Zeit in ihrem Haus gewohnt hatte.

Tórharda hatte ihrem Sohn von Hjartvard, dem Bruder seines Großvaters, erzählt, aber nicht seine hässliche Geschichte; sie hatte von einem Mann erzählt, der sich vor bald hundert Jahren um die Stiere der Sumbinger kümmerte und ein Glasauge hatte, das in der Dunkelheit leuchtete. Sie hatte auch erzählt, wie Hjartvard einmal in Tórshavn etwas zu erledigen und seinem jüngeren Bruder Heindrikur ein Gewehr gekauft hatte, um ihm eine Freude zu machen. Aber Hjartvard und Heindrikur lebten allein, weil ihr Vater krank war und man ihn nach Dänemark geschickt hatte, wo er mit anderen Kranken in einem großen Haus wohnen sollte, in dem Ärzte und Krankenschwestern sich um ihn kümmerten. Seine Frau Sunkan hatte ihn auf der Reise begleitet, weil sie bei ihm bleiben wollte. Daher waren die beiden Jungen Waisen, oder beinahe Waisen, denn bei ihnen lebte ein alter Mann namens Aksal, den die Sumbinger den Klugen nannten.

Ingvald nahm mehrere Herzmedikamente, außerdem Tabletten gegen zu hohen Blutdruck, Kreislaufprobleme und einen zu hohen Cholesterinspiegel. Trotzdem hatte er immer kalte Füße, und die Zehen seines rechten Fußes wurden allmählich blau.

Eines Tages fuhr Tórharda ihren Vater ins Ärztehaus nach Vágur, und als die Ärztin ihn untersucht hatte, meinte sie, sein Zustand sei ernst, sie müsse ihn ins Krankenhaus von Tvøroyri einweisen. Die Diagnose lautete Wundbrand, vier Zehen des rechten Fußes wurden amputiert. Der große Zeh blieb verschont, sodass Ingvald weiterhin laufen konnte, allerdings nur mit einem Rollator.

Als sie zurück nach Sumba kamen, stimmten seine Tochter und er überein, dass Ergisstova kaum der richtige Wohnort für einen Invaliden war, vor allem, da tagsüber niemand zu Hause war. Torri ging in die Schule, und als Bäuerin war Tórharda den größten Teil des Tages außer Haus.

Ingvald erwähnte die Möglichkeit, in ein Altersheim zu ziehen, aber am liebsten wollte er nach Tórshavn zu seinen Brüdern zurückkehren.

Tórharda besprach die Situation mit Torkil, er war in der Familie schon immer derjenige gewesen, der die Entscheidungen traf. So war es, seit die vier Brüder zusammengewohnt hatten und ihre Mutter noch am Leben war. Torkil sagte, er würde die Angelegenheit überdenken und dann von sich hören lassen.

Eine gute Woche später fuhren die Zwillinge Torkil und Sam in ihrem alten VW-Bully über Suðuroy in Richtung Süden. Obwohl sie pensioniert waren und nicht länger größere Aufträge übernahmen, kam es vor, dass sie Küchen renovierten, eine Außentür auswechselten und ähnliche Kleinigkeiten erledigten. Schrauben, Nägel und Werkzeug lagen sorgfältig verstaut in den Regalen des Bullys. Sie waren eineiige Zwillinge und hatten sich als jüngere Männer so ähnlich gesehen, dass nur Leute, die sie sehr gut kannten, in der Lage waren, einen Unterschied zu erkennen. Meist führte Torkil das Wort, aber es konnte ebenso gut Sam sein, denn auch in ihren Gedanken und Überlegungen waren sie sich sehr ähnlich.

Wie so oft, wenn sie längere Strecken fuhren, sangen sie; ihre färingischen Mützen lagen ordentlich zusammengefaltet auf dem Rücksitz. Große Wolken trieben über den Himmel, die obersten weiß und langsam, während die tiefer hängenden Wolken in ihren Unwetterfarben aussahen, als hätten sie es besonders eilig, so schnell zogen sie über die Insel. Der Wagen bebte ein wenig, als sie an dem stürmischen Moor bei Hov vorbeifuhren, aber im warmen Wageninneren erklangen die Verse des fröhlichen Tórshavner Liedes »Er fischte bei gutem Wetter«. Wie schon so oft sprachen sie über das Boot, das sie sich nie angeschafft hatten, und wie schön es wäre, auf den Fjord hinausfahren zu können. Vor einigen Jahren hatten sie das Angebot bekommen, ein Bootshaus zu kaufen, aber Torkil hatte die Verhandlungen so lange hinausgezögert, bis das Bootshaus eines Tages an jemand anders verkauft war. Darüber stritten die Brüder gern.

Obwohl es eine Tunnelverbindung zwischen Lopra und Sumba gab, beschlossen sie, die alte Straße über den Berg zu nehmen, schließlich hatte man nicht jeden Tag die Gelegenheit, den stolzen Vogelsberg Beinisvørð zu sehen, über den Poul F. so viele Gedichte geschrieben hatte. Langsam fuhren sie bergan und lachten beide herzlich auf, als sie in trübes Wetter gerieten. Pelziger Schneeregen klebte an der Frontscheibe, sie konnten kaum mehr als eine Autolänge weit sehen, und Sam meinte, es wären wohl die toten Tviburer, die diesen unangenehmen Nebel aufpeitschten.

Viele Jahre hatte Torkil im Ältestenrat der Adventistengemeinde gesessen, und es hatte nur wenige Gottesdienste gegeben, bei denen man die blanken Glatzen der Brüder nicht ganz vorn im Saal hatte blitzen sehen. Früher, als die kleine, weißgestrichene Adventistenkirche in der Sverrisgøta lag, hatte die Familie eine ganze Bank gefüllt. Frau Sivertsen saß ganz außen, neben ihr Ingvald, dann die Zwillinge, und ganz innen Schiønning. Doch diese Zeiten waren vorbei. Schiønning hatte mit der Gemeinde gebrochen, allerdings nicht mit dem Christentum – an Weihnachten und Ostern ging er in die katholische Marienkirche. Er besuchte wohl auch Treffen der Glaubensgemeinschaft Jerusalems Hoffnung, wie Torkil zu Ohren gekommen war. Es hatte die Zwillinge verletzt, als ihr jüngster Bruder mit gespieltem Spott behauptete, es sei wichtiger, ins Fitnesscenter zu gehen und den Tempel des Heiligen Geistes zu schmücken, als Pastor Jens Vilhelm Danielsens klerikalem Jammern zuzuhören.

In den Jahren, in denen Schiønning in der Finanzverwaltung der Färöer arbeitete, trug er eine Perücke, als Rentner hatte er sich jedoch mit dem Strang seiner DNA abgefunden, der den Haarwuchs bestimmte, und die künstlichen Locken aufgegeben. Ein weißer Halbmond wölbte sich über den halblangen grauen Haaren, die ihm über die Ohren und im Nacken hingen. Er trug jetzt auch buntere Kleidung, man hätte ihn beinahe einen alt gewordenen Bohemien nennen können. In der Bibliothekarin Malfrid Poulsen hatte er eine gute Freundin gefunden, sie waren ungefähr gleichaltrig und in den letzten Jahren viel in der Welt herumgereist.

Ein gemeinsames Vergnügen bestand darin, Anekdoten von lebenden und toten Tórshavnern zu sammeln. Dass die meisten dieser Anekdoten unanständig, ja, direkt obszön waren, wurde Eigil erst klar, als er eines Tages einen dicken A4-Umschlag von Schiønning bekam. Den fotokopierten Seiten folgte ein Brief, in dem stand, die färingische Literatur sei allzu grau und blutleer, und wenn Eigil wolle, dürfe er den ihm zugesandten Haufen gern verwenden.

Eigil las diese merkwürdigen Texte, die hauptsächlich vom Geschlechtsleben mehr oder weniger bekannter Tórshavner handelten.

Über den alten Schmiedemeister Askham schrieb das Paar, der Mann sei dafür bekannt, sich nicht zu waschen, beim Schlafengehen streife er auch lediglich die Stiefel von den Füßen, lege sich auf den Rücken und schnarche in seinem Blaumann. Trotzdem war er angeblich ein großer Verführer, und seine Frau wusste immer, wann er sie betrogen hatte, denn das waren die wenigen Male, an denen sein Glied einigermaßen sauber war.

Eine Anekdote betraf den berühmten Schriftsteller William Heinesen und die umherstreifende Nymphe Dinna á Húsabrúgv. Obwohl Heinesen in seinem literarischen Werk ein großer Modernist war, hieß es, dass er sich im Bett nicht gerade durch Kamasutra-Techniken ausgezeichnet hätte. Dinna hatte ihn oral befriedigt, sowohl die Nüsse als auch die Eichel, und Heinesen hatte angeblich mit seiner affektierten Stimme bemerkt, das sei ja ein sehr interessantes Erlebnis.

Einige der Geschichten hatten sie von dem Lokalhistoriker Virgar Dalsgaard geklaut. Sie waren vielleicht nicht unbedingt wahr, aber die Komik war grotesk genug. Soweit Schiønning wusste, hatte Dalsgaard den Neologismus *Handgelenkmänner* für Onanisten und Pädophile erfunden, damals, als es in der Hauptstadt von diesen gefährlichen Leuten nur so wimmelte. Von dem Fotografen Esmar Tordenskjold wusste Dalsgaard zu berichten, dass der Bursche keinem ehrlichen Tagewerk nachgegangen war, seit er mit zwölf Jahren angefangen hatte, mit dem Handgelenkmann und Bildhauer Rólvur Juste zu onanieren und dafür zwei Kronen bekam.

Einer der unschuldigeren Texte hieß *Der Rand, Anton.* Bei diesem Anton handelte es sich um den ehemaligen Landesarchivar Anton Degn. Er und seine Frau gehörten zu den Ersten in der Hauptstadt, die sich ein Wasserklosett mit einem Spülkasten an der Wand anschafften. Eines der Vergnügen Degns war es, in die Mitte des Beckens zu zielen, wenn er sein Wasser ließ, das Geräusch seines Urinstrahls war im ganzen Haus zu hören. Die Bitte seiner Frau, sich entweder hinzusetzen oder auf den Beckenrand zu zielen, nützte da wenig. Wenn Frau Degn ihre Strickgruppe zu Besuch hatte und die Freundinnen es sich gemütlich machten, war es geradezu vulgär, den Strahl des Mannes zu hören. An einem der Strickgruppenabende hatte Frau Degn genug. Sie öffnete die Wohnzimmertür und rief auf den Flur: der Rand, Anton! Dass dieser Ausruf ihr Beitrag zum sprachlichen Tórshavner Kolorit werden sollte, war ihr vermutlich egal.

Ohne Kenntnis der verschiedenen Sippen in der Stadt hatte man möglicherweise nicht allzu viel von den Anekdoten, auch das schrieb Schiønning in seinem Begleitbrief. Aber das Paar war dennoch dreist und eingebildet genug, seine Anekdotensammlung mit dem Werk *Das schöne Tórshavn* zu vergleichen, das 1953 erschienen war. Aber während dieses Buch nach nostalgisch sentimentalem Kitsch stank und von dem modernistischen Krämergesellen William Heinesen und dem brutalen Lehrer John Davidsen zusammengebraut war, hielten Malfrid und Schiønning sich an die Substanz des Lebens und nannten ihre Sammlung nicht unerwartet: *Das schlüpfrige Tórshavn.*

Ihr jüngster Bruder hatte sich aber nicht nur äußerlich verändert. Das musste Torkil erfahren, als er Schiønning erklärte, wie schlecht es Ingvald ging. Die Ärzte hatten die

Zehen seines rechten Fußes amputiert, und nun war es an ihnen, sich um alles Weitere zu kümmern.

Doch Schiønning erwiderte, deshalb hätte man schließlich die Altersheime in die Welt gesetzt, damit sie sich solcher Menschen wie Ingvald annahmen, die nicht mehr in ihrem eigenen Haus oder bei Tórharda in Sumba wohnen könnten.

»Wir reden hier nicht über einen Fremden, sondern über unseren ältesten Bruder«, erwiderte Torkil.

Schiønning regte sich auf.

»Ingvald hätte diesen furchtbaren Namen Schiønning tragen sollen, glaube mir, diesem Namen haftet nichts *Schönes* an, nur Verdrießliches. Du weißt ebenso gut wie ich, dass der Missionar Schiønning Andreasen Mutters große Liebe war, aber sie wollte sich nicht blamieren und ihren Erstgeborenen Schiønning nennen. Wie andere Verehrer des Propheten Daniel ließ sie sich lieber vom alttestamentarischen Zahlenzauber knechten und dressieren. *Bis zweitausenddreihundert Abende und Morgen vergangen sind; dann wird das Heiligtum wieder geweiht werden.* Ja, guten Tag auch! Nach diesen Abenden und Morgen kam ich armer Kerl zur Welt, und unser seliger Vater, der als Fischragout der Nazis endete, wagte nicht zu protestieren, als die große Harfe sang, ich solle Schiønning genannt werden. Aber du und Sam, ihr seid schon immer die Bosse gewesen. Wenn ihr Ingvald hier haben wollt, dann von mir aus. Ansonsten ist er in dem Alter, in dem der Sack länger ist als die Vorhaut, und das ist die beste Erinnerung daran, dass es an der Zeit ist, Maß für den Sarg zu nehmen.«

An dem Tag, an dem Eigil seinen alten Stiefvater und dessen Brüder besuchte, kochte Schiønning Kaffee in einer Espressokanne. Er servierte den Kaffee in kleinen Tassen, dazu gab es mit Zucker und Nusssplittern bestreute Kekse. Die Espressokanne war seit dem Tod ihrer Mutter das einzig Neue in der Küche, und die Brüder sahen ziemlich drollig aus, als sie den Mund um den Rand des modernen italienischen Porzellans spitzten, das sie mit der Kanne angeschafft hatten.

Sonst hatte sich im Haus nichts verändert. Noch immer gab es die mit Teakfurnier überzogenen Schranktüren. Der Gasherd war ebenfalls nicht ausgetauscht worden. Die Stickerei *Gott segne dieses Heim* hing an genau derselben Stelle über der Küchentür, wo sie immer gehangen hatte, und obwohl der Korkfußboden abgetreten war, war er doch alle zwei Jahre versiegelt worden und schimmerte wie immer. Auch die alte Uhr an der Wand sah aus, als hätte sie sich damit abgefunden, dass die Zeit in dieser Küche ihren Gang kannte; etwas saumselig gab sie ihr Ticktack von sich, und zur vollen Stunde verkündete sie mit einigen Gongschlägen, welche Stunde des Tages geschlagen hatte.

Torkil wies lächelnd auf die Espressokanne und erklärte, diesen Wahnsinnskauf hätte Schiønning aus Italien mitgebracht. Darüber lachten die Brüder eine Weile, allerdings höflich, wie es sich für ältere Herren gehörte. Eigil lachte mit, aber er hatte das Bild seiner Mutter vor Augen, wie sie ihre Schwager parodierte. Sie war boshaft, konnte aber gleichzeitig komisch sein, und sogar Ingvald musste lachen, wenn sie Torkil nachahmte, der einen Zuckerwürfel zwischen Daumen und Zeigefinger hielt, ihn in den Kaffee stippte und dann auf die Zunge legte, um ihn dort schmelzen zu lassen. Mit halb geschlossenen Augen saß er da und genoss den besonderen Kaffeegeschmack im Zucker. Aber Schiønning hatte sie nie imitiert, jedenfalls nicht, soweit Eigil sich erinnerte. Und das lag bestimmt nicht daran, dass er nicht mindestens ebenso sonderbar war wie seine Brüder.

Inzwischen kannte Eigil seine Familie seit so vielen Jahren, und doch ärgerte er sich, weil es ihm nie gelungen war, sich wirklich mit ihnen anzufreunden. Frau Sivertsen hatte ihn auch nicht gebeten, sie Oma zu nennen, aber selbst, wenn sie es getan hätte, war es ungewiss, ob der verlegene Junge aus Portugalið ihren Wunsch erfüllt hätte. Tórharda war nach ihrer Großmutter benannt worden, aber wenn Kristensa ihre Schwiegermutter erwähnte, sprach sie immer nur von Frau Sivertsen.

In Eigils Erinnerung war Frau Sivertsen eine Frau mit einem auffallend langen Kopf, der seltsam verwachsen zu sein schien – vor allem, wenn sie einen ihrer hohen Hüte trug. Als hätte der Schöpfer ihr bewusst einige zusätzliche Nackenwirbel zugeteilt, damit sie das Leben ihrer Söhne genau beaufsichtigen konnte.

Frau Sivertsen war niemand, der den Menschen die Türen einrannte. Eigentlich besuchte sie ihren ältesten Sohn und seine Familie nur bei Geburtstagen, dann brachte sie auch Schiønning und die Zwillinge mit. Hin und wieder stattete sie ihnen jedoch auch ohne besonderen Grund einen Besuch ab, allerdings immer mit Schiønning. Er war ein richtiges Muttersöhnchen, ja, man könnte sagen, sie erzog ihn zu ihrem privaten Diener, und das stärkte sein Selbstvertrauen nicht gerade, im Gegenteil. Aber der Junggeselle konnte sich nicht lösen.

Sie hatten eine Angewohnheit, oder vielleicht ist es richtiger, das Wort *Ritual* zu verwenden, und zwar gingen sie jeden Freitagnachmittag in den Supermarkt Brugsen, um einzukaufen. Frau Sivertsen stand im Flur bereit und wartete auf Schiønning, der um Viertel nach vier aus dem Amt kam. Dann gingen sie langsam hinunter in die Stadt, einen Fuß vor den anderen setzend. Sie hatte ihre rechte Hand unter seinen linken Arm gesteckt, und auf dem Weg zum Supermarkt erzählte sie ihm von den Bewohnern der Häuser, an denen sie vorbeikamen. Als sie Læin Gregers' großes Betonhaus erreichten, sagte sie, Ingvald hätte keine gute Erfahrung mit der Bekanntschaft dieses Mannes gemacht. Was genau sie damit andeuten wollte, erfuhr Schiønning nie, er wusste nur, dass sein Bruder bei Gregers arbeitete, und seit Gregers das Land verlassen hatte, stand sein halb fertiges Betongebäude da und verfiel. Von einem Mann aus dem Grönland-Viertel hatte sie ein ganzes getrocknetes Lamm bekommen, als sie 1942 Witwe wurde, diese gute Tat hatte sie ihm nie vergessen. Der Holländer Luitjen Apol wohnte an der Ecke Grønlandsvegur und Leivsgøta, er war der Schwager von Gustav á Sundi. Dass Luitjen Tórshavner war, lag an einem romantischen Südoststurm; sie lachte leise vor sich hin, wenn sie *romantischer Südoststurm* sagte. 1919 war es gewesen. Damals hatte die Stadt noch keine Mole gehabt, und Luitjen, der Steuermann eines holländischen Salzdampfers, war von Bord gegangen, um das Löschen zu organisieren. Ein Sturm zog auf, und es war unmöglich, wieder an Bord des Schiffes zu kommen, daher übernachtete er in einem kleinen Hotel, das von Gustav á Sundi betrieben wurde. Helena, Gustavs Tochter, arbeitete dort, und sie und Luitjen wurden in der Woche, in der der holländische Dampfer an der Holzbrücke lag und seine Salzfracht löschte, so gute Freunde, dass er im darauffolgenden Jahr zurück auf die Färöer kam und sie heiratete.

Frau Sivertsen fühlte sich richtig wohl, wenn die Gärten ihr Sommerkleid angezogen hatten und in allen Baumkronen Vögel sangen. Freundlich grüßte sie die Leute, und man hörte, wie es in ihren Nackenwirbeln knackte, wenn sie den Kopf beugte und einen guten Tag wünschte. Saß ein älterer Mann auf einem Schemel und kalkte die Grundmauer seines Hauses, blieb sie bisweilen stehen, um ein wenig über Wind und Wetter zu plaudern, und häufig beendete sie das Gespräch, indem sie sagte, die Menschen hätten dem Herrn viel zu verdanken. Hatten sie ihre Einkäufe beendet und wollten ihre Waren nach Hause bringen, riefen sie ein Taxi. Dieses Ritual behielten sie bei, bis Frau Sivertsen 1969 starb.

Den ersten Schreibtisch, den Eigil besaß, hatte Sam ihm geschreinert. An der rechten Seite hingen zwei Schubladen unter der furnierten Tischplatte, und die untere Schublade besaß ein Schloss und einen Schlüssel. Genau das war das Schöne an diesem wunderbaren Schreibtisch. Sam legte ihm den Schlüssel in die Hand und ermahnte ihn, gut darauf aufzupassen, und Eigil nickte. Plötzlich über einen kleinen, geheimen Raum zu verfügen, auf den nur er zugreifen konnte, war eine neue Erfahrung für ihn. Allerdings hatte er solch einen Raum zuvor nie vermisst. Und er besaß auch nichts wirklich Geheimes – hätte er etwas Derartiges besessen, hätte er es wohl eher in seinem Herzen verborgen. Doch sein Herz aus der Brust nehmen und in die Schublade legen, das konnte er nicht. Angesichts der Schublade musste er daran denken, wie schön es wäre, einen Brief von dem Mann zu bekommen, der sein Vater war, denn irgendwo auf der Welt musste er ja sein. Aber das konnte er Sam nicht sagen, vielleicht würde es ihn verletzen, denn Sam war schließlich der Bruder seines Stiefvaters. Eigil mochte Sam lieber als Ingvald, aber das konnte er ebenso wenig sagen, denn im Grunde wusste er nicht, ob es sich tatsächlich so verhielt. Ingvald war nett, ja, und wenn man so wollte, war er viel zu nett. Vielleicht gab es aber doch etwas, das in der Schublade aufbewahrt werden konnte: Eine Fotografie von Millie, aber wohlgemerkt nur, wenn sich ihr Name auf der Rückseite befand – und vielleicht ein Lippenstiftkuss. Mitte der Sechzigerjahre lief der Film *My*

Boy Lollipop im Kino von Tórshavn. Das Kino war jeden Abend ausverkauft, und Millie zu sehen und zu hören, wie sie den fröhlich-süßlichen Song sang, gehörte zum Besten, was er je erlebt hatte.

Die Tischplatte, den Rahmen, die beiden Schubladen und die Tischbeine, all dies hatte Sam zu Hause in seiner Werkstatt im Keller angefertigt und die Teile in Eigils Zimmer zusammengebaut. Zweifellos wäre es schneller gegangen, wenn er die ganze Arbeit allein verrichtet hätte, aber Sam fand, es sei gemütlicher, wenn Eigil ihm zur Hand ging. Sam war geduldig und umgänglich und verstand es zuzuhören, statt selbst das große Wort zu führen. Sie brauchten zwei Abende, um den Schreibtisch zusammenzubauen und die Fugen abzuschleifen und zu lackieren, aber in Eigils Erinnerung waren es glückliche Abende.

Er erzählte Sam von den Indianern, die er sich auf dem Landevejen erhoffte, doch es gab keine Indianer, nur Neli, Sams Frau und ihren großen roten Hahn. Er kannte auch keine anderen Jungen. Tatsächlich war es lustiger gewesen, im Portugalið zu wohnen, in Tinganes kannte er Hartmann, der sein Floß aus Tonnen *Franklin Delano Roosevelt* getauft hatte. Er vermisste auch die Olrunoma, und außerdem vertraute er Sam ein Geheimnis an, das er nicht einmal seiner Mutter erzählen konnte. Er hatte sich einmal von der Olrunoma einen Fünfkronenschein geliehen, als sie schlief, doch dann waren sie umgezogen, bevor er das Geld zurücklegen konnte, und kurz darauf war sie gestorben. Es tat ihm leid.

Sam fragte, ob er wisse, wo die Olrunoma begraben liege, und Eigil antwortete, auf dem Neuen Friedhof, dicht bei all den hellen Grabsteinen, unter denen die englischen Soldaten lagen. Sam schlug vor, einen Strauß Blumen für fünf Kronen zu kaufen und am Sonntag auf den Friedhof zu gehen, um die

Blumen auf ihr Grab zu legen. So hilfsbereit war er. So gingen sie eines Sonntags zum Friedhof, und Sam trug den Strauß, den er in Frau Trónds Blumenladen gekauft hatte. Als sie am Grab standen, reichte er Eigil die Blumen und sagte, er solle etwas Nettes flüstern. Er könne es auch laut sagen, aber erst müsse Eigil ihm die fünf Kronen geben, die er ausgelegt hatte. Auf diese Weise würde er der Olrunoma indirekt das Geld zurückgeben.

Eigil gab ihm zwei Zweikronen- und eine Einkronenmünze, aber dem künftigen Schriftsteller fiel es schwer, die passenden Worte zu finden. Süße Olrunoma wäre das Richtige gewesen und war so leicht zu sagen. Er hätte auch vom schönen Wetter erzählen können und dass er sich die Schuhe geputzt hatte, weil heute Sonntag war. Aber er wollte gern mehr sagen, etwas Bedeutungsvolleres. Vielleicht sollte er ihr von dem Schreibtisch erzählen, oder war das dumm? Dann könnte er ihr ebenso gut von dem fermentierten Fisch erzählen, den sie gestern zum Abendessen gegessen hatten. Nein, so hatte er es nicht gemeint, natürlich war es nicht dumm, dass Sam ihm einen Schreibtisch geschreinert hatte. Aber er hätte sagen können, wie sehr er sie vermisste, denn das war die Wahrheit. Oder er hätte ihr von Mutters kleinem Mädchen erzählen können, das Svanhild hieß, aber womöglich machte das die Olrunoma traurig, weil das Kind nicht nach ihr benannt worden war. Eigil spürte ein albernes Lächeln auf seinen Lippen, denn ihm fiel ein, wie die Olrunoma einmal aus ihrem Fenster geschimpft hatte. Sie hatte eine Nachbarin als teuflische Pissnelke bezeichnet, und weil er ausgerechnet in diesem besonderen Moment an diesen Vorfall dachte, bekam er schweißige Hände. Er bemerkte, wie fest er die Blumenstiele umklammerte.

Doch dann fiel ihm etwas ein, und vorsichtig zupfte er Sam am Ärmel, der es auch hören sollte. Er erzählte von damals,

als er auf dem Bettrand der Olrunoma gesessen und sich mit ihr unterhalten hatte. Sie hatte ihn ihren Ahorn auf Reyn genannt. Eigil wollte wissen, was ein Ahorn ist, und sie hatte geantwortet, Ahorn ist das schönste und stärkste Holz, das auf den Färöern wächst. Eigil hatte erwidert, ich bin aber nicht aus Holz, und in Reyn wachsen auch keine Bäume. O doch, hatte die Olrunoma gesagt: Du bist der Ahornbaum hier im Portugalið. Deine Arme sind die Zweige, und es sind auch schon Vögel da, die ihr Nest in deinem Haar bauen. Eigil hatte seiner Mutter erzählt, die Olrunoma hätte gesagt, er sei ein Baum und in seinem Haar nisteten Vögel, und seine Mutter hatte laut gelacht und erwidert, die Olrunoma und er hätten beide einen kleinen Vogel.

Das waren ungefähr seine Worte am Grab.

»He, he«, lachte Sam. »Sehr komisch.«

In den Sommerferien 1968 half Eigil den Zwillingen, ein Haus zu bauen. Sie benötigten Zement für zwei Stockwerke, insgesamt musste achtmal Zement angemischt werden. Eigil war der Mischmeister. Da begriffen die Zwillinge, dass der Stiefsohn ihres Bruders ein Hüne der besonderen Art war. Es wurden jedes Mal zwischen fünfunddreißig und manchmal vierzig Zementsäcke verarbeitet. Sie hatten einen Towmotor-Zementmischer mit Benzinmotor, der einen ganzen Sack aufnahm, dazu kamen vierundvierzig Schaufeln Sand und fünfzehn Schaufeln Kies. War der Sand zu trocken, mussten noch anderthalb Zehnlitereimer Wasser in die Mischung gegossen werden. Und Eigil langweilte sich überhaupt nicht bei der Arbeit. Er war glücklich in diesen Wochen! Er blühte regelrecht auf bei der Arbeit mit Zement und Sand, und wenn eine Mischung zu feucht war, strengte er sich bei der nächsten Mischung noch mehr an, damit sie entsprechend dickflüssig in die Schubkarre lief! Oh, er freute sich, ein zuverlässiger Mitarbeiter zu sein! Er bekam den vollen Arbeitslohn, und sie sparten nicht mit Lob.

Die Abneigung, die Eigil Schiønning gegenüber empfand, hatte eigentlich eine recht infantile Ursache und begann damals, als er entdeckte, dass Schiønning der Liebhaber seiner Mutter war. Er hatte sich nicht gedacht, jemandem davon zu erzählen, doch als Tórharda ihn in Kopenhagen besuchte und sie in einem Restaurant etwas aßen, verriet er das Geheimnis. Während er erzählte, sah er, wie die Schwester lächelte und plötzlich vor Lachen platzte. Eigil wollte wissen, was denn so komisch war, und die Schwester antwortete, offensichtlich läge es in der Familie, sich für Schiønnings sexuelle Bedürfnisse zu interessieren, denn Svanhild hätte sich auch schon um ihn gekümmert. Eigil weigerte sich, ihr zu glauben, aber sie schwor, die Wahrheit zu sagen. Sieben, acht Monate lang hätten sie so eine Art Verhältnis gehabt, bis Svanhild das Gymnasium in Hoydalar verließ und nach Kopenhagen zog. Svanhild hatte es ihr selbst erzählt. Eigil wollte wissen, ob es einen Zusammenhang zwischen dem Gymnasiumsabbruch und der Geschichte mit ihrem Onkel gäbe. Tórharda sagte nein, es gab weder eine Vergewaltigung noch war andere Gewalt im Spiel, alles sei nach rein geschäftsmäßigen Regeln abgelaufen.

Tórharda konnte sich das Lachen kaum verkneifen, während sie erzählte. Svanhild bekam von Schiønning einen Hunderter, wenn sie sich auszog. Währenddessen saß er da und onanierte, und manchmal war er so heftig mit seiner Flöte beschäftigt, dass die Perücke verrutschte. Er durfte auch an ihrem Körper und ihrem Schritt schnüffeln, außerdem äußerte er den bescheidenen Wunsch nach einem Höschen, das sie schon einige Tage getragen hatte. Es täte ihm unendlich gut. Svanhild nannte Schiønning ein Kloakentier, denn am meisten genoss er es, wenn er am Damm zwischen Pussy und Arsch schnüffeln durfte. Dann lag er auf dem Rücken, und Svanhild bückte sich über seinem Kopf, während er tief Luft holte und alle Geruchsvarianten um ihren Hinterausgang untersuchte. Es störte ihn überhaupt nicht, wenn ihr ein Wind abging, im Gegenteil, die Darmluft ließ seinen Puls nur noch schneller schlagen. Für die Male, bei denen sie ihm half, verlangte sie eine Entschädigung für die dreckige Arbeit, wie sie es nannte, und bekam hundertfünfzig Kronen für jeden Orgasmus. Er dankte ihr herzlich für ihr Entgegenkommen, und manchmal gab er ihr auch einige Kronen zusätzlich für die gute Zusammenarbeit und beschwor sie, niemandem auch nur ein Sterbenswörtchen von ihrem Treiben zu erzählen. Svanhild beschrieb ihrem Onkel, wo ihre sexuellen Neigungen lagen. Sie fühle sich eher zu Mädchen hingezogen, und das fand er sehr interessant. Mit der Zungenspitze benetzte er seine Lippen und bat sie, ihm von ihren, wie er es nannte, Mädchen-Mädchen-Abenteuern zu erzählen. Sie tat es, und er bezahlte für ein paar kleine Geschichten, die sie meist erfand, achtzig bis hundert Kronen, während er seinen Apparat in der Hand hielt. Alles hatte seine Ordnung und sein System. Er hatte ein Taschentuch auf dem Oberschenkel liegen, und wenn die Zuckungen kamen, ging er rasch in die Knie und vergoss die ganze Herrlichkeit in das Taschentuch. Svanhild behauptete, Schiønning würde die Taschentücher aufbewahren, und wenn eine kleine Tüte voll war, verbrannte er sie im Wohnzimmer im Ofen. Hellroter Rauch würde dann aus dem Schornstein steigen, schwor sie.

Eigil fragte, ob Svanhild diese Geschichte auch in diesem munteren Ton erzählt hätte. Und Tórharda antwortete, sie habe sich kaum halten können, als Svanhild damit anfing. Das hörte Eigil gern. Ihr seid gute Schwestern, sagte er.

Sam erkundigte sich bei Eigil, welche Pläne er mit dem Reihenhaus in der Jóannes Paturssonar gøta hatte. Eigil erwiderte wahrheitsgemäß, er wisse es nicht. Er war durch sämtliche Räume des Hauses gegangen und hatte dabei so ein leeres und kaltes Gefühl gehabt. Vielleicht lag es aber auch an der abgeschalteten Ölheizung. Doch ganz offensichtlich brauchte das Haus eine liebevolle Hand.

Sam erklärte, er und Torkil hätten sich das Haus auf eigene Initiative einmal angesehen, und vor allem acht Fenster auf der Südseite seien in schlechtem Zustand. Die feststellbaren Fenster auf der Nordseite waren möglicherweise zu retten, vielleicht hielten sie noch ein paar Jahre, vier oder fünf maximal, danach wäre es aber nötig, auch sie auszuwechseln. Dies galt ebenso für die Haustür, der Rahmen musste erneuert werden, aber die eigentliche Tür ließ sich mit einer zweifachen Lackierung retten. Er sagte, neue Fenster auf der Südseite würden inklusive Rahmen und Fassung ungefähr zwanzigtausend Kronen kosten, und wenn er die schrägen Fenster ebenfalls auswechsele, müsse er mit weiteren zehntausend Kronen rechnen. Sie hatten keine Leiter mitgenommen, als sie das Haus begutachteten, aber das Dach hätte ausgesehen, als sei es sehr mitgenommen, vor allem die Enden der Dachpfannen, aber unter guten Bedingungen würde es kaum mehr als einen Tag, vielleicht zwei dauern, das Dach zu erneuern. Es würde ungefähr weitere zwanzigtausend Kronen kosten.

Eigil erkundigte sich, wie hoch der Arbeitslohn wäre, und fügte hinzu, er sei erstaunt darüber, dass sie sich das Haus angesehen hätten.

Sam erwiderte, wenn er wolle, würden sie es umsonst machen.

»Du bekommst den Lohn als Geburtstagsgeschenk«, warf Torkil rasch ein, diese Replik fanden die Brüder sehr komisch und lachten lange darüber.

Ingvald nahm Eigil am Arm und sagte, er müsse sich ausruhen. Er bat Eigil, ihn in sein Zimmer zu bringen. Ingvald hielt sich mit dem linken Arm an Eigil fest, mit dem rechten stützte er sich auf seinen Stock. Als er die Brille auf den Nachttisch gelegt und sich aufs Bett gesetzt hatte, sah Eigil, wie gerührt er war. Und plötzlich behauptete Ingvald, er sei ein schlechter Mensch.

Eigil wollte wissen, wieso er das sagte, und fügte hinzu, er hätte Ingvald immer für einen anständigen Mann gehalten, der für alle nur das Beste im Sinn hatte.

Ingvald schüttelte den Kopf und zog die Decke über die Brust. Eigil hätte ihm und Kristensa einmal von einem Jungen namens Tóvó erzählt, sagte Ingvald, und soweit er sich erinnerte, wollte Eigil diese Geschichte in einer größeren Erzählung verwenden.

»Du hast es vielleicht vergessen, aber das hast du erzählt, kurz nachdem du die *Moschee* gekauft hast. Wenn ich mich recht entsinne, hatte Napoleon Nolsøe, der Sohn des alten Handelsverwalters, den Jungen aufgezogen, und als der Junge fast erwachsen war, kam es zum Streit zwischen den beiden. Ich kann mich nicht erinnern, was Napoleon seinem Stiefsohn vorwarf, aber der Junge wusste sich zu verteidigen. Er sagte, natürlich hätte Napoleon sein Vater sein können, aber er selbst könnte sogar zum Stammvater einer ganzen Sippe werden. Napoleon hätte auf den Färöern herrschen können, aber Tóvó wäre nicht weniger als das Meer, das Tangmisthaufen wachsen ließ, fügte der Junge hinzu. Und genau so habe ich dich als Jungen erlebt: Du warst der Vater in unserem Haus. Natürlich warst du manchmal müde und erschöpft, wie Väter es häufig sind, gleichzeitig warst du aber klüger als wir und hattest eine innere Autorität, vor der ich beinahe Angst hatte. Ich versuche dir zu sagen, wie schwer es mir fällt zu sterben. Ich habe einmal ein Verbrechen begangen, für das ich nie die Verantwortung übernommen habe. Ich weiß, es ist von einem Menschen sehr viel verlangt, sich eine große Sünde anzuhören, aber genau darum bitte ich dich.«

Angst und schwimmende Inseln

Vor gut sechzig Jahren kannte Ingvald einen Mann, der Læin Gregers hieß, und er glaubte, ihn gut zu kennen. Gregers stammte von der Insel Fugloy und war in Hattarvík aufgewachsen. Er besaß eine Baufirma in Tórshavn, und in den Kriegsjahren 1943 bis 1945 stand Ingvald bei ihm in Lohn und Brot, wie man sagt.

Dem Mann aus Hattarvík gehörte ein Exemplar des Klassikers *Færoæ Et Færoa Reserata* von Lucas Debes, das Buch lag in einem hübschen abschließbaren Holzschrein. Zu seiner Zeit als Druckerlehrling in H. N. Jacobsens Buchhandlung hatte Ingvald einmal die Ausgabe von 1903 gesehen, aber Læin besaß die schöne Originalausgabe von 1673, und es war schon ein ganz sonderbares und archaisches Gefühl, sich allein durch den langen und merkwürdigen Untertitel zu buchstabieren: *Das ist: Die Beschreibung der Färöer und der Färingischen Einwohner / in welcher verschiedene Geheimnisse der Natur ans Licht gebracht werden / dazu einige Antiquitäten, die bis heute im Dunklen verborgen waren / und hier nun auftauchen / Alle Kuriositäten zum Wohlgefallen / Zusammengetragen und erklärt Von Lucas Jacobsøn Debes.*

Es hatte allerdings keine bibliophilen Gründe, warum Læin Ingvald das Buch zeigte. Debes schrieb unter anderem über schwimmende Inseln. So hieß es über Svinø, *sie sei zu Beginn eine Schwimminsel gewesen.* Offenbar war das Vertrauen des

Autors in diese Fabel jedoch gering, er wollte eher sagen, *es sind wohl Eisberge / die von Grönland heranschwimmen; und wenn es nicht so ist / dann glaube ich fest / dass es sich um Teufelsspuk und Gaukelei handelt* ...

Ingvald sah den Buchschrein, nachdem er anderthalb Jahre bei Læin gearbeitet hatte, und da wusste niemand, wann der Weltkrieg enden würde oder ob man tatsächlich in einer Endzeit lebte. Vielleicht hatte der Mensch eine Schwelle überschritten, von der aus es keinen Weg mehr zurück gab, in jedem Fall war es schwierig, die verheerenden Torheiten und Qualen, die die Welt wie ein sehr strenger Winter überzogen, mit den üblichen Begriffen zu analysieren. In der mittelalterlichen *Völuspá*, der »Weissagung der Seherin«, werden die Ragnarök als ein drei Jahre langer Krieg beschrieben, und hörte man die Stimme des deutschen Führers auf Mittelwelle, erweckte es den Eindruck, als höre man das Heulen des Fenriswolfs.

Die Zwillinge und Schiønning gingen in den Kriegsjahren noch zur Schule, daher oblag es Ingvald, sich um das Wohlergehen der Familie zu kümmern. Abgesehen von ihrem Glauben an Gott gab es in diesen Jahren nur zwei Dinge, die ihrem Dasein einigermaßen Stabilität verliehen: die Existenz ihrer Mutter und der Lohn des Wohltäters aus Hattarvík. Zum Jahresende 1944 war Læin so großzügig, Ingvald einen zusätzlichen Monatslohn auszuzahlen, darüber wurde aber nicht laut geredet. Als es der Firma richtig gut ging, hatte Læin neun Angestellte, die Tiefbauarbeiten für das britische Militär und später für die Gemeinde Tórshavn übernahmen. In den Pausen unterhielten sich die Arbeiter manchmal über die politischen Verhältnisse auf den Färöern. Die meisten wählten die Sozialdemokraten und waren im Großen und Ganzen dänisch gesonnen; hin und wieder wurde auch darüber spekuliert, ob die Briten die Inseln in Beschlag nehmen würden, so wie sie in früheren Zeiten Nordamerika, Indien und Irland vereinnahmt hatten. Læin beteiligte sich selten an diesen Gesprächen, daher kannten sie seine Ansichten über die politischen Verhältnisse nicht. Soweit Ingvald wusste, hatte Læin Gregers an der Kopenhagener Universität Theologie studiert, aber aus irgendeinem Grund, über den nicht gesprochen wurde, das Studium abgebrochen.

Als britische Frachtschiffe im Sommer 1945 die militärische Ausrüstung abtransportierten, die sie in den Kriegsjahren auf den Färöern gelagert hatten, fing Læin wieder an, von schwimmenden Inseln zu reden, allerdings nur, wenn er mit Ingvald allein war. Meist unterhielten sie sich in Læins Büro. Unterhaltung ist vielleicht zu viel gesagt, denn meist führte Læin das Wort, aber Ingvald konnte seinen Gedanken folgen, und wenn er etwas nicht richtig verstand, bemühte sich Læin jedes Mal, ihm den Sachverhalt zu erklären.

Er war der Ansicht, die Geschichte von den schwimmenden Inseln müsse man als Allegorie interpretieren; es war so zu verstehen, dass die Färöer ohne die Zugehörigkeit zum dänischen Reich ihre sichere Lage verlieren und sinken würden. Laut der Volkszählung von 1935 lebten 25 744 Individuen auf den Färöern, und vielleicht war die Zahl in der zweiten Hälfte der Dreißigerjahre und in den Jahren des Krieges noch etwas angestiegen, vielleicht um drei- oder viertausend Menschen. Læin meinte, die Färinger würden als einigermaßen zivilisiertes Volk zurechtkommen, wenn ihr spirituelles Gefühl ordentlich gestärkt würde. Vor allem das lange achte Kapitel in *Færoæ Et Færoa Reserata* über *Gespenster und die Anfechtungen des Satans auf den Färöern* musste man Læins Ansicht nach als eine Einführung in die ängstliche und häufig hilflose färingische Seele lesen.

Er hielt die beiden nationalen Identitäten, die färingische und die dänische, für einen Vorteil, zumal so etwas draußen in der Welt durchaus nicht ungewöhnlich war. Als Beispiel nannte er die Katalonier im faschistischen Spanien und die Galizier, die in Polen wie in der Ukraine, also in der Sowjetunion, lebten. Weil die färingische Sprache so ziemlich in der Mitte zwischen West- und Ostnordisch läge, konnten die Färinger alle skandinavischen Sprachen sprechen, oder es fiel ihnen leicht, sie zu lernen. Und der Einfluss der Kirche vom Festland, sowohl der katholische Einfluss als auch der protestantische Pietismus, hatten zu einer Vielfalt des religiösen Lebens geführt. Die Zugehörigkeit zu Dänemark verschaffte wissbegierigen Färingern, die ein wenig Geld besaßen, Zugang zu den dänischen Universitäten, und dieser Umstand hatte zudem den Vorteil, dass Färinger sich den Sachverstand innerhalb des Bankwesens und des wirtschaftlichen Lebens insgesamt, über den die Dänen bereits verfügten, aneignen konnten.

Hier protestierte Ingvald. Er sagte, die Färinger hätten 1932 allein die Sjóvinnubankin, die Fischindustriebank, gegründet.

Das ist richtig, antwortete Læin. Aber der Bankdirektor Tórstein Petersen war in Dänemark als Jurist ausgebildet worden, dies sollte Ingvald nicht vergessen, und ohne dessen Qualifikation hätte die Bank kaum das Licht des Tages erblickt. All diese Vorteile setzten die färingischen Nationalisten aufs Spiel. Sie hatten sich im Schatten des britischen Militärs zu respektlosen Kötern entwickelt, und nun könnten sie sich berufen fühlen, nach dem Abzug der Briten das politische Vakuum auszufüllen.

Ingvald stimmte ihm zu. Er bezweifelte, dass knapp dreißigtausend Menschen eine eigenständige färingische Nation aufbauen und finanzieren konnten. Und er hatte Angst vor der Isolation, die von den Nationalisten gefördert wurde. Wenn heilige Männer sich im Kloster oder in der Wüste isolierten, wenn ganze Glaubensgemeinschaften so etwas taten, zum Beispiel die Mormonen in Utah, dann um die weltlichen Versuchungen zu meiden und eine innigere Gemeinschaft mit dem Herrn einzugehen. Aber eine derartige religiöse Hygiene kennzeichnete die Nationalisten nicht, auch nicht die auf den Färöern. Sie waren nicht demütig, die meisten hatten ihre Schäfchen im Trockenen und gönnten den Arbeitern und Fischern nicht einmal den Dreck unter den Fingernägeln. Und Ingvald trug die Verantwortung für seine Mutter und seine Brüder, und mit Verantwortung spielte man nicht. Im Übrigen waren die Nationalisten in den Dreißigerjahren und bis weit in den Krieg hinein ziemlich begeistert vom deutschen Kanzler und seinem italienischen Kollegen Mussolini gewesen. Sicherlich gab es Ausnahmen, natürlich, Sverre Patursson, der sanfte Journalist aus Kirkjubøur, war ein Arbeiterfreund, und es gab auch den Volkshochschulgründer Rasmus Rasmussen, aber sie blieben Ausnahmen. Kämen die Nationalisten wie beabsichtigt an die Macht, wären die Färöer kein guter Ort mehr zum Leben.

Die Lagtingswahl 1945 war für den 6. November angesetzt, und wenn man davon ausging, was die Leute redeten und die Zeitungen schrieben, war ein Wahlsieg der nationalistischen Partei Folkeflokken nicht ausgeschlossen. Bereits am 13. September bat Læin Ingvald zu einem Gespräch in sein Büro. Er flüsterte geradezu, als er sagte, nun sei der Augenblick gekommen, wo sie ihre Köpfe zusammenstecken müssten.

Direkt am Eingang parkte der zwei Tonnen schwere Bedford, an dessen Tür stand: *Læin Gregers / Tiefbauarbeiten*. Die Zementmischmaschine, die er den Briten abgekauft hatte, stand unter einer Plane, außerdem lagen noch ein paar Stapel mit zolldickem Bauholz und Brettern herum, die sie zum Verschalen brauchten. Læin hinkte, daher stand neben der Tür eine dünne, hohe Kupfervase mit fünf, sechs Spazierstöcken. Neben dem nach Süden gelegenen Fenster, von dem man auf den Kirkjubøreyn blickte, gab es eine Tür zum Hof sowie zwei weitere Türen, von denen die eine ins Wohnhaus, die andere auf die Toilette führte. Das Büro war ein hoher Raum, in dem verschiedene Arbeitszeichnungen mit Reißzwecken an den Wänden hingen. Die Decke bestand aus Beton, die Wohnung über dem Büro hatte er einer Familie mit kleinen Kindern vermietet. Nun, da der Krieg vorbei war, wollte er den Dachboden ausbauen und das Dach decken lassen.

Als Ingvald klopfte, hatte Læin das Ohr am Radiolautsprecher. Aus seinen Ohren wuchsen Haarbüschel, und seine merkwürdig buschigen Augenbrauen hatten beinahe die Kontrolle über sein schwarzes Brillengestell übernommen. Die Wellenlänge dicht neben dem norwegischen Mittelwellensender knisterte und schnarrte, trotzdem verstand er genug, um den Prozess gegen Vidkun Quisling zu verfolgen. Verschiedene dänische und englische Zeitungen und auch Ausschnitte aus färingischen Zeitungen lagen auf dem Schreibtisch, und in der Mitte stand der hübsche Holzschrein mit *Færoæ Et Færoa Reserata*.

Er forderte Ingvald auf einzutreten und goss ihm eine Tasse Kaffee ein. Er sagte, er hätte etwas auf dem Herzen, das größte Vertraulichkeit erfordere, deshalb habe er Ingvald zu diesem Gespräch gebeten. Es ginge um eine Wolfsjagd. Normalerweise würden Wölfe ja allein jagen, und wenn er nicht so behindert wäre – er zeigte auf sein rechtes Bein –, würde er auch allein zurechtkommen.

Die Länder im Süden und Osten sind zerstört, sagte er, und der Beginn des Krieges ist die Reichstagswahl 1933 gewesen, als die Nazis sich mit einem guten Drittel der Stimmen an die Macht manipuliert haben. Er meinte, der Hang zum Nationalsozialismus säße tief in den deutschen Genen, aber dennoch wäre es paradox, dass das Land der Dichter und Denker sich von einer pathologischen Zufallserscheinung wie Adolf Hitler hatte unterjochen lassen. Læin fürchtete eine ähnliche Situation als Ergebnis der kommenden Lagtingswahl, selbstverständlich unter färingischen Voraussetzungen, aber prinzipiell auf die gleiche Art und Weise. Wenn die Nationalisten die Wahl gewännen, bestünde für die Färöer die Gefahr, ihre ohnehin recht zerbrechliche Basis zu verlieren und unterzugehen.

Læin zog eine Schreibtischschublade auf, nahm ein Glas und eine Flasche Whisky heraus und schenkte sich ein. Die Nationalisten schmücken sich lediglich mit billigem Tand, erklärte er und erinnerte Ingvald daran, dass 1937 zwei Übersetzungen des Neuen Testaments erschienen waren. Dahls Übersetzung war imposant und großartig, er hatte aus den Originalsprachen übersetzt, während die andere Übersetzung von einem Pfuscher aus Fuglafjørður stammte, der nur die skandinavischen Sprachen und ein wenig Englisch beherrschte. Dahl hatte den größten Respekt vor dem Sakralen und Alten, während der andere ein Populist war. Es war Læin zu Ohren gekommen, dass der Mann aus Fuglafjørður auch das Alte Testament übersetzt hatte, und nun wollten die Nationalisten der Brüdergemeinde die ganze Bibel herausgeben, um der kommenden färingischen Republik die Heilige Schrift sozusagen als Geschenk zu überreichen. Und genau das ist symptomatisch, behauptete Læin. Wenn schon das bedeutendste Werk der Weltliteratur in sprachlichen Lumpen erscheinen sollte, was konnte man dann von der Zukunft erwarten?

»Hältst du Victor Danielsen für einen Pfuscher?«, fragte Ingvald erstaunt.

Læin antwortete, der Herr hätte sich auf Hebräisch, Griechisch und Aramäisch zu erkennen gegeben. Und man könnte zumindest verlangen, das Wort und die Botschaft des Herrn aus den Sprachen zu übersetzen, in denen sich der Allmächtige selbst erklärt hatte.

Er stieß ein überraschtes Lachen aus und schien halbwegs stolz zu sein, als er hinzufügte, es läge den Menschen aus Hattarvík im Blut, sich deutlich und manchmal leider auch boshaft auszudrücken.

Dann trug er vor, was er auf dem Herzen hatte, er kam direkt zur Sache. »Eine Lagtingswahl steht vor der Tür, das weiß ich aus zuverlässiger Quelle, und aus diesem Anlass plane ich ein Attentat auf das Parlamentsgebäude, das Lagtinghus.« Dafür brauchte er Hilfe. Eine Kiste Dynamit sollte im Keller unter der nordwestlichen Ecke des Gebäudes deponiert werden. Die Absicht war, politische Verwirrung zu stiften, Læin war überzeugt, die Verwirrung würde den Kräften zum Vorteil gereichen, die den Zusammenhalt mit dem Rest des Königreiches bewahren wollten. »Eine Bombenexplosion wird unsere erschrockenen und erschütterten Landsmänner an die Wahlurnen treiben, und sie werden das Sichere und Verständliche ankreuzen.« Das war der Kern des Attentats, aber um es durchzuführen, benötige er, wie gesagt, Hilfe.

Ingvald tastete nach Eigils Hand und ergriff seine Finger. Die Hand zitterte, und als er sich ein wenig erholt hatte, erzählte er, er hätte es abgelehnt, Læin zur Hand zu gehen.

»Ich habe gesagt, ich bin nicht bereit, bei einem Bombenattentat mitzumachen, ich hätte nicht den Mut, der Marinus van der Lubbe 1933 den deutschen Reichstag anstecken ließ.

Ich erinnerte ihn daran, dass der Krieg noch nicht lange vorbei war und ungefähr ein Zehntel der färingischen Fischer im Laufe der letzten vier Jahre ums Leben gekommen war, darunter mein eigener Vater. Und was wäre, wenn jemand bei dem Attentat zu Schaden kam oder starb?«

»Niemand kommt zu Schaden und es wird auch keine Toten geben«, antwortete Læin. »In einer gewöhnlichen Nacht gehen die Leute nicht vor die Tür, und ich würde die Lunte auch nicht anstecken, wenn jemand in der Nähe ist.« Er dachte nicht nur an die Sicherheit anderer, sondern auch an seine eigene; er hatte nicht die Absicht, diese Welt zu verlassen.

»Ich habe nie erfahren, ob Læin mich bewusst verletzen wollte oder nur laut dachte. Jedenfalls sagte er, er hätte mich wohl überschätzt, genau das war sein Wort: überschätzt. Er hätte erwartet, ein Sozialist mit einer starken christlichen Überzeugung würde die Bedeutung dieses Attentats verstehen, und er zitierte sogar einen Satz des russischen Schriftstellers Fjodor Michailowitsch Dostojewski, die gnadenlosesten Streiter im Revolutionsjahr 1848 wären gerade die christlichen Sozialisten gewesen.«

Ein wenig überrascht erkundigte sich Eigil, ob Ingvald Sozialist sei.

»Ich dachte, das wüsstest du?«, erwiderte der Alte.

»Ich meine, die Art von Sozialist, die Banken und Großkonzerne nationalisieren will?«

Ingvald nickte, und Eigil sah einen gewissen Unwillen in seinen Augen, als er antwortete, seiner Ansicht nach existierten andere Arten von Sozialisten nicht.

Eigil lächelte.

»Ich will dich nicht unterbrechen, aber offenbar kenne ich dich nicht wirklich.«

Ingvald fuhr fort und erzählte, wie er sich von Læins verletzender Charakteristik getroffen gefühlt hatte. Und warum?

»Ich will dir sagen, warum. Die Worte rührten an meiner Eitelkeit, darum verletzten sie mich. Ich fühlte mich niedergemacht. Plötzlich war ich bloß ein Fussel, wie die Blättchen der Pusteblume, die vom ersten Herbstwind davongeweht werden. Ich hatte eine solche Wirkung nicht erwartet, in den folgenden Tagen fühlte ich mich leer und war am Boden zerstört. Ich ertrug es einfach nicht, dass der Mann, den ich so schätzte, mich mit ein paar Worten degradiert hatte. Und es war die Eitelkeit, die mich ein paar Tage später zu seiner Tür trieb und mich sagen ließ, ich wäre bereit zu tun, was zu tun war. Verstehst du das? Ich hielt das Attentat noch immer für Wahnsinn, aber ich ertrug es nicht, als ein Mann eingeschätzt zu werden, dem er nicht mehr vertrauen konnte.

Am 17. September brach ich in der abendlichen Dunkelheit gegen halb zwölf aus Læin Gregers' Büro auf. Im Rucksack trug ich ein paar Kilo Dynamit, eine schwarze Lunte, eine Kohlenschaufel und etwas Segeltuch. Das Segeltuch sollte über den Sprengstoff gebreitet und mit Sand und Lehm bedeckt werden, auf diese Weise ließ sich die Richtung der Explosion steuern.

Die Nacht war dunkel und unheimlich, vielleicht musste es aber auch so sein, wenn man dunkle Dinge vorhatte. Am Kai leuchteten ein paar Lichter, aber in all den Kriegsjahren hatte Tórshavn im Dunkeln gelegen, ja, das ganze Land, die Straßenbeleuchtung war erst teilweise wieder instand gesetzt.

Ob Læin vorher schon einmal im Keller des Lagtingshus war und ihn untersucht hatte, weiß ich nicht, ich habe ihn nicht danach gefragt, aber später habe ich mir gedacht, eine dritte Person, von der ich nichts wusste, könnte bei den Planungen geholfen haben. Læin schärfte mir nämlich ein zu warten, sollte irgendwo im Lagtingshus Licht brennen. Ich musste warten, bis es gelöscht wurde, es wäre ein Zeichen, an das ich mich halten sollte. Später erfuhr ich, dass einige Sozialdemokraten unter dem Dach eine Sitzung abgehalten hatten und erst kurz vor Mitternacht gegangen waren.

Die niedrige Kellertür verfügte über ein Drehschloss, und der eigentliche Keller war wohl gut einen Meter hoch, er hatte einen Lehmboden. Mit eingeschalteter Taschenlampe kroch ich zur nordwestlichen Ecke des Gebäudes und legte wie abgesprochen den Sack ab. Das Vorbereiten der Sprengladung und das Legen der Lunte wollte Læin selbst übernehmen.

Ich begegnete keinem Menschen, weder auf dem Weg zum Lagtingshus noch auf dem Rückweg, aber als ich mich unserem Haus näherte, sah ich Licht in der Küche. Mutter war noch wach und strickte, und als ich hereinkam, fragte sie mich vorsichtig und vielleicht mit einem kleinen Lächeln auf den Lippen, wo ich gewesen war.

Ich missverstand ihr Lächeln und ihre Rücksicht aber, ich missverstand die gesamte Situation, und raunzte Mutter zum ersten Mal im Leben an. Ich sagte, ich sei ein erwachsener Mann und ihre Schnüffelei gefalle mir nicht. Ich fügte hinzu, der gerade überstandene Kampf gegen die Nazis sei auch ein Kampf gegen das Schnüffeln in den persönlichen Angelegenheiten anderer Leute gewesen. Stell dir das mal vor, so habe ich sie angeschnauzt, ausgerechnet sie, die gerade Witwe geworden war, weil die Nazis das Schiff versenkt hatten, auf dem Vater fuhr. Die Stricknadeln regten sich nicht, eine ganze Weile saß sie da, als hätte ihr jemand ins Gesicht geschlagen.

Dann antwortete sie, sie sei nicht wach geblieben, weil sie schnüffeln wollte, sondern weil sie nicht besonders gut schlief, und das sei mit den Kriegsjahren schlimmer geworden. Und sie sagte auch, sie würde sich freuen, wenn ich Freunde in der

Stadt hätte, so sollte das Leben sein, es gäbe schließlich noch andere Bekannte als nur die eigene Familie. Sie hatte gehofft, ich würde ihr etwas Erfreuliches erzählen können, vielleicht hätte ich ja endlich ein Mädchen kennengelernt und es besucht.

Das waren ihre Worte.

Ich entsinne mich nicht, ob ich meine Sachen auszog, vermutlich nicht. Total angespannt lag ich auf dem Bett und wartete auf die Explosion. Hier in diesem Zimmer lag ich, die Tapete ist neu und das Bett auch, aber der Rest sieht aus wie damals. Von hier bis zum Lagtinghus sind es nicht mehr als anderthalb Kilometer, es wehte ein frischer Ostwind, der Wind hatte den Knall bis zu unserem Haus getragen. Um Viertel vor eins hörte ich einen gewaltigen Schlag, der so heftig war, dass meine Brüder erwachten.

So waren wir auch 1941 aufgewacht, als ein deutsches Flugzeug eine Bombe auf die Mattalág-Straße warf. Es war am frühen Morgen durch das Havnardalur-Tal geflogen und hatte die Bombe fallen lassen. Mehrere Fensterscheiben in der Nachbarschaft zersplitterten. Ich glaube, die Mattalág-Bombe fiel am gleichen Morgen, an dem das große finnische Frachtschiff *Carolina Thordén* getroffen wurde. Drei Tage lag das Schiff vor Tórshavn und brannte, so etwas hatte man noch nicht erlebt, einen so großen Brand, ein brennendes Schiff in der nächtlichen Dunkelheit.

Ich hatte mir die Decke über den Kopf gezogen, als Mutter hereinkam und fragte, was wohl passiert sei? Ich antwortete nicht. Auch Torkil und Sam kamen angelaufen, Mutter scheuchte sie aber sofort wieder ins Bett. In den wenigen Minuten, in denen der Wind den Knall zu uns trug und Mutter mit den Zwillingen schimpfte, hatte sie mein Geheimnis entdeckt. Lange saß sie auf meiner Bettkante und betete für mich.

Was sie genau sagte, weiß ich nicht mehr, das ist eigentlich auch egal, jedenfalls hörte ich, wie sie den Herrn bat, das Blut von meinen Händen zu waschen.«

In den folgenden Tagen verließ Ingvald sein Zimmer nicht, die Gardinen waren zugezogen, und die Familie schloss die Türen leise. Seine Mutter brachte ihm Tee und etwas zu essen ans Bett und sprach leise, beinahe flüsternd mit ihm. Von ihr erfuhr er, was in der Stadt passiert war. Sie erzählte, in der nordwestlichen Ecke des Lagtingshus wäre das Fundament eingestürzt, und die Ecke des Gebäudes hätte durch die Explosion einen Riss bekommen. In der Innenstadt war keine Fensterscheibe mehr heil, aber glücklicherweise war niemand zu Schaden gekommen. Sie glaubte sich zu erinnern, dass im Keller des Lagtingshus Katzen lebten, und fürchtete, sie könnten umgekommen sein. Ein Nachbar hatte ihr erzählt, einige der königlichen Gipsbüsten, die an verschiedenen Stellen des Lagtingshus standen, wären auf den Boden gefallen und auseinandergebrochen, aber der Kopf von König Christian X. war unversehrt geblieben. Und dann sagte sie etwas, das Ingvald erschütterte: Preben, der Sohn von Andrias Ziska, war verhaftet worden, man verdächtigte ihn als Täter.

Die Mutter wusste nicht – zumindest erzählte sie Ingvald nichts davon –, dass Preben Ziska noch am gleichen Tag auf freien Fuß gesetzt wurde. Preben hatte dem Polizeimeister Henry Djurhuus, der die Vernehmung leitete, nämlich erklärt, er hätte bis zwanzig Minuten vor der Explosion mit einem jungen Paar geplaudert – er konnte unmöglich einen Augenblick später am Tatort gewesen sein.

Der Polizeimeister bat um die Namen des Paares. Der junge Mann hieß Venzil í Horni, den Namen des Mädchens kannte

Preben nicht. Es arbeitete in der Molkerei und kam aus irgendeinem Ort am Skálafjordur. Mehr wusste Preben nicht.

Zunächst holte die Polizei Venzil í Horni. Er wohnte bei seinen Eltern, und in der nächtlichen Dunkelheit begleitete er die Polizisten zum Verhör aufs Revier. Im Wesentlichen bestätigte er Prebens Aussage, und als sie später das Mädchen vernahmen, bekräftigte es ebenfalls Prebens Behauptung, sie hätten zu dritt beieinandergestanden und sich bis kurz vor der Explosion über alles Mögliche unterhalten.

Der Polizeimeister wollte gern genauer wissen, was sie mit »alles Mögliche« meinte, aber das Mädchen bekam einen knallroten Kopf und sagte, es könne Preben Ziskas Worte nicht wiederholen.

Auch Aussagen, die man nur ungern wiederhole, könnten bei einem derartigen Fall von Bedeutung sein, erklärte ihr Djurhuus, und es sei seine Aufgabe, über den Nutzen einer Aussage zu entscheiden, nicht ihre. Schließlich handelte es sich um einen Anschlag auf das Lagtingshus, daher sei jedes Wort entscheidend.

»Preben hat gesagt: Na, du Fotzendieb, hast du dir 'n bisschen Beutefleisch aufgegabelt?«

»Sonst hat er nichts gesagt?«

»Doch, er hat mich gewarnt, ich solle mich vor den Kerlen aus Horn hüten, die wären besonders geil.«

Ingvald bat Eigil, ihm ein Glas Wasser aus der Küche zu holen, und als er es getrunken hatte, fuhr er mit seiner Geschichte fort.

»Es war so furchtbar, ja, direkt klaustrophobisch, weil ich Preben aus unserer Grundschulzeit kannte, dennoch kam mir nicht in den Sinn, meine Tat zu bereuen und Asche auf mein sündiges Haupt zu streuen. Hätte ich meiner Mutter die

Wahrheit erzählt, hätte sie mich möglicherweise bedrängt und verlangt, Prebens guten Ruf wiederherzustellen. Mutter hätte mich auch bei der Polizei anzeigen können, das war ebenfalls eine Möglichkeit, denn sie war eine durch und durch ehrliche und unbestechliche Person. Aber hätte ich die Wahrheit gesagt, wäre es nicht nur für mich übel ausgegangen, sondern vermutlich auch für meine Familie, und selbstverständlich für Læin Gregers. Außerdem hätte es den Nationalisten Wind in die Segel geblasen. Tja, Eigil, ich war hochmütig und den Gedanken, mich selbst zu einem Denunzianten zu erniedrigen und in die Geschichte als färingische Ausgabe eines van der Lubbe einzugehen, ertrug ich nicht. Ich war überzeugt, dass mein Leben ruiniert war, und obwohl Selbstmord als die größte Sünde galt, zog ich es ernsthaft in Erwägung.

Tatsächlich erinnerte die Verhaftung von Preben an einen ziemlich schlechten Krimi. Diejenigen, die ihn kannten, wussten, dass er keine Ahnung von Dynamit hatte. Sein einziges Verbrechen, wenn ich mir erlauben darf, dieses Wort zu benutzen, bestand darin, der Sohn seines Vaters zu sein. 1943 begann Andrias Ziska, die Zeitung *Fríu Føroyar* herauszugeben, und am 13. April 1940 hatte derselbe Andrias Ziska auf der Mole gestanden und gegen die Besetzung der Färöer protestiert. Das heißt, die Anklage gegen Preben hatte nichts mit Preben persönlich zu tun. Es ging darum, jemandem zu schaden, der den Nationalisten und Andrias Ziska nahestand, und die Wahl fiel auf dessen jüngsten Sohn. Diese Auswahl hatte Læin kaum allein getroffen. Es geschah in Zusammenarbeit mit jemandem, der Autorität und Einfluss auf die Polizei hatte.«

Verständlicherweise wurde der Anschlag heftig diskutiert, und noch am selben Abend hängte die Polizei Plakate an die

Straßenlaternen der Stadt. Fünftausend Kronen wurden für Hinweise an die Polizei versprochen, die zu dem Schuldigen führten. Das Nachrichtenbüro Reuters verbreitete, im färingischen Parlament hätte es ein Bombenattentat gegeben und vermutlich stünden Nationalisten dahinter.

Die Nachricht hatte der Redakteur Eiden Müller von der Zeitung *Dimmalætting* formuliert, der Reuters Repräsentant auf den Färöern war.

In seinem eigenen Blatt schrieb er vier Tage nach dem Attentat: *Es wird unserer Ansicht nach nicht gelingen aufzuklären, wer die Bombe unter dem Lagting-Gebäude angebracht hat, ob man nun fünftausend Kronen oder den doppelten Betrag auslobt. Die politische Wut, deren blinde Werkzeuge die Attentäter gewesen sind, ist ungebrochen und sorgt dafür, dass die Schuldigen nicht von Gewissensbissen und Bekenntnisdrang gequält werden. Sie leben ohne den geringsten Zweifel in dem Glauben, mit der Bombe eine gute nationale Tat begangen zu haben, und auch, wenn die Tat nicht gelungen ist, schieben sie mit noch größerer Zufriedenheit die Schuld für die technische Panne auf den Sprengstoff, der nicht den gleichen nationalen Ursprung hat wie sie selbst.*

Auch in den folgenden Tagen hatte Ingvald das Bett gehütet; der 17. September sollte der letzte Tag gewesen sein, an dem er in Lohn und Brot bei dem Mann stand, der ein Exemplar der Originalausgabe des verdammten Werks *Færoæ Et Færoa Reserata* von Lucas Debes besaß. So bezeichnete Ingvald das Buch: ein verdammtes Werk.

Eine Woche nach dem Attentat klopfte Frau Sivertsen bei Læin Gregers an. Sie sagte, sie sei gekommen, um ihm mitzuteilen, dass Ingvald krank sei. Er hätte sie gebeten, den noch ausstehenden Lohn abzuholen. Wie immer war Gregers höflich und zuvorkommend und erkundigte sich, ob es etwas Ernstes sei. Das glaubte die Mutter nicht, sie antwortete, in der Stadt grassiere eine Erkältung und Ingvald habe Fieber. Gregers bat sie, Platz zu nehmen und entschuldigte sich einen Moment, dann ging er in seine Wohnung und kam mit einem Umschlag zurück, den er ihr gab. Er sagte, Ingvald sei ein guter Mann und bei dem zusätzlichen Geld in dem Umschlag handele es sich nicht um ein Missverständnis, sondern um den Lohn für treue Dienste. Er bat Frau Sivertsen, ihren Sohn zu grüßen, und hoffte, ihn bald wieder bei der Arbeit zu sehen.

Dreizehn Hundertkronenscheine hatte der Mann aus Hattarvík zusätzlich in den Umschlag gesteckt, es entsprach ungefähr einem Drittel des Jahreslohns eines Arbeiters, oder etwas mehr als das, was die Hohepriester seinerzeit Judas gegeben hatten, wie Ingvald nüchtern konstatierte. Und Ingvald konnte Gregers das Geld nicht an den Kopf werfen, er musste schweigen und so tun, als würde er sich freuen. Seiner Mutter sagte er, sie solle das Geld behalten.

Kurz darauf zog er nach Klaksvík und wohnte bei seiner Cousine Rakul und ihrem Mann Reidar Varberg. Dort lebte er anderthalb Jahre und übernahm verschiedene anfallende Arbeiten. Er fischte auf einem Boot der Reederei Kjølbro, als das Ergebnis der Wahl vom 6. November vorlag. Die Nationalisten hatten 5725 Stimmen errungen, 6219 Stimmen gingen an die Anhänger der Unionspartei und die Sozialdemokratie. Dazu kamen 1239 Stimmen für die Selbstverwaltungspartei oder 9,4 Prozent aller abgegebenen Stimmen, aber weil es eine Zehn-Prozent-Hürde gab, zog die Partei nicht in das Lagting ein, ihre Stimmen waren somit verfallene Stimmen. Ideologisch hatte sich die Selbstverwaltungspartei aber zu einer Föderationspartei entwickelt, schlug man also ihre Stimmen der Sozialdemokratie und der Unionspartei zu, war der Föderationsflügel mit 7458 Stimmen eindeutiger Sieger.

»Man kann sagen, dass Læin Gregers' Absicht Früchte trug. Das Bombenattentat wurde niemals aufgeklärt, aber Preben litt unter dem Verdacht, dahinterzustehen, ja, er verließ deshalb sogar die Färöer und zog nach Dänemark.«

Ingvald schwieg, und kurz darauf war er eingeschlafen. Eigil breitete die Decke über Ingvalds Brust, und wie Frau Sivertsen es vor zweiundsechzig Jahren getan hatte, blieb er noch eine Weile sitzen und wachte über den Mann, von dem er geglaubt hatte, ihn gut zu kennen.

Ankunft in Sumba

In den beiden letzten Jahren, in denen Tórharda aufs Gymnasium in Hoydalar ging, sang sie im Chor »Gaudeamus Igitur«. Auf dem Foto, das an ihrem Schwarzen Brett in der Küche von Ergisstova hing, sah man, dass sie einen Kopf größer war als die meisten anderen Mädchen des Chors. Sie hatte braune kluge Augen, und man ahnte das Lächeln um ihre Lippen. Tórharda dachte und sprach schnell, und wie viele eifrige Menschen gestikulierte sie heftig beim Sprechen. Sie achtete nicht immer auf Bordsteinkanten und Türschwellen, und durch sie beendeten viele Tassen ihr Dasein als Scherben auf dem Fußboden.

In der Oberstufe erklärte ein Klassenkamerad aus Hvalba, er könne diese langbeinige Hure nicht mehr ertragen, von der man keinen Kuss bekam, wenn man keine Trittleiter dabeihatte. Er wollte witzig sein, aber die langbeinige Tórharda nahm die Worte persönlich. Der Trittleiterwitz verfolgte sie einige Jahre, und um den angeblichen körperlichen Makel zu kaschieren, lief sie meist in einem langen Pullover oder einer halblangen Jacke herum. Erst als sie Mikali Mhuku kennenlernte, versöhnte sie sich mit ihrem Körper.

Auch in den Jahren ihrer Gärtnerlehre und als sie später im färingischen Forstwesen arbeitete, sang sie im Chor, erst im Christlichen Gesangverein, dann im Chor von Tórshavn. Über ihre Stimme gab es nicht viel zu sagen, sie hatte eine reine Altstimme und war zufrieden mit ihrer Rolle als Wasserträgerin. Den Ausdruck Wasserträger benutzte der Chorleiter Arkibald Restorff manchmal. Er fragte dann: Sind die Wasserträger bereit? Und wenn die Sänger zu viel herumalberten, hob er seine Stimme: Jetzt lasst das Wasser aus euren verdammten Krügen laufen!

Das größte Werk, das sie miteinstudiert hatte, war Bachs *Matthäus-Passion*. Das Stück wurde aus Anlass des tausendjährigen Jubiläums der Christianisierung Skandinaviens aufgeführt, und zu der Darbietung erschienen fast alle Kirchengemeinden des Landes. Mit einem Schlag waren sämtliche theologischen Streitfragen vergessen, die die verschiedenen Glaubensrichtungen seit Jahrzehnten getrennt hatten. Es wurde nicht darüber geredet, ob die Konfirmationstradition eine königlich dänische Anordnung aus dem Jahr 1736 war, ob die Kindstaufe ihren Ursprung in der Schrift hatte oder nicht und warum der Meister selbst bereits dreißig Jahre alt war, als er im Jordan getauft wurde. Auch die stets wiederkehrende Frage, ob der Schöpfer dafür oder dagegen war, dass Frauen von der Kanzel predigten, wurde nicht weiter diskutiert. Sogar Randolf Hjelm, ein ehemaliger Homosexueller und inzwischen Priester der Glaubensgemeinschaft Jerusalems Hoffnung, wurde herzlich in die Tausendjahrfeier miteinbezogen. Plötzlich war es nicht mehr so wichtig, ob der Ruhetag Samstag oder Sonntag sein sollte, und glücklicherweise hatte man die alttestamentarische Drohung vergessen, die Welt würde nach *zweitausenddreihundert Abenden und Morgen* untergehen. Ebenso wenig erwähnte jemand die ungeheuerlichen Worte des Gründers der Brüdergemeinde, William Sloan, das Tor zur Kirche sei das Tor zur Hölle. Nur die Zeugen Jehovas blieben ihrer Linie treu, sie wollten keine Priester, die schwanger werden konnten; und wenn man mit dem Herrn in Verbindung treten wollte, so war sein richtiger Name Jehova, und sein irdisches Büro der Keller unter dem Königreichssaal, Yviri við Strond 89, Tórshavn. Der alte Missionar Osvald Kjærbo erklärte ebenfalls seinen Standpunkt. Er war der Ansicht, das Christentum wäre erst mit den ersten Plymouth-Brüdern auf die Färöer gekommen, die am 31. Oktober 1880 in der Bucht von Tórshavn getauft wurden. Aus diesem Grund hätte das fäingische Christentum lediglich hundertzwanzig Jahre hinter sich, und daher könne die Tausendjahrfeier nicht vor dem Oktober 2880 stattfinden. Seine originellen Überlegungen fanden allerdings keine Unterstützung.

Die *Matthäus-Passion* wurde in der Westkirche und dem Ebenezer-Saal der Brüdergemeinde aufgeführt, und außer einem Ensemble mit Cembalo, Streichern und Holzbläsern umfasste der Chor zweihundert Wasserträger. Der Solist, der die Bassstimme sang, kam von den Färöern, die übrigen Solisten waren bekannte Ausländer.

In einer Fernsehsendung über das Konzert sagte einer der Veranstalter, es handele sich um den wohl größten Chor, der je auf den Färöern gesungen habe. Der Chorleiter Arkibald Restorff, der ebenfalls in der Sendung auftrat, erklärte jedoch, er hätte von einem Konzert mit ebenso vielen Sängern und Musikern gehört, das 1911 in Tórshavn stattgefunden haben soll. In seinem Roman *Die verdammten Musikanten* schrieb William Heinesen über dieses Ereignis. Der Chorleiter erzählte, in dem Buch ginge es um das Passagierschiff *Prinzessin Adelheid* aus Hamburg. Das Schiff war mit den Hamburger Philharmonikern und ihrem Chor in Bergen gewesen und durch ein Unwetter gezwungen, auf den Färöern Schutz zu suchen. Wie sich herausstellte, hatte der Erste Offizier färingische Wurzeln, er hatte dann auch das Konzert arrangiert.

Als ein Kuriosum erwähnte der Chorleiter, einer der Sänger sei der damals achtzehn Jahre alte Hermann Göring gewesen, der spätere Stellvertreter Hitlers. Bei dem Fest nach dem Konzert lernte der junge Göring ein Mädchen aus Tórshavn kennen, und diese Bekanntschaft bescherte der Gemeinde Tórshavn einen neuen Bürger. Heinesen hatte sich entschieden, dies zu verschweigen, der Chorleiter vermutete, es läge möglicherweise daran, dass Heinesen sein berühmtes Werk Ende der Vierzigerjahre geschrieben hatte, als Görings Sohn und dessen Mutter noch am Leben waren. Görings Sohn war jemand, den man früher als Idiot bezeichnet hätte, er arbeitete einige Jahre als Flaschenreiniger in Tjaldurs Apotheke.

Dieses Kuriosum wurde in der Fernsehsendung nicht weiter vertieft. Es war auch nicht die Absicht des Chorleiters gewesen, von den Spuren zu berichten, die der zweite Mann des Tausendjährigen Reiches in der färingischen Hauptstadt hinterlassen hatte, er hatte nur auf das große Konzert von 1911 hinweisen wollen, und da kam die Geschichte von Göring sozusagen von allein mit dazu.

Auch in den Jahren, als Tórharda die Landwirtschaftsschule Skjetlein in Norwegen besuchte, sang sie im Chor. Der Chor hieß »Nyperose« und war nach dem hübschen runden Glasfenster am Westende des Nidarosdoms von Trondheim benannt. Mikali Mhuku lernte sie kennen, als sie das Stück *Der arme Gott* einübten. Er war groß und hatte markante Gesichtszüge; sein Kopf war lediglich ein mit dunkler Haut überzogener Schädel, er war bis auf einen hellbraunen Haarkranz kahlgeschoren. Sein Blick war hell und klar, und Tórharda gefielen seine hübschen Kusslippen. Seine Muttersprache war Herero, die beiden sprachen jedoch Englisch miteinander, es war ihre Sprache der Liebe. In jedem Fall war es Tórhardas Sprache der Liebe, denn sie hatte nie erfahren, ob er sie liebte. Sie hatte ihn auch nicht gefragt, da sie nicht zu aufdringlich erscheinen wollte, und eigentlich war sie selbst auch nicht wirklich sicher, ob Mikali ihre große Liebe war. Aber er war der erste Mann, der ihr das kostbare Gefühl gab, eine Frau zu sein, die es wert war, begehrt zu werden – und das hatte eine entscheidende Bedeutung für ihr Selbstgefühl. Als Svanhild und Nora sie in Sumba besuchten, erzählte sie ihrer Schwester, Mikali sei der Erste gewesen, der sie gedeckt hätte, als wäre sie die schönste Färse auf der nördlichen Halbkugel; dann waren Tórharda jedoch die Tränen gekommen, und sie sagte, sie hätte es nicht auf diese vulgäre Art gemeint. Sie sehnte sich noch immer nach Mikali, er hatte sie dazu gebracht, ihm alles zu geben, was ihr an Liebe zur Verfügung stand. Und dann war er verschwunden, obwohl er wusste, dass sie schwanger war.

Mikali stammte aus Namibia und hatte einige Jahre in verschiedenen Städten Europas Schlagzeug gespielt und unterrichtet. 1994 hatte man ihn als Gastlehrer am Konservatorium in Trondheim angestellt, und Thorkel Vennerud, einer seiner Kollegen, war der Gründer des Chors Nyperose.

Damals war *Der arme Gott* gerade als CD erschienen und positiv besprochen worden; es überraschte die Rezensenten, dass der bekennende Kommunist Edvard Hoem dieses einnehmende Kirchenlied gedichtet hatte. Das Werk wurde von dem russischen Voskresnije-Chor aufgeführt, die Solistin war die norwegische Sängerin Hildegunn Rose, und eine Laute begleitete als einziges Instrument die Stimmen.

Venneruds Idee war, die Laute durch ein Schlagzeug zu ersetzen, was dem Stück eine neue, überraschende Klangfarbe verlieh. Zweimal führte der Nyperose-Chor das Werk in der llen Kirche von Trondheim auf, die Begeisterung hielt sich allerdings in Grenzen. Vielleicht hatte dieses neue Stück ganz einfach bereits eine Art Klassikerstatus, und bei einem jungen Klassiker konnte man sich nicht alles erlauben. Ein Rezensent schrieb, der Komponist Henning Sommerro hätte sich wohl kaum vorgestellt, *Der arme Gott* als rhythmisches Werk aufzuführen; er meinte, Xylophon, Marimba und die verschiedenen Trommeln hätten das Sakrale gleichsam entwertet. Allerdings bemerkte der Rezensent, es wäre ein Vergnügen gewesen, den Schlagzeuger Mikali Mhuku zu erleben, der Mann sei ein wahrer Meister.

Diesen Worten stimmte Tórharda zu, die in ihrem Bauch das Kind des namibischen Meisters trug.

Nachdem Tórharda und Torri nach Sumba gezogen waren, begann sie bereits im Herbst, im Chor »Røstin« zu singen. Sie hielt es für ein gutes Zeichen, dass sich in einem Ort mit nur dreihundert Einwohnern genügend Sänger für einen Chor fanden.

Der Chor war nach der Meeresströmung benannt, die vom Akraberg nach Süden zur Felseninsel Munken floss. Unter den meisten Meeresströmungen auf der Welt finden sich Reste von Felsen, die im Laufe der Jahrhunderte von der Brandung zerschlagen und abgebrochen wurden. Die Felsenkette zwischen Akraberg und Munken liegt zwischen acht und dreißig Klafter tief unter der Meeresoberfläche, sodass es kein Problem war, mit einem Schiff darüberzufahren, auch nicht bei Sturm aus nördlicher Richtung. Die Südstürme sind in Sumba schlimmer; wenn sie toben, türmt sich im Süden zwischen Akraberg und Munken und im Westen zwischen dem Sumbaholm und Munken Brandung auf. Dann kocht das Meer, und ein anhaltendes Brüllen aus Strömung und Brandung legt sich über den Ort. Und so wie die Zähne im Mund wacklig werden können, kann der Südsturm Felsbrocken von der unterseeischen Felsenkette losreißen.

An diese Phänomene dachte Poul F. Joensen, als er in *Erzählungen von Riesen* über die enorme Kraft des Meeres schrieb: *Das Land versinkt, und von der Brandung wird im Laufe der Jahrhunderte unglaublich viel von den Felsen abgebrochen, das weiß derjenige am besten, der ein Menschenalter in dem Brandungsort Sumba gelebt hat, wo zwei hintereinanderliegende Friedhöfe vom Meer verschlungen wurden, und der dritte schon bald verschwinden wird, alles innerhalb einer Zeit von drei- bis vierhundert Jahren.*

Einst hatte es auch festes Land zwischen der Anlegestelle und dem Sumbaholm gegeben; wie lange das her ist, steht allerdings nicht mit Sicherheit fest. In einer Sage heißt es, die Stelle zwischen Oyrin auf dem Holm und der Anhöhe Høgamøl sei nur ein schmaler Sund gewesen, und es hätte seinen Grund, warum die Bootshäuser der Sumbinger bis ungefähr 1930 auf Høgamøl standen. In der *Sumbinga Saga* schreibt Pastor Viderø, *aus den Erzählungen der Alten wisse man, dass der Sund vor zweihundert Jahren sehr schmal gewesen ist. Die Menschen haben lange Bretter darüber gelegt und sind auf ihnen auf den Holm hinausgegangen, wo ihre Schafe und Kälber weideten.*

Jedenfalls lagen die Boote des Akrabyrgis-Bauern oder des Häuptlings, wie Poul F. ihn nennt, auf der Anhöhe.

Unser Wissen über den Akrabyrgis-Bauer ist ansonsten begrenzt. Es umfasst eine interessante Sage und ein paar topographische Verhältnisse, die aber niemand richtig untersucht hat. Immerhin weiß man von einer päpstlichen Bulle, die einen Mann, der Hergeir hieß und in Akrabyrgi auf Suðuroy wohnte, mit dem Bann belegte. Er hatte die Färinger der südlichen Inseln zu einem Aufstand gegen die harten Kirchensteuern aufgerufen, die der Bischofssitz in Kirkjubøur den Menschen auferlegte. Das war um die Jahrhundertwende 1300, als die würdige Kathedrale in Kirkjubøur geweiht, aber nicht genutzt wurde. In dieser Kathedrale sollte niemals ein Gottesdienst stattfinden, unter anderem weil der Akrabyrgis-Bauer den fäiringischen Bischof erschlug und der unterbrochene Bau der Kathedrale nicht wieder aufgenommen wurde.

Diese Informationen stammen von einem Scholarch der Marienkirche in Nidaros namens Tangbrandur Slánur, und bei ihm lesen wir auch von der Bulle gegen Hargare Akramontanus, wie der Name des Bauern latinisiert lautet. Tangbrandur nennt ihn einen Söldner Belials, eine Schlange aus den Eingeweiden Heinrichs IV., einen diebischen Landstreicher friesischer Herkunft, einen Giftmischer und Bischofsmörder, der in Farrei lebt, wie die Färöer genannt wurden. Der Bauer wurde dreimal zur Hölle verwünscht, bis in alle Ewigkeit sollte er die harten Exkremente der Teufel fressen, und wie immer endete die Bulle mit einem *salutem et benedictionem apostolicam*.

Obwohl der Arm des Papstes lang war, weiß man nicht, ob die Bulle für den Bauern Folgen hatte. Einer von Hergeirs Zeitgenossen, der Dichter Dante aus Florenz, sprang auch nicht gerade sanft mit den Päpsten seiner Zeit um. Er schrieb, Nikolaus III., der von 1277 bis 1280 Papst war, endete aufgrund von umfassendem Nepotismus in der Hölle. Der verfressene Martin, Papst von 1281 bis 1283, starb jämmerlich mit einem Stück mariniertem Aal im Hals und endete im Fegefeuer. Coelestin V., der nur fünf Monate auf dem Heiligen Stuhl saß, platzierte Dante am Eingang zur Hölle. Bonifatius VII. fand sein Ende ebenfalls in der Hölle, genau wie Clemens V., der von 1305 bis 1314 die päpstliche Würde innehatte.

Ob das Interesse dieser Höllenkandidaten bis zu den Färöern reichte, darf allerdings bezweifelt werden.

In *Geografisk Tidsskrift*, einer geografischen Zeitschrift, schreibt der Dozent Rolf Guttesen über das fürchterliche Unwetter, das 1602 wütete und als Harte Lichtmess bekannt wurde. Das Unwetter war so heftig, dass es die Landzunge zerstörte, die den alten Schiffshafen Brandansvík in Kirkjubøur beschützte und somit den jetzigen Holm Kirkjubøhólmur schuf. Guttesen schreibt, laut mündlichen Berichten verstopfte dasselbe Unwetter die Einfahrt von Saksun mit Sand und lagerte auch in den Orten Leynar, Sandavágur, Norðragøte, Syðragøta, Hvalba und Streymnes Sand ab.

Vermutlich war die Harte Lichtmess auch für den Abbruch des zerfressenen Felsens zwischen dem Sumbaholm und dem Ort verantwortlich.

Der Chor hatte seinem sehr verpflichtenden Namen zu entsprechen, aber er befand sich in guten Händen. Er wurde von der pensionierten Lehrerin Rósa Hjelm geleitet. Sie wohnte im Elternhaus ihrer Mutter und lebte seit deren Tod allein. Die Mutter hatte in Vágur geheiratet, dort war Rósa aufgewachsen. Der Vater war Fischer und auf seine alten Tage eine Art Mädchen für alles bei der Fischfiletfabrik Polarfrost. Er arbeitete hauptsächlich als Messerschleifer für die Filetierfrauen, und als sein Augenlicht nachließ, wusch er die Kisten aus. Hundert Pfund schwere Kisten liefen durch die große Waschmaschine und wurden auf Paletten gestapelt, während er die größeren Fischbehälter mit einem Hochdruckreiniger ausspülte. Er hieß Pole, aber warum die Leute aus Vágur ihn Pole Dünnschiss oder nur Dünnschiss nannten, wusste niemand. Es hatte auf jeden Fall nichts mit seinem Verhalten oder seinen Äußerungen zu tun, im Gegenteil. Napoleon

Hjelm, so stand er im Kirchenbuch, war ein wortkarger und ordentlicher Mann, der eines Tages tot zwischen den Fischkisten gefunden wurde, wahrscheinlich ein Herzschlag.

Rósa war eine hervorragende Pianistin, die auch die Melodien für einige neue färingische Gedichte geschrieben hatte. Ihr Lieblingsdichter war der Mystiker Carl Jóhan Jensen. In ihren Kompositionen versuchte sie, den Rhythmus des färingischen Kettentanzes einzubauen, sie sagte, die zirka siebzig Liedmelodien, die unser musikalisches Erbe bilden, seien das Grundmaterial, der eigentliche Lehm, mit dem sie arbeite. Sie konnte ein dunkles, nervöses Klangbild schaffen, und wenn sie den Sängern erklärte, wie sie die Musik zu interpretieren hatten, benutzte sie Worte von carljóhannischer Herkunft wie beispielsweise *Felsenseufzen*, *Stromgetöse* und *Höhlentrauer*. Sie hatte die Melodien für drei Sonette der Sammlung *Ihre Todesnacht* geschrieben, und zu Ostern 2001, als Tórharda sich allmählich darauf vorbereitete, nach Sumba zu ziehen, führte Røstin das Werk auf einem Chortreffen im Schullandheim von Skálabotnur auf. Carl Jóhan Jensen war als Ehrengast eingeladen und trug einen vornehmen Anzug und eine Krawatte unter seinem großen Adamsapfel. Doch bei der eigentlichen Aufführung fiel denjenigen, die neben dem Dichter saßen, auf, dass irgendetwas ganz und gar nicht in Ordnung war. Der Mann wurde blass, sein Mund hing herab, und plötzlich übergab er sich und fiel zu Boden. Der Chor sang dennoch weiter, und das war schon eigenartig und schien der Gipfel der Respektlosigkeit zu sein: Während der Urheber des Werks in seinen letzten Zuckungen auf dieser Welt am Boden lag, sangen sie den Epilog des dritten Gedichts: »Der Herr spricht mit einem Huhn«. Die Chorleiterin trieb die Sänger an, sie beschwor das reinste Beben in den kleinen Kehlen herauf, sie quälte geradezu das Äußerste aus ihren Zäpfchen heraus. Der

Klang war so rein und perfekt, wie nur ein Kunstwerk sein kann, das auf der Schwelle zum Tod geschaffen wird. Die Zuhörer saßen wie verzaubert da, und erst als einer der Veranstalter zu der Chorleiterin ging, ihren Arm berührte und ihr zuflüsterte, der Dichter sei vermutlich tot, verstummte der Gesang.

Eines Abends, nachdem der Chor geübt hatte, sagte Rósa zu Tórharda, sie hätte gehört, Tórharda verkaufe Kartoffeln und anderes Gemüse. Ob sie so nett wäre, ihr fünf Kilo Steckrüben und ebenso viele Kilo Kartoffeln zu verkaufen?

Am nächsten Morgen klopfte Tórharda mit dem bestellten Gemüse bei ihr. Die Kartoffeln waren ordentlich groß, aber insbesondere die Steckrüben dufteten herrlich frisch. Tórharda hatte sie nicht gewaschen, da sie der Meinung war, die Erde auf der Schale bewahre den Geschmack. Die Steckrüben mussten erst gewaschen werden, bevor sie in den Topf kamen.

Rósa bat sie ins Haus, und bei ihrer anschließenden Unterhaltung erzählte sie von dem traurigen Ereignis und Carl Jóhans Tod. Es hatte ihr Leben verändert, kurz danach hatte sie um ihre vorzeitige Pensionierung gebeten. Ihrer Bitte war stattgegeben worden, und nun war sie dabei, seine Biographie zu schreiben.

Das Wohnzimmer zeigte deutliche Anzeichen seiner Gegenwart. An der Wand, direkt am Klavier, hing eine ungefähr anderthalb Meter hohe Fotografie von ihm, die im Garten der Abtei Averbode in Belgien aufgenommen worden war. Unter dem Foto stand ein niedriger Tisch, einem Altar nicht unähnlich, darauf die gesammelten Werke des Dichters. Dort befand sich auch ein kleines Glaskästchen, in dem eine hellbraune Haarlocke mit einer gebundenen Schleife lag.

Rósa zeigte Tórharda das Glaskästchen und sagte, die Locke stamme von der berüchtigten Skandallesung im Tórshavner

Theater 1988. Sie hatte selbst daran teilgenommen, es war eine der denkwürdigsten Stunden ihres Lebens gewesen. Am Ende der Lesung hatte Carl Jóhan nämlich eine grüne Schere aus der Tasche gezogen und *Domine, Domine* gerufen, und während er rief, das Weihnachtstreffen[17] vor hundert Jahren sei der Blutacker der Färöer gewesen und er selbst eine Symbiose zwischen der Jungfrau von Orléans und Donald Duck, schnitt er sich die Haare vom Kopf. Er war den Umgang mit der Schere nicht gewohnt, und vermutlich war sie auch ein wenig zu scharf, denn er schnitt sich ins Ohr, und das Blut lief ihm den Hals hinunter. Doch ihm war es egal. Er war ein tanzender Derwisch, und als er sich keine Haare mehr abschneiden konnte, zog er sich ganz ungeniert die Hose herunter – die Zuhörer johlten und pfiffen, als die Ausrüstung des Dichters ganz unbedeckt vor ihren Augen hing. Er griff an sein Schamhaar, schnitt es ab und verstreute es mit einer großzügigen Geste über die schockierten Zuhörer, dann verschwand er von der Bühne.

Tórharda sagte, ihr Bruder und Carl Jóhan Jensen hätten sich gekannt, und wenn sie sich recht entsinne, hatte Carl Jóhan auch einige von Eigils Büchern rezensiert.

Rósa konnte sich gut daran erinnern, es ging um *Zwischen Tórshavn und San Francisco*. Rezensiert war allerdings nicht das richtige Wort für Carl Jóhans Artikel, der Begriff *geschlachtet* traf es besser, aber wahrheitsgemäß musste sie sagen, dass es sich um eine lebensnotwendige Schlachtung auf dem heiligen literarischen Opferblock handelte. Sie hatte geweint, als sie die Rezension las, denn im ersten Moment empfand sie es als einen Angriff auf die sumbische Seele, die ihr und Eigil Tvibur gemeinsam war, aber als der Schock sich gelegt hatte, musste sie sich eingestehen, dass jedes einzelne Wort Carl Jóhans berechtigt war.

Tórharda hatte wenig Lust, über das Buch oder die literarische Tätigkeit ihres Bruders im Allgemeinen zu diskutieren, aber vom Tod Carl Jóhan Jensens hatte sie noch nicht gehört.

Rósa nickte nur, während sie ihr Portemonnaie suchte. Die Grenze zwischen lebenden und toten Schriftstellern sei nicht immer augenfällig, meinte sie, und was Carl Jóhan betraf, so gehöre er zu den toten Lebenden.

Tote Lebende, dachte Tórharda, was soll denn das sein? Hatte die Frau noch alle Tassen im Schrank? Dennoch wollte sie die Angelegenheit nicht vertiefen, vor allem nicht, da sie dieses träumerische Lächeln an der Grenze zum Wahnsinn bemerkte, das nun um die Lippen der Chorleiterin spielte.

Rósa reichte ihr zweihundert Kronen und sagte, sie freue sich darauf, Lebensmittel aus heimischer Erde zu probieren.

Ein wenig über Medikamente

Nils war zweiundsiebzig Jahre alt, als Tórharda und Torri nach Sumba zogen, aber sie wusste bereits vorher, wie es ihrem Onkel ging. Er war sehr geschwächt.

Seit Langem hatte er die Gemeindeärztin in Vágur bedrängt, ihm etwas Starkes zu geben, das gegen die Depression half, aber sie erklärte, sie verschreibe nur ungern ein narkotisches Medikament, wenn es nicht akut notwendig wäre.

Nils erwiderte, er hätte noch nie etwas gegen Drogenabhängige gehabt, weder gegen Abhängige, die spritzen, noch gegen Tablettensüchtige. Die eine Hälfte der dänischen Bevölkerung waren doch Haschischraucher, und die andere Schwule oder Lesben, aber dennoch war Dänemark eines der besten Länder der Welt.

Ein interessanter Standpunkt, antwortete die Ärztin überrascht, dann erkundigte sie sich, woher der Name Tvibur stamme.

Nils erzählte ihr, dass es östlich des Sandstrandes bei Lítlá einen Felsen gab, den die Sumbinger den Korporalsfelsen nannten. Dort hätte sein Urgroßvater und Namensvetter, der den Namen Tvibur aus Norwegen mitbrachte, seine Tage beendet. Sein Absturz war kein Unfall gewesen, sein Sohn Gregor Tvibur hatte ihn geschubst. Nils' Großvater Gregor hatte dann zwanzig Jahre lang geisteskranken Dänen in der psychiatrischen Klinik von Oringe Lieder vorgesungen und gesummt. Und nicht nur den Geisteskranken. Die Nachricht von seiner ungewöhnlichen Stimme sprach sich herum, und zu Weihnachten 1921 wurde im *Vordingborg Dagblad* ein großer Artikel über diesen Sumbinger gedruckt. Ob ein Komponist oder ein Ethnograph kam, um seinen Großvater singen zu hören, wusste Nils nicht mehr, aber Gregor sang und summte für den Gast, als hätte man ihn aufgezogen. Er erzählte auch von seinem Heimatdorf und bekam Tränen in die Augen, als er berichtete, wie stark die Sumbinger waren. Die Backenzähne der Sumbinger wären aus so gutem Material, erzählte er, dass die Ärzte mit der Zange hängen blieben, wenn sie versuchten, sie zu ziehen. Gregor sang die Weise von Hjalmar und Hulda. Ein paar scherzhafte Lieder von Poul Jóhannes í Agrar, darunter das Lied von Óli Hvass í Vágur und dem großen Kampf mit seinem unbändigen Huhn. Doch dann schien ihn der Teufel zu reiten. In der dritten Strophe des Liedes über die Heiligen Könige am Schwarzen Berg ging er plötzlich auf den Besucher los. Er hatte eine Holzklammer in der Hand, und mit diesem eher ungefährlichen Werkzeug versuchte er, seinem Gast die Augen auszustechen. Hulda ist eine verdammte Hure, krähte Gregor, und der Dichter des Liedes über ihre grausame Liebe einer der Kammerherren des Teufels.

Mit seinen langen Ausführungen wollte Nils erklären, dass er die meisten Unarten seiner Familie geerbt hatte und ein starkes Mittel gegen Depression seinen Lebensabend möglicherweise aufhellen würde.

Die Ärztin empfahl ihm das Naturpräparat Calmigen, und wenn das nicht helfen würde, könne sie ihm Cipramil verschreiben. Darüber hinaus versuchte Nils selbst, sich etwas Flüssiges gegen die Schlaflosigkeit zu verordnen.

Hin und wieder begegnete Tórharda ihrem Onkel und Tass auf der Straße, aber nicht immer erkannte er sie. Vielleicht hatte er auch nur einen schlechten Tag und keine Lust, mit irgendjemandem zu reden. Trotzdem zögerte er manchmal, wenn er seine Nichte sah, und eines Tages erzählte er, der arme Jenis hätte ihn einen Fleischerhund genannt.

»Einen was?«, fragte Tórharda.

»Einen Fleischerhund, aber ich weiß nicht, was das ist. Kennst du ein Tier, das unter diesem Namen registriert ist? Ich bin kein Fleischerhund. Ich bin weder ein Hund noch ein Fleischer. Jenis kann seinen Vater nicht leiden. Mein Junge hasst Fleischerhunde. Komm, Tass!«

Und dann gingen die beiden weiter.

An einem anderen Tag behauptete er, seine Schwester Kristensa hätte Aksal, den Bruder ihrer Großmutter, geschlachtet, und er erzählte, Aksal hätte Lieder und Weisen aufgeschrieben und sich auch Rätsel ausgedacht.

»Hör dir dies an«, sagte er zu seiner Nichte, und mit einem geheimnisvollen Lächeln zeigte er auf die Schären südlich des Ortes:

Ich kenne einen Mann
südlich des Landes,
SM heißt er,
drei Schwestern trägt er an seiner Seite,
oft ist er so gehässig wie Nabal,
viel Gutes tut er für euch,
rate mal, wer das ist.

Wenn er ein so dichtes Rätsel aufgesagt hatte, durfte er es sich erlauben, um einen Schnaps zu bitten, um die Kehle zu ölen, und manchmal goss sie ihm einen Schluck in ein Wasserglas ein.

Aber wegen ihres Onkels begann Tórharda, die Haustür abzuschließen, denn plötzlich verschwanden Flaschen aus dem Bierkasten, und hin und wieder auch etwas Stärkeres, und das gefiel ihr gar nicht. Manchmal kackte er in den Stall, obwohl er seit Ewigkeiten keine Kuh oder ein Kalb mehr hatte. Er machte hinterher auch nie sauber, der Kot lag einfach wie ein großes Missverständnis im Mistgang, und im Übrigen hatte ihr Onkel in ihrem Stall nichts verloren.

Der Zwerg Symfor, ein Hausfreund Ergisstovas – einige Sumbinger nannten ihn den Schwarzen Philosophen –, meinte, Nils habe einfach nichts mehr unter der Mütze.

An dieser Stelle muss ergänzt werden, dass dieses Zeugnis nicht nur Nils ausgestellt wurde; Symfor benutzte den Ausdruck auch für viele andere seiner Dorfgenossen. Obwohl er nicht sonderlich hoch aufragte, war seine Übersicht über die Gemeinde Sumba ausgezeichnet, und die Einwohner schienen Vertrauen in ihn zu haben, denn in den vergangenen drei Jahren hatte er für die Gemeinde im Kreistag gesessen.

Er sprach von den Männern, die viel zu früh alterten und mit Mützen, Galoschen und verblichenen Helly-Hansen-Jacken in einer Art sumbischer Depression herumliefen. Normalerweise schluckten sie Aspirintabletten und tranken alkoholarmes Pils, das auch Pissbier genannt wurde, um den Tag zu überstehen. Und sie waren schnell beleidigt und giftig: Es fiel ihnen leicht, sowohl die Jungen wie die Alten mit Schimpfwörtern zu überziehen. Einige nahmen noch immer nach altem Brauch einen Strohwisch zur Hand und verrichteten ihre Notdurft unter der Steilküste. Symfors Ansicht nach waren sie so mit Medikamenten abgefüllt, dass selbst die Vögel ihre Hinterlassenschaften nicht fressen würden, obwohl menschlicher Kot seit uralten Zeiten zu den Delikatessen der Möwen gehörte. Wenn sie dennoch ihren Schnabel in einen Haufen

Cipramil-Kot steckten, verloren sie die Orientierung, stießen gegen Hausgiebel oder wurden schlichtweg ohnmächtig, wenn sie versuchten aufzufliegen. Einige der Männer bekamen vielleicht eine kleine Rente, weil sie Ärger mit der Lende oder dem Rücken hatten; sie fluchten über die nationalen Teufel, die sich von Dänemark losreißen und den Leuten weismachen wollten, man könnte eine Republik auf Bootsfischerei aufbauen. Andere konnten sich und ihre Frau mit ein paar Schafen und ihrer Fischereiausrüstung ernähren und waren schon zufrieden, wenn sie hier und da einen Stundenlohn bekamen, weil sie ein Stück der öffentlichen Straße repariert hatten.

Tórharda wunderte sich oft über die erstaunliche Verwandlung dieser depressiven Männer, wenn sie sich an den alten Kettentänzen beteiligten und mit kräftiger Stimme einstige Taten besangen.

Symfor riet zur Besonnenheit. Die alten färingischen Weisen waren seiner Ansicht nach nichts anderes als billiges Parfüm, das über angefressene Lumpen verspritzt wurde. Die Skalden sangen in ihren Liedern von Welten, die so nie existiert hatten, oder allenfalls nur in dem Kopf des einen oder anderen Dichters. Und ein Dichter war per definitionem jemand, der mit offenen Augen träumte. Kulturhistorisch gesehen hatten die Weisen ganz sicher ihre Bedeutung, durch sie war die färingische Sprache von Generation zu Generation über Jahrhunderte weitergetragen worden, aber eine alte Weise plus ein Sumbinger waren mathematisch gesehen eine mentale Katastrophe.

Tórharda meinte, Symfor übertreibe. Die Lieder und nicht zuletzt der Glaube an Gott seien in all den Jahrhunderten der beste Trost der Färinger gewesen.

Symfor erwiderte, möglicherweise gäbe es gläubige Sumbinger. Seine Mutter war gläubig, aber das konnte er von seinem Vater nicht sagen. Sein Vater war so, wie Pastor Viderø die Sumbinger charakterisiert hatte: Sie glauben an Schafe und die Kraft des Schaffleischs, und das Vorratshaus ist ihre Kirche.

»Und was ist mit dir?«, wollte Tórharda wissen. »Glaubst du an Gott oder bist du wie dein Vater?«

Symfor schüttelte den Kopf.

»1963, als die Ärzte mich mit Somatropin abgefüllt hatten, habe ich Gott eine Chance gegeben, aber der *Sarrak* griff nicht ein. Ich kam als Missgeburt mit Vollbart zurück auf die Färöer. Mutter hatte Probst Jákup Dahls Neues Testament in meinen Koffer gelegt, und vermutlich war ich gläubig, wie Kinder es eben sind. Ich glaubte an alles Mögliche, auch an das Wachstum meiner Knochen; und jeden Morgen, wenn ich erwachte, sah ich nach, ob meine Arme und Beine länger geworden waren. Aber nichts passierte. Mir wurde übel, ich musste mich nach den Medikamenten, die ich einnahm, ständig übergeben. Ich behaupte, in den Wochen im Krankenhaus habe ich meinen gesamten Kinderglauben herausgekotzt. Es gab eine Krankenschwester, die mein Erbrochenes in die Toilette goss, wenn der Schöpfer also noch am Leben ist, dann muss er wohl eine Bakterie in der Kopenhagener Kanalisation sein.«

Symfor und Torri wurden Freunde. Vielleicht weil sie von einem psychologischen Gesichtspunkt aus die Ränder des Dorfes repräsentierten. Torri mit seiner dunklen Haut und Symfor als Zwerg; niemand in der Gemeinde sah aus wie sie, damit hatten sie etwas ganz Entscheidendes gemeinsam.

Symfor mochte das Malzbier gern, das Føroya Bjór braute, und manchmal bat er Torri, in den Laden zu gehen und ihm eine Flasche zu kaufen, dazu eine Limonade und vielleicht etwas Schokolade für Torri, dann spielten sie für gewöhnlich Karten. Wer als Erster fünf Spiele gewann, war färingischer Meister, während für die Weltmeisterschaft zehn gewonnene Spiele nötig waren.

Torri war ein großgewachsener Junge, das hatte er von seinen Eltern. Er war zurückhaltend und schien zufrieden zu sein. Unaufgefordert beteiligte er sich an eigentlich allen Arbeiten, die auf dem Hof anfielen. Im Frühjahr, wenn die Kartoffeln und die Steckrüben wuchsen, jätete er Unkraut, und nicht selten ging er am Samstag mit seiner Mutter in die Berge, um nach den Schafen zu sehen. Symfor mochte seine stille Art, bisweilen musste er aber auch über seinen jungen Freund lachen. Wenn Torri etwas zu viel Luft im Bauch hatte, lief er entweder aus dem Haus oder auf die Toilette, um zu pupsen. Symfor fragte, wieso er so hin und her lief, und Torri antwortete, seine Mutter hätte ihm verboten, innerhalb der vier Wände zu pupsen, wenn andere zugegen waren.

Als sie eines Abends zusammen Karten spielten, beklagte sich Torri, dass die anderen Jungen ihn nicht in ihrer Mannschaft haben wollten, wenn sie Fußball spielten. Er war traurig darüber. Manchmal lief er dann einfach nach Hause, um sich zu verstecken.

»So, so«, sagte Symfor. Seine kurzen Unterarme ruhten auf der Tischplatte, und seine sehr breite Stirn erhob sich senkrecht über seinen struppigen Augenbrauen. Dann sagte er, wenn man ein bisschen anders ist, muss man sehr tüchtig oder ungewöhnlich sein, um gut zurechtzukommen.

»Die Sache ist die, Torri, niemand kann sich gegen dumme Menschen schützen. Es gibt sie überall, und sie sind stets bereit, jemanden zu schikanieren. Und das Allerschlimmste: Sie schikanieren dich ohne jeden Grund.«

»Ja, aber wenn sie mich Schwanzneger nennen, was soll ich dann machen?«

Symfor wartete einen Moment, bevor er antwortete, dann fragte er, wer ihn so nannte, war es jemand Bestimmtes?

Torri erzählte, Ingibjartur, der Sohn von Edvard hjá Miu, würde ihn normalerweise Schwanzneger nennen.

»Das glaube ich gern«, sagte Symfor. »Der Esel äfft auch mich nach, einen erwachsenen Herrn.«

»Wirklich?«

»Glaubst du, ich lüge?«

»Nein, nein«, beteuerte Torri. »Und was machst du?«

»Man kann nicht allzu viel tun. Aber, verstehst du, ich weiß zumindest, wer ich bin, und das verschafft mir Kraft. Ich bin der Zwerg Symfor, der klügste Mann im Dorf, und außerdem bin ich der Beste beim Mundharmonika- und beim Kartenspielen.«

»Mein Vater spielt Trommeln«, sagte Torri.

Er dachte eine Weile nach, dann lächelte er plötzlich. Er sagte, sie hätten ein Boot im Bootshaus, und er könnte sich vorstellen, es aufs Meer zu rudern. Vielleicht könnte er einer der besten Fischer des Dorfs werden.

»Genau«, erwiderte Symfor. Er wusste, dass Tórharda den Hof mit einem Bootshaus übernommen hatte. Nils wurde sein Haus und ein kleines Stück Land überschrieben, für den Rest des Hofes war Tórharda verantwortlich, und dazu gehörte auch das Ergisstova-Boot.

»Dann könnte ich in den Schären fischen«, fuhr Torri fort, zog plötzlich seine Wollstrümpfe aus und legte erst den einen, dann den anderen Fuß auf den Tisch. Er zeigte Symfor die Schwimmhäute zwischen seinen Zehen. Schwimmhäute ist vielleicht zu viel gesagt. Ungefähr bis zur Hälfte jedes Zehs wuchs eine dünne Hautschicht, und wenn er die Zehen spreizte, sah es ein bisschen so aus wie Schwimmhaut. Die Füße hätten sauberer sein können, aber daran dachte der Junge jetzt nicht, und Symfor vermutlich auch nicht. Er sah nur zwei wohlgestaltete Füße und zehn Fußnägel, die kristallweiß waren. Symfor dachte an seine eigenen, ungewöhnlich missgestalteten Füße. Ihm wuchsen Haare bis zu den Knöcheln, und er lief in Stiefeln und Schuhen herum, die eigens für ihn genäht werden mussten. Seine Füße waren nicht länger als ein Kinderfuß, aber beinahe ebenso breit wie lang. Aber als ihm so unvermittelt zwei hübsche Füße mit schweißigen Flusen zwischen den Zehen serviert wurden, brach er in Gelächter aus.

»Mutter sagt, ich hätte die gleichen Zehen wie mein Uropa Heindrikur, wir stammen beide aus der Familie der Seehunde.«

Symfor erinnerte sich, dass Heindrikur der Seehund genannt wurde. Angeblich war er ein sehr sanfter und umgänglicher Mann gewesen, vielleicht etwas zu umgänglich. Es hieß nämlich, sein Bruder Hjartvard hätte sich ins Ehebett seines Bruders geschlichen, und eines Tages war dann der Mann ertrunken, von dem die Sumbinger sich gewöhnlich über Wetter und Wind und die besten Stellen zum Fischen beraten ließen.

»Du wirst nächstes Jahr zwölf, und vielleicht steht in deinem Herzen geschrieben, ein großer Fischer zu werden, vielleicht ist das dein Schicksal. Aber soweit ich es verstanden habe, ist Nils noch immer ein fester Gast in eurem Bootshaus?«, fragte Symfor.

»Er schläft dort manchmal und hält das Boot instand«, antwortete Torri. »Zu mir hat er gesagt, Marna-Motoren wären die besten. Ich könnte Sørling bitten, mir zu helfen, das Boot zu Wasser zu lassen.«

Symfor erwiderte, Sørling sei ein guter Mann.

Torri nickte. Sørling hatte ihm einen Atlas zu Weihnachten geschenkt.

Symfor hob sein Malzbier. Sein großer Zwergenschädel lächelte.

»Skål auf den künftigen Kapitän des Ergisstova-Bootes!«

Nachbarschaftsstreit und Liebe

In den ersten Jahren in Sumba versuchte Tórharda, die Verbindung zu ihrem Onkel und Ingibjørg aufrechtzuerhalten. Wenn sie schlachtete, brachte sie ihnen Blutwürste oder einige Schafsköpfe, und wenn sie Kartoffeln und Steckrüben geerntet hatte, war sie nicht zu geizig, ihnen einen Sack voll abzugeben, und dafür waren sie ihr auch dankbar. Aber sehr viel mehr Kontakt hatten sie nicht. Es kam ihr vor, als hätte sich das Haus von Nils und Ingibjørg aus dem sumbischen Alltag abgemeldet, es stand nur da und verfiel wie die beiden alten Menschen, die darin wohnten.

Eines Nachmittags rief Ingibjørg Torri und bat ihn, seiner Mutter einen Umschlag zu bringen. Sie war stets freundlich zu dem Jungen und fuhr ihm gern durch sein gekräuseltes Haar. Manchmal steckte sie ihm zwanzig Kronen zu und bat Jesus, seinen Kinderleib zu segnen. Aber heute bekam er weder eine Münze noch eine Segnung, und als Torri in der Dämmerung mit dem Umschlag unter dem Pullover nach Hause lief, ahnte er nicht, dass er den Keim zu einem Nachbarschaftsstreit in der Hand hielt. Seine Mutter war auf dem Feld, als er nach Hause kam, und erst, als es Zeit war, zu Bett zu gehen, fiel ihm der Umschlag wieder ein. Er erzählte, dass Ingibjørg ihn gerufen und ihm den Umschlag gegeben hätte, der auf dem kleinen Tisch vor dem Fernseher lag.

In dem Umschlag steckten einige Schriftstücke und ein

paar Rechnungen von einem Baggerfahrer, der Anfang der Neunzigerjahre für Nils gearbeitet hatte. Der Mann hatte mit seinem Ferguson-Bagger ein paar Felder zum Bestellen vorbereitet, meist in Suðuroy, aber auch in Skopun, und soweit Tórharda es den Unterlagen entnehmen konnte, hatte er auch einige Fundamente für Häuser ausgebaggert. Das Problem war nur Nils' schlechte Zahlungsmoral. Es ging um siebenundfünfzigtausend Kronen, die dem Baggerfahrer zustanden, und das war viel Geld, vor allem damals in den schlechten Jahren Anfang der Neunziger. Ein Teil des Geldes war vom Landwirtschaftsfonds als Subvention für weiteren Getreideanbau gekommen und direkt auf ein Bankkonto von Nils geflossen. Dem Landwirtschaftsfonds war es egal, ob er jemanden beschäftigte, der die Arbeit übernahm, da wollte man sich nicht einmischen. Wie viel Tórhardas Onkel dem Mann bezahlt hatte, war aus den Papieren nicht direkt ersichtlich. Eine Überweisung lautete auf neuntausend, eine andere auf siebentausend Kronen, und im Übrigen hatte Nils versucht, den Baggerführer zu besänftigen, indem er ihm hier und da ein bisschen fermentiertes oder getrocknetes Schaffleisch geschenkt hatte. Aber davon wurde er nicht satt. Er hatte sich beim Vorsitzenden der Gewerkschaft »Beinisvørð« beschwert, und die hatte Nils ein Schreiben geschickt, in dem er aufgefordert wurde, seine Angelegenheiten in Ordnung zu bringen.

Die Aufforderung überraschte Nils nicht. Er wandte sich an den Gewerkschaftsvorsitzenden und erklärte, die Arbeiter seien nicht die Einzigen, die von der Krise betroffen wären, sondern wahrlich auch die Bauern, die versuchten, sich in diesen Zeiten zusätzliche Einkommensquellen zu verschaffen. Das Geld, das er vom Landwirtschaftsfonds bekommen hatte, sei in die Abzahlung von Schulden geflossen, aber wenn der Baggerfahrer wolle, könne er Nils' Traktor samt dazugehöriger Baggerausstattung übernehmen. Natürlich war der Traktor noch nicht ganz abbezahlt, aber alles in allem in einem guten Zustand.

Nils hörte nichts weiter von der Gewerkschaft, damit hatte er aber auch nicht gerechnet. Im Gegenteil, er war ziemlich sicher, dass der Baggerführer sein Angebot nicht annehmen würde. Gewiss, der Mann konnte mit der Baggerschaufel umgehen, er konnte graben und glätten und erledigte in jeder Hinsicht seine Arbeit. Er kümmerte sich auch gut um den Traktor, nie fehlte Öl am Motor oder dem Getriebe, die Nippel waren stets gut abgeschmiert. Aber wenn es um das Mechanische ging, wenn es etwas zu schrauben oder auszuwechseln gab, dann brauchte er immer Hilfe – deshalb wusste Nils, dass der Baggerfahrer das Angebot nicht annehmen würde.

Die verhältnismäßig hohen Schulden des Hofes waren eine Überraschung für Tórharda. Verhältnismäßig? Würde sie siebenundfünfzigtausend Kronen bezahlen, wäre sie pleite, zumindest beinahe. Sie fühlte sich betrogen, dann stellte sie sich die ausgesprochen unangenehme Frage, was die Sumbinger wohl tatsächlich von ihr hielten. War sie in deren Augen eine arrogante Zugezogene, die sich einbildete, herzlich in die lokale Gemeinschaft aufgenommen zu werden, nur weil ihre Mutter aus Sumba stammte? Vielleicht hielt man sie auch für einen Wirrkopf, der sich einfach nur wichtigmachte? Sie hatte von einem Bauern in Ørðavík gehört, den sie den Klavierbauern nannten; vielleicht wurde sie ja die Chorbäuerin genannt? Vielleicht fühlte sich jemand provoziert, weil sie dem neuen Brauch folgte und das Gras zweimal im Jahr mähte; die erste Ernte vom Monatswechsel Juni-Juli kam in den Silagebehälter, die zweite, Ende August, trocknete sie auf einem Gerüst. Nein, niemand wäre so dumm, sich davon provozieren zu lassen. Könnten die Schulden möglicherweise der Grund dafür sein, warum Torri hier und da schikaniert wurde? Bei dem Gedanken lief es ihr kalt den Rücken hinunter. Nannte sie irgendein Lump im Verborgenen etwa Negerhure und Ähnliches? Ruhig, ruhig, Fräulein Sivertsen, ermahnte sie sich, geh jetzt nicht zu weit!

Die folgenden Tage verbrachte sie damit herauszufinden, wo der Baggerfahrer wohnte und aus welcher Familie er stammte. Der Mann hieß Dánjal Jóhann Thomsen, wurde aber Dallahann genannt. Sein Vater hatte mit Nils in den guten Sechzigerjahren gefischt, als der Laden in Ólafløttur ihnen den Fisch abnahm. Dies fand sie schnell heraus. Doch dann fiel es ihr nicht mehr so leicht, die Leute weiter zu befragen, denn vermutlich wussten die Sumbinger ja von der Angelegenheit. Natürlich, der Ort bestand doch nur aus einer Handvoll Häuser, die ein Versteck im Schutz des Holms gefunden hatten, und die Abneigung, die anständig denkende Menschen gegenüber dem Verhalten ihres Onkels empfanden, ja, die Ressentiments, die sie ihrer ganzen Familie entgegenbrachten, bis zurück in die große Zeit des Korporals, könnten sich auch auf sie übertragen haben.

Eines Abends nach der Chorprobe nahm sie ihren Mut zusammen und fragte Rósa Hjelm, ob sie ihr sagen könne, wer Dánjal Jóhann Thomsen war; sie wisse nur, dass er vor gut zehn Jahren für ihren Onkel als Baggerfahrer gearbeitet hatte.

Rósa dachte einen Moment nach. Sie nahm die Brille ab, und nichts in ihrem Gesicht deutete Spott oder etwas Ähnliches an.

Dánjal Jóhann, das muss Dallahann sein, murmelte sie. Dallahann úr Keri. Ja, das war der, der vor elf, zwölf Jahren ein

Kind verloren hat. Sie rieb sich die Augen und fing an, seine Familienverhältnisse ausführlich vor Tórharda auszubreiten. Edmund, Dallahanns Vater, war tot und seine Mutter hieß Lina und wohnte in einem gelben Haus draußen in í Keri. Es gab verschiedene Vermutungen, wer der wirkliche Vater war, aber darüber redete man besser nicht. Sein Taufname war Dánjal Jóhann Thomsen, und Rósas Rechnung ergab, dass Kristensa, Tórhardas Mutter, und Dallahanns Mutter Halbcousinen waren. Vor vielen Jahren war Rósa die Lehrerin des Jungen gewesen. Es hatte nicht viele Carl Jóhan Jensens in der Schule in Sumba gegeben, und Dallahann úr Keri war auch nicht weiter aufgefallen; aber soweit sie sich erinnerte, war er ein braver Junge gewesen.

Oh, Herr Jesus, dachte Tórharda eines Abends, als sie mit dem Telefonbuch vor sich dasaß; dieser Mann, dem ihr Hof noch siebenundfünfzigtausend Kronen schuldete, stammte aus ihrer engsten Familie. Sie fand nur einen Dánjal Jóhann Thomsen auf Suðuroy, einen Betriebsleiter bei Faroe Export, der in Vágur wohnte. Aber sie war nicht imstande, ihn anzurufen, sie wusste nicht, was sie ihm hätte sagen sollen.

Sie sprach mit ihrem Bruder Eigil über die Angelegenheit. Er wollte wissen, ob sie eine Mahnung von Dánjal Jóhann Thomsen erhalten hätte, aber das war ja nicht der Fall, sie hatte nur diesen verdammten Umschlag, der ihr die Hälfte des Nachtschlafes raubte. Eigil meinte, es gäbe ein Gesetz über die Verjährung bestimmter Forderungen. Im Gesetzestext wurden Fallbeispiele genannt, die unter eine Verjährungsfrist von fünf Jahren fielen, und soweit er sich entsinnen konnte, umfasste das Gesetz auch Lohnforderungen. Juristisch gesehen war der Fall also gestorben. Er an ihrer Stelle würde die Sache auf sich beruhen lassen, zumal sie keinerlei Mahnschreiben bekommen hatte.

Eigil wusste von der Angelegenheit zwischen ihrem Onkel und Dánjal Jóhann Thomsen, aber das wollte er ihr nicht sagen. Denn Nils hatte seinem Neffen von dem Problem erzählt und gesagt, er hätte Angst vor diesem Mann, der schlecht über ihn redete und ihn bedrohte. Und Nils hatte noch hinzugefügt, Hjartvard hätte Lina í Keri früher regelmäßig besucht. Eigil wollte wissen, was er mit »besuchen« meinte. Nils zuckte die Achseln und antwortete, Lina sei als ziemlich leichtlebig bekannt gewesen.

Mitte Dezember nahm Tórharda sich zusammen und rief Dánjal Jóhann Thomsen an. Sie nannte ihren Namen, erklärte, sie sei die neue Pächterin von Ergisstova und wolle wissen, ob Faroe Export Fischabfälle verkaufe. Sie habe verhältnismäßig große Kartoffel-, Kohl- und Steckrübenfelder, aber in den letzten Jahren sei die Ernte nicht zufriedenstellend ausgefallen, daher wolle sie den Boden mit Fischabfällen düngen.

Außerdem habe sie noch eine andere Sache auf dem Herzen, aber darüber wolle sie am liebsten von Angesicht zu Angesicht mit ihm sprechen.

»Ich bin jeden Tag in der Firma«, erwiderte Dallahann, »in diesem Jahr gibt es allerdings keine Fischabfälle mehr, erst wieder im Januar.« Er erkundigte sich, wie viel sie brauche, und sie antwortete, sie würde aller Voraussicht nach ungefähr vier Tonnen bestellen.

»Das ist kein Problem«, erklärte er. Dann machte er eine kleine Pause und fügte hinzu, Suðuroy sei eine kleine Insel, und er hätte bereits davon gehört, dass die neue Pächterin auf Ergisstova Nils Tviburs Nichte sei.

Zwei Tage nach dem Telefonat fuhr Tórharda nach Vágur. Sie fuhr einen Toyota HiAce, den sie kurz vor ihrem Umzug nach

Sumba gekauft hatte, und da der Tunnel zwischen Sumba und Lopra inzwischen eröffnet war, dauerte die Fahrt nicht mehr als knapp zehn Minuten. In einem Umschlag hatte sie siebzehntausend Kronen, die sie Dánjal Jóhann Thomsen geben wollte. Außerdem wollte sie ihn bitten, den Rest der Schulden später bezahlen zu dürfen. Sie hoffte, er würde sich mit den siebzehntausend Kronen begnügen und einsehen, dass man nicht nur ihn betrogen hatte, sondern sie sich in einer ähnlichen Situation befand.

Sie hatte auch noch einen anderen Grund, die Sache aus der Welt zu schaffen, und der hatte nichts mit dem Baggerfahrer zu tun. Noch bevor sie den Hof übernahm, hatte sie sich überlegt, Ergisstova als neuen Nachnamen für sich und ihren Sohn anzunehmen, aber es war niemals gut, einen neuen Namen mit einer alten Schurkerei zu beschmutzen.

Wie immer trug Tórharda einen Overall, und als sie auf dem Flur stand und sich die Stiefel anziehen wollte, erinnerte sie sich plötzlich an Dánjal Jóhanns Stimme. Sie hatte reserviert geklungen, aber dennoch so, als gehöre sie zu einem höflichen Mann, und mit solchen Leuten konnte man für gewöhnlich reden. Allerdings hatte die Stimme keine große Fülle, Chorsänger war er vermutlich nicht. Tórharda lächelte, als ihr das Wort Chorsänger einfiel, sie lehnte sich an den Türpfosten und lachte herzlich. Sie war mit keinem Mann mehr zusammen gewesen, seit sie nach Sumba gekommen war, und nun stand sie plötzlich da und träumte von einem völlig fremden Mann, den sie nie gesehen hatte und der wohl kaum ein Chorsänger war.

Ende der Neunzigerjahre, nachdem sie den Kontakt zu Mikali verloren hatte, war sie ein ziemliches Flittchen gewesen. Sie hatte einen Geliebten, einen dänischen Gärtner, mit dem sie beim färingischen Forstwesen zusammenarbeitete. Er war verheiratet, aber das war kein Hindernis gewesen. Auch in den Jahren, in denen sie bei dem Bauern in Sund Schafe hütete, hatte sie ein paarmal mit einem der Schaftreiber geschlafen. Normalerweise waren sie auf der alten Hauptstraße über Streymoy in Richtung Norden gefahren und hatten sich zwischen einigen gewaltigen Felsen im Heidekraut ein Liebesnest gesucht. Dazu kamen noch die übrigen lockeren Gelegenheiten. Sie ging nicht sehr häufig aus, um zu tanzen, aber wenn sie es tat, landete sie in aller Regel im Bett oder auf der Rückbank eines Autos von irgendjemandem. Bisweilen war sie ziemlich unerschrocken. Als sie die *Matthäus-Passion* im Ebenezer-Saal der Brüdergemeinde aufführten, endete sie mit einer Bassstimme aus Klaksvík auf der Herrentoilette. Er war Mitglied der Gemeinde, es war also ziemlich dreist, aber es war ein roher und geiler Fick, über den sie später oft fantasierte.

Als sie eines Nachts heimkam, war ihre Mutter noch wach und wartete auf sie. Sie trug ihren Kimono, hatte ihre alten Carmen-Lockenwickler im Haar und ein Haarnetz darübergezogen. Der Kopf glich den kleinen Erdbeerbeeten, die von einem feinmaschigen Netz beschützt werden, allerdings war nun keine süße Erdbeerstimme zu hören. Die Mutter forderte Tórharda auf, sich zu setzen und erklärte, es wäre allmählich an der Zeit, an ihren Ruf zu denken, so ginge es nicht weiter. Sie hatte einen Bruder, der wie ein Verbrecher außer Landes geflohen war, und wann er wieder nach Hause kommen würde, wusste nur der liebe Gott! Ihre Schwester lebte als Lesbe in Dänemark, und soweit sie es als Mutter beurteilen konnte, war Svanhild kein glücklicher Mensch. »Es gibt so viel Unglück in der Familie, und es bereitet mir seelische Qualen, wenn meine jüngste, süße Tochter sich von einem Bett ins nächste treiben lässt.«

Die Mutter war seltsam ruhig, als sie diese mahnenden und harten Worte aussprach; auch aus diesem Grund war es Tórharda nicht möglich zu antworten. Sie nickte nur, ging in ihr Zimmer, in dem Torri schlief, und legte sich neben ihn. Aber sie konnte nicht einschlafen, sie lag da und weinte, während sie an all die Burschen dachte, mit denen sie geschlafen hatte. Bei den meisten erinnerte sie sich nicht einmal mehr an das Gesicht, und sie konnten sich vermutlich auch nicht an ihres erinnern. Sie war eine weibliche Ausgabe von Don Juan, sie ging von Bett zu Bett, ohne zufriedengestellt zu werden; dieselben Lippen, mit denen sie ihren süßen Sohn küsste, benutzte sie auch, um die verdammten Schwänze zu lutschen. Sie dachte an das widerliche Wort von der Schwanznutte, mit genau diesem Wort bezeichnete sie sich, eine einsame, unglückliche Schwanznutte. Sie ging auf die Toilette, steckte den Finger in den Hals und erbrach sich.

Danach war sie eingeschlafen und konnte sich noch genau an den Traum erinnern, den sie in jener Nacht träumte. Es war ein geradezu glücklicher Traum. Sie träumte von ihrem Chor, der auf dem Turm der Tórshavner Kirche stand und über der Stadt sang. Was sie sangen, wusste sie nicht mehr, aber alles war gut. Die Wolken am Himmel schimmerten rötlich, das Wasser im Hafen hellblau, und in den Gärten rund um die Stadt wuchsen Bäume und saftiges grünes Gras. Und mehr und mehr Köpfe zeigten sich an den vier offenen Turmfenstern, auch Brüste und Arme, und alle sangen fröhlich und aus vollem Herzen.

Jedenfalls stöhnte ihrer Erfahrung nach niemand so verführerisch wie eine geile Bassstimme. Ein Tenor konnte hysterisch klingen, aber ein Countertenor ... o, mein Gott! Ein Countertenor öffnete all ihre Schleusen, oder wie der Chorleiter Arkibald Restorff zu sagen pflegte: Bei einer so verführerischen Stimme blieb kein Sitz trocken.

Eine Stimme, die Tórharda geradezu anbetete, gehörte dem Kastraten Alessandro Moreschi. Sie fand seine Stimme auf YouTube und bestellte bei Amazon eine CD mit den vier Liedern, die es von diesem ungewöhnlichen Sänger gab. Er war als Zwölfjähriger kastriert worden, und es hieß, er sei einer der letzten Kastratensänger der Welt gewesen. Wenn sie ihn singen hörte und gleichzeitig an sein Schicksal dachte, überkam sie eine Welle des Schmerzes. Der Mann war 1922 gestorben, aber einige Jahre vorher, als Moreschi Mitte vierzig war und seine Stimme noch immer Elastizität und Kraft hatte, hatte man sie mit einem Phonographen aufgenommen. Moreschi war ein untersetzter Mann mit einer aufregend schönen Jungenstimme, vielleicht war das Wort »aufregend« ein wenig übertrieben, aber die Stimme erregte Tórharda. Sie hatte häufig masturbiert, wenn sie ihn Bach/Gounods Version des Ave Maria singen hörte, und hinterher hatte sie sich jedes Mal vor sich selbst geekelt.

Tórharda betrachtete sich im Spiegel des Flurs und bemerkte die heißen Wangen, die sie in diesem ganz kurzen Moment bekommen hatte. Am Hals und am Kinn zeigten sich rote Flecken. Sie schloss die Haustür, und schälte sich auf dem Weg zu ihrem Zimmer aus dem Overall. Sie warf sich in Hemd und BH aufs Bett, und während sie an den verdammten Baggerfahrer dachte, der siebenundfünfzigtausend Kronen gut hatte, spürte sie, wie ihre Schamlippen anschwollen. Aber obwohl sie geil geworden war, funktionierte es nicht. Sie konnte sich nicht richtig konzentrieren, es war zu viel Wut im Kopf und in den Fingern, sie misshandelte ihr Geschlecht geradezu. Und obwohl der Schmerz zwischendurch auch süß war, tat es doch eher weh und brannte. Aber sie gab nicht auf, griff nach dem Dildo, der in der Nachttischschublade lag, und kam erst ein wenig zur Ruhe, als sie spürte, wie das elektrische Schnurren sich über ihren Unterleib ausbreitete.

Es war nicht ungewöhnlich, dass sie eine singende Stimme hörte, wenn sie masturbierte; plötzlich hörte sie Moreschis Stimme, nur war das, was sie hörte, kein richtiger Gesang, und das überraschte sie. Sie hörte eine erschrockene Jungenstimme und stellte sich vor, so musste Moreschi geklungen haben, als die Kastrierer ihn packten, das Eisen an den Hodensack legten und die Hoden herausschnitten. Während der Dildo zielbewusst nach feuchten Stellen suchte, dachte sie, es müsse sich um eine Halluzination handeln, doch das jämmerliche Geräusch war so seltsam und erregend, dass sie ihr eifriges Handgelenk nicht unter Kontrolle hatte. Plötzlich hatte sie das Gefühl, vergewaltigt zu werden, sie hörte die Jungenstimme in ihren Ohren sausen und spürte, wie schnell der Puls in ihren Adern pochte. Und mit einem Mal kam es. Heftige Zuckungen durchfuhren ihren Körper, und erst, nachdem sie eine Weile dagelegen und sich beruhigt hatte, zog sie den Dildo heraus. Blut klebte an diesem dummen Männersurrogat, das sie in Kopenhagen gekauft hatte. Und während sie ihn an der Bettdecke abwischte, verfluchte sie ihr miserables Leben.

Das Treffen mit Dánjal Jóhann Thomsen verlief nicht so, wie sie es sich vorgestellt hatte, aber sie wusste ohnehin nicht recht, was sie erwartet hatte, schon gar nicht, als sie in seinem nüchternen, weißgestrichenen Büro stand. Ein paar Zwanzig-Liter-Kanister mit Desinfektionsflüssigkeit standen auf dem Boden, auf einer großen Tafel standen einige Produktionszahlen, und an einem Kleiderhaken hingen weiße und blaue Kittel. Das einzig Persönliche an dem Büro war das Foto eines kleinen Mädchens in einem schmalen Rahmen, aber eine Ahnung sagte Tórharda, dass sie sich besser nicht nach diesem Bild erkundigte.

Dánjal Jóhann war nicht unhöflich und durchaus redegewandt, und doch weigerte er sich strikt, irgendetwas entgegenzunehmen, das mit Ergisstova zu tun hatte.

Tórharda sagte, es bedeute ihr viel, die Sache aus der Welt zu schaffen, denn ein krimineller Ruf des Hofes würde ihr persönlich Qualen bereiten.

Das Wort *kriminell* berührte den Mann ganz offensichtlich, der aber dennoch standhaft blieb. Im Übrigen schulde nicht sie ihm Geld, sagte er, sondern Nils Tvibur, und dieser Mann sei kein Mensch mehr. Er wünschte ihr alles Gute und meinte, sie wäre eine mutige Frau, denn nicht jeder hätte es gewagt, den Ergisstova-Hof zu übernehmen.

Ob er ironisch oder bloß ehrlich war, wusste Tórharda nicht einzuschätzen. Und dann fügte er noch hinzu: »Vielleicht hört es sich irrational an, was ich sage, aber so habe ich Ergisstova in Erinnerung – als ein sehr irrationales Phänomen.«

Die Unruhe, die Tórharda gequält hatte, als sie nach Vágur fuhr, flammte wieder auf. Außerdem war es viel zu warm in dem Büro, jedenfalls hatte sie das Gefühl. Der heftige Geruch von Desinfektionsmitteln und Fisch hing in allen Poren der Betonwände und drückte ihr auf die Brust, sie spürte ihren Puls im Hals pochen. Dass sie beim Masturbieren an diesen unnahbaren Mann gedacht hatte, war ihr nun direkt widerwärtig. Nichts gelang ihr ordentlich, selbst ihre Orgasmen misslangen, und nun war sie kurz davor, in diesem verdammten Büro in Vágur in Tränen auszubrechen – wegen Dingen, mit denen sie eigentlich gar nichts zu tun hatte.

Tórharda stand da, eine Hand auf der Türklinke. Sie sagte, wenn sie ihn nicht überzeugen könne, das Geld anzunehmen, hätte sie nichts mehr mit ihm zu bereden. Sie hatte Tränen in den Augen, als sie ihn ansah und hinzufügte, es sei nicht ihre Schuld, dass es in ihrer Familie so viele Scheißkerle gebe. Aber sie hätte niemanden über den Tisch gezogen, und das würde ihr auch nicht einfallen, lieber spränge sie vom Beinisvørð, als jemanden zu betrügen.

Das missglückte Treffen mit Dánjal Jóhann Thomsen sollte ein unerwartetes Nachspiel haben.

Vier Tage nach ihrem Besuch bei Faroe Export klopfte es am Sonntagnachmittag an die Tür von Ergisstova, und als Tórharda öffnete, stand Dánjal Jóhann vor ihr. Er trug ein dunkelrotbraunes Wams, das in den letzten Jahren das bevorzugte Kleidungsstück bei Männern geworden war, die sich für die Trennung von Dänemark einsetzten, eine helle Cordhose und solide Lederschuhe, die bis zu den Knöcheln reichten. Er war ein ansehnlicher Mann, so wie er vor ihr stand, ihm fehlte nur ein Strauß Blumen, erzählte Tórharda später ihrer Schwester.

Ihr Gespräch am Dienstag wäre so unvollständig gewesen, sagte er, wenn sie Zeit hätte, ihm zuzuhören, würde er gern etwas ergänzen.

Tórharda bat ihn herein, und als er an ihr vorbeiging, registrierte sie den frischen Duft von Rasierwasser.

»Sie wohnen hübsch hier«, bemerkte Dánjal Jóhann, als er in der Küche stand und sich einen Moment umgesehen hatte. Ihm gefiel, dass die Wände mit roh zugeschnittenen Brettern verkleidet waren und der Boden ebenfalls aus Dielen bestand. Es waren die alten Bohlen, die die Brüder ihres Vaters herausgerissen und wieder festgenagelt hatten, nachdem sie unter dem Fußboden Abwasser- und Heizungsrohre verlegt hatten. Zu Hjartvards Zeiten hatte es nur einen Kohleherd als Heizung gegeben, er hatte auch kein WC gehabt, doch nun lagen sämtliche Rohre unter dem Boden. Den Herd hatte Tórharda wieder aufgestellt, ihn konnte man noch immer gut gebrauchen. Sie besaß ein Gemälde, ein Meisterwerk von Bent Restorff. Sie hatte es nicht selbst gekauft, sie hätte es nicht über sich gebracht, fünfundzwanzigtausend Kronen für Wandschmuck auszugeben. Das Bild war ein Geschenk von Eigil gewesen, als sie 1984 ihr Abitur bestanden hatte. Das Motiv zeigte einen lichterfüllten Morgen in Tórshavn, man blickte über die Stadt, den Fjord und Nólsoy, auch aus diesem Grund gefiel ihr das Bild so.

»Meine Onkel haben das Haus renoviert«, erklärte Tórharda. »Sie waren eifrige Adventisten, und jedes Mal, wenn sie eine Bakterie in Ergisstova entdeckten, schlugen sie sie mit einem Bibelspruch tot.«

»Das ist doch sehr originell«, antwortete Dánjal Jóhann, aber Tórharda wusste nicht so genau, ob er sie auf den Arm nahm oder immer so redete.

Sie bot ihm Kaffee an und stellte einen Sandkuchen auf den Tisch. Mehl, Zucker und Rosinen hätte sie gekauft, sagte sie, aber die Eier stammten von ihrem eigenen Hühnerhof. Die Hühner waren nützlich und sparten Geld, und sie waren ihre Püppchen, mit denen sie sprach, als würde sie mit ihnen spielen. In nicht allzu ferner Zeit würde sie auch ein Gewächshaus bauen, darin wollte sie ein paar Weinstöcke pflanzen, um ihre eigenen Ergisstova-Rosinen zu produzieren.

Aber Dánjal Jóhann war nicht gekommen, um sie plaudern zu hören, das spürte sie. Er nickte nur und sagte, ah ja und nun ja, und als er schließlich das Wort ergriff, kam er direkt zur Sache.

Er sagte, es sei jetzt zwölf Jahre her, seit er für Nils i Ergisstova gearbeitet habe. Damals war die Wirtschaftskrise auf den Färöern sehr schlimm und ungefähr ein Zehntel der Einwohner des Landes wanderte aus. Obwohl die Gegend um Sumba nicht so viele Einwohner verlor, waren die Zukunftsaussichten schlecht gewesen. Er und seine Frau wohnten bei seiner Mutter, das war eine vernünftige und durchaus übliche Regelung. Damals schien die Sonne in seinem Leben, und diese Sonne hieß Amy. Sie war fünf Jahre alt und alles, was sie anfasste, bekam einen goldenen Schein, und alles, was sie sagte, verwandelte sich in reine Musik. Doch dann starb sie. Sie wurde von einem Auto überfahren und schwer verletzt, ihr kleines Herz hörte auf zu schlagen.

»Da blieb auch mein Herz stehen«, sagte Dánjal Jóhann, und plötzlich überkam ihn ein Weinkrampf, er weinte hemmungslos und ohne die geringste Chorsänger-Anmut. Der Kopf hing ihm zwischen den Schultern, und nachdem er eine Weile so dagesessen hatte, legte er vorsichtig die Hände an die Wangen; es sah aus, als würde er mit dem Kopf wackeln, als wäre sein plötzlich angeschwollenes Gesicht in Wahrheit seine kleine Tochter, die untröstlich weinte.

Tórharda war sichtlich bewegt über diesen eigenartigen Moment und flüsterte, sie könne mit ihm fühlen.

»Seit damals habe ich existiert, aber nicht gelebt. Stellen Sie sich vor, ich habe Plakate an die Straßenlaternen der Gemeinde gehängt und die Menschen gebeten, Nils Tvibur zu boykottieren, ja, ich bat sie, auf die Straße zu spucken, wenn sie ihm begegneten. Ich versuchte die Gewerkschaft dazu zu bringen, ihn anzuzeigen, aber auch die färingische Gewerkschaftsbewegung war in diesen Jahren schwach und krank. Als Folge der Krise gründeten die Gewerkschaften ihre eigene Partei, ja, und 1994 bekam die Arbeiterpartei drei Sitze im Lagting. Aber die Partei hatte keine Kraft und noch weniger einen Kurs. Die färingische Unzufriedenheit wurde sozusagen zusammengekehrt und in einen Sack gekippt, und es dauerte nicht lange, bis sie sich in dem Arbeitersack schlugen und prügelten. Alles um mich herum ging kaputt und zerbröselte, und eines Tages war meine Frau mit einem Isländer durchgebrannt, der zu dem Trupp gehörte, der den Tunnel zwischen Sumba und Lopra gebohrt hatte. Stellen Sie sich vor, ich hatte mein Kind verloren und war außerdem zum lächerlichsten Hahnrei des Dorfes geworden. Es klingt vielleicht merkwürdig, aber ich habe meine Frau gut verstanden, das Zusammenleben mit mir war fürchterlich. Ich habe die Scheidungspapiere unterschrieben, ohne zu murren.«

Dánjal Jóhann fügte hinzu, seine Trauer sei von brutaler Art gewesen. Er hätte sich in der Nacht gerächt, als er Nils' Hund tötete.

»Sie haben den Hund getötet? Wann war das?«

Dánjal Jóhann sah ihr entsetztes Gesicht und gab zur Antwort, im Juni 1993. Aber damit nicht genug, fuhr er fort. Er hatte auch versucht, Nils zu ermorden. Mit einem Kuhfuß war er auf die Haustür von Ergisstova losgegangen, aber glücklicherweise war er an jemanden geraten, der ihm überlegen war. Nils hatte Kräfte wie ein Bär, er hatte Dánjal Jóhann niedergeschlagen. Daran erinnerte er sich aber nicht mehr. Als er wieder zu sich kam, lag er draußen, die Tür war zugenagelt. Das allerdings musste er zugunsten von Nils Tvibur sagen: Er hatte den Vorfall nicht angezeigt, daher kam es zu keinem Prozess wegen des Mordversuchs.

»Danach überredete mich meine Mutter, psychologische Hilfe zu suchen, und im staatlichen Krankenhaus von Tórshavn fand ich mich langsam selbst wieder.«

Dánjal Jóhann wischte sich die Augen aus und sagte, er wolle sie nicht mit seinem Teufelskram langweilen. Aber zu der Zeit, als er im Staatskrankenhaus behandelt wurde, bewarb er sich an der Fischereischule von Vestmanna und wurde angenommen.

»Sehen Sie, das habe ich Ihnen an dem Morgen nicht erzählt, als Sie in meinem Büro waren. Missverstehen Sie mich nicht, ich bin nicht gekommen, um die siebzehntausend Kronen zu holen, die Sie mir so großzügig angeboten haben, und ich wollte Sie auch nicht demütigen, als ich das Geld ablehnte. Aber das Kapitel mit Nils Tvibur ist abgeschlossen. Ich kann das Geld nicht annehmen, das wäre so, als würde ich in die Jahre des Wahnsinns zurückkehren, und das will ich nicht. Ich habe auch nicht die Kraft dazu. Im Übrigen habe ich genug Geld. Was ich brauche, ist Amy, aber mein kleines Mädchen bekomme ich nun einmal nicht zurück.«

Tórharda fragte, ob sie ihm etwas Herzstärkendes anbieten könne, aber er lehnte ab, da er mit dem Auto gekommen war.

»Dánjal Jóhann«, sagte sie, »ich habe mir gedacht, den Namen Sivertsen in í Ergisstova zu ändern, fing aber an zu zweifeln.«

»Nur meine Mutter nennt mich Dánjal Jóhann, alle anderen nennen mich Dallahann«, warf er überrascht ein.

»Möchten Sie nicht, dass ich Sie Dánjal Jóhann nenne?«

»Oh, nein, nein, missverstehen Sie mich nicht, ich finde nur, das klingt so, ja, ich weiß auch nicht, wie ich es sagen soll, aber es klingt so schön, wenn Sie Dánjal Jóhann sagen.«

Zum ersten Mal sah Tórharda ein Lächeln auf seinem Gesicht, die Zähne seines Unterkiefers kamen zum Vorschein. Sie waren nicht unbedingt eine Zierde, aber dennoch gut gepflegt. Eine gezackte Reihe aus einigermaßen weißem Material.

»Wenn ich Sie meinen Namen sagen höre, habe ich das Gefühl, ich werde zu gekochtem Fisch mit Zwiebelbutter und frischen Kartoffeln eingeladen, die Sonne scheint und das Küchenfenster steht offen. So ungefähr fühlt es sich an.«

Tórharda stieß ein kleines Lachen aus, aber bevor sie antworten konnte, kam Dánjal Jóhann auf ihren Nachnamen zu sprechen. Er sagte, er verstünde sie sehr gut, denn ihm ginge es ähnlich: Er konnte seinen Nachnamen nicht leiden.

Und dann redete der Mann, als würde er dafür bezahlt. Er zählte eine lange Reihe von sen-Namen auf: Jensen, Thomsen, Nielsen, Sivertsen, Poulsen, Olsen, Isaksen, Sørensen. »Dieser ganze sen-Kram ist eine Bombe«, erklärte er, »die die guten alten Namensbräuche in die Luft gesprengt hat.« Und er fügte hinzu, er hätte sich gedacht, seinen eigenen Nachnamen in Keri oder úr Keri zu ändern.

»Und das sage ich nicht, um Ihnen nach dem Mund zu reden, ich habe wirklich daran gedacht.«

»Úr Keri klingt gut«, meinte Tórharda. Auf Ergisstova liege hingegen ein unheimlicher Ruf, als würde man durch die Annahme dieses Namens Nemesis herbeirufen.

Dánjal Jóhann Thomsen erhob sich plötzlich, seine Augen strahlten; er war schlichtweg wie verwandelt und streckte die Hände nach ihr aus.

»Heiraten Sie mich, dann nehmen wir den Namen úr Keri an! Tórharda und Dánjal Jóhann úr Keri!«

Aber kaum hatte er die Worte ausgesprochen, als er die Hände vor den Mund schlug und um Gottes willen um Vergebung bat. Er trat einen Schritt zurück und entschuldigte sich, er wollte nicht aufdringlich sein, das war keineswegs seine Absicht, die Worte wären einfach von allein gekommen.

Tórharda starrte den Mann entsetzt und ungläubig an. Dann lächelte sie, erst mit dem Mund, dann mit den Augen, und genau in diesem Moment sah Dánjal Jóhann ein Insekt umherflattern. Das erzählte er ihr aber erst später. Vielleicht war es der hastige Flügelschlag, der seinen Blick zur Lampe lenkte. Der Körper des Insekts hatte die Größe eines kleinen Fingernagels, und die Flügel ähnelten am ehesten einem gelben Festkleid, das um den kleinen Körper flatterte. Die dünnen Beine berührten gerade so den Lampenschirm, und das Licht der Birne ließ die geäderten Flügel noch mehr strahlen. Und es kam ihm so vor, als sähe ihn dieses herausgeputzte Wesen an. Plötzlich hatte Dánjal Jóhann das sentimentale oder unangemessene Gefühl, dass er dem Insekt leidtat. Mit seinem hübschen Tanz auf der Lampe versuchte es, ihn zu beruhigen, es bat ihn, Ruhe zu bewahren, schließlich hatte er keinen Schaden angerichtet.

Dánjal Jóhann hörte, wie Tórharda sagte, nun hätte zum ersten Mal jemand um ihre Hand angehalten, aber sie könnte darauf keine richtige Antwort geben.

»Ich meinte es auch nicht buchstäblich«, entschuldigte er sich.

»Oh, ich dachte ...« Dann verstummte sie.

»Liebe Tórharda, sagen Sie mir, was Sie dachten.«

»Ich meine nur, entweder bittet man eine Frau zu heiraten oder man tut es nicht, da gibt es keinen Mittelweg. Man kann nicht nur ein bisschen heiraten.«

»Da haben Sie recht. Ich bin verwirrt, ich weiß mich nicht mehr zu benehmen.«

»Ich meine nur, Sie kennen mich nicht, und ich kenne Sie auch nicht.«

»Doch, ich kenne Sie. Als Sie sagten, Sie würden eher vom Beinisvørð springen, als jemanden zu betrügen, da haben Sie Ihr Herz geöffnet und mich einen hübschen Garten sehen lassen. Man muss sich nicht mehrere Jahre unterhalten haben, um einander zu kennen, das ist ein Märchen. Als Sie es sagten, dachte ich bei mir: Diese Frau ist ein ordentlicher Mensch.«

»Sie machen mich ganz schwindlig.«

Dánjal Jóhann ging zur Tür zum Flur. Tórharda stand auf und folgte ihm, an der Tür blieben sie stehen. Behutsam nahm sie seine Hände, und als sich ihre Augen trafen, sagte er leise, er hätte sie schon immer gekannt. Sie umarmten sich und blieben eine Weile so stehen. Tórharda sah ihm in die Augen, und zum ersten Mal seit drei Jahren küsste sie wieder einen Mann. Der Kuss war vorsichtig, sie wollte nicht zudringlich erscheinen. Dann legte sie seine Hände an ihre Wangen, löste sich langsam aus dem Kuss und sagte, sie würden sich hoffentlich wiedersehen.

Zwischen Weihnachten und Neujahr rief Dánjal Jóhann bei Tórharda an. Er bedankte sich für die unvergessliche Stunde in ihrer Küche und hoffte, nicht allzu aufdringlich gewesen zu sein.

Dieser Besuch sei durchaus keine Alltagskost, sondern ein überwältigendes Erlebnis gewesen, antwortete Tórharda, aber sie wolle seinen Besuch ebenfalls nicht missen.

Das ist gut, sagte er, denn er hatte Angst, sie erschreckt zu haben.

Dann wechselte er das Thema und erinnerte Tórharda an ihre Frage nach den Fischabfällen. Vom 3. Januar an würde seine Firma wieder mit Fisch beliefert, und wenn sie wolle, würde er die ersten vier Tonnen für sie beiseitestellen lassen. Außerdem hätte die Firma einen Lastwagen, er könnte ihr die Abfälle nach Hause bringen.

Tórharda versprach, ein Abendessen für den Tag vorzubereiten, an dem er die Fischreste brachte.

Sie hatte Svanhild von Dánjal Jóhanns Besuch und den Vorfällen erzählt, als er bei Nils gearbeitet hatte. Es war die Geschichte eines Mannes, der gefallen und wieder aufgestanden war, aber sie verhehlte auch nicht ihre Unsicherheit in seiner Gegenwart. Svanhild hatte Verständnis und riet ihrer Schwester, ihm gegenüber nicht zu eifrig zu sein. Gleichzeitig hatte sie den Eindruck, es müsse sich um einen anständigen Menschen handeln, denn es gab nicht viele, die siebzehntausend steuerfreie Kronen ablehnen würden.

Tórharda rief Svanhild noch einmal an und erkundigte sich, ob ihre Schwester der Meinung sei, dass man es als gutes Omen werten könne, wenn Dánjal Jóhann anbot, ihr die vier Tonnen Fischabfall nach Hause zu bringen?

Svanhild fragte, welches Feld den Pflug am dringendsten brauche, ihres oder das der Kartoffeln? Tórharda lachte und sagte, beide Felder hätten einen akuten Bedarf, gepflügt zu werden; sie freue sich, Dánjal Jóhann wiederzusehen.

Am 14. Januar koppelte Tórharda bei gutem Wetter den Pflug an den Traktor, und bevor sie den Motor anließ, bat sie Gott, ihre Arbeit zu segnen. Am Vortag hatte sie Fischabfälle, Sand und einige Säcke Kalk auf dem Feld verteilt. In den Bergen lag Schnee, aber unten im Ort war er geschmolzen. Vorsichtig fuhr sie am Zaun und an den Johannisbeersträuchern entlang, die sie im vorigen Jahr gepflanzt hatte, um dem Feld Windschutz zu bieten. Die Tür des Traktors stand offen, und sie hing halb aus der Tür und genoss den Anblick, wie die kalte Erde sich mit Sand und dem knirschenden Fischabfall vermischte. Das Feld war gut viertausend Quadratmeter groß, und obwohl es sich nicht mit den schmucken Feldern in Sandur auf Sandoy messen konnte, war es doch das größte Feld in Sumba. Einige ältere Sumbinger waren gekommen, um zuzusehen, und sparten nicht mit Lob. Um das Feld zu pflügen, brauchte sie nicht mehr als einen Tag, und als sie fertig war, machte sie Feierabend und genoss ihr Werk.

Sie hatte mit Dánjal Jóhann an dem Abend geschlafen, an dem er ihr den Fischabfall brachte. Hinterher waren sie eingenickt, und als sie die Augen wieder öffnete, saß er auf der Bettkante und zog sich an. Er war schmächtig, und als er sich vorbeugte, um seine Socken anzuziehen, bemerkte sie ein kleines Bäuchlein. Vorsichtig stupste sie ihn mit dem Fuß an und fragte, ob er sich nicht gedacht hätte, auf Wiedersehen zu sagen. Er antwortete, er hätte so lange mit keiner Frau mehr geschlafen, er wüsste nicht mehr, was man sagte und tat.

Tórharda flüsterte, ein hübscher Mann sollte genauso wie er sein. Und er erwiderte, früher sei er ein guter Tänzer gewesen, vielleicht könnte er sich noch an die Schritte erinnern. Dann legte er sich wieder ins Bett, küsste ihre Finger und fügte hinzu: »Hoffentlich wird die Kraft der Fischabfälle dem Feld zu einem guten Ertrag verhelfen.«

Røstin und der Rabbiner

Der Chor Røstin hatte einige Wochen fleißig für den bevorstehenden Besuch des Rabbiners geübt. Sie probten jeden Mittwochabend und jeden Samstagnachmittag in der Aula der Schule. Mit Rósa als Leiterin zählte der Chor einundzwanzig Mitglieder, und sie freute sich über diese Zahl, die sich durch die geheimnisvolle Sieben teilen ließ. Die Welt war in sieben Tagen erschaffen worden. Sie erinnerte sich an ihren Vater, der behauptete, ein erfahrener Seemann müsse die sieben Meere befahren haben. Der Engel hatte zum Propheten Zacharias gesagt, die sieben Lichter im Leuchter seien die Augen des Herrn, die über die ganze Erde blickten. Und das Allerbeste: In diesen Probewochen hatte sie sich häufig wie im siebten Himmel gefühlt.

Die Freundschaftsvereinigung Färöer-Israel hatte den Besuch arrangiert, und Rósa wandte so viel Kraft dafür auf, weil sie ihrem Bruder Randolf eine Freude machen wollte, der einer der Organisatoren war, aber auch weil sie, wie so viele andere Färinger, sehr israelfreundlich gesonnen war.

Randolf Hjelm war den meisten bekannt als Leiter der Glaubensgemeinschaft Jerusalems Hoffnung. Er war eine ehemalige Schwuchtel, mit genau diesem Wort bezeichnete er sich selbst, und in seinen gern sehr direkten Predigten erklärte er häufig, Homosexualität wäre eine der Gestalten, in denen Satan sich verbergen würde. Satan verbarg sich auch hinter den sieben Todsünden, und Randolf nannte sie gewöhnlich bei ihren lateinischen Namen, zählte sie feierlich und drohend auf und erklärte, man müsse sich jeden Tag gegen die Versuchungen wehren: Superbia, Avaritia, Luxuria, Invidia, Gula, Ira und Acedia.

Im Namen der Freundschaftsvereinigung rief Randolf beim Gemeinderatsvorsitzenden Meinhard Mortensen an. Er erzählte Meinhard von dem bevorstehenden Treffen im Versammlungshaus und fragte, ob der Gemeinderat von Sumba Interesse daran hätte, eine Vereinbarung über eine Städtepartnerschaft mit dem Kibbuzdorf Beit Alpha zu treffen.

Der Gemeinderatsvorsitzende konnte mit dem Namen Randolf nicht sofort etwas anfangen, aber als Randolf sagte, er sei der Bruder von Rósa, wusste er, wer am Telefon war: »Ah, jetzt weiß ich es. Randolf! Der Sohn von Dünnschiss!«

Für einen Moment herrschte Stille am anderen Ende der Leitung, dann erwiderte Randolf, »wir reden hier über meinen Vater, und mein Vater ist ein guter Mann gewesen«.

»Aber gewiss, mein Freund, an Ihren Vater kann ich mich gut erinnern, ein anständiger Mensch.«

Ja, Meinhard würde die Anfrage dem Gemeinderat vorlegen und Randolf Bescheid geben.

Eine gute Woche später erhielt Randolf einen Brief der Gemeinde Sumba. Darin stand, der Gemeinderat würde gern zu einem Abendessen zu Ehren des Rabbiners einladen, allerdings bestünde momentan kein Interesse an einer Städtepartnerschaft mit dem Kibbuzdorf Beit Alpha.

Randolf war nicht unzufrieden mit der Antwort, er war sehr gespannt, den Rabbiner nach Sumba zu begleiten. Überhaupt fühlte er sich in den verschiedenen Versammlungshäusern willkommen, in denen er predigte. Ihm war vollkommen klar, dass die Zuhörer nicht nur kamen, um Gottes Wort zu hören, sondern auch, um zu sehen, wie ein Mann aussah, der anderen Männern all das Sündige angetan hatte, was Gottes Zorn heraufbeschwor und Ihn die Städte Sodom und Gomorra zerstören ließ. Noch hatte Randolf nicht in Suðuroy gepredigt, es würde seine Feuertaufe sein, die Worte eines richtigen Rabbiners im Versammlungshaus von Sumba zu interpretieren.

Eines Mittwochabends, als der Chor probte, wurde die Tür der Aula geöffnet und Randolf schlich leise herein. Mit einem kleinen Lächeln flüsterte er Schalom, setzte sich und wartete. Seit einigen Tagen war er zu Gast bei seiner Schwester, und die beiden waren der Meinung, es wäre gut für die Vorbereitungen, wenn er den Sängern ein paar Worte zu dem bevorstehenden Besuch des Rabbiners sagte – und genau das tat er, als die Probe zu Ende war.

Randolf trug Joggingkleidung, er war gerade zum Akraberg und zurück gelaufen, und er sagte dem Chor, der Friede, den ihm ein solcher Lauf verschaffe, ließe ihn an die angespannten Verhältnisse im Nahen Osten denken. Alle guten Kräfte müssten vereint werden, um die undurchdringliche Dunkelheit zu eliminieren, die aus jeder elenden muslimischen Bruchbude dringe, und – Schalom! – glücklicherweise hätte der Herr dafür gesorgt, dass Saddam Hussein nicht länger unter den Lebenden weilte.

Randolf war schmächtig, hatte die gleiche scharfe Nase wie seine Schwester und verstand es aufzutreten. Und er benutzte nicht die übliche christliche Kindersprache. Er sprach von der Kraft des Gebets, die dafür sorgte, diese eschatologische Zeit in Schach zu halten, und wenn Israel direkt in den Krieg verwickelt würde, ja, so bestand die Gefahr einer Eskalation der Situation, dann war sogar der Weltfrieden in Gefahr. Israel hatte viele Feinde, gewiss, aber glücklicherweise hatte Israel auch Freunde. »Nie wieder 1933!«, rief er und betete um Schalom für jedes einzelne Projektil, das dieses Volk verteidigte, welches dem Herrn am nächsten stand. Er überbrachte dem Chor einen Gruß des Rabbiners. Neben dem Treffen in Sumba war die Freundschaftsvereinigung auch verantwortlich für Veranstaltungen mit dem Rabbiner in Tórshavn, Sørvágur und Klaksvík.

Der Chor hatte vier färingische Lieder eingeübt, zwei waren hier auf der Insel gedichtet und aus lokalpatriotischen Gründen ausgewählt worden, etwas anderes kam überhaupt nicht in Frage. »Du hübsche Blume« hatte Poul F. Joensen gedichtet, und Regin Dahls »Zurück nach Vágur« wurde nach der Melodie des Komponisten Pauli Hansen gesungen. Rósa versuchte außerdem, dem fröhlichen jüdischen Lied »Hava Nagila« Leben einzuhauchen. Zunächst hatte Tórharda den Eindruck, es klinge ziemlich dumpf, Hebräisch mit dem Akzent der Sumbinger zu singen, und sie zweifelte, ob sie mental zu den fröhlichen Rhythmen bereit waren. Aber Rósa war hartnäckig, und allmählich arbeitete sie mit dem Chor einen Rhythmus heraus, mit dem sie zufrieden war.

Die Aula der Schule in Sumba war ihr fester Proberaum, es war ein großer und heller Saal, und durch die hohen Fenster sah man nach Süden und Osten. Der Chor hatte einige Stimmen, um die sich Rósa besonders kümmerte, vor allem um den Sopran der Tochter des Rektors der Schule, Angelika, und um den Bass von Olrik í Nýlendinum. Jedoch war ihr gutes Verhältnis zu Olrik getrübt, und das ärgerte sie. Im vergangenen Jahr hatte er sein Abitur bestanden und war seither mit seinem Onkel zum Fischen hinausgefahren; sein Gesicht hatte die frische Farbe des Meeres bekommen, und er sprach lauter, als hätten die Schaumspritzer seine Stimme gekräftigt. Aber noch immer galt sein größtes Interesse der Musik, zusammen mit ihrer treuen Begleiterin, der Dichtung. Deshalb war er Mitglied im Chor und erschien regelmäßig zu den Proben; er saugte alles Wissen auf, das er auf der Insel bekommen konnte, einige Jahre hatte er bei Rósa sogar Klavierunterricht gehabt. Allerdings wusste niemand, dass sich ihre Zusammenarbeit nicht auf das Klavier beschränkte. Rósa war in ihren Schüler verliebt, und es war nicht nur eine platonische Schwärmerei, wie sie reife Frauen bisweilen für junge Männer empfanden.

Eines Samstags hatte Rósa ihn während des Unterrichts gefragt, ob sie ihn nackt sehen dürfe; sie sah ihm dabei in die Augen, und um ihre Lippen spielte ein hübsches, geheimnisvolles Lächeln.

Er hatte bereits seit einiger Zeit ihr besonderes Interesse an ihm bemerkt, und es war kein Zufall, als zwischen den Noten plötzlich ein erotisches Fotobuch auf dem Klavier lag oder sie eines Tages im Kimono zum Unterricht erschien. Manchmal saß sie so dicht neben ihm, während sie ihn anleitete, dass ihm der herrliche Duft ihres Körpers in die Nase stieg, und bisweilen legte sie ihre Hand auf seinen Oberschenkel und sagte, wenn er nicht ordentlich spielte, würde sie ihn kneifen. Obwohl Olrik sexuell aktiv war, hatte er noch nie mit einer Frau geschlafen, und nun, da Rósa dieses besondere Interesse an ihm zeigte, dachte er manchmal an sie, wenn er sich berührte. Trotzdem war es ihm ein wenig unangenehm, als sie ihn fragte, ob sie ihn nackt sehen dürfe, aber er hatte keine Angst, und ihre Stimme klang so aufreizend, als sie die Frage stellte.

Er zog sich für sie in dem dunklen Schlafzimmer aus, und die ersten Male schien sie bloß seinen Körper zu untersuchen, sie wollte nicht zu aufdringlich sein. Es war eher so, als wäre er bei der Schulkrankenschwester, nur war diese Frau zudringlicher, und wenn es ihm kam, schluckte sie seinen Samen, als wäre es ein wunderbarer Pudding. Nach und nach wurde sie aktiver, und genau wie beim Klavierspielen gab hauptsächlich sie die Richtung vor. Sie roch an seinen intimen Stellen und verweilte lange unter seinen Achseln und zwischen den Beinen. Manchmal dachte er, Rósa ist keine richtige Frau, sondern ein verkleidetes Schnüffeltier, das seinen Jungmännergeruch liebte. Sie bat ihn auch, sich auf den Bauch zu legen, und er erschrak ein bisschen, als er ihren Atem und ihre Finger zwischen seinen Hinterbacken und in seinem Anus spürte. Sie ritt auch auf ihm, und er wusste nicht genau, was passierte, er verlor jegliche Kontrolle, er hörte nicht auf zu kommen, ihr Unterleib war wie ein Magnet, der seine Orgasmen anzog.

Eines Abends, als der Chor geprobt hatte, erklärte Olrik, er, Hjalmar und Angelika wollten ein Lied für die anderen singen. Tatsächlich hatten sie ihre eigene Rockgruppe gegründet und bereits seit einigen Monaten im Keller von Olrik geübt. An diesem Abend in der Aula traten sie aber zum ersten Mal vor Publikum auf. Als ihr Sprecher erklärte Olrik, die Zeit sei gekommen, die Rocktradition zu stärken, die der Organist Tummas við Kvíggjá und Dánjal Petur á Høgugeil in den Sechzigerjahren begründet hatten. Er wusste sich auszudrücken und sagte, den Song hätte er selbst geschrieben, er sei ein Hammer, und alle, die schon ihre dritten Zähne hätten, täten gut daran, den Mund fest geschlossen zu halten. Olrik setzte sich ans Klavier, die Stimmen folgten seinen markanten Tastenschlägen, die letzte Zeile jeder Strophe sangen sie dreistimmig:

> *Meine Welt ist aus dem Gleis geraten,*
> *mein Leben ist so fern,*
> *ein anderer lebt an meiner Stelle*
> *in Blut, Dünnschiss und Sperm'.*

*Die Sternzeichen kann ich deuten
in London, Moskau und Bern,
doch hinter den Zäunen unseres Dorfes
find ich nur Blut, Dünnschiss und Sperm'.*

*Du, Sumba, bekamst meine besten Jahre,
ich gab sie dir so gern,
doch warst du nur eine ewige Wunde
aus Blut, Dünnschiss und Sperm'.*

*Ich sehnte mich nach Tórshavn,
ich wollte es kennenlern'
doch um mich steht der Gestank
aus Blut, Dünnschiss und Sperm'.*

*Ich frage euch jetzt ganz direkt,
hier, im Angesicht des Herrn,
ist die Welt denn nicht ein schöner Ort
aus Blut, Dünnschiss und Sperm'?*

*Ich sage Blut, Dünnschiss und Sperm',
Blut, Dünnschiss und Sperm',
ja, die Welt, die ist ein schöner Ort,
aus Blut, Dünnschiss und Sperm'.*

Ungläubig und verblüfft zugleich hörten die übrigen Chormitglieder diesen wagemutigen und verwandelten Sängern zu. Das hatten sie nicht erwartet, und schon gar nicht, dass ein so anständiges Mädchen wie die Angelika des Schulrektors einem so wüsten Text ihre Stimme lieh. Aber der Text und die Musik klangen verdammt gut, und es gab einige, die lächelten und versuchten, die letzte Zeile mitzusummen.

Nur Rósa war blass geworden, ihr wurde schwindlig, sie hielt sich die Hände an die Wangen, als könne sie nicht glauben, was sie da hörte. Als das Trio die letzte Strophe beendet hatte, die sie Stakkato gesungen hatten, fragte sie unter Tränen, ob der Chor Røstin so etwas für den Rabbiner singen sollte.

Olrik lachte, er begriff nicht, wie aufgewühlt sie war. Er sagte, ihre Band, die sich »Blut, Dünnschiss und Sperm'« nannte, würde auf den Kulturtagen im Mai einige Songs präsentieren, außerdem überlegten sie, sich beim Prix Føroyar, dem nationalen Rock- und Popwettbewerb der Färöer, anzumelden.

Rósa wandte sich an Tórharda.

»Du kommst doch aus der Großstadt, was sagst du zu diesem schmutzigen Unfug?«

»Das ist Sumba-Punk«, erwiderte Tórharda.

»Du bist genauso verdorben wie dein Bruder!«, zischte Rósa.

»Jetzt übertreib mal nicht«, entgegnete Tórharda. Doch dann lächelte sie wie so oft, wenn sie unsicher war. »Wenn man biologisch denkt, lässt doch gerade das Verdorbene die Welt blühen und gedeihen.«

»Liebe Rósa«, sagte Angelika und ging zu ihr. »Wir mögen dich alle sehr. Du hast uns das Singen beigebracht, das hier ist nur eine andere Art von Gesang, aber wir finden es interessant.«

»Interessant, das nennst du interessant?« Rósa erhob sich, kleine Zuckungen liefen über ihre Oberlippe und die scharfe Nase. »Nein, das ist nicht interessant. Ich habe ein paar Schlangen an meinem Busen genährt, und das ist nicht interessant.«

Rósa sammelte ihre Noten ein, hängte sich den Mantel über den Arm und ging.

Einen Moment herrschte Schweigen im Saal, durch das

Fenster, das einen Spalt offen stand, konnte man den Bach rieseln hören, so still war es. Hannis, der Sohn von Jimen í Díki, drehte sich zu Olrik um: »Weißt du, dass Rósas Vater Dünnschiss genannt wurde?«

Olrik kratzte sich im Nacken. Ja, das hatte er mal gehört, aber daran hätte er nicht gedacht, als er die Verse schrieb, ja, nicht einmal eine halbe Sekunde hätte er an diesen Gedanken verschwendet.

Aus Hannis brach es heraus: »Mann, was für ein klasse Song! Das ist reiner Poul F.«

»Vielleicht. Aber ich habe eher an einen anderen Sumbinger gedacht, oder Halb-Sumbinger. Jóanes Nielsen.«

»Dieser vom Staat bezahlte Trottel!«, sagte Britta Poulsen. »Der kann doch keine drei zusammenhängenden Worte sagen, ohne dass eines davon Arschloch ist.«

»Na, na, er gehört doch zu deiner engsten Familie«, zog Hannis sie auf.

»Zu der meines Mannes, bitte sehr!«

Hannis schlug vor, jemand solle zu Rósa gehen und mit ihr reden.

»Geht ihr beiden, du und Britta«, sagte Olrik. »Rósa wird auf euch hören, denn obwohl sie manchmal merkwürdig sein kann, ist ihr Zorn doch meist verflogen, bevor die Sonne untergeht.«

Dies alles geschah an einem Samstagnachmittag in der Aula, und am selben Abend standen Britta und Hannis vor Rósas Tür. Vermutlich hatte sie Besuch erwartet, denn sobald sie an die Haustür klopften, rief sie, Rósa Hjelm sei im Wohnzimmer zu finden.

Sie trank ein Glas Portwein, auf dem Tisch lag ein Stapel Zeitungsausschnitte.

Sie dankte ihnen, dass sie so großherzig waren und zu ihr nach Hause kamen, dann sagte sie, sie hätte ihrerseits auch versucht, großherzig zu sein, sie hatte Olrik angerufen und sich für ihr Benehmen in der Aula entschuldigt.

Allerdings erzählte sie nicht, wie kurz angebunden Olrik war, als sie miteinander telefonierten. Er hätte jetzt keine Zeit, mir ihr zu reden, hatte er gesagt, und als sie fragte, weshalb, hatte er geantwortet, ein hübsches Mädchen namens Angelika liege in seinem Bett, und solche Augenblicke dürfe man nicht vergeuden.

Olrik ist ein begabter junger Mann, sicherlich die größte musikalische Begabung im Ort seit Tummas við Kvíggjá, erklärte Rósa ihren Gästen, und er ist auch ein begabter Dichter. Aber wer hatte denn in seinem Garten gejätet, damit die hübschen Blumen ans Sonnenlicht kamen? Wer hatte ihm denn das Klavierspielen beigebracht und seinem Proletarierschädel eingepaukt, dass es so etwas wie ein europäisches künstlerisches Bewusstsein gab?

Aus den Zeitungsausschnitten suchte Rósa den Geburtstagsgruß heraus, den Arkibald Restorff in *Dimmalætting* geschrieben hatte, als sie 1998 fünfzig Jahre alt geworden war. Unter anderem schrieb er, die Bedeutung, die Rósa Hjelm für Sumba hatte, könne man nur mit der Bedeutung vergleichen, die der Chorleiter Hans Jacob Højgaard für Toftir und Nes hatte, oder Frau Edith Dahl für Vágur. Außerdem sei sie eine eigenwillige Komponistin.

»Und jetzt hört genau zu!«, forderte sie ihre Gäste auf. Restorff schrieb, vor allem die Melodien, die sie zu Carl Jóhan Jensens Gedichten geschrieben hatte, wiesen die monumentalen Züge auf, die auch die Melodien von Vagn Holmboe auszeichneten, der seinerzeit die Gedichte von J. H. O. Djurhuus vertont hatte.

Sie nippte an ihrem Glas und wischte sich mit dem Ärmel eine Träne ab.

»Eine solche holmboeische Reinkarnation ist tagtäglich unter euch. Die Frage ist nur, welche Wertschätzung sie erfährt.«

Vor allem der Refrain hätte sie verletzt, als sie dieses ekelhafte Lied sangen, sagte sie.

»Mag sein, dass ich mit den Jahren empfindlicher werde. Aber denkt nur daran, wie schändlich sie mit meinem Vater umgegangen sind, als sie ihm diesen Spitznamen gaben. Ich bringe es einfach nicht fertig, diese abscheuliche Analogie der Folge von Magenschmerzen in den Mund zu nehmen. Das Wort hat mich als Kind gequält, denn ich liebte meinen Vater und wusste, dass er ein anständiger Mensch war. Aber bei den Leuten in Vágur war ich nur Rósa, die Tochter von Dünnschiss, und was glaubt ihr, wie es meinem armen Bruder Randolf damit ergangen ist? Homosexuell zu sein ist das eine, aber wenn man darüber hinaus der Sohn von einem Dünnschiss ist, blieb einem nichts anderes übrig als die Flucht aus der Gegend.«

Rósa stand auf und sagte, sie hätte vollkommen vergessen, ihren Freunden etwas anzubieten. Sie war regelrecht gealtert, ihre Bewegungen waren längst nicht mehr so lebhaft wie früher. Sie sah am ehesten aus wie eine ältere Dame, als sie sich zu dem Schrank vorkämpfte, in dem die Gläser standen. Mit dem Ärmel, mit dem sie sich die Träne abgewischt hatte, trocknete sie nun die Innenseite der Portweingläser, stellte sie vor ihre Gäste und schenkte ein.

»Lasst uns auf die einundzwanzig Künstler des Røstin anstoßen«, sagte sie.

Sie hoben die Gläser, und während Britt und Hannis nur an ihren Gläsern nippten, leerte Rósa ihr Glas in einem Zug. Ein kleiner Rülpser entstieg ihrer Kehle, als sie nach der Flasche griff und sich ein weiteres Glas eingoss.

An dem schönen Tag, als der Rabbiner David Penhasi mit Randolf Hjelm nach Sumba kam, wehten die färingische Flagge Merkið und der blaue Davidstern vor dem Gemeindebüro Seite an Seite. In vielen Gärten hatte man den Merkið an den Fahnenstangen aufgezogen, hier und da war auch ein Dannebrog zu sehen. Mit Harke und Tünchpinsel hatten die Einwohner ihre Gärten und Häuser präsentabel aussehen lassen. Sie erwarteten kaum, dass dieser Repräsentant der zwölf stolzen Stämme zu ihnen zu Besuch kommen würde, aber es war guter Brauch, es rund ums Haus ordentlich aussehen zu lassen, wenn Fremde in den Ort kamen.

Am Versammlungshaus warteten viele Menschen, nicht nur aus Sumba, sondern auch aus zahlreichen anderen Orten der Insel. Unter ihnen waren die Chorsänger, und neben Tórharda standen Torri, Dánjal Jóhann und seine Mutter Lina í Keri.

»Stell dir vor, mein Kind«, flüsterte sie an Tórhardas Schulter. »Deine Mutter und ich, wir hatten Angst vor dem Nöck, aber woher er kam, ob er Deutscher war oder vielleicht bloß irgendein Schabernack aus Lopra, daran kann ich mich nicht entsinnen.«

Die Alte war nicht mehr ganz klar im Kopf, aber das schöne Wetter und die Tatsache, dass jemand aus dem Heiligen Land nach Sumba gekommen war, hatte sie auf die Beine gebracht, und jetzt stand sie glücklich zwischen all den anderen Schaulustigen. Ältere Sumbinger wünschten ihr einen guten Tag, und als Hannis, der Sohn von Jimen í Díki, sie grüßte, erinnerte sie sich, dass die Kekse seiner Großmutter väterlicherseits gut geschmeckt hatten, nur war manchmal zu viel Natron am Teig gewesen. Als der starke Isländer Ursus seinerzeit damit auftrat, Eisenstangen um seinen Stiernacken zu biegen, erzählte sie einer Tochter von Pauli í Gomlustovu, hätte Paulis Bruder Dolli sie wieder gerade gebogen; bestimmt hatte er noch immer ordentliche Muskeln in seinem alten Fleisch.

Passenderweise wünschte der Rabbiner den Leuten Schalom, und als er an Lina í Keri vorbeikam, blieb er stehen und wiederholte die Worte, die Rut seinerzeit zu Boas gesagt hatte: Womit habe ich Gnade gefunden vor deinen Augen? Er sagte es auf Hebräisch, aber das störte Lina nicht, sie lächelte, als hätte sie jedes Wort verstanden.

Ein kleines Mädchen in färingischer Tracht überreichte dem Rabbiner einen Strauß aus Sumpfdotterblumen, Gänseblümchen und Kamille, aber kaum hatte sie ihm die Blumen gegeben, da brach sie auch schon in Tränen aus. Amüsiert zeigte der Rabbiner auf seinen Bart, als sei der die Ursache für den plötzlichen Schrecken, der das Mädchen so herzzerreißend weinen ließ. *Oh, my precious*, sagte er und tätschelte das arme Mädchen, das beide Arme um den Hals der Mutter geschlungen hatte und Asyl an ihrer Brust fand.

Randolf Hjelm eröffnete die Veranstaltung, und da er Englisch sprach, übernahm er auch die Rolle des Dolmetschers. Doch es war nicht der aufdringliche Leiter von Jerusalems Hoffnung, der die Menschen willkommen hieß. Am Vortag, bei einer Veranstaltung auf dem Schulhof der kommunalen Schule in Tórshavn, war es anders gewesen. Dort hatte er sich richtig entfalten können und hatte unter anderem gesagt, Israel habe seine wahren biblischen Landesgrenzen noch immer nicht festgesetzt und Hagars Söhne und Töchter seien eine Bedrohung der Werte, für die der Gott Israels stand. Daraufhin pfiffen und protestierten einige junge Tórshavner, die aus Neugierde ins Stadtzentrum gekommen waren, und als der Rabbiner hinterher fragte, was da vorgefallen sei, antwortete Randolf, leider gäbe es noch immer einige Antisemiten auf den Färöern. Der Rabbiner war nicht zufrieden mit der Antwort und wollte etwas genauer wissen, was Randolf gesagt hatte, und als er seine einführenden Worte wiederholte, wurde der Rabbiner böse. Unter den Juden gab es einige, die von einem Groß-Israel vom Nil bis an den Euphrat und bis zur persischen Bucht träumten, das wusste der Rabbi natürlich, aber zu denen gehörte er nicht, und er wollte diese Art der Unruhe auch nicht bei Veranstaltungen erleben, bei denen er die Hauptperson war. Als Diaspora-Jude empfand er so etwas als zutiefst kompromittierend.

Bevor David Penhasi das Wort erteilt wurde, sang der Chor zwei der färingischen Lieder, und Rósa erklärte dem Gast, der Chor heiße Røstin und sei nach der Strömung benannt, die vom Südostende von Suðuroy zu den Schären im Süden fließe, dem allersüdlichsten Punkt der Färöer. Aber heute war die Strömung ruhig, und das war sicherlich ein gutes Zeichen. Die Zuhörer beklatschten den Chor, dann erhob sich der Rabbiner und trat ans Mikrofon. Er hatte einen langen Bart, trug eine Kippa und einen hellgrauen Kaftan, der ihm bis unter die Knie reichte. Darunter sah man die Hosenbeine und seine schwarzen Schnürschuhe.

Er erzählte, dass er in Teheran aufgewachsen sei, daher habe er in seinen Kinderjahren eine Abart oder ein Gemisch von Hebräisch gesprochen, das Sprachforscher als Juden-Farsi bezeichnen. Nach der Islamischen Revolution 1979 verließ die Familie Teheran. Seine Wurzeln gingen zurück bis nach Babylon, und ob er das im Spaß sagte oder es wirklich so war, wussten die Zuhörer nicht, aber David Penhasi behauptete, die ironische antibabylonische Erzählung vom Turmbau zu Babel habe einer seiner Vorväter geschrieben. Er stamme von dem alten Volk ab, sagte er, und er sei ein Mizrachim-Jude, deshalb habe er sich in Akkon am Mittelmeer niedergelassen und nicht in einer dieser neuen, strahlenden israelischen Städte. Sicherlich hätte er hin und wieder Sehnsucht nach der Stadt seiner Kindheit, das ging allen Juden so, egal, ob sie ihre Wurzeln in Berlin, Smolensk oder Paris hatten. Die liebsten Erinnerungen hatte er aber vor allem an die Tage des Purimfests in der weißen Synagoge, wenn sein Vater aus dem Buch Esther vorlas. Wenn man ihn nach seiner Identität fragte, nannte er sich noch immer einen Diaspora-Juden, das hatte er im Übrigen auch in den Jahren getan, in denen er in Teheran lebte, und das hatten sein Vater, sein Großvater, sein Urgroßvater und eine Reihe Ahnen vor ihnen ebenfalls getan.

Der Staat Israel sei als Folge des Holocaust entstanden, aber man könnte auch sagen, der Holocaust sei die eigentliche Kulmination eines uralten Judenhasses. Die Zeit zurückzuschrauben war jedoch nicht möglich. Der Holocaust war eine ebenso epochale Begebenheit gewesen wie die Flucht aus Ägypten. Die Zerstörung des Tempels von Jerusalem war ein gleichermaßen epochales Ereignis, und dasselbe ließ sich über das Jahr 1492 sagen, als die sephardischen Juden von der iberischen Halbinsel vertrieben wurden.

Jude zu sein, sagte er, sei keine nationale oder geografische Angelegenheit. Man konnte ein guter Jude sein und in New York oder Kopenhagen wohnen, ja, oder weit im Osten, in Kaifeng in China. Aber kein anderes Volk in der Geschichte der Menschheit hatte ein so fürchterliches Schicksal erlebt wie die aschkenasischen Juden. Der Holocaust war das entscheidende Ereignis, das eine neue und ultimative Tagesordnung hervorgebracht hatte. Es war unbegreiflich, wie ein ganzes Volk dämonisiert wurde, als Rauch im Himmel endete und verschwand. Ohne den Staat Israel wären die Aussichten für diejenigen, die von den zwölf Stämmen übrig waren, oft genug schlecht gewesen.

Er fügte hinzu, sein Freund Randolf Hjelm sei einer der Unterstützer des jungen Staates Israel. Doch obgleich der Staat jung war, so war die Bevölkerung alt, das müsse man sich vergegenwärtigen. Tatsächlich war der Staat eine europäische Konstruktion, und er vermutete, dass die Israelis in vielleicht sechzig oder hundert Jahren ihre semitischen Wurzeln wiederfinden würden. Und die euro-semitische Vereinigung würde helfen, die Versöhnung zwischen den Nachbarn zu fördern und Israel zu retten.

Die Rede dauerte ungefähr eine Stunde, danach sang der Chor die beiden anderen färingischen Lieder und am Ende das leichtere »Hava Nagila«. Der Rabbiner, der das Gesangsprogramm vorher nicht gekannt hatte, war überrascht und erfreut, als er ein so bekanntes Lied hörte. Hinterher bedankte er sich bei Rósa für eine sehr interessante und, wie er sich ausdrückte, kühle Interpretation dieses fröhlichen Liedes. Rósa antwortete, es läge eine kühle Herbstkruste um die färingische Volksseele, aber unter dieser Kruste schlügen warme und treue Herzen.

Das Abendessen wurde in der Aula der Schule eingenommen, außer den beiden Gästen nahmen der Gemeinderat und der Chor mit ihren Begleitern teil. Zum ersten Mal zeigten sich Tórharda und Dánjal Jóhann öffentlich bei einer Mahlzeit und gaben sich auf diese Weise als Paar zu erkennen. Sie lebten noch immer in getrennten Wohnungen, aber am Wochenende war er häufig in Sumba, und manchmal übernachtete er auch mitten in der Woche in Ergisstova.

Lina, die in ihrem Leben nur weiße Menschen kennengelernt hatte, fragte eines Sonntags, als sie zum Abendessen bei

Tórharda eingeladen war, wer denn den hübschen Jungen angemalt habe. Dánjal Jóhann erklärte ihr, Torris Vater käme aus Afrika und die Menschen dort hätten dunkle Haut. Lina wollte wissen, ob Torris Vater Seeräuber war, denn in Hvalba wohnten Dunkelhäutige, und die stammten alle von dem berühmten Murat Serdar ab. Dann sang sie einen Vers aus »Die heiligen Könige im schwarzen Berg«. Auf ihre Frage wusste Dánjal Jóhann keine Antwort, dafür aber Torri. Er sagte, sein Vater sei Trommler und seine Mutter Bäuerin, und er selbst der Skipper des Ergisstova-Bootes.

Letzteres war allerdings nur zum Teil wahr. Dánjal Jóhann, Sørling, Torri und seine Mutter hatten das Ergisstova-Boot zu Wasser gelassen und im letzten Sommer und in diesem Frühjahr östlich von Flesjarnar gefischt.

Linas Langzeitgedächtnis war noch vollkommen in Ordnung, und als sie den Jungen das Ergisstova-Boot erwähnen hörte, erinnerte sie sich genau, dass ihr Mann oft mit Nils i Ergisstova zum Fischen hinausgerudert war. Es waren glückliche Jahre, sagte sie. Dann erkundigte sie sich, wie es Nils gehe, und Tórharda erklärte ihr, Nils gehe es derzeit nicht besonders gut.

Der Ehrengast saß fröhlich zwischen Rósa und dem Gemeinderatsvorsteher Meinhard Mortensen, und schien sich willkommen zu fühlen. Ihm gefiel sehr, dass die Sumbinger zu Beginn der Mahlzeit Gott dankten:

Segne unser Heim und unseren Tisch,
erheb' unsere Seelen mit deinem Wort,
segne einen jeden an Land und auf dem Meer.
Oh, danke, Gott, für alle deine Gaben.

Der Gemeinderatsvorsteher war einer dieser korpulenten Sumbinger, dem sämtliche Knöpfe seines weißen Hemdes abzuplatzen drohten. Er hatte blaue Augen und fleischige Lippen, die er häufig mit der Zunge befeuchtete. Die Zunge saß ihm recht locker, und wenn ihn der Hafer stach, geriet er schnell ins Landwirtschaftliche. Er hatte die unglückliche Angewohnheit, sein Selbstvertrauen mit einigen Gläsern zu stärken, wenn er Ausländer zu empfangen hatte, und manchmal verging nicht allzu viel Zeit zwischen den Schnäpsen. Als vor einigen Jahren das Königspaar Sumba besucht hatte, war es schiefgegangen. Es wurde ein Kettentanz aufgeführt, und hinterher hatte Meinhard doch tatsächlich Prinz Henrik zum Fingerhakeln herausgefordert. Seine Königliche Hoheit antwortete liebenswürdig, diesen Brauch hätte man auf dem Festland schon seit einigen Jahrhunderten abgeschafft; er sah sich gezwungen abzulehnen, bedankte sich im Übrigen aber für das Angebot.

»Wie du willst«, hatte Meinhard Mortensen geantwortet. »Aber weißt du was, Prinz Henrik, seit die Basken damals bei Roncesvalles den tapferen Roland geschlagen haben, sind die Franzmänner ein paar Schlappschwänze!«

Auch an dem Tag, als der Rabbiner zu Besuch war, hatte er den starken Getränken reichlich zugesprochen, und um seinen Schnapsatem zu kaschieren, hatte er eine halbe Packung Ga-Jol-Lakritze gekaut. Seine Frau war nicht zu dem Abendessen mitgekommen, sie kannte ihren Mann und wusste, wie peinlich er sich aufführen konnte.

Meinhard erzählte dem Rabbiner, mit wie vielen Kindern er gesegnet war, er hatte zwei Töchter und fünf Söhne, und vorläufig belief sich die Zahl seiner Enkelkinder auf neunzehn. »Viele Jahre habe ich die ganze Welt als Seemann bereist, und seit ich an Land gegangen bin, habe ich stets sehr viele schöne Widder. Zwei Jahre hintereinander haben meine Widderlämmer das größte Gewicht der Insel auf die Waage gebracht.«

Dann nähme er also die Worte der Tora ganz buchstäblich, antwortete der Rabbiner. Dort stünde nämlich geschrieben, es sei die Aufgabe des Menschen, fruchtbar zu sein und sich zu vermehren.

Rósa, die weder mit Kindern noch mit Widdern prahlen konnte, erzählte ihrem Tischherrn von einem ungewöhnlichen färingischen Buch, das 1957 erschienen war und *Meine Reise nach Jerusalem* hieß. Der Autor war der protestantische Pastor Kristian Osvald Viderø. Als der Pastor auf seine Abreise von den Färöern wartete, unterhielt er sich zufällig mit einem kleinen Kind, das ihn fragte: Wo wohnst du? Die Frage verblüffte den Pastor, er wunderte sich darüber, dass ein fünf, sechs Jahre altes Kind die größten Fragen stellen konnte, die überhaupt vorstellbar waren, nämlich wo wohnst du, wo ist dein Zuhause? Denn das war ja gerade der Grund, warum der Pastor auf dem Weg nach Jerusalem war – er wusste nicht genau, wo sein Zuhause war.

Rósa wunderte sich, warum ihr Bruder an diesem Festtag so wortkarg war. Auch sein Auftritt im Versammlungshaus war ohne Saft und Kraft gewesen. Nach dem Essen fragte sie ihn, was denn los sei. Randolf antwortete kurz angebunden, er hätte in Anwesenheit des Rabbiners Minderwertigkeitsgefühle.

»Aber er hat dich seinen Freund genannt«, sagte Rósa.

»Das macht es nicht besser«, erwiderte Randolf.

Im Übrigen ist zu erzählen, dass Symfor Thomsen bei dem Abendessen eine ungewöhnliche Rede hielt, die ein etwas wirres Ende fand. Er sprach ohne Manuskript und benötigte

Randolf nicht als Dolmetscher, da er des Englischen mächtig war. Symfor stellte sich auf eine Bücherkiste und seine Hände ruhten auf seinem Stock, als er anfing von einem Jungen zu erzählen, der im Herbst 1743 an das Rosenthaler Tor in Berlin klopfte. Durch dieses Tor wurde gewöhnlich das Schlachtvieh in die Stadt getrieben, und da in diesen Jahren Juden nur sehr gering geschätzt wurden, mussten sie sich mit dem Rosenthaler Tor begnügen, wenn sie überhaupt in die Stadt durften. Symfor meinte, die Lust der Deutschen am Registrieren wäre ihnen wohl angeboren, denn der Torwächter schrieb an diesem Tag in sein Wachbuch: Heute gingen sechs Ochsen, sieben Schweine und ein Jude durch das Tor. Und bei dem Juden handelte es sich um den vierzehnjährigen Moses Mendelssohn. Ungefähr eine Woche hatte er für den langen Weg aus seiner Heimatstadt Dessau bis in die preußische Hauptstadt gebraucht, und abgesehen von seiner Kleinwüchsigkeit hatte er einen Buckel. Aber beurteilen Sie keinen Hund nach seinem Fell! Moses Mendelssohn sollte ein bekannter Philosoph werden, der dem Verständnis des Judentums ganz neue Impulse gab.

Für diejenigen, die mit der Geschichte der Philosophie vielleicht nicht ganz so vertraut sind, sagte Symfor, so war Moses Mendelssohn der Großvater des großen Komponisten Felix Mendelssohn-Bartholdy. Plötzlich summte Symfor: *Radi-ba-ra-dum, daa didadida*, und mit etwas gutem Willen erkannte man durchaus den Anfang der bekannten vierten Symphonie von Mendelssohn-Bartholdy, die auch die Italienische genannt wird. Mit seiner Geschichte über Moses Mendelssohn wollte Symfor eigentlich zum Ausdruck bringen, dass er, Symfor Thomsen, sich von seinem jüdischen Vorbild nicht sehr unterschied. Nicht umsonst wurde er von den Sumbingern der Schwarze Philosoph genannt. Die Färinger wussten es vermutlich nicht, und es war auch zweifelhaft, ob es sie sonderlich interessierte, aber einige Jahre war er, Symfor, Mitglied des Vorstands der internationalen Dwarf Association, des Zwergenverbandes, gewesen, und als einer der Kleinen auf dieser Erde meinte er gewisse Voraussetzungen zu haben, um zu verstehen, was es historisch gesehen bedeutete, Jude zu sein.

Mit dieser gut gemeinten Einleitung hatte Symfor sich warmgeredet. Dann fuhr er fort, dass er oft darüber nachgedacht hätte, warum Gott nicht das Leben im Meer getötet hatte, als er seinerzeit all diejenigen tötete, die nicht mit der Arche entkommen konnten. Möglicherweise liebte Gott das Meer, vielleicht waren die Geschöpfe des Meeres der vollkommenste Teil der Schöpfung. Das Land der Erde, das in dieser Hinsicht dem Herrn am meisten zu danken habe, wären die Färöer, denn ohne den Reichtum des Meeres hätten ihre Bewohner kaum etwas zum Leben.

Er wolle heute keine Wortklauberei betreiben, erklärte Symfor, aber es hätte ihn wirklich befremdet, als er damals als elf-, zwölfjähriger Junge im 3. Buch Mose las, kein Buckliger oder Zwerg dürfe dem Herrn ein Feueropfer darbieten. Nahm man das Alte Testament ernst, dann waren weder der bucklige Moses Mendelssohn noch der Zwerg Symfor würdige Repräsentanten der Juden. Aber genau das war Moses Mendelssohn doch gewesen. Er war einer der allerwichtigsten Repräsentanten der Juden, jedenfalls in Europa; er stand auf dem Niveau von Maimonides und vielen anderen Propheten. Vielleicht gab es einen Zusammenhang zwischen seinem Buckel und seinem brillanten Kopf, sodass das Hirn sozusagen kompensierte, was der Person an Größe und Anmut fehlte.

»So war es jedenfalls bei mir«, meinte Symfor. »Ich musste den Sumbingern beweisen, dass meine begrenzte Größe und meine kurzen Finger kein Hindernis sind, große Überlegungen anzustellen. Ich repräsentiere die Sumbinger im Kreistag und sitze dort seit drei Legislaturperioden als Vertrauensmann der Gemeinde. Und ich wage zu behaupten, dass es dort Sumbinger gab und noch immer gibt, die von alttestamentarischer Statur sind! Die ausgezeichnete Familie í Laðangarður mit ihrem Patriarchen Jennis an der Spitze ist ein beredtes Beispiel dafür. Wenn der Akraberg-Bauer, der ursprünglich Friese war, heute noch leben würde, würde er von seinen heutigen, oft intoleranten Landsleuten Fremdarbeiter genannt werden, aber als Heerführer im Kampf gegen den Kirkjubø-Bischof ist er durchaus Josua vergleichbar, der seinerzeit Jericho einnahm. Und nicht zuletzt gibt es bei uns einige begabte Dichter wie Poul á Gaddi, Meinhard Djurhuus, Poul F. Joensen oder die beiden gleichaltrigen Eigil Tvibur und Jóanes Nielsen.«

Symfor ließ sich von Olrik ein Glas Wasser geben und trank einen Schluck. Dann fuhr er fort, von Moses Mendelssohn zu erzählen, der als Dreiunddreißigjähriger Fromet Guggenheim heiratete. Aus Anlass der Eheschließung musste er, wie alle Juden, königliches Porzellan im Wert von fünfhundert Talern kaufen, und wie der Name schon sagt, war der Eigentümer der Porzellanfabrik das preußische Königshaus. Dabei durfte man nicht einfach Suppenteller oder Tassen kaufen, die für eine frisch gegründete Familie nützlich gewesen wären, nein, man musste kaufen, was die Repräsentanten der Fabrik auswählten. Am Lager hatten sie zum Beispiel ein paar Hundert Porzellanaffen, die kaum jemand haben wollte. Die Affen waren mannshoch und sahen furchteinflößend aus. Mendelssohn wurde zum Besitzer von zwanzig solcher Affen, aber niemand wusste, was er damit anfangen sollte. Auf diese Weise demütigten deutsche Beamte vor zweihundertfünfzig

Jahren Juden, die heiraten wollten. Einen dieser Affen erbte der Enkel Mendelssohn-Bartholdy, der sich damit amüsierte, seinen Gästen dieses Schreckgespenst vorzuführen und dabei von der Hochzeit seiner Großeltern zu erzählen.

Er schätze die Worte des Rabbiners, erklärte Symfor, auch seiner Meinung nach sollten die Juden wieder zurück zu ihren semitischen Wurzeln finden. Denn weder die Deutschen noch andere christliche Europäer waren den Juden jemals wohlgesonnen, eher war es umgekehrt, dies sei eine historische Tatsache. Daher waren die Europäer ausgesprochen zufrieden, als das jüdische Problem sozusagen nach Palästina exportiert wurde. Nur lebten in dem Land, das man den Juden zuteilte, bereits andere, die Palästinenser. Das war ein Problem. Aber wie sollten Flüchtlinge, die noch immer den Tod in den Gaskammern vor Augen hatten, mit diesem Problem umgehen? Real hatten sie keine Wahl. »Ich sehe das so«, sagte Symfor, »in jeder Kultur existiert der böse Kreislauf der Gewalt, und jeder Sieg hat am anderen Ende einen Verlierer. Der junge israelische Staat musste seine Macht zeigen, und als Folge davon wurden die Palästinenser in ihren eigenen Augen in eine Art Porzellanaffen verwandelt.«

Kaum hatte Symfor das Wort Porzellanaffe ausgesprochen, als Rósa plötzlich rief, er solle aufpassen, was er sage.

Hört!, rief jemand anderes, und Britta Poulsen mahnte, dieser Freudentag dürfe nicht als Unglückstag enden.

Tórharda flüsterte Dánjal Jóhann ins Ohr, ob er es auch so gemütlich fände.

»Ich liebe Sumba«, antwortete er mit einem Lächeln.

Der Rabbiner, der nicht verstand, warum Symfor unterbrochen wurde, erkundigte sich bei Rósa, was denn los sei.

»Symfor ist den Juden gegenüber unhöflich.«

»O nein«, erwiderte der Rabbiner, »ganz im Gegenteil.«

Überrascht bat Rósa ihn um eine Erklärung.

Der Rabbiner erhob sich und sagte, leider hätte der verehrte Redner auf ewig recht. Tatsächlich wohne der Kreislauf des Bösen in jeder Kultur, und leider schlummere auch in den größten Persönlichkeiten ein uralter Rachedurst.

»Ich hoffe, wir Juden werden schon bald erwachsen genug sein, um die Porzellanschicht zu zerschlagen, die viel zu viele Palästinenser einsperrt. *Hava Nagila* bedeutet: Lasst uns glücklich sein, und ich hoffe, Juden und Palästinenser werden dieses fröhliche Lied eines Tages gemeinsam singen.«

Der Gemeinderatsvorsitzende hatte ziemlich viel getrunken, und in einer Mischung aus Färingisch und Englisch erinnerte er die Leute daran, dass die Juden seinerzeit den Heiland ermordet hätten. Er wandte sich an Randolf, das müsse er dem ehemaligen Arschficker aus Vágur jetzt sagen, gerade die Sumbinger und die Dänen wären die würdigsten Volksgruppen auf dieser Erde. Er hob sein Weinglas und wollte anstoßen, aber er hatte seine Bewegungen nicht mehr unter Kontrolle, verlor das Gleichgewicht und stürzte zu Boden.

Hannis und Olrik brachten den Gemeinderatsvorsitzenden rasch wieder auf die Beine und zogen ihn aus dem Saal.

Hannis tobte und beschimpfte ihn: »Du bist eine verdammte Schande!«

»Halt's Maul«, erwiderte Meinhard. »Jeder zweite Sumbinger hat deine Mutter gevögelt, und dann wagst du es, jemanden eine Schande zu nennen.«

Es kam zu einem üblen Streit zwischen den beiden Männern, aber glücklicherweise hatte jemand Meinhards Ehefrau angerufen, die plötzlich vor der Tür auftauchte. Sie war eine kleine Frau mit einem strengen Blick, deren Körper unter den vielen Geburten gelitten hatte; ganz offensichtlich aber war sie derartige Situationen gewohnt.

»Na, mein Lieber, hast du dich mal wieder lächerlich gemacht?«

Und noch bevor sie eine Antwort bekam, streckte sie die Hand aus und kniff ihn in die Wange.

»Gute Nacht, liebe Freunde«, sagte Meinhard durch den anderen Mundwinkel, als seine Frau ihn mit sich zog.

Während sich diese Szene vor dem Versammlungshaus abspielte, hatten David Penhasi und Symfor angefangen, sich zu unterhalten, und der Gast nahm das Angebot eines Besuchs bei diesem merkwürdigen Zwerg gern an. Der Besuch dauerte allerdings nur eine halbe Stunde, denn der Gast musste die Fähre zurück nach Tórshavn erreichen. Währenddessen wartete Randolf im Auto auf ihn.

Symfors Elternhaus lag zusammen mit anderen Häusern östlich des Flusses Stóra. Es war ein kleines, gut erhaltenes Betonhaus, dessen Inneneinrichtung an Symfors Größe angepasst war. Man sah nicht oft eine Küchenzeile mit Herdplatte und Spüle, die nur einen halben Meter hoch war, und der Rabbiner fragte aus Spaß, wer dem Himmel wohl näher stünde, der große Amurriterkönig Og oder der kleine Zöllner Zachäus.

Die Wände des Wohnzimmers waren weitgehend mit Bücherregalen bedeckt, neben färingischen Büchern gab es einige Meter mit englischen und deutschen Büchern, sowohl in der Originalsprache wie in Übersetzungen. Außerdem besaß Symfor eine Stereoanlage und sehr viele Langspielplatten.

Doch vor allem verliehen die gerahmten Fotografien dem Wohnzimmer sein besonderes und gemütliches Flair. Die meisten Bilder zeigten Symfors Familie, seine Eltern und ihn. Es gab aber auch ein Foto von Eigil Tvibur, Maibritt und Symfor mit Vollbart, das vor gut vierzig Jahren gemacht worden war. Eine Kopie einer Kohlezeichnung des buckligen Philosophen Moses Mendelssohn hing neben dem Porträt des Reformators Melanchthon. Symfor erzählte seinem Gast, Melanchthon sei nur neun Zentimeter größer gewesen als er. Ein großes Gemeinschaftsfoto war bei einem Treffen der internationalen Dwarf Association entstanden, es hatten sich ungefähr einhundert Zwerge aus der ganzen Welt versammelt, und mitten im Bild stand mit einem Strohhut auf dem Kopf der zweite Vorsitzende Symfor Thomsen. Den mit Schnitzereien verzierten niedrigen Schreibtisch, der am Fenster stand, hatte er als Geschenk von der internationalen Dwarf Association erhalten, als er fünfzig Jahre alt geworden war.

Symfor sagte, es hätte ihn gefreut, als der Rabbiner in seiner Rede gesagt hatte, hin und wieder würde er sich zurück nach Teheran sehnen. Denn die internationale Dwarf Association plante, einen ihrer Kongresse irgendwo im Nahen Osten abzuhalten, vielleicht im Iran, eventuell in Syrien, und es gab auch Stimmen, die sich für Israel aussprachen.

»Wenn die Wahl auf Israel fällt, wäre es mir eine große Ehre, Sie zu empfangen«, sagte David Penhasi. Im Übrigen musste er einräumen, die Geschichte der Porzellanaffen nicht gekannt zu haben, aber es war bestimmt symptomatisch. Er hätte Angst vor der europäischen Selbstzufriedenheit, aber dennoch einige gute Freunde in Deutschland.

Sie tauschten ihre Post- und E-Mail-Adressen aus, und Symfor stand vor der Tür und winkte, als David Penhasi und Randolf Hjelm davonfuhren.

Die *Ezekiel* brennt

Als das Schlachten der Schafe im Herbst überstanden war, verließ Eigil plötzlich die Färöer, oder besser gesagt, er floh. Am Samstag, dem 27. Oktober, war er nach Klaksvík gefahren, um mit Hans Fríðrik Varberg über das Manuskript zu sprechen, das er zum fünfundzwanzigjährigen Jubiläum von dessen Firma geschrieben hatte. Er plante, Sonntag oder Montag nach Sumba zurückzukehren.

Dazu kam es aber nicht.

Eigil war gut zwei Monate im Land gewesen. In Tórshavn hatte er im Haus seiner Kindheit am Landevejen gewohnt, und in den vier Wochen, die er in Sumba bei seiner Schwester verbrachte, versuchte er, sich seinen Fähigkeiten entsprechend nützlich zu machen. Unter anderem bat Tórharda ihn, die kaputten Zaunpfähle an der Außenweide zu reparieren, und es gefiel ihm gut, mit einem Stapel Pfähle auf dem Rücken und einem Hammer in der Hand die Zäune abzugehen. Er beteiligte sich am herbstlichen Abtrieb der Schafe, und als die Schafe im Gatter waren, fuhr er die Schlachttiere auf den Hof. Eigil konnte auch mit dem Trecker umgehen, er hatte ihn ausprobiert, als er neu und in bestem Zustand war; inzwischen war der Ferguson allerdings ziemlich hinfällig.

Leider war das Wetter unmittelbar nach dem Schlachten wieder wärmer geworden. Die Fliegen, die einige Wochen über ihre eigenen steifen Beine gestolpert waren, schöpften neue Hoffnung und versuchten sich in die Vorratshäuser zu kämpfen, um dort ihre evolutionäre Pflicht zu erfüllen. Gerade der Kampf zwischen Fliege und Bauer hatte beiden Parteien seit Jahr und Tag Klugheit abverlangt. Sicherlich war der Bauer stärker als die Fliege, aber Stärke bedeutete nur wenig, wenn es darum ging, das Besitztum der noch frischen Schafsleiber zu verteidigen. Die Meinungen waren geteilt, ob die Fliege voll und ganz von Instinkten geleitet wurde, aber aus deren Sicht war das Vorratshaus bestimmt ebenso heilig wie Bethlehem für die Christen oder die Kaba in Mekka für die Muslime. Die Schafsleiber mit Salz einzureiben, war eine der Waffen, die der Bauer im Fleischkrieg einsetzte, und natürlich ein Messer, um die Fliegeneier von den Leibern zu schaben. Die Fliegen mochten kein Wasser, daher hatten einige Bauern ihr Vorratshaus früher quer über Gräben und Bäche gebaut, aber ob das Wasser besser floss oder ob auch stehendes Wasser die Fliegen abschreckte, war ein wenig unklar. Es gab Bauern, die im Vorratshaus einen Betonboden anlegten und ihn mit Wasser bedeckten, bis das Herbstwetter die Fliegen vertrieb. Das feinmaschige Fliegennetz war zweifellos der beste Schutz des Fleisches, aber historisch gesehen war das Netz eine neue Erfindung, es war kaum mehr als ein halbes Jahrhundert alt. Die neueste Technik im Fleischkrieg war indes ein elektrisch betriebener Ventilator; dabei waren es weniger die sich drehenden Eisenflügel, die die Fliegen verscheuchten, als vielmehr der Wind, den diese Flügel erzeugten. Die allerneueste und unbedingt teuflischste Waffe war jedoch die Glühlampe. Wenn die Fliegen das blaue Licht sahen, flogen sie direkt auf die verführerische Herrlichkeit los und verbrannten zwischen den Plus- und Minuspolen.

Tórharda war dabei, Salzwasser in die Stelle zu reiben, in die das Schlachtermesser geschnitten hatte, als Eigil sagte, er hätte sich überlegt, dem Hof einen Teil des Geldes zukommen zu lassen, das er für die abgebrannte *Moschee* bekommen hatte. Er dachte dabei vor allem an einen neuen Traktor.

Tórharda bedankte sich für das Angebot und wrang das Salz aus dem Lappen. Dann fügte sie hinzu, »der Ferguson ist tatsächlich in einem schlechten Zustand, aber über dein Angebot muss ich erst einmal nachdenken«.

Eigil meinte, da gäbe es nicht viel nachzudenken. Sie verschwendete viel zu viel Geld für die Reparatur des Wracks, das Nils vor einem Vierteljahrhundert gekauft hatte. Einen guten gebrauchten Traktor konnte man für ein- bis zweihunderttausend Kronen bekommen.

Sie erwiderte, sie hätte sich überlegt, ein Pferd zu kaufen, sie würde eher daran denken.

»Das meinst du doch nicht ernst?«

Doch, seine Schwester meinte es so.

Vielleicht würde die Arbeit mit Pferd und Wagen langsamer vonstattengehen, sagte sie, aber in einem Pferd hatte man einen Freund, ein Pferd musste man nicht reparieren, und der einzige Brennstoff des Tieres war Heu. Sie forderte ihren Bruder auf, sich umzusehen. Die meisten Bauern benutzten Pferde, keine Trecker. Auf der Landwirtschaftsschule von Skjetlein hatte sie den Umgang mit Pferden gelernt, und bei einem kleineren Hof wie ihrem war es in jeder Hinsicht eine vernünftige Investition, sich einen oder zwei Vierbeiner anzuschaffen. Außerdem könnte ein Pferd in diesen touristischen Tagen dem Hof eine zusätzliche Einnahmequelle bescheren. Es war für die Bauern der Nachbarländer keine unwesentliche Nebeneinnahme, und in Tórshavn gab es zwei, vielleicht drei Organisationen, die Touren auf dem Rücken von Pferden zu verschiedenen Orten auf Syd Streymoy organisierten.

Eigil fragte, ob sie Angst hätte, dem Geld der Versicherung könnte irgendetwas Unheimliches anhängen; der Brand hatte ja ihre Mutter immerhin das Leben gekostet.

Es dauerte eine Weile, bis Tórharda antwortete und sagte, ja, der Gedanke wäre ihr durchaus gekommen.

Eigil lächelte und meinte, sie seien beide in demselben irrationalen Gedankengang gefangen.

Dann fügte er noch hinzu, offenbar sei es auf den Färöern zu einer Bewusstseinsänderung gekommen, seit er seine Tätigkeit als Wirtschaftsprüfer beendet hatte. In früheren Jahren wollten alle Geld, in erster Linie vom dänischen Staat, aber nun war man in der merkwürdigen Situation, dass man auf die Knie fallen und die Leute anbetteln musste, Geld anzunehmen.

Er hatte dem Nachbarn der *Moschee* das Grundstück für fünfundzwanzigtausend Kronen überlassen, und zu diesem erstaunlich hohen Preis war es überhaupt nur gekommen, weil der Nachbar das Stück Land nicht für einen symbolischen Betrag hatte übernehmen wollen.

Und Sam und Torkil hatten das Haus an der Jóannes Paturssonar gøta absolut gratis instand gesetzt!

Ob man diese veränderte Einstellung beklagen oder sich darüber freuen sollte, konnte Eigil schlecht beurteilen. Er hatte durchaus verfolgt, was passiert war, als die Unabhängigkeitskoalition 1998 eine Republik anstrebte. Vermutlich stellte die Republik das Bedürfnis der Färinger nach Formalitäten zufrieden, zum Beispiel Mitglied der UN zu werden, an internationalen Sportwettbewerben unter der färingischen Flagge teilzunehmen oder mit dem Ausland zu verhandeln, ohne Rücksicht auf dänische Interessen nehmen zu müssen. Aber Eigil bezweifelte, ob die Republik der Weltgemeinschaft zum Vorteil gereichen würde. Seiner Ansicht nach waren kleine

Länder wie Liechtenstein, Luxemburg, Malta und Litauen lächerliche Staatskonstruktionen, die keinerlei Nutzen für die Welt hatten, abgesehen davon, dass sie Firmen Tür und Tor öffneten, die in ihren Heimatländern Steuern vermeiden wollten. Tatsächlich hatten reiche Ausländer bereits ihre Strohmänner auf den Färöern. Hans Fríðrik Varberg, der für fünfzehn, sechzehn Prozent des fäaringischen Exports verantwortlich war, steckte komplett in der Tasche niederländischer Oligarchen.

Tórharda sagte, sie könne seinen Gedankensprüngen nicht recht folgen, sie wollte wissen, ob eine zukünftige färingische Republik seiner Meinung nach ein Missverständnis sei?

Eigil zuckte die Achseln, er wusste es nicht. Vermutlich hingen in seinem Nervensystem noch immer die Bakterien der Unabhängigkeitspartei.

Er selbst konnte durchaus mit dem Geld auskommen, das er beiseitegelegt hatte, außerdem schrieb er an einem neuen Roman und überlegte, sich beim Staatlichen Kunstfonds um ein Arbeitsstipendium zu bewerben. Er konnte nicht gerade damit prahlen, bei den dänischen Steuerbehörden ein Huhn gewesen zu sein, das goldene Eier legte, und doch hatte er Steuern gezahlt, als er damals an der Øresundbrücke arbeitete. Das war nötig, um die Wohnung in Valby zu bekommen, außerdem hatte er eine Zeit lang im Straßenbau gearbeitet und Steuern abgeführt. Färingische Studenten und Kulturpersönlichkeiten hatten die unterschiedlichsten Formen der Unterstützung durch den dänischen Staat angenommen, das reichte bis in Napoleon Nolsøes Tage zurück. Tórharda würde ihn möglicherweise fragen, ob das nicht eine Form des Nassauerns sei – das war es zweifellos. Er war ein Teil des sogenannten schmarotzenden Segments, aber das waren die Leute beim Staatlichen Kunstfonds vermutlich auch. Es interessierte sie nicht, ob ein Bewerber Sozialist, Republikaner oder irgendetwas anderes war. Der Fonds investierte in ein Talent und forderte von den Bewerbern nicht, der Bewerbung ein nationalpolitisches Röntgenbild ihrer Gehirne beizulegen.

Aber er bat Tórharda, sein Angebot zu überdenken, und wenn sie ein Pferd wolle, dann würde er den Kauf gern finanzieren, einschließlich Pferdewagen und was sonst noch dazugehörte.

Die Bootstouren mit Torri waren eine besondere Freude; Eigil war froh, dass das einzige Kind der Familie – und sicher auch das letzte, da weder er noch Svanhild besonderen Wert auf Fortpflanzung legten – so gut zurechtkam.

Im Sommer des letzten Jahres hatten sie das Ergisstova-Boot zu Wasser gelassen, Torri und seine Mutter, Sørling und Dánjal Jóhann. Nils hatte sich ebenfalls beteiligt. Er war keine große Hilfe, aber es tat ihm gut, mit den jungen Leuten zusammen zu sein; eine besondere Vorliebe hatte er für Dánjal Jóhann. Und das musste man Dánjal Jóhann lassen: Er kam dem Alten mit einer herzergreifenden Großzügigkeit entgegen, der alte Groll war verflogen. Nils sagte, wenn Óla Hvass durch seinen Kampf mit einem unbändigen Huhn berühmt geworden war, dann musste es dem Urenkel des Korporals gestattet sein, den jungen Leuten gute Ratschläge zu dem Boot zu geben.

Im Mai zogen sie das Boot wieder aus dem Bootshaus, den größten Teil des Sommers lag es an der Anlegestelle. Kündigte der Wetterbericht schlechtes Wetter an, konnten sie es rasch höher an Land ziehen.

Und doch musste Eigil zugeben, dass er sich mit dem jungen Skipper des Bootes nicht wirklich sicher fühlte. Torri war erst dreizehn, und obwohl er offensichtlich ein intelligenter

Bursche war, so waren seine Erfahrungen mit einem Boot doch sehr begrenzt.

Eines Tages, als Eigil seinen Onkel besuchte, äußerte er seine Bedenken, aber Nils lachte nur und erwiderte, heutzutage ist der beste Fischer in Sumba ein dreizehnjähriger Neger.

Torri selbst nahm sich das nicht zu Herzen. Er fand seinen Onkel Eigil etwas zu geschwätzig, aber das ließ sich wohl nicht ändern. Wenn ein solcher Hüne sich die Zeit damit vertrieb, Bücher zu schreiben, musste er wohl ein bisschen sonderbar sein.

Torri nannte auch Sørling Onkel, der Junge war bei ihm und Margit ein- und ausgegangen, seit er als Sechsjähriger nach Sumba gekommen war. Dass Sørling ihm beigebracht hatte, Angelleinen zu knüpfen und auszusetzen, war lediglich eine natürliche Fortsetzung ihrer guten Freundschaft. Und Torri hatte Interesse und lernte schnell. Ihm war klar, dass man aufpassen musste, wenn die Strömung nach Westen trieb. Und wenn man östlich um Móanes fuhr, musste man sich ganz dicht unter den Felsen halten. Er kannte einige gute Stellen zum Fischen und wusste, dass es unter einer Vogelschar über dem Wasser oft auch Fische gab.

Eigil spendierte das Benzin für den Zweihundert-Liter-Tank unter der vorderen Ruderbank. Wenn er sah, wie sein Neffe den Motor anwarf, das Tau am Achtersteven löste und wie geschickt er im Hafen manövrierte, verschwanden seine Bedenken.

Sie waren zweimal zum Fischen hinausgefahren, beim ersten Mal herrschte Matschwetter, beim zweiten Mal war das Wetter besser. Am frühen Vormittag fuhren sie von der Anlegestelle los und kamen erst in der Dämmerung zurück. Sie brachten gut fünfunddreißig Kilo Fisch mit nach Hause, und der Fang wurde gleichmäßig mit der Familie und Symfor geteilt.

Eigil und Symfor waren viel zusammen, allein diese beiden, nicht mehr ganz jungen Herren durch den Ort spazieren zu sehen, war ein interessanter, ja, ein beinahe köstlicher Anblick. Der Hüne vom Ergisstova-Hof hatte beim Gehen die Hände auf dem Rücken gefaltet, während Symfor auf seinen kurzen Beinen und dem Spazierstock neben ihm eher trippelte.

Sie unterhielten sich viel über die Kinderzeit, Symfor mochte es, wenn Eigil von seiner Zeit im Portugalið erzählte. In den Fünfzigerjahren war Reyn ein Arbeiterviertel und die Heimat von Tórshavns Ärmsten. Gleichzeitig wohnten dort aber auch einige Fantasten wie der große Tonnenfloßbauer Hartmann Olsen, und nicht zuletzt die alte Isländerin, die Eigil Olrunoma nannte. Die Wurzeln des Selbstvertrauens, das er trotz allem besaß, hatte sie gepflanzt, so Eigil. Sie hatte ihn ihren kleinen Ahornbaum genannt, und sie hatte ihm das Lesen beigebracht. Bereits als Sechs-, Siebenjähriger las er ihr aus *Dimmalætting* vor. Sie wollte den Leuten beweisen, dass ihr Stiefenkel, der Sohn einer Besteckwäscherin in einer Konditorei, nicht auf den Kopf gefallen war. Wenn es ans Zeitunglesen ging, gab es ein bestimmtes Ritual: Sie bat den Kleinen, sich auf einen Schemel vor ihr Bett zu setzen, und dann lag sie andächtig da und lauschte der klaren Kinderstimme, die aus der Zeitung vorlas.

Eigil konnte sich noch immer an einige Überschriften aus diesen Jahren erinnern, und Symfor amüsierte sich sehr, wenn sein Freund lange Anzeigen aus einer vergangenen *Dimmalætting*-Epoche zitierte: Erstklassiger Kräuterhering in 10-kg-Eimern vom Eiswerk in Hvalvík. Wohnung in Tórshavn oder Argir von einem Ehepaar mit sechs Kindern zur Miete gesucht. Die Landesverwaltung hat Jacob Olsen und Ingálvur av Reyni um Entwürfe für neue färingische Geldscheine gebeten, fünfzig, hundert und fünfhundert Kronen. Kinderwagen billig abzugeben. Bischofsbesuch auf den Färöern. Eine Färse, die zum Monatswechsel Februar-März kalbt, zu verkaufen. Die Loge Willensstark veranstaltet ihr Ostertreffen an Karfreitag um 18:00 Uhr. Hólmur transportiert gefördertes Eisen außer Landes. Um Erfolg zu haben, benutze Brylcreem. Lassen Sie uns Ihre Kleider reinigen und bügeln, Klaksvíks Dampfwäscherei. Grabsteine aus Felsen der Färöer, Die Mechanische Steinmetzgerei. Willy Rasmussen spricht in Bethel. Himmlische Segnungen, der Weg zu Gottes Vorratskammer. Herzlichen Dank an alle, die mir an meinem dreiundneunzigsten Geburtstag eine Freude gemacht haben, Maria Sofía Viderø. Achtzehn neue Schiffe kamen 1961 auf die Färöer. Auszug aus den *Top Ten* dieser Woche: »Hello Mary Lou« von Ricky Nelson, »Marius« von Grethe Sønck, »Have A Little Drink On Me« von Lonnie Donegan und »Liebe Mutter« von den Göingeflickorna. Studentenkabarett mit dem Färingischen Studentenverein Kopenhagen. Der Anstrich der Tórshavner Kirche wird öffentlich ausgeschrieben, Tórshavns Gemeinderat.

Meist trafen sich die Freunde zu Hause bei Symfor, manchmal saßen sie aber auch am Küchentisch in Ergisstova.

Eines Abends sagte Symfor, es sei doch ärgerlich, dass Eigil seit zwanzig Jahren kein Buch mehr veröffentlicht habe.

»Ich habe ein fertiges Manuskript auf die Färöer mitgebracht«, erwiderte Eigil. »Außerdem hat mich Hans Fríðrik Varberg gebeten, eine Festschrift zu verfassen, da seine Firma nächsten Sommer fünfundzwanzigjähriges Jubiläum feiert. Sie ist so gut wie fertig.«

»He!«, rief Symfor aus. »Der Schriftsteller des Ergisstova-Hofs sollte sich eigentlich zu gut dafür sein, ein Hurenbuch für den Baptistenmafioso von Klaksvík zu schreiben.«

Eigil verteidigte sich, hier ginge es auch um Familienbeziehungen. Hans Fríðriks Mutter Rakul war eine Cousine von Ingvald, und Hans Fríðrik somit ein Halbvetter von Tórharda.

Symfor bat ihn, mit diesem Mumpitz aufzuhören. Diese Verwandtschaft hatte nichts mit Eigil Tvibur zu tun. Eigil war ein Vollblut-Sumbinger, sowohl väterlicher- wie mütterlicherseits.

Eigil überlegte einen Moment, dann zuckte er die Achseln. Er wusste nicht, warum Hans Fríðrik ausgerechnet ihn gebeten hatte, das Buch zu schreiben. Sicher nicht, weil sein Name für Glaubwürdigkeit oder eine höhere Ethik stand; er konnte nicht einmal sagen, warum er den Auftrag angenommen hatte. Vielleicht war es Loyalität. Er erzählte Symfor, Mitte der Sechzigerjahre hätte Hans Fríðrik ein ganzes Jahr bei ihnen gewohnt, es ging ihm damals nicht besonders gut. Und als er später die Navigationsschule in Tórshavn besuchte, war er auch oft zu Besuch am Landevejen gewesen; Hans Fríðrik hatte nie vergessen, dass sich eine Familie in Tórshavn seiner erbarmt hatte, als seine Mutter in Dänemark in der Nervenheilanstalt war. Vermutlich hatte Hans Fríðrik ihn aus Loyalität gebeten, das Buch zu schreiben. Als studierter Wirtschaftsprüfer wusste er grundsätzlich, wie eine Firma geführt werden musste, außerdem war er ja ein Autor mit einer ziemlich umfassenden Erfahrung. Im Übrigen schrieb er an einem Roman, erzählte er Symfor, den er *Die Erinnerungen* nennen wollte, es handelte sich um einen Versuch, die Geschichte der Färöer vom neunzehnten Jahrhundert bis heute zu beleuchten. Gleichzeitig war es auch ein persönliches Buch, und diejenigen, die etwas über die Bewohner des Ergisstova-Hofs wussten, würden einiges wiedererkennen.

Symfor blinzelte Tórharda zu und fragte Eigil, ob er auch über die Zwerge auf den Färöern schreiben wolle.

Er kenne nur einen Zwerg, erwiderte Eigil, und den würde es vielleicht verletzen, wenn er über ihn schriebe.

»Wir müssen modern sein«, meinte Symfor, »und moderne Menschen dürfen nicht zu nachtragend sein. Und die Modernität hat auch Sumba erreicht, namentlich nachdem die erste bekennende Schwuchtel in der Gemeinde lebt.«

»Wer?«

»Randolf Hjelm«, antwortete Symfor. »Manchmal verbringt er mehrere Wochen hier in Sumba bei seiner Schwester, und nicht etwa, weil er mit ihr musizieren will. Während Rósa an den Tasten sitzt, furzt der Prediger die Leidensgeschichte der Homosexuellen als Bass.«

Tórharda mischte sich in das Gespräch ein und wies ihn zurecht: Nur Denunzianten und Dummköpfe benutzten den Begriff Schwuchtel. Es hieß Homosexueller, und als Zwerg sollte sich Symfor besser damit zurückhalten, auf einer Minderheit herumzutrampeln.

Symfor schnaubte.

»Du hast wie immer recht, Tórharda. Du hast immer so verdammt recht!«

Eigil lernte Dánjal Jóhann während des Schafabtriebs um den Michaelistag kennen. »Gut, dass du nicht mehr irgendwelchen verrückten Künstlertypen hinterherrennst, sondern endlich einen einigermaßen normalen Mann gefunden hast«, sagte er zu seiner Schwester.

»Bist du wirklich ganz sicher, dass Dánjal Jóhann ein einigermaßen normaler Mann ist?«, erkundigte sich Tórharda.

»Ich weiß von der Feindschaft zwischen Dánjal Jóhann und unserem Onkel«, erwiderte Eigil. »Ich weiß auch von dem Mord an Tass und dem Angriff auf Nils mit dem Kuhfuß.«

»Woher weißt du davon?«

Wahrheitsgemäß erzählte Eigil, wie Nils sich ihm vor vielen Jahren anvertraut hatte. Die beiden Männer hatten in aller Vertraulichkeit miteinander geredet, man musste so etwas nicht an die große Glocke hängen. Allerdings wollte Eigil seiner Schwester nichts von Hjartvards regelmäßigen Besuchen bei Lina í Keri erzählen, von denen Nils berichtet hatte.

Tórharda wollte wissen, ob Eigil möglicherweise seine Finger im Spiel gehabt hatte, als sie den Hof übernahm.

Eigil erklärte, er hätte versucht, sein Bestes zu tun.

Und er fügte hinzu, Dánjal Jóhann wäre ein Mann mit einem gebrochenen Herzen, er hätte aufbegehrt, als man ihm alles genommen hatte. Das Kind war gestorben, die Frau davongelaufen, und dann wurde er auch noch von einem der lokalen Hofbesitzer übers Ohr gehauen. Der Mann war ein Hiob des einundzwanzigsten Jahrhunderts, nichts weniger, und einem solchen Mann müsse man fürsorglich und mit Respekt gegenübertreten.

Dann zitierte er für seine Schwester ein paar Worte, die Gunnar Ekelöf geschrieben hatte, einer der Dichter, die er besonders schätzte:

sich zu beschmutzen ist notwendig um sauber werden zu können
gestohlen zu haben ist notwendig um ehrlich werden zu können
wer die reinheit der liebe kennenlernen will muss in bordelle gehen.

In der Mittagssendung verbreitete der Radiosender am 16. Oktober die erschütternde Nachricht von einem Brand auf dem größten Trawler der färingischen Flotte. Das brennende Schiff trieb bei Wind und Wetter im Stillen Ozean ein- oder zweihundert Seemeilen westlich der chilenischen Küste. Es war der Trawler *Ezekiel*, der dem Reeder Hans Fríðrik Varberg gehörte, laut Informationen des Radios waren bereits mehrere Besatzungsmitglieder in den Flammen ums Leben gekommen.

Eigil war auf der Außenweide, als Symfor ihn auf dem Mobiltelefon anrief und mit aufgeregter Stimme erklärte, nun sei der verdammte Baptistenmafioso auch noch zum Mörder geworden.

Er stehe gerade unter einem klaren Himmel in den Bergen, erwiderte Eigil und bat Symfor, sich zu beruhigen und nicht solchen Unfug zu erzählen.

Das sei kein Unfug, widersprach Symfor. Mehrere Männer seien tot und Varberg hätte sich verkrochen.

Am Abend saßen sie in Symfors Wohnzimmer und sahen sich die Nachrichten im Fernsehen an. Symfor war Abstinenzler, aber er konnte seinen Gästen immer etwas anbieten, und nun stellte er Eigil ein Glas und eine Flasche Kirschwein hin. Das Getränk war ziemlich süß, an der Grenze zum Widerlichen, aber dennoch erleichterte es das Herz. Sie sahen Bilder des brennenden Schiffs, nach den neuesten Informationen wurden elf Fischer vermisst, überwiegend Chinesen.

Während Eigil den Kirschwein trank, berichtete er Symfor von den Aktionen der Verflucher, an denen er in den letzten Jahren teilgenommen hatte. Er erklärte ihm die ideologische Grundlage der Gemeinschaft und meinte, der Fall der *Ezekiel* würde prinzipiell nach einer Verflucheraktion schreien.

Symfor schlug die Hände an die Stirn, als er hörte, die Gesellschaft hätte ihren Ursprung in alten Teufelsbeschwörungen. Erzähl mehr!

»Der Teufel ist ursprünglich ein kluger Engel gewesen, der treu das tat, was Gott ihm auftrug«, erzählte Eigil. »Aber es befremdete ihn, wie launisch und gnadenlos sein Herr sein konnte. Natürlich schätzte er die schöpferischen Fähigkeiten des Herrn und liebte alles, was Er wachsen, singen, duften und schimmern ließ. Aber Gott war auch hartherzig, das schlimmste Beispiel war die große Sintflut.«

»Genau!«, warf Symfor ein.

»Was hatten die Menschenkinder verbrochen, um so hart bestraft zu werden?«, fragte Eigil und beantwortete sofort selbst die Frage: Sie hatten ungefähr das Gleiche getan wie die Bewohner des Ergisstova-Hofs in den letzten hundertfünfzig Jahren. Eigil erwähnte den Bruder seiner Urgroßmutter, den Kuhficker Aksal, der seine Kühe abwechselnd besprang. Er nannte seinen Großvater Gregor, der seinen eigenen Vater ermordet hatte. Auch sich selbst unterschlug er nicht, ebenso wenig wie die Untat, die er im August 1994 in Kolbeinagjógv begangen hatte. Und er sprach von seiner Schwester Svanhild, die als Lesbe mit einer norwegischen Ärztin zusammenlebte. Wegen solcher Vergehen hatte Gott die himmlischen Schleusen geöffnet und die Menschenkinder ertrinken lassen, die Er nach seinem Bild erschaffen hatte. Gott entwickelte sich zum strengen Strategen der Reinheit und Sauberkeit. Sämtliche Drohungen und der ganze systematische Rachedurst, den er seinem Schreiber Moses ins Ohr flüsterte, wurden zum Fundament der Politik, mit der die semitischen und später die europäischen Machthaber die Massen seit dreitausend Jahren gequält hatten. Gegen diese Ideologie wehrte sich der Teufel. Nicht weil er sich durch Güte hervortat, sondern weil er der Meinung war, es müsse ein Gleichgewicht zwischen Verbrechen und Strafe herrschen. Und das war im Großen und Ganzen auch das, was die Verflucher in die Praxis umsetzten.

Symfor rieb sich hocherfreut die Hände und fragte, ob er noch eine Flasche Kirschwein holen sollte. Eigil, der bereits müde und leicht angetrunken war, antwortete, dann müsse er aber auch einen Eimer mitbringen, denn einen ekelhafteren Wein hätte er noch nie probiert.

In den folgenden Tagen kamen Eigil Zweifel. Er unternahm einige Versuche, mit Hans Fríðrik in Kontakt zu kommen, aber der ging nicht an sein Telefon. Eigil steckte in einer kompromittierenden Situation: Die elf toten Fischer waren nicht weniger als eine Bombe unter seinem Manuskript. Man würde ihm garantiert vorwerfen, den Ruf einer zweifelhaften Firma verbessern zu wollen, wenn der Text in seiner derzeitigen Form erschien. Zumindest geriete er in diesen Verdacht.

Hans Fríðrik und er hatten vereinbart, sich an einem Nachmittag zu treffen, um den Text durchzugehen und zu überlegen, welche Fotos dazupassten. Obwohl er keine Probleme erwartete, wollte er bei dieser Gelegenheit auch über die Rechnung sprechen. Außerdem hatte Hans Fríðrik ihn gebeten, einen Entwurf für ein Vorwort zu schreiben, unter das er seinen Namen setzen konnte. Allerdings hatten sie noch kein Datum für ihr Treffen vereinbart. Eigil hatte gesagt, vom Michaelistag an wäre er einige Wochen mit den Schlachtungen beschäftigt, aber Ende Oktober sei denkbar.

Freitagabend, den 26. Oktober bekam Eigil eine SMS von seinem Jugendfreund: »Wir treffen uns morgen in Klax.[18] Bis dann.«

In den Nachbarländern erregte der Brand große Aufmerksamkeit. Ein Team des chilenischen Fernsehens filmte das brennende Schiff, auch ein amerikanischer Fernsehsender machte Bilder, die Aufzeichnungen wurden in mehreren Ländern gezeigt. Maritime Zeitschriften befassten sich mit dem Unglück ebenso wie einige Zeitungen in den größeren Städten. Gehör fand auch ein Schreiben der International Transport Workers Federation, in dem behauptet wurde, mangelnde Sicherheitsvorkehrungen auf dem färingischen Trawler *Ezekiel* hätten elf Fischer das Leben gekostet.

Vermutlich war die Lichtanlage im Verpackungslager die Ursache des Brandes. Außerdem waren die Rauchmasken der Feuerwehrausrüstungen in einem sehr schlechten Zustand, und die dreiundsiebzig Chinesen an Bord hatten keine hinreichende Einweisung erhalten, wie sie sich im Falle eines Brandes zu verhalten hatten. Daher könne die Reederei die Schuld nicht von sich abwälzen, so die International Transport Workers Federation.

Auch die färingischen Medien beschäftigten sich mit dem Ereignis, aber es wurde nicht als großer Skandal behandelt, obwohl es das schlimmste Schiffsunglück seit dem Sinken des Trawlers *Stella Argus* im Jahr 1957 nördlich der Färöer war. Weder die Zeitungen noch die elektronischen Medien stellten einen Journalisten ab, der sich ausschließlich mit diesem Fall befasste, ja, im Fernsehen fand eine Gesprächsrunde statt, die aber harmlos verlief. Nur einmal verschärfte sich der Ton, als die tatsächlichen Fakten präsentiert wurden und der Moderator den Fischereiminister fragte, ob der Fall Konsequenzen nach sich ziehen würde.

Der Fischereiminister fragte, was der Moderator meinte.

Würde die Reederei möglicherweise ihre Lizenz zum Fischen verlieren? Der Moderator las aus dem Brief der internationalen Föderation vor und erwähnte im selben Atemzug, dass die Föderation fünf Millionen Mitglieder hatte, es kritisiere also nicht irgendwer die Sicherheitsmaßnahmen.

Der Fischereiminister antwortete, er sähe keinen Anlass für irgendwelche Konsequenzen für Hans Fríðrik Varberg. In ihm hätten die Färinger einen tüchtigen Geschäftsmann. Der Brand auf dem Trawler sei eine Tragödie, die man aber nicht ihm anlasten könne.

»Das heißt, der Vorfall wird keinerlei Konsequenzen nach sich ziehen?«, beharrte der Moderator.

»In dieser Sendung sollte es nicht um Anklagen gehen, dazu ist das Ereignis zu ernst, außerdem kennen wir noch nicht alle Details des Falls«, erklärte ein Repräsentant der Reedereivereinigung. »Elf Männer sind tot, und die Färöer haben ihr größtes Schiff verloren. In einem solchen Fall ist es unpassend, etwas zu unterstellen, was der Angelegenheit nicht angemessen ist.«

Das Fernsehen hatte Hans Fríðrik gebeten, an dem Gespräch teilzunehmen, aber er hatte abgelehnt. Das war in den letzten zwei, drei Jahren immer sein Stil gewesen: Er weigerte sich strikt, mit dem Fernsehen, dem Radio oder der Hauptstadtpresse zu reden.

Wie so viele Klaksvíker war Varberg ein eifriger Lokalpatriot, und seine lokalpatriotische Haltung hatte seiner Heimatstadt wirtschaftlich unbedingten Nutzen gebracht. Die Fischer von Klaksvík verkauften ihren Fisch nicht in Fuglafjørður oder fuhren zu einer der Filetierfabriken in Skálafjørður, nein, sie löschten den Fang in ihrer Heimatstadt. Das Bier und die Limonade, die von den Klaksvíkern getrunken wurde, stammten ebenfalls aus der örtlichen Brauerei; um den Spott der kosmopolitischen Tórshavner kümmerten sie sich nicht. Tórshavn hatte eine eigene Brauerei gehabt, die in ihren besten Tagen dreißig, vierzig Arbeiter ernährte, aber sie war längst Konkurs gegangen, unter anderem weil die Tórshavner meinten, es sei so verdammt interessant, sich mit ausländischem Bier zu betrinken. Auch die örtliche Zeitung *Nordlyset*, die aus journalistischer Sicht zu den armseligsten Zeitungen im dänischen Reich gehörte, stand unter dem Schutz der Klaksvíker, und der dahintersteckende Gedanke war im Grunde recht einleuchtend: lieber eine schlechte Lokalzeitung als gar keine.

In den Siebzigerjahren arbeiteten einige Isländer in der Filetierfabrik von Klaksvík, unter ihnen der Schriftsteller Einar Már Guðmundsson, der einige Jahre für den Literaturnobelpreis vorgeschlagen wurde. In einer Diskussion über skandinavische Zusammenarbeit hieß es, Zusammenarbeit brauche eine Stadt als Zentrum – Helsinki, Kopenhagen und Reykjavík wurden genannt. Aber Einar Már war anderer Ansicht. Zusammenarbeit brauchte eine Stadt, die für ihr brutales Gesicht bekannt war, sein Vorschlag lautete Klaksvík.

In den letzten fünfzig Jahren war Klaksvík der größte Exportort des Landes gewesen. Damit hatte die Stadt der Landeskasse das meiste Geld eingebracht, und Varberg meinte, aus diesem Grund müsste der Stadt von öffentlicher Seite auch mit größerem Wohlwollen begegnet werden. Er hätte es richtig gefunden, wenn Institutionen, die mit dem Meer zu tun hatten, wie zum Beispiel die Navigationsschule, das Fischereilabor oder die Fischereiinspektion, vielleicht sogar die Küstenwache, ihren Hauptsitz in Klaksvík hätten.

Ihn störte vor allem die kritische Berichterstattung über die Fischwirtschaft in den Medien. Er verstand den Beschluss des Lagting nicht, dass nur der Fischreichtum in einem Umkreis von zweihundert Seemeilen um die Färöer dem färingischen Volk gehörte. Das Prinzip war viel zu abstrakt und trieb unnötige Keile zwischen die Wirtschaft und den Rest der Gesellschaft. Man sollte es den Eigentümern der Fischerboote überlassen, den Fischfang zu organisieren. Diejenigen, die etwas unternahmen, waren keine Verbrecher, sondern Männer, die sich um die Entwicklung des Landes bemühten. Daher war es nur natürlich und richtig, wenn die Reeder vom Fischereiministerium eine Lizenz zum Fischen bekamen, ohne dafür bezahlen zu müssen.

Aber gerade diese Gratislizenz zum Fischen wurde zum Keil, der die Bevölkerung spaltete. Der Kauf und Verkauf von Fischereilizenzen war nämlich eine ausgesprochen lukrative Einnahmequelle, und weil die Preise tatsächlich stark gestiegen waren, hatten die finanzkräftigen Reedereien die meisten Lizenzen aufgekauft. So wurde verhindert, dass jüngere und andersdenkende Fischer zum Zuge kamen.

Vor allem in den Zeitungen *Dimmalætting* und *Sosialurin* verschärfte sich der Ton, und relativ häufig wurde Varberg als einer der großen Fischbarone vorgeführt. Zumal Varberg tatsächlich als Käufer des alten Kjølbro-Fischereikonzerns begünstigt worden war – hauptsächlich aber, weil er aus Klaksvík stammte. Der Kauf war sehr vorteilhaft für ihn gewesen. Für sechzig Millionen Kronen bekam er mehrere Trawler mit der Lizenz, in der Barentssee zu fischen, und einige Jahre später erwarb er die größte Filetierfabrik des Landes für gerade einmal achtzehn Millionen Kronen.

Ob Varberg den Begriff vom Rattennest im schwarzen Sumpf über die Radio- und Fernsehanstalt der Färöer geprägt hatte, war ungewiss. Aber der Ausdruck bürgerte sich ein, als die Hauptstadtjournalisten Øssur Winthereig und Grækaris Magnussen das Buch *Schieß auf den Journalisten* herausgaben. Im Buch deckten sie auf, wie der Präsident der Färöer als Wirtschaftsprüfer ungefähr eine Million Kronen veruntreut hatte, und er hörte nicht damit auf, als er als Repräsentant des Wahlkreises der nördlichen Inseln Mitglied des Lagting blieb. Nach den Enthüllungen musste er zurücktreten. Das Unglaubliche aber geschah bei der darauffolgenden Wahl zum Lagting – die Klaksvíker wählten den Betrüger erneut ins Parlament, ja, noch nie hatte ein Politiker so viele Stimmen in diesem Wahlkreis bekommen. Die Wahl zeigte schlichtweg die Kehrseite des Lokalpatriotismus. Die Bewohner der nördlichen Inseln hielten den Mann offensichtlich für einen Betrüger, aber er war ihr Betrüger, und da hatte sich in der Hauptstadt, verdammt noch mal, niemand einzumischen!

An dem Tag, an dem das Radio über den Brand auf der *Ezekiel* berichtete, verschickte die Reederei ein Schreiben, in dem mitgeteilt wurde, bei dem Brand seien elf Männer ums Leben gekommen. Mehr war von Hans Fríðrik Varberg nicht zu hören, und das fanden die Menschen doch sehr eigenartig, ja, selbst Hardcore-Lokalpatrioten wunderten sich.

In einem Telefongespräch mit Varberg erklärte der Fischereiminister, Varbergs Ressentiments gegen die Journalisten des färingischen Radios und Fernsehens wären eine Sache, sich aber derart in Klaksvík zu verbarrikadieren, erinnere doch allzu sehr an den Stil des Kalten Krieges.

Der Fischereiminister hätte diesen Punkt nicht verstanden, widersprach ihm Varberg. »Es herrscht nämlich Krieg auf den Färöern, ein viele Jahre währender Krieg, und die Front verläuft zwischen Klaksvík auf der einen und der Hauptstadt auf der anderen Seite.«

Bei ihrem Treffen am 27. Oktober waren nur Eigil und Hans Fríðrik zugegen, abgesehen von der kleinen Hündin des Reeders. Sie saß auf seinem Schoß und sah aus, als hätte sie etwas Unheimliches an dem großen Mann auf der anderen Seite des

Schreibtisches gewittert, denn hin und wieder verbarg sie ihre spitze Schnauze unter den Vorderpfoten, dann wiederum bleckte sie die Vorderzähne und versuchte, drohend zu knurren. Mit etwas gutem Willen ließ sich erahnen, dass diese entblößten Vorderzähne irgendwann einmal in der Schnauze einer Wölfin gesessen hatten, doch diese Tage gehörten zu einem anderen Zeitalter.

Sie saßen in Kjølbros ehemaligem Büro. Viele Jahre war es die Kommandozentrale der Klaksvíker und der Bewohner der nördlichen Inseln gewesen – vermutlich war es das Büro des Landes, in dem sich die meiste Macht versammelt hatte. Und dies war Hans Fríðrik durchaus bewusst, denn das Büro war beinahe unverändert. Die alte Ottomane, auf der Kjølbro normalerweise einen kleinen Mittagsschlaf hielt, stand dort, wo sie immer gestanden hatte. Kjølbro liebte die Tenöre Caruso, Beniamino Gigli und auch den Isländer Stefán Íslandi, neben einem alten Thorens-Plattenspieler stand eine ziemlich große Plattensammlung.

Ende der Vierzigerjahre oder ungefähr zu der Zeit, als Kjølbro ein Gebiss bekam, hatte der Maler Sámal Joensen-Mikines ein Porträt von ihm angefertigt. Sein Gesicht wirkte grob, es schien, als hätte der Mund sich noch nicht an den künstlichen Apparat darin gewöhnt, ja, es sah aus, als ob die Zähne sich durch die Leinwand nagen wollten. Vielleicht war es aber auch Mikines' Absicht gewesen, Kjølbro als einen gierigen Herrn darzustellen, der die Nordinseln geschluckt hatte.

Aber nicht das Porträt war das Interessanteste in dem Büro. Unter dem Gemälde stand die einzige Reliquie der Klaksvíker, ein merkantiles Heiligtum, an das sich mehrere Generationen mit Ehrfurcht erinnerten: der dunkelgrüne Geldschrank! Neben dem Safe hatten Arbeiter und stämmige Frauen gestanden, während Kjølbro ihnen den Wochenlohn auf die Hand zählte. Manchmal schickten die Eltern auch ihre Kinder, um den Lohn abzuholen, und stand so ein kleiner verrotzter Bursche vor Kjølbro, zog dieser mächtige Mann schon mal sein Taschentuch heraus, putzte mit fürsorglichen Händen die kleine Nase und bot dem Kind ein paar Bonbons oder englisches Karamell an.

Eigil war verärgert, als ihm klar wurde, dass Hans Fríðrik gegen eine Änderung des Manuskripts war. Er sagte, er könne seinen Namen nicht unter einen Text setzen, der einen so umfassenden Unglücksfall mit Toten ignoriere. Er hatte ein kleines historisches Werk geschrieben, und als Historiker musste er alles aufnehmen, was im historischen Verlauf von Bedeutung war.

Aber Hans Fríðrik blieb hart. Es ist eine Jubiläumsschrift, sagte er, kein Text über die Fehler der Varberg Aktiengesellschaft.

»Es handelt sich nicht um einen Fehler, wenn elf Männer verkohlen, es ist eine Katastrophe, und ihre Namen zu nennen, ist der geringste Respekt, den man den Toten erweisen kann«, argumentierte Eigil.

Doch Hans Fríðrik ließ sich nicht umstimmen. Seiner Ansicht nach hatte das Manuskript die Form, die sie gemeinsam vereinbart hatten, und er war mit Eigils Text zufrieden. Das Buch war ein Geschenk der Varberg Aktiengesellschaft an die Allgemeinheit, und wenn Eigil den Brand eingehender behandeln wolle, dann könne er das in einem anderen Zusammenhang tun, aber davon würde nichts in der Jubiläumsschrift stehen.

Eigil behauptete wütend, die Fischer an Bord der *Ezekiel* hätten für einen Sklavenlohn gearbeitet, und nun seien sie tot.

Hans Fríðrik stellte die Frage, ob Eigil nicht wüsste, dass das, was er einen Sklavenlohn nannte, ungefähr das Doppelte von dem war, was die Männer daheim in China verdienten.

»Hast du denn den Witwen und Hinterbliebenen das Geld geschickt, das den Männern als Lohn noch zustand?«, fragte Eigil zurück.

Mit einem leichten Beben in der Stimme riet Hans Fríðrik ihm, nichts zu sagen, was er später bereuen könnte.

Diese Drohung erboste Eigil umso mehr. »Hans Fríðrik, du kannst doch nicht dasitzen und jämmerlich flennen, du hast deine Schäfchen im Trockenen, dir bleiben Fischereilizenzen im Wert von einer Viertelmilliarde Kronen!«

»Ich habe die Lizenzen nicht gestohlen, sondern von den Behörden zugeteilt bekommen«, erwiderte der Reeder.

So ging ihr Streit eine Weile weiter. Unter anderem führte Eigil an, der Prophet *Ezekiel* sei kein Mitglied der Brüdergemeinde gewesen, wenn er aber gewusst hätte, dass ein Schiff, das seinen Namen trug, brennen würde und dabei elf Fischer verkohlen würden, hätte er den Reeder und die Gemeinde verflucht.

»Halt Bethesda[19] da raus!«, forderte Hans Fríðrik ihn auf.

»Bethesda ist doch die Hure«, so Eigils Antwort, »die dich und dieses ganze verdammte Klaksvíker Gesindel geboren und aufgezogen hat, das die Färöer mit Haut und Haaren verschlingen will.«

Die Adern an Eigils Händen waren angeschwollen, und als Hans Fríðrik antwortete, beugte und streckte er seine Finger. Eigil redete in Zungen, jedenfalls verstand Hans Fríðrik nicht, was Eigil meinte, als er sagte, er hoffe, Stürme der Verflucher würden kommen, um die Schuldigen zu zermalmen. Eigil sah Hans Fríðrik auch nicht länger in die Augen, er wirkte seltsam abwesend, und vor allem dieser Anblick erschreckte den

Freund aus Kindertagen. Und die Situation wurde nicht weniger unheimlich, als die Hündin plötzlich von seinem Schoß sprang und rasch unter der Ottomane verschwand. Hans Fríðrik wollte sich verteidigen, nicht er hätte den Befehl erteilt, die Verpackungsmaterialien bis unter die Deckenlampen zu stapeln, im Gegenteil. Außerdem sei der Brand ausgesprochen nachteilig für ihn. Ja, es gab zwei Dinge im Leben, vor denen er wirklich Angst hatte, Krankheit und ein Brand auf einem Schiff, doch diese Worte behielt er für sich.

Durch die Krankheit seiner Mutter hatte er eine unglückliche Kindheit gehabt, die meisten Tage waren von Angst getränkt, und gedankenlose Schulkameraden hatten sich nicht zurückgehalten, ihn zu schikanieren. Doch dann passierte in den Wechseljahren der Mutter das Unglaubliche, sie wurde wieder gesund. Gesund war vielleicht zu viel gesagt, aber sie erholte sich und wurde freundlicher. Als alte Frau war sie dann zu Hause allein zurechtgekommen. An Bord seines ersten Schiffs, ein Zwanzigtonner, den er nach seiner Mutter Rakul benannt hatte, war damals ein Brand ausgebrochen. Glücklicherweise wurde niemand verletzt, aber er hatte Notsignale aussenden müssen. Das Schiff wurde von dem Wachschiff Tjaldur nach Klaksvík geschleppt. Nein, er war kein überheblicher Mann, das lag ihm nicht, weder als frischgebackener Navigator mit Studienschulden noch heute, da er zu den Wohlhabenden im Land zählte. Er wollte das Beste für die Menschen, und dennoch musste er sich jetzt in seinem eigenen Büro herunterputzen lassen – er ertrug den Gedanken kaum, aber es war ein verdammter Berserker aus Sumba, der ihn herunterputzte!

Er hörte, wie kläglich seine Stimme klang, als er fragte, ob Eigil sich nicht anständig benehmen könne. Er bekam keine Antwort. Und dann tat er etwas Unbedachtes, das ging ihm zumindest durch den Kopf, nachdem Eigil gegangen war und das Büro mehr oder weniger verwüstet hinterlassen hatte. Er zog sein Scheckheft, füllte einen Scheck über eine Million Kronen aus, riss ihn aus dem Heft und schob ihn Eigil zu.

»So, jetzt ist zwischen uns reiner Tisch. Mir gehört das Manuskript, und dir der Scheck.«

Eigil blickte abwechselnd auf den Scheck und seinen alten Freund. Die Adern an den Schläfen pochten, das Blut war an den weichen Stellen unter den Augen und am Nasenrücken zusammengelaufen. Es sah aus, als hätte sich eine Art Haut über seine Augen gezogen. Er streckte den Hals vor, und Hans Fríðrik meinte zu hören, wie der oberste Halswirbel knackte. Mit seinen kleinen leeren Augen starrte Eigil auf die weißlackierte Doppeltür. Sie schloss oben mit einer leichten Wölbung ab und war mit breiten Fassungen geschmückt. Eigil sah aus, als würde er diese portalartige Tür untersuchen, gleichzeitig griff er nach dem Scheck. Er knüllte ihn zusammen, und nachdem er ihn auf den Fußboden hatte fallen lassen, sprang er plötzlich auf. Er nahm den Lederstuhl, auf dem er gesessen hatte, hob ihn über den Kopf und schleuderte ihn auf die Tür. Das trockene, alte Material zersplitterte, und was von der hübschen alten Doppeltür übrig blieb, baumelte an den Scharnieren.

Eine weitere Tür führte in eine kleine Teeküche. Eigil riss sie heraus, als wäre sie aus Papier und warf sie auf den Safe. Die Tür traf das Porträt von Kjølbro und riss es mittendurch.

Die Hündin begann zu bellen, einige wenige Sekunden war sie eine gefährliche Wölfin, dann verkroch sie sich wieder unter die Ottomane und blieb dort liegen.

Eigil bemerkte den Hund nicht. Mit offenen Armen trat er an die Küchenzeile, packte die Edelstahlspüle und riss sie mit zwei Rucken aus der Wand. Er zog die Rohrleitungen mit dem heißen und kalten Wasser mit heraus, und als sie zerbarsten, schossen die Strahlen durch den Raum und das Büro.

»Was machst du Wahnsinniger denn da?«, schrie Hans Fríðrik.

Eigil wandte sich zu dem Geschrei um, konnte es aber nicht lokalisieren. Er ließ die Spüle fallen und ging hinüber zum Empfang, dabei schien er seine langen Arme hinter sich herzuziehen. Er war kein Mensch mehr, und Hans Fríðrik wurde klar, dass auch Jens Julian við Berbisá diesen Anblick erlebt haben musste, als Eigil ihn seinerzeit zum Krüppel schlug. Es wäre Wahnsinn und Torheit gewesen, ihm nachzugehen, um zu versuchen, ihn zu beruhigen.

Dass Eigil auf die Toilette der Angestellten ging, war eigenartig, denn allzu viel gab es dort nicht zu sehen. Es war jedoch kein Zufall, vor allem nicht, wenn man Eigils buchstäblich blinde Wut in Betracht zog. Die Antwort – oder wenigstens so etwas Ähnliches wie eine Antwort – war wohl, dass der tierische Geruch alles Rationale fortgespült hatte. Eigil roch sich sozusagen durch den Verhaltenskreislauf hindurch, wie es die Behavioristen nennen: Erst kam der Angriff auf einen imaginären Feind, dann die Vernichtung des Feindes oder der Gegenstände, die die Macht des Feindes repräsentierten. Und was macht das Menschentier, wenn es die Bedrohung entfernt hat? Es wirft sich auf den Rücken, um sich auszuruhen oder setzt sich mit dem Rücken an einen Felsen und entleert seinen Darm.

Einen Augenblick starrte Eigil auf die weiße Toilettenschüssel. In den Augen seiner Vorväter wäre es zweifellos ein Rätsel gewesen: Die Brille ließ sich hochklappen, die Schüssel war mit vier Schrauben am Boden festgeschraubt, und es gab einen Spülkasten, der gleichzeitig eine Art Rückenlehne war. Aber da von dem Schüsselrand und den

Bodenfliesen ein wenig Uringeruch aufstieg und es auch ein paar Spuren von Kot gab, hätten die Vorväter vielleicht erraten, dass der weiße Behälter die eine oder andere Verbindung mit der Entleerung hatte. Die Toilettenschüssel und die Kultivierung des Menschen hängen zusammen. Wir überdecken unseren tierischen Ursprung, wir haben aufgehört, an den Hinterteilen zu schnüffeln, um die Spur der Familie zu finden. Und die Zeiten sind vorbei, in denen die Männer zum Strand gingen, die Hose heruntergezogen und ihre Notdurft verrichteten, oder die Frauen vornübergebeugt und mit hochgezogenem Rock am Mistgang standen und kackten. Ganz sicher ist die Toilettenschüssel eine raffinierte Erfindung, aber eigentlich ist sie nichts anderes als die Fortsetzung des Mistgangs. Die Schüssel ist das letzte Glied im Verhaltenskreislauf. Wenn der Spülkasten geleert ist, hat die Natur zurückbekommen, was man ihr genommen hat, und ein neuer Kreislauf beginnt.

Allerdings war es viel zu eng auf Hans Fríðrik Varbergs Toilette, und nachdem Eigil zwei Wände eingerissen hatte, ging er auf die Toilettenschüssel los, riss sie aus dem Boden und warf sie mit einer hastigen Bewegung in die breite Spiegelwand. Der Knall klang wie sieben Jahre Unglück, das Licht glitzerte und flimmerte in den umherfliegenden Glasscherben, und wie berauscht von dem Lärm nahm Eigil sich die nächste Toilettenschüssel vor. Er trat sie los, der Spülkasten zerbrach in zwei Teile, und mit dem, was von der Schüssel übrig war, schlug er den Siphon kaputt; mehrfach hob er die Schüssel und hämmerte damit auf die Kante des vier Zoll starken Rohres ein.

Plötzlich war er umgeben von einem heftigen Geruch nach Scheiße und ein unerwartetes Brüllen löste sich aus seinen

Lungen. Hans Fríðrik, der Zuflucht in der Teeküche gesucht hatte, war zu Tode erschrocken, denn dieses Gebrüll klang auffällig nach einem echten Triumphschrei.

Eigil bog die beiden auslaufenden Kupferrohre in den zerschlagenen Abfluss, und plötzlich schien ein feuchtes Hallen vom anderen Ende her zu antworten. Das Geräusch wurde lauter und so kräftig, als wollte der Atlantik persönlich seine Ankunft verkünden, um das Haus vom Grundstück zu spülen. Das Geräusch wurde immer schlimmer, und plötzlich spritzte eine Säule aus puren Fäkalien aus dem Loch. Es dauerte einige Sekunden, aber es waren keine unwesentlichen Sekunden, und als die Kloake sich beruhigt hatte, floss eine Menge lokalpatriotischer Exkremente in den Abfluss. Weich und hochmütig rutschten sie über den Rand, es war echte Baptistenscheiße, schwer belastet mit Proteinen und Kalorien der fetten Weiden. Es floss über den feuchten Fliesenboden, und vor Eigils Augen verwandelte es sich in verschiedene Arten von Schiffen, als hätte die gesamte Flotte von Klaksvík am Kai abgelegt und floh nun aus dieser verdorbenen Stadt.

Mitten in der Flotte fiel sein Blick auf ein blasses Stück Kot, das aussah, als wäre es mit Psoriasis-Schuppen umwickelt, und sofort erinnerte er sich daran, wie sehr Hans Fríðriks Mutter von der Schuppenflechte gequält worden war. Er sah die sympathische Frau vor sich und erinnerte sich an ihren Vorrat an neuen und interessanten Wörtern. Vielleicht hatte er den Ausdruck poetische Knospen schon früher einmal gehört, aber als die Worte damals aus Rakul Varbergs Mund kamen, klangen sie wie eine Offenbarung. Sie benutzte Worte wie dialektische Phänomene und hübsche färingische Neologismen wie *fafurfrøði* für »Ästhetik« und *úrmælingur* für »hervorragender Mensch«. Und dann sagte sie: Der Herr hat einen Traum in die Daunen seines Kopfkissens gepflanzt. Das sagte sie über Victor Danielsen. Ob Rakul Varberg tot war? Eigil erinnerte sich nicht. Vermutlich war sie es, denn diese Stadt war ein einziger großer Friedhof.

Durch all die Fäkalien watete Eigil zum Empfangszimmer. Er blieb an einem großen und ansehnlichen Gemälde des Malers Amariel Norðoy aus Klaksvík stehen, und als er es eine Weile betrachtet hatte, nahm er es von der Wand und riss es in Stücke.

»Ich hasse Wiederholungen«, murmelte er und warf die Leinwandreste fort.

Danach verwüstete er weitere Büros. Warf Schreibtische um, riss Regale von der Wand, den einzigen Computer schmiss er durch ein Fenster in den Hinterhof.

Hans Fríðrik stand in der Teeküche und weinte. Seine Knie zitterten, er hatte die Arme auf die Brust gedrückt und die Hände unter dem Kinn gefaltet. Der Strahl aus den beiden Kupferrohren schoss in zwei Bögen über den Küchenfußboden, aber er fühlte sich so elend, dass er sich nicht zusammenreißen konnte, um die Ballofix-Ventile zu schließen. Der heiße Strahl dampfte, als stünde das Wasser in Flammen, und plötzlich sah er in einigen Wassertropfen blaue, grüne, gelbe und rote Regenbogenfarben blinken.

Er hörte Eigil in seinem Büro rumoren, und als er von der Schwelle aus hineinschaute, sah er, wie sein Jugendfreund den Geldschrank mit einem kräftigen Griff gepackt hatte. Er strengte sich an, aber der Safe bewegte sich nicht. Er stellte sich in eine bessere Position davor, ging tiefer in die Knie und legte seine Wange an die Oberkante – beinahe sah es so aus, als versuche er diese Reliquie zu begatten –, aber auch diesmal gelang es ihm nicht, den Safe zu verrücken.

Hans Fríðrik schlug die Hände vor den Mund, er konnte sein Gelächter zurückzuhalten, während ihm durch den Kopf ging: Der Teufel möge dich holen, du verdammter Sumba-Ochse!

Und der Ochse zog den Hosenstall auf. Wie zu Weihnachten 1980, als er Napoleon Nolsøes Grab geschändet hatte, schändete er nun den Geldschrank. Der Strahl spritzte gegen die grüne Farbe und ließ sie erglänzen. Lange stand er da und pisste, und alle Luft, die er im Darm hatte, entschwand ebenfalls. Er genoss es, als es rings um sein Hinterteil warm wurde.

Plötzlich bemerkte er die kleine Hündin. Sie war unter der Ottomane hervorgekrochen und bellte ihn wie rasend an.

In dieser Sekunde kam Eigil wieder zu Bewusstsein und sah sich selbst mit seinem Schwengel in der Hand vor dem Safe stehen. Er packte ihn ein und zog den Reißverschluss zu, ihn überkam das Gefühl völliger Ratlosigkeit. Er sah sich um, und es dauerte einige Sekunden, bis er begriff, dass das Büro, das noch vor einer halben Stunde so aufgeräumt und vornehm gewesen war, nun einem Schlachtfeld glich. Vor allem der Wasserschaden war umfassend, und als er auf das Porträt von Kjølbro blickte, sah er den Riss, der direkt unter der Nase durch das Gemälde ging. Das Gebiss und das Kinn hingen aus dem Rahmen, der Mund glich den Resten des Unterkiefers eines paläontologischen Riesentiers.

Hans Fríðrik stand in der leeren Türöffnung zur Küche, doch Eigil sah keinen Mann, der sich vor ihm zurückzog. Hans Fríðrik würde ihn vermutlich bei der Polizei anzeigen, ging ihm durch den Kopf. Es überraschte ihn, dass er in diesem verwüsteten Büro so praktische, ja, geradezu egoistische Gedanken hatte. Ein Prozess würde ihn sein gesamtes Erspartes kosten, vielleicht sogar das Geld, das er von der Versicherung bekommen hatte. Niemand würde ihm helfen, da war er sicher. Er war eine Persona non grata in seinem verdammten Heimatland. Die übliche, sozusagen angeborene Sympathiequote hatte er aufgebraucht, ja, in dem unangenehmen Prozess vor dreizehn Jahren hatte er geradezu das Letzte aus ihr herausgewrungen.

Er verfügte einfach nicht über den bäuerlichen Charme, der die Leute überzeugte, dass es nicht unangemessen war, ein Büro zu verwüsten, das einem Reeder gehörte, der elf tote Männer auf dem Gewissen hatte. Außerdem stammten die Männer nicht von den Färöern, und das hatte entscheidende Bedeutung. Wären es Färinger gewesen, hätte es sicher Stimmen gegeben, die gefordert hätten, den Reeder vor Gericht zu zerren. Und vielleicht wäre dasselbe auch passiert, wenn es sich bei den Toten um Isländer oder Schotten gehandelt hätte, dann wäre man, und sei es nur aus Scham, gezwungen gewesen, etwas zu unternehmen. Aber die Toten waren nicht bloß Ausländer, es waren Chinesen und Kommunisten, einer stammte sogar aus Weißrussland, und solche Leute beweinte man hier am zweiundsechzigsten Breitengrad nicht. Natürlich konnten die Färinger empathisch sein, aber die färingische Empathie war lokalpatriotischer Art, und elf Männer, die zufällig auf einem färingischen Schiff angemustert hatten, wurden nicht unter dem Begriff »nationales Unglück« klassifiziert. Vor zwanzig Jahren hatte Eigil noch einen einigermaßen guten Ruf gehabt, sonst hätten die Tórshavner ihn nicht in den Stadtrat gewählt. Aber der Ruf war verflogen, als dieser Trottel við Berbisá ihn als Grabpisser denunziert hatte. Damals hatte sich sein Leben entscheidend verändert, und nun, da er seine Heimat wieder besuchte, war er erneut zum Gewalttäter geworden.

Eigil fühlte sich unwohl, beinahe ein wenig lächerlich. Als Verflucher müsse er nicht bereuen, versuchte er sich selbst zu überzeugen. Jedenfalls nicht viel. Ja, vielleicht ein bisschen. Um die Wahrheit zu sagen, war es ihm peinlich bis auf die

Knochen, aber er versuchte sich damit zu trösten, dass die elf verbrannten Fischer nun eine kleine Genugtuung bekommen hatten. Die Verantwortung für elf tote Fischer war nicht umsonst – zumindest hoffte er, dies seinem Freund aus der Kindheit einigermaßen deutlich gemacht zu haben.

Eigil traten Tränen in die Augen, gleichzeitig lachte er über sich. Der einzige Mensch, der ihn wirklich gemocht hatte, war seine Mutter, aber sie war tot und verbrannt, genau wie die Männer der *Ezekiel*.

Hans Fríðrik war durchnässt, doch er hatte keine Angst mehr. Auch die Hündin nicht, sie trippelte hinüber zu ihrem Herrchen, und Hans Fríðrik bückte sich und nahm sie auf den Arm. Er kraulte sie ein wenig unter dem Hals und setzte sie vorsichtig auf den Boden. Dann ging er zum Schreibtisch, zog die oberste Schublade auf, fand das Päckchen Zigaretten und das Feuerzeug und steckte sich eine Zigarette an. Nach einigen Zügen sagte er leise, das Angebot, das Manuskript für eine Million zu kaufen, stünde noch immer. Ansonsten würde er Eigil empfehlen, zur Hölle zu fahren, denn er überlege, die Polizei anzurufen.

Eigil folgte der Empfehlung seines Jugendfreundes. Er fuhr direkt nach Tórshavn zurück, und auf dem Weg durch die Tunnel und entlang der hohen, dunklen Berge hörte er Dusty Springfields CD. Er lag lange in der Badewanne und rief abends seine Schwester an. »Ich komme nicht zurück nach Sumba«, erklärte er ihr, »sondern reise schon morgen nach Kopenhagen.«

»Ist irgendetwas nicht in Ordnung?«, erkundigte sich Tórharda. Eigil erwiderte, die Fahrt nach Klaksvík wäre nicht so verlaufen, wie er es sich vorgestellt hatte. Mehr könnte er nicht sagen, aber sie würde von ihm hören. Er bat sie, Torri und Symfor zu grüßen und bedankte sich für ihre Gastfreundschaft.

Vier Tage später, an Allerheiligen, wurde in den Kirchen des Landes wie gewöhnlich ein Gottesdienst abgehalten. Der Namen von zwei toten färingischen Seeleuten wurde gedacht, die Angehörigen waren getröstet. Es wurde auch erwähnt, dass auf dem färingischen Trawler *Ezekiel* ein Brand ausgebrochen war, aber über die Toten wurde kein Wort verloren. Das befremdete viele.

Ein Journalist des sogenannten Rattennests interviewte den Bischof und fragte, warum es so still um die verbrannten Fischer war.

Seit die Kirche 1944 den Brauch eingeführt hatte, so die Antwort des Bischofs, an ertrunkene Seeleute zu erinnern, hatte dies nur Seeleuten gegolten, die Färinger von Geburt oder färingische Staatsbürger waren, und das seien die Chinesen und der Mann aus Weißrussland nicht gewesen.

Ist es nicht ein Ausdruck von grobem Nationalismus, wollte der Journalist wissen, nur an färingische Staatsbürger zu erinnern?

Mit bösem Willen könne man es so interpretieren, antwortete der Bischof, aber so sei es von ihrer Seite ganz sicher nicht gemeint.

Das Gespräch fand im Büro des Bischofs statt, und als der Journalist sein Aufnahmegerät ausgeschaltet hatte, zog er ein Blatt Papier aus der Tasche und legte es auf den Schreibtisch. Der Journalist war auf einer Homepage der International Transport Workers Federation gewesen, auf dem Blatt standen die Namen der verbrannten Fischer:

> *Nicolaj Pikun, Weißrussland, 39 Jahre, verheiratet.*
> *Yin Fengxiang, China, 19 Jahre, ledig.*
> *Yang Cheng, China, 32 Jahre, verheiratet.*
> *Zhao Henglong, China, 29 Jahre, verheiratet.*

Huang He, China, 20 Jahre, ledig.
Bu Yinchao, China, 19 Jahre, ledig.
Guan Xiaolei, China, 23 Jahre, ledig.
Shi Xingguo, China, 28 Jahre, ledig.
Zhu Bo, China, 28 Jahre, verheiratet.
Wang Lin, China, 24 Jahre, ledig.
Liu Hong Lei, China, 29 Jahre, ledig.

Der Geburtstagsbesuch

Heiter schlenderte Eigil die Vesterbrogade hinunter. Wie so häufig führte er Selbstgespräche, an diesem Abend standen allerdings nicht die üblichen Selbstvorwürfe auf dem Programm. Er war ein Freund der Bäume und des Windes, der Fliegen, der Busse und der Menschen, die an ihm vorbeiliefen. Er spielte Taxi und sagte: Fußgänger sind gefährlich. Der Würstchenwagen antwortet: Das kommt auf die Endstation an. Der Baum prahlt: Die Sonne gehört mir. Die Blätter beben: Der Herbst ist unser Herr.

Er war im Haus der Färöer auf der Vesterbrogade gewesen, hatte über seinen Roman *Die Erinnerungen* gesprochen und aus dem Buch vorgelesen, und diesmal war er nicht von irgendeiner wütenden Frau mit einem Schirm angegriffen worden. Nicht das erste Mal hatte der Leiter des Hauses ihn zu einer Lesung eingeladen und gebeten, ein paar Worte zu dem Buch zu sagen, aber er hatte zum ersten Mal eingewilligt. Jetzt, hinterher, hatte er das glückliche Gefühl, dass der Geruch des Kindes vom Misthaufen, der ihm sein ganzes Leben lang angehangen hatte, endlich akzeptiert war. Und nicht zuletzt hatte er selbst das Gefühl, endlich Frieden mit seiner Misthaufenherkunft geschlossen zu haben. Die Zuhörer hatten genau zugehört und in der kurzen Zeit, die für die Fragerunde blieb, relevante Fragen gestellt.

Er hatte Angst, jemand könnte ihn möglicherweise nach

der Gewalttat in Kolbeinagjógv fragen, aber aus irgendeinem merkwürdigen Grund hörte er nichts aus dieser Ecke der Welt. Vielleicht geschah es aus Höflichkeit, das vermutete er zumindest, als er mit dem Mikrofon dastand und die Herzlichkeit der interessierten Gesichter im Saal spürte.

Die meisten Zuhörer waren junge Studenten, die vier, fünf Jahre eine akademische Ausbildung absolvierten, aber er meinte auch einige Gesichter aus seiner eigenen Studienzeit am Niels Brock College wiederzuerkennen. Leute, die einst davon geträumt hatten, sich zu Hause auf den Färöern nützlich machen zu können, aber aus irgendeinem Grund in der Stadt des Königs gestrandet waren. Tatsächlich gehörte er ja selbst zu den in Kopenhagen Gestrandeten, aber er bildete sich ein, dennoch nicht diese Diaspora-Verbitterung entwickelt zu haben, die so viele Emigranten kennzeichnete. Ob es ein besonderes Phänomen bei Männern war, wusste er nicht, aber ein Gefühl sagte ihm, dass die weiblichen Emigranten das Haus der Färöer weniger gern besuchten. Sie hatten sich eher wie seine Schwester Svanhild assimiliert und waren einigermaßen zufrieden mit ihrer neuen dänischen Identität. Hin und wieder war es durchaus interessant und amüsant, den Sorgen der Gestrandeten zuzuhören, aber, mein Gott, sie waren unglaublich verbittert. Die Hardcore-Exemplare stanken geradezu nach altem Hodensack. Tatsächlich war es pure Sentimentalität. Die oft genug eher nachlässige Sprache, die Mütter ihren Kindern beibrachten, war die richtige Muttersprache, und kein Purist aus dem Institut für Muttersprache sollte es wagen, daran etwas zu ändern. Seit der Dichter J. H. O. Djurhuus seine besten Tage gehabt und die beiden Prosaisten Heðin Brú und Martin Joensen ihre Hauptwerke geschrieben hatten, hatten die Färöer keinen Schriftsteller ihres Niveaus mehr hervorgebracht, eine eventuelle Ausnahme bildete Hanus Kanban, aber mit ihm würde die Königsdynastie aussterben.

Eigil blickte über den Saal. Hatten die Menschen heute wirklich Verständnis, wenn ein Mann, dessen Ruf bewusst zerstört worden war, die Angelegenheit in die eigenen Hände nahm und sich rächte? Die Möglichkeit bestand. Sitten und Gebräuche änderten sich, wenn auch nicht immer zum Besseren. Vermutlich hatte die Flut von Krimis und unheimlichen Kriminalfilmen, die in den meisten Fernsehkanälen rund um die Uhr gezeigt wurde, die Leute beeinflusst und brutalisiert.

Ein Fragesteller wollte wissen, wie viel in *Die Erinnerungen* Fiktion und wie viel Realität war.

Eigil wich ein wenig aus und antwortete, Romane würden sich generell nach den Gedanken, Träumen und Gefühlen der Menschen ausrichten, und die besten Autoren wären diejenigen, die sich mit all denen identifizieren könnten, die atmeten.

Die Brahmadellen aus *Die Erinnerungen* waren ein altes Geschlecht aus Tórshavn, das war historisch gesehen korrekt, und die Ergisstova-Familie gab es tatsächlich in Sumba. Er sei aber nicht in der Lage abzuschätzen, wie groß die Anteile von Dichtung und Wahrheit waren, seine Aufgabe als Schriftsteller bestünde jedoch darin, den Leser an die Wahrheit der Fiktion glauben zu lassen. Was der Leser aufnahm, musste im Rahmen des Denkbaren liegen. Dann erzählte er von einem älteren Dänen, der um die Jahreswende Kontakt zu ihm aufgenommen hatte. Wie sich herausstellte, war der Betreffende ein Enkel von Tóvó. Und damit nicht genug. Er hatte ihm eine Fotografie geschenkt, die 1899 aufgenommen worden war, zwei, drei Wochen, nachdem man Tóvó aus dem Zuchthaus von Horsens entlassen hatte. Plötzlich ein Foto von dem Menschen zu sehen, den er vielleicht am allermeisten von all denen schätzte, mit denen er sich verbunden fühlte, wäre in einem Roman kaum zu vermitteln gewesen. Die Wirklichkeit war der Fiktion immer ein wenig voraus.

Ein anderer Fragesteller meinte, er könne eine gewisse Verbindung zwischen *Die Erinnerungen* und der Jubiläumsschrift sehen, die Eigil für A/S Varberg verfasst hatte.

In den Jahren, in denen er an *Die Erinnerungen* gearbeitet hatte, antwortete Eigil, habe er so gut wie alles gelesen, was über die Geschichte des färingischen Wirtschaftslebens zugänglich war, und diese Lektüre lieferte die eigentliche Basis der Jubiläumsschrift. Im Übrigen waren sein Stiefvater und Hans Fríðrik Varbergs Mutter Vetter und Cousine, daher kannte er Varberg bereits als Kind. Er fügte hinzu, eigentlich sei er Wirtschaftsprüfer und diese Ausbildung hätte ihm gewisse Voraussetzungen verschafft, eine Firma zu beurteilen.

Dass Hans Fríðrik ihm eine halbe Million für das Manuskript gezahlt hatte, erzählte er nicht, es ging ja auch niemanden etwas an. Der Mann hatte eine Unmenge Geld, allein sein Privatauto und die Autos seiner Frau und seiner ältesten Tochter waren so teuer, dass fünf oder sechs Arbeiter ein ganzes Jahr dafür hätten arbeiten müssen. Wenn Eigil dennoch die Million ausgeschlagen hatte, die ihm angeboten worden war, dann, weil er es nicht Hans Fríðrik überlassen wollte, wie viel ihm ihr Verhältnis in Krone und Øre wert war, das war der Hauptgrund. Aber er hatte durchaus ein schlechtes Gewissen, schließlich hatte er einen nicht ganz unerheblichen Schaden in Klaksvík angerichtet.

Im Übrigen hatte seine Tat ihr Verhältnis nicht nachhaltig gestört, eher im Gegenteil. Kam Hans Fríðrik aus beruflichen Gründen nach Kopenhagen, lud er Eigil häufig zum Essen ein. Sie telefonierten auch miteinander, und Hans Fríðrik zog seinen alten Freund aus Kindertagen noch immer gern auf. Das alte Muster von damals, als er bei Eigil und seiner Mutter am Landevejen wohnte, war unverändert, als hätte er ein für alle Mal Eigil als den Ernsthafteren von ihnen akzeptiert. Trotzdem, oder gerade aus diesem Grund, erlaubte er sich Späße wie ein kleinerer Bruder; manchmal nannte er Eigil einen verkappten Kommunisten oder bedachte ihn mit einem Begriff, der etwas Ähnliches andeutete. Eigil widersprach, er sei kein Kommunist und sei es auch nie gewesen. Er war froh, dass der Eiserne Vorhang längst verrostet war. Andererseits mochte er keine Oligarchen, egal, ob sie nun Hans Fríðrik Varberg oder Boris Beresowski hießen. Bei einem ihrer Gespräche regte sich Hans Fríðrik furchtbar auf und nannte Eigil einen verdammten Verbrecher, einen Ochsen aus Sumba, und diese Vorwürfe konnte Eigil nur bestätigen. Aber er fügte hinzu, der Unterschied zwischen ihm und Hans Fríðrik bestünde darin, dass er seinen inneren Schweinehund kennen würde, und Hans Fríðrik in dem Glauben durch die Welt ginge, er hätte ein paar Flügel in der Garderobe von Bethesda hängen. Eine so hintergründige Antwort wusste der Freund durchaus zu schätzen.

Wie so oft blieb Eigil an dem Würstchenwagen auf dem Rathausplatz stehen. Er liebte diese rollenden Fressbuden, die auf allen Plätzen der Stadt standen. Manchmal sah er einen Würstchenwagen im morgendlichen Verkehr und stellte sich sofort vor, wie der Mann, der den Wagen lenkte, eine Kuh hinter sich herzog und einen grünen Fleck innerhalb der Kopenhagener Weidezäune suchte. Vor allem an dunklen Herbstabenden, wenn nicht mehr viele Menschen auf den Straßen waren, die Taxifahrer mit einer Zigarette im Mund die Beine ausstreckten und eine Kirchenglocke plötzlich zu schlagen begann, kam die Gemütlichkeit der Würstchenwagen erst wirklich zu ihrem Recht. Von einem hellen Schein umhüllt, leuchteten sie so freundlich und heimelig, außerdem konnte man für fünfunddreißig, vierzig Kronen satt werden.

Der Würstchenmann döste mit einem Buch in der Hand vor sich hin, und als er aufstand, sah Eigil, dass er ein Zwerg war. Er bemühte sich, ihn nicht zu sehr anzustarren, dennoch fragte der Mann ein wenig brüsk, ob er noch nie einen Zwerg gesehen hätte. Eigil entschuldigte sich und sagte, er wollte nicht unhöflich erscheinen, er wäre nur selbst in Gedanken gewesen. Er dachte an den vorwitzigen Zwerg, dem er zur Weihnachtszeit im vergangenen Jahr eine Zeitung abgekauft hatte, und er dachte auch an seinen guten und treuen Freund Symfor, aber das konnte er dem Zwerg im Würstchenwagen nicht erzählen.

Eigil und Symfor hielten vor allem E-Mail-Kontakt miteinander. Eigil hatte ihm erzählt, zu Recherchezwecken eventuell nach China reisen zu wollen. Er wollte mehr über die Vermittler erfahren, die Mannschaften für Schiffe wie die *Ezekiel* auftrieben. Die zweifelhaften Verträge, die die Männer bekamen, ignorierten tatsächlich alte, gewohnte Gewerkschaftsrechte, so weit hatte er das System verstanden. Die Verträge waren am ehesten Rezepte für eine moderne Sklaverei.

Eigil hatte angefangen, über das alte Reich der Mitte zu lesen, über die Revolution Ende der Vierzigerjahre und über das bevölkerungsreichste Land der Erde überhaupt, das allmählich die politische und ökonomische Tagesordnung der Welt bestimmte. Er wollte ein gewöhnliches chinesisches Stadtviertel erleben, schrieb er Symfor. Er wollte die Hand an eine Hauswand legen, das Muster der Mauer betrachten, auf einer Treppe sitzen und den Frieden genießen, wenn es denn überhaupt einen solchen Frieden gab. Er wollte die Materialien sehen, aus denen die Häuser gebaut waren, ob es sich um Backstein, Holz oder Zement handelte – oder vielleicht um etwas, das er nicht kannte. Er hatte gelesen, die Sonne wäre mehr oder weniger verschwunden, nachdem die Autos die Straßen der Großstädte übernommen hatten, dennoch war China noch immer das Land auf der Welt, das am meisten in nachhaltige Energiequellen investierte. Er wollte sich Bibliotheken, Restaurants, Abwasserverhältnisse, vielleicht Fischerboote und andere Arbeitsplätze ansehen, alles interessierte ihn. Aber vor allem wollte er gern durch die Straßen gehen, in denen die verbrannten Fischer sich ihre Kinderschuhe abgelaufen hatten, das war das eigentliche Ziel seiner Recherchereise. Sie waren über den Ozean gefahren, um bessere Lebensverhältnisse für ihre Familien zu schaffen, aber nicht einmal ihre Asche hatten die Angehörigen zurückbekommen. Eigil wollte Fotos dieser Männer sehen, wie sie als kleine Jungen, als große Jungen und später als erwachsene Männer ausgesehen hatten. Und nicht zuletzt wollte er gern mit den Hinterbliebenen sprechen und ihnen auf die eine oder andere Weise sein Mitgefühl zeigen. Vielleicht hatte er die Gelegenheit, mit einer der Witwen zu sprechen, einem Elternpaar oder Kindern der Toten. Mehr als alles andere war das sein Wunsch.

In einer Mail schlug Symfor vor, Eigil als eine Art Assistent nach China zu begleiten. Ein gewöhnlicher Chinese würde sich erschrecken, wenn er sähe, wie das große Vieh aus Ergisstova sein Maul öffnete und um Informationen bat, mit diesem einleuchtenden Gedanken sollte Eigil sich vertraut machen. Ein Zwerg hingegen wäre ein idealer Türöffner, ja, zusammen gäben sie ein perfektes Paar ab, um das sich die Chinesen ganz sicher scharen würden. Er erinnerte Eigil an ihre gemeinsamen Spaziergänge in Sumba, auf denen es plötzlich so aussah, als würden sämtliche Blumentöpfe in den Fenstern anfangen zu leben. Noch immer erinnerten sich die Sumbinger an die Spaziergänge des Schriftstellers vom Ergisstova-Hof mit dem Schwarzen Philosophen. Und seiner Meinung nach unterschied sich der gewöhnliche Chinese nicht sonderlich von dem gewöhnlichen Sumbinger.

Der Zwerg im Würstchenwagen erkundigte sich nach Eigils Wünschen. Vielleicht war er schlicht müde, nachdem er den ganzen Tag Würstchen und Buletten verkauft hatte, denn sein Ton war nicht gerade freundlich.

Er habe nicht beabsichtigt, ihn zu verletzen, als er ihn so anstarrte, wiederholte Eigil, aber er habe an seinen Freund Symfor Thomsen denken müssen, der im Vorstand der internationalen Dwarf Association saß.

»Jetzt hältst du aber das Maul, sonst kannst du dein Würstchen woanders essen!«

»Okay, okay«, erwiderte Eigil und bestellte zwei Frankfurter mit Brot, Ketchup, Senf und reichlich gerösteten Zwiebeln.

Als er an der kleinen Theke stand und aß, summte er dabei seine kleinen Texte. Guten Abend, schöner Mond, ist das nicht der Verflucher von Ergisstova, der sich mit einem verbiesterten Zwerg streitet? Ist er nicht der Schriftsteller, der behauptet, der Widerwille erschaffe die hübschesten Worte und der beste Rohstoff für einen Autor sei das Minderwertigkeitsgefühl? Eigil lächelte und hatte Lust, dem Zwerg zu erzählen, er liebe kleine Kirchen oder Orte, wo man sich ein halbes Glas Schnaps, am liebsten Rød Aalborg, kaufen könne, aber am allermeisten liebe er die Würstchenwagen in Kopenhagen.

Eigil wischte sich den Mund ab und wollte gerade die Serviette in den Mülleimer des Würstchenwagens werfen, als er ein paar Wespen auf dem Rand seines Papptellers entdeckte. Er hörte das leise Summen ihrer hastigen Flügel, und sah, wie sie sich hin und her bewegten, als würden sie den Mülleimer und seine Umgebung untersuchen. Ihre Leiber waren gelb und schwarz und ein wenig behaart, und all diese kleinen Wespenbeine sahen aus, als wären sie zur Landung bereit. Plötzlich ging Eigil der einleuchtende Gedanke durch den Kopf, die Wespen hätten genau dasselbe Anliegen am Würstchenwagen wie er, und ein wenig gerührt dachte er daran, dass Würstchenesser, bestimmt ohne darüber nachzudenken, diesen kleinen Wesen ihr Abendessen bezahlten.

Im Bus zurück nach Hause dachte Eigil an das Interesse, das *Die Erinnerungen* geweckt hatte. Außer der dänischen Übersetzung war der Roman auch auf Nynorsk erschienen, eine deutsche und eine englische Ausgabe waren in Vorbereitung. Und er hatte mit dem zweiten Band der Geschichte begonnen. Jeden Morgen nach seinem Spaziergang schaltete er den Computer an und setzte sich an die Tastatur, er spielte mit dem Gedanken, das Buch *Fliegende Hunde auf schwimmenden Inseln* zu nennen.

Nichts konnte sich allerdings mit einem Ereignis messen, das drei Monate zuvor passiert war, an seinem neunundfünfzigsten Geburtstag. An diesem Tag riefen ihn sowohl Tórharda als auch Svanhild an und gratulierten ihm, ja, sogar Ingvald rief an. Die Stimme des Alten war schwach, er lag im Bett und sagte, er hätte den Segen erlebt, neulich nachts von Kristensa geträumt zu haben. Er wünschte Eigil das Allerbeste und erklärte, er wäre froh, sein Vater zu sein.

Eigil konnte sich nicht entsinnen, von ihm schon einmal einen so herzergreifenden Gruß bekommen zu haben, und er dankte Ingvald für die Worte.

An diesem Abend hörte er eine Türklingel, aber auf die Idee, es könnte seine Klingel sein, kam er nicht. Niemand klingelte normalerweise bei ihm, warum also jetzt?

Dann sprang er doch von seinem Stuhl auf, lief zur Tür und öffnete sie. Davor stand Marianne Bøge.

Verwirrt starrte Eigil die hübsche Frau an und schien seinen eigenen Augen nicht trauen zu wollen.

Sie hatte einen Strauß Blumen in der Hand, lächelte und fragte, ob er sie nicht hereinbitten wolle.

Eigil umarmte sie, einen Augenblick standen sie so auf der Schwelle und hielten sich fest. Den ganzen Abend und bis tief in die Nacht umarmten sie sich, und Eigil erdreistete sich, ihr zu sagen, dass er sie liebe.

So etwas sollte er nicht sagen, antwortete sie, es wären so große Worte, dass sie ausreichten, ihr das Herz zu brechen.

Er liebe ihr Herz, erwiderte Eigil, jedes Gramm ihres Körpers, und das, was sich nicht messen ließ, liebe er noch mehr.

Als Eigil am nächsten Morgen erwachte, versicherte er sich als Erstes, dass sie wirklich neben ihm lag. Und dass es tatsächlich Marianne Bøge war. Vorsichtig nahm er ihre warme, weiche Hand und legte die Fingerspitzen an seine Lippen.

Sie öffnete ein Auge, und auf der Grenze zwischen Schlaf und Wachsein fragte sie, ob sie noch immer den richtigen Geschmack habe.

Anhang

Zitatnachweise

S. 19: Enzensberger, Hans Magnus: *Die Gedichte*. Frankfurt am Main 1983, Suhrkamp Verlag, S. 89.

S. 42 f.: London, Jack: *Der Streikbrecher*. Zitiert nach: www.reutlingen.igm.de/news/meldung.html?id=26981, zuletzt abgerufen am 10.11.2023.

S. 197: Camus, Albert: *Der Mythos des Sisyphos*. Deutsch und mit einem Nachwort von Vincent von Wroblewsky. Reinbek bei Hamburg 1999, Rowohlt Verlag, S. 15.

S. 209: Hamsun, Knut: *Hunger*. Berechtigte, revidierte Übersetzung von Julius Sandmeier und Sophia Angermann. Frankfurt am Main 1979, Suhrkamp Verlag, S. 7.

S. 300 f.: *Die Bibel*. Nach der Übersetzung Martin Luthers. Herausgegeben von der Evangelischen Kirche in Deutschland, Stuttgart 1985, Deutsche Bibelgesellschaft, Offenbarung 1.13–15, S. 289.

S. 308: *Die Bibel*. Nach der Übersetzung Martin Luthers. Herausgegeben von der Evangelischen Kirche in Deutschland, Stuttgart 1985, Deutsche Bibelgesellschaft, Daniel 8.14, S. 852.

Alle übrigen Zitate wurden von Ulrich Sonnenberg übersetzt.

Endnoten

1 **Acker**: altes Flächenmaß. Durchschnittlich entsprach 1 Acker auf den Färöern 0,64 km².
2 **Sarrak**: eine vom Autor (oder möglicherweise Eigil Tvibur) erfundene Bezeichnung für einen Teufel oder Dämon.
3 **Asatro**: von skandinavischen Nationalromantikern zu Beginn des neunzehnten Jahrhunderts propagierte heidnische, naturreligiöse Strömung.
4 **Michaelis**: 29. September, kirchlicher Feiertag zu Ehren des Erzengels Michael.
5 **sperðil**: »Wurst« aus Talg und eventuell Fleischstücken und Teilen der Eingeweide, die in den Enddarm eines Schafes gefüllt werden.
6 **bolle**: Dänisch für »vögeln«, »bumsen«. Auch »schikanieren«.
7 **Diskriminierende Sprache:** Dieser Roman spielt zum Teil in einer Zeit und in einem Milieu, in dem Diskriminierungen, Vorurteile und Anfeindungen gegenüber Menschen anderer Ethnie, Hautfarbe, Religion oder Sexualität und Menschen mit Behinderung zum Alltag gehören. Dem Verlag ist bewusst, dass es sich bei einigen der verwendeten Ausdrücke um Diffamierungen handelt, deren Verwendung und unverfälschte, nicht beschönigende Übersetzung jedoch zur Charakterisierung der Figuren gehört.
8 **Olaj-Fest**: Das färingische Nationalfest findet am 28. und besonders am 29. Juli zu Ehren König Olafs des Heiligen statt, unter dem sich das um das Jahr 1000 eingeführte Christentum auf den Färöern festigte.

9 **Bukkvald**: Tórshavns alter Müllabladeplatz. Es ist ungewiss, ob der Name sich von dem färingischen Begriff *bukka* (»Lokuseimer«) ableitet oder ob der Ort nach dem Amtmann Lorentz Højer Buchwaldt (1841–1933, Amtmann von 1885–1896) benannt wurde, der den ersten Müllabladeplatz der Stadt anlegte.

10 **Líggjas í Bø**: 1938 geborener progressiver Dichter, der in den Sechzigerjahren schrieb und 1938 als Eli Sørensen auf die Welt kam.

11 **Danielsen**: Victor Danielsens (1894–1961) Bibelübersetzung für die Brüdergemeinde aus dem Deutschen, Englischen und den nordischen Sprachen erschien 1949.

12 **Baptistenmafioso**: Als Baptisten werden auf den Färöern umgangssprachlich die Mitglieder der Brüdergemeinde bezeichnet, der größten Freikirche, die die Erwachsenentaufe praktiziert.

13 **Breckmann**: Óli Breckmann, geb. 1948, färingischer Politiker der konservativen Partei Fólkaflokkurin (»Volkspartei«).

14 **Djurhuus**: Janus H. Djurhuus (1881–1948) war der erste färöische Dichter, der moderne und lyrische Gedichte schrieb.

15 **ajungilaq**: Grönländisch für »sich wohlfühlen«.

16 **Katzenkönig**: skandinavischer Faschingsbrauch. Symbolisch wird mit einer Keule auf eine hängende Tonne geschlagen; wer die Tonne als Erster komplett zerschlägt, ist Katzenkönig. Ursprünglich wurde dabei eine schwarze Katze in der Tonne getötet, um so der Pest zu entgehen.

17 **Weihnachtstreffen**: Das Weihnachtstreffen fand am 26. Dezember 1888 im Lagtingshus in Tórshavn statt und gilt als Gründungsdatum der färingischen Nationalbewegung.

18 **Klax**: Slang für Klaksvík.

19 **Bethesda**: Name der Brüdergemeinde in Klaksvík.

Jóanes Nielsen

Die Erinnerungen

Roman

416 Seiten, ISBN 978-3-442-71833-7
Aus dem Dänischen von Ulrich Sonnenberg

Es war, als tauchte der Nebel die Inseln in eine eigene Welt ...

Eigil Tvibur ist auf den Färöern aufgewachsen, in einem Holzhäuschen am eisblauen Fjord, inmitten von Fischern und Walfängern. Schon seine Vorfahren haben hier gelebt – doch wie diese ist er immer ein Außenseiter geblieben. Liegt es daran, dass er vor dreißig Jahren einen unverzeihlichen Fehler begangen hat? Oder liegt der Grund in den Wurzeln seiner Familiengeschichte? Eigil beginnt nachzuforschen ...

»Nielsen zeigt, dass die Vergangenheit nie weiter weg ist als ein Charakterzug, den man von seinen Vorfahren geerbt hat.«
Politiken

btb

Mikael Niemi

Populärmusik aus Vittula
Roman

304 Seiten, ISBN 978-3-442-73172-5
Aus dem Schwedischen von Christel Hildebrandt

»Ein amüsantes, kurzweiliges, ein hinreißendes Buch!«
Focus

Ein kleines Dorf im äußersten Norden Schwedens, in den wilden sechziger Jahren: Matti und sein schweigsamer Freund Niila träumen von der großen weiten Welt. Als der Rock 'n' Roll Einzug hält im kleinen Tal, ist ihre Zeit gekommen …

»Ein unvergesslicher Roman, der durchschüttelt. Lesen. Vorlesen. Und dabei lachen, weinen und – vielleicht – von einer E-Gitarre träumen.«
Frankfurter Rundschau

btb